哈尔滨师范大学博士科研启动专项资金资助"双一流:提升科技创新、文化传承和服务社会"(1504117704)

味

一个诗学语词的理论批评

金耀民 著

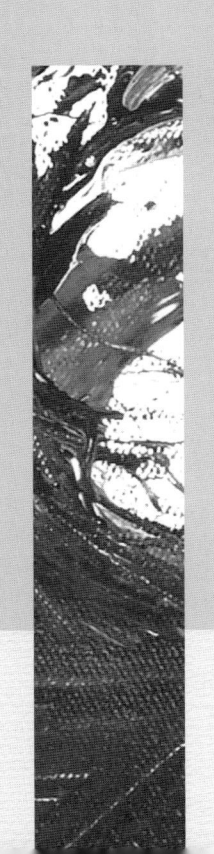

中国社会科学出版社

图书在版编目(CIP)数据

味：一个诗学语词的理论批评／金耀民著．—北京：中国社会科学出版社，2020.10
ISBN 978 – 7 – 5203 – 7117 – 9

Ⅰ.①味… Ⅱ.①金… Ⅲ.①诗学—研究—中国—古代 Ⅳ.①I207.2

中国版本图书馆 CIP 数据核字（2020）第 164105 号

出 版 人	赵剑英
责任编辑	刘　艳
责任校对	陈　晨
责任印制	戴　宽

出　　版	中国社会科学出版社
社　　址	北京鼓楼西大街甲 158 号
邮　　编	100720
网　　址	http://www.csspw.cn
发 行 部	010 – 84083685
门 市 部	010 – 84029450
经　　销	新华书店及其他书店
印　　刷	北京明恒达印务有限公司
装　　订	廊坊市广阳区广增装订厂
版　　次	2020 年 10 月第 1 版
印　　次	2020 年 10 月第 1 次印刷
开　　本	710×1000　1/16
印　　张	29.25
插　　页	2
字　　数	461 千字
定　　价	168.00 元

凡购买中国社会科学出版社图书，如有质量问题请与本社营销中心联系调换
电话：010 – 84083683
版权所有　侵权必究

序

  陈寅恪先生在写给沈兼士的一封信中说："依照今日训诂学之标准，凡解释一字即是作一部文化史"（《陈寅恪集·书信集》）。一个字往往是一个意象、一种象征、一段记忆，一个字便是一部文化史，潜藏着一个民族恢弘的历史记忆和精神意蕴。金耀民同学的《味——一个诗学语词的理论批评》，就是从一个字入手，分析中国古典诗学独特的审美感受，寻找中国文学批评理论形成的理论脉络。作者的角度新颖，视野开阔，分析深入，启人心智，读后生出许多联想和感慨。

  "味"本来是物理的生命感受，而在中国文化里，"味"却是包含着政治、历史、哲学等丰富的文化意义，特别是在中国文学里"味"更转变成一种精神和审美的体验。钱锺书先生在《论通感》一文中指出，在文学世界里经常出现一种"感觉的挪移"的通感（synaesthesia）现象，即视觉、听觉、触觉、嗅觉、味觉等往往可以彼此打通，眼、耳、口、鼻、舌等各个器官不分界限，于是"颜色似乎有温度，声音似乎有形象，冷暖似乎有重量，气味似乎有锋芒。"从这个意义出发，其实文学艺术的"味"的体验，是一种典型的美学通感，即将生理饮食的滋味品尝，转变为精神层次的审美享受。

  人是离不开食物的，而"味"的体验不是简单的充饥、果腹，而是一种更高层次的生命体验。饥饿的人的简单生理需求并不需要"味"的感觉，"味"是一种超越简单生理需求的精神境界，因此在中国文化"知味"的意义，便是知政、知文，便具有文化的思想的艺术的多方面的意义。

  早在西周末年，中国古典哲学家就提出了"和实生物，同则不继"（《国语·郑语》）的思想，所谓"和"就是不同性质事物的有机融合，是世界丰富性多样性的体现；而所谓"同"则是同一性质事物的简单相加，是世界单一性同质性的组合；多样性的"和"让世界充满生生不息的力量，而单一性的"同"最终会导致世界的毁灭。在谈到和同之辨时古代思想家经常举的例子便是"味"。《左传·昭公二十年》记载齐景公与晏婴讨论"和"与"同"的区别时，特别强调"和如羹焉"，深刻的哲学命题付诸于日常生活的滋味表述。在这段对话里还提出了"声亦如味"的理论，在晏婴看来欣赏音乐正如品尝食物的味道，音乐与味、诗与味存在着内在的精神联系。孔子在齐闻《韶》，"三月不知肉味"也是将口中的味道引申为文学艺术的审美感受，"声亦如味"的哲学命题，正是中国古典"诗味"理论的思想基础。

钟嵘"滋味说"代表着中国古典"诗味"理论的成熟。钟嵘《诗品序》"滋味"一方面是文学创作的方法，强调"众作之有滋味者也"，而另一方面也是审美标准，"使味之者无极，闻之者动心，是诗之至也。"自此"滋味""韵味"等就成了中国古典诗人追求的审美境界。围绕着"味"的中心语词，中国古典诗学建构了独特的审美体系，如文学发生的"兴味"、"情味"，文学创作的"滋味"、"趣味"，文学鉴赏的"品味"、"余味"等等。

作者在写作中也沿着中国古典诗学的理论术语，见微知著，循循道来，从"兴味"出发，沿着"滋味""韵味""淡味""禅味""趣味"的理论线索，建构起中国古典"诗味"思想的理论体系。人们常说要抓住"诗家三昧"，而作者这里抓住的不是"三昧"，而是"三味"，即诗歌创作的兴味，诗歌艺术的滋味，诗歌鉴赏的韵味。

耀民同学的著作是在他博士论文基础上完成的，他读博士的时候已经不算年轻了，而那段日子他家务繁忙，又承担着繁重的教学任务，但耀民同学持重坚韧，很少谈及个人的困难，孜孜矻矻，昼夜兼程，终于顺利地完成了论文写作，取得了博士学位。在生活的路上，每一次从困难中走出都是一次成长，回首过去的岁月，也一定是别有一番滋味在心头。是为序。

傅道彬

2020年9月23日于以宽堂

目　　录

绪　论 ……………………………………………………………（1）

第一章　"诗味"论的儒道渊源 ………………………………（12）
第一节　"声亦如味"："味"论与"审乐知政" ……………（12）
一　"阴阳五行"："声亦如味"说的哲学基础 …………（12）
二　"审乐知政"的批评传统与"声亦如味"的本质 …（18）
第二节　三月不知肉味："孔子闻韶"的诗学意义 ………（24）
一　"三桓作乱"与"孔子适齐" ………………………（25）
二　"尽善""尽美"：韶乐的内容与形式 ………………（29）
三　"孔子闻韶"的诗学意义 ……………………………（40）
第三节　"味无味"：道家的"味"论 ………………………（48）
一　老子的"无味"论与庄子的"恬淡"观 ……………（48）
二　道家"味"论对后世的影响 ………………………（55）

第二章　兴味：诗性生命的感发 ………………………………（60）
第一节　文化之"兴"、经学之"兴"与文学之"兴" ……（60）
一　文化之"兴" …………………………………………（60）
二　经学之"兴" …………………………………………（66）
三　文学之"兴" …………………………………………（70）
第二节　兴寄与兴象 …………………………………………（76）
一　兴寄 …………………………………………………（76）
二　兴象 …………………………………………………（84）
第三节　感兴：兴味生发的途径与基本形式 ……………（94）

一　感兴的历史传承 ………………………………………… (95)
　　二　感兴：兴味的生发途径 ……………………………… (99)
　　三　兴味生发的基本形式 ………………………………… (108)

第三章　滋味：文学自觉时代的诗味论 ……………………… (116)
第一节　"滋味"论提出的历史机缘 ………………………… (117)
　　一　大一统专制皇权的式微与士族的崛起 ……………… (117)
　　二　儒学的衰微、道家的复活及佛教道教的传布 ……… (118)
　　三　人性的觉醒与文学的自觉 …………………………… (122)
　　四　齐梁之际以"滋味"论诗的机缘 …………………… (126)
第二节　从《文赋》到《文心雕龙》："滋味"论产生的先导 … (129)
　　一　汉代的以"味"论"言"论"文" …………………… (129)
　　二　陆机《文赋》：以"遗味"论诗 ……………………… (130)
　　三　《文心雕龙》——以"味"论文——"滋味"说的先导 … (136)
第三节　钟嵘"滋味"说的内涵与理论意义 ………………… (148)
　　一　"滋味"：诗歌本体的美感特征 ……………………… (148)
　　二　"直寻"："滋味"美感的创造之途 ………………… (153)
　　三　"怨"与"清"：钟嵘《诗品》五言诗的独特"滋味" … (161)
　　四　钟嵘《诗品》"滋味"说的诗学价值及影响 ………… (168)

第四章　韵味：中国诗学中的艺术哲学 ……………………… (171)
第一节　道心："韵味"说的哲学美学思想基础 …………… (172)
　　一　三风鼓荡："儒""释""道"影响下艰难悲慨的
　　　　隐逸人生 ………………………………………………… (173)
　　二　"自然之道"：诗歌的本体 …………………………… (175)
　　三　自然的诗化与人化的诗境：诗人的主体 …………… (183)
第二节　"四外"："韵味"说的哲理思致 …………………… (187)
　　一　"韵外之致，味外之旨"："韵味"的美学特征 ……… (189)
　　二　"象外之象，景外之景"："韵味"诗美的生成 ……… (202)
第三节　澄淡精致，趣味澄夐：辨于味而后可以言诗 …… (213)
　　一　"辨于味而后可以言诗"的理论意义 ……………… (213)

二　"澄淡精致,趣味澄夐"的审美趣味 …………………… (223)

第五章　淡味:淡远深邃的诗歌美学 ………………………… (229)
第一节　理学:宋代诗学的精神底色 ……………………… (229)
　　一　理学的兴起 …………………………………………… (230)
　　二　理学与宋代诗学 ……………………………………… (235)
第二节　淡味:宋代诗学的基调 …………………………… (246)
　　一　梅尧臣:作诗无古今,唯造平淡难 …………………… (246)
　　二　苏轼的"淡味"观 ……………………………………… (252)
　　三　黄庭坚:平淡而山高水深 …………………………… (266)
第三节　"淡味"论的诗学意义 ……………………………… (277)
　　一　诗分唐宋 ……………………………………………… (277)
　　二　"崇陶"与"尊杜"的意义 ……………………………… (285)

第六章　禅味:中国诗学中的释家精神 ……………………… (294)
第一节　禅 …………………………………………………… (294)
　　一　"拈花微笑":从印度禅学到中国禅宗 ………………… (294)
　　二　为什么是禅宗 ………………………………………… (301)
　　三　禅风熏染下的士人心态 ……………………………… (311)
第二节　以禅入诗 …………………………………………… (321)
　　一　以诗寓禅 ……………………………………………… (322)
　　二　以禅入诗:"象"与"境" ……………………………… (327)
第三节　以禅喻诗 …………………………………………… (357)
　　一　禅何以能够喻诗 ……………………………………… (359)
　　二　禅如何喻诗 …………………………………………… (364)
　　三　以禅喻诗的意义 ……………………………………… (374)

第七章　趣味:诗人诗性生命的呈现 ………………………… (377)
第一节　"趣"范畴的历史演进与诗学思想的流变 ………… (378)
　　一　"趣"范畴的历史演进 ………………………………… (378)
　　二　诗学思想的流变:"趣"范畴历史演进之因 ………… (386)

第二节　明清流派诗学观下的"趣味"论 ……………………（390）
　　一　明代文学"复古"思潮与"趣味"论 …………………（390）
　　二　"童心"说、"性灵"说与"趣味" ………………………（398）
　　三　袁枚"性灵说"与"趣味" ………………………………（406）
第三节　"理趣"与"天趣"："趣味"的两种形态 ……………（415）
　　一　理趣 …………………………………………………（416）
　　二　天趣 …………………………………………………（423）

结　语 ……………………………………………………（432）

参考文献 …………………………………………………（435）

后　记 ……………………………………………………（458）

绪　　论

一个无可争议的事实是，中华民族是一个有着悠久饮食文化传统的民族，也是一个讲求食味的民族。中国自古以来就号称烹饪大国，饮食文化非常发达、丰富，烹饪技术源远流长。

华夏原始先民，在太古蛮荒之时，摘野果而食，掬山泉以饮，以求维系生命。火的使用，使原始先民的饮食结构发生根本的变化。《礼记·礼运》载："未有火化，食草木之实、鸟兽之肉，饮其血，茹其毛。"考古发现，元谋猿人居住过的遗址发现了灰屑和灰烬，灰烬里还有大量的烧过的兽骨。说明由于火的使用，原始先民由原来的茹毛饮血一变而为食熟肉。熟肉的味道鲜美、营养丰富，能促进大脑的发育。火的使用对于人类的作用，诚如恩格斯所言："最终把人同动物界分开。"[1]

随着火的熟练使用，制作饮食的炊具也随之产生。《礼记·礼运》中说："夫礼之初，始诸饮食，其燔黍捭豚，污尊而抔饮。"意思是说，原始先民将黄米与猪肉烤熟来吃，地面掘坑储水，用手捧饮。到了新石器时代（约前5000年至前2000年），随着农业和畜牧业的发展，制陶业也出现了，如陶鼎、陶甑、陶釜、陶罐等炊具也大量制作出来。按照陈应鸾先生的说法："在黄河流域的龙山文化、大汶口后期、仰韶后期，长江流域的屈家岭文化……珠江流域的石峡文化，辽河流域的吴家村、郭家村等新石器时代的遗址，都出土了大量比较精致的陶器，其中已有煮稀饭的陶鬲，蒸煮两用的陶甗，以及炖肉用的陶鼎。"[2] 说明当时已经相当重视饮食的制作。青铜器时代的烹饪工具更加先进多样。武官村出土的司母戊大

---

[1] 《马克思恩格斯选集》（第三卷），人民出版社2012年版，第492页。
[2] 陈应鸾：《诗味论》，巴蜀书社1996年版，第115—116页。

方鼎，重875公斤，通耳高133厘米，长110厘米，宽79厘米，是世界上最大的青铜器，系炖肉用的青铜鼎。殷墟还出土了大量的青铜锅、青铜铲、青铜刀。

烹饪手段也日益丰富，出现制作饮食的专业人员。据考古发现，在磁山、裴李岗出土的陶瓷中有一个炊具和煮锅结合在一起的鼎形钵，表明新石器时代的原始人已经学会了煮食物吃。从出土的陶器的用途来看，煮、炖等烹饪手段已广泛使用。甲骨文"美"字像火烤全羊或羊羔，证明殷人十分喜欢烧烤食物。殷墟出土的大量青铜锅、青铜铲，说明当时炒菜已经很流行。周代出现了制作饮食的专业人员。《周礼·天官冢宰》载："膳夫，掌王之食饮膳羞。"[1]郑玄注："食，饭也；饮，酒浆也；膳，牲肉也；羞，有滋味者。"又载："品尝食，王乃食。"贾公彦疏："膳夫，品物皆尝之。"又载："内饔，掌王及后世子膳羞之割烹煎和之事。"[2]郑玄注："割，肆解肉也；亨（烹），煮也；煎和，齐以五味。"可见专业人员的分工已经十分细致。

美味已经成为先民的自觉追求。第一，大量调味品出现。大约在五千年以前，生活在山东半岛海滨的凤姓氏族"凤沙氏"即"煮海为盐"。《礼记·内则》载有"枣、栗、饴、蜜以甘之"[3]，郑玄注："谓用调和饮食也。"就是用大枣、板栗等给食物调和甜味。孔颖达疏："谓以此枣、栗、饴、蜜以和甘饮食。"至周代，开始以醋来调和食物的味道。《周礼·天官冢宰》记有"醯人"，就是掌管制醋的官。《礼记·内则》谓："脍，春用葱，秋用芥。豚，春用韭，秋用蓼。脂用葱，膏用薤。三牲用藙，和用醯，兽用梅。"[4]其中提到的葱、芥、韭、蓼、葱、薤、醯、藙、梅，都是烹制食物的调料。《周礼·天官宰人·醯人》还提到"醯酱之物"[5]，表明周代使用酱来做调料烹制食品。第二，在烹饪调制食物的过程中，可以组合调剂出新的"味道"，叫作"和味"。火的使用，改变了食物原来的味道，原始先民在烧烤食物的过程中，发现不同种类的食物加

---

[1] 林尹注译：《周礼今注今译》，天津古籍出版社1988年版，第34页。
[2] 同上书，第38页。
[3] 王文锦译解：《礼记译解》（上），中华书局2001年版，第363页。
[4] 同上书，第378页。
[5] 林尹注译：《周礼今注今译》，天津古籍出版社1988年版，第57页。

以调和会产生新的味道。后来随着陶制炊具的产生，鼎、甑、釜、罐等陶具的普遍使用，也使不同种类的食物放在一起蒸煮具备了物质基础，蒸、煮、煎、炒等烹饪手段出现，新的"滋味"的产生有了可能。《左传·昭公二十年》载："和如羹焉，水、火、醯、醢、盐、梅，以烹鱼肉，燀之以薪，宰夫和之，齐之以味，济其不及，以泄其过。"① 显然，这种"和味"是超越原来食物的单一之味的。制作上需要将原来的各种食物加以调和配置，这就需要较高的烹制条件和厨师高超的烹制技巧，这种"和味"可以根据人们的饮食口味需要进行调制，显然更能满足人们的口味需求。第三，食味与食物的色、香、形建立了联系。人类对食物的要求，讲求色香味形俱全。色、香、味、形建立联系，意义重大。它强调了味觉、视觉、嗅觉诸感觉的相通性。张利群先生指出："色、香、味的相通，由食品的色、香、味引起的视觉、嗅觉、味觉的相通，也是人类对味和味觉的认识和提升的结果。色、香、味引起的通感、联觉就超越了生理的、生物的、本能的感觉，而有了一系列的情感、心理活动的因素。这为味觉的升华，为味觉能引起心灵感悟、情感反应、精神活动、心理变化，直至引起美感奠定了基础。"② 第四，人们在追求味觉的过程中，逐渐形成了共同的味感，即美味观。在现实生活中，人们追求的往往是美味、香味，厌恶的是差味、劣味。从对身心健康影响的角度看，美味是沁人心脾、有益健康的；怪味、差味则对身心有害。所以对美味的追求，就成为人们的共同偏好。孟子谓："口之于味也，有同耆焉。"③"同耆"之"味"，无疑是美味、香味。荀子也说："凡人有所一同：饥而欲食，寒而欲暖，劳而欲息，好利而恶害，是人之所生而有也，是无待而然者也，是禹、桀之所同也。目辨白黑美恶，耳辨音声清浊，口辨酸咸甘苦，鼻辨芬芳腥臊，骨体肤理辨寒暑疾养，是又人之所常生而有也，是无待而然者也，是禹、桀之所同也。"④"故人之情，口好味而臭味莫美焉。"⑤ 荀子在这里指出的目、耳、鼻等感觉器官的"所同"，表明人类在味觉取向上

---

① 杨伯峻编著：《春秋左传注》（修订本）（四），中华书局1990年版，第1419页。
② 张利群：《辨味批评论》，广西师范大学出版社2000年版，第32页。
③ 杨伯峻译注：《孟子译注》，《告子章句上》，中华书局2005年版，第261页。
④ 方勇、李波译注：《荀子》，《荣辱》，中华书局2011年版，第45页。
⑤ 同上书，《王霸》，第176页。

的共同性，即趋向美，趋向美感。第五，人类在具有共同味感的前提下，其味感还具有个性化、多样化的特点。人类在长期饮食实践中形成的味感，既有共同性，也有个性化。也就是说，在味道的选择上，仁者见仁，智者见智，允许口味的不同选择。

  饮食活动渗透在人们生活的各个领域中，原来不过是满足生存的基本条件之一，但随着烹饪技术和水平的提高，就成为可以品味的精神现象了，因而也就成了一种文化现象。

  首先，饮食是"礼制"的。日常饮食中蕴含的"礼"的因素，使饮食具有了文化的意味。原始社会的人群是按照一定的规则、规定组合成的，相互之间具有一定的依赖关系。"礼"的因素首先体现在原始分配之中。原始社会生产力低下，采集所得植物的果实、狩猎所获的动物，数量有限，因此，只能按照等级来分配。《礼记·乐记》载："天尊地卑，君臣定矣。卑高以陈，贵贱位矣。动静有常，小大殊矣。方以类聚，物以群分，则性命不同矣。在天成象，在地成形，如此，则礼者天地之别也。"①因此，日常生活的饮食分配，就体现了尊卑、男女、老少的等级差别。礼制是人类从自然形态向社会形态发展的重要标志之一，实行礼制既是社会形态发展的结果，又是人类社会发展的必然。"礼制"不仅体现于社会制度和国家管理的层面，更体现于日常生活中以"礼"来对人格人性加以规范，使人格人性具备社会伦理性质。饮食是人类日常生活的主要内容，必然蕴含着"礼制"的文化意味，具有伦理道德性。这种"礼制"的文化意味，在国家之间、君臣之间、长幼之间、主仆之间体现为国国之别、尊卑有序、长幼之分，充分体现了政治等级与人伦关系。所以，从某种意义上说，饮食活动就是一种文化活动，饮食活动充满文化意味。

  其次，饮食是民俗的。节日是不同地域民族风俗的重要组成部分，饮食是民俗节日内容的主要构成要素之一，往往成为节日的显著标志。节日的饮食习惯，一般都具有文化历史依据，比如历史神话或传说，或者源于真实的历史事件。因此，节假日的饮食，就不再是仅仅满足饮食之欲的吃吃喝喝，而是具有文化意味的文化活动。在活动中，人的精神世界得到升华与提高，获得了远超于物质享受的精神享受。端午节吃粽子，就蕴含着

---

① 王文锦译解：《礼记译解》（下），中华书局2001年版，第536页。

浓厚的文化意味。粽子又名"角黍""筒粽",据记载,早在春秋时期,用菰叶(茭白叶)包黍米成牛角状,称"角黍";用竹筒装米密封烤熟,称"筒粽"。粽子被正式定为端午节食品,是晋代的事。晋人周处《岳阳风土记》载:"俗以菰叶裹黍米……煮之,合烂熟,于五月五日至夏至啖之,一名粽,一名黍。"这时的粽子原料除糯米外,还有益智仁、板栗、红枣、赤豆等,品种更加多样丰富。粽子还作为亲朋好友交往馈赠的佳品。唐代的粽子"白莹如玉",形状多样,出现了锥形、菱形。日本文献就记载有"大唐粽子"。宋朝诗人苏东坡诗云"时于粽里见杨梅",此时以果品入粽,出现新的品种"蜜饯粽"。从宋至元明清,粽子包裹的原料、附加料越来越丰富,品种也越来越多。端午节家家吃粽子据说是为纪念伟大诗人屈原。一般是前一天把粽子包好,夜间煮熟,第二天早晨食用。粽叶的品种也很多,有芦苇叶、竹叶等。如果糯米中掺红枣,叫"枣粽",因为谐音"早中",所以,旧时的读书士子,在参加科举考试当天,都要吃"枣粽",以取大吉大利之意,希望早早可以中举,考上状元。千百年来,端午节吃粽子的习俗,历久不衰,早已成为一种饮食文化现象,余风所及朝鲜、日本以及东南亚诸国。

再次,饮食是宗教礼仪的。古代的礼仪活动,往往也伴随着饮食。《仪礼》记载,古代男子加冠礼、举行婚礼、职位相等的人互见等活动都伴随着饮食活动。宗教中的祭祀活动,具有浓郁的宗教文化意味。最晚到新石器时代,我们的先人已经把饮食和宗教活动仪式联系起来。据考古发现,新石器时代的出土墓葬,陶制的炊具、饮食用的器具已经作为墓葬品出现。实际上,这反映了我们的原始先民推己及"人",从人类自身的需要出发,推测鬼神也有饮食的物质需要。所以,在殡葬中,才加入这么多的饮食器具作为随葬品。也就是说,"在宗教活动中,人类必须提供最好的饮食供给神灵、祖宗,以食娱神、娱祖、娱鬼,以满足神灵的物质需要。"[①] 在宗教祭祀活动中,总是伴随着饮食活动。《仪礼》载,居丧和举办丧事[②]、丧葬前最后一夜吊哭[③],葬父母后在停灵柩之地进行祭奠[④]等都

---

① 张利群:《辨味批评论》,广西师范大学出版社2000年版,第27页。
② 《仪礼·士丧礼》。
③ 《仪礼·既夕礼》。
④ 《仪礼·士虞礼》。

伴随饮食活动。《仪礼·特牲馈食礼》和《少牢馈食礼》中记载,祭祀所用的食品包括羊、鱼、牛、猪和各种酒食。《大戴礼·曾子天圆》载:"诸侯之祭,牲牛,曰太牢;大夫之祭,牲羊,曰少牢;……士之祭,特牲豕,曰馈食。"祭祀所用的祭品也讲究等级次第,森然有别。《礼记·郊特牲》篇中"特牲",郑玄注曰:"郊者,祭天之名。用一牛,故曰特牲。"《吕氏春秋·仲春纪》谓:"以太牢祀于高禖。"高诱注:"因祭其神于郊,谓之郊禖。'郊'音与'高'近,故或言高禖。……三牲具曰太牢。"所谓"三牲",指用作祭品的牛、羊、猪。值得注意的是,祭祀用的祭品,往往是不加调料、不调五味的,这种用白肉汁做成的祭品谓之"大羹",这种祭祀文化,对后来形成的诗学"淡味""味无味""味外味",有很大的启发,具有诗学上的积极意义。《诗经》中有许多描写祭祀活动的篇章。《诗经·小雅·楚茨》就是一首祭祀祖先的乐歌。从祭祀准备到祭祀后的宴饮活动,都有详细的描写。祭祀的祭品很丰富,有酒饭,还有牛羊肉烹制的美味佳肴。全诗所展现的,既有祭祀时的庄严凝重,也有祭祀后宴飨的欢洽融合,详尽展示了周代祭祀的仪制风貌。这首记录古代祭祀活动的诗歌,对于古代文化研究具有重要的文献价值。尤其在饮食与文化结合方面,为我们提供了直观感性的范例,向我们展示了人类进入农耕社会后祭祀活动的真实图景,还原了当时浓郁的风俗人情。

最后,饮食是政治的。饮食很早就进入统治阶级的政治活动。第一,人君重视饮食活动。《尚书·洪范》载,传说箕子为武王所陈的天地大法中有所谓"八政","一曰食,二曰货,三曰祀,四曰司空,五曰司徒,六曰司寇,七曰宾,八曰师"[①],"食"排首位,民以食为天,吃饭是头等大事。因此,《尚书·舜典》:"食哉惟时。"孔颖达疏:"人君最所重者,在于民之食哉,惟当敬授民之天时,无失其农。"可见当时统治者对"食"的重视程度。第二,古代社会士阶层参与政治活动,也往往以饮食活动为中介。主要表现为和平时期的外交活动之中,古代的外交活动固然需要纵横捭阖的外交手段、华辞丽句的外交辞令,但这些活动往往与宴饮活动结合在一起,在推杯换盏、觥筹交错间平息恩怨,化解干戈,歃血为盟。另外,士人们也通过宴饮之事,展示其所在国家的风俗礼仪,以震慑

---

① 李民、王健撰:《尚书译注》,上海古籍出版社2004年版,第220页。

对方。《仪礼》记载,古代乡大夫为从乡里选出荐于君的贤人送行、以射选士、诸侯无事时和卿大夫有勤劳之功时与群臣宴饮、使节归国和外国使节来国时的宴饮、诸侯互相遣史聘问、国君以礼小聘大夫、诸侯朝见天子等政治性礼仪活动都有饮食活动。第三,统治者为满足其饮食享受、口腹之欲,朝廷设有专职的掌管餐饮的官员。《周礼》记载,周代设有"膳夫"一职,"掌王之食饮膳羞,以养王及后世子。凡王之馈,食用六谷,膳用六牲,饮用六清,羞用百有二十品,珍用八物,酱用百有二十瓮……膳夫授祭,品尝食,王乃食"①。膳夫主要任品食之职。还有"庖人",主要是宰杀和掌管六畜、六兽、六禽;"内饔"掌管烹制肉食;"食医"掌管按季节调味;"甸师"掌耕种;"兽人"掌打猎;"鱼人"掌打鱼;"腊人"掌制作干肉;"酒人"掌造酒;"浆人"掌调制饮料;"盐人"掌盐之政令;等等。由此看来,统治者追求的已不仅仅是果腹之欲,有更高的对食物之"味"的追求。

另外,我们祖先对食味的追求,最明显的标志就是汉语中有大量和美味有关的词语。这些丰富多彩的美味之词,既大大丰富了中国人的日常饮食生活的文化内涵,又为中国饮食文化增添了绚丽的色彩,同时也给中国文化学、美学、诗学、文学批评、修辞学、词汇学、语义学、审美语言学等重要学科注入了新的语言艺术生命,后来逐步演变成为一个不可或缺的审美范畴,在构建独具特色的中国美学与文学批评的理论体系中,起着不可替代的重要作用。

在中国古典诗学中,与饮食有关的感官用语"味"频频出现。按李知的归纳,"它既是名词:味道、滋味、意味、情味、趣味、韵味、余味、妙味、兴味、真味、佳味、奇味、遗味、美味、至味、熟味、深味、况味、风味等等,又可以是动词:品味、尝味、回味、玩味、感味、体味、吟味、辨味、咀味、寻味、研味等等"②。从乐论到文论诗论以至画论书论,无处不见它的身影。在文学批评史上,"味"是中国古典诗歌批评中的重要范畴之一,以味论诗由来已久,并经历了一个漫长的发展过程。在漫长的形成和发展过程中,不同时代和不同的批评家又对此赋予不

---

① 林尹注译:《周礼今注今译》,天津古籍出版社1988年版,第34页。
② 李知:《现代视域下的传统味论》,博士学位论文,暨南大学,2008年,第1页。

同的内涵。

《尚书》是中国古代最早的国家政事史料汇编。其中《周书·洪范》从五行学说出发论述"五味",这是咸、苦、酸、辛、甘"五味"最早的文献记录,认为"五味"产生于水、火、木、金、土"五行"。[①]南朝顾野王《玉篇》亦云:"五味:金辛,木酸,水咸,火苦,土甘。"这种对"五味"产生原因的探讨,颇具有哲学意味。

先秦时代,"味"作为文艺美学的一个审美范畴,是诗、乐、舞三位一体的必然结果。先秦诸子论味,具有两个基本特点:一是侧重音乐美学中的"味";二是注重"味"的哲学阐释。最早将"味"引进文艺美学领域的是孔子。《论语·述而》记载:"子在齐闻《韶》,三月不知肉味。曰:'不图为乐之至于斯也。'"《韶》,是古代虞舜的音乐名。《韶》乐是歌颂舜帝能够继承尧帝功德的音乐。孔子崇尚音乐之美,在齐国闻《韶》乐,被崇高的音乐境界所感染,竟然三月不知肉味。在春秋战国时期,"味"是诸子文章中的一个审美鉴赏符号。《老子》贵"无",倡言"'道'之出口,淡乎其无味"[②],认为"为无为,事无事,味无味"[③]。老子从道家哲学的高度来论述"味",这种"无味"是"道"的基本特征之一,就是无味之味,王弼注释为"以恬淡为味"。恬淡,乃是无味之美的最高境界。《孟子》论及"味"者有7次,主要是从口味方面入手,认为人有共同的审美趣味。《墨子》"非以刍豢煎炙之味以为不甘也",也谈到"味"。《左传·昭公二十年》以"味"论音乐。《荀子·礼论》论美感,注重"味"的审美价值,说"刍豢稻粱,五味调香,所以养口也;椒兰芬苾,所以养鼻也"[④],喜爱味道都是人之性情的表现。但他同时强调"味"必须合乎礼仪,具有功利性,称"目好之五色,耳好之五声,口好之五味,心利之有天下"[⑤]。其《乐论》是中国最早的一篇音乐美学之作,对《乐记》与《吕氏春秋》中的音乐美学思想影响很大。《礼记·乐记》是先秦音乐美学的集大成之作,将大羹遗味与朱弦遗音相联系,

---

① 李民、王健撰:《尚书译注》,上海古籍出版社2004年版,第219页。
② 陈鼓应:《老子注译及评介》,35章,中华书局1984年版,第203页。
③ 同上书,63章,第306页。
④ 方勇、李波译注:《荀子》,中华书局2011年版,第300页。
⑤ 同上书,《劝学》,第11页。

来突出音乐的美感力量。

秦汉人论"味",虽然涉及音乐,但仍然集中在饮食文化层面上,注重对"味"从道家哲学的高度进行文化阐释。《吕氏春秋·情欲》认为"故耳之欲五声,目之欲五色,口之欲五味,情也"①;其卷十四有《本味》一篇,纵论各种美味,其论述"味"的饮食本源,充满哲理性与辩证色彩。同时,其卷五有《适音》篇又以"味"论乐,却又具有浓厚的伦理道德色彩,认为"耳之情欲声,心不乐,五音在前弗听;目之情欲色……心弗乐,五味在前弗食"。

汉人的审美情趣注重宏丽,而"味"的美学意义却在于"恬淡"。所以,汉代的"味论",多袭老子道家贵"无"的文化传统。刘安《淮南子》卷一《原道训》以"道"论味,从道家哲学的高度论述"味"的本原。他以"无声""无味""无形""无色"为"无一",认为"无味"才能够显示出"五味"。认为"味"如同佳人之体与美人之面,具有美的多样性。西汉扬雄同样秉承着道家的"味论"之旨,在《解难》一文中提出"大味必淡,大音必希,大语叫叫,大道低回"的哲学命题,与老子的"大音希声"一脉相承,说明"大味"之味以"恬淡"为美,这种恬淡之美,是常人不易理解、难以接受的一种大美。许慎《说文解字》则首次从文字学的角度解说"味",谓:"味,滋味也。从口,未声。"这是最早以"滋味"一词来诠释"味"。东汉王充《论衡·幸遇》篇论及饮食之味的来源,认为是源于天地之"精气",即自然之灵气。且开始以"味"品味诗文,谓"文必丽以好,言必辩以巧。言瞭于耳,则事味于心;文察于目,则篇留于手"②。这里的"味",是品味、体味、鉴赏。

魏晋六朝人在"味论"上的阐释,往往比两汉更为深邃精辟,突出表现在以"味"论诗、论画、论人、论书法、论山水、论园林艺术等方面。魏晋六朝,"味"之用于审美范畴,是文艺美学成熟的重要标志。卞兰《赞述太子赋》论太子赋文,以为"华藻云浮,听之忘味"。曹植《与杨德祖书》论"味",强调"味"的差异性,缘于"人各有所好尚"。阮籍《乐论》论乐,认为"道德平淡,故无声无味";而嵇康《声无哀乐

---

① 张双棣等:《吕氏春秋译注》(修订本),北京大学出版社2011年版,第36页。
② (汉)王充撰,陈蒲清点校:《论衡》,《自纪篇》,岳麓书社2006年版,第377页。

论》则认为"味以甘苦为称","五味万殊,而大同于美;曲变虽众,亦大同于和";并称按照人的情感来分还有"喜味"与"怒味"。陆机《文赋》明确要求文学作品具有"大羹之遗味";宗炳《画山水序》以"味"论画,主张"澄怀味象",认为"味"产生于人们对山水物象的审美观照之中;刘勰《文心雕龙》,《隐秀》《总述》《明诗》《情采》《体性》等篇,以"味"论创作。在中国诗歌美学史上,"味论"的集大成者是钟嵘的《诗品》。钟嵘以"味"论诗,倡言诗歌艺术的"滋味"说,并运用于诗歌品评鉴赏,从而创建了以"味"为核心的诗歌艺术审美体系。

唐宋以降,"味"普遍运用于文学理论批评,终于构建了中国文艺美学的理论大厦。以"味"用之于文学理论批评,始于钟嵘的《诗品》,而广泛运用于唐宋诗话、词话、文话、曲话、剧话与小说评点等。唐宋时代,人们的生活方式与生活习惯崇尚淡雅,讲究味道之美。据不完全统计,"味"字在《全唐诗》与《全宋词》里曾经出现过501次,其中有"滋味"104,"余味"3,"兴味"10,"情味"2。[①] 唐宋人的论味,始终围绕着诗歌艺术的审美鉴赏与艺术境界来展开。王昌龄以"味"为标准来论述诗歌创作时"景"与"意"及"理"的关系,其《词格十七势》中,以"味"论诗,认为唯有"景""意""理"三者"相惬""相兼",诗才有"味"。这"味"就是诗的审美趣味,是构成诗歌艺术境界的重要因素。释皎然以"味"论诗,其《诗式·用事》《诗议》均有相关论述。唐宋"味"论的开拓者,是司空图。除旧题其《二十四诗品》之外,他还有《与李生论诗书》《与极浦书》等论诗之文,继钟嵘《诗品》之后,将中国诗学文化中的"味论"发展到一个崭新的美学阶段。

宋代诗话论诗评诗,以"平淡""含蓄"为美,注重"淡味"。欧阳修《六一诗话》力主"状难写之景,如在目前;含不尽之意,见于言外"。苏轼论诗以"枯淡"为贵,其《评韩柳诗》谓"其外枯而中膏,似淡而实美"者才有"至味"。他在《书黄子思诗集后》《书摩诘蓝田烟雨图》中对此均有论述。魏泰《临汉隐居诗话》、范温《潜溪诗眼》均有关于诗味之论述。姜夔《白石道人诗说》论诗强调"味"。以味论诗的还

[①] 蔡镇楚:《论"味"的审美价值》,载徐中玉、郭豫适《古代文学理论研究》(第22辑),华东师范大学出版社2004年版,第338页。

有吴可《藏海诗话》、魏庆之《诗人玉屑》、杨万里《诚斋诗话》,等等。

元明清诗坛注重神韵,论诗主"神"尚"味"。元明清人对"诗味"的论述,除了致力于理论的阐释,还将"味"作为一个审美鉴赏与文学批评的标准运用于实践。比较有影响者,一是性灵派,明人袁宏道《叙陈正甫会心集》以"趣"论文,清人袁枚《随园诗话》以味论诗;二是王士禛主"神韵"论诗;三是王国维《人间词话》以"境界"论词。

第一章 "诗味"论的儒道渊源

第一节 "声亦如味":"味"论与"审乐知政"

《左传》昭公二十年记载晏婴与齐侯论"和同"问题,公(齐侯)曰:

"和与同异乎?"对曰:"异。和如羹焉,水、火、醯、醢、盐、梅,以烹鱼肉,燀之以薪,宰夫和之,齐之以味,济其不及,以泄其过。君子食之,以平其心。君臣亦然。君所谓可而有否焉,臣献其否以成其可;君所谓否而有可焉,臣献其可以去其否,是以政平而不干,民无争心。故《诗》曰:'亦有和羹,既戒既平。鬷嘏无言,时靡有争。'先王之济五味、和五声也,以平其心,成其政也。声亦如味,一气,二体,三类,四物,五声,六律,七音,八风,九歌,以相成也;清浊、小大、短长、疾徐、哀乐、刚柔、迟速、高下、出入、周疏,以相济也。君子听之,以平其心。心平,德和……若以水济水,谁能食之?若琴瑟之专一,谁能听之?同之不可也如是。"[①]

这就是"声亦如味"的理论命题。关于这个理论命题产生的原因,我们不妨从其产生的哲学、政治思想基础加以考察。

一 "阴阳五行":"声亦如味"说的哲学基础

李泽厚、刘纲纪《中国美学史》认为:"对于这种同味、声、色的直

[①] 杨伯峻编著:《春秋左传注》(修订本)(四),中华书局1990年版,第1419—1420页。

观感受相联系的美,孔子之前的一些思想家都力图要用当时开始流行的阴阳五行的学说去加以解释。"① 这种说法是很有启发性的。

关于阴阳的起源,傅道彬先生认为,阴阳观念源自我们民族心理深层的生殖文化系统。根据《周易》中包牺氏"近取诸身,远取诸物"这一说法,可以推测出阴阳观念的起源,正是"近取诸身"的结果。尽管《易经》八卦的两个基本符号"—""--",是否一开始就代表阴阳两极,学界尚有争议。但原始先民在观察自我、观察自然、社会和人生中,由感性的累积到抽象的概括而为"阴阳",当为不刊之论。夏静认为:"在中国人的思维模式中,阴阳配列及嬗变是通过一套简易的识别代码,让人们从森罗万象事物的对立面出发获得的一种把握世界的无所不包的认知模式。"② 因此,自然界的日出日落、潮涨潮消、月圆月亏、夏茂冬枯,人生的生老病死、荣辱沉浮,社会现象的彼消此长、朝代更迭,无不可以阴阳对举,"阴阳对举形成一个博大精深的思想库。……它深刻地影响了古人思维模式及文化心理结构的形成"③。当然,这种文化心理结构模式是逐步形成的。

首先,阴阳最早是作为地理方位有关的概念来使用的。《大雅·公刘》谓:"相其阴阳,观其流泉。"这是歌颂周人祖先择地而居,所指"阴阳"是与天象、地理方位有关的知识性概念。是古人对自然天象地理的直观判断,是作为"阴阳"本义来使用的。而且,这种认识观念在当时具有代表意义,绝非孤立的现象。梁启超曾对《诗》《书》《礼》《易》中"阴""阳"的出现次数做过统计④(笔者列表如下),并研究这些经典文献中"阴""阳"二字的含义。

梁启超的结论是:"商周以前所谓阴阳者不过自然界中一种粗浅微末之现象,绝不含有何等深邃之意义。"⑤ 这个结论,对这个时期人的思想观念而言,是约略可信的。

---

① 李泽厚、刘刚纪:《中国美学史》(第一卷),中国社会科学出版社1984年版,第82页。
② 夏静:《礼乐文化与中国文论早期形态研究》,中华书局2007年版,第28页。
③ 同上。
④ 梁启超:《阴阳五行说之来历》,载顾颉刚编著《古史辨》(第五册),上海古籍出版社1982年版,第346页。
⑤ 同上书,第347页。

味：一个诗学语词的理论批评

出现次数 阴阳概念 典籍	《仪礼》	《诗》	《书》	《易》
阴	0	8	3	1
阳	0	14	3	0
阴阳	0	1	0	0

其次，随着认识水平和抽象思维能力的提高，人们开始以阴阳来解释自然现象。周宣王即位，大臣虢文公劝谏宣王："稷则徧诫百姓，纪农协功，曰：'阴阳分布，震雷出滞。'土不备垦，辟在司寇。"① 劝谏宣王不可废止籍田仪节，春耕时节当有所为。此处出现"阴阳"一词，被看作阴阳概念出现的滥觞。《国语·周语》载，西周"幽王二年（前780）"，伯阳父用"阴阳"来解释"西周三川"皆震：

  周将亡矣！夫天地之气，不失其序；若过其序，民乱之也。阳伏而不能出，阴迫而不能烝，于是有地震。今三川实震，是阳失其所而镇阴也。阳失而在阴，川源必塞；源塞，国必亡。夫水土演而民用也。水土无所演，民乏财用，不亡何待？昔伊、洛竭而夏亡，河竭而商亡。今周德若二代之季矣，其川源又塞，塞必竭。夫国必依山川，山崩川竭，亡之徵也。川竭，山必崩。若国亡不过十年，数之纪也。夫天之所弃，不过其纪。②

朱伯崑先生解释说："阴阳指寒暖二气，寒气为阴，暖气为阳，认为阴气压迫阳气，所以有地震。"③ "阳伏而不能出，阴迫而不能烝，于是有地震"，这是伯阳父对地震原因的解释。在伯阳父看来，"天地之气，不失其序"，宇宙万物是由阴阳二气媾和而成，"不失其序"，是说和谐有序。"阳伏而不能出，阴迫而不能烝"，强调了"阴""阳"的对立补充。这种思想对战国时代的"乐味"产生深远影响。《左传》"声亦如味"的理论命题中，晏子提出的"清浊、小大、短长、疾徐、哀乐、刚柔、迟

---

① （春秋）左丘明撰，鲍思陶点校：《国语》，齐鲁书社2005年版，第9页。
② 同上书，第13页。
③ 朱伯崑：《易学哲学史》（第一卷），华夏出版社1995年版，第35页。

速、高下，出入、周疏"的相对概念，就是在"阴阳"学说的影响下产生的。其目的在于说明"和而不同"的思想主旨。

五行的起源问题，学界也有不同说法。傅道彬先生认为来源于原始先民的"数理"文化；① 胡厚宣认为起源于商代"四方"观念；② 庞朴认为与殷人崇尚"五"有关；③ 范文澜与金景芳先生认为五行起源于"数"的启发。关于"五行"学说的起源时间，学术界也有不同的意见。比较早的说法，认为起源于黄帝时期；比较晚的说法，认为产生于西汉。④ 关于"五行"内涵，原始的五行说认为金、木、水、火、土是构成万物的五种基本材料。《国语·郑语》载史伯言谓："夫和实生物，同则不继。以他平他谓之和，故能丰长而物归之；若以同裨同，尽乃弃矣。故先王以土与金木水火杂，以成百物。"⑤ 侯外庐先生解释说："事物是由不同的基本材料合成的，在其不同的各种成分之间，有着互相适应的调节关系……因此，史伯的五行说不仅述说了事物的元素的多样性，而且提示着事物的构成具有规律性。"⑥《尚书·洪范》载，周武王向箕子问治国之道，箕子答曰："我闻在昔鲧堙洪水，汨陈其五行，帝乃震怒，不畀洪范九畴，彝伦攸斁，鲧则殛死，禹乃嗣兴；天乃锡禹洪范九畴，彝伦攸叙。"⑦"九畴"第一法则就是"五行"，孔颖达《尚书正义》谓："五行：一曰水，二曰火，三曰木，四曰金，五曰土。水曰润下，火曰炎上，木曰曲直，金曰从革，土爰稼穑。润下作咸，炎上作苦，曲直作酸，从革作辛，稼穑作甘。"⑧ 这是"五行"字样的最早出处。《史记·历书》谓："盖黄帝考定星历，建立五行，起消息。"目前还无法确定是否为正史。但不管怎样，至迟到春秋，五行说已经成为一公共知识和共同话语，"五

---

① 傅道彬：《阴阳五行与中国文化的两个系统》，《学习与探索》1988年第1期。
② 胡厚宣：《甲骨文四方风名考证》《论殷代五方观念及中国称谓之起源》，载胡厚宣著《甲骨学商史论丛初集（外一种）》（上），河北教育出版社2002年版，第265—276、277—281页。
③ 庞朴：《阴阳五行探源》，《中国社会科学》1984年第3期。
④ 周桂钿：《秦汉思想史》，河北人民出版社2000年版，第587—591页。
⑤ （春秋）左丘明撰，鲍思陶点校：《国语》，齐鲁书社2005年版，第253页。
⑥ 侯外庐：《中国思想史纲》，上海书店出版社2008年版，第28—29页。
⑦ 李民、王健：《尚书译注》，上海古籍出版社2004年版，第217页。
⑧ （清）阮元校刻：《十三经注疏》（附校勘记）（上册），《尚书正义》，中华书局1980年影印本，第188页中栏。

行说不仅对古代自然科学、应用技术和人文思想的发展影响巨大,而且在一定程度上还推动了古人思维的进展,决定了中国古代思想发展在一定时期内的基本走向"①。《左传》《国语》记载了大量关于五行的言论:

> 天生五材,民并用之,废一不可。(《左传·襄公二十七年》)
> 庚午之日,日始有谪,火胜金,故弗克。(《昭公·三十一年》)
> 子,水位也……水胜火,伐姜则可。(《哀公·九年》)
> 及地之五行,所以生殖也。……非是不在祀典。(《国语·鲁语上》)
> 故先王以土与金木水火杂,以成百物。(《郑语》)

从这些材料来看,有两点值得注意。其一,五行的观念起源于"五材",即五种先民生存不可或缺的五种物质,随着认识的深入,在表述上侧重在五者之间的关系上,即所谓的"相生相克"。其二,五行与五味、五色、五音、五谷、五祀、五典等建立了联系,这一方面表现了原始先民对事物的直观把握,另一方面也在一定程度上揭示了事物之间的有机联系。傅道彬先生指出:"以'五'为中心链条的文化现象已波及到自然、人类、社会、伦理的各个方面,在上古社会中存在着一个以五为核心的文化系统,五行是这个文化系统的最高与最终的表现形式。"② "我们将上古社会以'五'为中心构架的文化系统加以整理,大致可以看出五行发生的轨迹。"③

自 然	人 类	政 治	礼 教
五辰	五官(耳目口鼻身)	五刑	五祀
五时	五脏	五教	五礼
五方	五福	五事	五献
五神	五伦	五严	五仪
五虫	五服	五典	五贝
五谷	五泰	五品	五玉
……	……	……	……

---

① 夏静:《礼乐文化与中国文论早期形态研究》,中华书局2007年版,第31页。
② 傅道彬:《阴阳五行与中国文化的两个系统》,《学习与探索》1988年第1期。
③ 同上。

第一章 "诗味"论的儒道渊源

傅先生的论述表明,"五行"学说由一开始的"五材"这五种物质,加以抽演,形成"五行"概念,然后由此推演到自然、人类、政治、礼教等诸多领域。虽然傅先生这里没有提到"五味",但是"五行"与"五味",无疑有一一对应的关系。陶礼天先生在其专著《艺味说》中,将"五行"与"五味"的关系,做了对比,可以直观看出两者的关系。(见下表)①

五　行	水	火	木	金	土
五行元素特点或功能	润下	炎上	曲直	从革	稼穑
五味	咸	苦	酸	辛	甘

"阴阳"与"五行"合流,大约从邹衍开始。《史记·孟子荀卿列传》载:"……有国者益淫奢,不能尚德……乃深观阴阳消息而作怪迂之变,《终始》、《大圣》之篇十余万言。"②《史记·封禅书》谓:"以阴阳主运显于诸侯。"③邹衍的学说体系"闳大不经",其学说包括三部分:天论、地理学说和历史学。他认为历史是按照五行的原则循环转复的,每一时代都受到五行的某一行支配。帝王将兴,天必兆祥。"而这种祥兆符合于支配该时代的某一行的'德'"④,此谓之"五德始终"学说。邹衍的贡献是,将殷商以来的方位观念数术化,将"德"与五行配位,进一步将五行的观念系统化、政治伦理化,以此解释社会历史的发展规律。请看《吕氏春秋·有始览第一·应同》的记载:

凡帝王者之将兴也,天必先见祥乎下民。黄帝之时,天先见大螾大蝼。黄帝曰:"土气胜。"土气胜,故其色尚黄,其事则土。及禹之时,天先见草木秋冬不杀。禹曰:"木气胜。"木气胜,故其色尚青,其事则木。及汤之时,天先见金刃生于水。汤曰:"金气胜。"金气胜,故其色尚白,其事则金。及文王之时,天先见火赤乌衔丹书

---

① 陶礼天:《艺味说》,百花洲文艺出版社2005年版,第13页。
② 司马迁:《史记》(三),中华书局2011年版,第2066页。
③ 司马迁:《史记》(二),中华书局2011年版,第1270页。
④ 侯外庐:《中国思想史纲》,上海书店出版社2008年版,第100页。

集于周社。文王曰："火气胜。"火气胜，故其色尚赤，其事则火。代火者必将水，天且先见水气胜。水气胜，故其色尚黑，其事则水。①

这里保留了邹衍比较完整的"五德始终"说。所谓"五德"即"五行之德"。按邹衍之说，每一朝代，均有一"德"与之对应，当德者出现之时，天降祥瑞，以示君命天授。五德始终说不仅解释历史上的朝代更迭，还为君命天授提供理论资源，具有极强的政治可操作性。不过，邹衍的"五德始终"说，主要谈的是"五行"。真正将"五行"与"阴阳"结合在一起的，是董仲舒。《五行相生》云："天地之气，合而为一，分为阴阳，判为四时，列为五行。"② 同时，他将阴阳五行比附于父子人伦关系，赋予阴阳五行以鲜明的道德意味，这就为以"味"论"乐"、论"政"奠定了哲学基础。

葛兆光先生指出："宇宙、社会与人类的一体意识与阴阳五行思想，使人们有了这样一种普遍的认识，即在天、地、人之间，凡相对称的部分都有一种神秘的联系，人们在经验的基础上把这种对称和对应的联系分别概括为阴阳与五行，由阴阳与五行以及一些次要的关系，宇宙成为一个和谐而统一的整体，各种相关的部分互相感应，感应有种种显示的征兆……在他们的视野中，世界是一个充满了神秘联系的整体，而人就在这个世界中。"③ 沿着这个思路，我们就能比较容易地理解"五味"何以能和"阴阳五行"建立联系。

二 "审乐知政"的批评传统与"声亦如味"的本质

我们认为，"声亦如味"绝不是简单地用食物的"滋味"比喻音乐的和谐美感，尽管有这层含义在内。如果把"声亦如味"的命题，放在"审乐知政"的批评传统中加以考察，恐怕更容易接近"声亦如味"的本质。

---

① 张双棣等：《吕氏春秋译注》（修订本），北京大学出版社 2011 年版，第 299 页。
② （汉）董仲舒撰：《春秋繁露》（下），中华书局 1975 年版，第 457 页。
③ 葛兆光：《中国思想史》（第一卷），复旦大学出版社 2001 年版，第 77 页。

（一）"审乐知政"的批评传统

周景王二十三年（前522），景王"将铸无射"，单穆公劝谏，王朝乐官伶州鸠婉讽，伶州鸠说：

> 夫政象乐，乐从和，和从平。声以和乐，律以平声。金石以动之，丝竹以行之，诗以道之，歌以咏之，匏以宣之，瓦以赞之，革木以节之。物得其常曰乐极，极之所集曰声，声应相保曰和，细大不逾曰平。如是，而铸之金，磨之石，系之丝木，越之匏竹，节之鼓而行之，以遂八风，于是乎气无滞阴，亦无散阳，阴阳序次，风雨时至，嘉生繁祉，人民和利，物备而乐成，上下不罢，故曰乐正。今细过其主妨于正，用物过度妨于财，正害财匮妨于乐。细抑大陵，不容于耳，非和也。听声越远，非平也。妨正匮财，声不和平，非宗官之所司也。①

在伶州鸠看来，音乐具有强大的功能，"铸之金，磨之石，系之丝木，越之匏竹，节之鼓而行之，以遂八风"。且具有"平和"的特性，所谓"声以和乐，律以平声"，"物得其常曰乐极，极之所集曰声，声应相保曰和，细大不逾曰平"，因此，音乐"平和"则"气无滞阴，亦无散阳，阴阳序次，风雨时至，嘉生繁祉，人民和利，物备而乐成，上下不罢"。而如今"妨于正""妨于财""妨于乐"，非"平和"之音。人民就会怨声载道，国家就会大厦倾颓。值得注意的是，伶州鸠在以音乐评论政事，所以他开篇就说："夫政象乐，乐从和，和从平。"这种思想在《毛诗序》和《礼记·乐记》中得到发展，逐渐形成了"审乐知政"的传统。

《毛诗序》指出诗有两个特征，一是情、志结合，二是诗、乐结合。《毛诗序》谓："诗者，志之所之也，在心为志，发言为诗。情动于中而形于言，言之不足故嗟叹之，嗟叹之不足故永歌之，永歌之不足，不知手之舞之，足之蹈之也。"② 这讲的是诗歌情志的结合。如果把这段话与

---

① （春秋）左丘明撰，鲍思陶点校：《国语》，齐鲁书社2005年版，第61页。
② （清）阮元校刻：《十三经注疏》（附校勘记）（上册），中华书局1980年影印本，第269页下栏—270页上栏。

味：一个诗学语词的理论批评

《礼记》的一段话加以对比，我们就会发现诗歌情志结合的观点的渊源所自。《礼记》谓："诗，言其志也；歌，咏其声也；舞，动其容也。""情动于中，故形于声。""故歌之为言也，长言之也。说之，故言之；言之不足，故长言之；长言之不足，故嗟叹之；嗟叹之不足，故不知手之舞之、足之蹈之也。"① 明显能看出前后思想的一脉相承。至于诗乐结合，更是我国诗歌形成的一个突出特点。诗歌形成之初，诗、乐、舞三位一体。《吕氏春秋·古乐》的"三人操牛尾，投足以歌八阕"，《礼记》的"诗，言其志也；歌，咏其声也；舞，动其容也"，生动再现了当时诗、乐、舞三者紧密结合的情景。

重视诗乐的教化作用，是儒家诗论的核心。这在《毛诗序》中有充分的体现。《毛诗序》谓：

> 情发于声，声成文谓之音，治世之音安以乐，其政和；乱世之音怨以怒，其政乖；亡国之音哀以思，其民困。故正得失，动天地，感鬼神，莫近于诗。先王以是经夫妇，成孝敬，厚人伦，美教化，移风俗。②

首先，诗乐与政治息息相关，能反映政治的清浊、民心的得失，"治世之音安以乐，其政和；乱世之音怨以怒，其政乖；亡国之音哀以思，其民困"，就是说，诗乐可以反映时代的政治状况，可以从音乐中体察政令得失、国家兴亡。其次，历代君王一直把诗乐作为"经夫妇，成孝敬，厚人伦，美教化，移风俗"的工具。所以《毛诗序》开篇就说："《关雎》后妃之德也，风之始也，所以风天下而正夫妇也。故用之乡人焉，用之邦国焉。风，风也，教也；风以动之，教以化之。"教化的对象，是被统治者；教化的目的，是使其恪守纲常，不越其轨；教化的手段，主张"下以风刺上"，但必须"发乎情"而"止乎礼仪"，就是所谓的"主文而谲谏"，朱自清解释说，"不直陈而用比喻叫'主文'，委婉讽刺叫'谲

---

① 王文锦译解：《礼记译解》（下），中华书局2001年版，第562—563页。
② （清）阮元校刻：《十三经注疏》（附校勘记）（上册），《毛诗正义》，中华书局1980年影印本，第270页上、中、下栏。

谏'"，通过比兴等手段，暗示统治者，使之醒悟改正错误，这就是"温柔敦厚"的儒家诗教。

从儒家的道德哲学出发，《礼记·乐记》将音乐的社会功能放到突出的地位，认为"乐"不是自娱自乐的艺术抚慰，而是负载政治内涵的审政途径。朱良志先生指出："《乐记》乐、同、仁三者合一，是由生命关联律衍生出来的逻辑，既明音乐产生之本，又悄悄地为音乐套上一个规范，由天地的自然秩序的'同'说到群体的伦理秩序的'同'。"① 《乐记》谓："凡音之起，由人心生也。人心之初，物使之然也。感于物而动，故形于声。"在《乐记》看来，音乐的最根本目的在于实现人的内心的和谐，这种内心的和谐来自群体的"同"。音乐的和谐不能由外部强加规定，而只能来源于内心的生命深层的和融。《乐记》认为，人不能没有音乐，音乐是人的本能诉求。人的生命根源处就存在着一个音乐的世界，在这个世界中，涌动着人的生命的乐章，而外在的音乐就是隐蔽在心灵深处乐章的遥遥呼应。就这个意义而言，"审乐知政"就有了心理的基础，"是故审声以知音，审音以知乐，审乐以知政，而治道备矣"，乐者将自己对时政的感受，以音乐的形式抒发出来，"审乐"者以此得以知政事得失，了解国家兴亡。

（二）"乐从和"："声亦如味"的本质

探讨"声亦如味"的本质，应该从"乐"入手。《说文》谓："乐，五声八音总名，像鼓鞞木虡也。"从解释看，"声"在"乐"中。不仅如此，根据《周礼·春官大司乐》中有"乃奏黄钟，歌大吕，舞云门，以祀天神，乃奏大蔟，歌应钟，舞咸池，以祭地示"② 的记载，表明乐、舞、歌三位一体，且都以祭祀为主要内容。"制礼作乐"同时进行，礼乐相提并论。但礼乐毕竟还有不同，《礼记·乐记》谓："乐由中出，礼自外作。"③ "乐者，天地之和也。礼者，天地之序也。和，故百物皆化；序，故群物皆别。"④ 明确指出"礼""乐"规范人的行为的不同途径。一个来自外在的规定性，一个诉诸人的内心情感。而"乐"的根本特点

---

① 朱良志：《中国美学名著导读》，北京大学出版社2004年版，第20页。
② 林尹注译：《周礼今注今译》，天津古籍出版社1988年版，第231页。
③ 王文锦译解：《礼记译解》（下），中华书局2001年版，第531页。
④ 同上书，第533页。

在于"和"即"乐从和"。"和"为什么是"乐"的基本特点？李泽厚先生认为，有以下三点原因。①

首先，"乐"与"礼"在基本目的上是一致或相通的，都在维护、巩固群体既定秩序的和谐稳定。《礼记·乐记》谓：

> 是故先王之制礼乐也，非以极口腹耳目之欲也，将以教民平好恶而反人道之正也。②
>
> 律小大之称，比终始之序，以象事行，使亲疏、贵贱、长幼、男女之理皆形见于乐。③
>
> 是故乐在宗庙之中，君臣上下同听之则莫不和敬；在族长乡里之中，长幼同听之则莫不和顺；在闺门之内，父子兄弟同听之则莫不和亲。故乐者……所以合和父子君臣、附亲万民也。是先王立乐之方也。④

这三段话，显然从三个方面论证"礼乐"之"和"。一是，先王制"礼乐"的目标在于"和"，具体说，就是"教民好恶""反人道之正"，就是要和谐有序。二是，亲疏贵贱、长幼有序的"礼"，要通过"乐"的形式来展现，所谓"律小大之称，比终始之序""皆形见于乐"。三是，"乐"之"和"的结果，是君臣和敬、长幼和顺、父子兄弟和亲，推而广之，"亲万民"，此乃先王"立乐之方"。

其次，"乐"和"礼"相比较，在"和"人群的途径方法上，有所不同。"乐由中出，礼自外作。"所谓"礼"，按照李泽厚先生的解释，"'礼'在当时大概是一套从祭祀到起居，从军事、政治到日常生活的制度等礼仪的总称。实际上就是未成文的法，是远古氏族、部落要求个体成员所必须遵循、执行的行为规范"⑤。既然是行为规范，那

---

① 李泽厚：《华夏美学·美学四讲》（增订本），生活·读书·新知三联书店2008年版，第23—24页。
② 王文锦译解：《礼记译解》（下），中华书局2001年版，第528页。
③ 同上书，第540—541页。
④ 同上书，第560页。
⑤ 李泽厚：《华夏美学·美学四讲》（增订本），生活·读书·新知三联书店2008年版，第16—17页。

么无疑就会有强制的规定性,就会有规定、约束,以维护统治的秩序和稳定。

最后,"乐从和"追求的不仅是人际关系中的上下长幼、尊卑秩序的"和",而且还是天地鬼神与人间世界的"和"。以《乐记》为例,《乐记》中"和"的思想的独特性在于,它把"和"的思想做了向上和向下两级的延伸。向上,它把音乐的"和"放到整个天地宇宙中加以考察;向下,又将"和"穷极至人身心中的和谐。概括说,上则人与天地和谐,中则人与他人和谐,下则人与自身和谐,换言之,就是天地的和谐、道德的和谐与生命的和谐。

以上分析可以看出,"乐"的本质亦即"声"的本质,就是"和"。天高地阔,大地万物荣枯各异,于是就有了差异,有了差异就存在秩序的调整,这是"礼"产生的土壤。天下万物生生不息、流转不滞、相生相合,这就是音乐"和"产生的根源。"和"就是滋生、成长,就是化育、变化。"和"既是天空大地的生命形式,也是人伦道德的存在方式,还是源自个体心灵深处的生命力量。

下面我们回到《左传》中晏婴的论述。晏婴在这里的论述有两点值得注意。第一,从饮食的滋味出发,提出了"济泄"的观点,这就把"和"的观点引入了饮食领域。这是晏婴对"和同"思想的继承和发展。《国语·郑语》谓"和实生物,同则不继","声一无听,物一无文,味一无果"[①],就是说,"和"是多样性的统一,单一性不能构成"和",晏婴的"宰夫和之,齐之以味,济之不及,以泄其过",强调不及则"济"之,过则"泄"之,就是要取其"中",取其"和"味,要五味调和。这种尚"中和"的思想,是中国诗学"中和"思想的发轫,这种思想,在孔子那里得到了进一步的发展。第二,这种统一是两组对立因素的统一。在这里,晏婴引入了一组二元对立的观念来论证事物的"相济","先王之济五味,和五声也,以平其心,成其政也。声亦如味……清浊、小大、短长、疾徐、哀乐、刚柔、迟速、高下、出入、周疏,以相济也。君子听之,以平其心,心平,德和"。多样性的"相杂"和对立性的"相和"才能表现为"和",自然界、人生社会、个体自我都是多样性、对立

[①] (春秋)左丘明撰,鲍思陶点校:《国语》,齐鲁书社2005年版,第253页。

性的辩证统一，"味"是如此，"声"也是这样。这样，味之"和"，声之"和"同宇宙自然之"和"、政治伦理之"和"、个体心灵之"和"建立了同构的关系。因而，音乐就具有了使"气无滞阴，亦无散阳，阴阳序次，风雨时至，嘉生繁祉，人民和利"的功效。"乐"所追求的是社会秩序、天地自然和自我人身的协调和谐，强调的是协调、沟通和均衡，这就是"和"的境界。

总之，晏婴的"和同"论，是从"治国"的政治伦理角度出发的，"成其政"是晏婴"声亦如味"的出发点，也是它的归宿，就这个意义来说，"声亦如味"是以"味"论"声"，也是以"味"论"政"，这才是"声亦如味"论的本质。

第二节　三月不知肉味："孔子闻韶"的诗学意义

古罗马哲学家普洛丁（Plotinus）（205—270）说："美主要是通过视觉来接受的。就文词和各种音乐来说，美也可以通过听觉来接受，因为乐调和节奏也是美的。"[1] 中世纪意大利哲学家圣·托马斯·阿奎那（Saint Thomas Aquinas）（1226—1274）认为："与美关系最密切的感官是视觉和听觉，都是与认识关系最密切的，为理智服务的感官。我们只说景象美或声音美，却不把美这个形容词加在其他感官（例如味觉和嗅觉）的对象上去。"[2] 与西方不同，把美感与味觉联系起来，是中国诗学的传统。那么，从何时开始，"味"论开始进入审美之域的？回答这个问题，不妨从《论语·述而》记载的"孔子闻韶"谈起。

《论语·述而》载："子在齐闻韶，三月不知肉味。曰不图为乐之至于斯也。"

我们先看看注家对这句话的诠释。周生烈曰："孔子在齐，闻习韶乐之盛美，故忽忘于肉味。"[3] 邢昺曰："此章孔子美韶乐也。……曰不

---

[1] 北京大学哲学系美学教研室编：《西方美学家论美和美感》，商务印书馆1980年版，第53页。
[2] 同上书，第67页。
[3] （清）阮元校刻：《十三经注疏》（附校勘记）（下册）卷7，中华书局1980年影印本，第2482页中栏。

图为乐之至于斯，美之甚也。"① 朱熹解释道："曰：不意舜之作乐至于如此之美，则有以极其情文之备，而不觉其叹息之深也。"又引范氏曰："《韶》尽美又尽善，乐之无以加此也。故学之三月，不知肉味，而叹美之如此。诚之至，感之深也。"② 刘宝楠曰："言韶乐之美，非计度所及也。""曰不图为乐之至于斯，美之甚也。""是言韶乐至美也。"③ 综观各家之说，有两点值得注意：一是"韶乐"作为一种艺术形式，是"胜美""尽美又尽善"，美到极致；二是孔子作为欣赏者，闻韶乐的感受，是"忘于肉味"，"为乐之至于斯"，"美之甚"，闻之如醉如痴，被彻底征服。

一 "三桓作乱"与"孔子适齐"

春秋末期，出现了邦国政权旁落的局面。鲁国的状况尤其突出，出现所谓"三桓作乱"的局面，王室的大权旁落三桓之手，三桓瓜分了鲁国的政权。三桓的权力既强，经常以下犯上，越权行事。《论语·八佾》载："孔子谓季氏，'八佾舞于庭，是可忍也，孰不可忍也？'"《论语·八佾》包括26章，主要是涉及"礼"的问题，维护礼制、礼节的种种规定。孔子这句话，是在谈到季氏时说的："他用八行人（六十四人）在自己的庭院中奏乐舞蹈，这样的事都忍心去做，还有什么事情做不出来呢？"

佾，是行列的意思。所谓"八佾"舞，就是舞蹈者排成八行，每行八人，共六十四人，边歌边舞。本来，这是周天子祭祀时用的舞蹈，规格是最高的。因为鲁国是周公的封地，周公在武王伐纣中贡献大，所以周成王特许鲁国祭祀时可以用八佾舞，这属于享受周天子的特殊待遇，含有表彰周公之意。但是，季孙氏是正卿，按周礼规定，只有天子才能享受八佾，诸侯用六佾，卿大夫用四佾，士用二佾。所以他用八佾之舞，违背了礼制，属于僭越，这才导致孔子的强烈不满。

---

① （清）阮元校刻：《十三经注疏》（附校勘记）（下册）卷7，中华书局1980年影印本，第2482页中栏。
② （宋）朱熹撰，张茂泽整理：《四书集注之一：大学·中庸·论语》卷4，三秦出版社2005年版，第143页。
③ （清）刘宝楠：《论语正义》卷8，《述而第七》，河北人民出版社1988年版，第142页。

鲁昭公二十五年（前517）九月，鲁国爆发内乱。起因是季平子和郈昭伯的斗鸡事件。这件事，《史记·孔子世家》载："孔子年三十五，而季平子与郈昭伯以斗鸡故得罪鲁昭公，昭公率师击平子，平子与孟氏、叔孙氏三家共攻昭公，昭公师败，奔于齐，齐处昭公乾侯。其后顷之，鲁乱。"①

斗鸡是当时贵族上层社会的一种游戏或赌博活动，以斗鸡所谓输赢决定主人的胜败。按当时的规定，斗鸡的双方主人不得作弊，以保证斗鸡的公平性。可是季平子却在他的鸡翅膀上涂上芥末，结果每次斗鸡郈家的鸡无论怎么强壮，总是败下阵来。后来郈家发现了这个秘密，于是想出对付季平子的办法。在鸡的爪子上装上小铁钩，斗鸡在角斗时抓伤对方鸡的眼睛，所以每次都胜利。

季平子发现后大怒，指责郈昭伯作弊。而郈昭伯也不甘示弱，于是双方大打出手，季平子出兵武力占领了郈昭伯的属地。

郈昭伯于是向鲁昭公陈述原委，请求昭公主持公道。昭公也正想借此机会削弱三桓势力，于是出兵攻打季平子。季平子佯败求和，昭公不准，于是双方僵持。此间，季平子暗中请求叔孙氏出兵援助。叔孙氏经过慎重考虑，决定出兵援助季平子，攻打昭公。这时，一直持观望态度的孟孙氏见有机可乘，于是杀掉郈昭伯，带兵一起攻打昭公。三家联手攻打昭公，昭公大败，于是逃往齐国。不久，鲁国大乱。

这就是孔子适齐的历史背景，孔子就是在这样的情形下"适齐"的。关于孔子此间的心路历程，我们无从知晓。但孔子在昭公奔齐不久，就前往齐国了。我们可以推测，鲁国无君，窃国的季氏越发飞扬跋扈，连三桓中的孟氏、叔孙氏都不放在眼里，何况是孔子呢？加之鲁国三桓作乱，孔子此刻的心情凄苦程度可想而知。于是，逃避战乱也罢，思念国君也罢，被齐景公的开阔胸襟吸引也罢，总之，孔子来到了齐国。

《史记·孔子世家》载："孔子适齐，为高昭子家臣，欲与通乎景公。"②《史记·孔子世家》也记录了"孔子闻韶"这件事。不过和《论语》的记载稍有出入。《史记·孔子世家》谓："与齐太师语乐，闻韶音，

---

① （汉）司马迁撰：《史记》（三），中华书局2011年版，第1712页。
② 同上。

学之，三月不知肉味，齐人称之。"① 比较《论语·述而第七》与《史记·孔子世家》关于"孔子闻韶"同一事件的记载，不同之处有二：《史记》的记载多出"音"和"学之"三字。另外，在断句上也有不同，"三月"上承"学之"，还是下接"不知"，意思也有差异，前者强调学习时间之长，后者强调"不知肉味"时间之久。多出的三字和断读不同，带来了理解上的差异。毛庆其对这个问题，梳理出三个方面的分歧。② 其一，孔子闻韶而不知肉味是否达到三月之久？其二，孔子只"闻""韶"音，还是"闻"而"学"之？其三，孔子是在什么样的心理状态下不知肉味而发出感慨的？检讨这个问题之所以重要，在于如何理解孔子闻韶时的心理状态，这有助于理解孔子的乐论思想。

其实，关于孔子闻韶不知肉味的时间，程颐和朱熹的观点就不一致。程颐持"三月"乃"音"字之误说，据简朝亮《论语集注补正述疏》云："程子云：'三月'乃'音'字误分，此以为圣人不久滞于物也。非也。"毛奇龄在《论语稽求篇》中也有相似的看法："'三月'谓'音'字之误，程子本韩退之说。"程子否认"三月"的理由，乃"圣人不久滞于物"，认为圣人不可能"不知肉味"而至"三月"之久，认为值得怀疑。虽然程子"不久滞于物"的说法，抓住了人的认知心理活动的特征，但是理解得有些机械，"三月"云者，当为一种夸饰，不可拘泥。

"学之"与否的问题，还有一种理解，即虽然没有出现"学之"的字样，但是仍然有"学之"的意思。周生烈注："子在齐闻《韶》，为孔子在齐闻习《韶》乐之盛美。""闻"而"习"之，不啻是一种变通的解释。关于孔子是在什么心态之下发出"不图为乐之至于斯也"的，历来也有分歧，一种观点认为孔子此刻是伤感的心理，另一种认为是基于快感的心理赞叹。晋代江熙《论语江氏集解》谓："和璧与瓦砾齐贯，卞子所以惆怅；虞《韶》与《郑》《卫》比响，仲尼所以永叹。弥时忘味，何性情之深也。"很明显，江熙认为孔子感叹的原因，是由于把《韶》乐降低到郑卫之乐的地位而感伤。这些解释似乎没有抓住孔子闻《韶》而发感慨的关键，即孔子闻《韶》是否一种审美活动？朱熹的《论语集注》，

---

① （汉）司马迁撰：《史记》（三），中华书局2011年版，第1712页。
② 毛庆其：《孔子"闻〈韶〉"别解》，《星海音乐学院学报》1986年第3期。

对此作了权威的解释。朱熹云：

> 《史记》"三月"上有"学之"二字。不知肉味，盖心一于是而不及乎他也。曰：不意舜之作乐至于如此之美，则有以极其情文之备，而不觉其叹息之深也，盖非圣人不足以及此。范氏曰："《韶》尽美，又尽善，乐之无以加此也。故学之三月，不知肉味，而叹美之如此。诚之至，感之深也。"①

按朱熹的解释，"孔子闻韶"是一种审美活动。孔子的赞叹是一种审美欣赏带来的审美愉悦。杨伯峻《论语译注》对"不图为乐之至于斯也"句的解释是"想不到欣赏音乐竟到了这种境界"，更明确了闻韶的审美属性，孔子闻《韶》是艺术欣赏，是审美活动。

如前所论，孔子所生活的时代，是所谓的天下政治大乱、"礼崩乐坏"的时期，孟子曾经描述这段历史现状："世衰道微，邪说暴行有作，臣弑其君者有之，子弑其父者有之。"② 对于如何拯救这个"天下无道"的社会，孔子说："笃信好学，死守善道。"那么，如何做到呢？孔子给出的药方是，寄希望于礼乐之治的古风能重新降临。《论语·子路》篇谓："名不正则言不顺，言不顺则事不成，事不成则礼乐不兴，礼乐不兴则刑法不中。"值得注意的是，孔子把"礼乐"和"刑法"联系起来，认为"礼乐制度不能够兴起，刑法就不能够得当"，可见，孔子的政治理想是建立在"仁义"基础之上的"礼制"。因此，孔子的"救世"理想带有唯美的浪漫色彩，是善与美相联系的世界。陈昭瑛指出：

> 从尧舜到周公的礼乐之治是孔子心目中的理想政治，在孔子的时代已感到那是一去不复返的乐园，在孔子之后，那更是一种"永恒的乡愁"。用现代的语言来说，"礼乐之治"是一个美学化的社会，在此，政治的最高境界并不只是获得民主、自由、平等、正义，而是达到了美的境界，在这样的社会中，上述那些政治领域中的积极价值

---

① （宋）朱熹撰：《论语集注》，齐鲁书社1992年版，第65页。
② 杨伯峻译注：《孟子译注》，《滕文公章句下》，中华书局2005年版，第155页。

都不是在法制规范中勉力获得的，而是在美的涵泳陶冶之中自然而然达到的。因此，儒家理想中的政治是一种无政治的政治。按照孔子对先王之道的理解，这个美的社会是经由礼乐教化而达到。①

这段话有两点值得注意：首先，孔子是有政治理想和政治抱负的，身处春秋末年的孔子的政治理想就是恢复周礼，从这个意义上讲，从教化角度、伦理角度理解孔子、评说孔子大体上是不错的。问题的关键在于，我们需要仔细区分孔子政治中的艺术化、诗意化成分，而不是一味地往道德伦理的方面靠拢。其次，实现孔子理想社会形态的手段和途径只能是"礼乐"的教化，是通过"礼乐"的途径，把人引向美的、善的境界。从这个角度，我们就发现了"孔子适齐闻韶"的诗学价值，它为我们还原孔子的时代、还原孔子的精神价值和审美取向提供了契机，把我们的理论视野带到"孔子闻韶"这一事件本身，通过对其考察，发现孔子诗学的意义。

二 "尽善""尽美"：韶乐的内容与形式

自从孔子在公元前517年在齐国闻《韶》之后，由于孔子的高度评价，使《韶》乐成为古代乐舞中的雅乐典范。那么，《韶》乐有怎样的内容与形式？《韶》有何魅力使知礼通乐的孔子感动得五体投地，发出由衷的感叹与评价呢？顾易生先生指出："孔子论音乐，竭力推崇《韶》。考察一下什么是《韶乐》，对于理解孔子的文艺观、审美理想都是有意义的。"② 理解孔子的音乐美学思想，不妨从考辨《韶》乐入手。

（一）传世文献中《韶》乐的历史流变

《韶》乐产生于虞舜时期，据传制作者是帝舜的乐官夔。《古今图书集成·乐律总部会考·上古有虞氏》条谓："帝舜命夔作《韶乐》，以教胄子和神人……"看来是乐官夔受命而制。《尚书·舜典》也有证据，《尚书·舜典》引帝舜曰："夔！命汝典乐，教胄子，直而温，宽而栗，刚而无虐，简而无傲。诗言志，歌永言，声依永，律和声。八音克谐，无

---

① ［中国台湾］陈昭瑛：《孔子诗乐美学中的整体性概念》，《江海学刊》2002年第2期。
② 顾易生：《孔子论〈韶〉考》，《学术月刊》1987年第4期。

相夺伦，神人以和。"① 《孔丛子·嘉言》引孔子曰："夔为帝舜乐正。"《史记·五帝本纪》亦引舜曰："以夔为典乐，教稺子。"②

禹的时候，宫廷已正式把《韶》纳入雅乐体系，用于歌功颂德。《史记·五帝本纪》谓："四海之内咸戴帝舜之功。于是禹乃兴《九招》之乐，致异物，凤皇来翔。天下明德皆自虞帝始。"③ 用《韶》乐歌颂帝舜功德。

至夏时，《韶》作为大型乐舞演出已经成为常态。《史记·夏本纪》谓："舜德大明。于是夔行乐，祖考至，群后相让，鸟兽翔舞，《箫韶》九成，凤皇来仪，百兽率舞，百官信谐……于是天下皆宗禹之明度数声乐，为山川神主。"④ 这则材料描述的是夏后启升位或巡狩时对《韶》乐的使用。⑤ 从描述看，庆典场面相当壮观。西周时期，《韶》乐成为六代乐之一，主要用途是乐教和祭祀。按六代乐，据《旧唐书·音乐志》，有《云门》《大咸》《大夏》《大韶》《大濩》《大武》。春秋时期，王室衰微，《韶》乐也被诸侯用来欣赏，礼遇使者。《左传·襄公二十九年》记吴公子季札聘鲁"观周乐"及"见舞"，说的就是《韶箾》。秦二世以《韶》和《五行》（周《武》乐）祭祀始皇庙。西汉董仲舒《春秋繁露·楚庄王》中论古乐，也将《韶》作为古代雅乐之始。高祖六年，《韶》乐更名《文始》，取"天下明德皆自虞帝始"之意，也是西汉文治开始之昭示。魏晋以后，《韶》乐犹存，《韶》于魏朝同样用于礼庙祭祀。晋承魏制，南朝梁武帝思弘古乐，自定郊庙雅乐，以《大韶》名《大观》。隋唐时期，《韶》乐亡失，历时三千年的《韶》乐，销声于大唐和乐之中。

以上《韶》的历史流变表明，《韶》的传承过程，是一个不断丰富、发展、完善的过程。内容上应不离歌颂先王功德，艺术形式上不断发展完善。

（二）《韶》乐的内容

关于《韶》乐内容，传世文献主要从训"韶"字入手，进行解释。

---

① 李民、王健撰：《尚书译注》，上海古籍出版社2004年版，第19页。
② （汉）司马迁撰：《史记》（一），中华书局2011年版，第35页。
③ 同上书，第39页。
④ 同上书，第73页。
⑤ 熊申英：《〈韶〉乐考——并由文献中〈韶〉乐见舜的治国之道》，《贵州社会科学》2005年第6期。

《周礼·春官·宗伯下》贾公彦疏引:"《元命包》云:'舜之民,乐其绍尧之业。'《乐记》云:'韶,继也。'注云:'言舜能继绍尧之德是也。'"① 《白虎通义·礼乐篇》云:"舜乐《箫韶》者,舜能继尧之道也。"

综合看,舜《韶》反映的是舜能继承发扬尧之"道"。具体言之有二。其一,舜在治理国家时提出的"能奋庸美尧之事,使居官相事",表明其所作乃是对尧的继承。其二,舜设置了一套相当完备的人事安排,具体内容涉及"六府""三事""九功""九德"。《尚书·大禹谟》引禹曰:"於!帝念哉!德惟善政,政在养民。水、火、金、木、土、谷惟修;正德、利用、厚生惟和,九功惟叙,九叙惟歌。戒之用休,董之用威,劝之以九歌,俾勿坏。"② 舜帝答曰:"俞!地平天成,六府三事允治,万世永赖,时乃功。"③《左传·文公七年》引晋郤缺言于赵宣子曰:"九功之德皆可歌也,谓之《九歌》。六府、三事,谓之九功。水、火、金、木、土、谷,谓之六府;正德、利用、厚生,谓之三事。"④ 可见,《韶》乐是用以歌颂帝舜的。《白虎通·礼乐》云:"九之为言究,德遍究,故应德而来亦九也。"知"九"有"德遍究"之义,极言帝舜有"九德"之盛。《尚书·皋陶谟》引皋陶论"九德"谓:"宽而栗,柔而立,愿而恭,乱而敬,扰而毅,直而温,简而廉,刚而塞,强而义。彰厥有常,吉哉!"⑤ 司马迁《史记·五帝本纪》称赞说:"天下明德皆自虞帝始。"

那么,孔子在齐所闻《韶》之内容,也应该是歌颂舜之功德。从孔子对《韶》的评价来看,《论语》云:"子谓《韶》尽美矣,又尽善也。"也就是说,《韶》乐表现了尧舜以圣德受禅,所以尽善尽美。另外,我们也可以通过《韶》乐传入齐国的途径来推求《韶》的内容。关于《韶》乐如何传入齐国的,传统的说法是,上古帝王虞舜的乐章,保存于其后裔陈国。春秋时陈公子完出奔齐国,把它带到了齐国。《汉书·礼乐志》

---

① (清)阮元校刻:《十三经注疏》(附校勘记)(上册)卷22,中华书局1980年影印本,第788页上栏。
② 李民、王健撰:《尚书译注》,上海古籍出版社2004年版,第26页。
③ 同上书,第27页。
④ 杨伯峻编著:《春秋左传注》(修订本)(二),中华书局1990年版,第564页。
⑤ 李民、王健撰:《尚书译注》,上海古籍出版社2004年版,第37页。

谓:"陈公子完奔齐……《招乐》存焉。故孔子适齐而闻《招》。"《招》就是《韶》乐。据《史记·田敬仲完世家》,陈完于齐桓公十四年奔齐,改为田氏,其后代"行阴德于民","由此田氏得齐众心","民思田氏"。当时齐相晏婴已明显看出田氏将取代姜齐的趋势。在这种背景下,反映尧舜相传的《韶》乐,正是为田氏取代姜氏之做舆论的准备,以表达一种美好理想。

韩玉德先生认为,根据《左传》等文献,齐之《韶》极有可能由鲁传入。① 首先,鲁为周公后,得备天子礼乐。《左传·襄公二十九年》载吴公子季札"观周乐","论《韶箾》",可证明《韶》曾存于鲁。其次,鲁昭公亡命齐国,由随行太师挚传《韶》于齐。昭公二十五年至三十年,鲁国发生政变,鲁君所用之天子礼乐崩坏,乐官四散。孔子为避鲁难适齐闻《韶》,当时太师挚也在齐国。《论语·微子》谓:"太师挚适齐,亚饭干适楚。""太师挚"就是《论语·泰伯》中为孔子所称道的"师挚"。也是《论语·子罕》中与孔子论乐的"鲁大师"。因此,《韶》乐由鲁通过鲁大师传入齐国是可信的。联系《左传·襄公二十九年》季札观乐,"见舞《韶箾》者",曰:"德至矣哉,大矣!如天之无不帱也,如地之无不载也。虽甚盛德,其蔑以加于此矣。"季札所说的至高无上的德行,指的就是虞舜的功德。这也足以说明,齐《韶》的内容应该是歌颂舜帝功德的。

(三)《韶》乐的艺术形式

关于《韶》乐的演奏艺术形式,由于历史久远,既无谱可依,又无声可寻,只能从历史典籍中窥其端倪。《尚书·益稷》中,有一段文字:

> 夔曰:"戛击鸣球,搏拊、琴瑟,以咏。"祖考来格,虞宾在位,群后德让。下管鼗鼓,合止柷敔,笙镛以间,鸟兽跄跄;《箫韶》九成,凤凰来仪。夔曰:"於!予击石拊石,百兽率舞,庶尹允谐。"②

这条史料虽然简略,但却较完整地记录了《韶》乐演奏的全过程,

---

① 韩玉德:《〈韶〉乐考论》,《学术月刊》1997年第3期。
② 李民、王健撰:《尚书译注》,上海古籍出版社2004年版,第49页。

为历代典籍记载所仅见。下面我们结合相关史料及出土文献，对《韶》乐、舞、诗这一综合表演艺术予以考辨。

1. 《韶》乐之"乐"

古代关于乐器的制作发明，历史文献中多有记载。《帝王世纪》谓："伏羲氏作瑟三十六弦，长八尺一寸。"伏羲氏发明了瑟。《世本·作篇》谓："神农作琴。神农氏琴长三尺六寸六分，上有五弦，曰：宫、商、角、徵、羽。"神农氏发明了琴。《世本·作篇》又谓："箫，舜所造，其形参差像凤翼，十管，长二尺。"舜发明了"箫"。《竹本纪年》载，舜"在位十有四年，奏钟、石、笙、筦未罢，而天下大雷雨"，说明舜时乐器，除了箫、琴、瑟外，还有钟、石、笙、筦。仅《尚书·益稷》这段文字涉及的乐器就有鸣球、琴、瑟、鼗、鼓、柷、敔、笙、镛、箫、石磬、管十二种乐器。文献所载的部分乐器，考古发掘的实物已经予以证实。众所周知，琴、瑟、箫都是竹质、木质的，易腐烂，不易保存，所以，在考古发现中很难发现琴、瑟和箫等竹木质一类的乐器。但考古发掘中却出土与琴、瑟相近的乐器实物。1986—1987年，考古工作者在河南省舞阳县贾湖遗址发现了20余支用鹤的尺骨制成的骨笛，距今有9000年至7800年之久，是"目前世界上出土的年代最早、保存最为完整、出土个数最多、现在还能用以演奏的乐器实物"①。1979年，山东日照市莒县陵阳河，约在大汶口文化晚期的墓葬中，出土了泥质黑陶高柄杯600余件。其中有一件形状类似原始的横吹笛子之类的乐器，叫"笛柄杯"，柄部有两个音孔，"可吹奏出四个不同音质的乐音，音响与竹笛音质相似，故名笛柄杯"②。据考证已经有5000年左右的历史。这说明，早在史前时代，笛子等管乐器就已经出现并成为演奏的主乐器，那么，至春秋时期的齐国，《韶》乐演奏的乐器当更为丰富。1959年在山东泰安大汶口墓地第10号墓发现一件可能是壶口蒙有鳄鱼皮的白陶壶。③ 李纯一先生认为这个白陶背壶可能就是

---

① 河南省文物考古研究所：《舞阳贾湖》（下卷），科学出版社1999年版，第992页。
② 王树明：《山东莒县陵阳河大汶口文化墓葬发掘简报》，《史前研究》1987年第3期。
③ 山东省文物管理处、济南市博物馆编：《大汶口——新石器时代墓葬发掘报告》，文物出版社1974年版，第24页。

文献所说的瓦鼓或土鼓。① 另外，出土的乐器还有陶埙、铜铃、铙等。从传世文献和出土文物，推测《韶》乐的演奏形式和规模十分惊人，演奏的乐队编制庞大，乐器种类繁多，多达百余种，少则几十种。王川昆先生指出："当时齐国的乐队仅鼓类就有若干种，另外还有竽、笙、管、箫、筑、籥、篪、埙、琴、瑟、柷敔、柎、鼗、球（即玉质的球磬）、镛、编钟、编磬、缶、錞于等等。真可谓丝、竹、金、石、土、木、革、匏之属的各种乐器，应有尽有，所以称之为八音之乐。"② 韶乐的主旋律多由"排箫"演奏，所以称为"箫韶"。"排箫"所奏乐曲曲调绚丽优美，特色鲜明。《诗经·周颂·有瞽》谓："箫管备举，喤喤厥声。"这里的"箫"就是"排箫"。"喤喤"之声的描述，说明声音洪亮，优美动听。

如此众多的乐器，需要一支专业化的乐工队伍来演奏。据杨荫浏先生统计，周代专门设置的乐官"有明确定额的，为一千四百六十三人"③。傅道彬先生谓："从《周礼》所记乐官来看，除了大司乐之外，其余各个职掌都是具有专业艺术特长的技术人员，如乐师、瞽矇、磬师、钟师、笙师、旄人、镈师、籥师、籥章等，更多的是乐工。"④ "有歌曲的演唱者大师、小师、瞽矇，有舞蹈表演者旄人、鞮鞻、司干以及众寡无数的舞者，还有许许多多的士、府、史、胥、徒等下层乐官及表演人员。"⑤ 这也从一个侧面反映出《韶》乐表演的专业化特征。《韶》乐的演出，不仅有专业化的演出队伍，还有固定的排演或演出场所。1982年7月，山东省淄博市齐都镇齐国故城东南部韶院村一农民，将家存20多年的一件石磬捐给了齐国故城遗址博物馆。鼓博处阴刻铭文2字，为"乐室"或"乐堂"。此件石磬的发现，对考证"孔子闻韶处"提供了一件实物资料。韶院村所在地是春秋时期齐国的故都，此处当时是盛齐时期歌舞乐伎们居住、学习、创作、研究、排练以及演戏的教坊与演出的"剧院"，也是艺术人才荟萃的"国立艺苑"。⑥ 可见，韶院村就是齐国宫廷乐舞机构的所

---

① 李纯一：《山东地区音乐考古及研究课题》，《中国音乐学》（季刊）1987年第1期。
② 王川昆：《古〈韶乐〉嬗变为〈齐韶乐舞〉之管见——兼述孔子与〈齐韶乐舞〉》，《管子学刊》1996年第1期。
③ 杨荫浏：《中国古代音乐史稿》（上册），人民音乐出版社2004年版，第34页。
④ 傅道彬：《诗可以观：礼乐文化与周代诗学精神》，中华书局2010年版，第89页。
⑤ 同上书，第73页。
⑥ 张龙海、张爱云：《齐国故城内发现一件带铭文石磬》，《文物》2008年第1期。

在地——"乐室"或"乐堂",是礼乐文化的艺术空间和经常性的演出场所。由此推想齐国当时乐官排练演奏的状况,当时的合奏不会仅仅是单声部的齐奏,应该具备了相当的编配手法和多种多样的表现手段,这样才能达到金声玉振、肃雍和鸣的艺术境界,也才能有完整优美、令孔子倾倒的《韶》乐。

2.《韶》乐之"舞"

《尚书·益稷》关于"舞"的描绘,谓之"鸟兽跄跄""凤凰来仪""百兽率舞",按王川昆先生的描述:"待进入乐曲中间时,乔装打扮成各种鸟兽的歌舞伎们随歌附乐,步履跄跄地舞动起来……乐舞经过多次的变化之后,场上突然出现了化妆为精灵的鸟王'凤凰';顿时全场群兽百鸟们向着凤凰边舞边鸣叫着,形成堂皇庄严地'百鸟朝凤'场面。"①《韶》乐之"舞"的场面宏大。考古资料表明,我国古代的乐舞十分发达。据考古报告称:女郎山战国墓出土彩绘乐舞俑38件(其中人物俑26件、乐器4件、祥鸟8件),有多人表演俑、观赏俑、单人歌唱俑、双人长袖舞俑等。②尤其值得注意的是,这批"多人表演的舞俑,其左臂弯曲高抬,右臂前伸,动作整齐一致,可以看出是按一定的韵律和音乐节奏进行表演的……这套乐舞陶俑突出了乐舞表演的欢乐场面,并有众多的观赏俑,就连鸟禽也被精彩的乐舞表演所吸引……这套乐舞俑有的放声高歌,有的挥袖对舞,有的举手挥臂作集体表演,且舞蹈动作整齐一致,具有独特的艺术风格"③。这则考古发现,表明齐地的歌舞"多人表演"的特点,规模大,有歌有乐有舞,这可以从一个侧面证明《韶》乐歌、乐、舞结合的特点。

许兆昌从探讨《箫韶》之"箫"的含义入手,探讨《韶》箫乐舞姿舞容。④郑康成《尚书》注征引的汉代一则材料引起了他的注意。其云:"《韶》,舜乐。名舜乐者,其秉箫乎?"由此推断,箫作为《韶》乐表演

---

① 王川昆:《古〈韶乐〉嬗变为〈齐韶乐舞〉之管见——兼述孔子与〈齐韶乐舞〉》,《管子学刊》1996年第1期。
② 济青公路文物考古队绣惠分队:《章丘绣惠女郎山一号战国大墓发掘报告》,载山东省文物考古研究所编《济青高级公路(章丘工段)考古发掘报告集》,齐鲁书社1993年版,第140—141页。
③ 李曰训:《山东章丘女郎山战国墓出土乐舞俑及有关问题》,《文物》1993年第3期。
④ 许兆昌:《虞舜乐文化零证》,《史学集刊》2007年第5期。

时舞者手持的乐器或舞具,即乐舞伎手执"排箫",做各种舞蹈表演。孙星衍注引《风俗通·音声篇》谓:"《尚书》'《箫韶》九成,凤凰来仪',其形参差,象凤之翼,十管,长一尺。"也是用箫的形状来描述《韶》乐舞容。

还有一点值得注意的就是《韶》乐舞模拟扮演的特点。《韶》乐舞是个以假型为主的舞蹈。傅道彬先生从"象乐"的角度研究上古乐舞。他指出,《尚书·益稷》中的"鸟兽跄跄","绝不是经验的写实的,而是象征的扮演的,这里不仅有诗乐舞的艺术形式,更有完整的'象'的表演,各种各样扮演的动物在诗乐的召唤下纷纷出场翩翩起舞,即'百兽率舞',表现着'八音克谐,无相夺伦,神人以和'的思想主题,这是礼乐文化仪式,也是盛大的象乐艺术的展演"①。《韶》乐舞的这一特点,应该源于原始祖先的图腾崇拜或丰收庆典的化装舞会。图腾崇拜、丰收庆典的答谢神祇都是一种宗教活动,而乐舞则成为进行这种宗教活动的途径和手段。舞与巫关系至为密切,巫师往往通过模拟扮演来沟通神人。张光直先生认为,巫师是沟通天地的一种工具,"经过巫术进行天地人神的沟通是中国古代文明的重要特征"②。到了阶级社会,这种乐舞形式传承不绝,在传承的过程中,内容不断丰富,但是扮演模拟的舞容舞姿却留存下来。

3.《韶》乐之"诗"

历代学者沿袭古说,认为《韶》是诗、乐、舞相统一的综合音乐艺术,而实施时,则仅以为舞。③北宋郑樵抛弃这种首鼠两端的态度,认为《韶》乐是舞曲之名,按古制,是没有歌词的,"舞之有辞,自晋始。今之所系,以诗系于声,以声系于乐。举三达乐,行三达礼,庶不失乎古之道也"④。郑樵的结论值得商榷。首先,《韶》乐之辞,并非"简籍无载",《楚辞·九歌》就是由原始的《韶》乐歌词发展而来。姜亮夫先生谓:

> 惠王灭陈与杞,度陈杞司乐,必有抱乐器入楚者矣。而亚饭干适

---

① 傅道彬:《诗可以观:礼乐文化与周代诗学精神》,中华书局2010年版,第60—61页。
② 张光直:《考古学专题六讲》,文物出版社1986年版,第13页。
③ (唐)杜佑撰:《通典》卷147,中华书局1984年版,第765页。
④ (宋)郑樵撰:《通志略》卷49,上海古籍出版社1990年版,第345—346页。

楚，播鼗武入于汉，楚必有《韶》乐之传无疑，自惠王至怀王五百五十年间，其风之扇，必已甚炽。而屈子两使于齐，必更得闻陈公子完之余韵，故得取以合于楚之语句词气，而遂以别流为楚调欤？①

由此可见《楚辞·九歌》对《韶》乐歌词的承继关系。屈原《离骚》谓："奏九歌而舞《韶》兮，聊假日以媮乐。"这里的《九歌》就是《韶》乐表演中唱的诗，或叫歌词。姜亮夫先生认为《九韶》与《九歌》，实为一事，只不过前者为乐舞，后者为歌唱。"以乐舞言曰九韶，以歌言曰九歌，既歌且舞则曰'奏九歌而舞韶'。"② 其次，同是舞乐，《大武》有辞。《大武》之辞散见于《诗经》，王国维《说〈周颂〉》一文对此有详细考证。③ 作为文舞的《韶》也应该有辞。最后，《诗经》中"诗"的本质是歌，《诗经》中的《颂》是鬼神宗庙祭祀歌舞之乐。王昆吾指出，"三颂各章，皆是舞容"，"六诗时代的'雅'、'颂'之别便可理解为乐歌（配器乐之诗）与舞歌（配舞容之诗）之别"。④ 可见，"雅"是乐歌，"颂"是舞歌，西周、春秋时期还是有辞的。实际上，歌、乐、舞三者有机统一才能称之为乐，这是秦汉及其以前人们对乐的基本观念。《礼记·乐记》："凡音之起，由人心生也。人心之动，物使之然也。感于物而动，故形于声。声相应，故生变，变成方，谓之音。比音而乐之，及干戚羽旄，谓之乐。"⑤ 认为乐应该包括"行于声"的歌词，"变成方，谓之音"的乐曲，还有"干、戚、羽、旄"的舞蹈。《礼记·乐记》又说："诗，言其志也。歌，咏其声也。舞，动其容也。三者本于心，然后乐器从之。"⑥

由以上考辨可知，《韶》乐由声（歌诗）、舞蹈和器乐三大部分构成。《韶》乐的表演，是以"九成"作为其结构方式，将诗、乐、舞这三个部

---

① 姜亮夫：《姜亮夫全集》（八），云南人民出版社2002年版，第283页。
② 姜亮夫：《楚辞通故》，云南人民出版社1999年版，第775页。
③ 王国维撰，干春松、孟彦弘编：《王国维学术经典集》（下），江西人民出版社1997年版，第13—14页。
④ 王昆吾：《诗六义原始》，载王昆吾《中国早期艺术与宗教》，东方出版中心1998年版，第240页。
⑤ 王文锦译解：《礼记译解》（下），中华书局2001年版，第525页。
⑥ 同上书，第544页。

分有机结合起来。《清华大学藏战国竹简（叁）·周公之琴舞》"释文"谓："周公作多士儆毖，琴舞九絉。元纳启曰：无悔享君，罔坠其孝，享惟慆币，孝惟型币。成王作儆毖，琴舞九絉。元纳启曰：敬之敬之，天惟显币，文非易币。"①"说明"谓："《周公之琴舞》首列周公诗，只有四句，是对多士的儆戒，应当是一组颂诗的开头部分。接下来是成王所作以儆戒为主要内容的一组九篇诗作，其中第一篇即今本《周颂》的《敬之》，据此可知这些诗肯定是《周颂》的一部分。周公之颂与成王所作其他八篇今本都已失传。九篇诗简文称之为'九絉'，读为'九卒'或'九遂'，义同文献中的'九成'，孔颖达疏《书·益稷》'箫韶九成'云：'郑云：成犹终也。'每曲一终，必变更奏，故《经》言九成，《传》言九奏，《周礼》谓之九变，其实一也。"② 这则出土文献，可作为"九成"乃乐、舞、诗结构方式的有力佐证。所谓"九成"，是指《韶》乐的结构形式共分九段。"成"指的是一个段落，一个单元，犹如今天戏剧的一场。按史料记载，诗词的歌唱部分，有九段的穿插变化，谓之《九歌》；舞蹈部分谓之《九辩》，也有九次不同的变化表演；音乐部分称之《九奏》，亦有九次变化。《尚书·益稷》《史记·夏本纪》均谓："《箫韶》九成，凤凰来仪。"《史记集解》引孔安国注曰："《韶乐》，舜乐名。备乐九奏而至凤凰也。"可知"九成"就是"九奏"，犹如九章、九阕，表示乐章结构形式完备，乃至鸟王凤凰亦闻声翔集不去。可以看出《韶》乐的规模之大，内容之丰富，结构之复杂，表演形式之多样，乐器种类之多，演奏技艺之高超，世所罕见。

　　根据历史文献的记载，参以出土文物，我们可以还原《韶》乐的表演过程。韶舞韶乐是一种大型的歌舞表演，有独特的表演形式，是一种优美的艺术形式。《韶》乐演出第一章为器乐合奏。首先奏起的是钟磬，音调清晰悠扬。"该舞开始，先由正面堂上的主要乐器排箫、管、鸣球、琴、瑟等，带有领奏式的进行演奏，曲调富有前奏曲或序曲风格的纯器乐曲。"③"首先以轻击鸣球（即石磬）开始，随后镈、拊、琴、瑟依次

---

① 李学勤：《清华大学藏战国竹简》（叁），中西书局2012年版，第133页。
② 同上书，第132页。
③ 王川昆：《古〈韶乐〉嬗变为〈齐韶乐舞〉之管见——兼述孔子与〈齐韶乐舞〉》，《管子学刊》1996年第1期。

进入，在优美的音乐伴奏声中歌起。"① 其后，"祖考来格，虞宾在位，群后德让"，舜、群臣及扮演成鸟兽的舞蹈演员等渐次登场，伴以"合止柷敔，笙镛以间，鸟兽跄跄"，琴瑟、笙竽等乐器随之加入，乐曲声恢宏阔大，仿佛旭日东升，光芒普照。众乐合奏，群人起舞。"然后方轮到歌唱者进行咏唱。此时堂下众多乐器，按要求逐渐入而和之，笙和大镛（即大古钟）也随演奏声启奏；待进入乐曲中间时，乔装打扮成各种鸟兽的歌舞伎们随歌附乐，步履跄跄的舞动起来……"② 此时是歌、乐、舞交织的乐章，依次演出，刚柔相济。有混声合唱，也有颂扬舜帝的乐章。由歌舞伎扮演的鸟兽纷纷登场，在悠扬的乐曲伴奏之下，翩翩起舞，气氛祥和。最后的乐章为《凤凰来仪》，在乐歌声中，"《箫韶》九成，凤凰来仪"，乐舞达到高潮。"正当众鸟兽追逐嬉戏的时候，悬鼓滚奏，洪钟骤响，笙竽高鸣，琴瑟狂拨，一对美丽的凤凰突然从天而降落于舞台中央。众鸟兽顿时将其团团围住，一场炽烈的狂欢将整个乐舞推向高潮。"③ "乐舞经过多次的变化之后，场上突然出现了化妆为精灵的鸟王'凤凰'；顿时全场群兽百鸟们向着凤凰边舞边鸣叫着，形成堂皇庄严地'百鸟朝凤'场面。韶乐全曲在如此壮观和气宇轩昂的画面中结束。"④ 这是我国古代最高水平的交响乐，再配以翩跹的舞姿，这是何等的优美！表演者化装成凤凰和天雉两种神鸟，翩翩起舞，场面宏大，舞姿动人，歌声嘹亮！

总体看，形成于虞舜时期的《韶》乐，是有乐、有舞、有诗的大型乐舞，是载歌载舞，乐、舞、诗结合的综合艺术，其艺术形式是乐、舞、歌三者的统一。《韶》乐舞形式规模宏大，华丽壮观。齐国的音乐舞蹈水平是相当高的。齐国当时派遣女乐队去鲁国城南高门外演奏《康乐》舞，致使鲁国的季桓子和鲁君流连忘返，荒废政事，足见齐国歌舞水平之高。《韶》"至善"的思想内容应该是通过完美的艺术形式表现出来的，孔子

---

① 陈四海、段文：《"三月不知肉味"新解》，《中国音乐学》（季刊）2008年第1期。
② 王川昆：《古〈韶乐〉嬗变为〈齐韶乐舞〉之管见——兼述孔子与〈齐韶乐舞〉》，《管子学刊》1996年第1期。
③ 王福银：《孔子在齐闻〈韶〉稽考》，《管子学刊》2010年第1期。
④ 王川昆：《古〈韶乐〉嬗变为〈齐韶乐舞〉之管见——兼述孔子与〈齐韶乐舞〉》，《管子学刊》1996年第1期。

"闻韶"而如此悠然神往，应该包括了思想上的陶冶和艺术享受的。所以，孔子在齐国闻韶而不知肉味，也就不难理解了。

三 "孔子闻韶"的诗学意义

如前所论，孔子是一位有着高度音乐素养和艺术感受力的人。他欣赏《韶》乐，"三月不知肉味"，身心已经完全沉浸于优美的舞姿和动人的旋律之中，主客体交会融合，以至达到忘我之境。"孔子闻韶"反映了孔子的诗学思想，于中国诗学，有着重要的意义。

（一）"善"与"美"：内容与形式的完美统一

韶乐具有非常优美的艺术形式。就审美客体而言，《韶》乐具有完美的艺术结构，在相对稳定的结构中，又有穿插变化。场面盛大，舞姿动人，动人心魄，诗、乐、舞三者有机结合。因此，就孔子这样具有很高音乐修养的审美主体而言，闻韶而"三月不知肉味"，入迷忘我，就是理所当然的了。从内容上看，孔子沉醉于《韶》乐的乐舞之中，如痴如醉，不仅仅是因为《韶》乐的艺术形式，更是因为《韶》乐的内容完善，符合孔子的礼乐思想。为了更好地理解这一点，我们不妨把孔子对《韶》的评价和对《武》的评价做一个对照。

"子谓《韶》，'尽美矣，又尽善也。'谓《武》，'尽美矣，未尽善也'。"[1] 很明显，孔子在这里所谓的"美"是就《韶》乐的艺术形式而言的，即肯定韶乐的和谐之美。结合孔子对《韶》乐的观赏，我们可以这样界定孔子在这里所指的"美"的内涵。就是指《韶》乐能给观赏者带来审美愉悦的形式特征，如场面的盛大、声音的洪亮、韵律的和谐、节奏的鲜明等。从孔子对《韶》和《武》的评价看，他对这种美是持肯定态度的。

在孔子看来，美与审美，不仅仅是一种个体行为，更是一种社会行为，具有社会性。美和善具有一种天然的联系。美和社会功利、伦理道德也不是截然分开的。但是，"美"是否等同于"善"呢？孔子在这里超越了前人的认识，孔子不仅看到了美和善的统一、联系，还看到了美和善的区别。《武》和《韶》一样，是"尽美"的，两者都在艺术形式上具有

---

[1] 杨伯峻译注：《论语译注》，《八佾》，中华书局1980年版，第33页。

美的特质。但是《武》是"未尽善"的,"未尽善"的作品却是"美"的,明确表明美善的不一致性,美和善不是一回事。

考察《韶》乐和《武》乐的艺术形式,会发现很多相同之处。两者都是场面宏大、音韵和谐,能使人产生强烈的审美愉悦,所以孔子认为《韶》与《武》都是"尽美"的。但孔子同时也指出了两者的区别。《韶》乐表现的是尧舜天子之位的"禅让",这恰好符合孔子的"为政以德""仁"的政治主张,因此,我们不妨把《韶》乐看成孔子社会理想的完美艺术再现,所以才发出"尽善也"的赞叹。而反映武王伐纣这一历史事件的《武》乐,其以武力夺权的惨烈情景,显然和孔子的政治主张相左,这就无怪乎他发出"未尽善也"的感叹了。

对《韶》乐与《武》乐的不同评价的深刻之处在于,孔子提出了"尽美矣,又尽善也"的主张,而且把两者的统一作为一种理想的追求。孔子主张"善"与"美"都要达到理想的程度,两者要高度统一。"美"不再仅仅是"善"的附庸,而是独立出来。孔子的这一"尽善""尽美"的思想是极其深刻的。《论语》谓:"子曰:'质胜文则野,文胜质则史。文质彬彬,然后君子。'"这表明,孔子既反对"质胜文"的粗陋,也反对"文胜质"的虚浮不实。他的要求是"文质彬彬",质文相宜,相得益彰,臻于至境。孔子的文质之辨实际上涉及了内容与形式的问题,文与质、善与美实际上谈的都是内容与形式的问题。孔子是主张内容和形式维持平衡的,认为内容和形式应当是一个不可分割的统一体。孔子认为,尽善尽美才是音乐的最高境界,才能达到使人"三月不知肉味"的艺术效果。"孔子闻韶""三月不知肉味"表明,艺术的美善统一可以超越肉体的感官享受,获得更高一级的精神愉悦。"尽善尽美也可以说是艺术和道德的统一,韶乐以美的乐舞显现了尧舜仁政中的善的精神,是艺术和道德统一的典范之作。"[①] 关于美善关系,在孔子之前,大致有两种情况。其一,以善为美。《国语·楚语上》载武举评论楚灵王章华之台时说:"臣闻国君服宠以为美,安民以为乐,听德以为聪,致远以为明,不闻其以土木之崇高、彤镂为美……夫美也者,上下、内外、小大、远近皆无害焉,故曰美。"显然,这是以听德为美,无害为美,实际上是否定美的独立意

---

① [中国台湾] 陈昭瑛:《孔子诗乐美学中的整体性概念》,《江海学刊》2002年第2期。

义，直接以善来代替美。其二，虽能区分美和善，但是还没把这种区分上升到理论的高度。季札在评论周乐时，既涉及了乐曲中的善，也涉及了乐曲中的音调之美：

> 吴公子札来聘……请观于周乐。使工为之歌《周南》、《召南》，曰："美哉！始基之矣，犹未也，然勤而不怨矣。"为之歌《邶》、《鄘》、《卫》，曰："美哉渊乎！忧而不困者也。吾闻卫康叔、武公之德如是，是其《卫风》乎！"为之歌《王》，曰："美哉！思而不惧，其周之东乎！"为之歌《郑》，曰："美哉！其细已甚，民弗堪也。是其先亡乎！"为之歌《齐》，曰："美哉，泱泱乎！大风也哉！表东海者，其大公乎！国未可量也。"为之歌《豳》，曰："美哉，荡乎！乐而不淫，其周公之东乎！"为之歌《秦》，曰："此之谓夏声。夫能夏则大，大之至也，其周之旧乎！"为之歌《魏》，曰："美哉，沨沨乎！大而婉，险而易行，以德辅此，则明主也。"为之歌《唐》，曰："思深哉！其有陶唐氏之遗民乎！不然，何其忧之远也？非令德之后，谁能若是？"为之歌《陈》，曰："国无主，其能久乎！"自《郐》以下无讥焉。①

引文中的"泱泱乎""荡乎""沨沨乎"均指的是乐曲的音韵之美，可见，此时已经将善与美区分开来，但是这种区分还没有上升到理论的高度。孔子认为《武》乐虽未尽善，仍可以是尽美，这就肯定了美的独立意义，明确区分美、善；他赞赏《韶》乐是尽善而又尽美，则又对美善的互相结合、和谐统一提出了明确要求。"尽善尽美"说的提出，是对艺术特征、美的本质认识上的一次飞跃，就这个意义而言，孔子闻韶乐以及对韶乐的评价，在诗学史上具有划时代的意义。

(二)"中和之美"：《韶》乐"和"的境界

孔子论韶乐，其主旨在于主张"中和之美"，这是他政治观念和"中庸之道"思想方法的反映。《论语》中明确提及"中庸"的只有一句：

---

① 杨伯峻编著：《春秋左传注》（修订本）（三），《襄公二十九年》，中华书局1990年版，第1161—1164页。

"中庸之为德也，其至矣乎！民鲜久矣。"① 但"中庸"思想却是贯穿《论语》全书的思想主线，是孔子的政治人生哲学。那么什么是"中庸"呢？"中"就是中正、中和、适中，"庸"就是平常、常行。"中庸"就是要"执两用中"，不能"过与不及"，要"和而不同"，反对"同而不和"，要审时度势，时时得中。《论语·子罕》载："子曰：吾有知乎哉？无知也。有鄙夫问于我，空空如也。我叩其两端而竭焉。"《礼记·中庸》亦载孔子语曰："舜其大知也与！舜好问而好察迩言，隐恶而扬善，执其两端，用其中于民，其斯以为舜乎！""叩其两端""执其两端"就是反对"过"与"不及"，主张"中庸"之道。陶礼天先生指出："孔子这种'叩其两端'而折'中'、用'中'论，其所谓'两端'，不能简单地理解为'始终'之一端，它实际上应该包括事物的各种不同方面、不同层次、不同侧面、不同发展阶段的'矛盾'的两个方面的内容；从政治角度讲，就是一种等级制度的有序状态，影响到其美学观念，就是追求一种'和谐'的美感。"②

问题在于，孔子为什么会把这种政治哲学的"中庸""中和"思想与"乐美""味美"联系起来。傅道彬先生认为："'乐以道合'，是先秦人普遍的看法，'和'就是调节人与社会、人与自然的关系，是人与社会的'和'，是人与自然的'和'。"③ 将音乐与"和"联系起来，首先和孔子的经验素养有关，整体来看，孔子既是一个美食家，又是一位音乐家。《史记·孔子世家》载："（诗）三百五篇孔子皆弦歌之，以求合韶武雅颂之音。"《汉书·礼乐志》云："周衰，王官失业。雅颂相错。孔子论而定之。"说明孔子对《诗经》的乐章做过整理的工作，具有很高的作曲能力。不仅如此，孔子还是一位优秀的音乐鉴赏家。

> 子曰："恶紫之夺朱也，恶郑声之乱雅乐也，恶利口之覆邦家者。"④
>
> 颜渊问为邦。子曰："行夏之时，乘殷之辂，服周之冕，乐则

---

① 杨伯峻译注：《论语译注》，《雍也》，中华书局1980年版，第64页。
② 陶礼天：《艺味说》，百花洲文艺出版社2005年版，第28页。
③ 傅道彬：《歌者的乐园》，东北林业大学出版社1996年版，第44页。
④ 杨伯峻译注：《论语译注》，《阳货》，中华书局1980年版，第187页。

《韶》《舞》。放郑声，远佞人。郑声淫，佞人殆。"①

子曰："《关雎》，乐而不淫，哀而不伤。"②

子谓《韶》，"尽美矣，又尽善也。"谓《武》，"尽美矣，未尽善也。"③

以上记载，表明孔子是一位有着高度修养和全面才能的音乐家。至于美食方面，《论语》也记录了孔子对饮食标准的严格要求。"食不厌精，脍不厌细。食饐而餲，鱼馁而肉败，不食。色恶，不食。臭恶，不食。失饪，不食。不时，不食。割不正，不食。不得其酱，不食。肉虽多，不使胜食气。唯酒无量，不及乱。沽酒市脯不食。不撤姜食，不多食。祭于公，不宿肉。祭肉不出三日。出三日，不食之矣。"④

因此，集音乐家与美食家于一身的孔子，在听到"韶乐"之时，说出"三月不知肉味"的话，就是再自然不过的事情了。当然，以"味"论"艺"、论"诗"，还有更深刻的原因。《中庸》谓："喜怒哀乐之未发，谓之中。发而皆中节，谓之和。中也者，天下之大本也。和也者，天下之达道也。致中和，天地位焉，万物育焉。……子曰：中庸其至矣乎，民鲜能久矣！……人莫不饮食也，鲜能知味也。"⑤ 孔颖达做出了很好的诠释：喜怒哀乐之未发谓之中者，言喜怒哀乐缘事而生。未发之时，淡然虚静，心无所虑而当于理，故谓之中。发而皆中节谓之和者，不能寂静而有喜怒哀乐之情，虽复动发，皆中节限，犹如盐梅相得，性行和谐，故云谓之和。朱熹注释说："喜怒哀乐，情也；其未发，则性也。无所偏倚，故谓之中。"孔子这里所说的"鲜能知味"的"味"，从上文来看，当为"五味调和"之味，辛、酸、咸、苦、甘之所以能调和成美味，在于每种味使用得"适度"，要无过无不及，这个原则同样适用于诗艺的表现原则，即追求"中和之美"的理想。

---

① 杨伯峻译注：《论语译注》，《卫灵公》，中华书局1980年版，第164页。
② 同上书，《八佾》，第30页。
③ 同上书，第33页。
④ 同上书，《乡党》，第102—103页。
⑤ （清）阮元校刻：《十三经注疏》（附校勘记）（下册）卷52，《礼记正义》，中华书局1980年影印本，第1625页中、下栏。

联系上文,《韶》乐无论在内容上还是在形式上,都具有"中和"的特点。孔子对《韶》乐"尽善尽美"的感叹,实质上就蕴含着内容和形式上统一之"和"。具体表现为"善的内容"和"美的形式"的统一。

《韶》乐所表现的"凤凰来仪""百兽率舞"等场面,在内容上是对帝王仁德品质的赞颂,在形式上,通过凤凰起舞、百兽同欢,表现的是君臣相拥之情状,和谐融融。因此,无论从内容还是形式上看,《韶》乐都是"尽善尽美"的乐舞。这种乐舞符合孔子的审美标准,让孔子喜悦之情油然而生,于是发出了"尽美矣,又尽善也"的千古浩叹。

(三)听者的共鸣与沉醉:儒家读者中心诗学的萌芽

刘勰《文心雕龙·知音》谓:"知音其难哉!音实难知,知实难逢,逢其知音,千载其一乎!"① 道出了知音之难求。《吕氏春秋·本味》所载伯牙与子期的故事,伯牙因子期之死破琴绝弦,终身不复弹琴。以激情浪漫的朋友情谊为"知音难觅"做了很好的注释。如果抛开"知音"故事与《论语》中偏重伦理学内涵的朋友关系不同不谈,关于知音的描写,"孔子闻韶"也算是一个。

孔子在齐闻韶,与子期一样,是沉醉于音乐化境,是知音,是听者的共鸣。如前所述,韶乐之所以尽善尽美,是因为"尧舜的仁的精神,融透到韶乐中间去"②,以形成乐的形式和内容的高度统一。而孔子在欣赏的过程中,自己的仁的精神与韶乐所表现的仁的精神之间产生强烈共鸣,达到"三月不知肉味"的地步。

孟子曾以音乐为喻,称赞孔子为"集大成者"。孟子曰:"孔子,圣之时者也。孔子之谓集大成。集大成也者,金声而玉振之也。金声也者,始条理也;玉振之也者,终条理也。始条理者,智之事也;终条理者,圣之事也。"③ 杜维明解释这段文字时,特别强调集大成者所演奏出来的"伟大的协奏曲",所给予听者的正是"内心的共鸣"。他说:"两颗共鸣的心灵发出的微笑,或是两个彼此感应的精神相遇,对呆滞的眼睛或迟钝的耳朵是无法说清楚的。美的语言不仅仅是纯粹的描述,它是暗示、指

---

① (南朝梁)刘勰著,周振甫译注:《〈文心雕龙〉译注》(修订本),江苏教育出版社2006年版,第660页。
② 徐复观:《中国艺术精神》,春风文艺出版社1987年版,第13页。
③ 杨伯峻译注:《孟子译注》,中华书局2005年版,第233页。

引、启迪。并不是语言本身是美的……但是，语言指涉之外的东西——内在的体会、心灵的欢乐或转化的精神——无论在美的创造或欣赏中，都是美的真正基础。"①

说到这里，不妨举《论语·先进》"侍坐篇"，进一步解释。子曰：

> 以吾一日长乎尔，毋吾以也。居则曰："不吾知也！"如或知尔，则何以哉？子路率尔而对曰："千乘之国，摄乎大国之间，加之以师旅，因之以饥馑；由也为之，比及三年，可使有勇，且知方也。"夫子哂之。"求！尔何如？"对曰："方六七十，如五六十，求也为之，比及三年，可使足民。如其礼乐，以俟君子。""赤！尔何如？"对曰："非曰能之，愿学焉。宗庙之事，如会同，端章甫，愿为小相焉。""点！尔何如？"鼓瑟希，铿尔，舍瑟而作。对曰："异乎三子者之撰。"子曰："何伤乎？亦各言其志也。"曰："莫春者，春服既成，冠者五六人，童子六七人，浴乎沂，风乎舞雩，咏而归。"夫子喟然叹曰："吾与点也！"②

"与"乃嘉许之意。孔子何以独与"点"？傅道彬先生分析说："孔子启发学生抒情言志，但无论是子路的'率尔对曰'，还是冉有、公西华的遮遮掩掩，都局限于经济仕途，缺少审美的艺术气象，而独有曾皙的理想洋溢着与天地为伍的精神追求，沉醉于'物我合一''物我两忘'的追求，改造社会的理想与个人情志的优游结合，构筑了春风教化的理想模式。"又云："曾皙的理想之所以高出他人，正因为他的理想里洋溢着磅礴的自然气象，洋溢着自然与人和谐共处的审美境界。"③ 也就是说，"点"由"鼓瑟所呈现出的'大乐与天地同和'的艺术境界；孔子之所以深致喟然之叹，也正是感动于这种艺术境界"④，孔子此刻的精神，沉醉消解于此艺术境界中，"物我合一""物我两忘"，是两者"精神气质的相

---

① 杜维明：《孟子思想中的人的观念：中国美学探讨》，曹幼华、单丁译，载杜维明《儒家思想：以创造转化为自我认同》，生活·读书·新知三联书店2013年版，第125页。
② 杨伯峻译注：《论语译注》，中华书局1980年版，第118—119页。
③ 傅道彬：《歌者的乐园》，东北林业大学出版社1996年版，第41页。
④ 徐复观：《中国艺术精神》，春风文艺出版社1987年版，第16页。

遇"引起的无限"共鸣",发出了"吾与点也"的喟然浩叹。

今道友信则认为共鸣所能达到的是"沉醉"。他说,"三月不知肉味"意味着在生活中最强和最不易忘记的味觉竟然忘掉了,"是说他的精神已从形体的世界即肉体世界中解放了出来,是说他的精神已因韶乐的杰出艺术而达到了概念上的纯粹的超越:沉醉"。①

是艺术的杰出把孔子引到一个意想不到的优美幻境。"不图为乐之至于斯也"是人的精神的解放,是精神离开大地,是平凡日常性的超越,是精神漂浮在此岸性与彼岸性之间。"受到了音乐艺术的感染,精神就基本上获得了自由,实现了纯粹的超越,完成了从大地的解放。"② 共鸣所引起的"沉醉",显示出听者与作品之间进入了水乳交融的境界,呈现出艺术创作与欣赏的合一性。

儒家对共鸣的重视、对听者的关注、对诗乐化人的强调,影响了后世的诗学走向,成为读者中心诗学的萌芽和滥觞。关于孔子的"兴观群怨"的"兴",徐复观先生在肯定朱熹"感发意志"解释的同时,进一步指出,这里的意志不仅仅是一般而言的情感,而是由作者纯真真挚的情感,感染给读者,"使读者一方面从精神的麻痹中苏醒,而且也随苏醒而得到澄汰,自然把许多杂乱的东西,由作者的作品所发出的感染之力,把它澄汰下去"。正如朱熹所云"所以兴起其好善恶恶之心,而不能自己者,必于此而得之"。

19世纪英国文学批评家亚诺尔特(M. Arnold)(1828—1888)在其Wordsworth论中说,"诗在根柢上是人生的批评""诗的观念必须充分地内面化,成为纯粹感情,与道德的性质同化",③ 那么,经过澄汰的作者之纯粹情感,与道德同化,鼓荡激发着读者,使读者的情感道德得以澄明。人与人之间的艰难壁障轰然消解,这就是"大乐与天地同和"的艺术境界,是由人生的艺术而至人生道德的不二法门,这也是孔子读者诗学带给后代文学的无限启示。

---

① [日]今道友信:《东方的美学》,蒋寅等译,生活·读书·新知三联书店1991年版,第105页。
② 同上书,第105—106页。
③ [日]土居光知:《文学序说》,第235页,转引自徐复观《中国艺术精神》,春风文艺出版社1987年版,第31页。

第三节 "味无味"：道家的"味"论

如果说，儒家以孔子的以味论乐为核心的味论是被纳入儒家"礼乐"思想体系中来认识的，突出的是味的伦理性。那么，道家以老庄思想为核心的味论是被纳入道家的"道"和"自然"思想体系来认识的，突出的是味的哲学意味和思辨性。

一 老子的"无味"论与庄子的"恬淡"观

春秋末期，道家代表人物老子在其言论、论著中提到"味"的概念。《老子》三十五章曰：

> 执大象，天下往。往而不害，安平太。乐与饵，过客止。"道"之出口，淡乎其无味，视之不足见，听之不足闻，用之不足既。①

这段话首先充分肯定了道的合理性与重要性。"大象"就是大道，河上公注："象，道也。"成玄英疏："大象，犹大道之法象也。"奉行大道，人人归往，彼此不相为害，平和安泰。"音乐和美食，能使过路的人停步。而'道'的表述，却淡得没有味道，看它却看不见，听它却听不着，用它却用不完。"②"乐与饵"能使过客留步，是因为能满足感官的快乐；而"道"却不同，它无声无臭无味，但却能"用之不足既"，永恒长久。老子这段话的出发点，在于肯定行大道的作用——能使人民平居安泰。他把仁义礼法比作"乐与饵"，虽然能使行人止步，但不如无形无迹的"道"。"无味"就是"道"的特征之一。叶朗先生认为在这段话中老子提出了一个审美范畴"味"。他说："老子这里说的'味'，不同于'五味'的'味'，它已不是吃东西的味道，而是听别人说话（言语）的味道，是一种审美的享受。所以这个'味'，已经是一个美学范畴。"③"无

---

① 陈鼓应：《老子注译及评介》，中华书局1984年版，第203页。
② 同上书，第204页。
③ 叶朗：《中国美学史大纲》，上海人民出版社1985年版，第33页。

味"并不是没有味,在老子看来,无味本身就是味,名之曰无味之味,又称之为"淡味"。这是一种特殊的美感,一种平淡的趣味。老子说过:"为无为,事无事,味无味。"① 意思是说,以"无为"的态度去作为,以不搅扰的方式去做事,以恬淡无味当作味。这是把自然无为、清静无事、恬淡无味作为立身行事的准则。王弼《老子道德经注》注曰:"以恬淡为味。"深得老子精髓。

要了解老子的"无味"论的深刻内涵,就必须先了解老子的"自然之道"的思想。"道"是老子哲学的中心范畴和最高范畴。陈鼓应先生谓:"老子哲学的理论基础是由'道'这个观念开展出来的,而'道'的问题,事实上只是一个虚拟的问题。'道'所具有的种种特性和作用,都是老子所预设的。老子所预设的'道',其实就是他在经验世界中所体悟的道理,而把这些所体悟的道理,统统附托给所谓'道',以作为它的特性和作用。当然,我们也可以视为'道'是人的内在生命的呼声,它乃是应和人的内在生命之需求与愿望所开展出来的一种理论。"② 从《老子》全书看,"道"主要有以下性质和特点。第一,"道"是原始混沌的,它无形、无名。《老子》中对这种混沌的实在之物予以描述。《老子》十四章谓:"视之不见,名曰'夷';听之不闻,名曰'希';搏之不得,名曰'微'。此三者不可致诘,故混而为一。其上不皦,其下不昧,绳绳兮不可名,复归于无物。是谓无状之状,无物之象,是为恍惚。迎之不见其首;随之不见其后。"③《老子》二十五章谓:"有物混成,先天地生。寂兮寥兮,独立而不改,周行而不殆,可以为天地母。吾不知其名,强字之曰'道',强为之名曰'大'。"④ "道"是无形的,不是存在于特殊时空中的具体之物,它又是无名的,是不可言说的,无法用概念来表达,勉强用"道"字来称呼它,只是为了方便。第二,"道"可以生成宇宙万物。"道"不仅在天地形成以前就存在,而且能够创生天地万物。《老子》一章谓:"'无',名天地之始;'有',名万物之母。"四章谓:"'道',冲而用之或不盈。渊兮,似万物之宗。"四十章谓:"天

---

① 陈鼓应:《老子注译及评介》,63章,中华书局1984年版,第306页。
② 陈鼓应:《老子注译及评介》,中华书局1984年版,第1页。
③ 同上书,第114页。
④ 同上书,第163页。

下万物生于'有','有'生于'无'。"四十二章谓:"'道'生一,一生二,二生三,三生万物。"老子认为,"道"是万物之宗,也是一切存在的始源。是自然界最初的发动者,具有无穷的潜力和创造力,万物生生不息、欣欣向荣地生长,是"道"无穷活力的呈现。第三,"道"是对立转化的。老子认为一切现象都是在相反对立的状态下形成的,"相反相成"的作用是推动事物发展变化的动力。《老子》二章谓:"有无相生,难易相成,长短相形,高下相盈,音声相和,前后相随。"五十八章谓:"祸兮,福之所倚;福兮,祸之所伏。"一切事物都在对立的情形中反复交变着,这种反复交变的过程是无止境的。第四,"道"是运动不居的。"道"并不是静止不动的,而是处于运动不居的状态。而且这种运动有自己的特点,就是反本复初,是周行不殆的。《老子》二十五章谓:"独立而不改,周行而不殆……强为之名曰'大',大曰逝,逝曰远,远曰反。"十六章谓:"致虚极,守静笃。万物并作,吾以观复。夫物芸芸,各复归其根。归根曰静,静曰复命。"正是"道"这种运动,构成了宇宙万物的生命。

　　从"道"的形而上特征出发,老子认为"自然无为"是"自然之道"的根本特征,是"道"落实到经验世界的人生指标。"道"既是万物产生的本源,又有它自身发展的规律。人不能用主观的人为的力量去改变这种自然规律,而应当无条件地顺从这种规律。"人法地,地法天,天法'道','道'法自然。"[1] 司马迁概括老子的学说为"无为自化,清静自正"。唐张守节释云:"言无所造为而自化,清静不挠而民自归正也。"老子崇尚自然无为,否定人的智慧与创造,主张"绝学""弃智",对人为的文艺也持否定态度。所以他说:"五色令人目盲;五音令人耳聋;五味令人口爽;驰骋田猎,令人心发狂;难得之货,令人行妨。是以圣人为腹不为目,故去彼取此。"[2] 蒋锡昌释云:"老子以'腹'代表一种简单清静之生活,以'目'代表一种巧伪多欲,其结果竟至'目盲……耳聋……口爽……发狂……行妨'之生活。明乎此,则'为腹'即为无欲之生活,'不为目'即不为多欲之生活。"老子在这里指出的是物欲文明

---

[1] 陈鼓应:《老子注译及评介》,中华书局1984年版,第163页。
[2] 同上书,12章,第106页。

生活的弊害。主张物欲的生活，但求安饱，不求纵情于声色之娱。所以他提出"大音希声；大象无形"①的命题。这个命题原本用来比喻"道"幽隐未现，不可以形体求的特点，但也符合老子对文艺美学的要求。老子认为最大的乐声反而听来无音响，最大的形象反而看不见行迹。王弼注曰："听之不闻名曰希，不可得闻之音也。有声则有分，有分则不宫而商矣。分则不能统众，故有声者，非大音也。"有声而非大音，是说具体的声音只是声音之美的一部分，而不是全部，故非"大音"。而"无声"因为不受"有声"的局限，则可以发挥全部想象那最美的声音，所以是"大音"。同样道理，"道"是"无状之状，无物之象"，因此，它比具体的"象"都要高，是具体之"象"之母。老子提出的"无味"也集中体现了老子的"自然无为"思想。他说："为无为，事无事，味无味。"②也就是说，最好的、最美的、最高的味是不能用嘴巴感觉出来的，因为它指的并不是这种感官、物质之味。因此，可以说大味无味，至味无味。

在老子看来，"大音希声，大象无形"是一切艺术的最高境界，是进入"道"的理想境界。那么"至味无味"也是这样一种境界。这种境界具有如下的特点：第一，这种美的境界是感官所不能把握的，它与"道"相通，大音希声，大象无形，大味无味。这样一种美需要直接用心灵去感悟。第二，这种境界是无中生有，虚中有实，虚实相生。老子认为无和有、虚和实是一种辩证关系。"有"生于"无"，以"无"为本，而人们又可以通过"有"领略"无"。他说："三十辐共一毂，当其无，有车之用。埏埴以为器，当其无，有器之用。凿户牖以为室，当其无，有室之用。"这里的比喻，说明"无"和"有"的相互依赖关系。老子所提出的"大音""大象""无味"的境界，体现了绝弃人工、委任自然的审美特征，是一个有无相生、虚实相成的完美境界，它含有无穷妙趣，使人体会不尽，给人以丰富的想象余地，这实际上就是中国古代艺术境界的特征，是中国古典美学中"意象""意境"说的哲学美学基础。《老子》这种"无味"的自然之"道"境，超越了儒家"和味"论和美善结合的审美理想，直达"自然"本体境界，成为后代追求"不言""无声"之境、

---

① 陈鼓应：《老子注译及评介》，41 章，中华书局 1984 年版，第 228 页。
② 同上书，63 章，第 306 页。

崇尚自然之美的源头,是后代诗味理论崇尚平淡之味、平淡之境的理论发端。

在"味"论上,庄子继承了老子的"无味"观,并有所发展,对中国诗学产生深远影响。庄子在哲学上也和老子一样强调"天道自然无为","道"既是宇宙万物的本源,又是宇宙万物内在的自然规律。不过庄子所谓的"道"指的是一种精神上的"无有""非物"的东西,这与老子认为"道"是"惚兮恍兮"的真实存在是不一样的。但是,他们都认为一切事物都是"道"的体现,"道"有它不能以人的力量去改变的自然规律。这种思想,从消极方面看,人只能消极地顺应自然,完全无所作为,因而要"绝学""弃智",认为知识的掌握会破坏事物的自然规律。这样就取消了人的智慧和创造,使人的个性发展受到了限制。从积极意义上说,庄子的"情""欲"主张是建立在否定人为的"情""欲"主张基础之上,反对儒家的"以道制欲""以理节情"。因此,这种思想对儒家思想有实际的突破作用,使得人性的发展在"道"和"礼"的束缚下获得解放。庄子这种哲学观点反映在文艺美学方面,就形成了崇尚天然、反对人为的审美标准和艺术创造原则。庄子突出地强调朴素平淡的自然之美,使平淡之味成为后代艺术美感的主流思想之一。庄子云:

> 夫虚静恬淡寂漠无为者,万物之本也。……以此处上,帝王天子之德也;以此处下,玄圣素王之道也。……静而圣,动而王,无为也而尊,朴素而天下莫能与之争美。……夫明白于天下之德者,此之谓大本大宗,与天和者也;所以均调天下,与人和者也。与人和者,谓之人乐;与天和者,谓之天乐。[①]

这段文字出自《天道》篇,"天道",即自然规律。这段文字包含两层意思。第一层,写自然规律运行不辍,自然界中万物自动自为,圣人法自然的规律,以明静之心观照万物。虚静恬淡寂漠无为是万物的本源,推崇"无为"和"朴素"。第二层,写"天乐",体会天乐的人,能顺自然而行,与万化同流。与天冥合,明了天地常德,便是大根本、大宗原。

---

① 陈鼓应:《庄子今注今译》(中),《天道》,中华书局1983年版,第337—340页。

"朴素平淡"的艺术是最高最美的艺术，庄子推崇这种不依赖人力的天然的艺术，认为人为造作的艺术，不仅不能成为最高最美的艺术，而且会妨碍人们去认识和体会天然艺术之美，对人的任其自然的审美意识起到破坏作用。所以，庄子和老子一样，否定"五味"的物质享受性和所表征出来的食欲性。《庄子·天地》谓："且夫失性有五：一曰五色乱目，使目不明；二曰五声乱耳，使耳不聪；三曰五臭熏鼻，困惾中颡；四曰五味浊口，使口厉爽；五曰趣舍滑心，使性飞扬。此五者，皆生之害也。"①《庄子·至乐》云："夫天下之所尊者，富贵寿善也；所乐者，身安厚味美服好色音声也；所下者，贫贱夭恶也；所苦者，身不得安逸，口不得厚味，形不得美服，目不得好色，耳不得音声；若不得者，则大忧以惧，其为形也，亦愚哉！"②庄子认为"五味"一方面能造成对人的自然本性的破坏和对欲望的追求，用欲望替代了人的朴素的情性，用世俗的名利、物质的追求扰乱了人的真情天性，用人为的追求破坏了适应和顺应自然的本性。另一方面，"五味"也掩盖了人对精神的追求，使人的欲望得以激发的同时也窒息了人的精神世界，破坏了人的想象力和创造力。所以庄子认为，只有毁掉一切人为的艺术，人们才能懂得什么是真正的艺术，才能耳聪目明，发现天然至高的美。他说："擢乱六律，铄绝竽瑟，塞师旷之耳，而天下始人含其聪矣；灭文章，散五采，胶离朱之目，而天下始人含其明矣；毁绝钩绳而弃规矩，攦工倕之指，而天下始人含其巧矣。"③他把天然审美的被破坏归罪于古代的艺术家和工艺家。他说："五色不乱，孰为文采！五声不乱，孰应六律！夫残朴以为器，工匠之罪也。"④

但是，庄子不是简单地否定人为的艺术，而是在人生的精神理想上，开辟了一条所谓"无待"的绝对"逍遥"之境，这是"虚静""恬淡"的心灵才能够得以体验的境界。庄子论述了人如何在精神上通过"心斋"与"坐忘"，而进入"天地与我并生，而万物与我为一"⑤的与"道"合

---

① 陈鼓应：《庄子今注今译》（中），中华书局1983年版，第332页。
② 同上书，第446页。
③ 同上书，《胠箧》，第259页。
④ 同上书，《马蹄》，第247页。
⑤ 陈鼓应：《庄子今注今译》（上），《齐物论》，中华书局1983年版，第71页。

一的境界。人的主观精神能达到这样的状态，那么他就能"独与天地精神往来"①，而他所创造的艺术，也就是天然的艺术，与天工毫无二致，这时的人工也就是天工了。这种艺术虽然也是人工创造，但是因为主体精神与自然同化，因而没有人工的痕迹，而达到了天生化成的程度。所以，问题的关键不是是否人工创造，而是创造主体的精神能否与"道"合一的问题。"心斋""坐忘"就是创造主体与"道"合一的途径。《庄子·人间世》谓："若一志，无听之以耳而听之以心，无听之以心而听之以气，耳止于听，心止于符。气也者，虚而待物者也。唯道集虚。虚者，心斋也。"②《庄子·大宗师》谓："仲尼蹴然曰：'何谓坐忘？'颜回曰：'堕肢体，黜聪明，离形去知，同于大通，此谓坐忘。'"③ 庄子反复强调创造主体"恬淡"精神，就是要强调"虚静"观物，通过"心斋""坐忘"的主观的心灵修养功夫，才能感悟大道，像古之真人、圣人、神人那样去除"智我"与"欲我"，使物我界限消解、万物融化为一，达到"游心于淡，合气于漠"④ 的境界。这种"淡漠"境界的追求，使得后代诗味理论，不仅仅强调艺术本体境界的平淡自然，更强调审美主体的"恬淡"人格。恬淡作为人格与艺术风格，在陶渊明那里获得了统一，陶渊明历来受到文人的推崇，在中国文学史上享有崇高的地位。

庄子对他所理想的天然艺术境界，有过生动的描述。从运用语言文字来写作文章而言，即要不受语言文字限制，而求之于"言意之表"，这样才能体现真正的"妙理"。庄子"得意忘言"的思想，成为后代以"味"论诗者追求"言外之意""味外之味""韵外之致"的重要理论根据。《庄子·天道》篇曰：

> 世之所贵道者书也，书不过语，语有贵也。语之所贵者意也，意有所随。意之所随者，不可以言传也，而世因贵言传书。世虽贵之，我犹不足贵也，为其贵非其贵也。故视而可见者，形与色也；听而可闻者，名与声也。悲夫，世人以形色名声为足以得彼之情！夫形色名

---

① 陈鼓应：《庄子今注今译》（下），《天下》，中华书局1983年版，第884页。
② 陈鼓应：《庄子今注今译》（上），中华书局1983年版，第117页。
③ 同上书，第205页。
④ 同上书，《应帝王》，第215页。

声果不足以得彼之情，则知者不言，言者不知，而世岂识之哉！①

庄子指出，"意之所随者，不可以言传"，所以，世之所贵的书，并不可贵。《秋水》篇说："可以言论者，物之粗也。可以意致者，物之精也；言之所不能论，意之所不能致者，不期精粗焉。"郭象注云："唯无而已，何精粗之有哉！夫言意者，有也；而所言所意者，无也。故求之于言意之表，而入乎无言无意之域，而后至焉。"庄子所说的"道"，是语言不能表达、心意不能觉察的，因为用语言去言说、用心意去思考，都是"人为"的努力，无法真正表达"道"。只有无言无意，任其自然，才能真正领悟道的妙谛。"言意之表""言外之意"成为中国诗学的最高境界。所谓"大味必淡""大音必希"，超越"形色名声"的有形，才能把握无形的"大象"、无声的"大音"，这种思想成为中国古代艺术家和理论批评家追求艺术的"言外之意"，品味艺术的含蓄空灵之境的思想精髓。

二 道家"味"论对后世的影响

以老庄为代表的道家，从其"自然之道"的思想出发，提出"大音希声"和"味无味"论，"无味"也就是"淡味"，其本质精神在于崇尚"自然"的本真和朴素之美，这在一定意义上是对儒家"和味"论的超越。袁行霈先生指出："在道家看来，'无味'作为'道'的体现，乃是一种不受任何拘限和束缚的、绝对自由的美。'味无味'，所强调的就是去追求与体验这种美感。可以说道家所说的无味之味，就比儒家所说的那种带有伦理道德的'遗味'，更为深刻地触及到了审美的本质，也更具有审美的意义。"② 道家的"无味""淡味"论思想，是中国古代诗味说的思想基础，长久而深刻地影响了诗味说的开展与演化的批评历程。

老庄之后论味，尤其是以味论乐者颇多，但从道家的"无味"角度论味的较少。魏晋时期，特殊的社会环境、时代氛围和现实处境使论味之风盛行。道家的"无味"论思想也得以传承和流播。阮籍《乐论》云："乾坤易简，故雅乐不烦；道德平淡，故五声无味。不烦则阴阳自通，无

---

① 陈鼓应：《庄子今注今译》（中），中华书局1983年版，第356页。
② 袁行霈等：《中国诗学通论》，安徽教育出版社1994年版，第421页。

味则百物自乐，日迁善成化而不自知，风俗移易而同于是乐。此自然之道，乐之所始也。"① 阮籍描绘的是礼乐制度建立之前的淳朴民风民性，充满着对当时"无味""无声"朴素平淡之美的推崇向往。可以明显看出是对老庄"无味"说的继承。不过，阮籍认为当这种自然朴素的"无味"状况被破坏后，必须要用"礼"来拯救物欲膨胀、礼崩乐坏的局面，又体现了儒家"和味"的思想。诗味论上的儒道结合，也是时代的使然。本来，道家"淡味"的审美理想，与儒家孔子及荀子等的尚"质"贵"素"的观念，本不相同。例如，孔子的"绘事后素"、荀子的"大羹之味"，强调的是礼乐的教化功能，强调礼乐精神不在于外在的"文"，而在于内在的"质"，礼之素简和乐之疏越，目的是使人肃然清净，有趋善尚德之心。道家崇尚"淡味"之美，强调的是万物的自然而然的本真状态，这种自然源于主体的本心本性。秦汉之际，两者有合流迹象。汉代扬雄一面宣扬儒家"文质彬彬"的思想，一面推崇"大味必淡""大音希声"的审美境界。

道家对后世诗学"诗味"论影响至深的，是"淡味"论。道家的"淡味"能包含各种味道，是全味至味。以"淡味"论诗也具有相反相成、矛盾对立的特点，具有深刻的辩证精神。魏晋时期，钟嵘《诗品》和刘勰《文心雕龙》均以"淡味"论诗。钟嵘《诗品》以"淡味"论诗，共有三次：

> 永嘉时，贵黄、老，稍尚虚谈。于时篇什，理过其辞，淡乎寡味。爰及江表，微波尚传，孙绰、许询、桓、庾诸公诗，皆平典似《道德论》，建安风力尽矣。
>
> （郭璞）宪章潘岳，文体相辉，彪炳可玩。始变永嘉平淡之体，故称中兴第一。
>
> 永嘉以来，清虚在俗。王武子辈诗，贵道家之言。爰洎江表，玄风尚备。真长、仲祖、桓、庾诸公犹相袭。世称孙、许，弥善恬淡之词。

---

① （三国魏）阮籍：《乐论》，载蔡仲德《中国音乐美学史资料注译》（增订版）（下），人民音乐出版社2007年版，第418页。

第一章 "诗味"论的儒道渊源

钟嵘以"淡味"论诗，都是针对玄言诗而言。玄言诗被称为"平淡之体"，主要原因在于说理太过，以至于诗歌作品缺乏应有的情韵意味。

刘勰《文心雕龙》也多次出现以"淡味"论诗：

> 于时正始余风，篇体轻淡，而嵇阮应缪，并驰文路矣。①
>
> 暨楚之骚文，矩式周人；汉之赋颂，影写楚世。魏之篇制，顾慕汉风；晋之辞章，瞻望魏采。摧而论之，则黄唐淳而质，虞夏质而辨，商周丽而雅，楚汉侈而艳，魏晋浅而绮，宋初讹而新。从质及讹，弥近弥淡。②

刘勰描述了从三代经两汉到魏晋，诗赋作品的风格几经变化，时代越近，作品风格就越淡薄无味。这里所论"淡味"和钟嵘一样，指的是"枯燥乏味""缺乏艺术情韵"，是以其作为慷慨之志与雕采之词的对立面的特质出现的。但需要注意的是，人们并不否认"平淡"之美。刘勰《文心雕龙》又云：

> 及成康促龄，穆哀短祚，简文勃兴，渊乎清峻，微言精理，函满玄席，淡思浓采，时洒文囿。至孝武不嗣，安恭已矣。③
>
> 赞曰：篇章户牖，左右相瞰。辞如川流，溢则泛滥。权衡损益，斟酌浓淡。芟繁剪秽，驰于负担。④

"淡思浓采"和"斟酌浓淡"都没有否定"淡味"的色彩。韩经太先生认为："南朝诗学，在'干之以风力，润之以丹采'的'风力'、'丹采'之理想规范外，还有着'淡思浓采'的理想规范。如果说，当时对浓采华藻的追求，体现了'古者事事醇素，今则莫不雕饰，时移世改，理自然也'的文化观念，那么，对淡思玄宗的崇尚，则体现了魏晋以来

---

① （南朝梁）刘勰著，周振甫译注：《〈文心雕龙〉译注》（修订本），《时序》，江苏教育出版社2006年版，第615页。
② 同上书，《通变》，第435页。
③ 同上书，《时序》，第616页。
④ 同上书，《镕裁》，第468页。

好老庄而近般若的思想精神。二者合一，'淡思浓采'的价值观因此而集中地反映了魏晋南朝哲学思想与文学艺术的基本形势。"① 这段话表明，以"淡乎寡味"来批评玄言诗，是希望玄言诗能够辞理俱妙，具有"淡思浓采"的审美特征。

唐代陈子昂在《登幽州台歌》中振臂高呼："前不见古人，后不见来者。念天地之悠悠，独怆然而涕下。"不仅是对自身命运感遇的悲吟，也包含了他在孤独中对"风骨"诗风的追求。他痛心于"齐梁间诗，彩丽竞繁，而兴寄都绝"，疾呼"汉魏风骨，晋宋莫传"。于是，南朝诗学崇尚绮丽的诗风得到了历史性的反拨。需要注意的是，这种反拨没有回到"了无篇什之美"的老路，而是取径于既不单纯反对雕琢绮丽，也不唯崇尚绮丽繁彩的辩证机制，构建平淡美的审美理想。在这点上，中唐皎然的诗学思想，有着独特的意义。皎然《诗式》卷二"池塘生春草"谓：

> 客有问予，谢公此二句优劣奚若？予因引梁征远将军记室钟嵘评为"隐"、"秀"之语。且钟生既非诗人，安可辄议？徒欲聋瞽后来耳目。且如"池塘生春草"，情在言外；"明月照积雪"，旨冥句中。风力虽齐，取兴各别。……情者如康乐公"池塘生春草"是也。抑由情在言外，故其辞似淡而无味，常手览之，何异文侯听古乐哉。《谢氏传》曰："吾尝在永嘉西堂作诗，梦见惠连，因得'池塘生春草'。岂非神助乎？"②

钟嵘《诗品》对"明月照积雪""池塘生春草"的评论，谓："'明月照积雪'，讵出经史？观古今胜语，多非补假，皆由直寻。"谓："康乐每对惠连，辄得佳语。后在永嘉西堂，思诗竟日不就，寤寐间，忽见惠连，即成'池塘生春草'。故尝云：'此语有神助，非我语也。'"强调的是"即目直寻"，偶得佳句。皎然借评价此二句之机，进一步申明此二句之美在"辞似淡而无味"的"平淡"之美。他分析指出，这种诗美的生成，"抑由情在言外"，也就是刘勰《文心雕龙》的"隐秀"之"隐"。

---

① 韩经太：《中国诗学的平淡美理想》，《中国社会科学》1991 年第 3 期。
② （唐）皎然著，李壮鹰校注：《诗式校注》，人民文学出版社 2003 年版，第 153 页。

刘勰《文心雕龙·隐秀》谓："隐也者，文外之重旨者也。……隐以复意为工。"宋张戒《岁寒堂诗话》引《文心雕龙·隐秀》佚句谓："情在辞外曰隐。"清人冯班《严氏纠谬·诗法》谓："隐者，兴在象外，言尽而意不尽也。"这样来分析谢灵运的诗句，一方面符合谢诗"惨淡经营，钩深索隐，而一归自然"的特点，另一方面也揭示了"淡味"诗美具有涵容其对立因子的辩证特质。这样，皎然在扬弃雕琢绮丽的诗美和质朴天真的诗美观的基础上，构建起平淡美的诗学理想。

司空图《二十四诗品》特别欣赏"冲淡"之美。其二十四品中，第二品即为"冲淡"。其云：

素处以默，妙机其微。饮之太和，独鹤与飞。犹之惠风，荏苒在衣。
阅音修篁，美曰载归。遇之匪深，即之愈希。脱有形似，握手已违。

在这里，"平淡"已不再是枯燥无味，而是具有韵味的诗美理想。司空图的淡味诗观与道家思想关系密切。因之，他的平淡诗美观也具有老庄哲学的思辨色彩。比如，《绮丽》一品的"浓尽必淡，淡者屡深"，"浓"既可指物形之浓艳，又可指辞藻之浓艳；"枯"既可为内心之枯竭，也可谓诗意之枯竭。所以说，外在的浓艳往往会导致文思的枯竭，设色淡雅反而能使诗味长存，平淡的辩证色彩鲜明可见。司空图论诗，也持"澄淡精致"诗观，以"平淡"来形容王维、韦应物的诗歌风格意境，也可见出"淡味"的浓厚的美学意义，直接开启了宋代的诗歌"淡味"美学。

第二章　兴味：诗性生命的感发

兴味是中国诗学的核心范畴，也是诗歌重要的审美特征。兴味是"兴"和"味"的统一体。"兴"的本质是诗人的生命感发与审美感受，是诗味的源泉。诗因"兴"而生味，"味"是诗人生命感发的诗意呈现。"兴"无论是作为"六义"之一的艺术方法，还是作为诗人的"感发意志"，在诗人主体，表现为"感兴""兴致"的审美情感，在客体物象，表现为"兴象""兴寄"的呈现方式，在艺术作品与接受者，则表现为意兴勃发的"兴味"。

第一节　文化之"兴"、经学之"兴"与文学之"兴"

刘毓庆先生指出："在两千年关于'诗兴'的研究，创造出了三种'兴'的概念，一是经学的，二是文学的，三是文化的。"[①] 这三种"兴"都产生于一次次的"兴义"的阐释之中，经学之"兴"产生于汉代经学家对《诗经》的解读，是经学家的原创。文学之"兴"产生于六朝以降的学者对"六诗"之经还原的努力。文化学视野下的"兴"产生的背景则是二十世纪文化人类学的发展，当代学者将学术的眼光投向原初文化与原始生活，寻找兴的生命本源，从而探求"兴"的原初意义。所以研究"兴"的含义，我们有必要首先从"兴"的文化意义开始，将目光投向"兴"的起源。

一　文化之"兴"

关于"兴"的起源，论者多从文字训诂始。《说文》谓："兴，起也。

[①] 刘毓庆：《〈诗〉学之"兴"的还原与背离》，《文学评论》2008年第4期。

从舁同。同，同力也。"又释"舁"为"共举也"。"兴"为"同力共举"的结果。从甲骨文字形来看，"兴"取象于众手举物。至于所举何物，说法不一。商承祚先生认为是"盘"，古代一种礼器，多作为祭祀供享之用。① 杨树达先生认为是"船帆"一类沉重物体。② 还有解释为"酒爵"，意为众人共同举杯祭祀之礼。孔颖达《毛诗正义》云："同，酒爵之名也。"

由文字训诂而深入原始宗教文化与原始生活的领域，于是产生多种关于兴的起源学说。或以为兴源于劳动，认为兴借鉴了劳动歌子。或以为"兴"源于原始舞蹈。周策纵先生曾在《古巫医与六诗考》中以专章予以考论，认为殷商甲骨文中的"兴"都是祭祀名称，与先民祈求或欢庆生产丰饶的宗教活动有关。兴的表现形式是多人持盘而舞，或击盘而舞，或围绕盛满物品的承盘而舞，总之是一种宗教性的舞蹈。③ 据郭沫若的考证，"盘"有"盘旋""盘游"之意，④ 陈世骧先生认为，"兴"不仅包含着盘旋、盘游的动作成分，还有"口"表示呼叫，"'兴'乃是初民合群举物旋游时所发出的声音，带着神采飞逸的气氛，共同举起一件物体而旋转"⑤。"兴"不仅意味着上祭时的礼仪，同时也包括祭祀活动的表演。傅道彬先生认为"兴"是一种具有象征意味的表演。他针对众人对"所举之物"到底是"盘"还是"帆"的争论，指出："问题的关键不是托起的究竟是易举的盘，还是沉重的舟船，而是这样的活动究竟是具体劳作的再现，还是巫术的象征？如果是劳作，是重复，物体的轻重给人带来的疲乏厌倦本质上并没有多少区别，而如果是表演，是艺术，那这一活动无论是托盘还是举舟都是象征的仪式的，方能引发出兴致、兴趣等精神升腾和愉悦的意味……也就是说'兴'字本源上并不是一个简单物理动作的重复，而是具有精神和艺术象征意味的活动。"⑥

---

① 商承祚：《殷契佚存考释》，金陵大学中国文化研究所 1933 年影印本，第 62 页。
② 杨树达：《积微居小学述林》，中国科学院出版社 1954 年版，第 90 页。
③ 周策纵：《古巫医与"六诗"考——中国浪漫文学探源》，上海古籍出版社 2009 年版，第 132—134 页。
④ 郭沫若：《卜辞通纂》（"殷""凡"诸条考释），科学出版社 1983 年版，第 538 页。
⑤ 陈世骧：《原兴：兼论中国文学特质》，载陈世骧著《陈世骧文存》，辽宁教育出版社 1998 年版，第 155 页。
⑥ 傅道彬：《诗可以观：礼乐文化与周代诗学精神》，中华书局 2010 年版，第 157—158 页。

傅先生的意见无疑有助于揭示"兴"的本质内涵。其实,揭示"兴"的起源,其意义在于认识"兴"的感发生命的特征。原始先民通过乐舞的象征性表演而感发生命,并通过生命的感发力量以沟通神人,从而实现生命回归本原的目标指向。陈伯海先生谓:"'兴'作为乐舞活动中的生命感发状态,其要义还不仅仅在于躯体动作上的腾举、盘游和呼叫等,更在于这一系列动作所显示出来的情感生命的升腾与发扬,这才是'兴'之为'兴'的特质所在。"[①] 有关乐舞感发生命的现象,古代典籍多有记载。《尚书·皋陶谟》记载的"韶乐九成"之舞,就是乐舞感发生命的有力例证。韶乐之舞的高潮"箫韶九成,凤凰来仪",既象征着四海归顺,从艺术形式上看,也是乐舞生命感发的功效的象征。关于乐舞会给生命带来的感发,《礼记》作了很好的说明:

> 凡音者,生人心者也。情动于中,故形于声,声成文,谓之音。[②]
> 夫乐者,乐也,人情之所不能免也。乐必发于声音,形于动静,人之道也。[③]
> 故歌之为言也,长言之也。说之,故言之;言之不足,故长言之;长言之不足,故嗟叹之;嗟叹之不足,故不知手之舞之、足之蹈之也。[④]

这几则材料,将乐舞感发生命的原因及过程说得非常清楚。乐音的形成是因为"情动于中""人情之所不能免",也就是说,乐音的生成源于生命感发,感发之情外显于声音动作,反过来,乐音又成为激发生命情感的手段。生命的感发由心而起,化而为歌诗,为舞蹈。这既是歌舞者自我生命感发的过程,也是观舞者因为聆听与观看,而被感发生命的过程。孔子在齐闻韶乐,三月不知肉味,就是这种生命的感发。这种生命感发的最终旨归,是让人感受生命的和谐,使个体的生命回归本源,达到"神人

[①] 陈伯海:《中国诗学之现代观》,上海古籍出版社2006年版,第126页。
[②] 王文锦译解:《礼记译解》(下),《乐记·乐本》,中华书局2001年版,第526页。
[③] 同上书,《乐记·乐化》,第559页。
[④] 同上书,《乐记·师乙》,第562—563页。

第二章 兴味：诗性生命的感发

以和""天人合一"的境界。原始的乐舞能通过狂舞的兴奋，在勃发的生命感兴下达到这个境界，后世的鉴赏者也能在陶醉的情怀中领略这个境界。

"兴"的这种生命感兴意味，是"兴"之所以成为诗的基本创作方法的根本原因。"兴"作为创作手法，首见于《周礼·春官·大师》："教六诗：曰风，曰赋，曰比，曰兴，曰雅，曰颂。"《毛诗序》谓："故诗有六义焉，一曰风，二曰赋，三曰比，四曰兴，五曰雅，六曰颂。"完全沿用《周礼·春官》的说法，但把"六诗"改称"六义"。"六义"是汉儒在研究《诗经》过程中，提出的一个重要的诗学概念。至唐代孔颖达《毛诗正义》则将"六义"区分为两类，谓："风、雅、颂者，诗篇之异体；赋、比、兴者，诗文之异辞。""赋、比、兴"是诗之所用，"风、雅、颂"是诗之成形。"风之所用，以赋、比、兴为之辞"，"雅、颂亦以赋、比、兴为之"。按孔颖达的解释，风、雅、颂是《诗经》中作品的不同体式，赋、比、兴则是作诗时的艺术表现手法。赋、比、兴是从古代诗歌尤其是《诗经》创作实践中概括出来的，是关于诗歌中感发生命之孕育和形成的一项非常重要的理论。这种生命的感发，在《诗经》中有生动具体的表现。

《诗经》之"兴"，具体体现为"兴"体诗中形象与情意的关系。就一般意义而言，"风""雅""颂"所指的是诗歌三种不同的内容性质，"赋""比""兴"所指的则是诗歌的三种表现方法。"赋"有铺陈之意，是将所欲叙写的事物直接加以表述的方法；"比"有拟喻之意，是把所要表达之物比为另一物的表达方法；"兴"有感发兴起之意，是由某一事物的触发而引起所欲叙写之事的一种表达方法。叶嘉莹先生从诗中"情意"与"形象"或"心"与"物"关系入手，对"赋""比""兴"三种表达方法进行了区分，概括起来有三点。"首先就'心'与'物'之间相互作用之孰先孰后的差别而言，一般说来，'兴'的作用大多是'物'的触引在先，而'心'的情意之感发在后；而'比'的作用，则大多是已有'心'的情意在先，而借比为'物'来表达则在后。……其次再就其相互间感发作用之性质而言，则'兴'的感发大多由于感性的直觉的触引，而不必有理性的思索安排，而'比'的感发则大多含有理性的思索安排。前者的感发多是自然的、无意的，后者的感发则多是人为的、

· 63 ·

有意的。"① 最后，赋的直接陈述，与"比""兴"需要厘清"心""物"关系有所不同，区别比较明显。按照这个标准，我们来看一下《诗经》中"兴"体诗中"心"与"物"关系，看看原始先民如何通过生命感兴发而为诗。

我们先看《关雎》："关关雎鸠，在河之洲，窈窕淑女，君子好逑。"这首诗，是雎鸠的鸣叫声引发了"窈窕淑女，君子好逑"的情意。这是很明显的"兴"的作品。因为就"心""物"关系的先后而言，自然是先听到关雎的鸣叫声，而后引发君子对窈窕淑女的渴慕与思念，而且这种情意感发直接来源于外物的直接感受，不是出于理性的思索安排。如果我们把此诗与《硕鼠》作一比较，就更清楚了。《硕鼠》："硕鼠硕鼠，无食我黍。三岁贯汝，莫我肯顾。逝将去汝，适彼乐土。乐土乐土，爰得我所。"诗中写对统治者的怨恨，这种"情意"与开篇"硕鼠"形象的关系，应该是先有将硕鼠比为剥削暴敛者的情意，后才有硕鼠的形象，是由心及物，心之意在先，物之比在后，是有理性安排思索的。再看两首诗：

　　南有乔木，不可休思。汉有游女，不可求思。（《诗经·周南·汉广》）②
　　冽彼下泉，浸彼苞稂。忾我寤叹，念彼周京。（《诗经·曹风·下泉》）③

这两首诗，朱《传》认为《汉广》是"兴而比"，《下泉》是"比而兴"。如果按照"心""物"关系看，应该是属于"兴"的作品。《汉广》是写江、汉间一位男子爱慕女子，而又不能如愿以偿的民间情歌。乔木，毛《传》："南方之木美。乔，上竦也。"陈奂《传疏》："上竦者，其上曲，其下少枝叶。"可见"乔木"的形象，是虽高大使人生"休息"之想，但因无茂密的枝叶荫蔽而不可作为休息之所。这种形象使诗人想到所遇淑女，虽出游汉水之上而不可求。就感发的层次与性质言，是先看到乔

---

① 叶嘉莹：《迦陵论诗丛稿》，北京大学出版社2008年版，第12页。
② 程俊英、蒋见元：《诗经注析》（上），中华书局1991年版，第23页。
③ 同上书，第403页。

木高大而不可休息庇荫，想到女子的可望而不可求。朱《传》"兴而比"之说，当是看到"南有乔木，不可休息"与"汉有游女，不可求思"句法和情意相当。不过从感发层次的由物及心来看，应为"兴"作。《下泉》首章。苞，丛生。稂，生而不结实的粱、莠一类的草。首二句是说，地下流出的寒冷的泉水，淹泡着稂根，使它湿腐而死。诗人用它来兴王子朝作乱，周京受害。关于前两句"物"与下两句"心"之关系，《毛传》谓："曹人疾共公刻下民不得其所，而思明王贤伯也。"朱《传》谓："王室陵夷而小国困弊，故以寒泉下流而苞稂见伤为比，遂兴其慨然以念京也。"尽管《毛传》与朱《传》所指"情意"不同，但都一致认为"物""心"关系为"比"。首两句的物象中，喻托着某种情意，而从这种喻托中，又引发出两外一层情意，有"兴"的意味在内，所以说此诗"比而兴"是比较恰当的。

　　叶舒宪指出："比兴用于诗歌创作，最初并非出于修辞学上的动机，而是由比兴所代表的诗的思维方式所决定的，这种引譬连类的思维方式正是神话思维的产物，是神话时代随着理性的崛起而告终以后所传承下来的一种类比联想的智慧遗产。"[1] 关于比兴所代表的诗的思维特征，傅道彬先生认为具有整体性和象征性。他说："《诗经》中凡兴句之处，几乎皆以自然物象为兴起之句，扑面而来的是原野清风的淋漓酣畅。……《诗经》时代的先民们依然保留了原始思想的整体性和象征性的特征，自然与人类息息相通毫无判隔，人与自然生命共感，花开花落，鸟啼蝉鸣，鱼跃鸢飞，无不进入'兴诗'的象征系统，产生情感的震动和情感的回应。"[2] 这种具有整体性和象征性的"兴"，主要的作用是感发生命。需要注意的是，"兴"句往往处在诗篇的开始。毛《传》标明"兴也"绝大多数在首章次句之下，在毛诗注明的 116 处兴诗中，首章句中标注的"兴也"的共114篇（首章首句3篇，首章次句99篇，首章三句8篇，首章四句3篇，首章5句1篇），只有2篇不注在首章下，却也是一章之中的起始两句。[3] 对于《诗经》兴句"起辞"的现象，叶嘉莹先生指出：

---

[1] 叶舒宪：《诗可以兴——孔子诗学的人类学阐释》，《中国文化》1993 年第 8 期。
[2] 傅道彬：《诗可以观：礼乐文化与周代诗学精神》，中华书局 2010 年版，第 162—163 页。
[3] 鲁洪生：《诗经学概论》，辽海出版社 1998 年版，第 158 页。

◇◇　味：一个诗学语词的理论批评

"这种观念我以为与中国古典诗歌之重视感发的传统有着非常密切的关系，也就是说，'赋'、'比'、'兴'三名所标示的实在并不仅是表情达意的一种普通的技巧，更是对于情意之感发的由来和性质的一种区分。这种区分还不只是指作者的感发，更是兼指作者如何把这种感发传达给读者，从而引起读者之感发的由来与性质而言的。所以特别重在一首诗的开端，也就是说重在作者以何种方式带领读者使之进入这种感发作用之内的。"① 叶先生这话是很有启发意义的。就作品"兴味"言，"兴"的作品，系由作者因外物的感发而形成"兴味"，便也同时以此感发唤起读者之"兴味"。

二　经学之"兴"

将"兴"这一概念运用于研究《诗经》，是经学家的原创。众所周知，《毛诗传》是第一个标兴的《诗经》注本，是今存使用这个概念最早、最完整并带有原创性的注本。郑笺相继，进一步阐发《诗经》"兴"的内涵。不过，"兴"的发明权却在先秦经师，是先秦经师为阐发《诗经》的经典意蕴而创造的一个概念，所以研究经学之"兴"，还要从先秦孔子说起。

（一）诗可以兴

诗可以兴，语出《论语·阳货》："子曰：小子何莫学夫诗？诗可以兴，可以观，可以群，可以怨。迩之事父，远之事君，多识于鸟兽草木之名。"这段话，需注意两点：一是孔子所说的诗，专指《诗经》而言，不是泛指诗歌作品；二是孔子这里说的"兴"，与作为创作方法的"赋比兴"有别，专指诗的功能。"诗可以兴"提出的背景，是傅道彬先生所谓之春秋时期"用诗时代"。② 春秋战国期间"断章取义"式的引诗、赋诗、教诗、说诗之风盛行。"诗可以兴"的提出，意味着诗、乐开始分离，巫官文化向史官文化的转向，是对乐舞兴发功能的一个拓展。先秦用诗的历史文化背景与"实用理性"思想有关。李泽厚先生认为实用理性是中国传统思想在自身性格上所具有的特色。他说："先秦各家为寻求当

---

① 叶嘉莹：《迦陵论诗丛稿》，北京大学出版社 2008 年版，第 25 页。
② 傅道彬：《中国文学的文化批评》，黑龙江人民出版社 2000 年版，第 78—131 页。

时社会大变动的前景出路而授徒立说，使得从商周巫史文化中解放出来的理性，没有走向闲暇从容的抽象思辨之路（如希腊），也没有沉入厌弃人世的追求解脱之途（如印度），而是执著人间世道的实用探求。"① 当时的用诗活动主要包括赋诗、引诗、教诗等形式。赋诗多用于春秋外交场合，其宗旨是以诗言志，根本方法是断章取义，目的既有宾主之间的酬酢周旋，又可以显示学养与文采。引诗指先秦时期诸子之作引用《诗经》语篇。其特征是引经据典，正面论证，多用议论说理的诗句。教诗的对象一般是贵游子弟，目的是修身和出使专对，所谓"不学诗，无以言"。概之，赋诗、引诗、教诗的特点是唯取其"义"，取的是"六经注我"各取所需的方式。

春秋"用诗"的背景，有助于我们理解孔子"诗可以兴"中"兴"的内涵。对"兴"最早作出解释的是孔安国，《论语注疏》引其语云："兴，引譬连类。"② 后朱熹《论语集注》释"兴"为"感发志意"。③ 关于"引譬连类"，陈伯海先生认为："孔门诗教的特点在于借用现成诗句以启发人们对人生事理的感悟，其达意方式与春秋时代列国士大夫交往赋诗的'断章取义'是一个路子……它确是'诗可以兴'的具体途径。"④ 而朱熹所谓"感发志意"，也"不是作诗人的'志意'，而是用诗人的'志意'"⑤。由此可见"兴"的内涵偏向于义理的领会，"是一种思想上的类比引发与礼乐文化的应用原则"。⑥

（二）汉儒解"兴"

现在回到汉儒解"兴"。汉儒解"兴"，最大特点是将"比兴"比喻化。就思维路向而言，是先秦用诗与孔门诗教"引譬连类"思维方式的延续。《毛传》标兴共116处，凡标兴之处，《毛传》都认为兴象与所兴之事间，都有意义联系，"喻"是构成联结的枢纽。如《关雎》"关关雎

---

① 李泽厚：《中国古代思想史论》，天津社会科学院出版社2004年版，第288页。
② （清）阮元校刻：《十三经注疏》（附校勘记）（下册），《论语·阳货》，中华书局1980年影印本，第2525页中栏。
③ （宋）朱熹撰，张茂泽整理：《四书集注之一：大学·中庸·论语》，三秦出版社2005年版，第273页。
④ 陈伯海：《中国诗学之现代观》，上海古籍出版社2006年版，第130页。
⑤ 傅道彬：《诗可以观：礼乐文化与周代诗学精神》，中华书局2010年版，第173页。
⑥ 同上。

鸠，在河之洲"，传曰："兴也。后妃说乐君子之德，无不和谐，又不淫其色，慎固幽深，若雎鸠之有别焉。"以雎鸠喻后妃之德。郑玄之笺，多用"喻"等词联结，进一步证实了《毛传》之兴的隐喻意义。如《周南·南有乔木》，传曰"兴也"，郑笺谓："兴者，喻贤女虽出游流水之上，人无欲求犯礼者，亦由贞洁使之然。"尤其需要注意的是，对部分《毛传》标注的兴篇，郑玄予以否定，而《毛传》未曾标兴的一些诗篇，郑笺也提出了兴，原因是这些诗篇存在着喻意。对此，孔颖达有比较合理的解释，其云：

> 传言"兴也"，笺言"兴者喻"，言传所兴者欲以喻此事也，兴、喻名异而实同。或与传兴同而义异，亦云"兴者喻"，《摽有梅》之类也。亦有"兴也"不言兴者，或郑不为兴，若"厌浥行露"之类，或便文径喻，若"绿衣"之类。或同兴，笺略不言喻者，若《邶风》"习习谷风"之类也。或叠传之文，若《葛覃》笺云"兴焉"之类是也。然有"兴也"。……亦有毛不言兴，自言兴者，若《四月》笺云"兴人为恶有渐"是也。或兴、喻并不言，直云犹亦若者。虽大局有准，而应机无定。郑云喻者，喻犹晓也，取事比方以晓人，故谓之为喻也。①

虽然毛、郑之间对具体诗篇是否属兴尚有分歧，但是在兴以托喻、无喻非兴的"兴""喻"关系上，二人的理解却是一致的。这也是汉儒的普遍认识。比如《淮南子·泰族训》："《关雎》兴于鸟，而君子美之，为其雌雄之不乖居也；《鹿鸣》兴于兽，君子大之，取其见食而相呼也。"郑众《周礼注》："兴者，托事于物。"王逸《离骚经序》："《离骚》之文，依《诗》取兴，引类譬谕。"虽然表述不一，但各家均认为"兴"中有"喻"。在《诗经》经典化的过程中，"兴"之喻意有着极为重要的实际意义。刘毓庆先生指出："在经典解释系统中，兴是一种解经方式，一个意义转换机制。……如果从'诗'的角度看，《诗经》所表现的只是一种

---

① （清）阮元校刻：《十三经注疏》（附校勘记）（上册），《毛诗正义·螽斯疏》，中华书局1980年影印本，第279页上、中栏。

情怀。而要作为'经',则它必须具体有深刻的内涵,与大事业、大道理联系起来,才能体现出她超越一般文学、文献的价值意义。……以'兴'的解读方式进行意义转换,便可使诗中大量客观'物象'具有了人伦道德与政治伦理方面的寓意。"① 从这里我们可以明显看到"诗可以兴"的用诗方式向汉儒解经方式的转移。

汉儒对《诗经》原典意义的改造,即把《诗》作为政治,作为"谏书",以美刺说比兴。李洲良先生用"美刺寄托"的"政教之兴"来概括。② 按照胡晓明先生的研究,以毛、郑为代表的汉儒以美刺说比兴,具体表现为三点。"首先,毛、郑将《诗》中男女情思之比兴,大多转换为君臣妃妾之美刺。……其次,毛、郑之诠释比兴,多用'刺时'、'闵时'、'刺衰'、'疾乱'诸语,将无时间性、无确定性的诗意,与特定的时间、具体之事件,联系沟通,以彰显诗歌的实用功能,纪实功能。……再次,毛、郑之说比兴,有意出于纲纪人伦、敦厚礼教之一种需要。"③ 因之,就汉儒而言,其比兴的政教旨趣,将先秦的随机发挥式的断章取义,一变而为经典化的系统附会。所以,诚如李洲良先生所言:"当讲求美刺寄托的政教之兴,连同赋与比,都充当了政治教化的工具,《诗经》也就成了名副其实的政教伦理教科书。"④

显然,汉儒解兴,带来对《诗经》诗学本体的某种遮蔽。就像罗根泽先生所说:"自从有人受着功用主义的驱使,将各不相谋的三百首诗凑成一团,这功用主义的外套便有了图样;从此你添一针,他缀一线,由是诗的地位逐渐崇高了,诗的真义逐渐汩没了。"⑤ 不过诗的感兴传统并未断流。胡晓明先生指出:"汉儒以比兴释《诗》,对诗三百篇之真貌,大有遮蔽,大有曲解,然比兴大法,毕竟由汉儒而彰显;比兴说诗,毕竟对后世诗学形成一根深蒂固的范式与原型……汉儒之比兴说,其渊源与背景,或隐或显潜藏着中国文艺思想起源与开展之重大问题。"⑥ 胡先生所

---

① 刘毓庆:《〈诗〉学之"兴"的还原与背离》,《文学评论》2008年第4期。
② 李洲良:《诗之兴:从政教之兴到诗学之兴的美学嬗变》,《文学评论》2010年第6期。
③ 胡晓明:《中国诗学之精神》,江西人民出版社2001年版,第21—23页。
④ 李洲良:《诗之兴:从政教之兴到诗学之兴的美学嬗变》,《文学评论》2010年第6期。
⑤ 罗根泽:《中国文学批评史》,上海书店出版社2003年版,第68页。
⑥ 胡晓明:《中国诗学之精神》,江西人民出版社2001年版,第3页。

说的"重大问题",包含三方面的含义:其一,中国文艺思想的起源,与由巫官文化到史官文化,由宗教而人伦的过程相连,由沟通天意到沟通心物政治,由此带来的比兴中含有的根深蒂固的政治情结与思维原型;其二,"比兴"中所蕴含的心与物的生命共感,开发出后世的情景相生、兴象浑融、兴会盎然等诗学质素;其三,由"比兴"引申出的"诗无达诂"的说诗方式,为诗学的解读提供了典型的范例。

三 文学之"兴"

魏晋以后,随着诗缘情观念的提出,触物起情遂成为人们关注的问题。"诗以兴情"的观念开始深入人心,这标志着经学之兴向文学之兴的变迁。西晋傅玄《蜉蝣赋序》谓:"读《诗》至《蜉蝣》,感其虽朝生暮死,而能修其羽翼,可以有兴,遂赋之。"提到了"感"而"兴",这恐怕是最早将诗兴概念用于兴情的例子。挚虞《文章流别论》曰:"比者,喻类之言也。兴者,有感之辞也。"也将"兴"与"感"联系起来。刘勰《文心雕龙·比兴》:"诗文宏奥,包韫六义。毛公述传,独标兴体。岂不以风通而赋同,比显而兴隐哉。故比者,附也;兴者,起也。附理者,切类以指事,起情者,依微以拟议。"汉儒释"兴",言"喻"言"托事于物",揭示的是经典意义所在,而刘勰这里提出的"起也""起情者",是将兴与情感联系起来。不仅如此,刘勰在《文心雕龙》的《诠赋》《物色》篇中,还作了进一步的论述:

> 原夫登高之旨,盖睹物兴情。情以物兴,故义必明雅;物以情观,故词必巧丽。[1]
>
> 是以四序纷回,而入兴贵闲;物色虽繁,而析词尚简。……山沓水匝,树杂云合。目既往还,心亦吐纳。春日迟迟,秋风飒飒。情往似赠,兴来如答。[2]

---

[1] (南朝梁)刘勰著,周振甫译注:《〈文心雕龙〉译注》(修订本),《诠赋》,江苏教育出版社2006年版,第151页。

[2] 同上书,《物色》,第633—634页。

第二章 兴味：诗性生命的感发

在这里，刘勰以"起情"来解释"兴"，不仅将"兴"与"情"联系起来。而且"睹物兴情""情以物兴"，已经将兴置于心与物，主体与客体关系之间进行考察，是心物交会时主体的审美感受，对兴的认识已经进一步深化。而"入兴贵闲""兴来如答"则明显已不是赋比兴之兴，而有其独特的全新的含义，是兴会之兴、情兴之兴、兴感之兴。

到了梁代，钟嵘的《诗品》有"诗有三义"说。他所说的诗，不再只指诗经而言，而主要是他所评论的五言诗，也可以说是广义的诗歌。他完全从文学创作的性质上来阐释"兴"，他说：

> 故诗有三义焉：一曰兴，二曰比，三曰赋。文已尽而意有余，兴也；因物喻志，比也；直书其事，寓言写物，赋也。宏斯三义，酌而用之，干之以风力，润之以丹彩，使味之者无极，闻之者动心，是诗之至也。[①]

钟嵘认为，"兴"所以为兴，与"赋""比"不同，其关键在于其言近旨远，委婉含蓄，余味无穷。钟嵘这里强调的是诗的整体效果，一首诗，读完之后，在读者心中留下无穷的余韵，所谓"曲终人不见，江上数峰青"，所谓"篇终接混茫"，说的正是兴诗的美境。钟嵘对"兴"的解释是对汉人的一个新发展，汉人对"兴"的研究主要以《诗经》为对象，所以更关注的是兴的内容，而钟嵘的研究对象已经发生变化，魏晋时期，随着文学创作的逐步繁荣，出现了全篇皆兴的作品，兴辞由原来的辅助表义，一变而成为诗歌的主体。如曹操的《观沧海》："东临碣石，以观沧海。水何澹澹，山岛竦峙。树木丛生，百草丰茂。秋风萧瑟，洪波涌起。日月之行，若出其中；星汉灿烂，若出其里。幸甚至哉，歌以咏志。"全篇皆是托物咏志，思想容量上更加丰富，所以，钟嵘对"兴"的解释，就更加关注诗歌的整体效果的韵味无穷，这也是钟嵘的诗美理想。

沿着钟嵘《诗品》的路径，专注于诗歌寄情，构成了诗兴论中的一个流派，自六朝沿唐而下经宋元而直至明清。这一时期诗论家们论"兴"

[①] （南朝梁）钟嵘：《诗品》，载（清）何文焕辑《历代诗话》（上），中华书局1981年版，第3页。

主要从诗歌创作和诗歌审美特点两个角度入手。

(一) 兴是创作的前提

首先，感物起情，情动为兴，有兴然后才能真正进入创作。如果说，艺术的起源是一个人将自己体验过的情感传达给别人，那么，诗人必须先有自己的体验，才能有可能进行传达。"而这种情感性的体验，就是我们古人说的兴。……对于作者来说，感兴并不是创作意图，也不是外在的创作动机，而是一种源自内心的、强烈的创作欲望或者说创作冲动。"[①] 朱熹谓："兴者，先言它物以引起所咏之词也。"强调兴的感发作用。宋代胡寅在《致李叔易》引李仲蒙的话说："索物以托情谓之比，情附物者也。触物以起情谓之兴，物动情者也。"[②] 李仲蒙通过"兴"和"比"的对比，指出"比"是由情附物，"兴"是由物引发情，指出兴对于创作的起始意义。就这个意义而言，兴是诗篇的发端，更是创作的第一环。

一般说来，兴由外物感发，但外物还不等于兴。宋人郑樵《通志·昆虫草木略序》谓："夫诗之本在声，而声之本在兴，鸟兽草木乃发兴之本。"鸟兽草木等自然景物，以及社会人情，乃发兴之本，但不等同于兴，只不过是发兴的一个前提条件。兴也不等于诗人主体之情。张戒《岁寒堂诗话》谓："子美之志，其素所蓄积如此，而目前之景，适与意会，偶然发于诗声，六义中所谓兴也。兴则触景而得，此乃取物。"[③] 这段话很好地说明了这一点。"素所蓄积"者，是诗人平时的情感郁积的情志，但还不是兴。"目前之景，适与意会"，所见之景，骤然触发，适与意会，发于诗声，这才是兴。张戒又云："诗者，志之所之也。情动于中而形于言，岂专意于咏物哉？子建'明月照高楼，流光正徘徊'，本以言妇人清夜独居愁思之切，非以咏月也，而后人咏月之句，虽极其工巧，终莫能及。渊明'狗吠深巷中，鸡鸣桑树颠'，本以言郊居闲适之趣，非以咏田园，而后人咏田园之句，虽极其工巧，终莫能及。"[④] 王夫之《姜斋

---

① 张海明：《经与纬的交结——中国古代文艺学范畴论要》，云南人民出版社1994年版，第115页。

② (宋) 胡寅撰，容肇祖点校：《崇正辩·斐然集》（全二册），中华书局1993年版，第386页。

③ (宋) 张戒：《岁寒堂诗话》，载丁福保辑《历代诗话续编》（上），中华书局1983年版，第474页。

④ 同上书，第452页。

诗话》也说："'池塘生春草'，'蝴蝶飞南园'，'明月照积雪'，皆心中目中与相融浃，一出语时，即得珠圆玉润，要亦各视其所怀来而与景相迎者也。'日暮天无云，春风散微和'，想见陶令当时胸次，岂夹杂铅汞人能作此语？"① 都指出先有心中怀来之情，才能与目中景物相迎，才能产生兴。刘勰所谓"情往似赠，兴来如答"，用感情来看事物，象投赠，景物引起创作兴会，象酬答，说的也是这个意思。兴是感物所得，是情景交会，是主客观相互作用的产物，是创作的前提。

其次，兴是作品之魂。就修辞手法而言，兴与赋、比本可以并列，但兴亦有感兴、情兴之意，那么，赋和比就对兴的内涵具有依托性。就这个意义而言，兴可以具有作品本体的意义，它决定着作品的结构方式、物象类型、语言、修辞等。赋和比是传达兴的手段，离开兴，赋和比就失去了存在的意义。下引明人彭辂的一段话，予以分析。

> 盖诗之所以为诗者，其神在象外，其象在言外，其言在意外。……夫神者，何物也？天壤之间色声香味偶与吾触，而吾意适有所会，辄矢口肆笔而泄之，此所谓"六义"之兴，而经纬于赋比之间者也。赋实而兴虚，比有凭而兴无据，不离句字而有神存乎其间。神之在兴者什九，在赋比者半之，此《国风》、《小雅》不传之秘，而灵均之《骚》所独濡染而淋漓者也。②

彭辂认为，诗之神为兴，兴是心物感应的产物，兴"经纬于赋比之间者也"，既是赋比表现的对象，又是一种修辞手法。进而指出兴的"虚"的特点，即兴内涵的不确定性，难以指陈，但它却是诗之神理，诗之魂魄，也正因为如此，兴才能成为诗之神。叶燮也说：

> 原夫作诗者之肇端而有事乎此也，必先有所触以兴起其意，而后措诸辞、属为句、敷之而成章。当其有所触而兴起也，其意、其

---

① （清）王夫之撰，舒芜校点：《姜斋诗话》，人民文学出版社1961年版，第146页。
② （明）彭辂撰：《冲谿先生集》，诗集自序，载四库全书存目丛书编纂委员会编《四库全书存目丛书》集部第116册，齐鲁书社1997年影印本，第4页下栏。

辞、其句，劈空而起，皆自无而有，随在取之于心。出而为情、为景、为事，人未尝言之，而自我始言之，故言者与闻其言者，诚可悦而永也。①

叶燮已经说得非常清楚，有兴，才能起意，而后措辞、属句、成章。兴能令作者有一种创作的欢悦，令读者有一种审美的快感。

（二）兴是无迹可求之境

兴是作品的审美特征。钟嵘《诗品序》谓："文已尽而意有余，兴也。"是从艺术效果的角度解释兴。朱熹也说："比意虽切而情浅，兴意虽阔而味长。"两人在肯定兴的艺术效果方面，可谓异曲同工。余味无穷实际根源于作为审美体验的兴，甚至说，这种余味无穷的效果恰是审美体验之兴在作品中的反映。罗大经《鹤林玉露》谓："诗莫尚乎兴。……盖兴者，因物感触，言在于此，而意寄于彼，玩味乃可识，非若赋比之直言其事也。"② 吴乔《围炉诗话》亦云："人有不可已之情，而不可直陈于笔舌，又不能已于言。感物而动则为兴，托物而陈则为比。是作者固已酝酿而成之者也。所以读其诗者，亦如饮酒之后，忧者以乐，庄者以狂，不知其然而然。"③ 陈廷焯《白雨斋词话》也说："若兴则难言之矣。托喻不深，树义不厚，不足以言兴。深矣厚矣，而喻可专指，义可强附，亦不足以言兴。所谓兴者，意在笔先，神余言外，极虚极活，极沉极郁，若远若近，可喻不可喻，反复缠绵，都归忠厚。"④ 这几段话，在兴与赋、比的比较中，突出了兴的审美特征，在于"玩味乃可识""亦如饮酒之后，忧者以乐，庄者以狂，不知其然而然""极虚极活，极沉极郁，若远若近，可喻不可喻，反复缠绵"。都说的是兴象玲珑、无迹可求的特点，所描述的正是审美体验之兴在作品中的呈现。《沧浪诗话·诗辩》谓：

夫诗有别材，非关书也；诗有别趣，非关理也。然非多读书，多

---

① （清）叶燮著，霍松林校注：《原诗》（内篇），人民文学出版社1979年版，第5页。
② （宋）罗大经：《鹤林玉露》乙编卷4，上海古籍出版社2012年版，第113页。
③ （明）吴乔：《围炉诗话》，载郭绍虞编选，富寿荪校点《清诗话续编》（一），上海古籍出版社1983年版，第479—480页。
④ （清）陈廷焯著，杜维沫校点：《白雨斋词话》，人民文学出版社1959年版，第158页。

第二章 兴味：诗性生命的感发

穷理，则不能极其至，所谓不涉理路不落言筌者上也。诗者，吟咏情性也，盛唐诸人，惟在兴趣；羚羊挂角，无迹可求。故其妙处，透彻玲珑，不可凑泊。如空中之音，相中之色，水中之月，境中之象，言有尽而意无穷。①

"言有尽而意无穷"语出钟嵘，严羽引用的意思已经非常明白，诗之"别趣"，关键在于诗歌以性情为对象，是在吟咏性情基础之上产生的艺术美。这种美"透彻玲珑，不可凑泊"，"如空中之音，相中之色，水中之月，镜中之象"，而且产生的原因"非关书也""非关理也"，完全把"兴趣"作为才学、义理的对立面来看待。其用意在于将诗的"兴趣"和兴联系起来。张海明先生说："感兴在于作者，兴趣在于作品。前者是主观化的，是作者心灵的一种体验，而后者则是通过艺术手段将此种主观化的内涵蕴含于具体的形象之中。"② 可以说，没有感兴，就没有作品的"兴趣"。严羽论诗，首推盛唐，原因在于盛唐诗"惟在兴趣"，就是说，盛唐诗人重感兴，盛唐诗歌有"兴趣"，所以才"言有尽而意无穷"。

一般而言，我们认为兴就是诗人在其诗作中所描述的景物或抒发的感情。其实这种看法并不完全正确。事实上，作为诗人很难在诗中直接描述情兴，而是在诗中或者描述那些触动他的事物，或者描述这种触动在他身上的反应。借用陶渊明的一句诗"此中有真意，欲辨已忘言"，能恰切地表现情兴勃发时审美主体的心理感受，正如宋张孝祥所云："悠然会心，妙处难与君说。"这种境界是神会意冥的无言独化的。关于这一点，古人早有论述。刘勰《文心雕龙》谓："起情者依微以拟意。""依微以拟意"意为用相应的物象暗示那难以言明的情兴。对此，明人袁黄《诗赋》有形象的解说："感事触情，缘情生境，物类易陈，衷肠莫罄，可以起愚顽，可以发聪听，飘然若羚羊之角，悠然若天与之行径，寻之无踪，斯谓之兴。"清人王夫之《带经堂诗话》也有相似看法："夫诗之道，有根抵焉，有兴会焉，二者率不可得兼。镜中之象，水中之月，相中之色，羚羊

---

① 严羽：《沧浪诗话》，载（清）何文焕辑《历代诗话》（下），中华书局1981年版，第688页。

② 张海明：《经与纬的交结——中国古代文艺学范畴论要》，云南人民出版社1994年版，第120页。

挂角，无迹可求，此兴会也。"以上两段话，均指出情兴的神秘莫测、无迹可求，正因为如此，兴只有借助象来表达，而兴与象之间往往缺乏必然的逻辑关联，所以往往给人以天马行空、水月镜花之感。清人况周颐在《蕙风词话》中，详尽描述了情兴的飘忽游弋不可捕捉的意味，他说：

> 吾苍茫独立于寂寞无人之区，忽有匪夷所思之一念，自沈冥杳霭中来。吾于是乎有词。洎吾词成，则于倾者之一念若相属若不相属也。而此一念，方绵邈引演于吾词之外，而吾词不能殚陈，斯为不尽之妙。①

况周颐的这段话，形象指出兴之所得，源自"匪夷所思之一念"，然后"有词"。而"有词"之意味，已经与先前的感受不尽相同，"若相属若不相属也"。并且难以用语言进行表达，所以说"吾词不能殚陈，斯为不尽之妙"。

第二节　兴寄与兴象

傅道彬先生指出："艺术理论是纷纭复杂的，而艺术发生理论在整个艺术理论中起着关键作用。中国古典诗学以兴感为核心的发生理论，对古典诗学的理论建设具有重要作用，古典诗学表现论、创作论、思想论、欣赏论等都深受兴感发生理论的影响。"② 兴寄与兴象，在古典诗学的思想中，表现为"比兴寄托"的"兴寄"反映论，以及兴象浑融的"兴象"表现论。

一　兴寄

"兴寄"一词，是陈子昂《与东方左史虬修竹篇序》里提出来的。其云：

---

① （清）况周颐著，王幼安校订：《蕙风词话》卷1，人民文学出版社1960年版，第10页。
② 傅道彬：《"兴"的艺术源起与"诗可以兴"的思想路径》，《学习与探索》2006年第5期。

第二章 兴味：诗性生命的感发

> 文章道弊五百年矣。汉、魏风骨，晋、宋莫传，然而文献有可征者。仆尝暇时观齐、梁间诗，彩丽竟繁，而兴寄都绝，每以永叹。思古人，常恐逶迤颓靡，风雅不作，以耿耿也。一昨于解三处见明公《咏孤桐篇》，骨气端翔，音情顿挫，光英朗练，有金石声。遂用洗心饰视，发挥幽郁。不图正始之音，复观于兹，可使建安作者相视而笑。①

这段文字有三层意思。其一是自晋以下文道衰微，以致"逶迤颓靡，风雅不作"；其二是文道衰颓的原因在于"汉魏风骨，晋宋莫传""兴寄都绝"；其三，作者见《咏孤桐篇》，"正始之音复睹于兹"，表明作者的文学理想是建安风骨和正始之音。文中的汉魏风骨即建安风骨，或称建安风力，指汉末建安时期如三曹、建安七子等人的诗歌创作。其特征是继承汉乐府民歌的现实主义传统，运用朴素语言，反映社会动乱或民生疾苦，或表现建功立业的人生理想，或抒发诗人饱经离难的忧思情怀，悲凉慷慨，有鲜明的时代特征。正始之音是指活动于正始年间的阮籍、嵇康等人的诗作，它们在一定程度上暴露了当时上层社会的黑暗，表达了对现实的不满。

初唐时期，政局稳定，经济渐显繁荣，但初唐文坛并不令人满意，这主要表现在初唐诗歌沿袭六朝诗风，内容狭窄精神缺失，已经不能适应如日中天的大唐气象，诗文革新势在必行。陈子昂在文中提出的"观齐、梁间诗，彩丽竟繁，而兴寄都绝"，是专门针对齐梁诗歌创作提出来的，主要是针对齐梁文学内容不够充实、不注意整体审美形象塑造的弊病。"兴寄"作为陈子昂的理论主张，既是强调作品要有充实的社会内容，同时也要重视诗歌整体审美形象的表现。张少康先生认为："兴，指感兴、意兴，是诗人浮想联翩，形象思维十分活跃时的一种状态，作为诗歌的本体来说，兴是指其审美意象对人所产生的感发作用。寄，指寄托，指诗人隐含于诗歌审美意象中的现实寓意，也就是诗歌中流露的思想感情所具有的社会内容。"②

---

① （唐）陈子昂：《陈拾遗集》，上海古籍出版社1992年版，第10页。
② 张少康：《中国文学理论批评史》（上），北京大学出版社2005年版，第272页。

陈子昂的"兴寄"论，继承了自《诗经》、屈原以来的优良传统，又熔铸了时代精神和时代要求。"兴寄"说渊源于汉人诗说中的"美刺比兴"的观念。汉代儒家十分重视诗歌的教化功能，要求诗歌创作为统治阶级服务，起到"经夫妇，成孝敬，厚人伦，美教化，移风俗"①的积极作用。这种政治教化又可分为"美"和"刺"两大功能。郑玄谓："论功颂德，所以将顺其美；刺过讥失，所以匡救其恶。"② 无论是"美"还是"刺"，都是为了达到改良政治、化成民俗的作用。另外，春秋以来，儒家对"兴"作了重要阐释，并把"兴"解释为一种作诗之法，汉人诗说中还很注重比兴手法对于发挥诗歌美刺功能的巨大效应。但是先秦两汉的儒家并没有诗歌创作的实践，自《诗经》之后，自觉实践"兴寄"艺术的是《楚辞》。王逸谓："《离骚》之文，依《诗》取兴，引类譬谕，故善鸟香草，以配忠贞；恶禽臭物，以比谗佞；灵修美人，以媲于君；宓妃佚女，以譬贤臣；虬龙鸾凤，以托君子；飘风云霓；以为小人。其词温而雅，其义皎而朗。"③ 所谓"依诗取兴"，强调的是"比兴"与"言志"之间的关系。屈原的创作，从某种程度上是实践了儒家的"比兴"思想。所以刘勰说屈原："依《诗》制《骚》，讽谏'比''兴'。"④ 不仅如此，屈原还对比兴有所发展，首先，表现为屈原兴寄意识的自觉性。举凡屈原诗中的香草美人、恶禽臭物、飘风云裳等引譬连类的方式，无不有明确的寻求意象以寄托情志的意向。其次，从具体的兴寄方法上，《楚辞》的比兴群象明显扩大，不仅有花鸟虫鱼等自然物象，而且扩展到历史传说、神话等人文物象。

　　汉儒对兴寄的贡献，在于对"兴"义的政教阐释，儒家以"引譬连类"释"兴"，也即是重视"兴寄"，虽然所寄是伦理道德，但作为诗歌的一种创作原则和方法对兴寄观的形成是有影响的，推进了由"兴"到"兴寄"演进。魏晋是兴寄发展的重要时期，但是魏晋人对"兴"的理解

---

① （清）阮元校刻：《十三经注疏》（附校勘记）（上册），《毛诗序》，中华书局1980年影印本，第270页下栏。

② 同上书，《诗谱序》，第262页。

③ （汉）王逸注，（宋）洪兴祖补注：《楚辞章句补注》，吉林人民出版社1999年版，第3页。

④ （南朝梁）刘勰著，周振甫译注：《〈文心雕龙〉译注》（修订本），江苏教育出版社2006年版，第511页。

第二章　兴味：诗性生命的感发

与汉儒不同。汉儒的比兴观是和言志、讽喻、美刺联系在一起的，而魏晋诗歌是以情为本体，重视个人情感的抒发，对"兴"的理解与"感物兴思"较为接近，即由物象引发情感并将情感寄托于物象，是以诗人的情感为根本，而摒弃了儒家释"兴"的道德旨归，这是魏晋以降儒学衰微，诗歌性情本体观在诗学中的体现。魏晋诗歌对"兴寄"的发展，也体现在诗歌创作上："首先，兴寄的内容更具个性，由汉儒、楚骚的政治伦理感情发展为诗人对现实的真实感受。其次，在托兴取象范围上更为广泛，更具自由选择和个性的特点。再次，在兴寄艺术上，比兴取象与情感寄托融合得更自然。"[1] 所以，陈子昂在总结魏晋诗歌特点基础上所倡导的"兴寄"，不能和儒家传统的美刺比兴说等同起来，也不仅仅是重视作品的社会内容，而是充分体现诗歌的艺术特点，要求诗歌创作在审美意象内隐含有深刻的思想内容，诗歌创作要以审美形象来感动读者，并从中体会到积极的思想意义。

陈子昂的"兴寄"观，在他的诗歌创作中有突出表现。陈子昂传世的一百多首诗歌，大多是其诗学主张的实践产物。他的《感遇诗》三十八首，尖锐揭露了当局暴政，批评了统治者的穷兵黩武，讽刺了统治阶级的荒淫无耻，鞭挞了武氏集团的残暴杀戮，表达了对苦难人民的深切同情，抒发了诗人抑郁不得志的愤懑情怀与深沉感慨，尤其明显地体现其"兴寄"诗学主张。沈德潜《唐诗别裁集》评陈子昂诗曰："追建安之风骨，变齐梁之绮靡，寄兴无端，别有天地。"《唐诗别裁集》中选陈子昂诗19首，其中《感遇》诗就占15首，所以，所谓"寄兴无端"，主要是就《感遇》而言，可见《感遇》诗的"兴寄"特点。《感遇》诗中，既有"感时思报国，拔剑其蒿莱"的壮志豪情，也有"岁华尽摇落，芳意竟何成"的失意感伤，特别是他的《登幽州台歌》："前不见古人，后不见来者。念天地之悠悠，独怆然而涕下。"更是"兴寄"典范之作，为唐代诗歌定下基调，开一代诗风。

唐李白的文学主张继承了陈子昂的"兴寄"观，唐孟棨谓："白才逸气高，与陈拾遗齐名，先后合德。……尝言'兴寄深微，五言不如四言，

---

[1] 蔡彦峰：《传统诗学范畴的重要发展：从"兴"到"兴寄"》，《南京师范大学文学院学报》2007年第4期。

七言又其靡也'。"① 李阳冰《草堂集序》谓李白"凡所著述,言多讽兴",也说出李白诗"兴寄"特点。李白《古风》其一可以看作其"兴寄"诗学观的宣言:

> 大雅久不作,吾衰竟谁陈。王风委蔓草,战国多荆榛。龙虎相啖食,兵戈逮狂秦。正声何微茫,哀怨起骚人。扬马激颓波,开流荡无垠。废兴虽万变,宪章亦已沦。自从建安来,绮丽不足珍。圣代复元古,垂衣贵清真。群才属休明,乘运共跃鳞。文质相炳焕,众星罗秋旻。我志在删述,垂辉映千春。希圣如有立,绝笔于获麟。②

李白的这首诗,以恢复《诗经》的美刺比兴传统为纲领,推崇"风""雅"为诗歌"正声",这与陈子昂的"兴寄"思想是一致的。李白充分肯定风骚传统,并不是完全等同于传统儒生的"教化",而是要以大雅之颂声来寄托自己的开明政治理想,表达自己"济苍生""安黎元""安社稷"的理想抱负。李白的《古风》五十九首多为述及国事民生,讽刺上层统治,希望有补时政的寄托之作。明胡震亨《李诗通》(卷一)评李白乐府诗云:"连类引义,尤多讽兴,为近古所未有。"又云:"太白六十篇中,非指言时事,即感伤己遇。"说的就是李白诗歌"兴寄"特点。《古风》五十九首,包括咏史、咏怀、游仙诗三类,其中咏怀诗,假物自喻,抒写人生抱负,既有早年渴望仕途,报效朝廷的豪情,也有人生困顿,抑郁于心的无奈感伤,还有烈士暮年,穷途末路的哀苦之情。在这些李白人生写照的诗篇中,"兴寄"的手法得到了广泛的应用,诗人或在《大鹏赋》中以大鹏自喻,或以"香草美人"寄托自己的人生理想与失意。咏史诗借古讽今,具有强烈的现实讽刺意义。至于游仙诗,也是隐晦地通过求仙慕道,表达自己的政治追求。胡震亨谓:"古风六十篇中,言仙者十有二,其九自言游仙,其三则讥人主求仙,不应通蔽互殊乃尔。白之自谓可仙,亦借以抒其旷思,岂真谓

---

① (唐)孟棨撰:《本事诗》,载丁福保辑《历代诗话续编》(上),中华书局1983年版,第14页。
② 中华书局编辑部点校:《全唐诗》(增订本)卷161,中华书局1999年版,第1673—1674页。

世有神仙哉！"① 清人陈沆亦云："世诵李诗，惟取迈逸，才耀则情竭；气慓则志流。指事浅而易窥；摅臆径以伤尽。致使性情之比兴，尽掩于游仙之陈词。"② 尤其需要注意的是，李白"兴寄"的内容除了忧国忧民、兼济天下的宏大主题，还体现了鲜明的主体精神和主观情感，隐藏在风雅比兴、讽喻美刺背后的是昂扬豪迈的主体意识和精神气质。王抒凡谓："李白倡导以'兴寄'扫清六朝刻镂声色、绮艳柔靡的诗风，一方面强调诗歌现实主义内容，一方面则是弘扬诗歌的创作主体精神的体现。正是这种鲜明作者主体精神的体现，形成了诗人豪放飘逸的诗歌风格。"③ 这种豪放飘逸诗风的形成与"比兴"思维介入有关。李白非常注意"比兴"思维的运用，他的很多诗句都提到这种感物兴情、兴情以寄的创作方式。李白诗文中多次出现"兴"，"李白在'兴'前，多加'逸'、'清'、'秋'、'乘'、'佳'等字。据予粗略统计，用'逸兴'者十二，用'清兴'者五，用'秋兴'者五，用'乘兴'者十一，用'佳兴'者四"④，多与"比兴"思维有关。诗人或触物兴情，或感于人事，在诗歌创作中非常重视"比兴"艺术思维对创作冲动和灵感的激发，通过联想、想象、象征的"兴寄"手段，营造一种超越现实的诗意世界。诗人强烈的主体意识与"比兴"思维的完美结合，形成了其诗歌豪放飘逸的艺术风格。

杜甫的诗论及其创作也深受陈子昂"兴寄"论的影响。他在《同元使君春陵行有序》中说："不意复见比兴体制，微婉顿挫之词，感而有诗。"⑤ 从"比兴寄托"角度继承了陈子昂的"兴寄"说。由于杜甫所处的时代已经到了唐代社会发展由盛转衰的转折时期，所以，其文学思想中要求文学表现民生疾苦，"为民请命"的方面表现得更为突出。因此，他非常重视提倡《诗经》的"比兴寄托"传统，主张诗歌要表现现实生活内容，使之与他的安定乾坤、拯救黎元的政治理想结

---

① （明）胡震亨撰：《唐音癸签》，上海古籍出版社1981年版，第229—230页。
② （清）陈沆撰：《诗比兴笺》，中华书局1959年版，第131页。
③ 王抒凡：《李白诗与"兴寄"》，《文艺评论》2011年第12期。
④ 王发国：《李白全面接受钟嵘〈诗品〉的原由探析》，《西南民族学院学报》（哲学社会科学版）1997年第5期。
⑤ （清）仇兆鳌：《杜诗详注》（第四册），中华书局1979年版，第1691页。

合。唐代宗广德二年，元结在任道州刺史时，看到战乱之后，百姓家破人亡、流离失所、饥寒交迫的惨象，写下《春陵行》一诗，其中有云："何人采国风，吾欲献此词。"正是欲以诗歌作为为民请命的工具。为此，得到杜甫的高度赞扬，称"复见比兴体制"，说元结的诗能"知民疾苦"，能坚持天下正义。杜甫的许多创作，鲜明地揭露当权者的弊政，描写民生疾苦，以达到为民请命的目的，也正是这种诗学思想的具体实践。

杜甫的"兴寄"观，还集中体现在他的《论诗六绝句》中。《论诗六绝句》是体现杜甫诗学观念的一组诗歌。需注意两点：第一，他重视诗歌的"风雅"传统，其《论诗六绝句》诗云："纵使卢王操翰墨，劣于汉魏近风骚。龙文虎脊皆君驭，历块过都见尔曹。"（其三）又云："未及前贤更勿疑，递相祖述复先谁？别裁伪体亲风雅，转益多师是汝师。"（其六）就是说要继承风雅传统，重视诗歌的美刺社会作用，这是其"兴寄"观的具体体现。第二，他并不完全否定六朝的诗歌成就，而是肯定六朝诗歌形式美对诗歌发展的贡献。其诗云："不薄今人爱古人，清词丽句必为邻。窃攀屈宋宜方驾，恐与齐梁作后尘。"（其五）这里，他指出了齐梁文学的缺点，不愿步其"后尘"，但是，又认为齐梁文学不该全盘否定，而应吸收其"清词丽句"的形式美，表达了诗人"贵古不贱今"的进步诗学主张。所谓"贵古"，就是要遵循诗歌的"风雅"传统，所谓"不贱今"，就是不排斥诗歌的形式美。杜甫的"兴寄"诗歌创作实践，既注重诗歌的社会实践意义，又强调诗歌本身所具有的艺术价值。主张运用"比兴"手法，"寄托"深刻的思想内容，以达到"言有尽而意无穷"的审美效果，使"兴寄"说更为全面地体现诗歌创作的艺术规律。这种"兴寄"诗学观贯穿于杜甫的整个诗歌创作，并最终形成其沉郁顿挫的艺术风格。

傅庚生先生在《杜甫诗论》中阐述杜诗"沉郁"风格与"兴寄"关系时说："在这些（指杜甫诗，引者注）不便明言的地方，只好出之寄托；寄托之深，遂形成'沉郁'的风格。"[①] 杜诗风格多样，而以沉郁悲凉、顿挫抑扬为主。杜甫在《进雕赋表》中，曾以"沉郁顿挫"揄扬自

---

① 傅庚生：《杜甫诗论》，上海古籍出版社1985年版，第139页。

己的述作:"虽不能鼓吹六经,先鸣数子,至于沉郁顿挫,随时敏捷,扬雄、枚皋之徒,庶可企及也。"①从语源上看,刘歆《求方言书》:"子云澹雅之才,沉郁之思。"陆机《思归赋》:"伊我思之沉郁,怆感物而增悲。"《遂志赋》:"抑扬顿挫,怨之徒也。"《诗品》:"谢朓与余论诗,感激顿挫过其文。"诗赋的沉郁顿挫指的是一种悲怆深沉的感情。从杜甫《进雕赋表》的自述来看,他是肯定陈子昂的"兴寄"说的。卢藏用在《右拾遗陈子昂文集序》中曾用"感激顿挫"评价陈子昂的诗:"至于感激顿挫,微显阐幽,庶几见变化之朕,以接乎天人之际者,则《感遇》之篇存焉。"②联系杜甫的诗歌创作,"沉郁"指的是内容忧患深沉,情调悲凉慷慨,强调的是内容的深刻性;"顿挫"一方面指的是内容具有讽谏意义,另一方面指的是章法的曲折抑扬。因此,"沉郁顿挫"指思想深刻,表现形式委婉,并且具有讽喻的意义。杜甫"沉郁顿挫"风格的形成与"兴寄"的运用关系密切。"兴"是诗人有感于自然景物和社会生活而产生的创作灵感,对杜甫来说,其"兴"既有客观景物的感发,但更多的是有感于社会生活而产生创作灵感。以杜甫人生经历的丰富,其早年的政治抱负,中年的怀才不遇,晚年的颠沛流离,使得杜甫之"兴"呈现蕴含深沉复杂的特点,因之在诗中多用寄托,寄托之深,遂成"沉郁"之风格。另外,杜甫于诗中多用"比兴","比兴"之法表现诗歌内容,往往要通过比喻、拟人、象征等手法,这样易形成回环跌宕的艺术风格,亦即"顿挫"之风格。关于杜甫"沉郁顿挫"风格与"兴寄"关系,清人陈廷焯在《白雨斋词话》中说:"感慨时事,发为诗歌,便已力据上游。特不宜说破,只可用比兴体,即比兴中亦须含蓄不露,斯为沉郁,斯为忠厚……慷慨发越,终病浅显。"③仇兆鳌亦云:"以故敦厚温柔,托诸变雅变风之体;沉郁顿挫,形于曰比曰兴之中。"④

诗歌创作标榜"兴寄"的,还有柳宗元、元稹等人,柳宗元《答贡士沈起书》说:"嗟乎!仆尝病兴寄之作堙郁于世,辞有枝叶,荡而成风,益用慨然。""兴寄"之作,显然指那些贬谪幽愤之作。元稹论诗用

---

① (清)仇兆鳌撰:《杜诗详注》(第五册),中华书局1979年版,第2172页。
② (清)董诰编:《全唐文》,中华书局1983年影印本,第2402页下栏。
③ (清)陈廷焯著,杜维沫校点:《白雨斋词话》,人民文学出版社1959年版,第28页。
④ (清)仇兆鳌撰:《杜诗详注》(第五册),中华书局1979年版,第2351页。

"寄兴",与"兴寄"同义。其《叙诗寄乐天书》谓:"得杜甫诗数百首,爱其浩荡津涯,处处臻到,始病沈、宋之不存寄兴,而讶子昂之未暇旁备矣。"其《进诗状》云:"凡所为文,多因感激。故自古风诗至古今乐府,稍存寄兴,颇近讴谣。"有无"寄兴",是判断诗高下的标尺。王昌龄《诗格》提出,诗有三宗旨:"一曰立意,二曰有以,三曰兴寄。"立意,就是立《诗经》六义之义,将"兴寄"与诗经六义并提,足见对"兴寄"的重视程度。把兴寄说推向极致的,是中唐时期的白居易。其《读张籍古乐府》诗云:"为诗意如何?六义互铺陈。风雅比兴外,未尝著空文。"将"风雅比兴"作为诗歌创作的根本,并将离开这一基点的作品一概斥之为"空文",这就未免偏激了。他的《与元九书》以此为标准来审察衡量历代诗作,对屈原以下直至李白、杜甫都有所批评,这是有失公允的。诗歌的天地广阔,哪能局限于直接讽喻政治上这点呢?兴寄说到了晚唐,也并未完全消歇。但声势与影响远不及元、白之时,所论也没有超逸前人之处。

宋以后,"兴寄"或"寄兴",在诗论中也多有出现,元代虞集《所翁龙跋》谓:"士君子受民社之寄,岂以弄戏翰墨为能事哉?其必有托兴矣。"宋代洪炎《豫章黄先生文集后序》谓:"诗人赋咏于彼,兴托在此,阐绎优游而不迫切,其所感遇常微见其端,使人三复玩味之,久而不厌,言之不足而思有余,故可贵尚也。"这里的"托兴"和"兴托"就是"兴寄"之意。虞集强调的有托兴,就是诗人要有社会责任,不能以戏弄文墨为能事。洪炎所说的"赋咏于彼,兴托在此",强调的是言在此而意在彼,是"兴寄"表达上的特点。明代黄子肃在《诗法》中总结作诗门径时也提到"兴寄",指出:"寄兴悠扬,因彼见此,是谓造巧……寄兴悠扬之句,其字宜涵蓄不露,宜优游不迫。"道出"兴寄"深微幽怨、含蓄不露的特点。清代赵执信《谈龙录》说得更明白:"始学为诗,期于达意。久而简淡高远,兴寄微妙,乃可贵尚。所谓言见于此而起意在彼,长言之不足而咏歌之者也。"

二 兴象

兴象是中国古代美学关于审美创造和审美特征的一个基本范畴。兴象作为一个文学批评术语,始于唐殷璠的《河岳英灵集》。他在评论诗人诗作时，提出了兴象。他评孟浩然："无论兴象，兼复故实。"① 评陶翰："既多兴象，复备风骨。"② 评齐梁文风："责古人不辨宫商徵羽，词句质素，耻相师范。于是功异端，妄穿凿，理则不足，言常有余，都无兴象，但贵轻艳。"③ "兴象"一词，在《河岳英灵集》中出现三次，但殷璠并没有对"兴象"内涵作具体的界定，所以考"兴象"内涵，不妨从释"兴"与"象"内涵开始。

(一)"兴象"之"兴"

在中国古代美学史上，"兴象"之"兴"，最早是作为诗歌审美创作的表现手法提出来的，源于人们对《诗经》创造经验的总结。《诗大序》把它归之于"六艺"，郑众《周礼注疏》解释为"托事于物"，刘勰《文心雕龙·比兴》云："兴之托喻，婉而成章，称名也小，取类也大。"在后来的词义演化中，"兴"逐渐由"起情"转为所起之物的特征，钟嵘《诗品》(《诗品序》)认为"兴"是"文已尽而意有余"，已经不是指诗歌审美创作的表现手法，而是一种审美特征。要求诗歌审美创造中的意象的熔铸应该力求审美意蕴深隐，给人以无穷的蕴藉。清陈廷焯《白雨斋诗话》谓："所谓兴者，意在笔先，神余言外，极虚极活，极沉极郁，若远若近，可喻不可喻，反复缠绵，都归忠厚。"翁方纲《石州诗话》谓："兴象超远。"方东树《昭昧詹言》谓："兴在象外。"清人冯班论隐秀，其《正俗》云："诗有活句，隐秀之词也。……隐者，兴在象外，言尽而意不尽者也；秀者，章中迫出之词，意象生动者也。"都表明兴象的含蓄蕴藉，意溢于象外、情溢于言外的特点，指诗人的情兴隐藏在诗歌意象的背后，要透过意象去领会其言外之意、弦外之音。

"兴象"之"兴"还有另外一层含义，即意指"感物兴情"与"解物起兴"之"兴"。李天道先生谓："这种'兴'，是创作者于当下、此在，因眼前景、目中物而感荡心灵，激发生命意识，从而于心中勃然升腾跃踊而出的一种生命冲动，以及瞬间出现的创作灵感。它一触即发，不待

---

① （唐）殷璠撰：《河岳英灵集》（卷上），载傅璇琮《唐人选唐诗新编》，陕西人民教育出版社1996年版，第172页。
② 同上书，第142页。
③ 同上书，第107页。

忖度推敲，不假思量计较而直指当下景物。"① 挚虞《文章流别论》云："兴者，有感之词也。"托名贾岛所撰《二南密旨》"论六艺"条谓："兴者，情也，谓外感于物，内动于情，情不可遏，故曰兴。"② 刘勰说："睹物兴情，情以物兴。"③ 李颀云："睹物有感焉则有兴。"都表明了"兴"这种感发特征，而且都与"情"紧密关联。所以"兴"也可作"情兴"解，"兴象"就有"情兴之象"或"表意之象"的意思。用"情兴之象"来揭示诗歌的以抒情见长的特质，是比较恰当的，"兴象"意味着诗歌意象构建于情兴与物象的融彻。

（二）象—意象—兴象

"兴象"中的"象"，其源头却要追溯到先秦。涉及"象"，可作文学创作中"立象"理论依据的，主要有两部著作，按出现时间的先后，先是《老子》，后是《易传》。"象"本是指客观事物或人物的外部形态，但《老子》中的"象"指的却不是事物的外部形态，而是超越视听之区的某种观念在想象中的形态：

> 视之不见，名曰"夷"；听之不闻，名曰"希"；搏之不得，名曰"微"。此三者不可致诘，故混而为一。其上不皦，其下不昧，绳绳兮不可名，复归于无物。是谓无状之状，无物之象，是谓惚恍。④

《老子》以"道"为世界的本原，"道"化生出天地万物，所以"道"不能等同于任何一种实物。这里描绘的就是老子心目中的"道"，它无形无质，不可名状，是超越人们感性经验的，但它又不是彻底虚无的，它是存在于冥冥之中的一种自然规律性，人们可以凭借自己的内视、内听去感觉它：

---

① 李天道：《中国美学"兴"与"兴会"之域的构成论意蕴》，载李天道《中国古代美学之自由精神》，中央编译出版社2013年版，第28页。
② 张伯伟编撰：《全唐五代诗格校考》，陕西人民教育出版社1996年版，第348页。
③ （南朝梁）刘勰著，周振甫译注：《〈文心雕龙〉译注》（修订本），《诠赋》，江苏教育出版社2006年版，第151页。
④ 陈鼓应：《老子注译及评介》，14章，中华书局1984年版，第114页。

第二章　兴味：诗性生命的感发

"道"之为物，惟恍惟惚。惚兮恍兮，其中有象；恍兮惚兮，其中有物。窈兮冥兮，其中有精；其精甚真，其中有信。①

"有象""有物""有精""有信"，说明"道"虽然无形无质，但其中蕴含着化育万物的功能与信息，只不过这些功能与信息不是以实物的形态展现的，这"象"超越了一般人的视听之区，只有对"道"深有体悟的人，才能通过意想来把握。《老子》反复宣称的"大音希声，大象无形"和"无状之状，无物之象"，正是指的这种"道象"，是体现"道"的功能，传递"道"的信息的表意之"象"。《庄子》一书谈"象"的地方不多，其"象罔"的寓言发展了老子道、象关系论。将《老子》中"道"包孕"象"的说法，改造成由"象"以观"道"的思路，突出了"象"的地位。

老、庄所论之"象"都是体"道"之"象"，这对《易传》论"象"有直接启发意义。《易传》中关于"象"的论述，主要见于《系辞》和《象传》。《系辞·上》云："圣人有以见天下之赜，而拟诸其形容，象其物宜，是故谓之象。"这里的"象"指的是"卦象"，是说圣人对天地间可见之物，通过感官接受之后，或用语言，或用文字，或用图形加以模拟形容，而后形成了卦象。"象其物宜"之说，已经点明"象"与"物"的关系，《系辞·下》对此有更具体的解释："古者包牺氏之王天下也，仰则观象于天，俯则观法于地，观鸟兽之文，与地之宜，近取诸身，远取诸物，于是始作八卦，以通神明之德，以类万物之情。"这表明，"象"的产生有赖于取法天地万物。但需要注意的是，卦象不仅仅是天地万物某些事物具象的再现，而是具有了更高更为普遍的抽象意义。黑格尔指出："个别自然事物，特别是河海山岳星辰之类基元事物，不是以它们的零散的直接存在的面貌而为人所认识，而是上升为观念，观念的功能就获得一种绝对普遍存在的形式。"② 八卦的实质就是我们的祖先化具体事物为观念功能"绝对普遍存在"的八种形式。所以这种"象"可以称之为"意想之象"，是"以通神明之德，以类万物之情"的意中之象，《系辞》借

---

① 陈鼓应：《老子注译及评介》，21章，中华书局1984年版，第148页。
② [德]黑格尔：《美学》（第2卷），朱光潜译，商务印书馆2009年版，第23页。

◆◆ 味：一个诗学语词的理论批评

孔子之口，道出了所有卦象即"意想之象"的实质：

> 子曰："书不尽言，言不尽意。"然则圣人之意其不可见乎？子曰："圣人立象以尽意，设卦以尽情伪，系辞焉以尽其言，变而通之以尽利，鼓之舞之以尽神。"①

"圣人"观察天地间万事万物，体悟了其中的精义妙理，用语言和文字不可能全部表达出来，于是想到了"感性显现"的办法，"立象"就是为了"感性显现"能够最大限度地传导心中之意。"立象"之"象"因为超脱了具体物象在形、质方面的拘限，就有可能将宇宙万物的生机更集中、更概括也更生动地揭示出来。

上述《老子》《庄子》与《易传》之象，不是或基本上不是感性形象，不是形似之象，而属于玄理之象，它构成了诗歌审美意象的源头。"意象"一词，首见于王充的《论衡·乱龙》："天子射熊，诸侯射麋，卿大夫射虎豹，士射鹿豕，示服猛也。名布为侯，示射无道诸侯也。夫画布为熊麋之象，名布为侯，礼贵意象，示义取名也。"王充用不同级别的兽类，以表示权位享有者不同程度之"猛"。熊麋之象是具有象征意义的"象"，作者立象尽意，观者辨象会意。这里的"意象"之"象"不必一定是"恍兮惚兮"，难以让人觉察和把握，也不必是模拟式的符号组合，而可以是现实生活中的物象，这标志着"意象"已经从哲学领域进入文学艺术领域。刘勰继王充之后第二次明确使用"意象"一词：

> 是以陶钧文思，贵在虚静，疏瀹五藏，澡雪精神。积学以储宝，酌理以富才，研阅以穷照，驯致以怿辞，然后使元解之宰，寻声律而定墨；独照之匠，窥意象而运斤。②

这段话，包含许多精辟的见解。"玄解之宰""独照之匠"均见于

---

① 黄寿祺、张善文译注：《周易译注》（下），上海古籍出版社2007年版，第396页。
② （南朝梁）刘勰著，周振甫译注：《〈文心雕龙〉译注》（修订本），《神思》，江苏教育出版社2006年版，第396—397页。

第二章　兴味：诗性生命的感发

《庄子》。《庄子·养生主》谓："古者谓是帝之县解。"《庄子·徐无鬼》谓："匠石运斤成风。"这里一方面指文辞的表达，唯有深通玄妙道理的主宰，才能按照和谐的声律来安排文辞；另一方面指文辞的酝酿，只有独特感受的艺术匠心，才能使文意窥探意象进行创作。构思的过程是一个将审美感受转化为审美意象的创造性过程，也是"意象"孕育、生成的过程。在这一过程中，始终都离不开"意象"。刘勰将"意象"与"声律"并列为文章构思的两大要素，从而确立了"意象"在中国古代文论中的核心地位。《神思》是《文心雕龙》审美创作论的总纲，刘勰在此明确将"意象"引入美学领域，具有重大意义。不仅如此，在同一篇里，刘勰用"神与物游"来概括文章构思的发生，作家的主观精神与客观对象会合交融，正是"意"与"象"契合的心理基础，也正是意象思维的根本性表征。刘勰的贡献在于从意象关系上来把握艺术思维运行的通则，并以此贯穿《文心雕龙》的整个创作论，审美意象理论的成熟，殆无异议。

唐代王昌龄《诗格》中说："诗有三格：一曰生思，久用精思，未契意象，力疲智竭，放安神思，心偶照境，率然而生。二曰感思，寻味前言，吟讽古制，感而生思。三曰取思，搜求于象，心入于境，神会于物，因心而得。"王昌龄的"三格"，指的是诗歌创作构思的三种形式。"生思"与"取思"都直接关系到"意象"。第一种"生思"，当"久用精思，未契意象"以致"力疲智竭"时，需要"放安神思"，即"思若不来，即须放情却宽之"①，说明"意象"是心中之"意"与外在之"象"的耦合，这与刘勰论"意象"的生成凝聚是一致的。第三种"取思"，强调"象""境""物""心"的关系，其中，"象""境""物"同一旨揆，都指的是审美对象之物或景物，所以强调的还是"心"中之"意"与外在之"象"的关系，即"意"与"象"的高度融洽，由此获得"意象"。唐代诗论家直接论及"意象"的，还有司空图。其《二十四诗品·缜密》谓：

是有真迹，如不可知。意象欲生，造化已奇。水流花开，清露

---

①　[日]弘法大师原撰，王利器校注：《文境秘府论校注》（南卷），中国社会科学出版社1983年版，第285页。

未晞。要路愈远,幽行为迟。语不欲犯,思不欲痴。犹春于绿,明月雪时。①

意思是说,这首诗缠绵周致、细意熨帖,是有真迹可寻竟一点儿觉察不到。原来它的意象在尚未动笔描绘时,就已经构思得栩栩如生,如天造地设。"水流花开"至"明月雪时"数语,描绘的正是"缜密"诗境的特点。孙联奎谓:"美人细意熨贴平,裁缝灭尽针线迹,斯缜密也。"可见诗的缜密就在于其意象间的内在联系是紧密的,犹如巧妇用细针密缕将它们一线穿成,虽然可以通过分析把握这种内在联系,但由于其意境是一个独立完美的整体,意象间的联系给人一种朦胧的感觉。"意象欲生,造化已奇",郭绍虞说:"何以虽有真迹而如不可知呢?因为意思形象之生发,即在将然未然之际,无处不是造化。"孙联奎则认为:"有意斯有象,意不可知,象则可知。当意象欲出未出之际,笔端已有造化。如下文水之流,花之开,露之未晞,皆造化之所为也。"两注家都抓住了缜密的关键,追求生动、新颖、自然、完美的意象构建,是缜密意识的核心内容,换句话说,诗的缜密要通过生动的意象来展现,具体地说,就是在充分自由的心态下,诗人按照自己独特的艺术发现所激活的思想感情,来反复选择景和物,并在想象中,多次地进行不同形式的建构,直到足以完美地表达他的意思为止。司空图的《二十四诗品》,实际上都用了意象来表现,每一品都是丰满自足的意象,清代许印芳对其概括为"略形貌而取神骨",抓住了意象构建的特点。

唐代的诗人和诗论家,除了用"意象"一词之外,还使用"兴象"一词。"兴"的观念发展到唐代,已经与"情"的关系相当密切了。前文提到的托名贾岛所著的《二南密旨》,干脆就说:"兴者情也。"因此,"兴象"就是"情象",即情感之"象",情感性意象。自殷璠《河岳英灵集》提出"兴象"之后,历代诗论家以"兴象"论诗,"兴象"便成为我国古代文艺美学中的一个重要概念。据现有资料,宋人很少用"兴象"一词论诗。迨及明清,这一诗学范畴才被广泛使用,其内涵也日趋丰富完善。

---

① 杜黎均:《二十四诗品译注评析》,北京出版社1988年版,第130页。

1. 盛唐诗歌的审美特征

明清诗论家将"兴象"作为我国古典诗歌的典范,盛唐诗歌的美的标志。明高棅《唐诗品汇总叙》谓:"至于声律、兴象、文词、理致,各有品格高下之不同。"① 高棅以"兴象"论唐诗,认为盛唐诸大家皆富于兴象,盛唐以下,"其声调、格律易于同似,其得兴象高远者亦寡矣"②。在具体品评诗人诗作时,高棅把"兴象"作为评价诗歌"品格高下"的一项标准。其评储光羲、常建、高适之流,谓"虽不多见,其兴象声律一致也"③。评李义山、杜牧之、许用晦、赵承祜、温飞卿,"虽兴象不同而声律之变一也"④。评晚唐绝句,谓"不下数千篇,虽兴象不同,而声律亦未远"⑤。将"声律"与"兴象"并举,"声律"指的是诗歌的表现形式,而"兴象"则指的是唐诗的审美特征和创作特色。

明胡应麟更明确指出,学五言诗需熟读汉魏及六朝乐府,取盛唐名家诸作,"陶以风神,发以兴象"⑥。其以"兴象风神"论诗,认为与"体格声调"是作诗之二端,⑦ 其评王勃诗谓:"而兴象婉然,气骨苍然,实首启盛中妙境。"⑧ 认为王勃五言律诗"兴象"精巧灵动,实开启盛唐绝句"兴象玲珑,句意深婉,无工可见,无迹可寻"⑨ 的诗美境界。"兴象玲珑"就是情、意完全化入景、物,相融莫分,如此则句意深婉,无工可见,无迹可寻,自然美妙。而中、晚唐之不及盛唐,正在兴象。在论及杜甫入蜀后诗云:"凡诗初年多骨格未成。晚年则意态横放。故惟中岁工力并到,神情俱茂。兴象谐合之际,极可嘉赏。"⑩ 许学夷《诗源辨体》卷一六谓:"唐人律诗以兴象为主,风神为宗。"翁方纲说:"盛唐诸公之妙,自在气体醇厚,兴象超远。"⑪ 王士祯《带经堂诗话》云:"盛唐诸

---

① (明)高棅编选:《唐诗品汇》,上海古籍出版社1982年版,第8页。
② 同上书,第506页。
③ 同上书,第428页。
④ 同上书,第429页。
⑤ 同上书,第430页。
⑥ (明)胡应麟:《诗薮》,中华书局1958年版,第110页。
⑦ 同上书,第97页。
⑧ 同上书,第64页。
⑨ 同上书,第110页。
⑩ 同上书,第345页。
⑪ (清)翁方纲:《石洲诗话》卷1,人民文学出版社1981年版,第35页。

家,兴象超诣。"又云:

> 乐天作《刘白倡和集解》,独举梦得"雪里高山头白早,海中仙果子生迟";"沉舟侧畔千帆过,病树前头万木春",以为神妙。且云此等语,在在处处应有灵物护之,殊不可晓。宜元白于盛唐诸家兴象超诣之妙,全未梦见。①

王士禛认为,"沉舟侧畔千帆过,病树前头万木春",这样的诗句,有意、象,但显然是有意识地以物象为比附象征,是"比"不是"兴",故不可称为"兴象",因而也就缺少盛唐"兴象"诗所具有的含义深远、余味无穷之妙。"兴象超诣",就是指的心物自然契合,无人为比附的痕迹。施闰章谈杜甫的两句诗,可资参证:

> 注杜诗者,谓杜语必有出处。然添却故事,减却诗好处。如"五更鼓角声悲壮,三峡星河影动摇",盖言峡流倾注,上撼星河,语有兴象。竹坡乃引《天官书》……谓语中暗见用兵之意,顿觉索然。②

竹坡即宋人周紫芝,他以为杜甫这两句诗暗藏用兵典故,还是用隐喻的眼光看诗,其实杜甫这两句诗的妙处正在"兴象",是诗美之所在。方东树谓:"高、岑二家,大概亦是尚兴象,而气势比东川加健拔。"③纪昀也常以"兴象"评诗,认为"兴象之深微,寄托之高远"是唐人胜长。④其评王维《辋川闲居》谓:"自然流出,兴象天然。"评常建《题破山寺》云:"兴象深微。"可以说无不从"兴象"着眼来体认唐诗的佳妙,"兴象"的确是中国诗歌艺术形象发展成熟的标志。

---

① (清)王士禛著,靳斯仁校:《池北偶谈》(下册)卷14,中华书局1987年版,第342页。
② (清)施闰章:《蠖斋诗话》,载王夫之等撰,丁福保辑《清诗话》(上册),上海古籍出版社1978年版,第397页。
③ (清)方东树著,汪绍楹校点:《昭昧詹言》卷16,人民文学出版社1961年版,第394页。
④ (清)纪昀:《瀛奎律髓刊误序》,载(元)方回选评,(清)纪昀刊误《瀛奎律髓》,黄山书社1994年版,第1106页。

2. 天然精妙玲珑凑泊的审美境界

明清诗论家不仅以"兴象"标举盛唐诗的艺术特征，而且揭示情兴凭借意象而又超越意象，即由"象内"向"象外"延伸的发展趋势。"兴象"又表现为浑然天成、玲珑凑泊的审美境界。胡应麟谓：

> 作诗大要不过二端：体格声调、兴象风神而已。体格声调有则可循，兴象风神无方可执。……譬则镜花水月。体格声调，水与镜也；兴象风神，月与花也。必水澄镜朗，然后花月宛然。①

这里明确地把诗之美分为"体格声调"与"兴象风神"，即外在的美和内在的美两方面，并以"兴象风神"为内在的美，具体所指的是诗歌艺术境界所产生的荡人心魄的艺术效果。以"镜花水月"比喻"兴象""风神"所具有的含蓄蕴藉的特点。胡应麟在《诗薮》中一再强调"兴象"的自然空灵、含蓄蕴藉，追求"兴象超拔""兴象浑沦""兴象玲珑"的审美特征。何良俊也有"兴象飘逸"之说，其《四友斋丛说》（卷二十六）认为袁海叟《咏白燕诗》"盖以其咏物太工，乏兴象耳"，何景明《明十三家诗选》（初集卷四）评《诸将入朝》云："兴象闲雅。"纪昀《瀛奎律髓刊误》（卷二十三）评王维诗，认为："兴象深微，毫无凑泊之迹，此天机所到，偶然得之。"翁方纲认为："盖唐人之诗，但取兴象超妙，至后人乃益研核情事耳。"② 何焯《义门读书记》（卷一）评希范诗云："体物工矣，兴象不逮。"方东树评谢灵运诗谓："谢公每一篇，经营章法，措注虚实，高下浅深，其文法至深，颇不易识。其造句天然浑成，兴象不可思议执著，均非他家所及。"③ 其评王维云："辋川于诗，亦称一祖。然比之杜公，真如维摩之于如来，确然别为一派。寻其所至，只是以兴象超远，浑然元气，为后人所莫及；高华精警，极声色之宗，而不落人间声色，所以可贵。"④ 潘德舆《养一斋诗话》谓："七言

---

① （明）胡应麟：《诗薮》，中华书局1958年版，第97页。
② （清）翁方纲：《石洲诗话》卷1，人民文学出版社1981年版，第30页。
③ （清）方东树著，汪绍楹校点：《昭昧詹言》卷5，人民文学出版社1961年版，第131页。
④ 同上书，卷16，第387页。

绝句，易作难精，盛唐之兴象，中唐之情致，晚唐之议论，涂有远近，皆可循行，然必有弦外之音，乃得环中之妙。"朱庭珍《筱园诗话》（卷一）谓："盖兴象玲珑，意气活泼，寄托遥远，风韵泠然，故能高踞题巅，不落蹊径，超超玄著，耿耿元精，独探真际于个中，遥流清音于弦外，空诸所有，妙合天籁。"这是对"兴象"诗美境界的最好诠释。

综上所述，"兴寄"与"兴象"是先秦两汉诗学之"兴"两层含义的逻辑延伸。一方面，由孔子的"诗可以兴"的感发意志到汉人发挥的"美刺比兴"观念，形成了一种以委婉、含蓄的方式来讽喻社会政治的诗歌传统，再演进为陈子昂侧重有所寄托的"兴寄"反映论；另一方面，由"兴"的感发生命而来的诗学之"兴"，延续钟嵘"文已尽而意有余"的路向，以"兴"来描述那种含蓄委婉的诗歌风味，进而形成了殷璠的"兴象"艺术表现论。"兴象"不是一个偏正结构的概念结合体，而是蕴含着对立统一关系的深层组合。"兴象"既包括穷形尽相的人生图画，更有言近旨远、吞吐不尽的美学属性和艺术趣味。"兴"与"象"作为诗歌构成的要素，"象"较为质实，是诗歌的显在层面，而"兴"则更为空灵，是诗歌艺术的含隐层面，"兴象"一体，就是要求诗歌除了有生动的形象外，还要具备内在的神韵味道，这种味道我们就称之为"兴味"。"兴寄"与"兴象"尽管存在生活反映与艺术表现的差异，但是透过外表事相的描绘，引导和展现出内部蕴含的丰富包孕宏深的艺术境界是一致的，都是"兴味"盎然之作。

第三节 感兴：兴味生发的途径与基本形式

袁济喜先生指出："'兴'从开始的意思就不是一个认识论的范畴，而是带有神秘的人神相感，天人一体的体验范畴。中国古代哲人认为天地自然与人格建设之间可以相通，是出于这样一个直觉，即天人之间异质而同构，可以互相感应。"[①] 傅道彬先生发现了四时兴感与春夏秋冬的四时情感模式的对应关系，指出："大自然并不是毫无意义的循环往复，在春

---

① 袁济喜：《诗兴活动与中国传统审美心理》，《江苏大学学报》（社会科学版）2004年第3期。

第二章　兴味：诗性生命的感发

夏秋冬无穷无尽的自然流转中，人们不仅在生存层次上把握了春生夏耘秋收冬藏的自然规律，同时自然运转也给精神以巨大而顽强的心理暗示，与人类生命的自然节律契合，凝结成一种潜藏于思想和艺术等广泛文化现象深处的原始意象，上升了具有广泛影响和普遍作用的人类精神和心理世界的原型结构，形成精神世界的四时运动。"① 天人感应，人与自然的生命共感，构成了中国诗学"感兴"论的思想基础。

一　感兴的历史传承

"感兴"亦称"兴感"，是中国诗学传统中一个独特范畴。说它独特，是因为"感兴"作为一种审美体验方式，凝聚着我们民族独特的诗性智慧，是一种生命论的诗学，是诗性生命的发动。"感兴"是人的审美经验和诗歌审美内核得以生成的枢纽，是值得特殊关注的一个诗学范畴。

"感兴"是由"感"和"兴"两个概念复合而成的。"感兴"的"兴"，无论是从发生学的角度，还是从汉儒的解经，甚或是从诗学之兴的角度看，都有"兴起"，触物起情的含义，都可以看作诗歌生命感受的生成方式。前文已作了辨析，此不赘述。这里说说"感"。据考证，"感"的本字为"咸"，"咸"为会意字，从"戌"从"口"，意指两性交合，引申为天地万物之间的感通交会。《周易》谓："咸：亨，利贞；取女吉。"《象传》谓："咸，感也；柔上而刚下，二气感应以相与。""天地感而万物生化，圣人感人心而天下和平：观其所感，而天地万物之情可见矣。""咸"卦的主旨，从狭义看是揭示男女交感之理，从广义看是普遍阐明事物感应之道，传统的天人感应之说便由此生发。

荀子《乐论》从音乐艺术功能的角度，谈音乐对于社会治乱的作用。其云："凡奸声感人而逆气应之，逆气成象而乱生焉。正生感人而顺气应之，顺气成象而治生焉。"② 标志着"感"进入了文艺领域。其后《乐记》有关于外物感动人心，而后形之于声的论说，《乐记》云："凡音之起，由人心生也。人心之动，物使之然也。感于物而动，故形

---

① 傅道彬：《诗可以观：礼乐文化与周代诗学精神》，中华书局2010年版，第319页。
② （战国）荀子著，孙安邦、马银华译注：《荀子》，山西古籍出版社2003年版，第207页。

于声。声相应，故生变，变成方，谓之音。比音而乐之，及干戚羽旄，谓之乐。"①《乐记》认为，形于声是人心感于物的结果。其又云："乐者，音之所由生也，其本在人心之感于物也。"② 明确了音、心、物三者之间的关系，音乐是外物感发人心的产物，这也是《乐记》的艺术本质观。

魏晋南北朝时期，文学创作中的感兴论进一步发展成熟。这一时期，论述感兴问题的文论家主要有陆机、刘勰、钟嵘等人。陆机《文赋》云："遵四时以叹逝，瞻万物而思纷；悲落叶于劲秋，喜柔条于芳春。"③ 描述了自然时序、客观物象对人心的感发。人们悲伤于秋之落叶和喜之于春之柔条，情感的不同源自外物所感的不同，并对象化文学创造中去。刘勰进一步揭示了"情""物""辞"之间的关系是"情以物迁，辞以情发"。刘勰谓：

> 春秋代序，阴阳惨舒，物色之动，心亦摇焉。盖阳气萌而玄驹步，音律凝而丹鸟羞，微虫犹或入感，四时之动物深矣。若夫珪璋挺其惠心，英华秀其清气，物色相召，人谁获安？是以献岁发春，悦豫之情畅；滔滔孟夏，郁陶之心凝；天高气清，阴沉之志远；霰雪无垠，矜肃之虑深。岁有其物，物有其容；情以物迁，辞以情发。④

刘勰首先肯定大自然的变化会引起人的内心的变化，将这一变化概括为"物色之动，心亦摇焉"，进一步，具体指出春夏秋冬四季征候变化对诗人情感的感发作用，春季万物复苏，人的情感也易于萌动；夏季热烈，人的情绪高昂；秋季萧索，悲情易生；冬季肃杀，情志易高远。需要注意的是，刘勰突出了"情"在审美领域中的重要作用，这与陆机的"诗缘情而绮靡"是一脉相承的。不仅如此，刘勰还进一步揭示了物感过程中，主客体交互运动、形成对立统一的关系。其云："是以诗人感物，联类不

---

① 王文锦译解：《礼记译解》（下），中华书局2001年版，第525页。
② 同上。
③ 张怀瑾：《文赋译注》，北京出版社1984年版，第20页。
④ （南朝梁）刘勰著，周振甫译注：《〈文心雕龙〉译注》（修订本），《物色》，江苏教育出版社2006年版，第631页。

穷；流连万象之际，沉吟视听之区。写气图貌，既随物以宛转；属采附声，亦与心而徘徊。"① 刘勰首先指出诗人感物连续不断的特点，接下来，一方面，强调物对心的感发作用；另一方面，强调主体对客体的统摄与驾驭。刘勰论"感兴"，突破了前人论感兴单向度强调物对心的影响，将感兴概括为心与物的双向逆反思维，是对感兴理论的重大发展。稍后，钟嵘云：

  气之动物，物之感人，故摇荡性情，形诸舞咏……若乃春风春鸟，秋月秋蝉，夏云暑雨，冬月祁寒，斯四候之感诸诗者也。嘉会寄诗以亲，离群托诗以怨。至于楚臣去境，汉妾辞宫，或骨横朔野，魂逐飞蓬；或负戈外戍，杀气雄边；塞客衣单，孀闺泪尽；或士有解佩出朝，一去忘返；女有扬蛾入宠，再盼倾国；凡斯种种，感荡心灵，非陈诗何以展其义？非长歌何以骋其情？②

  钟嵘对"物感"论的贡献在于，物感不仅是自然物候对人心灵的触动，更指出社会人事对人的心灵的巨大感发功能，将物感的内涵由自然感荡扩大到社会感荡，扩大了物感的范围，是对感兴论的重要扩展。

  唐宋时期诗论中的感兴论很多，且呈现出新的特点。王昌龄《诗格》提出诗格创作"十七式"，其第九式"感兴式"云："感兴式者，人心至感，必有应说，物色万象，爽然有如感会。"遍照金刚《文镜秘府论·南卷·论文意》云："自古文章，起于无作，兴于自然，感激而成，都无饰练，发言以当，应物便是。"③ 指出审美主客体之间感兴偶然触发的特点。王昌龄将创作感兴的发生机制具体衍化为文学创作的一种模式，以"感"为切入点，以"兴"为生发机制。《诗格》云："久用精思，未契意象，力疲智竭，放安神思，心偶照境，率然而生。"强调感兴的发生源于心与

---

① （南朝梁）刘勰著，周振甫译注：《〈文心雕龙〉译注》（修订本），《物色》，江苏教育出版社2006年版，第632页。
② （梁）钟嵘著，陈延杰注：《诗品注》，《诗品序》，人民文学出版社1961年版，第1—3页。
③ ［日］弘法大师原撰，王利器校注：《文境秘府论校注》（南卷），中国社会科学出版社1983年版，第278页。

境的偶然契合。以"境"代替传统兴感论中的"物",表明审美客体的进一步虚灵化,唐代论诗的兴象玲珑的神韵,是对前代诗歌创作的超越,也是感兴论的时代特征。宋代诗学中论感兴者亦颇多。吴渭《诗评》谓:"诗有六义,兴居其一。凡阴阳寒暑,草木鸟兽,山川风景得于适然之感而为诗者,皆兴也。"吴渭认为"兴"是诗人在外物触发下产生的一种审美心理和创作欲望,而这种"兴"具有偶然性与不确定性。南北宋之际诗论家叶梦得结合论谢灵运诗谈感兴,很有启发意义:

> "池塘生春草,园柳变鸣禽",世多不解此语为工,盖欲以奇求之耳。此语之工,正在无所用意,猝然与景相遇,借以成章,不假绳削,故非常情所能到。诗家妙处,当须以此为根本,而思苦言难者,往往不悟。①

叶梦得认为谢诗之妙,不在语奇,而在于意与景遇,不假绳削,这是诗家根本。叶氏所谓诗家根本就是感兴的功夫。南宋杨万里诗云:"山思江情不负伊,雨姿晴态总成奇。闭门觅句非诗法,只是征行自有诗。"②说的就是由"感兴"而成诗。他在《诚斋荆溪集序》中,叙述自己因感兴而诗思如泉的喜悦:"戊戌三朝时节,赐告,少公事,是日即作诗,忽若有窹,于是辞谢唐人及王、陈、江西诸君子,皆不敢学,而后欣如也。试令儿辈操笔,予口占数首,则浏浏焉无复前日之轧轧矣。自此每过午,吏散庭空,即携一便面,步后园,登古城,采撷杞菊,攀翻花竹,万象毕来,献予诗材,盖麾之不去,前者未仇,而后者已迫,涣然未觉作诗之难也。"③可见杨万里十分重视感兴在诗歌创作中的作用,诚斋体的特点,与这种感兴的审美方式有密切关系。

明清时期对感兴的论述也相当丰富。明清人论感兴,往往从情景结

---

① (宋)叶梦得:《石林诗话》(卷中),载(清)何文焕辑《历代诗话》(上),中华书局1981年版,第426页。
② (宋)杨万里:《下横山滩头望金华山》(其二),杨万里《诚斋集》卷26,《四库丛刊》本。
③ (宋)杨万里:《诚斋荆溪集序》,《诚斋集》卷18,载胡经之《中国古典美学丛编》,凤凰出版社2009年版,第274—275页。

合的角度入手。谢榛《四溟诗话》谓:"子美曰:'细雨荷锄立,江猿吟翠屏',此语宛然入画,情景适会,与造物同其妙,非沉思苦索而得之也。"① 结合具体诗句的品评,贯穿感兴论的基本思想。又云:"作诗本乎情景,孤不自成,两不相背。"强调了感兴中情景关系的对立统一。艾穆谓:"环天壤间,皆声诗之府,而猎奇振藻者之所必资也。故情与遇迁,景缘神会,本之王窍,吐为完音。夫固意匠之自然,而性灵之妙解也。然非有逸尘之抱,则化境莫臻,诗可易易言乎?"②"情与遇迁,景缘神会",说的就是感兴情景结合的特点。清代感兴论的代表人物是王夫之和叶燮,两人均对感兴论的发展有所贡献。王夫之谓:"兴在有意无意之间,比亦不容雕刻。关情者景,自与情相为珀芥也。情景虽有在心在物之分,而景生情,情生景,哀乐之触,荣悴之迎,互藏其宅。"③ 王夫之从情景遇合的角度,揭示感兴物我融为一体,心物交融的审美体验。叶燮谓:

> 原夫作诗者之肇端而有事乎此也,必先有所触以兴起其意,而后措诸辞、属为句、敷之而成章。当其有所触而兴起也,其意、其辞、其句,劈空而起,皆自无而有,随在取之于心。出而为情、为景、为事,人未尝言之,而自我始言之,故言者与闻其言者,诚可悦而永也。④

叶燮不仅分析了情景关系,而且细致分析了触物以兴到属而为句为章,出而为情为事的创作过程,对感兴的分析更加细致而富有逻辑。

二 感兴:兴味的生发途径

审美感兴活动的过程,就是诗歌艺术创造的过程,也是兴味发生的过程,是兴味发生的途径。审美感兴是如何形成的?陈伯海先生认为:"它

---

① (明)谢榛著,宛平校点:《四溟诗话》卷2,人民文学出版社1961年版,第56页。
② (明)艾穆:《大隐楼集》卷首《十二吟稿原序》,据1922年甘氏刊本,载胡经之《中国古典美学丛编》,凤凰出版社2009年版,第280页。
③ (清)王夫之著,舒芜校点:《姜斋诗话》卷1,人民文学出版社1961年版,第144页。
④ (清)叶燮著,霍松林校注:《原诗》,内篇上,人民文学出版社1979年版,第5页。

（感兴，引者注）并非远离人的实际生活的另一种体验，它的根子就在人的现实生命活动之中，是人的现实生命感受的转形与超越。为要实现这一超越，必须将自己的实生活感受推开一步，即努力摆脱它与一己当下的实际利害关系的牵连，而拿它作为纯生命体验来加以观照和品味，从中领略生命的本然情趣和本真意蕴。换句话说，就是以审美的超功利态度对原有的体验进行再体验。"[1] 为说明这个问题，陈伯海先生提出"一度感兴"和"二度感兴"的概念。陈先生称"原有的体验"为"一度感兴"。他认为心物交感固然是诗歌生命的发动归因，但心物交感并不必然地具有审美的意义。宗教意义上的天人感应，或者是现实生活中由于受到外界刺激而引起的喜怒哀乐的情绪感受，也不必然属于审美感兴。因此，只有当原有的体验（一度感兴）转化为再次体验的对象时，即审美对象与审美主体发生新的交流时，这一次的心物交感才是审美感兴，陈先生称之为"二次感兴"。

"一度感兴"与"二次感兴"的本质区别在于：一次感兴总是同当下的利害关系相联系，而审美感兴却是超越实际功利之上的一种超越性生命体验。由一度感兴向二度感兴飞跃的原动力在于，审美主体由一度感兴造成的"郁结"长期得不到发泄，故需要"发愤"，审美主体以"著书"或"抒情"作为宣泄方式手段，"郁情欲抒，天机随触，每借物引怀以抒之"（沈德潜语），由实际生活转向审美生命的创造。需要指出的是：其一，需要发抒的"郁结"，是一个广义的概念，不仅指怨愤之类的负面情感，也包括欢乐兴奋的情感。其二，一度感兴和二度感兴的差别，不在于所感发的对象不同，也就是说，不管是自然景物还是社会人事，都能使审美主体产生感发作用。审美感兴作为二度感兴，是对原有生命体验的再体验，将原来处于内心的实际生活感受转化为被体验的对象，这一转化实现的关键是将一度感兴下流动不居的心理感受具化为具体物象。这一点传统诗学中的例子比比皆是。从屈原的"《离骚》之文，依《诗》取兴，引类譬喻"，以其如椽之笔为我们营造的色彩斑斓、神奇梦幻的生动图景，到魏晋时期，在"缘情""体物"思潮鼓动下，对诗人情趣的意象化努力，都是情物对举、交感共振，成为审

---

[1] 陈伯海：《中国诗学之现代观》，上海古籍出版社2006年版，第101页。

美感兴发动的表征。对此，刘勰在《文心雕龙》中进行了理论总结。他的"情以物兴""物以情观"①，"物以貌求，心以理应"②，"目既往还，心亦吐纳""情往似赠，兴来如答"③，实际上都说的是审美感兴中，内心有了郁结，生发出外在的感触，心物交感的情形。

提出"一次感兴"和"二次感兴"概念的意义在于，我们在研究诗歌生命活动时不再停留在一般意义上的谈论感兴，而是通过探讨由一次感兴向二次感兴的飞跃，从而把握感兴发生的机制。根据中国诗学传统，艺术创造的过程应该包括创作主体如何进入创作状态，艺术创作过程中的构思活动，以及艺术创作中文思勃发、灵性高扬的状态。这个过程，在古典诗学中分别称为"虚静""神思"与"兴会"。

（一）虚静

虚静说的哲学基础是先秦的道家。《老子》谓："致虚极，守静笃。万物并作，吾以观复。"④可以看作虚静说的开端。何谓"虚静"？所谓"虚"，按道家的说法，就是要做到"无知无欲"，排除各种智能欲求，空明澄净心灵的状态。所谓"静"，就是要"无为"，顺其自然，任其自化，不刻意营求。"合而观之，'虚静'指的是一种无知、无欲、无求的心理状态，进入这种状态，就有可能透过万物纷生的杂乱景象，而把握到宇宙运行的周而复始的根本原理。"⑤最早将"虚静"概念引入艺术理论中的则是六朝的刘勰，他强调虚静是进行艺术构思的重要前提条件。其《文心雕龙·神思》云："陶均文思，贵在虚静，疏瀹五藏，澡雪精神。"⑥南朝刘宋时画家宗炳在《画山水序》中提出"澄怀味象"的理论命题。"澄怀"即"虚静"，是体味自然万象的前提和条件。中国古代艺术家主张在虚静中直觉顿悟，静以观物，进入一种不受任何干扰、专心致志于审美观照的精神状态。清人徐增《而庵诗话》云："作诗如抚琴，必须心和气平，指柔音淡，有雅人深致为上乘。若纯尚气魄，金戈铁马，乘斯下

---

① 《文心雕龙·诠赋》。
② 《文心雕龙·神思》。
③ 《文心雕龙·物色》。
④ 陈鼓应：《老子注译及评介》，16章，中华书局1984年版，第124页。
⑤ 陈伯海：《中国诗学之现代观》，上海古籍出版社2006年版，第108页。
⑥ （南朝梁）刘勰著，周振甫译注：《〈文心雕龙〉译注》（修订本），《神思》，江苏教育出版社2006年版，第396页。

矣。"又云:"作诗第一要心细气静。"近代词家况周颐在《蕙风词话》中有一段进入虚静心态的描述:"人静帘垂。灯昏香直。窗外芙蓉残叶飒飒作秋声,与砌虫相和答。据梧冥坐,湛怀息机。每一念起,辄设理想排遣之。乃至万缘俱寂,吾心忽莹然开朗如满月,肌骨清凉,不知斯世何世也。斯时若有无端哀怨枨触于万不得已;即而察之,一切境象全失,唯有小窗虚幌、笔床砚匣,一一在吾目前。此词境也。"① 这段文字,从忘物丧我,万缘俱寂,到"莹然开朗如满月",正是澄怀味象虚中受外的虚静心态。究其实质,虚静是艺术直觉进行创作活动时,主体心灵静极而动,动极归静的辩证运动的心理历程。虚静是诗歌审美发动的前提,是审美感兴活动的准备阶段。

(二)神思

神思即神妙之思,也叫妙想。神思是综合了想象、思维、感情等的复杂活动。它打破时间、空间限制,思绪纵横驰骋,形象纷至沓来,并伴随着强烈的情感。神思属于审美感兴的持续展开阶段。"神思"一词,最早见于三国时韦昭《吴鼓吹曲辞·从历数》中的"聪睿协神思"句②,意即精妙的艺术构思。晋代陆机虽未立"神思"名目,但对"神思"作了生动的描绘:"精骛八极,心游万仞","浮天渊以安流,濯下泉而潜浸","观古今于须臾,抚四海于一瞬",对后世影响深远。对神思作出系统理论概括并把它作为艺术理论中的重要概念来使用的,首推刘勰。

刘勰用"神与物游"来概括"神思"的本质内涵,确实抓住了它的核心。《文心雕龙·神思》谓:"文之思也,其神远矣。故寂然凝虑,思接千载;悄焉动容,视通万里;吟咏之间,吐纳珠玉之声;眉睫之前,舒卷风云之色:其思理之致乎?故思理为妙,神与物游。神居胸臆,而志气统其关键;物沿耳目,而辞令管其枢机。"③ 这里讲的是文艺创作的构思问题。"思理之妙,神与物游",文艺创作的构思过程就是神与物游的过程,构思就是神与物游。陈伯海谓:"这里的'神'指审美主体,即艺术

---

① (清)况周颐著,王幼安校订:《蕙风词话》卷1,人民文学出版社1960年版,第9页。
② 逯钦立辑校:《先秦汉魏晋南北朝诗》(上),中华书局1983年版,第546页。
③ (南朝梁)刘勰著,周振甫译注:《〈文心雕龙〉译注》(修订本),《神思》,江苏教育出版社2006年版,第396页。

家的心灵;'物'指审美对象。即心灵所感受的物象;'游'则用以标示审美主客体之间的关系,是一种相融相摄、周流往复的活动功能。"① "神"与"物"之间的相互作用构成了心物交感,这种交感呈现出一种运动不居的"游"的状态,因此,审美主体的"神"和审美客体的"物"便不是恒定不变、静止不动的。在"神"与"物"周流往复的交互作用之下,神与物完全打通、融为一体,就如苏轼所言:"与可画竹时,见竹不见人。岂独不见人,嗒然遗其身。其身与竹化,无穷出清新。"② "身与竹化"就是"神与物游","无穷出清新",此时文思已然成熟,可以将内在的审美感受宣之笔端,发之辞章了。

（三）兴会

审美感兴在虚静心态中酝酿、发动,经神思的运行不断深化,达到巅峰状态,便称之为"兴会"。兴会,简言之即兴到之时。用于文艺创作,是指兴到之时那种超乎意表、酣畅淋漓的精神状态。如沈约《宋书·谢灵运传》所说"灵运之兴会标举",颜之推《颜氏家训·文章篇》主张"文章之体,标举兴会,发引性灵"③。颜之推拈出"兴会"概念,认为艺术兴会的状态会引导人的性灵,使人进入完美的创作情境中去。

古典美学家把文艺创作看成心灵的创造,所以他们很早就发现,文艺创作需要一种特殊的精神状态。"兴会"就是诗歌生命发动的高潮的特殊心理状态,于此,陆机深有体会:

> 若夫应感之会,通塞之纪,来不可遏,去不可止,藏若景灭,行犹响起。方天机之骏利,夫何纷而不理。思风发于胸臆,言泉流于唇齿,纷葳蕤以馺遝,唯毫素之所拟。文徽徽以溢目,音泠泠而盈耳。及其六情底滞,志往神留,兀若枯木,豁若涸流,览营魂以探赜,顿精爽而自求。理翳翳而愈伏,思轧轧其若抽。是以或竭情而多悔,或率意而寡尤。④

---

① 陈伯海:《中国诗学之现代观》,上海古籍出版社2006年版,第111页。
② （宋）苏轼:《书晁补之所藏与可画竹三首》,苏轼著,邓立勋编校:《苏东坡全集》（上）,黄山书社1997年版,第314页。
③ 庄辉明、章义和:《颜氏家训译注》,上海古籍出版社1999年版,第160页。
④ 张怀瑾:《文赋译注》,北京出版社1984年版,第46页。

"应感之会"就是"兴会"。"兴会"到则"来不可遏,去不可止",文思泉涌;"兴会"去则"兀若枯木,豁若涸流",这些话不仅揭示了兴会对文艺创作的重要性,而且揭示了"兴会"偶发性、瞬时性和非自觉性的特征。苏轼对"兴会"这种心理状态也有精彩描绘。其《书蒲永昇画后》说黄知微画水:"始知微欲于大慈寺宁院壁作湖滩水石四堵,营度经岁,终不肯下笔。一日仓皇入寺,索笔墨甚急,奋袂如风,须臾而成。作输泻跳蹙之势,汹汹欲崩屋也。"又论画竹云:"画竹必先得成竹于胸中,执笔熟视,乃见其所欲画者,急起从之,振笔直遂,以追其所见,如兔起鹘落,少纵则逝矣。"① 可见,兴会就是美感高潮到来之时的精神状态。

"兴会"对艺术构思的成败,有着十分重要的影响。方熏在《山静居画论》中说:"艺事必借兴会,乃得淋漓尽致。"袁枚亦云:"作诗,兴会所至,容易成篇。"② 胡应麟谓:"当此兴会,纵赋诗有禁,能自已耶?"③可见艺术构思中的神思进入高潮,依靠的是兴会的出现。

"兴会"是灵感活动的实现需要的条件,是创作主体因感物而心动。于此,苏洵有个风水相遭的比喻。他淋漓尽致地描绘了风水相遭所产生的"舒而如云,蹙而如鳞,疾而如驰,徐而如徊"的"天下之至文",然后说:

> 然而此二物者岂有求乎文哉?无意乎相求,不期而相遭,而文生焉。是其为文也,非水之文也,非风之文也,二物者非能为文,而不能不为文也。物之相使而文出于其间也,故曰:此天下之至文也。④

这个比喻强调天下之至文的兴会,是心物两方面"无意乎相求,不期而相遭"而产生的。需要提起注意的是,"兴会"之中的感物,是刹那

---

① (宋)苏轼:《文与可画筼筜谷偃竹记》,苏轼著,邓立勋编校:《苏东坡全集》(中),黄山书社1997年版,第45页。
② (清)袁枚:《随园诗话》(上)卷2,人民文学出版社1982年版,第39页。
③ (明)胡应麟:《诗薮》(外篇)卷2,中华书局1958年版,第145页。
④ (宋)苏洵:《仲兄字文甫说》,余冠英等:《唐宋八大家全集:苏洵集》,国际文化出版公司1997年版,第134页。

第二章　兴味：诗性生命的感发

间所获得的生命力和创造力的升腾，并由此带来身心的愉悦和心灵的激荡。今道友信谓："'子曰：兴于诗……'的意思是什么……是'人的精神因诗的艺术垂直地兴腾起来，突破定义的上限'。"① 所以，直观感物的开展和"兴会"的发生必须有外物的引发。

现代美学认为，美感既不在物，也不在心，而在心物的交融。正如苏轼《咏琴》所云："若云弦上有琴声，放在匣中何不鸣？若云声在指头上，何不于君指上听？"兴会的产生，正如以指弹琴。只有心物感应，才能互相作用产生兴会。所谓情动然后有兴，兴后而成诗文。严羽论诗标举"兴趣"，肯定盛唐诗人唯在妙趣，故其意象玲珑透彻，不可凑泊，倡导"兴会标举"，实际上是对自然妙会的创作态度的赞扬。清代王士禛论诗则将"兴会神到"作为论诗的核心观点。王士禛的"兴会神到"，是指诗人面对山川风物等景色自然感会时的审美状态，可以看出王士禛对严羽论诗思想继承的蛛丝马迹。他在《带经堂诗话》中说"大抵古人诗画，只取兴会神到"②，张宗柟案曰"诗家唯论兴会"③，都是对严羽论诗"兴会标举"的继承。不过需要注意的是，王士禛也主张"兴会神到"与学问根柢的结合。他说："夫诗之道，有根柢焉，有兴会焉，二者率不可得兼。镜中之象，水中之月，相中之色，羚羊挂角，无迹可求，此兴会也。本之《风》《雅》以导其源，溯之楚《骚》、汉魏乐府诗以达其流，博之《九经》、《三史》、诸子以穷其变，此根柢也。根柢原于学问，兴会发于性情。于斯二者兼之，又斡以风骨，润以丹青，谐以金石，故能衔华佩实，大放厥词，自名一家。"④ 王士禛认为，为诗之道，不过二途，一为根柢学问，如《风》《雅》、楚《骚》、汉魏乐府诗等；一为"兴会神到"之作，这种诗，乃"镜中之象，水中之月，相中之色，羚羊挂角，无迹可寻"，富有神韵。当然两者如果兼得，可以"自成一家"。不过，他又说："萧子显云：'登高极目，临水送归。蚤雁初莺，花开叶落。有来斯应，每不能已。须其自

---

①　[日]今道友信：《东方的美学》，蒋寅、李心峰等译，生活·读书·新知三联书店1991年版，第95页。

②　（清）王士禛撰，张宗柟纂集，夏闳校点：《带经堂诗话》卷3，人民文学出版社1963年版，第68页。

③　同上。

④　同上书，第78页。

来，不以力构。'王士源序孟浩然诗云：'每有制作，伫兴而就。'余生平服膺此言，故未尝为人强作，亦不耐为和韵诗也。"① 从这段话看，他力推萧子显"兴会神到"之语，自己作诗也不喜矫强所作，可见内心深处，王士祯还是倾向于推崇"兴会神到"，非有所待、自然兴会的诗境。袁济喜先生谓："所谓'自然兴会'，也就是摈斥有意造作的创作态度。"② 清代叶燮《原诗·内篇》中对"兴会"的见解也值得注意。他说："原夫创始作者之人，其兴会所至，每无意而出之，即为可法可则。如《三百篇》中，里巷歌谣，思妇劳人之吟咏居其半。彼其人非素所诵读讲肆推求而为此也，又非有所研精极思、腐毫辍翰而始得也；情偶至而感，有所感而鸣，斯以为风人之旨。"③ 叶燮通过对《诗三百》创作心理的分析，指出情感激烈、自然天放是"兴会"创作的心理状态。清代何昌森《水石缘序》也说："今以陶情养性之诗词，托诸才子佳人之吟咏，凭空结撰，兴会淋漓，既足以赏雅，复可以动俗，其人奇，其事奇，其遇奇，其笔更奇。""兴会淋漓"就是指情感的风发云涌、酣畅淋漓，借助想象，构造出奇诡万状的故事。清代袁枚在谈到创作时也说："改诗难于作诗，何也？作诗，兴会所至，容易成篇；改诗，则兴会已过，大局已定。"④ 袁枚比较作诗与改诗的相异，指出诗歌创作的"兴会"特点，论证了"兴会"是诗之佳作的前提。从诗的创作过程来讲，中国古典诗歌注重技巧的积累和偶然的"兴发"，那么，作者的学养和文化素质对于诗歌意境的创造肯定会有所帮助，但是如果直接将这种学识与理性入诗，肯定会味同嚼蜡。因此，"兴会"入诗才能自然感人，韵致深远。叶嘉莹先生比较中西诗歌创作方法的不同，指出："中国古典诗之格律一般都极为严整，中国古典诗人的创作，常是心中之感发与其熟诵默记之诗律二者之间的一种因缘凑泊的自然的结合；而西方之诗律则较有更多自由安排的余地，所以中国诗更重视自然的感发，西洋诗则更重视人工的安排。"⑤ 这段话，对中国古典

---

① （清）王士祯：《渔阳诗话》，载王夫之等撰，丁福保辑《清诗话》（上册），上海古籍出版社1978年版，第182页。
② 袁济喜：《兴：艺术生命的激活》，百花洲文艺出版社2009年版，第217页。
③ （清）叶燮著，霍松林校注：《原诗》，《内篇》，人民文学出版社1979年版，第35页。
④ （清）袁枚著，顾学颉校点：《随园诗话》（上）卷2，人民文学出版社1982年版，第39页。
⑤ 叶嘉莹：《迦陵谈诗二集》，生活·读书·新知三联书店2016年版，第153页。

第二章　兴味：诗性生命的感发

诗何以标举"兴会"缘由做了很深刻的分析。

那么，兴会与"味"是什么关系呢？刘勰《文心雕龙·物色》有云："是以四序纷回，而入兴贵闲；物色虽繁，而析辞尚简；使味飘飘而轻举，情晔晔而更新。""兴"已经是诗有"味"的条件。《文镜秘府论》南卷《论文意》载王昌龄《诗格》云："诗贵销题目中意尽，然看当所见景物与意惬者相兼道。若一向言意，诗中不妙及无味；景语若多，与意相兼不紧，虽理道亦无味。……意欲作文，乘兴便作，若似烦即止，无令心倦。常如此运之，即兴无休歇，神终不疲。"这段话的意思很明显，要景与意兼，诗才能有味。而景与意兼的前提条件是有"兴会"，"乘兴便作"，这就把"兴"和"味"的关系说得更清楚。《文镜秘府论》南卷《论文意》还引皎然《诗议》云："夫诗工创心，以情为地，以兴为经，然后清音韵其风律，丽句增其文彩。如杨林积翠之下，翘楚幽花，时时间发。乃知斯文，味益深矣。"将"情""兴"与"风律""丽句"看作诗有味的必要条件。此外，"兴"与"味外味""不尽之味"有联系。王士禛《香祖笔记》云："予少时在扬州，亦有数作……皆一时伫兴之言，知味外味者当自得之。"佚名《静居绪言》云："古诗之作，徐行以达其意，疾赴以合其节，窍之以发其机，纵之以趁其势，勒之以致其力，杨之以取其态，抑之以蓄其气，涵之以完其神，虚之以生其韵，实之以固其理，转之以出其论，反之以足其趣。兴会情遥，语阑意在，则不尽之味得矣。"王寿昌《小清华园诗谈》卷上云："诗有三不尽，景尽情不尽，语尽意不尽，兴尽味不尽。"

从以上论述可知，由于感兴本质上是诗人的审美感受，因此它必然和诗之味有不可分割的联系，感兴实质是诗味的源泉。从创作角度言，当诗人对自然景物和社会人事有了诗兴，并完美地表现于诗中，诗味就自然产生。从欣赏角度说，"兴味"不仅是诗人把自己的审美感受表现于诗中，而且要能引起读者的审美感受。叶朗先生指出："所谓'兴'，就是说诗歌可以使欣赏者的精神感动奋发。这种精神的感发，是和欣赏者的想象和联想活动不可分的（"托物兴辞"、"引譬连类"），因而是和诗歌的审美形象不可分的。"[①] 历志谓："学古诗最要有力，有力则坚……

---

① 叶朗：《中国美学史大纲》，上海人民出版社1985年版，第50页。

无力则松,松则筋络散漫,读之兴味索然。"① "有力"指的就是审美形象鲜明俊朗。为什么诗人的审美感兴是诗有味的先决条件?陈应鸾先生认为原因有三点。② 第一,诗兴来时,尤其是处于兴会的灵感状态时,往往审美主体的情感激越高昂,这种审美冲动如鲠在喉,不吐不快,宣之以诗,就构成了诗歌美感质素的基础。第二,审美感受的到来,尤其是灵感爆发之时,想象力特别丰富,创造力特别旺盛,最容易创造出优美的诗歌意境。这种意境能给读者以回味无穷的审美感受,这种感受就是"兴味"。第三,在审美感受、灵感状态下作诗,不会人为的雕镌镂刻,从而能保证诗歌具有自然天成的艺术特色。感兴的偶然性和瞬间性,使得诗歌具有一种"自然灵气,恍惚而来,不思而至"③。这表明,当诗兴自然而至时创作的诗,才是最有味的自然天成的好诗,才是有"兴味"的诗。

三 兴味生发的基本形式

刘勰《文心雕龙·物色》谓:"写气图貌,既随物以宛转;属采附声,亦与心而徘徊。"道出诗人创作时心物交融的情状。刘永济先生解释说:"盖神物交融,亦有分别,有物来动情者焉,有情往感物者焉:物来动情者,情随物迁,彼物象之惨舒,即吾心之忧虞也,故曰'随物宛转';情往感物者,物因情变,以内心之悲乐,为外境之欢戚也,故曰'与心徘徊'。"④ 所谓"物来动情者",可以理解为"寓情于景"的"物本感应";⑤ "情往感物者",可以理解为"缘情写景"的"心本感应"。⑥ 这两种感兴的基本形式也是兴味产生的基本形式。

(一)触景生情,情随景生

诗人蕴积于心的情感神思,一般而言,是处于平静不自觉的状态。此

---

① (清)厉志:《白华山人诗说》卷1,载郭绍虞编选,富寿荪校点《清诗话续编》(下),上海古籍出版社1983年版,第2274页。
② 陈应鸾:《诗味论》,巴蜀书社1996年版,第206—208页。
③ (唐)李德裕:《文章论》,载李德裕《李卫公会昌一品集》(4),商务印书馆1936年版,第270页。
④ (南朝梁)刘勰著,刘永济校释:《文心雕龙校释》,中华书局1962年版,第180页。
⑤ 郁沅:《心物感应与情景交融》,百花洲文艺出版社2006年版,第169页。
⑥ 同上书,第203页。

时，外界景物的激发常常成为情感兴发的媒介和催发剂。"诗人无意间遇到某一景物，牵动情怀，忽有所悟，于是心绪荡漾，情思满怀，诗兴由此而激发。"① 陈庆辉所说的这种触物而情兴的情形，生动地体现于诗之兴味。

> 床前明月光，疑是地上霜。举头望明月，低头思故乡。（李白《静夜思》）
> 门前迟行迹，一一生绿苔。苔深不能扫，落叶秋风早。
> 八月蝴蝶黄，双飞西草园。感此伤妾心，坐愁红颜老。（李白《长干行》）

《静夜思》中诗人客居他乡，窗外月华如水，光明清冷。对孤身远客来说，最易触动游子思乡情怀。夜深人静，思乡愁思，因月而起，月清情冷，怎不泛起心中波澜？《长干行》中的闺中思妇，触景生情，门前伫立等待时的足迹已经长满了青苔，铺满落叶；加之双飞的蝴蝶，格外令人感伤。刻骨的相思在煎熬着思妇的心，不觉间，自己的容颜也变得越发憔悴。

但是，诗人的感情处于一种平静状态时，并不是所有的自然景物都触动诗人情怀，产生诗之兴味。陈庆辉说："诗人触物起兴是一种不自觉的行为，故所触之物必须具有一种较强的召唤力或感发力。这种召唤力或感发力则来源于自然物在内容和形式上与诗人情志存在某种共同之处，或某一方面的联系。"② 简言之，就是要沟通"心""物"，沟通"心""物"的途径，就是王夫之所谓"即景会心"。请看王夫之对贾岛"推敲"的批评：

> "僧敲月下门"，只是妄想揣摩，如说他人梦，纵令形容酷似，何尝毫发关心？知然者，以其沉吟"推敲"二字，就他做想也。若即景会心，则或推或敲，必居其一，因景因情，自然灵妙，何劳拟

---

① 陈庆辉：《诗兴研究》，博士学位论文，武汉大学，2004年，第28页。
② 同上。

味：一个诗学语词的理论批评

议哉？①

王夫之强调，诗人的创作应该从自身所处的现实境遇出发，"即景会心"方能心物沟通，情景交融。用"推"还是用"敲"，不能"妄想揣摩"，要身临其境，根据现实情况，或"推"或"敲"，"自然灵妙"，不用那么费心劳神了。他接着说："池塘生春草"，"蝴蝶飞南园"，"明月照积雪"，"皆心中目中与相融浃，一出语时，即得珠圆玉润，要亦各视其所怀来而与景相迎者也"。② 王夫之十分欣赏这几句诗，在《姜斋诗话》中不吝赞美之词。"知'池塘生春草''蝴蝶飞南园'之妙……司空表圣所谓'规以象外，得之环中'者也。""古人绝唱句多景语，如'高台多悲风'，'蝴蝶飞南园'，'池塘生春草'……而情寓其中矣。"这几句诗都是"即景会心"之作。在审美观照中，"心中目中与相融浃""怀来而与景相迎者也"，心中怀来之情与目中景物相遇，情景交融，兴味自然生发。

那么，主客体是如何"相遇"而至"融浃"的呢？王夫之等人拈出"适"字。王夫之《姜斋诗话》卷二："夫景以情合，情以景生，初不相离，唯意所适。"谢榛《四溟诗话》卷二："子美曰：'细雨荷锄立，江猿吟翠屏。'此语宛然入画，情景适会，与造物同其妙，非沉思苦索而得之也。"谭浚《说诗》卷中："景适性情之内，情融景物之中，则情景两得。""情景适会"中的"适"含义有二。一方面，客体适合主体，景适于情；另一方面，主体适合于客体，情适于景；双方自然而就，不带丝毫勉强。那么什么样的客观景物易与主观情感相"适"呢？陈庆辉认为有三种情况。③

第一，动物界某种本能与人类某种情感相似，这种动物本能便往往能触发诗人的这类情感。失群的孤雁发出阵阵的哀鸣，这与远离故土的天涯游子何其相似！孤雁自然本能的哀伤恰能激起孑然一身漂泊无依的孤旅之感。鸳鸯戏水、彩蝶双飞、宿鸟双栖，又恰好是人世间

---

① （清）王夫之著，舒芜校点：《姜斋诗话》卷2，人民文学出版社1961年版，第147页。
② 同上书，第146页。
③ 陈庆辉：《诗兴研究》，博士学位论文，武汉大学，2004年，第29—30页。

配偶、恋人、夫妻欢洽恩爱的投影。王夫之说:"一用兴会标举成诗,自然情景俱到。"① 诗人身临其境,应感触发,如谢榛《四溟诗话》所云,"情景相触而成诗"。正是这些共同之处,情景相"适",才能激发诗兴,产生诗之兴味。

第二,有些自然现象,如月缺月圆、春去夏来、雨雪霏霏等,虽无任何情感可言,但是它同产生人类情感的某些生活现象在形式上具有共同的特征,这些自然现象往往能使人产生联想,因而可以触动人之情怀。王士祯《师友诗传录》谓:"当其触物兴怀,情来神会,机括跃如,如兔起鹘落,稍纵则逝矣,有先一刻后一刻不能之妙。"强调的是要抓住刹那间的情景变化和稍纵即逝的联想。实际上,我们平常的社会生活现象在形式上与某些自然现象确实有很多共同特征。月圆月缺与人的悲欢离合,四季更迭与人生际遇变化,花开花谢与青春容颜消逝,等等。因之,诗人由月的阴晴圆缺联想到人的悲欢离合,对月思乡便成为诗人吟唱的主题;由四季更迭想到人情冷暖、际遇悲欢,面对四季的变换歌唱人生的无常;由花开花谢联想到青春易老,韶华不再的感伤,凡此种种,都是诗人永恒的旋律。

> 惆怅阶前红牡丹,晚来唯有两枝残。明朝风起应吹尽,夜惜衰红把火看。(白居易《惜牡丹花》)
> 客散酒醒深夜后,更持红烛赏残花。(李商隐《花下醉》)

白居易由鲜花盛开之时想到红衰香褪之日,寄寓了岁月流逝、青春难再的深沉感伤。"晚来唯有两枝残",既然只有两枝,似乎不必感伤,然而"一叶落而天下知秋",更何况是两枝已残。残枝之上,传递春将归去的消息。于是,岁月流逝、青春难驻的感伤流注其间。李商隐的诗,在残花萎红中寄托人去筵空的感伤,写得秾丽含蓄,情调凄艳迷茫。

第三,某些自然物的形态与人的情感特征存在某些共同之处,往往也能引发人的情感。

---

① (清)王夫之著,李金善点校:《明诗评选》卷6,河北大学出版社2008年版,第341页。

> 汴水流，泗水流，流到瓜洲古渡头，吴山点点愁。思悠悠，恨悠悠，恨到归时方始休，月明人倚楼。（白居易《长相思》）
> 问君能有几多愁，恰似一江春水向东流。（李煜《虞美人》）
> 巴陵一望洞庭秋，日见孤峰水上浮。闻道神仙不可接，心随湖水共悠悠。（张说《送梁六自洞庭山作》）

东流不止的一江春水，恰似"剪不断，理还乱"的情思，绵绵悠长。见流水而起情思，非流水有情，而是离别之意似流水般悠悠无尽。所以陆机说："悲落叶于劲秋，喜柔条于芳春。"春风徐徐，鸟语花香，一派生机勃勃的景象，与人的心情振奋相似，故春风春雨花开鸟鸣，常引起人的欢愉情绪。万物凋零，草木摇落，天地空寂，景物萧索，同人的空虚寂寞、情绪低落相似，故见秋风落叶而感发哀伤之情。

综上，自然物与诗人情感相"适"，能引发诗人内蕴于心的情感，当这情感为外物所引发，便如蕴积于地壳中的岩浆，喷薄而出，势不可遏。情景会通，诗兴便产生了。

（二）以我观物，情往感物

"以我观物，情往感物"是诗之兴味生发的又一种方式。"以我观物"中的观照主体不是一个冷静的旁观者，并非静气凝神，而是一任自我，情感激荡，意气风发。于是"登山则情满于山，观海则意溢于海"[1]，目之所见，身之所历，莫不情深意长。它用主体的眼睛、主体的精神去观照客体，让客体受到主体强烈情绪的感染。刘勰所谓"物以情观"[2]，邵雍《皇极经世绪言》所谓"以我观物，情也"，王国维所谓"以我观物，故物皆著我之色彩"[3]，说的都是其放射情感、以情染物的特点。当诗人之情处于不自觉状态时，诗之兴味的产生就有待外物的引发；而当诗人之情处于自觉状态时，诗的兴味的出现则有待于情感对外物的巨大作用。前者，诗人之情如平静湖水，因风而动，观照主体的心态趋于"静虚"；后者，诗人之情如万斛清泉，汩汩滔滔，不择地而出。观照主体的心态强调

---

[1] （南朝梁）刘勰著，周振甫译注：《〈文心雕龙〉译注》（修订本），《神思》，江苏教育出版社2006年版，第397页。
[2] 同上书，《诠赋》，第151页。
[3] 王国维撰，黄霖等导读：《人间词话》，上海古籍出版社1998年版，第1页。

第二章　兴味：诗性生命的感发

的是"迷醉"。"迷醉"本是尼采美学的一个概念。尼采从古希腊酒神祭祀和日神祭祀庆典中总结出来的酒神和日神二元冲动的原理，并以此作为艺术本体论意义的根源。不过尼采更倾向用醉来概括全部的审美状态。他说：

> 为了艺术得以存在，为了任何一种审美行为或审美直观得以存在，一种心理前提不可或缺：醉。醉须首先提高整个机体的敏感性，在此之前不会有艺术。醉的如此形形色色的具体种类都拥有这方面的力量：首先是性冲动的醉，醉的这最古老最原始的形式；同时还有一切巨大欲望、一切强烈情绪所造成的醉；节庆、竞赛、绝技、凯旋和一切激烈运动的醉；酷虐的醉……例如春天的醉；或者因麻醉剂的作用而造成的醉；最后，意志的醉，一种积聚的、高涨的意志的醉。——醉的本质是力的提高和充溢之感。出自这种感觉，人施惠于万物，强迫万物向己索取，强奸万物，——这个过程被称做理想化。①

郁沅先生谓："审美行为中的'醉'，是主体精神亢奋、主体情感充溢、主体想象活跃、主体力量高扬的心理状态。"② 因为这种心理状态和酒后的心理状态相似，所以常常以"醉"称之。其实，中国古代文论于此也有论及。刘熙载谓："文所不能言之意，诗或能言之。大抵文善醒，诗善醉，醉中语亦有醒时道不到者。"③ 迷醉心态为情感的真挚率性与想象的自由王国打开大门。弗洛伊德认为，艺术根植于非理性的本能的"本我"，而不是理性的"超我"。按郁沅先生的理解："艺术家在迷醉中，会冲破'超我'的限制而逼近'本我'，冲破理性的藩篱而进入感性王国，脱下虚伪的面纱，坦露出真实的情怀，表现赤子般纯真的'童心'，使观照对象也呈现出与'我'一致的天然纯真，表现出主体同化客体而

---

① ［德］尼采：《偶像的黄昏》，载尼采《悲剧的诞生：尼采美学文选》，周国平译，生活·读书·新知三联书店1986年版，第319页。
② 郁沅：《心物感应与情景交融》，百花洲文艺出版社2006年版，第211页。
③ （清）刘熙载著，王气中笺注：《艺概笺注》，《诗概》，贵州人民出版社1986年版，第239页。

味：一个诗学语词的理论批评

混融的风采神韵。"①

> 荒村古岸谁家在，野水溪云处处愁。（朱放《乱后经淮阴岸》）
> 湘水流，湘水流，九疑云物至今愁。（刘禹锡《潇湘神》）

云雾山水何以有情？正因为诗人胸中满是别愁离恨，故看山山带恨，见水水生愁。因此，"以我观物"往往使审美对象受主体意志的改造而变形。审美主体不受具体事物的束缚，以心灵的自由观照客体对象，让对象呈现出与心灵需求的一致。庄子谓："物物而不物于物。"其实，庄子的"乘物以游心"，即为主体精神的张扬与解放。此刻主体所有的感官似乎被扩充开来，进入一种高亢、敏锐的神秘状态，产生一种包含万物的崇高感、和谐感和迷醉感；而在激情的推动下，作为观照的"物"已非原物，只是"我"的所受、所欲、所恶、所惧的直接或间接体现的艺术幻象。

> 汴水流，泗水流，流到瓜洲古渡头，吴山点点愁。（白居易《长相思》）
> 燕雁无心，太湖西畔随云去。数峰清苦。商略黄昏雨。（姜夔《点绛唇》）
> 我看青山多妩媚，料青山见我应如是。（辛弃疾《贺新郎》）

景物有情，是诗人心境观照的结果。同样是写青山，为何是如此不同的色彩？叶燮《黄叶村庄诗集序》谓："境一而触境之人之心不一。"以不一之心改造客体对象，客体对象也就必然会各异其趣，体现出审美观照和创造的主观丰富性。在审美活动中，主体可以凭借其审美理想之意，来决定审美对象的大小及其形态，从而达到大小唯"意"，随"我"变换的效果。

事实上，无论是"触景生情，情随景生"，还是"以我观物，情往感物"，都是一种生命的共感，物我的交融。刘勰谓："山沓水匝，树杂云

---

① 郁沅：《心物感应与情景交融》，百花洲文艺出版社 2006 年版，第 213 页。

合。目既往还，心亦吐纳。春日迟迟，秋风飒飒。情往似赠，兴来如答。"① 进入这个境界，便会物我两忘，出神入化，不知何者为我，何者为物。对于这种心物感应的发生，叶嘉莹先生认为是由于生命的共感，有"大生命"的存在：

> 这种人心与外物的感应，是如此之微妙，而又如此之自然。其原因当然很多，但是其中最重要或者可以说最基本的一个原因，我以为则是由于生命的共感。在宇宙间，冥冥中常似有一"大生命"之存在。此"大生命"之起结终始，及其价值与意义之所在，虽然不可尽知，但是它的存在，它的运行不息与生生不已的力量，却是每个人都可以体认得到的事实。生物界之中的鸟鸣、花放、草长、莺飞，固然是生命的表现，即是非生物界之中的云行、水流、露凝、霜陨，也莫不予人一种生命的感觉。这大生命是表现得如此之博大，而又如此之纷纭。真是万象杂呈，千端并引。而在这千端与万象之中，却又自有其周洽圆融的调和与完整。"我"之中有此生命之存在，"物"之中亦有此生命之存在。因此我们常可自此纷纭歧异的"物"之中，获致一种生命的共感。这不仅是一种偶发的感情而已，甚至可以说是一种与生俱来的本能。②

这种生命的共感，使人和自然万物浑然天成，互相混溶，在内表现为生命的感发，在外呈现为诗之兴味。

---

① （南朝梁）刘勰著，周振甫译注：《〈文心雕龙〉译注》（修订本），《物色》，江苏教育出版社 2006 年版，第 634 页。
② 叶嘉莹：《迦陵论诗丛稿》，河北教育出版社 1997 年版，第 62—63 页。

第三章　滋味：文学自觉时代的诗味论

宗白华先生在《美学散步》中，对魏晋南北朝美学曾做过一个精到的描述：

> 汉末魏晋南北朝是中国政治上最混乱、社会上最苦痛的时代，然而却是精神史上极自由、极解放，最富于智慧、最浓于热情的一个时代。因此也就是最富有艺术精神的一个时代。王羲之父子的字，顾恺之和陆探微的画，戴奎和戴颙的雕塑，嵇康的广陵散（琴曲），曹植、阮籍、陶潜、谢灵运、鲍照、谢朓的诗，郦道元、杨衒之的写景文，云冈、龙门壮伟的造像，洛阳和南朝的闳丽的寺院，无不是光芒万丈，前无古人，奠定了后代文学艺术的根基与趋向。①

宗白华认为，"这是强烈、矛盾、热情、浓于生命色彩的一个时代"②，使人联想到欧洲的"文艺复兴"，但是，他接着说："西洋'文艺复兴'的艺术（建筑、绘画、雕刻）所表现的美是秾郁的、华贵的、壮硕的；魏晋人则倾向简约玄澹、超然绝俗的哲学的美，晋人的书法是这美底最具体的表现。"③ 袁济喜先生也说："六朝美学，以高迈超逸的风神卓然标峙于中国美学史。它结束了先秦两汉时期美学依附于政教道德的狭隘境界，将审美和艺术创作与动荡岁月士人的生命意识与个性追求熔为一体，形成了一系列衣被后世的美学范畴，如神思、虚静、隐秀、

---

① 宗白华：《美学散步》，上海人民出版社1981年版，第177页。
② 同上。
③ 同上书，第177—178页。

气韵、风骨、意象等,产生了'体大思精'的美学与文学批评理论巨著《文心雕龙》。"① 在这一系列美学范畴中,"滋味"说以其独特的理论内涵卓然标举,成为文学理论走向自觉时代有代表性的诗学理论。

第一节 "滋味"论提出的历史机缘

"滋味"论的提出,从思想渊源上来说,是先秦两汉美学发展的必然产物,从直接的客观条件来说,魏晋南北朝的特定社会和历史因素时代特征为"滋味"论产生提供了历史契机。因此,要探求"滋味"说产生的根源,就不得不先叙述当时的政治、学术、宗教以及人生观等社会环境。这些社会环境,是产生"滋味"说的土地、肥料和气候。

一 大一统专制皇权的式微与士族的崛起

士族的崛起始于东汉末年。东汉末年,大一统的帝国内部隐藏着多种矛盾。里面是宦官外戚争权的矛盾愈演愈烈,外面是党祸与黄巾的屠杀,接着是董卓、曹操的举兵,两汉的大一统皇权政治覆灭,三国的局面形成。社会自此进入动荡和纷乱之中。除了西晋取得短暂的统一之外,大一统的皇权政治就再也没有建立过。士族作为魏晋时期特定的地主阶层来说,是在东汉末年的官僚与地主阶层孕育而来的。从秦建立大一统的专制统治的皇权政治以来,为维护皇权政治,建立了从下层布衣阶层中擢拔官吏的制度,秦汉时期的布衣卿相时有产生。至汉武帝时,这种情况仍没有大的改变。自汉武帝之后,随着官僚阶层日益庞大,豪门贵族通过家法传授,累世为官。在此情形之下,在中央朝廷为官的士族人物与地方豪强形成了错综复杂的势力范围。黄巾起义之后,社会动乱使士族阶层产生分化。一部分因失去皇权依靠而式微,一部分因与新兴地主阶层结合而显贵。总体看,汉魏以来士族的势力是逐渐上升的。西晋的司马氏集团就是士族势力的典型代表。曹丕死后,司马氏集团通过政变,统一全国,建立西晋政权。自此,六朝士族统治制度正式形成。士族作为有别于两汉皇权的独立阶层,在其形成过程中有自己的人生理想追求、观念和思想意识。

---

① 袁济喜:《六朝美学》,北京大学出版社1989年版,第1页。

李泽厚先生指出："社会变迁在意识形态和文化心理上的表现，是占据统治地位的两汉经学的崩溃。烦琐、迂腐、荒唐，既无学术效用又无理论价值的谶纬和经术，在时代动乱和农民革命的冲击下，终于垮台。代之而兴的是门阀士族地主阶级的世界观和人生观。这是一种新的观念体系。"[1]

这种世界观和人生观集中体现在突破了两汉数百年来的名教束缚，提倡顺应自然，放纵性情，发展成六朝士族的一整套行身处事的哲学。葛兆光先生说："知识阶层渐渐疏远了那种以群体认同价值为标准的人格理想，转向了追求个人精神的独立与自由。……他们中的一些人开始意识到真理的的终极依据并不在'群体的确认'而在于'个人的体证'，人的存在价值并不在于社会的赞许而在于心灵的自由。"[2]

同时，士族所处的时代充满着动荡、黑暗和恐怖。汉室式微，曹丕、司马氏的相继篡夺，继之以贾后之乱、八王之乱，加之北方胡族入侵。怀帝、愍帝被俘，西晋灭亡。至东晋，经王敦、苏峻、桓玄之乱，刘裕篡位，东晋也随之灭亡。在这几百年之中，内祸外患，接踵而至，饥荒瘟疫，饿殍遍地，田地荒芜，家庭离散。在党派争斗之下，文士动辄得咎，命如鸡犬。如东汉党祸的大屠杀，魏晋时代文士们的惨死，触目惊心。孔融、祢衡、杨修、丁仪、何晏、嵇康、张华、石崇、陆机、潘岳、刘琨、郭璞等人相继被杀，令天下文士寒心。以致天下文士，或隐居田园，遁世韬光，养性全真；或装聋作哑，寄情酒色；或挥麈以谈佛道，以求自保。在此情形之下，传统的旧道德与信仰发生了根本的动摇，无论是平民还是士人，都有新信仰和新宗教的要求。

二 儒学的衰微、道家的复活及佛教道教的传布

从建安到魏晋，是儒学最衰微的时代。新兴的思想家们，有的加以幽默的嘲笑，有的进行正面的攻击，还有的是以种种放诞的行为进行着无声的抵抗。

（一）儒学自身的堕落，丧失了统治人心的力量

儒家的修身主义，在汉代通行几百年的结果，是在生活上只注重生活

---

[1] 李泽厚：《美的历程》，天津社会科学院出版社2001年版，第145—146页。
[2] 葛兆光：《中国思想史》（第一卷），复旦大学出版社2001年版，第318页。

第三章 滋味：文学自觉时代的诗味论

的繁文缛节，但忽略了人类的本真性情，丧失了人生的趣味。士大夫的言行稍有不慎，轻则遭受清议贬责，重则遭杀身之祸。阮籍居丧时由于进食酒肉，何曾就当着司马昭的面加以弹劾："明公方以孝治天下，而阮籍以重丧显于公坐饮酒食肉，宜流之海外，以正风教。"① 曹操杀孔融，罪状竟然是什么败人伦、伤风化。"融以父母与人无亲，譬若缶器，寄盛其中。又言若遭饥馑，而父不肖，宁赡活余人。融违天反道，败伦背理，虽肆市朝，犹恨其晚。"姑且不论这些话是否出自孔融之口，即便是孔融所言，也罪不至死。而满口礼法名教之徒，背里却干着种种卑鄙的恶行，实施着篡位贪官排外杀人的行为。儒学堕落一至如此，难怪稍微头脑清醒的士人都对此表示深恶痛绝。

另外，自汉武帝以降，顶着孔子招牌的儒家，学说的本质已经发生巨大的改变，后来又加进去阴阳五行学说，谶纬符命，弄得面目全非，带有浓厚的方士气息。比如，翼奉说："《易》有阴阳，《诗》有五际，《春秋》有灾异，皆列终始，推得失，考天心，以言王道之危安。"就连《诗经》，也迷信化神鬼化，在各诗中分配着五行五德天干地支等名目。这种破碎的经学与迷信的哲学，由于统治力量的抱残守缺，不仅没有动摇，反而成为千万士子求取功名利禄、进身攫名的途径。班固云："自五帝立五经博士，开弟子员，设科射策，劝以官禄，讫于元始，百有馀年，传业者寖盛，支叶蕃滋。一经说至百馀万言，大师众至千馀人，盖利禄之路然也。"可谓一针见血。傅玄在《举清远疏》说："近者魏武好法术，而天下贵刑名；魏文慕通达，而天下贱守节。其后纲维不摄，而虚无放诞之论，盈于朝野，使天下无复清议，而亡秦之病，复发于外矣。"在这种情况下，儒学趋于式微，也是在所难免了。鱼豢《典略·儒宗传·序》谓：

> 从初平之元，至建安之末，天下分崩，人怀苟且，纲纪既衰，儒道尤甚。……正始中，有诏议圜丘，普延学士。是时郎官及司徒领吏二万余人，虽复分布，见在京师者尚且万人，而应书与议者略无几人。又是时朝堂公卿以下四百余人，其能操笔者未有十人，多皆相从

---

① （南朝宋）刘义庆撰，（梁）刘孝标注，杨勇校笺：《世说新语校笺》（修订本）（第三册），中华书局2006年版，第654页。

· 119 ·

味：一个诗学语词的理论批评

饱食而退。嗟乎！学业沈陨，乃至于此。①

从初平至正始，不过六十余年，儒学衰落至此，令人感叹。那么，另一种新的思想乘机而起，也就是自然的了。

（二）老庄思想的复活与佛教道教的传布

在一个政治紊乱、社会不安、精神信仰全部动摇的时代，老庄哲学得以乘机复活。魏晋的玄学，就是这种老庄哲学的复活。刘大杰先生谓："老庄哲学本是一种乱世的产物，一种对于政治压迫、人性摧残、道德束缚过甚的反动。它们所要求的是清静、逍遥、自由与平等。它们看不惯也受不住一切人为的法度与物质的文化，和那种虚伪的忠孝仁义的伦理道德观念。他们理想着回到原始的无争无欲的自然状态去，追求着真实的人性与人情。"② 魏晋玄学是魏晋南北朝艺术的灵魂，也是魏晋南北朝美学的灵魂。魏晋玄学崇尚的"三玄"（《老子》《庄子》《周易》）对美学发展产生重大影响。闻一多先生曾描述了庄子在魏晋时期受到人们追捧的情形：

> 一到魏晋之间，庄子的声势忽然浩大起来，崔譔首先给他作注，跟着向秀、郭象、司马彪、李颐都注《庄子》。像魔术似的，庄子忽然占据了那全时代的身心，他们的生活，思想，文艺，——整个文明的核心是庄子。他们说"三日不读《老》《庄》，则舌本间强"。尤其是《庄子》，竟是清谈家的灵感的泉源。从此以后，中国人的文化上永远留着庄子的烙印。他的书成了经典。他屡次荣膺帝王的尊封。至于历代文人学者对他的崇拜，更不用提。别的圣哲，我们也崇拜，但那像对庄子那样倾倒、醉心、发狂？③

据《世说新语》载，向秀、郭象等为《庄子》作注时，当时注《庄

---

① （清）严可均辑，马志伟审定：《全三国文》（下册）卷43，商务印书馆1999年版，第452页。
② 刘大杰：《中国文学发展史》，百花文艺出版社2007年版，第114页。
③ 闻一多：《闻一多全集》（第二卷），《古典新义·庄子》，生活·读书·新知三联书店1982年版，第279—280页。

第三章　滋味：文学自觉时代的诗味论

子》的已经有几十家。《老》《庄》之学，一时披靡天下。士人们在道家思想里留恋徘徊，"老子的无为，庄子的逍遥齐物，杨子的为我，列子的贵虚，陈仲子的遁世，最能迎合当代读书人的心理"①。老庄哲学高超的智慧、细密的体验与观察，破除了天人感应的迷信。天地本是自生自化，天道不是有意志有情感的神灵，没有造物之主，也没有意志情感的天帝。庄子的"天地与我并生，万物与我为一"的观念在当时已深植人心。郭象谓："故物各自生，而无所出焉。此天道也。"②"……造物者无主，而物各自造，物各自造而无所待焉。"葛洪也说："天地虽含囊万物，而万物非天地之所为也。……俗人见天地之大也，以万物之小也，因曰天地为万物之父母，万物为天地之子孙。"③ 天人并生物我合一的理论破除了善恶报应的天道观念，人的心灵和行为得到了极大的解放，获得了极大的自由。

刘大杰云："中国的佛教、道教，就在汉末魏晋这种环境里，交织着道家的思想滋长起来的。"④ 葛洪《抱朴子·遐览篇》谓：

　　或曰："鄙人面墙，拘系儒教，独知有五经三史百氏之言，及浮华之诗赋，无益之短文，尽思守此，既有年矣。既生值多难之运，乱靡有定，干戈戚扬，艺文不贵，徒消工夫，苦意及思，攻微索隐，竟不能禄在其中，免此垄亩；又有损于精思，无益于年命，二毛告暮，素志衰颓，正欲反迷，以寻生道，仓卒罔极，无所趋向，若涉大川，不知攸济。先生既穷观坟典，又兼综奇秘，不审道书，凡有几卷，愿告篇目。"⑤

读书人对旧有知识充满怀疑不满，称之"浮华之诗赋，无益之短文"，正在寻找灵魂的出路，谓"正欲反迷以寻生道"，而今年老体衰，了无用处，生计无法维持，更遑论解决人生问题。于是转而向道士求教，

---

① 刘大杰：《古典文学思想源流》，上海书店出版社2008年版，第97页。
② 刘文典：《庄子补正》，云南人民出版社1980年版，第42页。
③ 葛洪：《抱朴子·塞难》，见王明《抱朴子内篇校释》，中华书局1980年版，第125页。
④ 刘大杰：《古典文学思想源流》，上海书店出版社2008年版，第98页。
⑤ 王明：《抱朴子内篇校释》，中华书局1980年版，第303页。

向佛祖问询，于是"道家的服食导养的养生术，佛家的厌苦现世超度彼界的观念，交织着老庄的思想，浸漫着当日人们的心灵了"①。这是由于人心陷入极度苦闷怀疑，此时的宗教情绪最易产生出来。葛兆光先生注意到了当时中国上层文化人知识结构与思维习惯的变化。他说："文人们开始淡化对知识的分类的具体把握而代之以对哲理的简约的玄虚理解，那种博学的风气被玄思的风气所代替，人们开始习惯甚至热衷于讨论以下一些与经验、知识无关的话题，如'无'与'有'的关系、超越世俗的圣人有无情感、思想与语言的关系、音乐的本性等等，尽管这些话题的潜在指向也与生活世界有关，但讨论常常在与经验中的世界彼此隔离的层面进行。"②

三　人性的觉醒与文学的自觉

赫胥黎（Huxley）说过，人类的生活包括自然的和伦理的两方面。自然的是本性的、个体的，伦理的是社会的、道德的。"所谓伦理人的社会生活，必得遵守古代圣贤的礼法和固有的道德，克制自己的情欲，统制自己的生活，使自己能够在社会上成为一个德行优良、理智坚定的善人。"③儒家的人生哲学，就是一种人生伦理化的人格主义。儒家强调人生的意义和价值，就个体而言修身以感人，就政治方面是以德化治国平天下。宇宙万物的处理，国家的改造，全要依托个人的努力。修身就是要免除一个人流于好逸恶劳的境地，就是要排除自然人的情欲生活，要在自然本性的人身上，附加上学问道德名节礼法的修养，建立伦理人的理智生活。生活伦理化的结果是人为的制度法则压制了自然的人性，使人日益趋于虚伪束缚，一切阴险狡诈的行为，由此而生。

魏晋人的人生观，可以说是这种思潮的反动，是魏晋时代人性的觉醒。人生要有趣味，要从虚伪束缚中解放出来，回归本真自由的生活。这种个人主义、自然主义的人生观的表现不尽相同：清静无为，逍遥自适，养生长寿，纵欲赏乐，隐逸田园，乐天安命……不一而足。但其发展和构

---

① 刘大杰：《古典文学思想源流》，上海书店出版社2008年版，第99页。
② 葛兆光：《中国思想史》（第一卷），复旦大学出版社2001年版，第334—335页。
③ 刘大杰：《古典文学思想源流》，上海书店出版社2008年版，第95页。

成，有一个共同的特征，是反传统、排圣哲、非礼法、求解放，概言之，就是反人生伦理化，追求人性的自然化。蔡元培先生指出：

> 清谈家之思想，非截然舍儒而合于道佛也。彼盖灭裂而杂糅之。彼以道家之无为主义为本，而于佛教则仅取其厌世思想，于儒家则留其阶级思想……及有命论。……有阶级思想，而道佛两家之人类平等观，儒佛两家之利他主义，皆以为不相容而去之。有厌世思想，则儒家之克己，道家之清净，以至佛教之苦行，皆以为徒自拘苦而去之。有命论及无为主义，则儒家之积善，佛教之济度，又以为不相容而去之。于是其所余之观念，自等也，厌世也，有命而无可为也，遂集合而为苟生之惟我论。①

如果结合当时有关魏晋文人言行的记载，便可知道蔡元培先生的分析无疑是精当的。

> 寒食散之方虽出汉代，而用之者，靡有传焉。魏尚书何晏首获神效，由是大行于世，服者相寻也。（《世说新语》注引《寒食散论》）
> 阮籍嫂尝归宁，籍相见与别。或讥之，籍曰：礼岂为我辈设耶？邻家妇有美色，当垆沽酒。阮尝诣饮，醉便卧其侧。籍既不自嫌，其夫察之，亦不疑也。兵家女有才色，未嫁而死，籍不识其父兄，径往哭之，尽哀而还。（《晋书·本传》）
> 刘伶恒纵酒放达，或脱衣裸形在屋中，人见讥之。伶曰："我以天地为栋宇，屋室为裈衣，诸君何为入我裈中。"（《世说新语·任诞篇》）
> 诸阮皆饮酒，咸至，宗人间共集，不复用杯觞斟酌，以大盆盛酒，围坐相向，大酌更饮。时有群豕，来饮其酒，阮咸直接去其上，便共饮之。（《晋书·阮咸传》）
> 谢鲲邻家女有美色，鲲尝挑之，女投梭折其两齿，时人为之语曰，任达不已，幼舆折齿。（《晋书·本传》）

---

① 蔡元培：《中国伦理学史》，上海书店1984年版，第88页。

这真是魏晋文人生活的生动图景。服食丹药、纵情好酒，放浪形骸，追求人性自由解放的人生观一变而为行动。既然以前所宣讲和相信的什么伦理道德、鬼神迷信、谶纬宿命、烦琐经术等都是不可信的，是值得怀疑的，是无价值的，那么，就要趁着有生之年尽情地享受。表面看，魏晋文人的行为是贪图享乐，是腐败，是堕落，其实恰恰相反，"它是在当时特定历史条件下深刻地表现了对人生、生活的极力追求"[①]。表面的颓废、悲观、消极难以掩盖对人生、对生命、对命运的强烈欲求和留恋。正如汤用彤先生所言："汉末以后，中国政治混乱，国家衰颓，但思想则甚得自由解放。此思想之自由解放本基于人们逃避苦难之要求，故混乱衰颓实与自由解放具因果之关系。黄老在西汉初为君人南面之术，至此转而为个人除罪求福之方。老庄之得势，则是由经世致用至此转为个人逍遥抱一。又其时佛之渐盛，亦见经世之转为出世。而养生在于养神者见于嵇康之论，则超形质而重精神。神仙导养之法见于葛洪之书，则弃尘世而取内心。汉代之齐家治国，期致太平，而复为魏晋之逍遥游放，期风流得意也。故其时之思想中心不在社会而在个人，不在环境而在内心，不在形质而在精神。于是魏晋人生观之新型，其期望在超世之理想，其向往为精神之境界，其追求为玄远之绝对，而遗资生之相对。从哲理上说，所在意欲探求玄远之世界，脱离尘世之苦海，探得生存之奥秘。"[②] 究其实质，它标志着人的觉醒，对自身生命意义命运的重新发现和观照，这种觉醒是在对传统旧信仰旧价值旧风气的破坏对抗和怀疑中取得的。

这种人性的觉醒同时表现在文学的自觉上。与汉代不同，到了魏晋时期，文学和审美活动不再被视为雕虫小计，而是提升到"经国之大业"的高度。曹丕《典论·论文》谓："盖文章，经国之大业，不朽之盛事。年寿有时而尽，荣乐止乎其身，二者必至之常期，未若闻之无穷。"曹丕认为文章比"年寿""荣乐"更有生命力，只有文章才能"不朽"。曹丕从文以致用的立场出发，认为文章是"经国之大业，不朽之盛事"。建安以前，文学地位低下，盛极一时的汉赋，竟然被斥责为"童子雕虫篆刻"

---

① 李泽厚：《美的历程》，天津社会科学院出版社2001年版，第152页。
② 汤用彤：《汤用彤魏晋玄学讲义》，天津古籍出版社2009年版，第156页。

第三章　滋味：文学自觉时代的诗味论

而"壮夫不为"。汉宣帝说："辞赋大者与古诗同义，小者辩丽可喜。譬如女工有绮縠，音乐有郑、卫，今世俗犹皆以此虞娱耳目，辞赋比之，尚有仁义风谕，鸟兽草木多闻之观，贤于倡优博弈远矣。"[1] 汉宣帝与当时人比还算重视辞赋的，也不过认为"贤倡优博弈多矣"。先秦以降，文学一直作为哲学、史学、经学的附庸，没有独立地位。至此，曹丕认为文章有两大社会功能，一是有利于治国，二是有利于修身。第一次将文学与治国大业与个体生命价值的实现联系在一起，文学的地位得到空前提高，为文学的繁荣发展奠定了坚实的理论基础，充分体现了建安时代人的觉醒所带来的"文学的自觉"。至齐梁时期，人们更进一步把文学与天道联系起来。刘勰《文心雕龙·原道》开篇就讲："文之为德也大矣。与天地并生者何哉？"他回答说："惟人参之，性灵所钟，是谓三才，为五行之秀，实天地之心。心生而言立，言立而文明，自然之道也。"刘勰从"自然之道"的高度，论证文学的神圣性与合理性，刘勰发扬了荀子关于明道、征圣、宗经三位一体的儒家文学思想，认为作为宇宙万物本身法则的"道"必须通过"圣文"得以表达，圣人"原道心"而写作，最能体悟"自然之道"，所以圣文是明道的楷模。这番论证，使文学的地位获得不断的提高与巩固。

与此相呼应，文学创作也得到了空前的发展。魏晋南北朝时期，文学进入了鲁迅所谓"为艺术而艺术"的"文学的自觉时代"。[2] 首先是创作主体发生了改变。两汉时期文学家的地位很低，被称作"俳优蓄之"一类，他们自己也把辞赋当作"润色鸿业"之作。到了六朝时期，这种情况发生了改变。创作主体一变而为帝王贵族。这不得不归功于那几个政治领袖提倡文学的风气。《文心雕龙·时序》谓："魏武以相王之尊，雅爱诗章；文帝以副君之重，妙善辞赋；陈思以公子之豪，下笔琳琅；并体貌英逸，故俊才云蒸。仲宣委质于汉南，孔璋归命于河北，伟长从宦于青土，公幹徇质于海隅，德琏综其斐然之思，元瑜展其翩翩之乐。文蔚休伯之俦，于叔德祖之侣，傲雅觞豆之前，雍容衽席之上；洒笔以成酣歌，和

---

[1] （汉）班固撰，陈焕良、曾宪礼标点：《汉书》（下册）卷64下，《王褒传》，岳麓书社1993年版，第1220页。

[2] 鲁迅：《魏晋风度与文章及药与酒之关系》，《鲁迅全集》（第三卷），人民文学出版社2005年版，第526页。

· 125 ·

墨以藉谈笑。"① 钟嵘《诗品》谓:"曹公父子笃好斯文,平原兄弟郁为文栋。刘桢、王粲为其羽翼。次有攀龙托凤,自至于属车者盖将百计,彬彬之盛,大备于时矣。"可以约略看出魏晋时期文坛的盛况。由于重文风,文人地位也随之提高。当时文人因作品而受社会推赞,屡见不鲜。据载,西晋左思因作《三都赋》而扬名天下,致使"洛阳纸贵";《梁书·刘孝绰传》载:"孝绰辞藻为后世所宗,世重其文。每作一文,朝成暮遍,好事者咸讽诵写,流闻绝域。"在此情形之下,"建安七子""三祖、陈王"都成为文学习语。同时,在帝王周围,常常有一群唱和往来的文士集团,如"竟陵八友",昭明太子与刘孝绰、刘勰等。凡此种种,无不促使文学极大繁荣。这一时期,注重形象性、情感性、艺术性的文学迅速发展起来。尤其是五言诗的发展成就最大,出现了建安诗、正始诗、太康诗、元嘉诗、永明诗等一个又一个高峰。此外,尚有郭璞的游仙诗,陶渊明的田园诗等,诗歌门类可谓蔚为大观。总体看,动荡的时局和文士命运的多舛,使得魏晋南北朝时期的文学作品,或反映战争离乱,或感慨生死离合,或吟咏山水田园,风格各异,气调各殊,情采丰茂。

四 齐梁之际以"滋味"论诗的机缘

在魏晋南北朝极盛的文学创作中,文体日益完备,作品日益丰富。在此基础上,美学与文学思想获得了空前的发展,论文的专家应运而生,批评作家与作品,识别文体和讨论创作方法的专书也出现了。曹丕的《典论·论文》《与吴质书》、曹植的《与杨德祖书》,围绕当时文学创作和文学鉴赏的一些问题,发表了自己的意见。陆机的《文赋》探讨了艺术创作的规律,意在探究诸如"意不称物、文不逮意"等问题。在沈约、萧统、萧绎、刘孝绰、裴子野、颜之推、李谔等人的文字中,也对文学创作发表了很多重要意见。当时批评文字成就最大的应推刘勰的《文心雕龙》和钟嵘的《诗品》。两部书对文学的体裁、文学创作与批评,都作了有系统的论述,确立了在中国文学批评史上的地位。章学诚《文史通义·诗话》说:"《诗品》之于论诗,视《文心雕龙》之于论文,皆专门名家,

---

① (南朝梁)刘勰著,周振甫译注:《〈文心雕龙〉译注》(修订本),江苏教育出版社2006年版,第614页。

第三章 滋味：文学自觉时代的诗味论

勒为成书之初祖也。《文心》体大而虑周，《诗品》思深而意远；盖《文心》笼罩群言，而《诗品》深从六义溯流别也。论诗论文，而知溯流别，则可以探源经籍，而进窥天地之纯，古人之大体矣。此意非后世诗话家流所能喻也。"① 又说："《诗品》《文心》，专门著述，自非学富才优，为之不易，故降而为诗话。沿流忘源，为诗话者，不复知著作之初意矣。"② 他认为《文心》"体大而虑周"，《诗品》"思深而意远"，批评后世诗话"沿流忘源"，立论可谓公允。

"滋味"理论，就是在这种背景下产生的。一种理论的产生，必须以审美性为特征的诗歌创作实践的高度发展为基础和前提。魏晋南北朝时期的文学高度繁荣，文学批评空前发展，在这种环境下，人们力图探讨诗歌本质规律，建立诗歌美学理论。曹丕《典论·论文》以"丽"论诗，陆机《文赋》以"缘情而绮靡"论诗，陆机、葛洪还将食物之"味"与诗之美感相联系，反映出魏晋时期人们探索诗歌美学的艰苦努力。到了齐梁时期，刘勰、钟嵘等人以"味""滋味"论诗，建立了评诗的"滋味"理论。

值得注意的是，"滋味"作为诗歌批评的基本范畴和概念的出现，不是偶然的。除了我国发达的饮食文化和独特的味感美学传统之外，也和魏晋时期的历史特点有关。如前所论，魏晋时期本就是一个乱世，社会动荡，世道反覆；儒学式微，玄学道教佛教盛行，人心思变，思想解放带来了"人的觉醒"。人的觉醒的表现就是对汉代以来宣扬的伦理道德经术谶纬迷信的怀疑和否定，对现世生活的肯定与张扬。可是现世黑暗，充满了人生无常生离死别人生短暂的感伤。因此，追求现世的欢乐享受就成为一种时代的潮流，上文所引魏晋文士的日常生活图景，就是现世的生动反映。在种种享乐之中，追求美食美味已经成为时代的风尚。

> 人生天地间，忽如远行客。斗酒相娱乐，聊厚不为薄。(《古诗十九首》)

---

① （清）章学诚著，叶瑛校注：《文史通义校注》（上），中华书局1985年版，第559页。
② 同上书，第559—560页。

◇◇ 味：一个诗学语词的理论批评

> 对酒当歌，人生几何？譬如朝露，去日无多。慨当以慷，忧思难忘。何以解忧，唯有杜康。（曹操《短歌行》）
>
> 盛固有衰不疑，长夜冥冥无期。何不驱驰及时，聊乐永日自怡。赍此遗情何之，人生居世为安。岂若及时为欢，世道多故万端。忧虑纷错交颜，老行及之长叹。（陆机《董桃行》）

无论是达官显贵还是失势旧臣，无论当时名贤还是普通士人，都以纵情饮酒食肉为乐。《世说新语》载王武子"以人乳饮独"，"蒸独肥美，异于常味"，追求美味已经到了不可思议的地步。刘伶外出，也要"携一壶酒"，谓曰："死便埋我。"为酒食美味而至忘生死的地步。陶渊明生活穷困，晚年一度贫困交加，无钱买酒。颜延之送钱二万，他全部买了酒。追求美味已经蔚然成风。那么，魏晋时期的以"滋味"论诗，就不是一种巧合。美食美味刺激人的口舌，引起人的快感，令人久久难忘。这和读一首好诗，引起的愉悦之情、心旷神怡之感，有许多共通之处。钱锺书说："在日常经验里，视觉、听觉、触觉、嗅觉、味觉往往可以彼此打通或交通，眼、耳、舌、鼻、身各个官能的领域可以不分界线。颜色似乎会有温度，声音似乎会有形象，冷暖似乎会有重量，气味似乎会有体质。诸如此类，在普通语言里经常出现。"[①] 他称之为"通感"或"感觉挪移"。按常理，五官各有所司，是不能越职的。《荀子·君道篇》谓："人之百官，如耳、目、鼻、口之不可以相借官也。"但"诗词中有理外之理"[②]。声音会有气味，还有颜色、光亮、温度。本来，"目无常音之察，耳无照景之神"[③]，但是在诗词里却似乎"鼻有尝音之察，耳有嗅息之神"[④]。在我国古代，不仅在诗文中描写通感经验，而且从先秦起就把通感经验运用到理论中，如《左传·昭公二十年》晏子论"和"时的"声亦如味"说，《论语》孔子闻韶乐的"三月不知肉味"论，均是沟通五官感觉，以"滋味"论"艺"的例子。对此，陈应鸾先生论述说："读一首美妙的诗，反

[①] 钱锺书著，舒展选编：《钱锺书论学文选》（第六卷），花城出版社1990年版，第92页。
[②] 同上书，第98页。
[③] （晋）陆机：《演连珠》，王永顺主编：《陆机文集·陆云文集》，上海社会科学院出版社2000年版，第72页。
[④] 钱锺书著，舒展选编：《钱锺书论学文选》（第六卷），花城出版社1990年版，第98页。

复涵泳默会、沉潜讽诵，就和吃美食、饮美酒，细细地咀嚼、品尝其味的情景相似。正是由于有这种相似和相通之处，加上魏晋南北朝时期诗在文学的各个门类中是最富于美感的种类，以及我国长期具有味感美学，有将食物与音乐、言、文、诗相联系的传统，所以，齐、梁之际的文学理论家干脆就用'味'这个字眼来指称诗的美感以及对诗进行审美的活动，从而正式使'味'成为了一个文艺美学的概念，形成了具有中国特色的诗歌美学理论——诗味论。"①

第二节 从《文赋》到《文心雕龙》："滋味"论产生的先导

在文艺理论批评论著中，作为美学范畴的"味"，有一个逐渐发展演变的过程，逐渐由次要的概念发展成主要的概念。仔细梳理各个时期批评论著美学范畴"味"的使用情况，我们会在感性上获得以"味"论诗的普遍风尚，以及这个历史时期"味"范畴的历史发展轨迹。

一 汉代的以"味"论"言"论"文"

自先秦始，就把味觉快感与艺术联系起来。至汉代，除了把"味"与"声""色""臭"联系起来外，还把"味"同"言""文"联系起来。例如：

> 至味不慊，至言不文，至乐不笑，至音不叫。②
> 君子食和羹以平其气，听和声以平其志，纳和言以平其政，履和行以平其德。夫酸咸甘苦不同，嘉味以济谓之和羹；宫商角徵不同，嘉音以章，谓之和声；臧否损益不同，中正以训，谓之和言；趋舍动静不同，雅度以平，谓之和行。③
> 必谋虑有合，文辞相袭，是则五帝不异事，三王不殊业也。美色

---

① 陈应鸾：《中国古代文论与文献探微》，巴蜀书社2008年版，第18页。
② （汉）刘安著，（汉）许慎注，陈广忠校点：《淮南子》，《说林》，上海古籍出版社2016年版，第416页。
③ （汉）荀悦：《申鉴》（杂言上第四），载荀悦著，王符撰，汪继培笺《潜夫论（及其他一种）》（三册），中华书局1985年版，第20页。

味：一个诗学语词的理论批评

不同面，皆佳于目；悲音不共声，皆快于耳。酒醴异气，饮之皆醉；百谷殊味，食之皆饱。谓文当与前合，是谓舜眉当复八采，禹目当复重瞳。①

"至味不慊，至言不文"，是说最好的味道不要让人没有回味的余地，最好的言辞是朴素的。将"味"与"言"联系起来，将"和言"与"和羹""和声""和行"并举，都是强调"味"之"和"，即"合味"。这是以"味"论"言"。以"百谷殊味"来说明文不当一律，应各具面目，从而强调独创，反对因袭。把"味"与"文"联系起来。王充在《论衡·自纪》中说："夫养实者不育华，调行者不饰辞。……大羹必有淡味，至宝必有瑕秽，大简必有大好，良工必有不巧，然则辩言必有所屈，通文犹有所黜。"这是王充在回答有人认为他的著作"不能纯美"时的一段话。这里用"大羹必有淡味"来说明自己文章朴实无华的特点。他的文章没有雕饰，具有"淡味"之美。综上几例，把"味"与"言""文"联系起来，使得以"滋味"论诗向前走了一步，尽管"言""文"尚有别于诗，但毕竟已经接近了作为语言艺术的"诗"。

二　陆机《文赋》：以"遗味"论诗

魏晋时期，人们开始把"味"和诗赋联系起来，以"味"品诗评诗。例如：

伏惟太子研精典籍，留意篇章，览照幽微，才不世出。……窃见所作《典论》，及诸赋颂，逸句烂然，沈思泉涌，华藻云浮，听之忘味，奉读无倦。②

卞兰的《赞述太子赋并上赋表》，"可以视为六朝时期最早以'味'来论诗文赋颂的文章，早于嵇康的《声无哀乐论》、夏侯湛《张平子碑》

---

① （汉）王充：《论衡》，岳麓书社1991年版，第452页。
② （三国魏）卞兰：《赞述太子赋并上赋表》，载（清）严可均辑，马志伟审定《全三国文》（上册）卷30，商务印书馆1999年版，第310页。

· 130 ·

第三章 滋味：文学自觉时代的诗味论

和陆机《文赋》等"①。

这一时期，有代表性的以"味"论诗，首推陆机的《文赋》。陆机在《文赋》中批评缺少美感、缺少辞采之美时说："或清虚以婉约，每除烦而去滥，阙大羹之遗味，同朱弦之清汜。虽一唱而三叹，固既雅而不艳。"要准确理解陆机在这里使用"遗味"概念所包含的理论意义，必须了解这段文字的具体语境。纵观《文赋》，其论述的主要内容有：②"诗缘情"说；关于创作冲动；关于艺术构思；文体风格批评；批评文章之病。

《文赋》以大量篇章指斥文章之病。文章之病表现为以下几点："或托言于短韵，对穷迹而孤兴；俯寂寞而无友，仰寥廓而莫承。譬偏弦之独张，含清唱而靡应。"此其一，是说有时把思想寄托在短文之中，对着单调的事物去抒发感情。往下看冷冷落落无以为友，往上看空空荡荡不着苍穹。就好像弹琴只给偏弦上劲，声音清越却无和弦的音乐。"或寄辞于瘁音，言徒靡而弗华；混妍蚩而成体，累良质而为瑕。象下管之偏疾，故虽应而不和。"此其二，是说有时用苍白无力的声音去表达思想，徒有华丽的辞藻却不见思想火花。把美的丑的混为一体，宝玉也会变成斑瑕。好像堂下吹管为堂上伴奏，伴奏偏快不够和谐。"或遗理以存异，徒寻虚而逐微；言寡情而鲜爱，辞浮漂而不归。犹弦幺而徽急，故虽和而不悲。"此其三，是说有时脱离内容追求新奇，专务辞藻本末倒置。语句少有真情实感，浮藻联篇不着边际。好像琴弦短小弹得又急，声音和谐却无感人之力。"或奔放以谐合，务嘈囋而妖冶；徒悦目而偶俗，固声高而曲下。寤《防露》与《桑间》，又虽悲而不雅。"此其四，是说有时放纵文思以求和谐，追求热闹浮艳妖冶。只图好看迎合时好，调子虽高趣味很低。由此推知《防露》与《桑间》之类的情歌，虽然感情动人终不免俗气。"或清虚以婉约，每除烦而去滥；阙大羹之遗味，同朱弦之清汜。虽一唱而三叹，固既雅而不艳。"此其五，是说有时语言简约缺乏文采，除掉繁冗却丢了修饰。如同祭祀煮肉的老汤，纯是够纯却缺少美味。又像庙堂演奏琴瑟，虽然古朴而音调单一。有唱有叹固然很雅，但缺少感人魅力。

---

① 陶礼天：《艺味说》，百花洲文艺出版社 2005 年版，第 95 页。
② 蔡镇楚：《中国文学批评史》，中华书局 2005 年版，第 108—110 页。

· 131 ·

◆◆ 味：一个诗学语词的理论批评

  以上的五段话是一个整体，理解时不宜割裂。整体看，陆机提出了文学作品的五条审美标准，即"应""和""悲""雅""艳"，对这五个方面，陆机都用音乐来比喻。所谓"靡应"，是指作品篇章短小，俯仰之间无所呼应。李善注："短韵，小文也。"应，是指音乐创作上相同声音、曲调之间互相呼应构成的音乐美。借此比喻文学创作上的丰赡之美，文学作品应该如众弦成曲、众色成采，做到枝繁叶茂，色彩交辉，而不是偏弦孤唱、独帛单采；文章要有规模和气象，俯仰之间，通篇照应。所谓"应而不和"，是指作品内容与形式不够统一，缺少和谐圆润之美。和，指音乐上的不同声音、曲调之间相互配合而构成的和谐之美，借此比喻文学创作上丰赡之美要和刚健的骨气相配合。所谓"和而不悲"，指作品缺少真情实感，言辞浮藻不着边际。悲，是以音乐上的悲音来比喻文学创作要能体现强烈的爱憎感情，能真正感动人。所谓"悲而不雅"，指作品趣味低下，情感庸俗。雅，本是儒家传统的美学标准，是指和新声、郑声相对的雅乐。但陆机在这里所提倡的雅，还是比较广泛意义上的纯正格调之意。所谓"雅而不艳"，是说作品风格上缺少绮丽之美，言辞不够华美。陆机在这是批评一种文病，"雅而不艳"，缺乏辞采美，"此质多之故"。那么，"艳，这是陆机文艺思想中反映时代特点的重要表现，也是他突破儒家传统美学思想的重要表现。他对儒家所提倡的'朱弦疏越'之古乐和'大羹不和'之淡味，是很不满意的。他提倡'艳'是和提倡诗歌的'绮靡'一样，要求文学作品有很高的艺术美"①。李善注："大羹之有遗味，以为古矣。而又缺之，甚甚之辞也。"可以看出，陆机对儒家的传统美学有所不满。以"遗味"论诗，强调艳而又雅，体现了陆机的美学理想。陆机所说的"艳"指的是文辞之美。孔子谓"言之无文，行之不远"；曹丕主张"诗赋欲丽"，都强调的是要重视文采。陆机在这里把辞采的不美作为一种文病提出来。他认为文章质木无文缺少文采，就像煮肉的老汤，没有余味。追求语言华丽，是魏晋文学的一个特点。葛洪《勖学》谓："虽云色白，匪染弗丽；虽云味甘，匪和弗美。故瑶华不琢，则耀夜之景不发；丹青不治，则纯钩之劲不就。火则不钻不生，不扇不炽；水则不决不流，不积不深。故质虽在我，而

---

① 张少康：《中国文学理论批评史》（上），北京大学出版社 2005 年版，第 167 页。

第三章 滋味：文学自觉时代的诗味论

成之由彼也。"①

文章应该以充实为美，以和谐为美，以情真为美，以雅正为美，以浓艳为美。陆机所崇尚的美味，既要"应""和""悲""雅"，还要绮丽华"艳"。"艳"的要求，是在"应""和""悲""雅"已经具备的前提下提出的。这其中有对儒家审美理想的继承，但更多的是发展，更多地体现了魏晋时期文学自觉的审美理想。五条审美标准，从呈现上来说，注意到了作品的内容和形式两个方面，是对一篇艺术作品的整体要求。总之，作品整体上要具有匀称、浑成、动情、高雅、绮丽的艺术美感，这就是陆机想通过批评"大羹之遗味"而要表达的关于作品有"味"的美学内涵。从这个意义上说，陆机《文赋》中的"大羹遗味"的典故运用，就不仅仅是一般意义上的用典，而是一种以"遗味"论诗的美学思想。

那么，陆机认为什么样的诗才是有"味"的呢？要"艳"。联系《文赋》全篇，"艳"就是要文章呈现"绮靡"的艺术美感。而要达到诗具有"绮靡"的艺术特征，要"缘情"而发，"缘情"而作。陆机《文赋》谓：

> 诗缘情而绮靡，赋体物而浏亮；碑披文以相质，诔缠绵而凄怆；铭博约而温润，箴顿挫而清壮；颂优游以彬蔚，论精微而朗畅；奏平彻以闲雅，说炜晔而谲诳。虽区分之在兹，亦禁邪而制放；要辞达而理举，故无取乎冗长。②

以上所述十种文体风格说，最有美学价值和对后世影响深远的就是"诗缘情而绮靡"说。陆机在《文赋》中发展了曹丕"辞赋欲丽"的思想，含义更加明确。陈良运先生谓："'绮靡'，是一个具有通感意味的美感表述词，是由对一种丝织物精美细密的视觉触觉美转化为内在感觉美的'精妙之言'（李善注《文选》释'绮靡'语），是'彩色相宜，烟霞交

---

① （晋）葛洪著，庞月光译注：《抱朴子外篇全译》（上），贵州人民出版社1997年版，第98页。

② 张怀瑾：《文赋译注》，北京出版社1984年版，第29页。

· 133 ·

映，风流婉丽'（唐·芮挺章《国秀集序》释'缘情而绮靡'语）之美的一个总括，这无疑较之'丽'有更具体的美感。"① 既重视文章要起到"济文武于将坠，宣风声于不泯"的作用，又要"诗缘情而绮靡，赋体物而浏亮"。"缘情"是强调诗要因情生、因情写，更深刻地说明了诗的本质特征。"丽"接近于"绮靡"，但曹丕仅从形式上立论，且诗、赋不分。陆机"诗缘情而绮靡"单言诗且兼顾内容和形式两方面，是中国诗学史上的一个创举。朱自清谓："可是'缘情'的五言诗发达了，'言志'以外迫切的需要一个新标目。于是陆机《文赋》第一次铸成'诗缘情而绮靡'这个新语。"② "诗缘情"是基于人的解放而提出的观点，是对《毛诗序》"发乎情而止乎礼义"说的修正。这是诗歌史上第一次提出诗因"缘情"而美，把"情"推进了诗歌美学的范畴，从而揭示诗味盎然的原因。

（一）瞻万物而思纷：物感生情

伫中区以玄览，颐情志于典坟。遵四时以叹逝，瞻万物而思纷；悲落叶于劲秋，喜柔条于芳春。心懔懔以怀霜，志眇眇而临云。咏世德之骏烈，诵先人之清芬。游文章之林府，嘉丽藻之彬彬。慨投篇而援笔，聊宣之乎斯文。③

这表明，诗之产生首先要缘于情。情因物感，文以情生。《乐记》谓："人心之动，物使之然也。感于物而动，故形于声。"④ 古代诗、乐、舞三位一体。《诗大序》又把《乐记》的声因情生，情因物感的认识扩展到诗："诗者，志之所之也，在心为志，发言为诗。情动于中而形于言，言之不足，故嗟叹之，嗟叹之不足，故永歌之，永歌之不足，不知手之舞之足之蹈之也。"⑤ 诗人需深察万物之变化，开阔视野，才能触景生情，

---

① 陈良运：《中国诗学批评史》，江西人民出版社2007年版，第101页。
② 朱自清：《诗言志辨·经典常谈》，商务印书馆2011年版，第40页。
③ 张怀瑾：《文赋译注》，北京出版社1984年版，第20页。
④ 王文锦译解：《礼记译解》（下），中华书局2001年版，第525页。
⑤ （清）阮元校刻：《十三经注疏》（附校勘记）（上册），《毛诗正义》，《诗大序》，中华书局1980年影印本，第269页下栏—270页上栏。

其悲欣皆随着客观万物变化而转移。其次，诗人应该钻研先人著述，以涵养性情、知趣，然后才能进行创作。

（二）精骛八极，心游万仞：情贯穿艺术创造过程

感于物，本于学，是激发文思的两条途径，但它不等于文思。必须在此基础上展开想象的翅膀，才能使文思"汩汩然来矣"。

> 其始也，皆收视反听，耽思傍讯，精骛八极，心游万仞。其致也，情瞳昽而弥鲜，物昭晰而互进；倾群言之沥液，漱六艺之芳润；浮天渊以安流，濯下泉而潜浸。于是沈辞怫悦，若游鱼衔钩而出重渊之深；浮藻联翩，若翰鸟缨缴而坠曾云之峻。收百世之阙文，采千载之遗韵；谢朝华于已披，启夕秀于未振；观古今于须臾，抚四海于一瞬。①

这段话，相当全面地概括了整个构思过程。陆机的贡献在于，"前人所谓'诗发于情'，指的不过是感情的自然流露。陆机大大前进一步，他把感情的表达亦即诗的构思描述为进行艺术想象的创造过程"②。这个过程涉及了从想象活动的开始到艺术形象的构成到用语言文字呈现。当作家进入玄览虚静的精神状态之后，"收视反听，耽思傍讯"，开始构思活动，此刻，艺术想象"精骛八极，心游万仞"，超越时空自由翱翔。"情瞳昽而弥鲜，物昭晰而互进"③"内在情感愈益显豁，借以传情的外在物象亦随之明晰"④，情与物在想象过程中结合，艺术形象在作家的思维中形成。艺术想象，存在一个偶然契机即灵感的问题。陆机谓：

> 若夫应感之会，通塞之纪。来不可遏，去不可止。藏若景灭，行犹响起。方天机之骏利，夫何纷而不理。思风发于胸臆，言泉流于唇齿。纷葳蕤以馺遝，唯毫素之所拟。文徽徽以溢目，音泠泠而盈耳。及其六情底滞，志往神留。兀若枯木，豁若涸流。揽营魂以探赜，顿

---

① 张怀瑾：《文赋译注》，北京出版社1984年版，第22页。
② 裴斐：《诗缘情辨》，四川文艺出版社1986年版，第24—25页。
③ 张怀瑾：《文赋译注》，北京出版社1984年版，第22页。
④ 裴斐：《诗缘情辨》，四川文艺出版社1986年版，第25页。

· 135 ·

精爽而自求。理翳翳而愈伏,思轧轧其若抽。是以或竭情而多悔,或率意而寡尤;虽兹物之在我,非余力之所戮。故时抚空怀而自惋,吾未识夫开塞之所由。①

陆机意识到了灵感在创作中的作用。他认为文思之通塞取决于灵感的有无,灵感的来去非常微妙,非作家自己所能控制。因此,他把灵感的产生归结为"天机"。所谓"天机",亦即"自然",陆机认为灵感的获得要顺应"自然"。刘障曰:"言天机者,言万物转动,各有天性,任之自然,不知所由然也。"(李善注)强调感情在创作中的作用。

(三)体制结构与修辞

陆机提出布局谋篇的总原则是"选义按部,考辞就班"。"抱景者咸叩,怀响者毕弹",把天地间一切有声有色的都取来,根据行文需要,各得其所。在布局谋篇中强调以概括整体的艺术形象为主,以思想内容为主。陆机还十分重视文字技巧。"收百世之阙文,采千载之遗韵。谢朝华于已披,启夕秀于未振。"陆机强调语言的精思创新,在构思中挑选妍丽秀美的语言,所谓"遣言也贵妍",同时注意声韵之美,所谓"暨音声之迭代,若五色之相宜"。还提出了"立片言而居要,乃一篇之警策",在作品的关键处,以片言揭示主旨,警策人心。陆机认为立意巧妙、辞藻华美、音律和谐就会形象鲜明。做到这三点的关键在于"达变识次",即掌握文章的变化规律,懂得结构文章的次序。

总的来说,陆机缘情论揭示了诗歌意味盎然的原因。诗歌创作是在充沛的感情支配下进行的,应感于客观物象,神游物外,借助于灵感的激发、艺术的想象活动,讲求篇章体例的结构安排与修辞文字技巧,从而创造出兴味浓郁的艺术形象。

三 《文心雕龙》——以"味"论文——"滋味"说的先导

六朝是"滋味"说的形成期。以"滋味"论诗的风气逐渐兴盛,当时的理论批评家们,用"味"来描述他们的审美体验,用"味"来比喻文学作品的美感,用"味"来说明对文学艺术作品的赏鉴审美。在这方

---

① 张怀瑾:《文赋译注》,北京出版社1984年版,第46页。

第三章 滋味：文学自觉时代的诗味论

面，刘勰的《文心雕龙》可为代表。刘勰在《文心雕龙》中多处以"味"作为审美方法来品评文学作品，又以"味"作为美学特征来衡量文学作品的艺术特色，衡量作品艺术的优劣高下。为方便分析论述，现将《文心雕龙》[①] 中有关"味"的论述列表如下。

序号	原文	出处	含义	词性用法
1	至根柢槃深，枝叶峻茂，辞约而旨丰，事近而喻远。是以往者虽旧，余味日新。后进追取而非晚，前修久用而未先，可谓太山遍雨，河润千里者也。	宗经·第三	（诗文所包含的）无穷意味，韵味	名词
2	及汉宣嗟叹，以为皆合经术；扬雄讽味，亦言体同《诗·雅》。	辨骚·第五	吟诵品味	动词
3	至于张衡《怨》篇，清典可味；《仙诗缓歌》，雅有新声。	明诗·第六	体味，咀嚼情味	动词
4	及班固述汉，因循前业，观司马迁之辞，思实过半。其十志该富，赞序弘丽，儒雅彬彬，信有遗味。	史传·第十六	情味，意味	名词
5	说之善者，伊尹以论味隆殷，太公以辨钓兴周，及烛武行而纾郑，端木出而存鲁：亦其美也。	论说·第十八	味道（本义）	名词
6	子云沈寂，故志隐而味深；子政简易，故趣昭而事博。	体性·第二十七	意味	名词
7	故论文之方，譬诸草木，根干丽土而同性，臭味晞阳而异品矣。	通变·第二十九	气味（本义）	名词
8	从质及讹，弥近弥淡。何则？竞今疏古，风味气衰也。	通变·第二十九	意味	名词
9	研味孝老，则知文质附乎性情；详览庄韩，则见华实过乎淫侈。	情采·第三十一	体味，品味	动词
10	繁采寡情，味之必厌。	情采·第三十一	体味，品味	动词

---

① 引文均据（南朝梁）刘勰著，周振甫译注《〈文心雕龙〉译注》（修订本），江苏教育出版社 2006 年版。

续表

序号	原文	出处	含义	词性用法
11	是以声画妍蚩，寄在吟咏；吟咏滋味流于字句，气力穷于和韵。异音相从谓之和，同声相应谓之韵。韵气一定，故余声易遣；和体抑扬，故遗响难契。	声律·第三十三	味道，意味	名词
12	体植必两，辞动有配。左提右挈，精味兼载。炳烁联华，镜静含态。玉润双流，如彼珩佩。	丽辞·第三十五	味道，韵味	名词
13	且夫鸮音之丑，岂有泮林而变好？荼味之苦，宁以周原而成饴？并意深褒赞，故义成矫饰。	夸饰·第三十七	味道（本义）	名词
14	始正而末奇，内明而外润，使玩之者无穷，味之者不厌矣。	隐秀·第四十	品味	动词
15	深文隐蔚，余味曲包。	隐秀·第四十	味道，滋味，余味	名词
16	若统绪失宗，辞味必乱；义脉不流，则偏枯文体。	附会·第四十三	韵味，滋味	名词
17	篇统间关，情数稠迭。原始要终，疏条布叶。道味相附，悬绪自接。如乐之和，心声克协。	附会·第四十三	（文辞）意味	名词
18	若夫善弈之文，则术有恒数，按部整伍，以待情会，因时顺机，动不失正。数逢其极，机入其巧，则义味腾跃而生，辞气丛杂而至。	总术·第四十四	韵味	名词
19	视之则锦绘，听之则丝簧，味之则甘腴，佩之则芬芳，断章之功，于斯盛矣。	总术·第四十四	品味	动词
20	是以四序纷回，而入兴贵闲；物色虽繁，而析辞尚简；使味飘飘而轻举，情晔晔而更新。古来辞人，异代接武，莫不参伍以相变，因革以为功，物色尽而情有余者，晓会通也。	物色·第四十六	兴味	名词

第三章 滋味：文学自觉时代的诗味论

《文心雕龙》提到"味"共20处。其中有5处"味"字，可以不予讨论。第一处，《论说·第十八》是为论述问题方便，运用典故而关涉到的。"伊尹以论味隆殷"的典故见《吕氏春秋·本味》，汤娶妇于有侁氏，伊尹为陪嫁，以美味说汤，由美味引出"大道"来，助汤使殷商兴盛。刘勰用来比喻好的说辞"论说"的巨大作用。这说明刘勰对伊尹"说汤以至味"的典故非常熟悉。尽管这个典故的引用本身，能够说明以"味"论诗已经成为刘勰的潜意识行为，但这里的这个"味"还不是美学概念。第二处，《通变·第二十九》提到"故论文之方，譬诸草木，根干丽土而同性，臭味晞阳而异品矣"，"臭味"是草木之味，用的是味之本意，也没有什么美学意义。第三处，《夸饰·第三十七》"荼味之苦，宁以周原而成饴"，这里的"味"也用的是其本意，没有什么美学含义。第四处，《隐秀·第四十》"始正而末奇，内明而外润，使玩之者无穷，味之者不厌矣"，此处原文已佚，"似乎明人伪托"[①]当剔除不予讨论。第五处，《通变·第二十九》提到"竞今疏古，风味气衰也"，"味，一作末。风末气衰：风力微末，文气微弱"[②]，据文意推测，当以"末"为是。这样，余下的15处都具有美学意义，15处"味"中，10处作名词讲，5处作动词使用，我们以此展开讨论。

（一）"通"与"变"：以"味"为审美标准考察文体流变与时代诗风

诗歌文体的流变与时代诗风是刘勰叙述文学发展的一项重要内容。在《文心雕龙》中，刘勰深入地探讨了文学发展历史中，继承与创新以及文学发展与时代的关系。

关于继承与创新，刘勰提出了"通变"思想。通是指在文学发展过程中要继承一些创作原则，变是指文学创作要随着时代的发展变化而有所创新。《文心雕龙》前五篇，《原道》《征圣》《宗经》讲的是"通"，《正纬》《辨骚》讲的是"变"。刘勰谓：

> 此圣文之殊致，表里之异体者也。至根柢槃深，枝叶峻茂，辞约

---

① （南朝梁）刘勰著，周振甫译注：《〈文心雕龙〉译注》（修订本），江苏教育出版社2006年版，第557—558页。

② 同上书，第439页。

味：一个诗学语词的理论批评

而旨丰，事近而喻远。是以往者虽旧，余味日新。后进追取而非晚，前修久用而未先，可谓太山遍雨，河润千里者也。①

　　刘勰的《宗经》，是承《原道》中"圣因文而明道"来的。"宗经"是为了论文。要从儒家经典中探索创作规范、评价标准、文体源流及救弊的方法。刘勰提出了创作规范的"六义"：情深、风清、事信、义直、体约、文丽。这六义，和《附会》中的"必以情志为神明，事义为骨髓，辞采为肌肤"相应。情深、风清，就是"情志为神明"。《风骨》谓："风者感化之本源，志气之符契。"可见"情深""风清"含有作品思想感情具有教化感染的作用。"事信""义直"，就是"事义为骨髓"，指作品中所运用的事实确实而含义正直。"体约""文丽"就是"辞采为肌肤"。刘勰认为，经书的内容极其丰富，表现手法又多种多样，有藻辞谲喻的，有章条纤曲的，有婉章志晦的。各种文体都渊源于经典。上述所引这段话，是刘勰在分别论述《易》《书》《诗》《礼》《春秋》五经特点基础上，对经书的文章特点做了一个总的说明。"辞约而旨丰，事近而喻远；是以往者虽旧，余味日新"中的"余味"，是《周易》《春秋》等经书的特点。意思是说，语言简练而意义丰富，叙事浅近而寓意深远。因此，这些以前的文章虽然是旧的，可体会它无穷的意味一天天都有启发。联系刘勰提出的创作规范的"六义"，刘勰是运用内容和形式完美统一这一标准来评价作家作品的，用"余味"来概述"经书"艺术特色。《物色》认为《诗经》"情貌无遗"，是有"味"之作品典范。而对于非文学作品的儒家经典、史传文字，只要符合"六义"的文学规范，刘勰同样认为是有"味"之作。

　　关于"变"，有一个怎么变才是正确的问题。刘勰认为，像纬书那样的"变"是走上邪路，而像《楚辞》那样的变才是正确的。他在《辨骚》中说："及汉宣嗟叹，以为皆合经术；扬雄讽味，亦言体同诗雅。"刘勰是以"味"为审美标准来研究品评《离骚》的。在评价《离骚》的艺术价值与历史地位时，刘勰批评班固对《离骚》的评价。班固认为屈原"露才扬己，忿怼沉江"；文中所载"羿浇二姚，与左氏不合；昆仑悬

---

① （南朝梁）刘勰著，周振甫译注：《〈文心雕龙〉译注》（修订本），《宗经》，江苏教育出版社2006年版，第75—76页。

圃，非经义所载"，班固的评价见《离骚序》，他有一个思想，就是"君子道穷，命矣"，"既明且哲，以保其身"。那么，屈原遭受排挤，就该认命，明哲保身，不该怨刺。屈原投江而死，就是错的；而且内容也和史书不符，有错误。对此，刘勰引用了王逸和汉宣帝的话予以反驳。刘勰谓："王逸以为诗人提耳，屈原婉顺，离骚之文，依经立义。"王逸在《楚辞章句序》中说："以中正为高，以伏节为贤。故有危言以存国，杀身以成仁。"否则，活得再长，也是"盖志士之所耻，愚夫之所贱也"。不仅如此，王逸在《离骚经序》里，还肯定了《离骚》的艺术成就："《离骚》之文，依《经》取兴，引类譬喻。故善鸟香草以配忠贞，恶禽臭物以比谗佞。"刘勰在引述王逸和汉宣帝的评价后，指出班固"褒贬任声，扬抑制过实""鉴而不精，玩而未核"。鉴就是鉴定识别，玩就是玩味欣赏。班固的"鉴玩"不精，恰与扬雄形成鲜明对照。所以汉宣帝说"扬雄讽味，亦言体同诗雅"。扬雄不仅在内容上，还在体式风格上，对《离骚》做出准确的玩味鉴评。

一个时代的学术思潮，会影响文学之变。在《辨骚》中，刘勰已经指出屈原作品发生于"经义"之外的变化，如"诡异之辞""谲怪之谈""狷狭之志""意淫之意"。但他没有指责屈原的意思，而是巧妙地为之辩护。他从屈原的情志特点出发，高度评价较之雅颂已经生"变"的《楚辞》："观其骨鲠所树，肌肤所附，虽取熔经意，亦自铸伟辞。故《骚经》《九章》，朗丽以哀志；《九歌》《九辩》，绮靡以伤情；《远游》《天问》，瑰诡而慧巧；《招魂》《大招》，耀艳而深华；《卜居》标放言之致，《渔父》寄独往之才。故能气往轹古，辞来切今，惊采绝艳，难与并能矣。"[①]刘勰肯定这些作品内容与形式的变化，也就是肯定了《离骚》对《诗》"乐而不淫，哀而不伤"情感状态变化的合理性。

（二）"体"与"性"：从"味"的角度审视作家作品风格与才情关系

刘勰《文心雕龙》的《体性》等篇对文学的风格做了集中的探讨。张少康先生谓："中国古代文学理论中的'体'的概念，包含有两层意思，一是指文学作品的不同体裁形式，如诗、赋、赞、颂、檄、移、铭、

[①] （南朝梁）刘勰著，周振甫译注：《〈文心雕龙〉译注》（修订本），《辨骚》，江苏教育出版社2006年版，第97页。

诔等；二是指文学作品的风格特点。每一篇文学作品都有自己特定的体裁和风格，因此也就有自己的'体'。'性'，是指作家的才能和个性。不同的作家才能有高低优劣不同，个性特点也不一样。"[1]《体性》等篇，主要探讨的是文学作品风格与作家才性的关系。

　　刘勰认为，影响作家个性的形成有才、气、学、习四个因素。其中才和气属于先天禀赋，学和习属于后天因素。与曹丕的"气之清浊有体，不可力强而致"观点不同，刘勰认为通过后天的学习可以弥补先天的不足。实际上，刘勰是把后天的学习放在比先天的才气更重要的位置上。《体性》谓："习亦凝真，功沿渐靡。"[2] 范文澜注曰："上文云：'陶染所凝'，此云'习亦凝真'，真者，才气之谓，言陶染学习之功，亦可凝积而补成才气也。"[3] 这个看法应该是不错的。

　　刘勰《体性》篇指出文学作品风格体现作家的才情。换言之，作家的才情秉性也体现在作品中。他说："故辞理庸俊，莫能翻其才；风趣刚柔，宁或改其气；事义浅深，未闻乖其学；体式雅郑，鲜有反其习；各师成心，其异如面。"[4] 文辞和理论的平庸和特出，离不开一个人的才能；风格和趣味的刚健或柔婉，怎么会和作者的气质有差别；文中用事述义或浅或深，没有听说过有谁会和他的学识相反；体制的雅正或浮靡，很少有人和他的习染相反；每个人凭着自己的认识写作，作品正像他们的面貌各不相同一样。不仅如此，刘勰还列举十二位文人，说明这种"文如其人"的特点。他说：

　　　　是以贾生俊发，故文洁而体清；长卿傲诞，故理侈而辞溢；子云沉寂，故志隐而味深；子政简易，故趣昭而事博；孟坚雅懿，故裁密而思靡；平子淹通，故虑周而藻密；仲宣躁锐，故颖出而才果；公幹气褊，故言壮而情骇；嗣宗俶傥，故响逸而调远；叔夜俊侠，故兴高

---

[1]　张少康：《中国文学理论批评史》（上），北京大学出版社2005年版，第202—203页。
[2]　（南朝梁）刘勰著，周振甫译注：《〈文心雕龙〉译注》（修订本），江苏教育出版社2006年版，第413页。
[3]　范文澜：《文心雕龙注》（下册），见《范文澜全集》（第五卷），河北教育出版社2002年版，第453页。
[4]　（南朝梁）刘勰著，周振甫译注：《〈文心雕龙〉译注》（修订本），《体性》，江苏教育出版社2006年版，第410页。

· 142 ·

第三章　滋味：文学自觉时代的诗味论

而采烈；安仁轻敏，故锋发而韵流；士衡矜重，故情繁而辞隐。①

在描述由作家个人才情给文学作品带来的影响时，刘勰使用了"体""辞""味""事""思""藻""才""情""调""采""韵""辞"十二个词语，并后缀一个形容词，来摹状文学作品的艺术风格。大致可分为三类：一类是表述作品内容的，有"体""事""思""才"；一类是表述作品形式的，有"辞""藻""调"；还有一类，"味"和"韵"，不宜归为"内容"或"形式"的一端。韵和味是由作品内容与形式一起传达出来的审美意味。也可以这样说，作品具有韵味是这些作家作品的共同审美特征。从这个意义上说，刘勰《文心雕龙》从"味"的角度对作家作品风格与作家的艺术才情关系作了诠释。

（三）物色·附会·隐秀：以"味"论文学的构思与创作方法

刘勰关于文学构思和创作手法的论述，主要集中在《神思》《物色》《隐秀》《情采》《声律》《丽辞》等篇。值得注意的是，以"味"论文，也主要集中在这些篇章中。

关于文字作品的构思谋篇，刘勰提出了"神思"的概念，谓：

古人云："形在江海之上，心存魏阙之下。"神思之谓也。文之思也，其神远矣。故寂然凝虑，思接千载；悄焉动容，视通万里；吟咏之间，吐纳珠玉之声；眉睫之前，卷舒风云之色；其思理之致乎？故思理为妙，神与物游。神居胸臆，而志气统其关键；物沿耳目，而辞令管其枢机。枢机方通，则物无隐貌；关键将塞，则神有遁心。②

文学创作主要是人的精神活动，人与现实的关系在创作中转化为精神与外物的关系。刘勰以"形在江海之上，心存魏阙之下"来比喻"神思"，"足见是一种比较持久的精神活动，其间有潜在的心理意识瞬间激活，有想象和联想超越空间与时间，创作灵感可能就在这种'神思'状

---

① （南朝梁）刘勰著，周振甫译注：《〈文心雕龙〉译注》（修订本），《体性》，江苏教育出版社2006年版，第411页。

② 同上书，《神思》，第396页。

态中发生"。① "神思"活动超越时空,无远不到,无高不至。在"神思"活动中,一方面审美主体的思维活动与客观物象紧密结合,另一方面审美主体的思维与情感之波涛紧密相连。这就是所谓的"神与物游",是审美主体与客观物象的融合统一。

关于创作过程中的心物关系,刘勰在《物色》篇作了进一步的阐发。他说:"是以诗人感物,联类不穷;流连万象之际,沉吟视听之区。写气图貌,既随物以宛转;属采附声,亦与心而徘徊。"②《物色》讲的是人和自然、社会生活的关系,即所谓"感物"。这段文字,刘勰对"心物交感"过程的特点作了深入的说明。所谓"随物以婉转",指的是创作过程中审美主体的心婉转附物。也就是说,作家在创作过程中描写客观物象来表现主观思想感情时,要符合客观事物的内在规律性,从而做到心物相应。所谓"与心而徘徊",是说创作过程中的客体的描写必须要符合表达主体情感的需要,要以心去驾驭外物。因此,客体一方面服从主体,同时又不丧失其自然本性。创作过程的物化阶段,呈现出"随物宛转"和"与心徘徊"主客完全交融,既写物貌,又写心情,所以是情貌无遗,情景交融。呈现在文学作品中,就是有"味",所以他说"味飘飘而轻举,情晔晔而更新",又说"物色尽而情有余者,晓会通也",③ 既穷形尽相,又情味含蓄不尽。情变无方,所以同样的物色会写出不同的"味"的作品。

在《附会》篇,刘勰谈到了文章结构章法的问题。主要讲的是内容和文辞如何密切配合。他说:"何为'附会'?谓总文理,统首尾,定与夺,合涯际,弥纶一篇,使杂而不越者也。"④ 就是说,文章的结构章法要通篇考虑。总文理,就是要"整派者依源,理枝者循干",考虑分章是否恰当,各章的含义是否符合全篇主旨。各章既要主宾分明,又要隐显详略得当。刘勰认为文章的机构章法关涉文章"味"的问题。他说:"若统绪失宗,辞味必乱,义脉不流,则偏枯文体。"倘若各种头绪失去主宰,文辞的意味一定紊乱;意义的脉络不贯通,那么文体就显得是半边瘫痪

---

① 陈良运:《中国诗学批评史》,江西人民出版社2007年版,第139页。
② (南朝梁)刘勰著,周振甫译注:《〈文心雕龙〉译注》(修订本),《物色》,江苏教育出版社2006年版,第632页。
③ 同上书,第633页。
④ 同上书,第589页。

了。刘勰指出辞"味"与"统绪"的关系,即好的文章结构是使文章有"味"的必要条件。关于文章结构的重要,李渔谓:

> 至于结构二字,则在引商刻羽之先,拈韵抽毫之始。如造物之赋形,当其精血初凝,胞胎未就,先为制定全形,使点血而具五官百骸之势。倘先无成局,而由顶及踵,逐段滋生,则人之一身,当有无数断续之痕,而血气为之中阻矣。工师之建宅亦然。基址初平,间架未立,先筹何处建厅,何方开户,栋需何木,梁用何材,必俟成局了然,始可挥斤运斧。倘造成一架而后再筹一架,则便于前者,不便于后,势必改而就之,未成先毁,犹之筑舍道旁,兼数宅之匠资,不足供一厅一堂之用矣。①

这和"若筑室之须基构"说的是一个意思。建筑要考虑到"何处建厅,何方开户,栋需何木,梁用何材"等方面,作文亦然。所以刘勰说:"原始要终,疏条布叶。"开头要有文采,结尾要写得有情味。沈德潜《说诗晬语》谓:"陈思极工起调,如'惊风飘白日,忽然归西山',如'明月照高楼,流光正徘徊',如'高台多悲风,朝日照北林',皆高唱也。后谢玄晖'大江流日夜,客心悲未央',极苍苍茫茫之致。"②又说:"起手贵突兀,王右丞'风劲角弓鸣',杜工部'莽莽万重山'、'带甲满天地',岑嘉州'送客飞鸟外'等篇,直疑高山坠石,不知其来,令人惊绝。"③还说:"收束或放开一步,或宕出远神,或本位收住。张燕公:'不作边城将,谁知恩遇深',就夜饮收住也。王右丞'君问穷通理,渔歌入浦深',从解带弹琴宕出远神也。杜工部'何当击凡鸟,毛血洒平芜',就画鹰说到真鹰,放开一步也。"④这里说的都是好的开头和结尾给诗歌带来的丰富情味。刘勰又说:"道味相附,悬绪自接。如乐之和,心声克协。"看起来,结构的问题,究其根源,还是"道味相符"的问题,也就是内容和文辞如何密切配合的问题。

---

① (清)李渔:《闲情偶寄》,《结构第一》,中国画报出版社2013年版,第3—4页。
② (清)沈德潜著,霍松林校注:《说诗晬语》,人民文学出版社1979年版,第201页。
③ 同上书,第213页。
④ 同上书,第215页。

味：一个诗学语词的理论批评

文学作品是主客体相结合的产物，所以体现在艺术形象上就有"隐秀"的特征。"隐秀"是作家神思活动的必然结果。"夫心术之动远矣，文情之变深矣。源奥而派生，根盛而颖峻。是以文之英蕤，有秀有隐"，作家的艺术构思活动形成艺术形象，因而构思活动的生动丰富和深刻，就决定了艺术形象的"隐秀"艺术特征。

刘勰曾说："情在词外曰隐，状溢目前曰秀。"① 可见，"秀"说的就是艺术意象中的象，具有具体外露的特点；隐，指的是意象中的意，是内在的、隐蔽的。需要注意的是，刘勰强调的不仅要从形象本身直接体会到的意义，而且要有从形象间接地联想出的意义。后一种意义常常是不确定的，具有灵活性和丰富性。对于"秀"来说，也不是对客观事物的简单描摹，而是要使客观事物非常逼真地呈现在读者面前。"隐"要通过"秀"表现出来，而"秀"也必须有隐隐藏其中。刘永济谓："盖隐处即秀处也。"可谓一语中的。文学作品艺术形象"隐秀"的特点，使作品具有意在言外的艺术特点。欧阳修《六一诗话》引北宋梅尧臣谓："状难写之景，如在目前；含不尽之意，见于言外。"就是对刘勰"隐秀"思想的发挥。所谓"深文隐蔚，余味曲包"说的就是文学作品含蓄蕴藉、余味无穷的审美特征。

（四）鉴赏批评：以品"味"作为一种方式

刘勰鉴赏批评的实践，遍及《文心雕龙》的大多数篇章。值得注意的是，《文心雕龙》中已经有意识地把"味"作为一种批评鉴赏的方法。从接受美学的角度看，接受主体通过对文本的反复吟诵品味，以获得对文本深层意蕴的把握，这种方式就是"味"。《文心雕龙》中"味"作为动词出现，基本都是这个含义。

《总术》谓："视之则锦绘，听之则丝簧，味之则甘腴，佩之则芬芳，断章之功，于斯盛矣。"刘勰认为，文章的技巧运用得好，时机又是巧合，意义和情味就会腾跃而生，这时，对文章的品评就会有甘美丰润的滋味。又如《情采》的"繁采寡情，味之必厌"，也就是说，文学作品在艺

---

① 本句不见于今本《文心雕龙》，原文已佚。根据南宋张戒《岁寒堂诗话》所引，可能就是缺文中内容。参见周振甫《〈文心雕龙〉译注》（修订本），江苏教育出版社2006年版，第560页。

术上只注重文辞华丽，而缺乏真情实感，品味起来必然味同嚼蜡。《情采》又谓："研味孝老，则知文质附乎性情。""研"和"味"对举，说明"味"是有别于研究探讨的一种赏鉴方法。"味"的鉴赏方式，符合我国古代文化重感知经验、重整体把握的特点。这使得古人在接受时更多地采取把玩品味的方式。古代文学作品的意蕴丰厚，具有多义性、动态性的特点，决定了作品的审美内蕴空间广阔，具有很强的召唤性。这也决定了接受者所体味到的作品之"味"是不同的。以《明诗》为例，刘勰以"味"来评价张衡的《怨》篇："张衡《怨》篇，清典可味。"我们看一下张衡《怨》诗：

> 猗猗秋兰，植彼中阿。有馥其芳，有黄其葩。虽曰幽深，厥美弥嘉，之子云遥，我劳如何？

诗中写到，兰花开在幽远的山坡之上，金黄色的花，香气馥郁。尽管生在这样幽深的山谷，却依然这样美艳动人。离你如此遥远，我是何等的忧伤！黄永武谓："一提及兰花，就让人联想到君子出处进退的'时'、'位'问题。"① 相传孔子作《猗兰操》，过隐谷之中，见芗兰独茂，喟然慨叹贤者生不逢时。于是援琴鼓之，自伤不逢时。《猗兰操》是否孔子所作已无从考证，但其为古琴曲则是可信的。这说明以兰喻人才埋没，有历史的渊源。从艺术上来说，诗人用的是隐喻和对比的手法，秋风萧瑟，草木凋谢，但诗人笔下的秋兰却茂盛地开放，虽处深山荒僻之处，却散发着沁人的芬芳。诗人虽极为赞赏，却因山高水远，无能为力。据《文选》载，张衡目睹东汉朝政日坏，天下凋敝，自己虽有济世之才而报效无门。此诗所写，当为张衡抑郁情志。全诗深情缠绵，寄意幽远，语言清新自然，加上隐喻手法，发人深思。所以刘勰在《文心雕龙·明诗》中说《怨》篇"清典可味"。

魏晋时期的"味"论，至《文心雕龙》，为"滋味"说的产生奠定了坚实的基础。实际上，《文心雕龙·声律》"是以声画妍蚩，寄在吟咏，吟咏滋味，流于字句，气力穷于和韵"中已经提到"滋味"一词，不过

---

① 黄永武：《中国诗学》（思想篇），新世界出版社2012年版，第5页。

和钟嵘相比，刘勰所论，是针对笼统的文学作品而言，未能提出何种文体更有"滋味"，这个问题，留给了钟嵘的"滋味"说来解决。但毕竟刘勰的"味"论，对钟嵘而言，"这是东方的微光，是林中的响箭，是冬末的萌芽，是进军的第一步，是对于前驱者的爱的大纛"①。这就是前行者的意义。

第三节 钟嵘"滋味"说的内涵与理论意义

《文心雕龙》之后，一部诗学专论应运而生，那就是钟嵘的《诗品》。钟嵘的《诗品》是继《文心雕龙》之后，中国文学理论批评史上的又一部重要著作，它和《文心雕龙》被后世学者誉为文论史上的"双星"。《诗品》的出现有着特殊的意义。中国古代长期沿用一种杂文学体制，文学作品与应用作品统称文章。因此文论之作都是为适用各种文体立论，《文心雕龙》亦如此。《诗品》是我国诗歌批评史上第一部诗论专著，具有开创的意义，明毛晋汲古阁本《诗品·跋》誉之为"百代诗话之祖""诗话之伐山"，章学诚称之为"诗话之源"。

钟嵘在《诗品序》中提出"滋味"说，并以之作为诗歌理论的准则，运用于作家作品的品评实践。钟嵘的"滋味"说，继承和发展了中国古代以味论诗的批评传统，"奠定了中国诗味论的基础以及中国诗学的基础，使之成为中国诗学、中国文论的核心范畴。……确定了中国文学理论和批评的形态、本质和特征，这有着重要的理论和实践意义"。② 钟嵘以"滋味"对诗歌作品进行审美批评，形成了以"滋味"为中心的审美理论体系。这个理论体系的形成，是魏晋南北朝诗歌艺术发展，诗歌创作实践的理论总结，对我国诗歌发展具有重大意义。

一 "滋味"：诗歌本体的美感特征

（一）"滋味"：诗歌的美感特征

刘勰《文心雕龙》谓："诗者，持也，持人情性。"把诗作为人的政

---

① 鲁迅：《鲁迅全集》（第6卷），《白莽作〈孩儿塔〉序》，人民文学出版社2005年版，第512页。

② 张利群：《辨味批评论》，广西师范大学出版社2000年版，第69页。

第三章 滋味：文学自觉时代的诗味论

教风化性情修养的依持。对此，钟嵘不以为然，《诗品》序谓：

> 气之动物，物之感人。故摇荡性情，形诸舞咏。照烛三才，晖丽万有，灵祇待之以致飨，幽微藉之以昭告。动天地，感鬼神，莫近于诗。①

钟嵘对文学本质的认识，是诗歌生发论：诗歌是诗人有感于外物而性情摇荡的产物。钟嵘创立"滋味"说是以诗歌"吟咏性情"的总特征为基础的。这段话，既讲出了诗因情而生，情因物而感的看法；也强调了诗歌以情"动天地，感鬼神"的作用。它包含两层意思：一是诗歌是人的"性情摇荡"的产物，又可以反过来作用于人的"性灵"，使之受到陶冶感化。二是造成诗人情感摇荡的原因，是外界事物对诗人的感发触动，即"物之感人"。丁捷谓："古人论创作，常把'物'和'情'（'心'）并提。他们视作者的'人'为本体，本体之外有'物'，本体之内有'情'（'心'）。外'物'感内'情'（'心'），内'情'（'心'）应外'物'，因而成诗文乐章。"② "感物起情"的说法，最早可以追溯到《乐记》："凡音之起，由人心生也。人心之动，物使之然也。感于物而动，故形于声。"刘勰《文心雕龙》谓："人禀七情，应物斯感，感物吟志，莫非自然。"《乐记》对物的内容没有具体说明，《文心雕龙》的物不仅包括自然事物也包括社会事物。钟嵘《诗品》"物之感人"的"物"指什么呢？钟嵘说：

> 若乃春风春鸟，秋月秋蝉，夏云暑雨，冬月祁寒，斯四候之感诸诗者也。嘉会寄诗以亲，离群托诗以怨。至于楚臣去境，汉妾辞宫，或骨横朔野，或魂逐飞蓬；或负戈外戍，杀气雄边；塞客衣单，孀闺泪尽；或士有解佩出朝，一去忘返。女有扬蛾入宠，再盼倾国。凡斯种种，感荡心灵，非陈诗何以展其义？非长歌何以骋其情？③

---

① （梁）钟嵘著，徐达译注：《诗品全译》，贵州人民出版社1990年版，第1页。
② 丁捷：《指事造形 穷情写物——钟嵘〈诗品〉的"滋味"说》，《郑州大学学报》（哲学社会科学版）1984年第1期。
③ （梁）钟嵘著，徐达译注：《诗品全译》，贵州人民出版社1990年版，第12页。

· 149 ·

这段话，是对"气之感人，物之动人"诗歌发生论的进一步阐发，联系诗人创作的心理，指诗情发生于四候之感，更发生于诗人的人生际遇和命运变化。"物"的内容，既包括自然事物，也包括社会生活内容。"情"与"物"的问题，换言之，文学与环境等问题，陆机已有所论及，他说："遵四时以叹逝，瞻万物而思纷；悲落叶于劲秋，喜柔条于芳春。"季节的嬗递、自然景物的变化引起诗人的感情变化。刘勰《文心雕龙·物色》谓："春秋代序，阴阳惨舒，物色之动，心亦摇焉。……情以物迁，辞以情发。"刘勰在《文心雕龙》里已经看到了时代环境与自然环境对诗人感情的影响。钟嵘提出的个人境遇说弥补了刘勰理论的不足。时代与自然对作家作品的影响固然重要，但个人的境遇，对于作品的风格与成就也有很大的影响。屈原的放逐，蔡琰的被俘，曹植的忧郁，陶潜的隐居，这些个人的际遇变化成就了他们作品的灿烂光辉。陈良运先生说："诗是人的生命体验，且是对自身生存环境的精神感应，或荣或辱，或聚或离，或顺或逆，诗成为人们精神与感情的寄托。"[1] 裴斐亦云："文穷而后工……它说明一个简单而又深刻的道理：诗不是说教，不是消遣品，不是饾饤模拟的技巧和学问，而是心之声，感情升华的结晶，而真正的好诗则往往是用血泪凝成。"[2] 钟嵘引用了孔子的名言："诗可以群，可以怨。"这里的"怨"，不是"怨刺上政"，没有功利的性质，而是表现人生痛苦困顿，人生不如意的怨情忧思。诗歌不仅是人们内在感情的宣泄，而且是医治人的精神苦闷、抚慰人的心灵创伤的良药。诗的审美本质就是抒情，诗的美感特征就是有"滋味"。

（二）"自然英旨"："滋味"的最高审美标准

钟嵘在反对"句无虚语，语无虚字"的"用事"之风时，感叹"自然英旨，罕值其人"。他说：

> 夫属词比事，乃为通谈。若乃经国文符，应资博古，撰德驳奏，宜穷往烈。至乎吟咏情性，亦何贵于用事？"思君如流水"，既是即目；"高台多悲风"，亦惟所见；"清晨登陇首"，羌无故实；"明月照

---

[1] 陈良运：《中国诗学批评史》，江西人民出版社 2007 年版，第 150—151 页。
[2] 裴斐：《诗缘情辨》，四川文艺出版社 1986 年版，第 69 页。

第三章 滋味：文学自觉时代的诗味论

积雪"，讵出经、史。观古今胜语，多非补假，皆由直寻。颜延、谢庄，尤为繁密。于时化之。故大明、泰始中，文章殆同书抄。近任昉、王元长等，词不贵奇，竞须新事。尔来作者，寖以成俗，遂乃句无虚语，语无虚字，拘挛补衲，蠹文已甚。但自然英旨，罕值其人。词既失高，则宜加事义，虽谢天才，且表学问，亦一理乎！①

钟嵘强调自然朴实，强调"即目""直寻""自然英旨"，在自然朴实中表现出"滋味"。钟嵘在诗歌内容上主张自由抒情，在诗歌的表现上必然会要求有清新流畅的自然之美。他反对妨碍感情表达的创作方法和表达技巧，重视艺术表现上的自然本色，反对刻意雕琢的藻饰之美。

钟嵘"自然英旨"的美学观，显然是针对六朝贵族文学刻意雕琢、矫揉造作的诗风而发的。魏晋南北朝时期，文艺创作存在着片面追求形式美的错误倾向，齐梁时代尤甚。主要表现在堆砌辞藻典故和排比声律两个方面。

"自然英旨"的美应该是"清水出芙蓉"的朴素自然之美。钟嵘《诗品》在评论颜延之时引用汤惠休的话："谢诗如芙蓉出水，颜如错彩镂金。"显然，钟嵘主张"芙蓉出水"之美，反对"错采镂金"之美。宗白华指出："魏晋六朝是一个转变的关键，划分了两个阶段。从这个时候起，中国人的美感走到了一个新的方面，表现出一种新的美的理想。那就是认为'初发芙蓉'比之于'错采镂金'是一种更高的美的境界。在艺术中，要着重表现自己的思想，自己的人格，而不是追求文字的雕琢。"②朴素自然的美，是更高境界的美，是钟嵘追求的"自然英旨"的审美理想，是诗歌自然"滋味"的审美追求。这从他对历代诗人的评论中，可以看得很清楚。

他评张华："其体华艳，兴托不寄。巧用文字，务为妍冶。"评潘岳："如翔禽之有羽毛，衣服之有绡縠，犹浅于陆机。"可见钟嵘对许多诗人受时风影响，追求辞藻华丽，忽视自然之美是很不满意的。所以他说：

---

① （梁）钟嵘著，徐达译注：《诗品全译》，贵州人民出版社1990年版，第20—23页。
② 宗白华：《中国美学史中重要问题的初步探索》，载宗白华《美学散步》，上海人民出版社1981年版，第35页。

· 151 ·

"自然英旨，罕值其人。"诗歌写得自然精美的人，是很少遇到了。的确这样，即便是能写出自然清新诗歌的谢灵运、谢朓等人，也存在着过于繁密不够自然的特点。谢灵运诗中自然清新的佳句随处可见。如《登池上楼》"池塘生春草，园柳变鸣禽"、《岁暮》"明月照积雪，朔风劲且哀"、《初去郡》"野旷沙岸净，天高秋月明"、《石壁精舍还湖中作》"林壑敛暝色，云霞收夕霏"等。但同时他也批评谢灵运诗刻意雕琢、堆砌辞藻的毛病，谓"尚巧饰，而逸荡过之，颇以繁芜为累"。

诗歌创作和学术著作不同，它是形象思维的产物，有自己的特殊的审美规律。诗歌创作也可以运用典故，运用得恰当，可以使诗歌含义深刻，语言凝练，抒情浓烈，形象鲜明。但是诗歌创作中如果大量堆砌典故就会破坏自然之美，使诗歌诘屈聱牙、晦涩难懂。萧子显《南齐书·文学传论》谓："全借古语，用申今情，崎岖牵引，直为偶说。唯睹事例，顿失清采。"宋张戒《岁寒堂诗话》卷一曰："诗以用事为博，始于颜光禄。"唐元稹诗《见人咏寒舍人新律诗因有戏赠》云："延之苦拘忌。"《诗品》评颜延之谓："喜用古事，弥见拘束。"可见颜延之开创了用典繁密一派诗风。钟嵘论诗，竭力反对颜延之等用典派。

产生堆砌典故弊病的原因，钟嵘认为是把诗歌与一般应用文章混同的缘故。那些"经国文符"和"撰德驳奏"，当然可以旁征博引多用典故。但是诗歌是艺术作品，要用形象思维，诗歌吟咏性情，即景会心，最忌讳的就是大量运用典故。所以钟嵘批评大量堆砌典故"文章殆同书抄"的弊病，指出"词不贵奇，竞须新事"是违反创作规律的。当然，钟嵘实际上也不是真的笼统地反对用典。他倍加推崇的曹植、陆机、谢灵运等人的作品，就用了不少典故。看来他只是反对大量用典，反对"竞须新事"的诗风。

从"自然英旨"的美学观点出发，钟嵘也竭力反对当时讲究烦琐的四声八律的声律派的创作倾向。他说：

齐有王元长者，尝谓余云："宫商与二仪俱生，自古词人不知之。惟颜宪子乃云律吕音调，而其实大谬；唯见范晔、谢庄颇识之耳。尝欲进《知音论》，未就。"王元长创其首，谢朓、沈约扬其波。三贤或贵公子孙，幼有文辩。于是士流景慕，务为精密，襞积细微，专相陵架。故使文多拘忌,伤其真美。余谓文制,本须讽读,不可蹇碍,但令清浊通流,口吻调利,斯为足矣。至平上去入,则余病未能,蜂腰鹤膝,闾里已具。①

齐梁时代,声律之说大盛。周颙、沈约等人创立了四声理论,沈约谓:"夫五色相宜,八音协律,由乎玄黄律吕,各适物宜,欲使宫羽相变,低昂互节,若前有浮声,则后须切响。一简之内,音韵尽殊;两句之中,轻重悉异。妙达此旨,始可言文。"可以说,沈约的四声理论对诗歌创作是有积极意义的。但声律之说片面加以发展,产生所谓"四声八律"之说,对创作就产生了不良影响。影响所及,"襞积细微,专相陵架,故使文多拘忌,伤其真美"。钟嵘主张自然声律,反对四声八律之说,他说:"余谓文制,本须讽读,不可蹇碍,但令清浊通流,口吻调利,斯为足矣。"前贤作诗不拘泥于宫商之辨,四声之论,而是自然和谐,韵律天成,"置酒高堂上""明月照高楼"这类文句,合乎自然音律,就是明证。其基本观点,贯穿着他的"自然英旨"的美学观。

二 "直寻":"滋味"美感的创造之途

《诗品》不仅阐释了以"情"为核心的诗的审美本质,以"滋味"为核心的美感特征,还在对历代作家作品的品评中,发现了诗的"滋味"美感的创造途径。他从反对诗"诠事理""用掌故"出发,提出"直寻"说:

> 夫属词比事,乃为通谈。若乃经国文符,应资博古;撰德驳奏,宜穷往烈。至乎吟咏情性,亦何贵于用事?"思君如流水",既是即目;"高台多悲风",亦惟所见;"清晨登陇首",羌无故实;"明月照积雪",讵出经、史。观古今胜语,多非补假,皆由直寻。②

"滋味"从何而来?钟嵘进一步强调"滋味"要通过"直寻"来体

---

① (梁)钟嵘著,徐达译注:《诗品全译》,贵州人民出版社1990年版,第28—29页。
② 同上书,第20—21页。

现"自然英旨"。从钟嵘所列举的诗歌名句看，所谓"直寻"，就是"物之动人"使人"摇荡性情"，诗人将情直接植入"物"，不借助任何典故曲折表达，化而为诗。这就不是"补假"，就不会阻碍对外物的直接感受与表达。关于"直寻"的解释，罗立乾认为："陈延杰《诗品注》中解说是：钟意盖谓诗重兴趣，直接由作者得之于内，而不贵于用事。……陈延杰乃是从阐述钟嵘强调诗歌应具有美感'滋味'的角度，揭示出'直寻'的涵义是：诗人应该直接面向外界现实事物，把内心为外物所直接触发出来的包含有审美情趣的感兴，构成为能给人以美感享受的审美'兴象'，而不应以引用书本中的典故为贵。"① 这是对"直寻"含义具有审美意味的阐发。钟嵘评论谢灵运谓："若人兴多才高，寓目辄书，内无乏思，外无遗物。""寓目辄书"就是"直寻"的形象化注脚。"直寻"强调的是"直观""直感""直觉"。其认识与创造过程就是一种诗性的直觉活动，这种非理性的情感认识和西方的"直觉"美学有异曲同工之妙。

意大利中世纪理论家圣·托马斯·阿奎那（Saint Thomas Aquinas）（1226—1274）说："美却涉及认识功能，因为凡是一眼见到就使人愉快的东西才叫做美的。"② 这种审美活动产生的快感，就是一种直觉的感知。意大利近代美学家克罗齐（Benedetto Croce）（1866—1952）认为，直觉即表现，美是成功的表现。他说："直觉是离理智作用而独立自主的；……直觉是表现，而且只是表现。"③ 克罗齐提出"艺术即直觉"④，"直觉就是把形式赋予情感的活动"⑤。克罗齐认为，审美表现作为对情感的直觉认识，其本性就是对心灵感觉的意象综合，感性认识的对象直接来自整个心灵活动的感情。而艺术美的本质就在于直觉，美感是刹那间直觉的顿悟，"霎时间他享受到审美的快感或美的东西所产生的快感"⑥。

---

① 罗立乾：《钟嵘诗歌美学》，武汉大学出版社1987年版，第57—58页。
② 北京大学哲学系美学教研室编：《西方美学家论美和美感》，商务印书馆1980年版，第66页。
③ ［意大利］克罗齐：《美学原理》，载克罗齐《美学原理 美学纲要》，朱光潜、韩邦凯等译，外国文学出版社1983年版，第18页。
④ 张敏：《克罗齐美学论稿》，中国社会科学出版社2002年版，第119页。
⑤ 同上书，第131页。
⑥ ［意大利］克罗齐：《美学原理》，载克罗齐《美学原理 美学纲要》，朱光潜、韩邦凯等译，外国文学出版社1983年版，第129页。

第三章　滋味：文学自觉时代的诗味论

　　钟嵘的"直寻"也是将瞬间直觉到的审美意象对象化，是一种诗意的直觉创造。在将对象赋予感情，认为艺术创造是情感的显现上，两者有着相同之处。不同的是，克罗齐对印象的获取不感兴趣，只在直觉的形式上下功夫；而钟嵘的"直寻"，强调外物的感召，强调直陈内心情感体验，强调内容和形式的统一。在钟嵘看来，要到达诗的最高审美境界"自然英旨"之味，就要把直寻之物通过润色加工，要"巧构形似之言"，要"宏斯三义，酌而用之"，要"干之以风力，润之以丹彩"，这样的诗才有"滋味"。

　　（一）指事造形，穷情写物：巧构形似之言

　　钟嵘是中国古代文学批评中最早明确提出以"滋味"论诗的诗歌评论家。钟嵘把"味"的地位提得很高。认为只有"使味之者无极，闻之者动心"的作品，才是"诗之至也"。最好的诗，必然是"滋味"醇厚、深远之作。钟嵘把"滋味"作为衡量作品的重要尺度，使之成为一个古代文论中的基本审美范畴。钟嵘谓：

　　　　夫四言，文约意广，取效风骚，便可多得。每苦文繁而意少，故世罕习焉。五言居文词之要，是众作之有滋味者也；故云会于流俗。岂不以指事造形，穷情写物，最为详切者耶！故诗有三义焉：一曰兴，二曰比，三曰赋。文已尽而意有余，兴也；因物喻志，比也；直书其事，寓言写物，赋也。宏斯三义，酌而用之，干之以风力，润之以丹彩，使味之者无极，闻之者动心，是诗之至也。若专用比兴，患在意深，意深则词踬。若但用赋体，患在意浮，意浮则文散，嬉成流移，文无止泊，有芜漫之累矣。[①]

　　钟嵘提出的五言诗有"滋味"，是和四言诗比较而言的。五言诗的出现是诗歌形式方面一个历史性的变化和发展。魏晋南北朝时期，四言诗已经退出历史舞台，五言诗兴盛，七言诗已经出现。刘勰《文心雕龙·明诗》谓："暨建安之初，五言腾踊。文帝、陈思，纵辔以骋节；王、徐、应、刘，望路而争驱。"但是，当时的诗学批评仍恪守儒家思想正统，多

[①]　（梁）钟嵘著，徐达译注：《诗品全译》，贵州人民出版社1990年版，第10—11页。

· 155 ·

重四言而轻五言。比如挚虞就认为"古诗率以四言为体",五言"于俳谐倡乐多用之"。《艺文类聚》也认为:"雅音之韵,四言为言,其余虽备曲折之体,而非音之正也。"① 刘勰《文心雕龙·明诗》谓:"四言正体,则雅润为本;五言流调,则清丽居宗。"钟嵘《诗品》,打破流俗,批评四言而倡五言,为五言诗歌呼。那么,这首先就涉及钟嵘对四言诗的态度问题。钟嵘所谓的"文约意广",是就四言体诗歌的句子而言的。四言体对五言来说,一句少一个字,四个字两字一拍,四字构成一句。优点是节奏鲜明,但缺点也很明显,褚斌杰指出四言诗的局限表现在:"语句终嫌短促,表达一个意思往往需要较多的诗句;特别是它以四个字为一句,两个字一顿,构成'双音顿'(一个字的读音就是一个音节),即二拍式。节奏虽鲜明,却过于呆板,而且使单音词和双音词在诗句中不易配搭。"② 四言诗的句式短,节拍单调,特别是使单音词和双音词的搭配受到限制,即是"文约";"意广"是就四言诗尤其是《诗经》的诗句含义而言的。指的是《诗经》中的诗句甚至其中的某些字词都包含着深广的含义。"文约意广"有时可能造成诗句句意难懂,所谓"专用比兴,患在意深,意深则词踬"。所以,钟嵘提出的补救措施是"取效风骚,便可多得",多学习《国风》《楚辞》优点,就可使人多得滋味。所谓"文繁而意少"是就诗经四言体的整个篇章来说的。四言诗要充分地表达感情,就必须靠增加篇幅、章节,以至于重复吟咏。因此,重章叠句、字词重复就会造成整篇所表达的内容甚少的缺点。总之,"钟嵘关于'四言'的几句话,是对诗经体四言诗的体制提出的批评。这种四言诗的缺点,一是一句诗往往'文约意广',容易造成意深难懂之患;二是篇章往往'文繁而意少',不利于反映丰富复杂的生活和表达曲折多变的思想情感"③。而五言诗句式由五字组成,既能方便地容纳双音词,也能容纳单音词,以至三音词。一句的节拍上也富于变化,有偶、有奇,奇偶相配,不呆板单调。一方面,五言诗适应了当时语言双音词不断增多的现状,使诗歌更接近口语,更方便表现现实生活;另一方面,五言诗在辞采的增饰、词语的婉转、状物的

---

① (唐)欧阳询撰,汪绍楹校:《艺文类聚》卷56,中华书局1965年版,第1018—1019页。
② 褚斌杰:《中国古代文体概论》(增订本),北京大学出版社1990年版,第49页。
③ 陈应鸾:《中国古代文论与文献探微》,巴蜀书社2008年版,第47页。

第三章 滋味：文学自觉时代的诗味论

丰富等方面更是其长处，非四言诗所及。

钟嵘一方面指出诗经四言体的缺点，一方面说："五言居文词之要，是众作之有滋味者也。"这等于说五言诗比四言诗更有"滋味"。而有"滋味"的原因在于"指事造形，穷情写物，最为详切"。"指事造形"，指准确地刻画事物的形貌；"穷情写物"，指通过具体形貌的描绘抒发深刻的思想感情；"详切"指诗歌状物抒情的细致深刻。

魏晋以来的五言诗，尤其是刘宋时期兴起的山水诗，已经非常注重详尽确切地指说事件，塑造形象。如谢灵运《登池上楼》一诗，详细描写登楼所见满园春色，抒发自己官场失意、触景而欲归隐之情，符合"指事造形，穷情写物，最为详切"特征，因此被列为"上品"。钟嵘在《诗品》中正是以"滋味"中的形象化标准论诗，他肯定阮籍之诗"言在耳目之内，情在八荒之表"，张协的诗"巧构形似之言"，善写景物形象。更称赞谢灵运诗"尚巧似""内无乏思，外无遗物"，都是称赞他们善于细腻深刻地刻画客观景物形象。

钟嵘从构成诗歌艺术感染力的角度，说明只有"物详""情切"，物与情交相辉映，共同生发，才能使诗有"滋味"，这就是"巧构形似之言"。"穷情"以"写物"为基础，要使物生动形象，具体可感，能够引发主体的思想感情，就必须追求"形似"，所谓"指事造形"。另外"指事造形，穷情写物"还强调情感的真实性，诗人在描写形象的时候，除追求"形似"之外，还要强烈地抒发自己的感情，以情写物，托物寄情，情景交融。真实的感情与真实的艺术形象，二者的融合统一，就构成了诗歌"滋味"的重要因素。钟嵘评《古诗》云："人代冥灭，而清音独远。"评刘桢诗云："真骨凌霜，高风跨俗。"其诗写实而不塞，穷情而不泛，言近情远，形神兼备而"滋味"自出。王昌龄谓："诗一向言意，则不清及无味；一向言景，亦无味。事须景与意相兼始好。"① 可以看成钟嵘"指事造形，穷情写物""巧构形似之言"的进一步发展。

（二）诗有三义：宏斯三义，酌而用之

钟嵘认为，要使"指事造形，穷情写物"达到"详切"的地步，必

---

① ［日］弘法大师原撰，王利器校注：《文镜秘府论校注》地卷《十七势》，中国社会科学出版社1983年版，第132页。

· 157 ·

须兴、比、赋"三义"酌而用之。在钟嵘之前,论诗者持"六义"说。《周礼·春官》谓:"(太师)教六诗:曰风、曰赋、曰比、曰兴、曰雅、曰颂。"此处的"六诗"指六种不同韵文形式,风、雅、颂入乐,赋、比、兴不入乐。春秋战国时期,入乐的风、雅、颂流传下来,赋、比、兴演变成"用诗"的方式。至汉代《毛诗序》明确提出:"诗有六义焉:一曰风,二曰赋,三曰比,四曰兴,五曰雅,六曰颂。"对六义的解释大致兼指体式与修辞,并赋予美刺政教、劝善惩恶的伦理意义。刘勰《文心雕龙·诠赋》释"赋"为"铺采摛文,体物写志",《文心雕龙·比兴》释"比"为"写物以附意,飏言以切事","兴"为"兴之托谕,婉而成章,称名也小,取类也大"。此时刘勰还把"赋""比""兴"既当作表现方法,还当作诗体。至钟嵘明确提出"三义",把"兴、比、赋"作为艺术方法从"六义"中抽取出来,并从诗歌艺术美创造的角度作出新的解释,赋予新的内涵。他说:"文已尽而意无穷,兴也;因物喻志,比也;直书其事寓言写物,赋也。"兴就是要寓意于言外,表达言近旨远、余味无穷的艺术境界;比要"因物喻志";赋要"寓言写物"。比和赋都要写出物象来抒情写志。关于对"比"的解释,钟嵘的"因物喻志"与刘勰的"写物以附意"说的是一个意思,就是借助具体事物的形象比喻来表明作者情志,达到情志抒发与形象描绘的主客观统一;对"赋"的解释,刘勰的"铺采摛文,体物写志"与钟嵘的"直书其事,寓言写物"不谋而合,都是讲的使意与物、思想与形象、主观与客观融合统一的一种艺术方法。

钟嵘对"兴"的解释,最富创造性。首先,他把"兴"强调到第一的重要位置。从《周礼·春官》到《毛诗序》,传统的"六义"的次序为"风、赋、比、兴、雅、颂",钟嵘把"赋、比、兴"的次序倒过来,"一曰兴,二曰比,三曰赋"。其次,他指出"兴"的特点是"文已尽而意有余"。这是有别于前人的崭新的解释。汉儒认为"兴"是一种譬喻,它不像"比"那样明显,而是一种"暗喻"。如孔安国谓:"兴,引譬连类。"[①] 郑众谓:"兴,托事于物。"[②] 郑玄谓:"兴,见今之美,嫌于媚

[①] (清)阮元校刻:《十三经注疏》(附校勘记)(下册),《论语注疏》卷17,中华书局1980年影印本,第2525页中栏。
[②] (清)阮元校刻:《十三经注疏》(附校勘记)(上册),《周礼注疏》卷23,中华书局1980年影印本,第796页上栏。

第三章 滋味：文学自觉时代的诗味论

谀，取善事以喻劝之。"① 晋代挚虞《文章流别论》则把"兴"解释为"有感之辞"。刘勰《文心雕龙·比兴》谓："兴之托谕，婉而成章，称名也小，取类也大。"指出"兴"作为一种隐喻的同时，在艺术手法上具有以小见大的含义。钟嵘对"兴"作出创造性说明。郁沅谓："他突破了把'兴'单纯地视为修辞方法的传统看法。'兴'在钟嵘那里，成为包含着情意的一种物象，是一种意味无穷的艺术境界。这个看法，是钟嵘的独创，也是他的'滋味'说的关键。"② 这里的"关键"，是指钟嵘已经意识到"兴"的寄意于言外的特点，它表达了一种审美要求，已经是一个美学上的范畴。这是对刘勰"兴"解的发展，发展了"兴"体的意蕴。刘勰说："'兴'者，起也。"③ "兴"即起情，强调诗的外向；而钟嵘所说的"兴"即"文已尽而意有余"，强调的是诗的内向。这符合滋味说的要求，因为，滋味说的特征包括形象性与情感性，形象性指的是外在美，情感性指的是内在美。滋味恰好是外在美与内在美有机结合而生发出来的一种特殊的美感。这里的"意"，不是浅露的直说，而是蕴含于对外物的形象描绘之中，需要读者去领会和咀嚼。

钟嵘对"兴"的解说，开始接触到中国古典诗学的艺术特质，那就是一种虚实结合，隐秀统一的艺术形象，一种意味无穷的艺术境界。对唐代的皎然、司空图，宋代的梅尧臣、苏轼、严羽，直至清代的王渔洋，近代的王国维都有深刻的影响。

与"滋味"联系起来，钟嵘认为，要想达到"使味之者无极，闻之者动心"的艺术境界，必须"宏斯三义，酌而用之"，否则"若专用比兴，患在意深，意深则词踬"，就容易形成内容隐晦的毛病，隐晦就会影响文辞的流畅。"若但用赋体，患在意浮，意浮则文散，嬉成流移，文无止泊，有芜漫之累矣"④，就会造成篇章散乱的毛病。所以钟嵘强调要"酌而用之"，要避免"意深词踬"和"意浮文散"两种消

---

① （清）阮元校刻：《十三经注疏》（附校勘记）（上册），《周礼注疏》卷23，中华书局1980年影印本，第796页上栏。
② 郁沅：《钟嵘〈诗品〉"滋味"解》，《江汉论坛》1983年第2期。
③ （南朝梁）刘勰著，周振甫译注：《〈文心雕龙〉译注》（修订本），《比兴》，江苏教育出版社2006年版，第510页。
④ （梁）钟嵘著，徐达译注：《诗品全译》，贵州人民出版社1990年版，第11页。

解诗歌艺术效果的不良后果,这是一个极有价值的审美观点,值得深思玩味。

(三) 干之以风力,润之以丹采

诗歌的"滋味",还和"风力"和"丹采"有密切的关系。要"干之以风力""润之以丹采",以"风力"作为诗之主干,用美丽的文辞加以修饰,才能"使味之者无极,闻者动心",才能使诗歌具有美感力量。

钟嵘《诗品》中多次提到"风力"。如评玄言诗,说"建安风力"尽矣;评陶渊明诗是"又协左思风力"。那么,什么是"风力"呢?"风力"是不是就是"风骨"?从《文心雕龙·风骨》看,"风骨"的含义要大于"风力","风力"只是"风骨"的一个方面。如"情与气偕,辞共体并。……蔚彼风力,严此骨鲠","风力"与"骨鲠"并举,可见"风力"不包括"骨"在内。按照刘勰《文心雕龙·风骨》的解释,"风骨"中的"风"属于情感的范畴,是对情感表现的一种要求;"骨"属于言辞的范畴,是对言辞达意方面的一种要求。钟嵘的"风力"是对刘勰《风骨》篇中的"风"的具体化,即刘勰《风骨》篇中的"风"或"风力"。主要指作品感情充沛、意气俊朗,具有强烈的感染力和刚强之美。

"风力"离不开"情"和"气"。钟嵘谓:"气之动物,物之感人,故摇荡性情,形诸歌舞。"按照裴斐的解释,这句话"是由自然季节递嬗所引起的景物变化去说明诗人感情的产生,表达出这样一个公式:物—情—诗(辞)"①,实际上,这个公式还不全面,还应该在物之前加一个"气"字。那么,"气"是什么?曹旭《诗品集注》解释为"节气",②不如解释为"充盈于天地宇宙之间的蓬蓬勃勃的元气"为好。那么,这种气就是"诗人之心被外物感动而产生感情,这种感情总是表现为一定的精神状态"③。刘勰谓"情与气偕",又谓"风冠其首,斯乃化感之本源,志气之符契也"。可见,"风"是"气"的外在表现。"这种情感蕴积的精神状态一旦爆发,进入创作过程,这就产生了'风'。"④ 静而为气,动

---

① 裴斐:《诗缘情辨》,四川文艺出版社1986年版,第67页。
② 曹旭:《诗品集注》,上海古籍出版社1994年版,第2页。
③ 郁沅:《钟嵘〈诗品〉"滋味"解》,《江汉论坛》1983年第2期。
④ 同上。

第三章 滋味：文学自觉时代的诗味论

而为风。"风力"就是一种感情的强力抒发。联系建安时期的五言诗，"慷慨以任气，磊落以使才"①，钟嵘这里所谓的"风力"，当为强烈抒发一种慷慨悲壮、遒劲刚健之情，一种怨愤之情。

所谓"丹采"，是指华美的辞采。这是《楚辞》开创的传统。在钟嵘看来，诗歌语言既要清绮秀丽，又要鲜明华艳。他继承了曹丕"诗赋欲丽"和陆机"诗缘情而绮靡"的理论，对诗歌语言要求极为严格，并成为他评论诗歌的重要标准。这从他对诗人的评价中可见一斑。他评论古诗"文温以丽"，评班婕妤诗"辞旨清捷，怨深文绮"，评曹植诗"词采华茂"。从这些评语看，钟嵘固然喜欢辞采华丽之美，但对过分追求妍冶纤巧之诗也持批评意见。总之，构成诗歌"滋味"的第三方面因素，就是要"丹采"和"风力"的统一，也就是要健康的情感内容与瑰丽的言语形式的完美统一。

三 "怨"与"清"：钟嵘《诗品》五言诗的独特"滋味"

钟嵘《诗品》以"滋味"论诗，开辟中国诗学一个新的审美范畴。在《诗品》中，钟嵘从"滋味"的审美本质到审美特征，从"滋味"的审美理想到审美创造途径，都作了深刻系统的论述。实际上，"滋味"从来不是一个抽象的概念，歌德《浮士德》说："理论是灰色的，而生活之树常青。"如果我们回到钟嵘所品评的对象——魏晋五言诗世界及其背后的生活，就会发现，钟嵘所言说的"滋味"，是一个个充满生命张力美感意味的审美范型。

（一）"怨"与"清"：《诗品》论诗的审美范型

钱锺书《诗可以怨》里，说了一段和钟嵘《诗品》有关的话。他说："《诗品·序》里有一节话，我们一向没有好好留心。'嘉会寄诗以亲……莫尚于诗矣！'说也奇怪，这一节差不多是钟嵘同时人江淹那两篇名文——《别赋》和《恨赋》——的提纲。钟嵘不讲'兴'和'观'，虽讲起'群'，而所举压倒多数的事例是'怨'，只有'嘉会'和'入宠'两者无可争辩地属于愉快或欢乐的范围。也许'无可争辩'四个字用得

---

① （南朝梁）刘勰著，周振甫译注：《〈文心雕龙〉译注》（修订本），《明诗》，江苏教育出版社2006年版，第116页。

过分了。'杨娥入宠'很可能有苦恼或'怨'的一面。"① 钱先生在这里是把钟嵘《诗品》的这节文字当作例子，来说明"诗可以怨"这一主题。

的确如此，"怨"在《诗品》中是一个出现频率非常高的语词。据统计，钟嵘评论五言诗人 123 家，包括诗人 122 人，古诗算 1 人。② 考辨源流，定其品第。"纵观《诗品》上、中、下三品，仅上品 12 家中就有 5 家直接以'怨'评之，中品直接以'怨'评之者有秦嘉、秦妻徐淑、郭泰机、沈约等 4 家，下品无一家以'怨'评之者。"③ 这个统计至少说明两点。其一，钟嵘在自觉体认诗的吟咏性情"缘情"的前提下，发现自东汉以来五言诗多"怨"这种情感特质；"怨"情构成了五言诗的时代风格，文体风格，也造就了诗人的个体风格。其二，从钟嵘不轻易以"怨"论诗人的情况，以及上文所引"嘉会寄诗以亲"一段，8 个例子中 7 个与"怨"有关，可以见出钟嵘对"怨"诗是极力推崇的。钟嵘发挥了诗"怨"的观点，并把它贯彻到具体的诗人批评之中，关于这点，我们读《诗品》就可获得非常直观的印象。

上品之中，《钟嵘》评古诗谓："文温以丽，意悲而远""虽多哀怨，颇为总杂。"评李陵曰："文多凄怆，怨者之流。"评班婕妤谓："词旨清捷，怨深文绮。"评魏陈思王曹植诗："骨气奇高，词采华茂，情兼雅怨。"评左思："文典以怨，颇为精切，得讽谕之致。"中品之中，钟嵘评秦嘉夫妇："事既可伤，文亦凄怨。"评郭泰机《寒女》诗"孤怨宜恨"。评沈约："长于清怨。"以上胪列，均是以"怨"直接评之。至于用与"怨"相近之词，如"悲""凄怆""愀怆""感慨""激刺""凄戾""感恨""愤""苦""悲凉""惆怅"等评诗，如评刘琨"善为凄戾之词，自有清拔之气"，评王粲"发愀怆之词"。"上品十二占其七，中品三十九占其四，下品七十二占其五。"④ 总的看来，上品所占比例最大，中品次之，下品又次之。加之《诗品序》中，"嘉会寄诗以亲"一节，举凡八例，有

---

① 钱锺书著，舒展选编：《钱锺书论学文选》（第六卷），花城出版社 1990 年版，第 152—153 页。
② 曹旭：《诗品集注》，《前言》，上海古籍出版社 1994 年版，第 10 页。
③ 涂敏华：《钟嵘〈诗品〉中的"怨"——以其所评之汉诗为例》，《许昌学院学报》2006 年第 3 期。
④ 徐达：《钟嵘论诗及其批评标准》，《贵州大学学报》（社会科学版）1989 年第 4 期。

第三章 滋味：文学自觉时代的诗味论

七例是悲怨之事！由此看来，钟嵘评诗，是把"怨"作为审美范型看待，而且"怨"无疑是一个核心审美范型。

钟嵘突出怨情，以"怨"评诗，是有其深刻的历史原因的。汉末至魏晋时代，战乱纷仍，社会动荡，民不聊生。人们在苦难现实中的忧患意识与在动荡时局中求生存的进取精神，凝结成一种普遍的愤慨悲凉的社会心理。这就决定了诗歌创作一定会表现出忧愤、凄清、怨恨、悲凉的情感特征与慷慨任气、清新刚健、劲拔峭削的审美风格。钟嵘的以"怨"评诗，正是这种时代社会心理和审美心理的表现。

值得注意的是，钟嵘《诗品》评诗，特别钟爱使用"清"字论诗，用"清"来评论汉至齐梁五言诗的美的品质、品格，几乎贯穿《诗品》全文。忽略和文学批评无关的意义，钟嵘《诗品》以"清"来评论作家作品共有17处。兹录于下：

> 评刘琨"仗清刚之气，赞成厥美"；评古诗"清音独远"；评班婕妤诗"词旨清捷，怨深文绮"；评嵇康诗"托喻清远"；评刘琨卢谌诗"善为凄戾之词，自有清拔之气"；评陶潜诗"风华清靡"；评鲍照"不避危仄，颇伤清雅之调"；评范云诗"清便婉转，如流风回雪"；评沈约诗"长于清怨"；评戴逵诗"有清上之句"；评谢庄诗"气候清雅"；评庾帛二胡"亦有清句"；评鲍令晖诗"崭绝清巧"；评江祏诗"猗猗清润"；评虞羲诗"奇句清拔"。

我们发现，不论是居于上品，还是中品、下品，含"清"的评语都是赞赏性的。"清"作为一个审美范型，其内涵包括，"一是清新，指诗句和诗风具有自然、流丽、简洁之美，而且不乏新鲜之感，构成词有'清捷'、'清浅'、'清上'、'清便'、'清巧'等。二是清真，讲究朴素、淳正，构成词有'清靡'、'清润'等。……三是清雅，指清正典雅，不沾俗气……四是清拔，构成词有'清拔'、'清刚'、'清远'，主要指超俗高蹈、挺拔独立的品格"[①]。钟嵘所崇尚的"清"的美学意蕴，无论是

---

① 俞香云：《钟嵘"滋味"的美学内涵》，《安徽大学学报》（哲学社会科学版）2008年第4期。

味：一个诗学语词的理论批评

清新自然、清真朴素，还是清正典雅、清拔清刚，一方面是对"清新自然""纯正脱俗"的艺术之美的追求，另一方面也是对"超凡脱俗""挺拔清健"的品格的标举。钟嵘极力倡导的"清"审美品格，对后世产生深远影响。李白《宣州谢朓楼饯别校书叔云》"蓬莱文章建安骨，中间小谢又清发"，杜甫《戏为六绝句》"不薄今人爱古人，清词丽句必为邻"，可以看作"清"的流风余韵。而至晚唐司空图的《二十四诗品》，立"清奇"一品，标举"神出古异，淡不可书，如月之曙，如气之秋"的美，则是对钟嵘之"清"品的弘扬光大了。

（二）思君如流水："水"意象与魏晋五言诗世界的"怨"与"清"

钟嵘《诗品》所张扬的"怨"，是文学觉醒的必然结果，也是钟嵘所处时代以及自身遭遇在其诗论上的投影。一方面，魏晋时期的诗人们在动荡的社会现实中创作了大量抒发怨情清神的作品；另一方面，钟嵘出身没落贵族，一生怀才不遇，抑郁不平，他更容易与"怨"之诗篇产生共鸣。

勒内·韦勒克在《文学理论》中指出："文学理论如果不植根于具体文学作品，这样的文学研究是不可能的。文学的准则、范畴和技巧都不能'凭空'产生。"[①] 的确，要想真正理解钟嵘《诗品》中的"怨"与"清"，我们必须回到魏晋时期的五言诗世界，体味魏晋诗人作为歌者的一路吟唱。

> 水深桥梁绝，中路正徘徊。（曹操《苦寒行》）
> 愿飞安得翼，欲济河无梁。（曹丕《杂诗》其一）
> 伊洛广且深，欲济川无梁。（曹植《赠白马王彪》其一）
> 河广川无梁，山高路难越。（谢灵运《拟明月何皎皎》）

在这里，山高路远，江河无梁，心正徘徊。曹操固然是叱咤三军的将帅，同时又是吟咏时代悲哀的歌者。《苦寒行》的开头"北上太行山"，可以理解为矗立在秦晋之地的天下之险太行山脉，也可以看作一个象征。日本文学史家吉川幸次郎谓："也许它并非行军之歌，而只是咏唱旅人的

[①] ［美］勒内·韦勒克、奥斯汀·沃伦：《文学理论》，刘象愚等译，江苏教育出版社2005年版，第33页。

悲哀？因为旅人之悲，尤其是行商者的悲哀，在乐府作为民谣而存在的汉代，也是被反复歌唱的主题。不过结尾所说'东山诗'，是《诗经》中出征兵士的歌，联想到这一点，或许还是作为……代兵士咏唱其劳苦的诗为好吧。"①《苦寒行》中具有象征意味的不仅仅是"太行山"，还有"水"，前路阻隔，行进艰难。这里的水，就不仅是自然之水，而是人生的困顿的象征物。上所举几首诗中之水，均有这个特点。

实际上，《诗品》所品评涉及的诗作，"水"意象随处可见。据统计，"《诗品》中出现流水意象的诗作共 106 首。而其中至少 36 例……的运用，可以看出一个明显共同点：即这一类作品都是抒发人生种种痛苦之作"②。这些诗作大致可分为两类：一是抒写人世间的离愁别绪，如徐干诗："思君如流水"等；二是抒写壮志难酬的感伤，其中的看似旷达超逸的游仙招隐之诗，只不过是现实难以施展抱负的曲折表达。流水意象在诗中的出现可以追溯到《诗经》的时代。黄永武先生谓："《诗经》中的水固然有直赋自然景象的；也有兼含比兴象征的，这些比兴象征大半含有一种共通的意义：'水'是'礼'的象征。"③他举《周南·汉广》："汉之广矣，不可泳思！江之永矣，不可方思！"并解释说："汉水太广，不能潜泳而渡；江水太长，不能乘筏而达。这茫茫的汉水，汤汤的长江，暗比着情爱追求中的鸿沟天堑，这鸿沟天堑就是男女交际间自我约束的'礼'。"④即便不把"水"解释为拘束人们的"礼"，有一点也引起我们的注意，那就是"水"的阻隔意义。由于水的阻隔，《汉广》中的青年男女，始终难遂心愿。《汉广》所反复咏叹的，就是企慕难求的感伤。钱锺书谓："'所谓伊人，在水一方；溯洄从之，道阻且长；溯游从之，宛在水中央'；《传》：'一方'、难至矣。按《汉广》：'汉有游女，不可求思。汉之广矣，不可泳思。江之永矣，不可方思'；陈启源《毛诗稽古编·附录》论之曰：'夫说之必求之，然惟可见而不可求，则慕说益至。'二诗所赋，皆西洋浪漫主义所谓企慕（Sehnsucht）之情境也。"⑤ "企慕情境"

---

① ［日］吉川幸次郎：《中国诗史》，章培恒等译，复旦大学出版社 2001 年版，第 114 页。
② 袁秋侠：《〈诗品〉流水意象的文化透视举隅》，《广西社会科学》2003 年第 4 期。
③ 黄永武：《中国诗学》（思想篇），新世界出版社 2012 年版，第 123—124 页。
④ 同上书，第 124 页。
⑤ 钱锺书：《管锥编》（一），生活·读书·新知三联书店 2007 年版，第 208 页。

即表现所渴望所追求的对象在远方、在对岸,是永远也达不到的境界。与《汉广》一样,《蒹葭》一诗也表现的是一种追求向往而渺茫难继的感伤。《古诗十九首》:"河汉清且浅,相去复几许;盈盈一水间,脉脉不得语。"正是"可见而不可求",类同《蒹葭》《汉广》,取"水"之象而寄意。

  回到钟嵘《诗品》。《诗品》中的"水"的意象,其象征意义就是"阻隔"。由自然的天堑之隔到人生的背离之隔,心里的壮志难酬梦想难就更是一种"隔"。魏晋诗人的去国离乡,拉开了诗人与原来人生时空的距离,这种距离感不断内化心理的"隔"的情绪,这种心理之"隔"的外化,其寄托之象就是"水"。以"水"为意象的原因,是"因为自古以来,交通不那么发达,江河溪流等常常成为人们交往的天然障碍,阻隔着人们的沟通。因而,隔断、隔绝、阻隔等是作为物象的流水天然具备而给人印象至深的特性之一,它与诗人因距离而产生种种情感的内在心理之间,已然隐伏着一种同构对应的关系,一旦诗人需要借助某种'能引起实在的感觉和图画般的联想'的具体物象来外化这种内在的情感时,很自然地就会想到它,并以此为契合点,运用联类思维,将情思融入其中,最终使其成为富含诗情并传达诗情的审美意象"[①]。由此,诗人心理上的阻隔,化而为意象之"水",传达的是诗人的"哀怨"之情。

  诗主"怨"是我国的诗学传统。《诗经》中就有大量怨刺之作。孔子认为:"诗可以兴、可以观、可以群、可以怨。"司马迁认为:"《诗三百》,大抵圣贤发奋之所作也。"班固谓:"哀乐之心感,而歌咏之声发。"自《古诗十九首》至魏晋南北朝的许多诗作,"怨"一直是一个鲜明的主题。诗人或感叹生命短促、人生无常;或抒发家国离乱、人生困顿的哀怨。需要注意的是,诗人抒发的不是一己之哀,而是一个时代群体的悲哀。这种哀怨是社会人生普遍而深刻的"怨",是一种无法解脱的深切悲哀。所以《诗品》中的怨不是指向某种具体的事件而是传达对人生的整体感慨,"怨"在离乱的大背景下产生,就不是一般意义的思妇旷夫的狭隘牢骚,而是一种沉重的生命体验。从魏晋五言诗世界的"水"意象,我们就不难聆听到诗人心灵深处流出的时代悲音。

---

① 袁秋侠:《〈诗品〉流水意象的文化透视举隅》,《广西社会科学》2003 年第 4 期。

第三章　滋味：文学自觉时代的诗味论

我们看到，先秦诗歌中的"怨"更多地表现为"刺"。所谓"变风变雅的诗篇里不仅'尤人'，也'怨天'"①。有主动的规劝、直接的指斥、大胆的暴露、深情的控诉，那么，魏晋南北朝诗歌中的"怨"则表现为"哀"。诗人面对社会的黑暗，自身性命的漂泊无依，目光从外面转向自身，对外界的"怨"于是转化为对自身的"哀"。那么，诗作为纾解"哀怨"的途径就显得十分重要。傅道彬先生认为："'诗可以怨'的真正意义是在诗的形式里抒解哀伤化解怨怒。……心灵一旦郁结，精神一旦堵塞，就需要疏通需要宣泄，而中国古代诗人恰恰把诗作为消解怨忿澡雪精神的有效手段。……出游是一种泻忧方式，诗也是一种泻忧方式，而且是更重要的方式。"② 魏晋诗人为了化解自身之"哀"，自觉接受玄学影响，清谈玄理，忘情山水，皈依自然。"这种审美式的皈依，对个人来讲，就是对'清'的境界的追求；对诗歌来说，'怨'成了一种外在的感召，'哀'成了创作的动机，'清'成了创作的审美追求。"③

　　太谷何寥廓，山树郁苍苍。霖雨泥我涂，流潦浩纵横。中逵绝无轨，改辙登高冈。（曹植《赠白马王彪》）
　　夜中不能寐，起坐弹鸣琴。薄帷鉴明月，清风吹我襟。孤鸿号外野，翔鸟鸣北林。徘徊将何见，忧思独伤心。（阮籍《咏怀诗》）
　　人生不满百，戚戚少欢娱。意欲奋六翮，排雾陵紫虚。（曹植《游仙诗》）

宗白华谓："晋人以虚灵的胸襟、玄学的意味体会自然，乃能表里澄澈，一片空明，建立最高的晶莹的美的意境！"④ 这晶莹的美的意境，就是"清"的审美追求。我们看到，诗人或改辙登高，或坐起弹琴，或羽化仙游，诗人的形象是"超凡脱俗""孤清峭拔"的。诗人为消解"哀

---

① 傅道彬：《诗可以观：礼乐文化与周代诗学精神》，中华书局2010年版，第278页。
② 同上书，第283页。
③ 姜晓云：《"清"与"怨"的历史传承与钟嵘〈诗品〉》，《文艺理论研究》2000年第3期。
④ 宗白华：《论〈世说新语〉和晋人的美》，载宗白华《美学散步》，上海人民出版社1981年版，第179页。

怨"而做出了种种尝试，尽管这种努力往往是徒劳的，时代笼罩在个体生命上的"哀怨"情绪，不是那么容易消解融化的。钟嵘《诗品》里的"嘉会寄诗以亲，离群托诗以怨"，提供了"嘉会"解忧的情感消解模式，不过，魏晋诗人更多的是以孤清的方式来消解孤独，这也许是魏晋诗人的独特性，抑或是魏晋时代的独特性。

四　钟嵘《诗品》"滋味"说的诗学价值及影响

钟嵘提出的"滋味"说在我国诗歌批评史上起着承前启后的作用。"滋味"说不仅在扭转当时的不良文风中显示出积极作用，而且对后世以"味"论诗的诗学理论和创作实践都产生了深远影响。

（一）"滋味"说改变了当时诗学批评"准的无依"的混乱局面，确立了以"滋味"为核心的审美批评标准

钟嵘在《诗品序》中说："观王公搢绅之士，每博论之余，何尝不以诗为口实；随其嗜欲，商榷不同。……喧议竞起，准的无依。"① 钟嵘认为，王公搢绅评诗，从各自的爱好出发，意见不一，众说纷纭，没有一个统一的标准。钟嵘说《诗品》的写作缘起："近彭城刘士章，俊赏之士，疾其淆乱，欲为当世诗品，口陈标榜，其文未遂，感而作焉。"因此，钟嵘为扭转诗坛上那种"准的无依"的局面，提出了"滋味"说的评诗标准。以此为标准，钟嵘把已经去世盖棺论定的123位诗人（古诗算1人）的诗歌划分为上、中、下三品。其中上品12人，中品39人，下品72人。钟嵘论诗的标准，是以"滋味"品第高下。在钟嵘之前，还没有人像钟嵘这样以"滋味"为标准专门品评五言诗这样的纯文学作品。西汉末年刘向、刘歆父子的《七略》，着重辨彰学术流派，用意不在文学；晋代挚虞的《文章流别论》《文章流别志》也是从文章的文体着眼来选文立论。所以，钟嵘在《诗品序》中说："昔九品论人，《七略》裁士，校以宾实，诚多未值。至若诗之为技，较尔可知，以类推之，殆均博弈。"可见，钟嵘认为班固的"九品论人"和刘向、刘歆的"七略裁士""校以宾实，诚多未值"。所以他把汉魏至梁一百二十多位五言诗作者，一一加了评语，按照作者年代先后的顺序，分等排列，这是钟嵘的创举。

---

① （梁）钟嵘著，徐达译注：《诗品全译》，贵州人民出版社1990年版，第16页。

第三章 滋味：文学自觉时代的诗味论

首先，钟嵘的"品第"论的文艺批评方法具有理论意义。钟嵘把五言诗作为批评的对象，体现了诗歌发展的历史进步。魏晋是我国五言诗空前繁荣的时期，但当时的创作还存在着不良的倾向，"永明体"泛滥，"玄言诗"成灾，"事类诗"盛行。文学批评上理论界仍是重四言轻五言，而且标准也不统一。钟嵘的"滋味"说，在矫正流俗、确立标准方面，表现出卓越的审美见识。其次，钟嵘在"致流别""溯渊源"的方法上具有理论价值。钟嵘从对五言诗人及其诗作的品评中，对123位诗人，用探源辨流的方法探讨历代诗人之间的继承关系及渊源。流派探索有一定的文学史意义。英国诗人艾略特说："任何诗人，任何艺术家，都不能单独有他自己的完全的意义。他的意义，他的评价，就是对他与已故的诗人和艺术家的关系的评价。我们不能单独地来评量他；必须把他置于已故的人中间，加以对照、比较。"[①] 这种纵向的历史批评就是钟嵘的"溯流别""探源经籍"，这也是钟嵘的开创之举。

（二）"滋味"说作为诗歌理论体系为历代诗人和诗歌批评家所接受和发扬，并形成了具有民族特色的批评传统

"滋味"说是在继承历史传统的基础上提出的。从老子的"味无味"的哲学思辨，到孔子的以"味"论艺，再到陆机的以"遗味"论诗，刘勰的以"味"论诗文，"滋味"说对前人关于"味"的理论作了较大的发展。不仅如此，"滋味"说还对后世的诗歌创作和理论批评产生深远影响。

唐初陈子昂所力倡的"汉魏风骨"，就是对钟嵘"建安风力"的直接继承，他提出的"兴寄"明显能从钟嵘的"嘉会寄诗以亲，离情托诗以怨"找到蛛丝马迹。陈子昂的论诗主张开启了盛唐诗歌创作和批评的大幕。胡应麟《诗薮》谓："甚矣，诗之盛于唐也！"有唐一代，诗人名家辈出，诗歌创作空前繁荣，出现一大批饶有滋味的诗作。

露重飞难进，风多响易沉。（骆宾王《在狱咏蝉》）
坐观垂钓者，徒有羡鱼情。（孟浩然《望洞庭湖赠张丞相》）

[①] [英]艾略特：《托·史·艾略特论文选》，周煦良等译，上海文艺出版社1962年版，第3页。

> 欲渡黄河冰塞川，将登太行雪满山。（李白《行路难》）
> 正是江南好时节，落花时节又逢君。（杜牧《江南逢李龟年》）

创作的繁荣也促进了诗歌理论的发展。中唐诗人白居易认为应该像钟嵘那样"事物牵于外，情理动于内，随感而兴叹咏"。晚唐司空图的"韵外之致""象外之象""味外之味"的诗学思想，是对钟嵘"滋味"说的继承与发展。自宋以降，严羽的"妙悟"说，王士祯的"神韵"说，直至王国维的"境界"说，形成了具有民族特色的诗学批评传统。

第四章　韵味：中国诗学中的艺术哲学

魏晋以降，诗味理论在唐代进一步发展。其主要表现为唐代评论家在品评诗歌时不约而同地提到了"诗味"。据胡应麟《诗薮》中的说法，"唐人诗话，入宋可见者，有十三家四十九卷之多"，据此推测，恐怕唐时还要多。刘知几《史通·叙事》谓："夫史之称美者，以叙事为先。至若书功过，记善恶，文而不丽，质而非野，使人味其滋旨，怀其德音，三复忘疲，百遍无斁，自非作者曰圣，其孰能与于此乎？"①《史通·自叙》又谓："词人属文，其体非一，譬甘辛殊味，丹素异彩，后来祖述，识昧圆通，家有诋诃，人相掎摭，故刘勰《文心》生焉。"②

实际上，刘知几的这两段话，一方面强调"滋味"与文采有关，另一方面强调"滋味"是抒情文学的专利，进而认为《文心雕龙》是对不同风格的文学作品的批评，"味"是诗歌的基本属性。

皎然的诗味论，见于其《诗议》一书。胪列如下：

> 顷作古诗者，不达其旨，效得庸音，竞壮其词，俾令虚大。或有所至，已在古人之后，意孰语旧，但见诗皮，淡而无味。③

> 夫诗工创心，以情为地，以兴为经，然后清音韵其风律，丽句增其文彩。如杨林积翠之下，翘楚幽花，时时间发。乃知斯文，味益深矣。④

---

① （唐）刘知几撰，黄寿成校点：《史通》，辽宁教育出版社1997年版，第49页。
② 同上书，第87页。
③ ［日］弘法大师原撰，王利器校注：《文镜秘府论校注》（南卷），《论文意》，中国社会科学出版社1983年版，第314—315页。
④ 同上书，第329页。

味：一个诗学语词的理论批评

> 且文章关其本性，识高才劣者，理周而文窒；才多识微者，句佳而味少。①

综合来看，皎然是从创作的角度，来谈如何使诗歌有"味"。那就是反对机械模仿，强调创新；创作要有情感，有情感才能保证内容和形式统一；作家要具备才和识，两者缺一不可。他强调在诗歌创作中遵循比兴原则，他用高、逸、贞、忠等19字概括不同特点的诗歌，同时指出："其一十九字，括文章德体，风味尽矣……其比兴等六义，本乎情思，亦蕴乎十九字中，无复别出矣。"②

唐代作家，以味论诗者，还有王昌龄。据《文镜秘府论》地卷《十七势》中"第十五，理入景势"载王昌龄谓："理入景势者，诗不可一向把理，皆须入景，语始清味；理欲入景势，皆须引理语入一地及居处，所在便论之，其景与理不相惬，理通无味。"③"第十六，景入理势"又云："景入理势者，诗一向言意，则不清及无味；一向言景，亦无味。事须景与意相兼始好。"④ 王昌龄强调的是景和理的完美统一。就是说，有味的诗一定要以景传意达理，理寓于景中。王昌龄是从境与味的关系揭示诗味的生成机制。

以上诸人，在以味论诗方面，虽然也时有真知灼见，但未形成系统的诗味论。对后世诗味论影响巨大的，当推晚唐司空图的"韵味"说。从诗味理论的历史发展流变的角度看，司空图的"韵味"说，是对钟嵘"滋味"说的一次划时代超越，其所提出的"象外之象，景外之景"，"韵外之致，味外之旨"，超然妙品，堪称中国诗学中的艺术哲学。

第一节 道心："韵味"说的哲学美学思想基础

严格说来，司空图本人并未直接提出"韵味"的概念。司空图是晚

---

① ［日］弘法大师原撰，王利器校注：《文镜秘府论校注》（南卷），《论文意》，中国社会科学出版社1983年版，第327页。
② （唐）皎然：《诗式》，载（清）何文焕辑《历代诗话》（上），中华书局1981年版，第35页。
③ ［日］弘法大师原撰，王利器校注：《文镜秘府论校注》，中国社会科学出版社1983年版，第131页。
④ 同上书，第132页。

唐著名诗人，同时也是唐代很有成就的文学理论批评家。他的诗学思想，主要体现在他的许多诗论文章以及他的《诗赋赞》。在《与李生论诗书》《与王驾评诗书》《与极浦书》《题柳柳州集后序》等诗论文章中，他以诗味为中心，总结了诗歌艺术发展中的一些重要经验，提出了"象外之象，景外之景""韵外之致，味外之旨""思与境偕"等著名的诗歌美学范畴。司空图以诗写成的诗论《二十四诗品》①，是其诗学思想的集大成。他主张"辨于味，而后可以言诗"，所致力索辨的是"韵外之致"和"味外之旨"。也许正是因为其"韵外"与"味外"并提，所以人们就把他的诗味说标以"韵味"说。在宋代，司空图的"韵外之致"和"味外之旨"则被称为"味外味"，苏轼在其《书黄子思诗集后》谓：

> 唐末司空图，崎岖兵乱之间，而诗文高雅，犹有承平之遗风，其论诗曰："梅止于酸，盐止于咸。饮食不可无盐、梅，而其美常在咸、酸之外。"盖自列其诗之有得于文字之表者二十四韵，恨当时不识其妙，予三复其言而悲之。②

其在《书司空图诗》又谓："司空图表圣自论其诗，以为得味于味外，'绿树连村暗，黄花入麦稀'，此句最善。又云：'棋声花院静，幡影石坛高。'吾尝游五老峰，入白鹤院，松阴满庭，不见一人，惟闻棋声，然后知此句之工也。"③

《四部丛刊》本洪迈《容斋随笔》卷十亦引苏轼语："司空表圣自论其诗，以为得味外味。""味外味"是对诗篇本来意义的一种超越，是较之"滋味"更深一层的"味"，是"韵味"说的精义所在。

一 三风鼓荡："儒""释""道"影响下艰难悲慨的隐逸人生

司空图（837—908），字表圣，自号知非子，耐辱居士，河中虞乡

---

① 关于《二十四诗品》作者，近年来学界尚有争议。有论者认为《诗品》作者并非司空图，参见陈尚君、汪涌豪《〈二十四诗品〉不是司空图所作》，《寻根》1996年第4期。但从目前有关研究的情况看，尚无确切证据证明它不是司空图所作，所以本书仍从旧说。

② （宋）苏轼著，徐伟东编：《东坡题跋》卷2，人民美术出版社2008年版，第152—153页。

③ 同上书，第144页。

（今山西永济）人。唐懿宗咸通十年（869）进士，早年颇有济世安邦理想，黄巢起义时避乱归乡，起义平定后隐居于中条山王官谷，不再出仕。唐哀宗天祐四年，闻唐王朝覆灭，这位远离政治的隐逸诗人，拒绝朱全忠入仕梁朝之召，次年绝食而亡。

　　王宏印先生指出："司空图《二十四诗品》的创作成功，首先应归功于作者在人生旅途上一再地归隐，以及由此而产生的对生活的独特的理解和对诗歌的独特的品味。"① 朱东润先生在分析司空图《二十四诗品》创作动因时也指出："盛唐诗人身处太平之时，胸中之趣，自有得于意言之表者。元白之时，天下已乱，发而为新乐府，讥刺讽谏，犹冀得邀当局之垂听，谋现状之改进。及于表圣，时则大乱已成，哀歌楚调，同为无补，于是抹杀现实而另造一诗人之幻境，以之自遣，《二十四诗品》之作，盖以此也。"② 司空图的《二十四诗品》，无疑是晚唐时代的产物，生活在晚唐动荡岁月的司空图不可避免地在其人其诗中打上时代的烙印。明代诗论家胡应麟在《诗薮》中，谈到"文章关气运，非人力"的问题，曾以王湾《次北固山下》诗句"海日生残夜，江春入旧年"，来描述盛唐的恢宏气象；以于良史《冬日野望》诗句"风兼残雪起，河带断冰流"，形容中唐残破凋零；以温庭筠《商山早行》诗句"鸡声茅店月，人迹板桥霜"，显示晚唐的孤寂清冷。像许多晚唐的政治失意文人一样，当儒家的入世情怀不能实现时，司空图退而到释道界域寻找精神的寄托，由感伤、痛苦、悲观、绝望而转向佛老的任其自然，恬静冲淡，远离浊世和超然物外。

　　司空图就是在这种心态下度过了他晚年的隐居生活。"时取一壶闲日月，长歌深入武陵溪"③，暂时抛却山外世事的司空图，在大自然的四时山野风光中，怡情悦性。时时与僧人道徒来往唱和。《旧唐书·司空图本传》谓："图有先人别墅在中条山之王官谷，泉石林亭，颇称幽栖之趣，日与名僧高士游咏其中。"请看他的《退居漫题七首》（其一）："身外都无事，山中久避喧。破巢看乳燕，留果待啼猿。"一时没了功名利禄的干扰，可以全身心于大自然与诗的纯美境界之中。此一时期其诗作的主要内

---

① 王宏印：《〈诗品〉注译与司空图诗学研究》，北京图书馆出版社2002年版，第9页。
② 朱东润：《中国文学批评史大纲》，上海古籍出版社2001年版，第114页。
③ （唐）司空图：《丁未岁归王官谷有作》，祖保泉、陶礼天：《司空表圣诗文集笺校》，安徽大学出版社2002年版，第32页。

容也是表现他隐居生活的闲情逸致、山水田园胜景。他说:"此身闲得易为家,业是吟诗与看花。若使他生抛笔砚,更应无事老烟霞。"① 又说:"浮世荣枯总不知,且忧花阵被风欺。侬家自有麒麟阁,第一功名只赏诗。"② 在这些诗里,他把诗作为自己生命的伴侣。已经隐入深山,远离尘嚣的司空图,向往的是那种超尘拔俗、清净空寂的精神境界,此刻,还有什么能够羁绊司空图晶莹的"道心"呢?

纵观司空图的生平行迹,他有出仕与隐退的思想矛盾。这种思想矛盾始终纠缠着劫后余生的司空图。可以这样认为,司空图的做人方式,基本是儒家的修身济世。但他的人格之中,又有道家和佛家的思想影响和出世倾向,这在他的隐居之后生活中体现得很明显。但是从他的诗歌创作和论诗论文来看,他的文学观和艺术观并不是儒家的济天下,而是修身心。司空图对艺术本体、宇宙本体的认识,基本是道家的。《二十四诗品》和《诗赞赋》中对道家思想的一再援引,以及把道视为宇宙的本原和诗的本原,非常明显地体现了这一点。从《二十四诗品》来看,反复出现的飞翔意象及其所体现的理想人格,多属于道家类型。即便是具有入世精神的诗篇也带上了明显的出世倾向,佛家思想的熏染,也时有流露。我们看到,唐代的中国文化,已经形成儒、释、道三教并列的基本格局,文化的影响无疑会在个体生命上留下深深的印痕。但就每一个独特的个体而言,晚唐的乱世,可能会使个人的人格结构偏向道家和佛家,司空图就是这样。理解司空图身上的"儒入而道出",有助于我们理解司空图的诗歌本体和诗人主体思想。

二 "自然之道":诗歌的本体

司空图的"韵味"说,比较集中地体现于他的《二十四诗品》,他所描绘的二十四种诗歌妙境,可以看作二十四种不同的诗歌"韵味"。那么,理解司空图《诗品》所体现的"韵味"说之诗歌本体,有助于理解司空图诗学的哲学美学思想基础。与钟嵘的《诗品》描述五言诗之美与

---

① (唐)司空图:《闲夜二首》,祖保泉、陶礼天:《司空表圣诗文集笺校》,安徽大学出版社2002年版,第107页。

② (唐)司空图:《力疾山下吴村看杏花十九首》(之六),同上书,第137页。

味：一个诗学语词的理论批评

"致流别"品评诗人不同，司空图的《诗品》则完全进入高度的抽象的理论高地。司空图《诗品》是一部道家艺术哲学著作，是一部用道家思想总结山水田园诗派的诗境风格之美的著作。陈良运先生说："司空图之《诗品》完全回归诗之本体本质，超越所有诗歌文体与具体的诗人作品之品评，以迷离恍惚的意象化语言进行高度的抽象化操作，建构充满精义妙谛的诗歌艺术哲学。"[①] 他认为，道家哲学是二十四种诗境之美的形成基础，这一思想几乎贯穿《二十四诗品》的每一品。《诗品》以道家的"自然之道"为贯通之血脉，以"自然之道"的诗化展开为其整体架构，以"道心"体悟来描述二十四种诗歌妙境。《诗品》所描绘的二十四种不同诗境在思想内容方面和艺术表现方面，都有共同的特征，那就是，都是老庄的精神境界和理想人格在诗歌意境中的体现。尽管这二十四诗品在艺术风格上是不同的，但是都很充分地体现着老庄虚静恬淡、超尘拔俗的精神情操和理想人格。《诗品》中充满着老庄哲学的"道"或者"道"的别名。

  俱道适往，著手成春。(《自然》) 道不自器，与之圆方。(《委曲》) 忽逢幽人，如见道心。(《实境》) 大道日丧，若为雄才。(《悲慨》) 俱似大道，妙契同尘。(《形容》) 少有道契，终与俗违。(《超诣》) 浅深聚散，万取一收。(《含蓄》)
  妙造自然，伊谁与裁。(《精神》) 薄言情悟，悠悠天钧。(《自然》) 遇之自天，泠然希音。(《实境》) 若其天放，如是得之。(《疏野》) 荒荒坤轴，悠悠天枢。(《流动》)
  大用外腓，真体内充。(《雄浑》) 畸人乘真，手把芙蓉。(《高古》) 体素储洁，乘月返真。(《洗炼》) 饮真茹强，蓄素守中。(《劲健》) 真与不夺，强得易贫。(《自然》) 是有真宰，与之沉浮。(《含蓄》) 真力弥满，万象在旁。(《豪放》) 是有真迹，如不可知。(《缜密》) 惟性所宅，真取弗羁。(《疏野》) 绝伫灵素，少回清真。(《形容》) 素处以默，妙机其微。(《冲淡》) 虚伫神素，脱然畦封。(《高古》)

---

① 陈良运：《中国诗学批评史》，江西人民出版社2007年版，第285页。

第四章 韵味：中国诗学中的艺术哲学

尤其值得注意的是，《诗品》以《雄浑》始，以《流动》终，绝非偶然，是有深意的。《雄浑》谓：大用外腓，真体内充。反虚入浑，积健为雄。具备万物，横绝太空。荒荒油云，寥寥长风。超以象外，得其环中。持之非强，来之无穷。

《雄浑》是建立在老庄"自然之道"基础上的一种大美。"大用外腓，真体内充"讲的是道家玄学家的体用、本末观。"大用外腓"是由于"真体内充"，所谓"真体"，就是得道之体，合乎自然之道之体。"大用"就是"无用之用"，"大用"之说见于《庄子·人世间》，这是一个关于"有用""无用"之辩的故事。木匠认为大栎树毫无用处，"散木也，以为舟则沈，以为棺椁则速腐，以为器则速毁，以为门户则液樠，以为柱则蠹。是不材之木也，无所可用，故能若是之寿"[1]。于是大栎树给他托梦："女将恶乎比予哉？若将比予于文木邪？夫柤梨橘柚，果蓏之属，实熟则剥，剥则辱；大枝折，小枝泄。此以其能苦其生者也，故不终其天年而中道夭，自掊击于世俗者也。物莫不若是。且予求无所可用久矣，几死，乃今得之，为予大用。使予也而有用，且得有此大也邪？且也若与予也皆物也，奈何哉其相物也？而几死之散人，又恶知散木！"[2]"无用之用"就是自然之道，就是"真体"。"反虚入浑，积健为雄"是对前两句的具体解释。《庄子·人世间》云："气也者，虚而待物者也。唯道集虚。虚者，心斋也。"道家所说的"虚"，如王夫之所言，乃是"静即含动，动不舍静"，是一种"虚中受外，外乃不窒"的心理状态。"虚"指的是心理空间，就是"坐忘"与"澡雪"功夫。"浑"指的是自然之道的状态特征。正如老子所谓："有物混成先天地生。寂兮寥兮独立不改，周行而不殆，可以为天下母。"所谓"反虚入浑"，是指体悟道心，必须对理性自我、实用自我进行超越，经过"离形去知""听之以气"的心斋坐忘过程，从而完成直觉自我，这个过程被黑格尔称为"心智实体化"，其效用"正在于把那种主观虚妄性和它的一切聪明计较反思消融在其中"[3]。经过这样的虚静过程，达到"空明灵透"的浑蒙之境，"反虚"就是"返道"。

---

[1] 陈鼓应：《庄子今注今译》（上），中华书局1983年版，第132页。
[2] 同上。
[3] [德]黑格尔：《哲学史讲演录》（第一卷），贺麟、王太庆译，商务印书馆2011年版，第166页。

· 177 ·

"积健为雄"之"健",乃《易经》之"天行健"之"健",意为"天体之行,昼夜不息,周而复始"①,自由雄健之气。前四句综合来看,是说诗的震撼人的力量向外伸张,是由于雄浑之气充盈胸中。蓄积雄健之气的途径就是返归"道"。

  中间四句是对前四句的进一步发挥。是说雄浑之体得自然之道,可笼罩万物。庄子谓:"夫道,覆载万物者也,洋洋乎大哉!"② 这四句极力描摹"道"之至大至健,恰如《庄子·逍遥游》所谓大鹏能"水击三千里,抟扶摇而上者九万里",乃是由于以整个宇宙作为自己的运行空间,故气魄宏大,无与伦比。"荒荒油云,寥寥长风"正是自然之道的体现,自由自在,飘忽不定,浑然天成,了无痕迹。后四句是对雄浑诗境创作特点的概括。只有超然物外,才能掌握雄浑之道的中枢,雄浑之气才能来之无穷。《庄子·齐物论》谓:"彼是莫得其偶,谓之道枢;枢始得其环中,以应无穷。"郭象注曰:"夫是非反复,相寻无穷,故谓之环。环中,空矣。今以是非为环而得其中者,无是无非也。无是无非,故能应夫是非,是非无穷,故应亦无穷。"是说如能持雄浑之气超然物外,则如处在圆环的中心,可以应无穷变化。也就是说,一切任乎自然则能无为而无不为。"持之匪强,来之无穷",这种雄浑境界的获得必须顺其自然,不得强求。

  "雄浑"位居《二十四诗品》之首,可谓开宗明义。它讲的是一种同乎自然本体的最高的美,是诗歌创作的最高理想境界。其所倡的"超然物外,得其环中"的创作思想贯穿整个《二十四诗品》。

  再看《流动》:若纳水輨,如转丸珠。夫岂可道,假体如愚。荒荒坤轴,悠悠天枢。载要其端,载闻其符。超超神明,返返冥无。来往千载,是之谓乎。"流动"一品说的是诗歌意境的流动之美。前两句先设喻,形容诗歌中流动不居的气脉。三、四句承上而来,是说万物都是不可知道的假借体;无形的道化为有形的物,为的是让那些愚人看的。中间四句进一层推论,再将流动之理证之于天地。荒荒坤地,广袤无边,其下有枢轴移转,无片刻停息;悠悠昊天,上有北斗晨隐夜现,自然万物春华秋实,时

---

① (唐)孔颖达:《周易正义》,(清)阮元校刻《十三经注疏》(附校勘记)(上册),中华书局1980年影印本,第14页下栏。
② 陈鼓应:《庄子今注今译》(中),《天地》,中华书局1983年版,第297页。

第四章　韵味：中国诗学中的艺术哲学

序代谢，运行无始无终，亘古不息。这是对"道"的"变动不居，周流六虚，上下无常，刚柔相易，不可为典要，唯变所适"①的诗化描述。最后四句，总归上文，也是《二十四诗品》的收束。"流动"之妙既然符合坤轴天枢运转之道，如何在诗中求得？全在于精神的高超精玄，周流无滞。那么"流动"必将返归于冥远之极，尽管时日交替，来往千载，也永无休止。所谓"超超神明，返返冥无"，是说大道是神明的、无形的。杨廷芝《诗品浅解》谓："神明者，变化莫测，周流无滞者也。冥无，静之极，冲漠无朕者也。自其达于外者而言，迹象难求，超超于神明之上；自其根于内者而言，静养无闲，返返于冥无之中。阅世生人，阅人成世，未识其端自何开，未闻其符之何在。来往千载，则千变万化，不拘于一；往古来今，不滞于时，其是之谓乎？流动岂易易哉！"②

郁沅先生指出："司空图把诗境创造的理论上升到艺术哲学的高度，认为道家哲学是二十四种诗境之美的形成基础，这一观点几乎贯穿着《二十四诗品》的每一品。他置'雄浑'于首品，置'流动'于末品，绝非偶然，而是极有深意的。'雄浑'……指出雄浑的力量来自道家返虚养气的修养。……结尾'流动'……强调天地转动不止，万物的流动，都是由于空无之'道'作用的结果。这种安排表明，整个《二十四诗品》是以道家哲学思想始，以道家哲学思想终。"③陈良运先生在分析这两品时也指出："前者（指'雄浑'，引者注）是'道'体的总体描述……后者（指'流动'，引者注）是对'道'的'变动不居，周流六虚……'的诗化概括性描写。前者描写了'道'中之动，重点在'道'；后者描写了动中之'道'，重点在动；前者是'道'之变化的本体，是本体之意象；后者是变化之'道'的本体回归，是变动之意象。司空图如此安排，正是意象化地体现老子所谓'大曰逝，逝曰远，远曰反'的'天道之行'。"④从文体结构看，二十四品也符合道家哲学思想为本的事实。杨廷

---

① 黄寿祺、张善文：《周易译注》（下），《系辞下传》，上海古籍出版社2007年版，第417页。
② （清）孙联奎、杨廷芝著，孙昌熙、刘淦校点：《司空图〈诗品〉解说二种》，齐鲁书社1980年版，第122页。
③ 郁沅：《〈二十四诗品〉：道家艺术哲学》，《文学遗产》2011年第3期。
④ 陈良运：《中国诗学批评史》，江西人民出版社2007年版，第288页。

味：一个诗学语词的理论批评

芝《诗品浅解总论》谓：

> 二十四目，前后平分两段，一则言在个中，一则神游象外。首以《雄浑》起，统冒诸品，是无极而太极也。《雄浑》有从物之未生处说者，《冲淡》是也。有从物之已生处说者，《纤秾》是也。第《冲淡》难于《沉著》；《纤秾》难于《高古》；惟以《典雅》见根柢，于《洗炼》见工夫。进以《劲健》，而《沉著》《高古》不待言矣。见以《绮丽》，而《冲淡》《纤秾》又不必言矣。故以《自然》二字总束之。又，从《自然》申足一笔，一言其万殊而一本，一言其左宜而右有。《含蓄》《豪放》，申上即以起下，但此非皮毛边事，故以《精神》提起；精神周到则《缜密》，精神活泼则《疏野》；而《缜密》恐失之板重，《疏野》恐失之径直；故又转出《清奇》《委曲》二笔，而以《实境》束之。境何往不实？指出《悲慨》《形容》，正见品无时不然，亦无物不有。申上《实境》即绾上《精神》，斯亦完密之至矣。后用推原之笔，写出《超诣》《飘逸》《旷达》三项，品直造于化境，而《悲慨》不足以介意，《形容》非仅以形似，收本段亦收上段。盖至此而变动不居，周流六虚，流动之妙，与天地同悠久，太极本无极也。《诗品》所为，以《雄浑》起，以《流动》结也。①

按照杨廷芝的分析，《诗品》可分两段。前一段，"言在个中"，由"冲淡"生发；后一段，"神游象外"，以"精神"贯通。《冲淡》上承"雄浑"，言诗之"道"化的美学品格；《精神》下应"流动"，言诗人"道心"变化之意境品格。其他诸品，皆在"逝"与"远"的轨道上运行。每一品，均是其中的一个轨迹。

那么，作为哲学本体论的道家之"道"是如何进入司空图的诗学世界，并转化为司空图的诗学主体的？道家之"道"，其创始人为老子和庄子。在老、庄那里，作为以自然为法的"自然之道"，他们看到了自然万

---

① （清）孙联奎、杨廷芝著，孙昌熙、刘淦校点：《司空图〈诗品〉解说二种》，齐鲁书社1980年版，第122—123页。

· 180 ·

第四章　韵味：中国诗学中的艺术哲学

物的生成、运动、变化，都是自在自为，无意识，无目的，却又自我完成的。"但是，他们把存在于物质运动自身的这种法则与规律，从物质之中抽象出来，分离出来，成为先于物质的一种先验存在，并且生成与支配着万物，这就是老、庄所谓的'道'。"① 老子曰："有物混成，先天地生。寂兮寥兮，独立而不改，周行而不殆，可以为天地母。吾不知其名，强字之曰'道'。"② 这种"道"，看不见，摸不着，浑然一体，不具形状。"是谓无状之状，无物之象，是谓恍惚。"他们以"虚无"为"道"的本质。"道"是"无"，"天下万物生于'有'，'有'生于'无'"③。"有"为有形有象的具体事物，"无"为先于具体事物的无形无象的本原，即"道"。那么，"无"如何衍生为"有"，进而化育天下万物的呢？老子回答说："'道'生一，一生二，二生三，三生万物。"④ 老子的"'道'生一"，就是说宇宙从"无"到"有"，万物皆由道产生。即老子所谓"道生万物"。老子认为，天地之宗，道统万物，先天地生，是派生万物的"天下母"。它既是本根，又是本体。"道"是宇宙万物的根本规律，是高悬在客观世界万物之上的，但客观世界本身确是物质的、自然的。所以老、庄的"道"是面向自然，以自然为其法则的："人法地，地法天，天法'道'，'道'法自然。"⑤ 这里的自然是指自然而然，与"人为"相对，非为自然界之意。老子以天道为天、地、人的共同法则，把天地万物看成一个整体。这是一种宇宙同构的思想，重视人与宇宙的同构性，重视人与自己生活的环境。

但是，"老子乃至庄子，在他们思想起步的地方，根本没有艺术的意欲，更不曾以某种具体艺术作为他们追求的对象。因此，他们追求所达到的最高境界的'道'……与艺术，是风马牛不相及的。但是，若不顺着他们的思辨地形上学的路数去看，而只从他们由修养的工夫所到达的人生境界去看，则他们所用的工夫，乃是一个伟大艺术家的修养工夫；他们由工夫所达到的人生境界，本无心于艺术，却不期然而然地会归于今日之所

---

① 郁沅：《〈二十四诗品〉：道家艺术哲学》，《文学遗产》2011年第3期。
② 陈鼓应：《老子注译及评介》，25章，中华书局1984年版，第163页。
③ 同上书，40章，第223页。
④ 同上书，42章，第232页。
⑤ 同上书，25章，第163页。

· 181 ·

谓艺术精神之上,也可以这样的说,当庄子从观念上去描述他之所谓道,而我们也只从观念上去加以把握时,这道便是思辨地形而上的性格。但当庄子把它当作人生的体验而加以陈述,我们应对于这种人生体验而得到了悟时,这便是彻头彻尾地艺术精神。"[1] 徐复观先生的这段话说明,老庄是把他们之所谓"道"作为一种存在的状态,而不是一种艺术的创造。道家本无意于今日之所谓艺术,但是从庄子把握的艺术精神的主体,是人的本质的德、性、心,是艺术的德、性、心,由此可以成就最高的艺术。他们之心所流露出的艺术人生,自然就是艺术精神。

> 耳止于听,心止于符。气也者,虚而待物者也。唯道集虚。虚者,心斋也。[2]
>
> 仲尼蹴然曰:"何谓坐忘?"颜回曰:"堕肢体,黜聪明,离行去知,同于大通,此谓坐忘。"[3]

"心斋""坐忘",正是美的观照得以成立的精神主体。达到心斋、坐忘,正是美的观照的历程。在这个过程中,把心从欲望中解救出来,欲望的消解,使得"用"的观念无处安放,于是精神便获得自由。正如海德格尔所说:"在作美地观照的心理地考察时,以主体能自由观照为其前提。站在美地态度眺风景,观照雕刻时,心境愈自由,便愈能得到美的享受。"[4]

回到司空图。徐复观在讨论道家文化与艺术精神时,得出这样的结论:"庄子的所谓道,本质上是最高的艺术精神。"[5] 而庄子由心斋的工夫"所把握的心,正是艺术精神的主体"[6]。司空图把"道"作为自身的存在,以"道"作为诗歌审美的本体,把道家之"道"看作诗境之美的根源,作为诗歌的本体,自觉地把道家哲学、道家思想、道家修养、处世态

---

[1] 徐复观:《中国艺术精神》,春风文艺出版社 1987 年版,第 43—44 页。
[2] 陈鼓应:《庄子今注今译》(上),《人间世》,中华书局 1983 年版,第 117 页。
[3] 同上书,《大宗师》,第 205 页。
[4] 圆赖三:《美的探求》,第 214—215 页。转引自徐复观《中国艺术精神》,春风文艺出版社 1987 年版,第 63 页。
[5] 徐复观:《中国艺术精神》,春风文艺出版社 1987 年版,第 49 页。
[6] 同上书,第 61 页。

度、艺术观念贯彻于诗境风格之美的理论与意象之中。

三 自然的诗化与人化的诗境：诗人的主体

道家的审美理想，以淳朴、质素、虚静为最高境界。他们认为，世间万物都是"道"派生出来，世间万物之所以美是因为它们体现着"道"。而淳朴、质素、虚静之所以被视为最高的美，是因为它们本身便是"道"的本质的一种体现。这种最高的境界的美在司空图那里一方面表现为远离尘世、归隐山林、面向自然、放任个性的山水田园诗景，另一方面，司空图力图摄取诗人转移到诗境中的主体之神来描绘这一妙境的审美特征。《二十四诗品》所标举的美的诗境，几乎都是用有关山水田园的意象和图画来比拟，有的意象比拟自身就是优美的山水田园诗。如：

采采流水，蓬蓬远春。窈窕深谷，时见美人。碧桃满树，风日水滨。柳阴路曲，流莺比邻。（《纤秾》）

玉壶买春，赏雨茅屋。坐中佳士，左右修竹。白云初晴，幽鸟相逐。眠琴绿阴，上有飞瀑。（《典雅》）

娟娟群松，下有漪流。晴雪满竹，隔溪渔舟。可人如玉，步屟寻幽。载瞻载止，空碧悠悠。（《清奇》）

何如尊酒，日往烟萝。花覆茅檐，疏雨相过。倒酒既尽，杖藜行歌。孰不有古，南山峨峨。（《旷达》）

司空图以他的"道"心，体悟并描写了自然之道诗化的种种妙境。与儒家美学思想最豁目的特征是人道主义相对应，道家美学思想最显豁的特征是宇宙意识。道家的宇宙意识向往的是人的心灵世界，展示了人认识物质世界的无限性，与此同时，也发现了人的精神世界的无限性。司空图《诗品》所描绘的诗歌意境，其旨归导向一种内心生活、内在人格的追求。司空图通过写诗，为自己的生活创造一种存在的意义。创造一种于乱世中"拯救自我、安顿生命"[①]的精神生活空间。清刘熙载《艺概·书概》谓："司空表圣之《二十四诗品》，其有益于书也，过于庾子慎之

---

① 胡晓明：《中国诗学之精神》，江西人民出版社2001年版，第62页。

《书品》。盖庾《品》只为古人标次第,司空《品》足为一己陶胸次也。"

"陶胸次"是对司空图《诗品》精准的评价。从这意义上说,《二十四诗品》中的自然山水,就被诗人当作安顿生命、抚慰身心、止泊精神的方式和途径。在道家的艺境中,我们看到更多的是主体个体对宇宙本源的诗意追问;是个体人格在清闲静远、萧散冲淡的审美体验中达到的内在超越。于是我们看到:

  绿林野屋,落日气清。脱巾独步,时闻鸟声。鸿雁不来,之子远行。所思不远,若为平生。海风碧云,夜渚月明。如有佳语,大河前横。(司空图《诗品·沉著》)①
  采菊东篱下,悠然见南山。山气日夕佳,飞鸟相与还。此中有真意,欲辨已忘言。(陶渊明《饮酒二十首》之五)②
  挂席几千里,名山都未逢。泊舟浔阳郭,始见香炉峰。尝读远公传,永怀尘外踪。东林精舍近,日暮空闻钟。(孟浩然《晚泊浔阳望香炉峰》)③

在这里,绿林野屋,篱下南山,东林精舍,日暮闻钟,都成为了逸士风神、高人性情的衬托或象征,个体在感性世界中以萧散、淡逸、冲虚的心境中达到了一种精神上的超越。

于是我们在《二十四诗品》中能看到如下的美妙意境。"温和的春风掀动着衣襟,又轻轻地拂过门前的竹梢,人在竹林中穿行,听清音琮琮。"(《冲淡》)"波光粼粼的清泉流入山涧,山坡上草木一片幽深。在那深山幽静的山谷里,时而有少女的身影出现在眼前。池畔风和日丽,满树碧桃盛开。柳荫覆盖着曲径,还有黄莺在树枝间穿飞。"(《纤秾》)"晨露滋润的青山边,满林杏花盛开正艳,明月照映下的华屋,明灭闪光;绿荫中,又现出雕栏曲桥的身影。让金樽把美酒斟满,在堂前为嘉宾抚琴。"(《绮丽》)"在秀丽的松树下,有一条小溪澄碧清清;雪后的汀

---

① (唐)司空图著,郭绍虞集解:《诗品集解》,人民文学出版社1963年版,第9页。
② (晋)陶潜著,龚斌校:《陶渊明集校笺》(修订本),上海古籍出版社2011年版,第234页。
③ (唐)孟浩然撰,李景白校注:《孟浩然诗集校注》,巴蜀书社1988年版,第126页。

州一片皑皑,在水一方,但见一叶扁舟。清奇之人,踏着木屐,在这幽静的景色里缓步而行;不时凝望那碧空悠悠。那高古奇异的神态,淡远清奇得无法描述:清淡似拂晓的月色,奇爽如蓝天在深秋。"(《清奇》)此处,清人穿行竹林,悠然与自然神韵与生俱归;有人融合于氤氲春气之中,浑然一片生机流荡;自然万物明媚绮丽,充溢着诗人的丰赡的内心;有品质高洁、风度娴雅的高士,探寻幽趣,心情淡泊,如破晓之月光,明朗惨淡,又如深秋之空气,清新高爽。每一品,淡雅柔美的物象,清奇疏朗的"美人""幽人""畸人",构成了一种空灵疏淡的妙境,有一种优美回环的韵味。

尤其需要注意的是《诗品》中反复出现的"林"意象。《冲淡》中的"竹林":"犹之惠风,荏苒在衣,阅音修篁,美曰载归。"《纤秾》中的"桃林、柳荫":"碧桃满树,风日水滨,柳阴路曲,流莺比邻。"《沉著》中的"绿林":"绿林野屋,落日气清,脱巾独步,时闻鸟声。"《典雅》中的"修竹":"玉壶买春,赏雨茅屋,坐中佳士,左右修竹。"《绮丽》中的"杏林":"雾余水畔,红杏在林,月明华屋,画桥碧阴。"《清奇》中的"松林""竹林":"娟娟群松,下有漪流。晴雪满竹,隔溪渔舟。"《悲慨》中的"林":"大风卷水,林木为摧。""萧萧落叶,漏雨苍苔。"我们看到,在司空图笔下的"林",有淡雅柔静之美的修竹绿柳;有盎然跳动的碧桃红杏;也有萧萧落木的风中之林。这些林木,构筑了司空图的生命田园。傅道彬先生指出:"整个古典文学中有着浓重的田园意味。尤其当时代处于四分五裂,士大夫们风波劳顿心无可依时总寻求田园归隐。"[①] 那么,这里出现的幽谷森林,林壑高泉,深山明月,空峡悠云,这样一种诗意的存在之境,不就是士大夫们风波劳顿心无可依时的"田园""家园"吗?它向身心憔悴的乱世诗人敞开与召唤,抚慰诗人的心灵,安顿诗人的灵魂。诗人回应着这种"召唤",向家园"返回"。

种豆南山下,草盛豆苗稀。晨兴理荒秽,带月荷锄归,道狭草木长,夕露沾我衣。衣沾不足惜,但使愿无违。(陶渊明《归园田居·

---

① 傅道彬:《晚唐钟声——中国文学的原型批评》(修订本),北京大学出版社2007年版,第100页。

其三》)①

　　暧暧远人村，依依墟里烟。狗吠深巷中，鸡鸣桑树巅。户庭无尘杂，虚室有余闲。久在樊笼里，复得返自然。（陶渊明《归园田居·其一》)②

　　主体正是在对自然的亲近和归依、在对宇宙时空的诗意追问中淘洗了胸次，止泊了心灵的流荡，获得了对个体人格的内在超越和对个体命运的释怀。在这里我们看到了主体对自然的亲近和返归"家园"的强烈渴望。海德格尔曾经有过一个关于返回家园的隐喻。他说：

　　林是树林的古名。林中有许多路，这些路多半突然断绝在人迹不到之处。这些路叫做林中路。
　　每人各奔前路，但都在同一林中。常常看来仿佛一个人的情形和另一个人的情形一样。然而只不过是看来仿佛如此而已。
　　从事林业者与森林管理员认得这些路。他们懂得什么叫误入歧途。③

　　那么，怎样才能返回自身的"家园"？海德格尔回答说："……人诗意地居住……充满劳绩，但人诗意地居住在此大地上。"④
　　海德格尔的这段话的深刻启迪在于，"他是从人的超越性栖居（在世）的结构中来揭示诗的本质的……此在是在向神的超越中打开这四重世界（指天地神人，引者注）而站出自身，走完从生到死的人生的。……而显然在此世界中，神性乃是生存之诗意的本源，人们对神性的领会便构成了诗意的意蕴"⑤。但是，这是西方世界的诗意，东方世界的

---

① （晋）陶潜著，龚斌校：《陶渊明集校笺》（修订本），上海古籍出版社2011年版，第83页。
② 同上书，第77页。
③ ［德］海德格尔：《林中路》，载洪谦主编《西方现代资产阶级哲学论著选辑》，商务印书馆1964年版，第374页。
④ ［德］M. 海德格尔：《诗·语言·思》，彭富春译，戴晖校，文化艺术出版社1991年版，第188页。
⑤ 余虹：《思与诗的对话——海德格尔诗学引论》，中国社会科学出版社1991年版，第153—154页。

诗意有自己的发生方式,"中国人同样是在对超越尺度的追求中栖居的世的,只不过这超越的尺度不是'神性',而是仁、道(禅)、佛。……道(禅)化人生是向'道'(禅)超越的人生,'道'(禅)构成了道(禅)家诗意的内核"①。令人惊异的是,海德格尔诗学路向与道家诗学思想有着惊人的相似。如果说,海德格尔的诗学体系基本路向是"存在之思→道说之言→诗意栖居"②,那么道家的诗学也体现了基本相同的路向"本然之思→大道之言→诗化人生"③。道家艺术的诗意极境就是"空灵",在这"空灵"之境中,世界和人已经不存在了,取而代之的是"自然诗意",它通过"天籁"向诗人言说。所以,在《诗品》的"林"意象中,我们看到的是人与自然的亲近遨游对话交流,"大自然将其深邃、含藏、自化自足、无争无待、清静温厚、生香活意等精神素质,灌注入'幽人'身上,流注入他们的诗思之血液里"④。在"清奇"一品中,诗人首先展现给我们的是娟娟青松,潺潺溪流;远处积雪尚未消融,阳光氤氲照耀,对岸有片片渔舟。此刻,清奇的高士缓缓而行,时行时止,气质皎洁,如清风明月。这境界中的人,是诗人刻画的形象还是诗人自身?我们看到的是人与诗,与自然的浑然一体,水乳交融,意境之"神"就是诗人之"神"的投射与转换。自然在向诗人敞开,诗人发现了自然,同时也发现了自身,诗人与自然发生了同构:悠云的气韵,清泉的心境,空谷的胸襟,清风的气度。人与社会的对立消解在人与自然的融合里,诗人的主体在自然中得以呈现。

第二节 "四外":"韵味"说的哲理思致

"四外"之说,见于司空图的《与李生论诗书》与《与极浦书》。司空图《与李生论诗书》谓:

---

① 余虹:《思与诗的对话——海德格尔诗学引论》,中国社会科学出版社1991年版,第154页。
② 钟华:《从逍遥游到林中路——海德格尔与庄子诗学思想比较》,华龄出版社2013年版,第350页。
③ 同上书,第352页。
④ 胡晓明:《中国诗学之精神》,江西人民出版社2001年版,第65页。

◇◆ 味：一个诗学语词的理论批评

文之难而诗尤难。古今之喻多矣，而愚以为辨于味而后可以言诗也。江岭之南，凡足资于适口者，若醯，非不酸也，止于酸而已；若鹾，非不咸也，止于咸而已。中华之人所以充饥而遽辍者，知其咸酸之外，醇美者有所乏耳。彼江岭之人，习之而不辨也宜哉。诗贯六义，则讽喻、抑扬、渟蓄、渊雅，皆在其中矣。然直致所得，以格自奇。前辈诸集，亦不专工于此，矧其下者耶！王右丞韦苏州，澄澹精致，格在其中，岂妨于道学哉？贾浪仙诚有警句，然视其全篇，意思殊馁，大抵附于寒涩，方可致才，亦为体之不备也。（《四部丛刊》本此处有"矧其下者哉"五字）噫！近而不浮，远而不尽，然后可以言韵外之致耳。……此外千变万状，不知所以神而自神，岂容易哉？足下之诗，时辈固有难色，倘复以全美为上，即知味外之旨矣。①

在这篇著名的关于论诗的书信中，司空图在钟嵘"滋味"论诗的基础上，进一步提出了诗歌的"味外味"的问题。文中"辨于味而后可以言诗"的"味"，不是一般的"味"，而是"醇美"之味，其味在具体的咸酸之外。咸酸是食物具体的味，而"醇美"之味并不是食物的具体的咸或酸，而是一种难以言喻的口感，这种"醇美"之味，又离不开具体的咸酸之味，这就是"味外之旨"。"韵"在宋代被奉为"美之极"，"味外之旨"则被宋人归结为"味外味"。这封信中，司空图提出了"韵外之致""味外之旨"的著名论断。

在另一封关于诗论的通信《与极浦书》中，司空图对这种味在咸酸之外的诗歌意境的美学特征，作出了非常有名的理论概括，这就是所谓"象外之象，景外之景"论。司空图谓："戴容州云：'诗家之景，如蓝田玉暖，良玉生烟，可望而不可置于眉睫之前也。'象外之象，景外之景，岂容易可谈哉？然题纪之作，目击可图，体势自别，不可废也。"这种诗歌意境在有形的具体情景描写之外，还能借象征、暗示创造一个无形的、虚幻的、存在于人想象中的更为广阔的艺术世界。"韵外之致，味外之旨"和"象外之象，景外之景"就是司空图关于"韵味"理论的"四

---

① （唐）司空图著，郭绍虞集解：《诗品集解》，人民文学出版社1963年版，第47—48页。

外"说。司空图的"四外"说，其实是一个统一的有机整体，"韵外之致，味外之旨"是就创作结果而言，"象外之象，景外之景"是就创作手段而言。二者共同构筑了司空图的诗学体系"韵味"说。

一 "韵外之致，味外之旨"："韵味"的美学特征

那么，什么是"韵外之致"呢？先说"韵"。与文艺理论批评相关的"韵"，其本义为音乐之音，即和谐的声音、音韵。经籍上无"韵"字，汉碑亦无"韵"字。《说文》释"音"谓："声生于心，有节于外，谓之音。凡音之属，皆从音。"① "韵"的概念直接起自音乐，由音乐移入诗歌及其他艺术部门。"韵"的本字为"均"，古"钧"字，乃乐调。《尹文子》中"韵商而舍徵"，指的就是乐曲声调。如吴均《与朱元思书》谓："好鸟相鸣，嘤嘤成韵。"还可指诗歌、辞赋等的韵脚。由此派生出指诗、赋、辞、曲等韵文作品。陆机《文赋》谓："采千载之遗韵。"又谓："或托言于短韵，对穷迹而孤兴。"刘勰《文心雕龙·声律》谓："异音相从谓之和，同声相应谓之韵。""相从""相应"是"和"的意思，"和"建立在音调的基础上，但不同于具体的音调，是一种超越声音而又凭借声音来传达的美质，这是"韵"演变为"韵度""情韵""韵味"等概念的关键。"韵"又可以指人物的风雅、风度。刘义庆《世说新语》谓："阮浑长成，风气韵度似父。"象"韵""气韵""风韵""韵度"等概念术语，在六朝人物品评和清谈之风中曾被普遍使用。范温谓："自三代秦汉，非声不言韵；舍声言韵，自晋人始。"② 可见当时的流风所尚。据徐复观统计，《世说新语》及刘孝标注文中用"韵"字共19处（重复者不计），仅4处与声音有关，其余15处均属人物风姿气度的鉴评。③ 可知"韵"是当时在人物风姿鉴识上所用的概念。指的是一个人的情调、个性，有清远、通达、放旷之美。因为六朝玄学盛行，所以人物的品评赏鉴受到了玄风的影响，特别欣赏清、雅、淡、远的情调。如所谓"拔俗之韵"（《向

---

① （汉）许慎撰，（清）段玉裁注：《说文解字注》，江苏古籍出版社1998年版，第102页。

② （宋）范温：《潜溪诗眼》，《论韵》，载郭绍虞辑《宋诗话辑佚》（上册），中华书局1980年版，第373页。

③ 徐复观：《中国艺术精神》，春风文艺出版社1987年版，第147—150页。

秀别传》)、"天韵标令"(《卫玠别传》)、"风韵迈达"(《王澄别传》)、"风韵疏诞"(《中兴书》),流风所尚可见一斑。南朝时把人物品评所使用的"韵""气韵"等概念,运用到文学和绘画、书法的批评上。"韵"用于艺术品评,一方面是指诗文的声韵、韵律,用的是"韵"的本义;另一方面是指艺术品的风神韵致,多用于论画与论诗,是从人物品鉴发展而来的。

司空图之前,在诗歌理论批评中运用"韵"这一概念,是皎然的《诗式》,他在"辨体有一十九字"中,提出"风韵"概念。他说:"高:风韵切畅曰高。"风韵是诗歌的整体境界品格所显示出来的神姿风致。皎然的诗歌创作,注重言外之意,强调"风韵",能将禅意与诗意、道情与诗情有机结合。严羽《沧浪诗话·诗评》谓:"释皎然之诗,在唐诸僧之上。"请看皎然的《寻陆鸿渐不遇》一诗:

移家虽带郭,野径入桑麻。近种篱边菊,秋来未著花。扣门无犬吠,欲去问西家。报道山中去,归时每日斜。

题为寻友,却活化出随缘任运的高士形象。移家于近郊,有隐而不隐;种菊而不开,有心而无心;有门而无犬,有家似无家。隐者每日日斜而归,正见出陆羽不以外物为累,纵情山水、行无常处、浮云野鹤之神姿。禅家称心地法门,倡言心外无物,以无住、无执、无我为胜境。此诗通篇表达这种胜境而又不落言筌,以禅入诗而又不露痕迹,禅思诗情,水乳交融天衣无缝。近人俞陛云谓:"此诗之潇洒出尘,有在章句外者,非务为高调也。"[1]

司空图所说的"韵外之致"的"韵",即相当于皎然说的"风韵"的"韵",是指用语言、韵律表现出来的诗歌整体的境界品格所显示出来的风姿风致之美。郭沫若先生在《论诗三札》中提出诗"内在的韵律"和"外在的韵律"的概念,他说:"诗之精神在其内在的韵律(Intrinsic Rhythm),内在的旋律(或曰无形律)并不是什么平上去入,高下抑扬,强弱长短,宫商徵羽;也并不是什么双生叠韵,甚么押在句中的韵文!这

---

[1] 俞陛云:《诗境浅说》,北京出版社 2003 年版,第 31 页。

第四章 韵味：中国诗学中的艺术哲学

些都是外在的韵律或有形律（Extraneous Rhythm）。内在的韵律便是'情绪的自然消涨'。……内在韵律诉诸心而不诉诸耳。"[①] 这里的"内在旋律"就是"韵"，是诗作的风姿风致。"韵外之致"，按字面来解释，就是诗歌"韵外"之"韵致"。"韵外之致"的"致"，是指诗歌整体境界品格所显示的风姿风致而别具的一种更加生动的魅力。"韵外之致"具有"近而不浮，远而不尽"的特征，恰如"味"在咸酸之外的醇美。"韵"已经很"虚"，"韵外之致"更"虚"，它不是一种"实在"的内容，而又是能够令人感受到的一种细微的审美体验。

"味外之旨"即"味外之味"，或称"味外味"，"旨"就是美、美味的意思。《论语·阳货》谓："食旨不甘，闻乐不乐。"《诗经·小雅·鹿鸣》谓："我有旨酒，以燕乐嘉宾之心。"其中的"旨"，均作"美味"解。如前所论，六朝时期已经出现了许多"味"的美学范畴，如刘勰的"余味"说，钟嵘的"滋味"说。唐代的王昌龄和皎然都有关于"味"的论述。如《文镜秘府论》（南卷）引皎然《诗议》谓："夫诗工创心，以情为地，以兴为经，然后清音韵其风律，丽句增其文彩。如杨林积翠之下，翘楚幽花，时时间发。乃知斯文，味益深矣。"从诗的"情""兴""韵"的角度来分析诗味。以"味"论诗，在钟嵘《诗品》那里，是建立在"味"有迹可循（风力、丹采等）的基础之上。司空图提出的"味外之旨"强调的是超越咸酸等有行迹之味的另一种难以言说的"味"。咸味酸味，只能适应满足人的生理需要，只能让人"充饥而遽辍"，只能给人带来"适口"的快感，而不能给人带来精神的愉悦的"醇美"享受。而"味外之旨"之"味"，是要通过人的内心的感悟、精神体验，产生一种无形无迹的审美愉悦，相对于咸酸之味的"味之可尽"，这个"味外味"可谓"味之不尽"了。"味外之旨"包含两个层次。第一层次，是指诗歌通过语言、声韵以及主体的情、理、意以及审美客体的"景"或"事"共同建构的一种意境，这种意境具有了不同于咸或酸的滋味的味道，清代的袁枚称之为"味内味"。第二层次，是指读者赏玩此诗境，品尝此诗味，经过艺术的感染和联想、想象，获得一种咀嚼不尽、久浸于心的"味"的享受，袁枚称之为"味外味"。司空图认为，只有优秀的诗歌

[①] 郭沫若：《郭沫若论创作》，上海文艺出版社1983年版，第233页。

才能做到这一点，所以他说"以全美为工，即知味外之旨"。那么，怎样的作品才能称得上具有"韵外之致""味外之旨"的"醇美"之味呢？

（一）近而不浮，远而不尽

司空图认为必须做到"近而不浮，远而不尽"，才能有味外味。这就是说，一方面，构成意境的形象要真实自然，可感可触，如在目前，但同时又需有深厚的含蕴，不至于显得肤浅空疏；另一方面，由这些具体形象构成的意境又必须有深远无穷之余味，可以引发读者无尽的联想、想象。他说诗歌的创作"倘复以全美为工，即知味外之旨矣"。所谓"全美为工"，是指诗歌不仅能体现佛老的精神境界，而且要创造含不尽之意见于言外的深远的艺术境界。

司空图在给李生的信中，列举了自己认为具有"近而不浮，远而不尽"艺术特征的诗作二十四联。司空图谓：

然得于早春则有"草嫩侵沙长，冰轻著雨销"；又"人家寒食月，花影舞时天"；（原注：上句云：隔谷见鸡犬，山苗接楚田。）又"微雨吟足思，花落梦无憀"；又"夜短猿悲减，风和鹊喜灵"。得于山中，则有"坡暖冬生笋，松凉夏健人"；又"川明虹照雨，树密鸟冲人"。得于江南，则有"日带潮声晚，烟和楚色秋"；又"曲塘春尽雨，方响夜深船"。得于塞上则有"马色经寒惨，雕声带晚饥"。得于丧乱，则有"骅骝思故第，鹦鹉失佳人"；又"鲸鲵人海涸，魑魅棘林幽"。得于道宫，则有"棋声花院闭，幡影石坛高"。得于夏景，则有"地凉清鹤梦，林静肃僧仪"。得于佛寺，则有"松日明金像，山风响木鱼"；又"解吟僧亦俗，爱舞鹤终卑"。得于郊原，则有"暖景鸡声美，微风彩蝶繁"；又"远陂春早渗，犹有水禽飞"。（原注：上句云'绿树连村暗，黄花入麦稀。'）得于乐府，则有"晚妆留拜月，春睡更生香"。得于寂寥，则有"孤萤出荒池，落叶穿破屋"。得于惬适，则有"客来当意惬，花发遇歌成"。虽庶几不滨于浅涸，亦未废作者之讥诃也。七言云："逃难人多分隙地，放生鹿大出寒林"；又"得剑乍如添健仆，亡书久似忆良朋"；又"孤屿池痕春涨满，小栏花韵午晴初"。五言绝句云："甲子今重数，生涯只自怜；殷勤元旦日，敩午又明年。"（案当作"歌舞"）七言绝句云：

第四章　韵味：中国诗学中的艺术哲学

"故国春归未有涯，小楼栏槛别人家，五更惆怅回孤枕，犹自残灯梦落花"。皆不拘于一概也。①

在司空图看来，这些诗句，体现了"近而不浮，远而不尽"的艺术特征，体现了诗歌的"韵外之致"和"味外之旨"。尽管司空图所列的二十四韵，其创作实践与审美理想尚有距离，但仍能看出他所倡导的"韵外之致""味外之旨"，正是指艺术意境所具有的含蓄不尽、意在言外的特点。同时也看到，司空图所欣赏的是以这种艺术意境所表现出来的隐居山水田园、寄托佛老情怀的诗歌。

我们也注意到，司空图的"韵外之致""味外之旨"，是基于老子的"无味"说。老子谓："'道'之出口，淡乎其无味，视之不足见，听之不足闻，用之不足既。"② 老子这段话，是把"味"作为审美标准看待的。这里的"味"，是一种审美享受，是美学的范畴。尤其是"淡乎其无味"对后世影响巨大。他又说："为无为，事无事，味无味。"③ 正如"无为"是一种"为"，"无味"也是一种"味"，是消去了一切形色声迹之味，道之"无味"，不是没有"味"，而是最高的"味"，是超乎人间一切有形之物、有尽之味的"真味""至味""大味"。老子认为，如果对"道"加以表述，所给予人的是一种恬淡的趣味。老子谓："恬淡为上。胜而不美。"④ 老子的以"恬淡"为美的思想，对晋代陶渊明、唐代王维的创作以及司空图、梅尧臣、苏轼的论诗思想产生深远影响，形成了一种崇尚平淡审美趣味和审美风格的美学思想。

（二）言与意

要想真正地理解司空图的"韵外之致""味外之旨"，就要弄清我国古代的言意观念。我们看到，味道的微妙之处，正在于只可意会，难以言传。《周易·系辞传》谓："子曰：'书不尽言，言不尽意。'然则圣人之意其不可见乎？子曰：'圣人立象以尽意，设卦以尽情伪，系辞焉以尽其言。'"提出"言不尽意""立象以尽意"的观点，试图凭借卦象用形象

---

① （唐）司空图著，郭绍虞集解：《诗品集解》，人民文学出版社1963年版，第47—48页。
② 陈鼓应：《老子注译及评介》，35章，中华书局1984年版，第203页。
③ 同上书，63章，第306页。
④ 同上书，31章，第191页。

象征的形式，揭示其含蓄深邃精微的意蕴，与此相应地，对"象"的解读就具有了更大的灵活性。实际上，以《易传》为代表的筮学解释学开启了中国文学重视言外之意的传统。《庄子·天道》中轮扁在回答桓公时说："斫轮，徐则甘而不固，疾则苦而不入。不徐不疾，得之于手而应于心，口不能言，有数存焉于其间。"① 这是关于"言不能尽意"的回答，"数"者，"术"也，口不能言"术"，庄子在这里用以说明言不能传"道"，正说明"道"有微妙处，难以表达。又，《吕氏春秋·本味》："汤得伊尹……说汤以至味。……对曰：'……鼎中之变，精妙微纤，口弗能言，志不能喻。'"说的也是"言不尽意"的意思。魏晋玄学对言意关系作了进一步阐发，影响最大的当数王弼的"忘言""忘象"之说。其《周易略例·明象》就言、象、意三者关系作了全面论述。陈伯海先生认为要点如下："一、'象生于意'、'言生于象'，或者叫做'意以象尽，象以言著'，这是从目的与手段的相互作用上来界定言、象、意的基本性质与对待关系……二、'寻言以观象'、'寻象以观意'，是从前一点认识推导出来的由言入象、由象入意的演化途径，也便是'言—象—意'作为解释学框架的再度确立……三、'存言者非得象'、'存象者非得意'……强调指出不能因拘执手段而忘怀目的，目的既然是'得象'、'得意'，那就不能停留在'言'、'象'的层面上，否则会中断其转化过程而导致最终目标的失落；四、'得意在忘象，得象在忘言'……是王弼考察言、象、意整体关系后所得出的结论。"② 王弼的观点是对庄子关于"得意忘言"说的继承与发展，《庄子·外篇》中曾以筌与鱼、蹄与兔为喻说明言和意的关系，认为一旦鱼和兔到手，作为捕获鱼兔的手段凭借物筌和蹄自可舍弃。当然这种舍弃不是全面的否定，而是一种超越，是凭借言说而又必须超越言说。王弼的贡献在于，他改变了庄子"得意而忘言"的因果条件关系，不是因"得意"而"忘言"，而是"忘言"而"得象"，"忘言"而"得意"，"忘言"成为"得象""得意"的先决条件。因此，陈伯海先生说："这样一来，王弼的理论重心便由原初的'寻言观象'、'寻象观意'，悄悄地转移到'忘言得象'、'忘象得意'的基点上

---

① 陈鼓应：《庄子今注今译》（中），中华书局1983年版，第358页。
② 陈伯海：《中国诗学之现代观》，上海古籍出版社2006年版，第275—276页。

第四章 韵味：中国诗学中的艺术哲学

来了，或者说得更确切些，他是用'忘言'、'忘象'来统摄'立言'、'立象'，试图在'立言'与'忘言'、'立象'与'忘象'之间获得一种张力，以便引导'言'、'象'不断地超越自身，以通向'言外'和'象外'的境界——那形而上的'意蕴'。"①

六朝以降，随着文学创作中个性的觉醒以及诗歌创作日益成为文学主导样式，诗学的言意观念也得以确立。陆机《文赋》中提出了"恒患意不称物，文不逮意"的问题，并提出了所谓"体有万殊，物无一量，纷纭挥霍，形难为状……在有无而俛偁，当浅深而不让。虽离方而遁员，期穷形而尽相"的解决办法，开出了运用文字技巧着力刻画的药方。刘勰《文心雕龙》把言意关系问题推进一步。在《神思》篇中，刘勰拈出了"意翻空而易奇，言征实而难巧"的言意之间的矛盾。《隐秀》篇专门探讨这个问题，提出"隐"和"秀"的概念，指出："隐也者，文外之重旨者也；秀也者，篇中之独拔者也。隐以复意为工，秀以卓绝为巧。""隐"指的就是表达多重含义的语言技巧，用明白的文辞来表达曲折隐含的意蕴。所谓"隐之为体，义生文外，秘响旁通，伏采潜发"说的就是这个道理。钟嵘《诗品序》将诗学言意观自觉纳入其理论视野之中，提出"文已尽而意有余，兴也"的论断，这个提法显然是指超脱于语言文字之外的那种空灵的意味和情趣，是诗歌形象背后的含藏不露的意蕴，实质上也正是诗人的诗性生命体验在诗歌文本上的开显，所以能"使味之者无极，闻之者动心"，而成为"诗之至"。

至唐代殷璠《河岳英灵集》评常建诗谓："其旨远，其兴僻，佳句辄来，唯论意表。"释皎然提出"情在言外""旨冥句中"，均是探讨言意关系，探讨意对言、象的超越。凡此种种，均为司空图的"韵味"论奠定了坚实的美学基础。司空图的"韵味"说，更加突出"韵外之致"和"味外之旨"，突出言外之意，视其为诗歌艺术追求的"诣极"，第一次从诗歌创作和诗歌鉴赏两个角度强调"韵味"这一诗歌美学范畴的重要作用，深化了审美诗学思想，对后世产生巨大影响。宋代的杨万里，从言意关系入手对司空图的以味论诗作了精彩发挥：

---

① 陈伯海：《中国诗学之现代观》，上海古籍出版社2006年版，第276—277页。

◈◈ 味：一个诗学语词的理论批评

> 夫诗何为者也？尚其词而已矣；曰：善诗者去词。然则尚其意而已矣；曰：善诗者去意。然则去词去意，则诗安在乎？曰：去词去意，而诗有在矣。然则诗果焉在？曰：尝食夫饴与荼乎？人孰不饴之嗜也；初而甘，卒而酸。至于荼也，人病其苦也；然苦未既，而不胜其甘。——诗亦如是而已矣。①

杨万里认为"去词""去意"而诗还"在"的原因，是获得了酸味苦味的"味外味"。宋严羽在《沧浪诗话》中，从言意关系的角度，说了一段名言。他说："夫诗有别材，非关书也；诗有别趣，非关理也。然非多读书，多穷理，则不能极其至。所谓不涉理路不落言筌者上也。"严羽认为好诗的标准就是"不涉理路，不落言筌"，这就是对言象的超越，追求意出言外、意出象外的艺术特点，也就是对"味外之旨"的追求。许印芳在《诗法萃编》中评论严羽说："自表圣首揭味外之旨，逮宋沧浪严氏，专主其说，衍为诗话，传教后进。"评价是比较契合实际的。

叶燮《原诗》谓：

> 或曰："先生发挥理事情三言，可谓详且至矣。然此三言，固文家之切要关键。而语于诗，则情之一言，义固不易；而理与事，似于诗之义，未为切要也。先儒云：'天下之物，莫不有理。'若夫诗，似未可以物物也。诗之至处，妙在含蓄无垠，思致微渺，其寄托在可言不可言之间，其指归在可解不可解之会，言在此而意在彼，泯端倪而离形象，绝议论而穷思维，引人于冥漠恍惚之境，所以为至也。若一切以理概之，理者，一定之衡，则能实而不能虚，为执而不为化，非板则腐。……以言乎事：天下固有有其理，而不可见诸事者；若夫诗，则理尚不可执，又焉能一一徵之实事者乎！"②

叶燮《原诗》中的有关论述，常采用问答的方式。对此处的提问，

---

① （宋）杨万里：《颐庵诗稿序》，周汝昌选注：《杨万里选集》，中华书局1962年版，第293页。
② （清）叶燮著，霍松林校注：《原诗》，人民文学出版社1979年版，第29—30页。

第四章 韵味：中国诗学中的艺术哲学

叶燮认为是"深有得乎诗之旨"的言论。也就是说，叶燮也同意"诗之至"，就是"含蓄无垠，思致微渺"，"其寄托在可言不可言之间，其指归在可解不可解之会""言在此而意在彼"，换言之，"诗之至"就是"韵外之致""味外之旨"，就是意对言和象的超越。关于诗的"言外之意""味外之旨"，叶燮曾举杜甫《玄元皇帝庙作》中"碧瓦初寒外"，作过精到的分析：

言乎"外"，与内为界也。"初寒"何物，可以内外界乎？将"碧瓦"之外，无"初寒"乎？"寒"者，天地之气也。是气也，尽宇宙之内，无处不充塞；而"碧瓦"独居其"外"，"寒"气独盘踞于"碧瓦"之内乎？"寒"而曰"初"，将严寒或不如是乎？"初寒"无象无形，"碧瓦"有物有质；合虚实而分内外，吾不知其写"碧瓦"乎？写"初寒"乎？写近乎？写远乎？[①]

如果读诗处处按照生活中的实理、实事来要求创作，欣赏诗歌，势必会走向绝路。对此，叶燮感叹道："必以理而实诸事以解之，虽稷下谈天之辩，恐至此亦穷矣！"杨慎《升庵诗话》卷八谓："唐诗绝句，今本多误字，试举一二，如杜牧之《江南春》云'十里莺啼绿映红'，今本误作'千里'，若依俗本，'千里莺啼'，谁人听得？'千里绿映红'，谁人见得？若作十里，则莺啼绿红之景，村郭楼台，僧寺酒旗，皆在其中矣。"[②] 杨慎执着"千里"两字提出批评，认为千里之遥，既看不见，也听不到。不合适，主张改为"十里"。何文焕《历代诗话考索》谓："升庵谓：'千应作十。盖千里已听不著看不见矣，何所云"莺啼绿映红"耶？'余谓即作十里，亦未必尽听得著，看得见。题云《江南春》，江南方广千里，千里之中，莺啼而绿映焉。水村山郭，无处无酒旗，四百八十寺，楼台多在烟雨中也。此诗之意既广，不得专指一处，故总而命曰《江南春》。诗家善立题者也。"[③] 所以，读诗不可黏着于语言，意要超越诗之言

[①] （清）叶燮著，霍松林校注：《原诗》，《内篇下》，人民文学出版社1979年版，第30页。
[②] 丁福保辑：《历代诗话续编》（中），中华书局1983年版，第800页。
[③] （清）何文焕辑：《历代诗话》（下），中华书局1981年版，第823页。

诗之象以得诗之"味外之味",叶燮接着分析:

> 然设身而处当时之境会,觉此五字之情景,恍如天造地设,呈于象、感于目、会于心。意中之言,而口不能言;口能言之,而意又不可解。划然示我以默会想象之表,竟若有内、有外,有寒、有初寒。特借"碧瓦"一实相发之,有中间,有边际,虚实相成,有无互立,取之当前而自得,其理昭然,其事的然也。①

诗人创作时,应当"设身而处当时之境会",掌握创作对象的个体特征,结合诗人的独特体会来构思和想象,诗歌艺术形象才能"呈于象、感于目、会于心",诗人就会"意中之言,而口不能言;口能言之,而意又不可解",意超游于言象之外,而得"味外之旨"。比如杜甫《夔州雨湿不得上岸作》中"晨钟云外湿"句。钟声无象无形,无影无迹,怎么会被淋湿?钟声悠远回荡,又怎能在钟声中听出是干是湿?实际上,诗人的创作不是遵循生活的逻辑,而是遵循诗的逻辑。风雨阻隔,诗人无法离舟登岸与友人话别,风雨湿物,亦正湿心,此时恰巧晨钟从天半传来,触动了诗人心绪,遂产生了声"湿"而人的心更"湿"的特殊艺术效果。"湿"是诗之眼,风雨、钟声、心绪浑然一体,隔云闻钟,声中闻湿,诗人妙悟天开,吟出"晨钟云外湿"的名句,这就是诗的逻辑。所以叶燮说:"所谓言语道断,思维路绝;然其中之理,至虚而实,至渺而近,灼然心目之间,殆如鸢飞鱼跃之昭著也。"②

(三) 不知所以神而自神

我们发现,司空图的"韵外之致""味外之旨"最后的落脚点在"神"上。司空图的辨味理论不仅与言意观念有关,而且与写神理论相关。写神理论与辨味理论一样,都要求在有限的语言形象和文字画面中表现丰富的宇宙和人生,是古代诗美的最高追求,标志着美的极致。司空图是唐代最后一位对诗歌之神精于探索和把握的诗论家。其《二十四诗

---

① (清)叶燮著,霍松林校注:《原诗》,《内篇下》,人民文学出版社1979年版,第30—31页。
② 同上书,第32页。

第四章 韵味：中国诗学中的艺术哲学

品》，有七篇突出了"神"：有《高古》的"虚伫神素，脱然畦封"，《劲健》的"形神如空，行气如虹。……天与地立，神化攸同"，有《清奇》的"神出古异，淡不可收"，《流动》的"超超神明，返返冥无"，有《洗炼》的"空潭泻春，古境照神"，《绮丽》的"神存富贵，始轻黄金"，还有《超逸》中的"匪神之灵，匪机之微"，都表现的是主体之神在诗中的运行之状。其《精神》一品，可以看作诗人主体之神的生动展现：

> 欲返不尽，相期与来。明漪绝底，奇花初胎。青春鹦鹉，杨柳楼台。碧山人来，清酒深杯。生气远出，不著死灰。妙造自然，伊谁与裁。（《二十四诗品·精神》）①

杨廷芝《诗品浅解》谓："精，由于聚，人欲返而求之，则有不尽之藏。神，得所养而心之相期者，遂与之以俱来。"②又云："首二句若合看，一言精神之体，一言精神之用。言欲返于内，则精聚神藏，自有不尽之蕴；而相期于心，则精酣神足，莫亭'与来'之机。次句，'相期'指心之理言。'与'字，跟上'相期'。来，所谓意到笔随也。"③孙联奎《诗品臆说》谓："心气乍一收摄，则精神为之一振，故不必收摄尽极。而心所欲言，景所欲绘，情为之往，自兴为之来。"④诗人主体之神如花苞欲放，活泼盎然，超然物外，脱尘远俗，不累于物，精神往来自由，妙造自然之境，创化工之美。最后两句，化用《庄子·齐物论》"形故可使如槁木，而心固可使如死灰乎"句，意为有生气而无死气，则自然精神，所以精神不是矫揉造作得来，是妙造自然之境。对于因"神"而妙造的作品，按照司空图的说法，就是"千变万状，不知所以神而自神"，其审美特征就是"近而不浮，远而不尽"，品之有"韵外之致""味外之旨"。

"神"是中国古典美学的一个最高级的审美观念，发生于原始初民对

---

① （唐）司空图著，郭绍虞集解：《诗品集解》，人民文学出版社1963年版，第24页。
② （清）孙联奎、杨廷芝著，孙昌熙、刘淦校点：《司空图〈诗品〉解说二种》，齐鲁书社1980年版，第105—106页。
③ 同上书，第106页。
④ 同上书，第29页。

自然的观察与臆测,随后而入哲学、艺术进而文学。在先秦典籍中,"神"字已多见,《说文》谓:"天神引出万物者也,从示、申。""示"有"天垂象见吉凶以示人"之义;"申",古文为闪电之形,是"電"的古字。《说文》:"電,从雨从申。"《说文》又谓:"申,神也。"杨树达谓:"故在古文,申也,電也,神也,实一字也。"可见,原始先民从闪电这一天象而创的"神"字,指代着一种神秘莫测不可知的力量,它所包含的内涵,存在着向哲学文学艺术观念转化的可能。

《易传·系辞》谓:"阴阳不测之谓神。"章学诚解释说:"《易》曰:'阴阳不测之谓神。'又曰:'神也者,妙万物而为言者也。'孟子曰:'大而化之之谓圣,圣而不可知之之谓神。'此神化神妙之说所由来也。"① 由于"神"是"妙万物而为言",所以我们可以称之为客体之"神"。同时,《易传》还表达了"神"的另一层含义,就是客观事物的精义妙理及其神妙变化,是可以认识的,这种认识的能力与本领也可谓之"神"。《系辞上》谓:"极天下之赜者存乎卦,鼓天下之动者存乎辞,化而裁之存乎变,推而行之存乎通,神而明之存乎其人。"对于客体而言,"神而明之"的能力只有人才有,这是人的特殊能力。这种能力和本领就是主体之"神"。道家学派代表庄子对客体之神与主体之神均有论述。道家哲学与儒家哲学都承认有客体主体两种"神"的存在,对客体之神认识大致相同,而对主体之神的蕴含不尽相同,但都把主体之"神"看作人的心理活动中一种最高的精神体验和生命体验,把神的境界等同于道的境界。那么,主体"神"的内涵是什么呢?陈良运认为:"主体之神,就是一个人气、志、性、情、欲的融合。"② 人正常正当的性、情、欲之"养",是使主体之神正常发挥不可缺少的要素,主体之神的生成与旺盛,实质就是人的气、志、性、情、欲五大生理心理要素的相互渗透与协调发挥作用。

《庄子》将形神观念作了寓言性的演绎,在《达生》《天道》《养生主》等篇中,分别以佝偻承蜩、轮扁斫轮、庖丁解牛等寓言,来说明

---

① (清)章学诚著,叶瑛校注:《文史通义》(上),内篇三《辨似》,中华书局1985年版,第338—339页。
② 陈良运:《中国诗学体系论》,中国社会科学出版社1992年版,第341页。

第四章 韵味：中国诗学中的艺术哲学

"用志不分，乃凝于神""以天合天，器之所以凝神""以神遇而不以目视，官之止而神欲行"的道理。《淮南子》对形神关系，明确提出"神制则形从"的观点，强调的是"神"的主宰作用。《原道训》谓："以神为主者，形从而利；以形为制者，神从而害。"在《诠言训》中，他进一步解释道："神贵于形也。故神制则形从，形胜则神穷。聪明虽用，必反诸神，谓之太冲。"对艺术创造的形神问题，已较前人说得更加具体明确。

形神论在艺术上的具体运用，产生于魏晋以降的书画理论。顾恺之谓："四体妍蚩，本无关于妙处；传神写照，正在阿堵中。"[1] 强调画好眼睛是"传神"关键。谢赫评卫协的画是"虽不该备形妙，颇得壮气"[2]。宗炳在《画山水序》中描述山水画家的创作心态："应会感神，神超理得。虽复虚求幽岩，何以加焉。"[3] 这里的所感之"神"，指的就是画家主体之神，主体之神超越自然山水，画家就可以融神入笔，进入"忘形得意"的创作境界。魏晋时期的文学创作，进入了一个"文贵形似"的时代。陆机《文赋》中讲构思时的"收视反听，耽思傍讯，精骛八极，心游万仞"，描述的就是作家文思潮涌时的主体之神的运行之状。真正把"神"纳入文学批评的，当归功于刘勰。刘勰把《神思》置于创作论之首，有深意焉。刘勰对作家进入创作构思、主体之神运行的种种情状作了精准的描摹，所谓"寂然凝虑，思接千载""思理为妙，神与物游""神思方运，万涂竞萌"是也。"神思"概念的确立，对于作家创作过程中的主体之神的运行机制，已经进入自觉把握的时代。由此，"神"已经引入了文学批评领域并得到淋漓尽致的发挥，并直接开启由唐至宋的诗学。初盛唐诗人接受六朝文论画论中的"神"的观念，王昌龄的《诗格》和其他的诗论都有关于"神"的论述。《文镜秘府论》中载有王昌龄关于"养神"的论述，而皎然的《诗式》则从"苦思""精思"的角度来谈如何刺激诗人之神。诗人杜甫从创作实践出发，强调"学"与"兴"对主体

---

[1] （南朝宋）刘义庆撰，（梁）刘孝标注，杨勇校笺：《世说新语校笺》（修订本）（第三册），中华书局2006年版，第646页。

[2] （南朝梁）谢赫：《古画品录》，载彭莱主编《古代画论》，上海书店出版社2009年版，第56页。

[3] （南朝宋）宗炳：《画山水序》，同上书，第47页。

之神发挥的作用。他说:"读书破万卷,下笔如有神。"又说:"诗兴不无神。"说的就是这个道理。他还受到绘画艺术的启发,把"传神"作为诗歌创作的一项重要审美原则,做到"以形写神"。司空图提出"离形得似",把"神似"提到高于"形似"的地位。"传神赋形"是司空图"离形得似"的进一步实现,其审美表现是形隐而"无迹",这一美学思想开启了严羽《沧浪诗话》的"无迹"之论和清朝王士祯的"神韵"之说。自唐代"意境"说产生以后,主体和客体之神都统一于"境",诗的境界,多由"境象"融合而成,先有传神之象,后才有传神之境,而神往往不是直接从事物表象所能把握和表现的,还必须有诗人的"神思""妙悟"加入,才能有"神"的表现。司空图的诗论,对于"境生象外"有系统的阐发,他以"象外"为品诗的起点,各种审美描述都聚焦于"神"。《与李生论诗书》谓:"不知所以神而自神。"在《诗赋赞》中也说:"神而不知,知而难状。"都描绘了"神"这种诗的最高审美境界。虽然司空图自己说"不知所以神",但是凭借他对诗歌之神的敏锐的审美直觉,把有"神"之诗,都归结到"韵外""味外"和"象外",而以"象外"为总体特征。

二 "象外之象,景外之景":"韵味"诗美的生成

司空图味外味的提出,揭示了这样一个事实,即诗歌有两重意旨:一重是表面的,文字意义上的;另一重是隐含的,文字意义之外的。这是司空图对我国古典诗歌重比兴、重含蓄、往往曲折委婉表达思想感情的特点的准确把握。实际上,刘勰已经注意到了这个特点,他在《文心雕龙·隐秀》中就说:"隐也者,文外之重旨者也。"[1] 张戒《岁寒堂诗话》引刘勰云:"情在词外曰隐,状溢目前曰秀。"刘勰接着解释说:"夫隐之为体,义生文外,秘响傍通,伏采潜发,譬爻象之变互体,川渎之韫珠玉也。"[2] 释皎然《诗式》(卷一)亦谓:"两重意已上,皆文外之旨,若遇高手如康乐公览而察之,但见情性,不睹文字,盖诣道之极也。"[3] 司空

---

[1] (南朝梁)刘勰著,周振甫译注:《〈文心雕龙〉译注》(修订本),《隐秀》,江苏教育出版社2006年版,第553页。
[2] 同上。
[3] (唐)皎然著,李壮鹰校注:《诗式校注》,人民文学出版社2003年版,第42页。

图在继承前人的基础上，提出了"味外味"的理论。他对前人的超越与独特贡献，必须结合他的"象外之象，景外之景"来理解，才能显现出来。

吴调公《神韵论》谓："'味外之旨'是和'象外之象'密切联系的。"① 又云："没有深得'味外之旨'的诗人，根本无从领略'象外之象'。"② 的确，不体味"味外之旨"，就不能领略"象外之象"，反过来说，不领略"象外之象"，根本就无法懂得司空图的"味外之旨"。那么，何谓"象外之象，景外之景"呢？吴调公解释说：

> 司空图的构思形相包括着若干层次，但主要是两层：第一层"象"还只是没有精神升华的"意象"，第二层"象"那便是恢复了原始人性的、神往于"至人"的自己的"情象"了。领略了第一种象的诗味，还只是一般的味；只有深深尝到第二种象的味，那才是真正的诗味，也就是司空图说的"味外之味"了。③

这里的"意象"，指的是客观的景物本身，所谓"情象"是指诗人情思熔铸过的审美境象。也就是说，这种诗歌意境在有形的具体的情景描写之外，还能借象征、暗示创造一个无形虚幻存在于人想象之中的更为广阔的艺术境界。前一个有形的具象是实境，后一个无形的想象是虚境，也就是"象外之象""景外之景"。它和"韵外之致""味外之旨"一样，落脚点都在"外"字上，指的都是"韵味"。从这个角度而言，"四外"是相同的，是对"韵味"这一审美旨趣的不同角度的观照。不仅如此，司空图还通过"象外"和"景外"，打通了"意象"和"意境"等诗学范畴，体现了其独特的诗学价值。

（一）"象"与"超象"

为了更清晰地领会"象外之象"，我们有必要先梳理一下"象"这一范畴。最早提出"象"这一概念的，是老子。老子谓："道之为物，惟恍

---

① 吴调公：《神韵论》，人民文学出版社1991年版，第117页。
② 同上。
③ 同上书，第55页。

惟恍。惚兮恍兮，其中有象，恍兮惚兮，其中有物。"（《老子·二十一章》）这里的"象"，是对他心中的"道"不可名状、超越人的感性经验状态的描述。《易传》中关于"象"的论述，主要见于《系辞》和《象传》。《系辞上》谓："圣人有以见天下之赜，而拟诸其形容，象其物宜，是故谓之象。"联系《系辞下》对"象"的解释："古者包牺氏之王天下也，仰则观象于天，俯则观法于地，观鸟兽之文，与地之宜，近取诸身，远取诸物，于是始作八卦，以通神明之德，以类万物之情。""象"的本意是指卦象，但是卦象并不是对事物的形容之象，而是被赋予了"以通神明之德，以类万物之情"的意中之象，乃至化意为象，是将自然物象观念化，使之产生种种象征意义。王充《论衡·乱龙》篇首次出现"意象"的概念。他说："夫画布为熊麋之象，名布为侯，礼贵意象，示义取名也。"作者立象尽意，观者辨象会意。王充赋予了意象以新的内涵，即"意象"之象不必一定是"恍兮惚兮"难于把握，可以不必是模拟式的符号组合，而是可以取现实生活中的物象，而且这些物象，不是"让人只就它本身来看，而更多地使人想起一种本来外在于它的内容意义"[1]。上文论及王弼的"意、象、言"三者关系，不妨从文学创作与鉴赏的角度来理解。从创作角度说，文学作品中的艺术形象（意象），在作家的意会中产生，但作家的创作目的并不在于"象"。因为"意象不是一切，意象不是文学艺术的最终目的。作家在文学作品中，所传达出来的是形名以上的东西"[2]，换句话说，"象"的存在价值在于其所蕴含的"意"。而"言"存在的价值意义在于其所蕴含的"象"。从欣赏的角度而言，要从"言"入手，但他不是以辨认文字为目的，要"忘言"而"得象"，但也不能因"得象"而忘记体悟"象"所蕴含的精旨妙义和广远深邃的意境之美，要"忘象"而"得意"。要之，从创作过程看，是从意到象到言，从解释过程看，是从言到象到意。两种情况"象"总是处于居中的关键地位，比"言"更能接近"意"的真相。中国人很早就觉察到人类有限的抽象概念不足以显示无限生命运动的真相。对于语言的这种外在性、表面性和有限性，《易传》提出了"立象尽意"的解决之道，但同时也带来

---

[1] ［德］黑格尔：《美学》（第二卷），朱光潜译，商务印书馆2009年版，第10页。
[2] 傅道彬、于茀：《文学是什么》，北京大学出版社2002年版，第169页。

第四章　韵味：中国诗学中的艺术哲学

了"言""象""意"之间的矛盾。老子认为，"大音希声""大象无形"，人为的一切形象形式都是不足以达意的。那么怎么克服这个矛盾呢？庄子提出"得鱼忘筌""得意忘言"，就是把语言仅仅作为一种媒介和手段，目的是透过语言的外表去领略世界人生的真谛。但庄子并没有解决如何"得意"的问题。刘勰的"隐"的观念和钟嵘的"言在耳目之内，情寄八荒之表"，都仅仅是对意超越语言和形象特征的描述，并没有真正解决问题。真正解决这个问题的，是唐代形成的超象理论。傅道彬等认为，所谓超象，"不是真的没有象，而是超越象，不要拘泥于象。也就是不要囿于事物的形名"①。殷璠在选编《河岳英灵集》时特别推崇具有超象之思的意境。他评王维诗云："在泉为珠，着壁成绘，一句一字，皆出常境"，"出常境"之说体现了他的超象观。中唐皎然《诗式》谓："两重意以上，皆文外之旨。"是对超象之论的真知灼见。司空图更是把超象视为诗的"全美"境界，主张"象外之象，景外之景""超以象外，得其环中"，就是要超越语言外象而进入普遍性的人生境界，在文字表面背后求得形而上的精神意蕴。司空图的"象外之象"就是"超象"，就是要超越诗的形象，进入形象背后的具有哲理普遍性的人生境界。实际上，从言到象到超象，已经初步形成了物象、意象、意境之间逐层递进与升华的关系。"超象"就是一个从实象而到虚象而到意境不断逐层深化融合所形成的审美境界。所以，王士禛《古夫于亭杂录》评嵇康诗"手挥五弦，目送归鸿"谓："嵇语妙在象外。"

需要注意的是，超象不是不要象、否定象，而是不拘泥于象。所以，语言这一层工具也还不能抛弃。黄维樑先生谓："人类智慧的累积，文化的保存和发扬，功在语言文字。《易传》、《庄子》、禅家和通用语意学者，不管怎样与语言文字为敌，也不能把它歼灭，且非依赖它不可。"② 在文学作品中，意、象、言是浑然融合的，存在着一种特殊亲密的关系，所以钱锺书说："诗也者，有象之言，依象以成言；捨象忘言，是无诗矣。"③ 王士禛《分甘馀话》评李白、孟浩然诗：

---

①　傅道彬、于茀：《文学是什么》，北京大学出版社2002年版，第171页。
②　黄维樑：《从〈文心雕龙〉到〈人间词话〉——中国古典文论新探》（第二版），北京大学出版社2013年版，第151页。
③　钱锺书：《管锥编》（第一册），生活·读书·新知三联书店2007年版，第20页。

> 或问"不著一字,尽得风流"之说。答曰:太白诗:"牛渚西江夜,青天无片云;……"襄阳诗:"挂席几千里,名山都未逢;……"诗至此,色相俱空,政如羚羊挂角,无迹可求,画家所谓逸品是也。①

语言文字"无迹可寻",形象画面"色相俱空",正是太白、襄阳诗特色。黄维樑先生解释司空图的"不着(通著,引者注)一字,尽得风流",指出:"'不着一字'的着字,不应解作置。若作置解,则'不着一字'的诗,就是无字天书了。……着应作标明解,而此二句最简明的诠释应该是这样的:'没有一字标明风流,而尽得其风流。'至于风流,则是文采风流的风流,引申之,即风神、风韵、风情、风味之谓,是捉不到、摸不着,却可以感受到的精神或情意。"② 捉不到、摸不着的,就是"象外之象"即"超象",可以感受到的就是"韵外之致""味外之旨"。欧阳修《六一诗话》载梅尧臣论诗谓:

> 圣俞尝语余曰:"诗家虽率意,而造语亦难。若意新语工,得前人所未道者,斯为善也。必能状难写之景,如在目前,含不尽之意,见于言外,然后为至矣。贾岛云:'竹笼拾山果,瓦瓶担石泉。'姚合云:'马随山鹿放,鸡逐野禽栖。'等是山邑荒僻,官况萧条,不如'县古槐根出,官清马骨高'为工也。"
> 余曰:"语之工者固如是。状难写之景,含不尽之意,何诗为然?"
> 圣俞曰:"作者得于心,览者会以意,殆难指陈以言也。虽然,亦可略道其仿佛:若严维'柳塘春水漫,花坞夕阳迟',则天容时态,融和骀荡,岂不如在目前乎?又若温庭筠'鸡声茅店月,人迹板桥霜',贾岛'怪禽啼旷野,落日恐行人',则道路辛苦,羁愁旅思,岂不见于言外乎?"③

---

① (清)王士禛撰,张世林点校:《分甘馀话》,中华书局1989年版,第86页。
② 黄维樑:《从〈文心雕龙〉到〈人间词话〉——中国古典文论新探》(第二版),北京大学出版社2013年版,第166—167页。
③ (清)何文焕辑:《历代诗话》(上),中华书局1981年版,第267页。

第四章　韵味：中国诗学中的艺术哲学

梅尧臣曾经对欧阳修说，最好的诗，应该"状难写之景，如在目前，含不尽之意，见于言外"，欧阳修请他举例说明，他举出"鸡声茅店月，人迹板桥霜"和"怪禽啼旷野，落日恐行人"，并反问道："道路辛苦，羁愁旅思，岂不见于言外乎？"李东阳在《麓堂诗话》中进一步分析说："'鸡声茅店月，人迹板桥霜'，人但只能道羁愁野况于言意之表，不知二句中不用一二闲字，止提掇出紧关物色字样，而音韵铿锵，意象具足，始为难得。"的确，温庭筠和贾岛的诗句写的全是具体的景象，但是我们从这具体的描摹中，悟出的是道路的艰辛和羁旅的愁思。换句话说，诗的艺术，就是作者把内心的情意，通过具象的情景描述出来，使得观赏者觉得景物如在目前，进而体悟出景象所蕴含的意蕴。但是，问题是我们何以能够从这些具象中，获得"超象"的意蕴呢？

刘若愚先生在中西诗学比较的视野中，发现了中国古典诗词的独特语法，如词性自由、常不表时态、常缺主语等。[①] 叶维廉亦谓："中国古典诗里，利用未定位、未定关系、或关系模棱的词法语法，使读者获致一种自由观、感、解读的空间，在物象与物象之间作若即若离的指义活动。"[②] 他举例说："'鸡声茅店月，人迹板桥霜'就是没有决定'茅店'与'月'的空间关系；'板桥'与'霜'也绝不只是'板桥上的霜'。没有定位，作者仿佛站在一边，任读者直现事物之间，进出和参与完成该一瞬间的印象。"[③] 叶维廉发现，中国古典诗中很少用连接词，进而看到中国的若干古典诗法与电影蒙太奇如出一辙。

叶维廉认为这种诗拥有不同"层次和姿态"的"美感印象"，有很大的暗示性。这些诗只罗列景象，不作情意的指陈和解说，非常引人入胜。他说："孟诗（指孟浩然诗，引者注）和大部分唐诗中的意象，在一种互立并存的空间关系之下，形成一种气氛，一种环境，一种只唤起某种感受但不将之说明的境界，任读者移入、出现，作一瞬间的停驻，然后融入境中，并参与完成这强烈感受的一瞬之美感经验。中国诗中的意象往往就是以具体的物象（即所谓实境）捕捉这一瞬的元形。"[④] 他又说：

[①] ［美］刘若愚：《中国诗学》，赵帆声等译，河南人民出版社1990年版，第43—53页。
[②] ［美］叶维廉：《中国诗学》（增订版），人民文学出版社2006年版，第18页。
[③] 同上书，第17页。
[④] 叶维廉：《叶维廉文集》（第一卷），安徽教育出版社2002年版，第88页。

味：一个诗学语词的理论批评

利用了物象罗列并置（蒙太奇）及活动视点，中国诗强化了物象的演出，任其共存于万象、涌现自万象的存在和活动来解释它们自己，任其空间的延展及张力来反映情境和状态，不使其服役—既定的人为的概念。在李白的"凤去台空江自流"中（三个镜头的罗列），不是比解说给了我们更多的意义吗？江山长在，人事变迁，无疑是李白欲传达的部分意义，但需要用文字说明吗？①

这种利用有限的"象"表达无限的"超象"之意，在古典诗里比比皆是。谢榛《四溟诗话》谓："韦苏州曰：'窗里人将老，门前树已秋。'白乐天曰：'树初黄叶日，人欲白头时。'司空曙曰：'雨中黄叶树，灯下白头人。'三诗同一机杼，司空为优：善状目前之景，无限凄感，见乎言表。"

傅庚生先生认为："韦、白之所以不及司空者，为惟恐人之不解其以秋树衬老年，故句中着力用'将、已'，'初、欲'等字，此足以明'强行援系'之不可矣。"② 认为司空诗优在于"以树外之景，从人之内情"。③ 从"炼字"和景情关系角度，解释尚属圆通，但仍未尽意。李泽厚先生分析此诗说："司空何以为优呢？诗话作者没有说，古人没法看电影，不能发现这位司空的为优，只是不自觉地运用了今天常见的电影蒙太奇：黄叶树、白头人两个镜头一组接，便产生了两个画面之间的第三个意义。对这个第三个意义的理解，正是构成美感、产生审美愉快的重要因素。"④ 以电影的蒙太奇组接来解释，已经进了一步。傅道彬先生谓："其实司空曙的诗的妙处在于'黄叶—雨—秋—灯'意象的组合。"⑤ 指出此诗为优的根本原因，是四种意象的并存的空间关系，形成了类似叶维廉所说的"一种只唤起某种感受但不将之说明的境界，任读者移入、出现，作一瞬间的停驻，然后融入境中，并参与完成这强烈感受的一瞬之美感经

---

① 叶维廉：《叶维廉文集》（第一卷），安徽教育出版社2002年版，第99页。
② 傅庚生：《中国文学欣赏举隅》，北京出版社2003年版，第56页。
③ 同上。
④ 李泽厚：《形象思维续谈》，《学术研究》1978年第1期。
⑤ 傅道彬：《晚唐钟声——中国文学的原型批评》（修订本），北京大学出版社2007年版，第256页。

验"。在昏黄的灯光中，风雨中摇曳飘落的树叶，灯下枯坐的白头人，已经浑融一体，自然之秋和人生之秋的感伤意味已经溢出画外，向四周扩散，弥漫在秋的萧瑟里。

中国古典诗词中的这种传意方式的丰富性，使得我们有"只可意会，不可言传""意在言外""辞不尽意"的说法。叶维廉先生从语言与美学汇通的角度，解释了中国古典诗中传释活动。他对"超象"何以形成以及由此产生的多重暗示与意绪的精妙阐发，也是其他诗论家所付阙如的。

（二）思与境偕

其实，司空图"象外之象，景外之景"是对"韵外之致，味外之旨"更为着实具体的解释。要想通达于"韵外之致，味外之旨"，就必须具有"象外之象，景外之景"的超象之思和意象创造。而这种超象之思的创造又有赖于"思与境偕"。司空图在《与王驾评诗书》谓：

> 国初，主上好文雅，风流特盛。沈宋始兴之后，杰出于江宁，宏肆于李杜，极矣！右丞苏州趣味澄夐，若清风之出岫。大历十数公，抑又其次。元白力勍而气孱，乃都市豪估耳。刘公梦得、杨公巨源，亦各有胜会。阆仙、东野、刘德仁辈，时得佳致，亦足涤烦。厥后所闻，逾褊浅矣。然河汾蟠郁之气，宜继有人。王生寓居其间，浸渍益久，五言所得，长于思与境偕，乃诗家之所尚者。则前所谓必推于其类，岂止神跃色扬哉？[①]

司空图认为，诗歌意境的创造必须做到"思与境偕"。"思与境偕"就是说诗人在审美创造中，主体与客体、理性与感情、思想与形象的融合化合，达到天衣无缝的水平。这里的"思"，指的是审美主体的情思的生命涌动中，在外物的感召下所展开的艺术想象和艺术构思；"境"指的是情思外化的物象构成；"思与境偕"中的"偕"指的是二者之间的谐和，《说文》谓："偕，俱也。"《庄子·则阳》谓："与世偕形而不替，所行之备而不洫。"这句中的"偕"与"思与境偕"最为接近。王

[①]（唐）司空图著，郭绍虞集解：《诗品集解》，人民文学出版社1963年版，第50页。

先谦注曰:"与物偕行而无所替废,所行皆备而无所败坏,所谓'无为而无不为也'。"①"偕",才能达到主体与客体、意与象、情与景的内在统一。

要理解"思与境偕",有必要追溯"意境"的源流。在中国古典美学理论中,意境是重要的美学范畴。早在先秦时期,就出现了"象"这一范畴。经过漫长的演化过程,至魏晋时期,"象"转化为"意象",经刘勰等人的努力,已经形成了诸如意和象、隐和秀、风和骨等内在规定性。到了唐代,"意象"这一审美范畴已经被普遍接受了。但唐代诗论家对诗歌审美意象的分析并未停止,而是进一步提出了"境"的概念。从现存的历史资料来看,"境"作为美学范畴,最早见于王昌龄的《诗格》(卷下):

> 诗有三境:一曰物境。二曰情境。三曰意境。物境一。欲为山水诗,则张泉石云峰之境,极丽绝秀者,神之于心。处身于境,视境于心,莹然掌中,然后用思,了然境象,故得形似。情境二。娱乐愁怨,皆张于意而处于身,然后驰思,深得其情。意境三。亦张之于意,而思之于心,则得其真矣。②

王昌龄把"境"分为三类:"物境""情境""意境"。"物境"是指表现泉石云峰等自然景物,以写物见长;"情境"是指表现娱乐愁怨等思想感情,以写情取胜;"意境"是指内心意识的境界。注意这个"意境"与我们现在常说的"意境"(指意和境的契合)含义并不一样。王昌龄所说的"意境"仍属于审美客体。

后来皎然也讲"境"或"境象"。《诗式》探讨了意境理论的某些方面。一是关于境的含义。皎然的"境"的含义大体上指的是自然景物和人生境遇。其诗曰:"是时寒光澈,万境澄以静。""苍林有灵境,杳映遥可羡。""偶来中峰宿,闲坐见真境。""诗情缘境发,法性寄筌空。"既注重自然风物的描摹,也注重刻画审美主体的情感。二是讨论

---

① (清)王先谦撰,陈凡整理:《庄子集解》,三秦出版社2005年版,第371页。
② 张伯伟撰:《全唐五代诗格汇考》,凤凰出版社2002年版,第172—173页。

关于诗境的创造。《诗式》中有《取境》一节，其云："取境之时，须至难、至险，始见奇句。成篇之后，观其气貌，有似等闲，不思而得，此高手也。"从生活出发，先取美境，融入情思。《辨体有一十九字》一节也讲到"取境"，其云："夫诗人之思，初发取境偏高，则一首举体便高；取境偏逸，则一首举体便逸。"是说取境与风格的关系。关于造境，强调要站得高，看得远，要善于运用比兴方法。其云："取象曰比，取义曰兴，义即象下之意。凡禽鱼、草木、人物、名数，万象之中义类同者，尽入比兴，《关雎》即其义也。"这里的比，已经和单纯取象比喻不同，属于意境范畴。刘禹锡进一步发展了皎然的"采奇于象外"，提出了"境生于象外"的观点。其《董氏武陵集纪》谓："诗者，其文章之蕴耶？义得而言丧，故微而难能，境生于象外，故精而寡和。"刘禹锡举例说，"境生于象外"的诗作，如孙楚的"晨风飘歧路，零雨被秋草"，描写的是朔风怒号，歧路茫茫；秋雨飘零，衰草漫漫。于象外显示的则是旅程萧索、心绪凄清。如王籍《入若耶溪》"蝉噪林逾静，鸟鸣山更幽"句，造语"秀拔"，于空山寂静之外，更生一层心境之静，可谓"境生于象外"。

最早在美学意义上使用"象外"一语的是南朝谢赫。其《古画品录》谓："若拘以体物，则未见精粹；若取之象外，方厌膏腴，可谓微妙也。"谢赫的"取之象外"是说画家作画时要突破有限的物象，进入无限的虚象，这样的画作才能"气韵生动"。这是对"象"的超越，是"象外""象外之象"，就是"超象"。叶朗指出："'象外'，就是说，不是某种有限的'象'，而是突破有限形象的某种无限的'象'，是虚实结合的'象'。这种'象'，司空图称之为'象外之象'、'景外之景'……这种'象'，也就是庄子所谓'象罔'。而这就是'境'。"[1] 审美对象由"象"转为"境"，是中国古典审美意识的重大转变，也是中国文学艺术史上的重大转变。在诗歌方面表现为由取"象"到取"境"的转移。在诗歌创作中，如何创造意境方面，唐代的王昌龄、权德舆、司空图等人都提出了有价值的诗学思想。

先来看看王昌龄在《诗格》中对诗歌意境的产生所作的分析。他说：

---

[1] 叶朗：《中国美学史大纲》，上海人民出版社1985年版，第269—270页。

味：一个诗学语词的理论批评

> 诗有三思：一曰生思。二曰感思。三曰取思。生思一。久用精思，未契意象。力疲智竭，放安神思。心偶照境，率然而生。感思二。寻味前言，吟讽古制，感而生思。取思三。搜求于象，心入于境，神会于物，因心而得。①

这里说的三思是指意境产生的三种构思特点。"生思"是指经过长期构思，始终未产生意象，这时等待时机到来，灵感涌现时自然出现意象。"感思"是说从研读前人作品中获得启发，借助前人作品中的意象触发灵感，获得一种新的诗歌意境。"取思"是说诗人主动获取生活中的境象，心物相感，从而形成意境。王昌龄强调文学创作，尤其是诗歌创作必须在意与境的密切结合的情况下进行构思。诗歌创作中的意必须与外境融为一体，方能驰骋神思，产生有价值的艺术作品。同时，意与境的融合，必须任其自然，由感兴而生，不能人为强制。

与皎然并时的权德舆，明确提出"意与境会"的概念。其《左武卫胄曹许君集序》谓："凡所赋诗，皆意与境会，疏导情性，含写飞动，得之于静，故所趣皆远。"这里的"意与境会"具有意境浑融的意味，并且强调要"得之于静"。其所谓"所趣皆远"，约略等同于司空图的"象外之象，景外之景"，也强调诗歌创作要展开想象，不要拘牵于物象本身，要有象外之境。司空图"思与境偕"中的论意境，既继承了前人成说，又有自己的新见。司空图提出的"思与境偕"与权德舆的"意与境会"，两者的侧重点不同，权德舆侧重在意，把"得之于静，故所趣皆远"看得十分重要。司空图的侧重点在境，要求意境要有象外之致。司空图的"思与境偕"是对刘勰《文心雕龙》"神与物游"的进一步发展，司空图的"境"要比刘勰的"物"更为丰富和广阔。王昌龄也谈"境思"，讲"境"与"思"结合。皎然谈"取境"，也强调思与境的统一。司空图的超越前人之处在于，他所创造的境是在具体境象之外的虚境，这个虚境不是平面的画面，而是一个立体的艺术的空间，给读者一个驰骋想象的艺术世界。"思与境偕"说是司空图韵味美学思想的重要组成，是使诗歌产生"韵外之致""味外之旨"的必由之路。只有"思与境偕"才能创造出

---

① 张伯伟撰：《全唐五代诗格汇考》，凤凰出版社2002年版，第173页。

"象外之象,景外之景"之作,才能使读者进入意境深邃的审美境界。这一理论是对前人意境理论的发展,也是对有唐一代意境理论的总结。司空图之后,宋代的张戒、严羽,明代的谢榛、王世祯,清代的王夫之、叶燮,直至近代的王国维,对意境说又继续阐发和充实,从而形成我国独特的诗歌意境理论体系。

第三节 澄淡精致,趣味澄夐:辨于味而后可以言诗

司空图在《与李生论诗书》中指出:"愚以为辨于味,而后可以言诗也。"明确提出"辨于味而后可以言诗"的理论命题,把明辨诗味作为诗歌创作和欣赏的重要原则。同时,他还提出了好诗的审美标准,是具有"韵外之致""味外之旨"的"醇美"韵味。在《与极浦书》中,还提出"象外之象,景外之景"作为创造"醇美"诗境的途径。我们常说,亚里斯多德的《诗学》,是古希腊雕塑、史诗和悲剧的理论总结,那么,我们是否也可以追问,司空图的"韵味"诗学又是怎样概括了有唐一代的诗美创作的呢?又是怎样直感地把握了"唐人规律"?司空图是一个诗人,同时也是一个美学家、理论家,他对唐代的诗歌创作进行了全面的概括和总结,并在前人的基础上形成了独具特色的美学及诗学理论。从时代发展的角度看,唐代的诗歌创作波澜壮阔,是诗歌创作的全面展开,达到了全面的繁荣,高潮过后,对其进行总结和评判,确立新的审美观念,也是时代的必然要求。

一 "辨于味而后可以言诗"的理论意义

要了解司空图"辨味"论诗的意义,必须把它放在他所处的历史条件下加以考察。司空图所处的唐代,是中国抒情文学发展的黄金时代。就诗歌创作而言,可谓"文质相炳焕,众星罗秋旻"[1]。就形式方面,古体律诗的五言七言,都达到全盛之境。内容包罗万象,派别林立,文学思潮发展流变,呈现出令人眼花缭乱的局面。"宋·计有功撰《唐诗

---

[1] (唐)李白:《古风》,中华书局编辑部点校:《全唐诗》(增订本)卷161,中华书局1999年版,第1674页。

纪事》，所录凡一千一百五十家，清康熙年间所编纂的《全唐诗》，所录二千三百馀家，诗四万八千九百馀首。"① 诗在唐朝兴盛的情形可见一斑。

（一）诗唐：诗的唐朝

闻一多先生谓："一般人爱说唐诗，我却要讲'诗唐'，诗唐者，诗的唐朝也，懂得了诗的唐朝，才能欣赏唐朝的诗。"② 这是闻先生对有唐一代诗歌概况的形象化描述。唐最初十年，承齐梁之后，有两种诗人：一种是反对齐梁诗风的，以陈子昂等人为代表；另一种是继承齐梁诗风的，以沈佺期、宋之问、杜审言为代表。八世纪上半叶的盛唐，最重要的是王、孟一群和高、岑一群。王维以闲静的心情，观察大自然，流注笔端，便形成一种特殊的风格。这个风格以他的《辋川集》为代表。和他风格近似的诗人还有孟浩然、储光羲、裴迪等人。另一群以岑参为代表，风格豪放，内容以战争题材为多，长于七言。与岑参风格相近的，还有王昌龄、王之涣等人。可以代表唐前半段诗坛的是大诗人李白，他的诗风格多样，既有近于王、孟的山水田园诗，还有近于高、岑的边塞诗。八世纪中叶的安史之乱，是唐代社会的转折点。在动乱的局面里，产生不少以民间疾苦为题材的诗篇，杜甫此时的作品，不少是以离乱生活为题材，内容上还有不少咏物和写景的诗，他的诗在形式方面注重技巧，内容上注重民间疾苦。这两点，直接影响了以韩愈和白居易为代表的两个诗人群体。中晚唐的刘长卿、韦应物、刘禹锡、柳宗元，都是盛唐王、孟一派的支流。晚唐的杜牧和李商隐，喜欢借古讽今，这是他们的共同处。皮日休、聂夷中、杜荀鹤三人与中唐的元、白风格接近，都以朴素的文字反映民生的疾苦。

诗在唐朝得以兴盛的原因，首先是诗歌本身进化的历史使然。五言诗起于东汉，盛于魏晋南北朝，到唐代已经开始衰落。而七言古诗以及律绝的新体诗，在六朝才开始形成，唐朝的天才诗人，终于完成了新体诗的历史使命，使之发出灿烂的光辉。王国维谓："盖文体通行既久，染指遂多，自成习套。豪杰之士亦难于其中自出新意，故遁而作他体，以自解

---

① 刘大杰：《中国文学发展史》，百花文艺出版社2007年版，第185页。
② 郑临川述评：《闻一多论古典文学》，重庆出版社1984年版，第82页。

脱。一切文体所以始盛中衰者，皆由于此。"① 其次，政治对文学发展施加的影响，也是唐诗获得发展的重要原因。唐朝的皇帝，几乎都爱好文学与音乐，提倡风雅，提奖后进。白居易死后，宣宗李忱作《吊白居易》，诗云："缀玉联珠六十年，谁叫冥路作诗仙。浮云不系名居易，造化无为字乐天。童子解吟长恨曲，胡儿能唱琵琶篇。文章已满行人耳，一度思卿一怆然。"天子如此礼遇诗人，提高了诗人的影响力，同时也刺激了青年学子作诗的热情。加之唐代以诗取士，诗歌一门，遂成为文人得官干禄的终南捷径。考诗的制度，对促成作诗风气的形成功莫大焉。《全唐诗·序》谓："盖唐当开国之初，即用声律取士；聚天下才智英杰之彦，悉从事于六义之学，以为进身之阶。则习之者，固已专且勤矣，而又堂陛之赓和，友朋之赠处，与夫登临宴赏之即事感怀，劳人迁客之触物寓兴，一举而托之于诗。虽穷达殊途，悲愉异境，而以言乎摅写性情，则其致一也。"② 这种说法是比较客观公允的。最后，诗人地位的变化带来了唐诗内容的极大丰富广阔。汉魏六朝的诗坛，几乎被君主贵族掌握，他们与下层百姓生活的疏离，造成了其诗歌内容的逼仄与贫弱，诗歌的感情也显得苍白单调。刘大杰先生谓："由两晋的游仙文学，梁陈的宫体文学看来，便可了解那作品中的内容是如何的单调，更可了解那特殊阶级的生活情感，同民众的生活情感，是隔着多么远的距离。同时也可知道那些同民众社会绝缘的君主贵族，也只能写那种虚无缥缈的仙诗和那些女色肉香的艳曲。"③ 尽管魏晋南北朝时期也出现诸如王粲、陈琳、陶潜、鲍照等反映民众疾苦和抒写田园生活的诗篇，但那不是当时的诗坛主流，这从陶潜不为当时流风所接受，就是很好的明证。到了唐代诗人，他们大半出身民间底层，有着丰富的民众生活体验。举凡高适、岑参、王昌龄、李白、杜甫、孟郊、张籍、元稹、白居易诸人的出身历史，便会发现他们都是从民众底层奋斗出来，虽然其中有的诗人经过科举途径或者贵人举荐而进入官场，但他们的思想意识和情感仍然与民众保持紧密的联系。这些都反映在诗的内容日益丰富，诗的境界日益高远。

---

① 王国维：《王国维文学论著三种》，商务印书馆2001年版，第42页。
② 中华书局编辑部点校：《全唐诗》（增订本），中华书局1999年版，第1页。
③ 刘大杰：《中国文学发展史》，百花文艺出版社2007年版，第187页。

（二）复与变：唐代诗学思想的"两线"

时代的丰富创作实践为诗论的产生提供了肥沃的土壤。据明胡应麟《诗薮·外篇》统计，唐人的诗论计分三类：唐人自选诗、唐人诗话和唐人诗图。朱东润先生在论及唐代诗论，把唐代诗论家分为两派："一、为艺术而艺术，如殷璠、高仲武、司空图等。二、为人生而艺术，如元结、白居易、元稹等。"[①] 主张为艺术而艺术的，有的处于盛唐，像殷璠；有的处在安史之乱平定之际，如高仲武；也有的处于晚唐，避乱归隐，像司空图。为人生艺术的，像元结，于天宝之乱，写出《箧中集序》，元白处于元和年间，目睹藩镇割据，国事日非，有感而作论诗。萧华荣先生在《中国诗学思想史》中，对唐代诗学思想也有"两线"的说法。其谓：

> 大致说来……一条线索是从隋代李谔、王通，中经初唐史家、四杰、陈子昂、李白、元结、白居易，直至晚唐皮日休等人，主张恢复"古道"，强调发扬《诗》"经"精神、汉魏风骨，重视诗的社会政教功用；另一条线索是从初唐上官仪、沈、宋，中经殷璠、皎然直至晚唐司空图等人，重视诗的审美艺术特征，承接六朝继续探讨诗的形式美和意蕴，使诗学逐渐"造微"即走向精妙深微。[②]

萧华荣先生的论述可以看成对朱东润先生观点的展开，对理解唐代诗学有提纲挈领的作用。两派的分野，关键之处是对南朝齐梁诗学思想的态度。中唐诗僧兼诗论家皎然谓：

> 作者须知复、变之道，反古曰复，不滞曰变。若惟复不变，则陷于相似之格……夫变若造微，不忌太过，苟不失正，亦何咎哉？如陈子昂复多而变少，沈、宋复少而变多，今代作者不能尽举。[③]

[①] 朱东润：《中国文学批评史大纲》，上海古籍出版社2001年版，第93页。
[②] 萧华荣：《中国诗学思想史》，华东师范大学出版社1996年版，第100—101页。
[③] （唐）皎然著，李壮鹰校注：《诗式校注》卷5，《复古通变体》，人民文学出版社2003年版，第330页。

第四章　韵味：中国诗学中的艺术哲学

皎然这里的论述，是针对南朝齐梁诗学而言。"复"是指对齐梁时期复古派的继承，以陈子昂为代表，矫革齐梁诗风，标举"建安风骨"，也就是朱东润先生所说的"为人生而艺术"派；"变"是指继承齐梁新变的艺术追求，以沈佺期、宋之问为代表，对声律论与新体诗加以改造、完善、定型，应属于朱东润先生之所谓"为艺术而艺术"派。我们不妨沿着这两条线索对唐代诗学进行梳理，将司空图的"韵味"诗学理论放在这一诗学思想背景下予以体认，这样才便于揭示司空图诗学在美学史上的巨大意义。

先说"复"这一条线。陈子昂的"复古"之功确为古今所称道。他的"复"的理论主要见于其《与东方左史虬修竹篇序》：

> 文章道弊五百年矣。汉、魏风骨，晋、宋莫传，然而文献有可征者。仆尝暇时观齐、梁间诗，彩丽竞繁，而兴寄都绝，每以永叹。思古人常恐逶迤颓靡，风雅不作，以耿耿也。一昨于解三处见明公《咏孤桐》篇，骨气端翔，音情顿挫，光英朗练，有金石声，遂用洗心饰视，发挥幽郁。不图正始之音，复睹于兹，可使建安作者相视而笑。解君云："张茂先、何敬祖，东方生与其比肩。"仆亦以为知言也。故感叹雅制，作《修竹》诗一篇，当有知音以传示之。①

这是陈子昂的诗歌理论纲领。陈子昂诗歌改革的出发点，是矫正齐梁间"彩丽竞繁"的弊病。李谔谓："江左齐、梁，其弊弥甚，贵贱贤愚，唯务吟咏。遂复遗理存异，寻虚逐微，竞一韵之奇，争一字之巧。连篇累牍，不出月露之形，积案盈箱，唯是风云之状。"② 这种流弊一直影响到初唐的诗坛。此文是陈子昂看到东方虬的《咏孤桐》篇（今已佚），深为钦佩，有感而发。其复古之意表露无遗，就是要恢复建安风骨、正始之音。其复古的具体内容，一是提倡"风骨"，二是注重"兴寄"。应当说，"汉魏风骨"不是一个新话题，刘勰《文心雕龙》里有专门阐述："练于

---

① （唐）陈子昂撰，徐鹏校点：《陈子昂集》（修订本），上海古籍出版社2013年版，第16页。
② （隋）李谔：《上隋高祖革文华书》，（唐）魏征等撰《隋书》卷66，中华书局1973年版，第1544页。

骨者，析辞必精；深乎风者，述情必显。"又云："若瘠义肥辞，繁杂失统，则无骨之征也；思不环周，索莫乏气，则无风之验也。"黄侃《文心雕龙札记》分析"风骨"云："必知风即文意，骨即文辞，然后不蹈空虚之弊。"① 简言之，风骨就是思想感情与艺术表现的完美统一，即作品深厚的内容、真切的感受与辞采体貌的完美结合。结合陈子昂的诗歌创作，他的"风骨"的内涵，具体而言就是俯仰宇宙的思索，出入历史的人生感叹，直面现实的批判意识，壮志难酬的悲愤情怀。"兴寄"是陈子昂首次提出的诗学概念，"寄"是寄托，"兴"是兴发感情，陈子昂把"兴寄"提高到了诗歌创作原则的高度，强调诗歌创作的社会性情感，认为作品要有寄托，内容充实，不能仅仅有"彩丽竞繁"的华美辞藻。强调"风骨""兴寄"是初盛唐矫革齐梁诗风的共识。初唐四杰不满初唐沿袭齐梁诗风的"争构纤微，竞为雕刻"，提出"气骨""刚健"的疗救之途。王勃和杨炯提出了一些新的诗美观念和创作要求。卢照邻和骆宾王的七言歌行，一扫五言宫体的香艳颓圮，辉耀于初唐诗坛，闻一多称赞卢照邻的《长安古意》："在窒息的阴霾中，四面是细弱的虫吟，虚空而疲倦，忽然一声霹雳，接着的是狂风暴雨！虫吟听不见了，这便是卢照邻《长安古意》的出现。……对于时人那虚弱的感情，这真有起死回生的力量。……他是宫体诗中一个破天荒的大转变。一手挽住衰老了的颓废，教给他如何回到健全的欲望，一手又指给他欲望的幻灭。……卢照邻只要以更有力的宫体诗救宫体诗。"②

需要注意的是，陈子昂的复古说与李谔、王通等人的恢复儒道主张并不一样。李谔、王通反对齐梁诗风，是一种非文学观的说教，完全否定文学的辞采因素。陈子昂强调的是诗歌思想内容和形式的统一，从某种意义上说，陈子昂是在完成刘勰、钟嵘未竟的事业。但是，陈子昂的"兴寄"说，在"兴"即感兴与"寄"即寄托之间，偏重寄托而不是感兴，导致其创作实践中为"寄托"而作，不是为感情激越而作。王夫之评陈子昂的《感遇》诗，说他"似诵、似说、似狱词、似讲义，乃不复似诗"③。

---

① 黄侃：《文心雕龙札记》，上海古籍出版社 2000 年版，第 101 页。
② 闻一多：《唐诗杂论》，武汉大学出版社 2008 年版，第 10—11 页。
③ （清）王夫之著，陈书良校点：《唐诗评选》卷 2，上海古籍出版社 2011 年版，第 41 页。

第四章　韵味：中国诗学中的艺术哲学

说的就是这种弊端。

在"复"的道路上走得更远的，就诗而言，从元结开始，中经白居易和元稹，直至晚唐皮日休等人。朱东润谓："唐人为人生而艺术之论诗，发于元结……后乃有白居易、元稹。"① 元结诗论，见于《箧中集序》，其言曰："风雅不兴。几及千岁。……近世作者。更相沿袭。拘限声病。喜尚形似。且以流易为词。不知丧于雅正。然哉彼则指咏时物。会谐丝竹。与歌儿舞女。生污惑之声于私室可矣。若今方直之士。大雅君子。听而诵之。则未见其可矣。"② 他的诗学观的核心是儒家的政教功利观。按照他的这个标准，初唐四杰、陈子昂以及杜甫都被他一笔抹杀了。白居易论诗，见于《与元九书》。白居易主张诗歌要有为而作。其云："文章合为时而著，歌诗合为事而作。"其诗学主张与元稹大体相近。其《与元九书》谓：

> 洎周衰秦兴，采诗官废。上不以诗补察时政，下不以歌泄导人情；乃至于谄成之风动，救失之道缺。于时"六义"始刓矣！
>
> 《国风》变为《骚辞》，五言始于苏、李。苏、李、骚人，皆不遇者，各系其志，发而为文。故"河梁"之句，止于伤别；泽畔之吟，归于怨思；彷徨抑郁，不暇及他耳。然去《诗》未远，梗概尚存。故兴离别，则引"双凫"、"一雁"为喻；讽君子小人，则引"香草"、"恶鸟"为比；虽义类不具，犹得风人之什二三焉。于时"六义"始缺矣。
>
> 晋、宋已还，得者盖寡。以康乐之奥博，多溺于山水；以渊明之高古，偏放于田园；江、鲍之流，又狭于此。如梁鸿《五噫》之例者，百无一二焉。于时"六义"寖微矣！
>
> 陵夷至于梁、陈间，率不过嘲风雪、弄花草而已。噫！风雪花草之物，三百篇中岂舍之乎？顾所用何如耳！设如"北风其凉"，假风以刺威虐也；"雨雪霏霏"，因雪以愍征役也；"棠棣之华"，感华以

---

① 朱东润：《中国文学批评史大纲》，上海古籍出版社2001年版，第97页。
② （唐）元结、殷璠等：《唐人选唐诗（十种）》（上册），上海古籍出版社1978年版，第27页。

讽兄弟也;"采采芣苢",美草以乐有子也。皆兴发于此,而义归于彼。反是者可乎哉?然则"余霞散成绮,澄江净如练","离花先委露,别叶乍辞风"之什,丽则丽矣,吾不知其所讽焉!故仆所谓嘲风雪、弄花草而已。于时"六义"尽去矣!

唐兴二百年,其间诗人不可胜数。所可举者,陈子昂有《感遇诗》二十首,鲍鲂有《感兴诗》十五首。又诗之豪者世称李、杜。李之作,才矣奇矣,人不逮矣;索其风雅比兴,十无一焉。杜诗最多,可传者千余首;至于贯穿今古,觑缕格律,尽工尽善,又过于李。然撮其《新安吏》、《石壕吏》、《潼关吏》、《塞芦子》、《留花门》之章,"朱门酒肉臭,路有冻死骨"之句,亦不过三四十首。杜尚如此,况不逮杜者乎?

仆常痛诗道崩坏,忽忽愤发,或废食辍哺,夜辍寝,不量才力,欲扶起之。嗟乎!事有大谬者,又不可一二而言;然亦不能不粗陈于左右。①

上面这一大段对诗歌发展历史的评述是十分偏激的。白居易论诗的标准是"风雅",但是究其实质,不外乎教化。"准是以论,故晋、宋、齐、梁,迄无合作,李白之诗,十不得一,杜甫之诗,上者也不过三四十首。"② 这清楚表明白居易论诗的狭隘性和不重视艺术性的缺点。之所以如此,那是因为,反对无助政教美刺、无关民生疾苦的"空文",是元、白创作和诗学思想的核心。这种反对为艺术而艺术的思想,使得白居易在诗的要求上主张通俗、明白、质朴,但同时也造成了他的诗歌,特别是讽喻诗,在艺术上过于直露的毛病,诚如南宋张戒《岁寒堂诗话》所说,其诗能"道得人心中事"是其所长,而"略无余蕴"是其所短。白居易是一位才华横溢的诗人,他的《长恨歌》《琵琶行》以及许多律诗绝句都脍炙人口,但他的诗论却把政教功能和艺术性对立起来,才会造成他在《与元九书》中所说的对自己的诗歌创作有"时之所重,仆之所轻"的

---

① (唐)白居易著,龚克昌、彭重光选注:《白居易诗文选注》,上海古籍出版社1984年版,第173—177页。

② 朱东润:《中国文学批评史大纲》,上海古籍出版社2001年版,第98页。

现象。

如果说，"复"的一线是对建安风骨特别是汉儒《诗》"经"精神在当时历史条件下的强化，那么，"变"的一线则是对汉魏六朝文学自觉诗美艺术追求的继承和发扬。

以沈佺期、宋之问为代表的"变"，实质是对魏晋南北朝主导的诗学思潮"缘情绮靡"的承续与完成。当然，沈、宋的诗学贡献主要在诗的形式方面，即中国古代律体诗的确立。《新唐书·文艺传》谓："魏建安后迄江左，诗律屡变，至沈约、庾信，以音韵相婉附，属对精密。及之问、沈佺期，又加靡丽，回忌声病，约句准篇，如锦绣成文。学者宗之，号为'沈、宋'。"① 客观评价了沈、宋创获律体之功。魏晋六朝的形式美的诗学思潮，到沈、宋之时，由于形式美的原则确立，体制比较完备。诗学家们的探讨方向于是转向诗的内部。因此，有唐一代"变"的一线，经中唐皎然提出的"文外之旨"，而至殷璠的"兴象"、王昌龄的"意境"之说，一直到晚唐司空图的"韵味"诗学，为这一线的探索画上圆满句号。

（三）"兴寄"与"辨味"：司空图诗学的美学价值

上文从"复"与"变"两条线对唐代诗学思潮予以梳理。我们看到，陈子昂的"兴寄"论、白居易的"讽喻"论，虽然在理论上夺得先机，但在实践上，并未形成独尊的局面。唐代诗歌的成就，体现在各种风格流派林立，天才诗人辈出。高棅《唐诗品会总序》谓："有唐三百年诗，众体备矣。"②"名家擅场，驰骋当世。或称才子，或推诗豪，或谓五言长城，或为律诗龟鉴，或号诗人冠冕，或尊海内文宗。"③ 就诗风而言，有万象更新的初唐英姿，恢宏壮阔的盛唐气象，也有百舸争流的中唐风采，夕阳西下的晚唐韵味。就诗人而论，有高蹈长空的诗仙，归隐心灵的诗佛，也有执着大地的诗圣。就艺术追求而言，有平易之美的尝试，险怪之美的探求，也有超然之美的追求。就题材论，怀古诗、言志诗、爱情诗，内容均有涉猎。唐诗的繁荣，从思想上说，应该归功于各种诗学理论的营

---

① （宋）欧阳修、宋祁撰：《新唐书》（全二十册）卷202，中华书局1975年版，第5750页。
② （明）高棅：《唐诗品汇》，上海古籍出版社1988年版，第8页。
③ 同上书，第9页。

◇◇　味：一个诗学语词的理论批评

养，汇集了各种创作实践经验的精华，不可能用一种学说来笼盖一切。"兴寄""讽喻"理论与实践的落差，究其原因，一是"兴寄""讽喻"论诗，只在内容上提出反映政治现实，注重诗歌的教化作用，具有片面性和狭隘性。上文论及的白居易《与元九书》已经涉及此。二是"兴寄""讽喻"论者，只重视了诗歌的认识和政教功能，没有认识到诗歌的思想内容与艺术形式，情与境的完美结合，才是诗美产生的这一基本规律。

司空图总结唐诗繁荣的经验，提出了"辨味"理论，从而弥补了"兴寄""讽喻"论的缺点，确立了其在美学史上的地位。裴斐指出："唐代诗论——从对创作规律的探索上看——主要成就不是出自陈子昂或白居易，而是出自属于出世派的释皎然和司空图。……他们对创作规律本身的阐明却往往是十分精辟的。"① 但他同时指出："入世派与出世派区别在于作品的思想内容以及由此决定的感情色调，在创作方法上二者之间并不存在鸿沟。"② 的确，司空图的"辨味"理论虽然主要是根据陶渊明、王维、韦应物以及自己的创作经验，但是其所揭示的乃是诗歌创作的普遍规律。

第一，诗味并不决定于诗歌内容表现哪一方面的自然或社会生活的感受。它存在于表现各种情景的诗中，不同的诗的诗味有深浅、雅俗、高低、文野之分。司空图说："诗贯六义，则讽谕、抑扬、渟蓄、温雅，皆在其间矣。"③ 所谓"诗贯六义"，是说用赋、比、兴的手法创作而存于风、雅、颂中的诗，那么，诗歌的讽喻、抑扬、渟蓄、温雅之味都蕴含在其中。这表明，讽喻之味，不过是味的一种，不能以讽喻概括其余。司空图从诗经传统出发，阐述诗经传统就是诗味传统，这是符合抒情诗的历史传统的，这也从另一个角度批评了"讽喻""兴寄"的片面性。

第二，诗味不只是关系到内容，还关系到内容与形式的契合程度。诗歌的内容得之于自然及现实生活，但是仅仅得之于现实生活并不能自动成为诗的内容。这里涉及内容和形式统一的问题，司空图称之为"思与境偕"，也就是情与境的完美结合，从情的角度说，情意是诗歌的生命，也是诗歌韵味的根本。诗有情意，就会有味，味、情、意是紧密相连的，张

---

① 裴斐：《诗缘情辨》，四川文艺出版社 1986 年版，第 36—37 页。
② 同上书，第 37 页。
③ （唐）司空图：《与李生论诗书》，祖保泉、陶礼天：《司空表圣诗文集笺校》，安徽大学出版社 2002 年版，第 193 页。

· 222 ·

第四章 韵味：中国诗学中的艺术哲学

戒《岁寒堂诗话》谓："诗人之工，特在一时情味。"又谓："大抵句中若无意味，譬之山无烟云，春无草树，岂复可观？"谢榛《四溟诗话》谓："诗有辞前意，辞后意，唐人兼之，婉而有味。"认为唐诗的味源于浓浓情意。叶燮《原诗》谓："若徒以富丽为工，本无奇意，而饰之以奇字；本非异物，而加以异名别号。味如嚼蜡，展诵未竟，但觉不堪，此乡里小儿之技，有识者不屑为也。"从反面论证只有华丽的形式，没有充满情意的内容，就会味同嚼蜡。当然，诗歌韵味也和意境相关。意境具有巨大的审美功效，能使诗产生无穷的韵味。遍照金刚《文镜秘府论》谓："诗不可一向把理，皆须入景，语始清味；……其景与理不相惬，理通无味。""诗一向言意，则不清及无味；一向言景，亦无味。事须景与意相兼始好。"可见，情理相箴才能产生"韵外之致"的诗味。

二　"澄淡精致，趣味澄夐"的审美趣味

在司空图的诗论中，以王维等人的"澄淡精致，趣味澄夐"为特征的艺术创造艺术和审美内涵得以标举。其实，司空图的"韵味"理论在很大程度上是对以王维等为代表的清淡诗风艺术经验的总结。那么，王维等人的诗美从何而来，它的特点又是什么呢？

许印芳《诗法萃编》中《与李生论诗书跋》说："表圣论诗，味在咸酸之外。因举右丞、苏州以示准的。"这话是不错的。司空图以"味外之味""韵外之旨"说对"诗性"精神进行揭示时，是以王维、韦应物等那些"趣味澄夐"的抒情写景律绝为分析对象的，并极力加以推崇。司空图的诗歌创作和艺术风貌属于陶、王、韦一派，在诗学思想上是相一致的。

"澄淡精致，趣味澄夐"的诗味得之于归隐的山水田园。黄巢攻破长安后，司空图断续过着归隐的生活。与陶渊明一样，因为不愿与黑暗的社会同流合污，因而洁身隐退，回归自然，于是隐居山水田园。那么，他们笔下的自然田园，就是他们的理想世界精神家园。我们先看陶渊明笔下的田园。陶渊明《饮酒》谓：

  结庐在人境，而无车马喧。问君何能尔，心远地自偏。采菊东篱下，悠然见南山。山气日夕佳，飞鸟相与还。此中有真意，欲辨已

· 223 ·

味：一个诗学语词的理论批评

忘言。

陶渊明诗看似萧散，实则内有神通。前两联直抒胸臆，质朴自然。"采菊东篱下，悠然见南山"，陡然飞来，最有神韵。苏轼谓："因采菊而见山，境与意会，此句最有妙处。"① 何为境与意会？诗人漫步东篱，随手采菊，悠然举首，正对南山。人也悠然，山也悠然。人闲逸而自在，山静穆而高远。王小舒谓："这里无意与偶然构成一种巧会的欣喜，山水与人心组成一种异质的同构，主人在山水之中发现了萧然的自我，这就是境与意会。"② 结句化用庄子"得意忘言"，日暮山岚，倦鸟归林，有什么真意在呢？不想回答也不必回答。这是不需要结论的恍然自忘的境界，是一种获得沉醉体验的心理状态，是心灵的自得，自然就不需要语言这个舟楫。王国维《人间词话》谓："采菊东篱下，悠然见南山，无我之境也。"又云："无我之境，以物观物，不知何者为我，何者为物。"南宋胡仔《苕溪渔隐丛话》卷三云："本自采菊，无意望山，适举手而见之，故悠然忘情，趣闲而景远。此未可于文字精粗间求之。"蔡宽夫《诗话》谓："此其闲远自得之意，直若超然邈出宇宙之外。"都说的是物我相容，无物无我。正如王小舒所言："这里自然山水作为人的对象物，已有了反观自身的效应，人的投射跟山水的内蕴有机结合起来了，作者通过被投射物这条舟过渡到心理的审美体验去。"③ 这种体验就是陶诗带给我们的"澄淡精致"的美学韵味。

清人温汝能《陶诗汇评》用"境在寰中，神游象外"来概括"采菊东篱下，悠然见南山"的特征，实际上也可以以此来概括整个陶诗的特征。陶渊明笔下的田园，已经不是人间的田园，而是桃花源般的理想，这就是"寰中"与"象外"。所以明人许学夷《诗源辩体》谓："陶靖节超然物表，遇境成趣。"陶诗有理想主义的色彩，他的《归园田居》和《归去来兮辞》充满了诗意，在陶渊明笔下，愚昧困苦粗糙的乡村生活被诗意化了。一方面，诗人诗化了作为对象的景物；另一方面又诗化了诗人自

---

① （宋）苏轼著，邓立勋编校：《苏东坡全集》（中），黄山书社1997年版，第441页。
② 王小舒：《神韵诗学》，山东人民出版社2006年版，第51页。
③ 同上。

第四章　韵味：中国诗学中的艺术哲学

身，这是一种双重的超越，双重的诗化。这就是陶诗的"超然物表"，也是"象外之象，景外之景"产生的途径，更是韵味诗美生成的途径。司空图偏爱的就是这种得之于山水田园的澄淡的情趣。他在《诗品》中理想的诗人形象就是"落花无言，人淡如菊"，他写有《白菊》一诗，其云："诗中有虑犹须戒，莫向诗中著不平。"诗人与菊花都圆融于一片澄淡之境，花开花落，云卷云舒，无矜无怨，宠辱不惊。

与陶渊明一样，王维具有"趣味澄夐"审美特征的诗作也多产生在归隐的时期。超然脱俗的人格追求、共同的审美情趣形成的淡泊心境，使得司空图偏好王维冲淡空灵的风格。王维大概从四十岁起，就在长安南面的终南山过着半隐半仕的生活，后来又在东南的蓝田买下当年宋之问的别墅，辋川别业。这是一处风景清幽所在，诗人与友人经常"浮舟往来，弹琴赋诗，啸咏终日"①。其《终南别业》谓：

> 中岁颇好道，晚家南山陲。兴来每独往，胜事空自知。行到水穷处，坐看云起时。偶然值林叟，谈笑无还期。

王维在《山中与裴秀才迪》的信中，倾述他被辋川别墅秀丽寂静的田园山水陶醉的情形："足下方温经，猥不敢相烦，辄便独往山中，憩感兴寺，与山僧饭讫而去。比涉玄灞，清月映郭，夜登华子冈，辋水沦涟，与月上下。寒山远火，明灭林外，深巷寒犬，吠声如豹，村墟夜舂，复与疏钟相间。此时独坐，僮仆静默，多思曩昔，携手赋诗，步仄迳，临清流也。"②

由这段描述我们可以推见王维"兴来每独坐"的情形。壮岁即厌尘俗，隐居终南，随性独游，"行到水穷处，坐看云起时"。此句深为后世诗家赞赏，近人俞陛云谓："此诗见摩诘之天怀淡逸，无住无沾，超然物外。"③ 又云："行至水穷，若已到尽头，而又看云起，见妙境之无穷……此二句有一片化机之妙。"④ 这里所表现的超越人世劫难，弃绝世情俗虑，

---

① （后晋）刘昫等撰：《旧唐书》，《王维传》，中华书局1975年版，第5052页。
② （唐）王维撰，陈铁民校注：《王维集校注》，中华书局1997年版，第929页。
③ 俞陛云：《诗境浅说》，北京出版社2003年版，第11页。
④ 同上。

万缘俱寂，身心两忘，"行云之在太虚，流水之无滞相"的禅家心态，不正是"象外之象，景外之景"吗？

　　澄淡的诗味还表现在诗的情境结构。所谓诗的"情境结构"，即英国诗人艾略特之所谓"寻找一个与感情相应的客体"。艾略特（T. S. ELiot）说："艺术作品表达情感的唯一方式是寻找一个与情感相应的客体。"[1] 如王维《秋夜独坐》："雨中山果落，灯下草虫鸣。""雨""山果""灯""草虫"本是客观物境，传达的却是人生的悲哀，一个人在岁月的流逝中无情老去。诗人雨夜枯坐，灯光摇曳，屋外秋雨萧索，于是诗人遥想到雨中摧落的山果，灯下的虫鸣亦觉哀伤，人虫虽属异类，但得同情。

　　在构造"澄淡精致"的情境结构方面，王维、韦应物等人贡献了丰富的经验，表现了精妙的匠心。王维的《鸟鸣涧》谓："人闲桂花落，夜静春山空。月出惊山鸟，时鸣春涧中。"叶维廉先生认为，我们感应或感悟外物有三个阶段，也可以看成三种方式。第一个阶段是以稚心朴素之心感应山水，当我们可以用语言来表述我们的感应时，就进入了第二阶段，这个阶段的特征是移入概念世界去寻求意义和联系。第三阶段是对自然原始存在的感悟，其特征是摒弃语言和心智回归本样的物象。他比较王维《鸟鸣涧》与华兹华斯的《汀潭寺》时，指出："王维的诗，景物自然兴发与演出，作者不以主观的情绪或知性的逻辑介入去扰乱眼前景物内在生命的生长与变化的姿态；景物直现读者目前，但华氏的诗中，景物的具体性渐因作者介入的调停和辩解而丧失其直接性。"[2] 王维诗的感应方式，属于第三种。他的诗完全从事物本身的角度观照事物本身。如果按照批评家吕恰慈（I. A. Richards）对隐喻的 Vehicle 与 Tenor 两分法，亦即朱自清所谓喻依和喻旨来看，这种感应方式的喻依和喻旨已经融合为一，即所呈现的物象与物象所指向的概念与意义合而为一。在这里，索绪尔语言学中的能指与所指不再分离，而是统一了。本诗中呈现的物象均是自然的本色。诗人笔下的山水，只是自然的呈现，在寂静的山野之中，桂花悄然飘落，月光如水流泄，惊飞的山鸟的鸣叫声，在空寂的山涧回响。诗人呈现

---

[1] 转引自王文生《中国美学史——情味论的历史发展》（上卷），上海文艺出版社2008年版，第29页。

[2] 叶维廉：《叶维廉文集》（第一卷），安徽教育出版社2002年版，第174页。

第四章　韵味：中国诗学中的艺术哲学

的物象流露出的空寂，就在物象的本身。这种运思表达的方式，在王维、孟浩然、韦应物等山水诗人那里，就成为其构建"澄淡精致"情境结构的主要形式。试举几例：

　　空山不见人，但闻人语响。返景入深林，复照青苔上。（《鹿柴》）
　　独坐幽篁里，弹琴复长啸。深林人不知，明月来相照。（《竹里馆》）
　　木末芙蓉花，山中发红萼。涧户寂无人，纷纷开且落。（《辛夷坞》）

中国山水诗诗人就是以自然自身的方式构造着自然，以自然呈现的方式呈现着自然。在这几首诗里，我们看不到诗人对自然对象物的浇筑与凝视，看不到知性的智慧对自然物的侵扰。我们看到的是客观自然自足的存在，存在的本身就是一种言说，这种言说使得诗人与读者仿佛具有了另一种视觉听觉和味觉。如司空图所谓"素处以默，妙机其微"，在这种空静虚寂的世界中，我们听到的声音来自语言世界之外的万象。"在这种诗中，静中之动，动中之静，寂中之音，音中之寂，虚中之实，实中之虚……原是天理的律动，所以无需演绎，无需费词，每一物象展露出其原有的时空的关系，明澈如画。"[①]

　　独怜幽草涧边生，上有黄鹂深树鸣。春潮带雨晚来急，野渡无人舟自横。
　　　　　　　　　　　　　　　　　韦应物《滁州西涧》
　　移舟泊烟渚，日暮客愁新。野旷天低树，江清月近人。
　　　　　　　　　　　　　　　　　孟浩然《宿建德江》

如果把韦应物的《滁州西涧》与王维的《鸟鸣涧》作一比较，两首诗都采用了相同的感应物象的呈现方式：境象叠加、多重贯一、对立流转的结构方法，都表现了自然的空寂。但两诗的韵味还有不同，不同之处在

[①] 叶维廉：《叶维廉文集》（第一卷），安徽教育出版社2002年版，第184—185页。

于王诗之静而闲，韦诗之静而深。王维诗的闲体现在自然林泉丘壑与心境之闲融合一体；韦应物诗之深体现在思欲归隐，故独怜幽草，无所作为，恰同水急舟横。孟浩然《宿建德江》除"客愁"二字，其余皆为写景之语。行船停靠在一个烟雾迷蒙的小洲，正是日暮黄昏，夕阳西下。远望旷野无垠，茫茫苍苍，只有一轮清月印在水中。画面清冷空旷，而蕴藏于画面深处的是羁旅愁思。日暮天远，羁旅漂泊，宇宙间的诗人何其渺小，又是何等的孤独！澄淡的诗味弥漫其间，挥之不去。

司空图以"澄淡精致，趣味澄夐"来概括王维等人的诗歌审美特征。苏轼对韦应物、柳宗元的评价"发纤秾于简古，寄至味于淡泊"，是这种风格的绝好注解。这种境界貌似平易，实则通过锻炼而达此境。清人许印芳《与李生说诗书跋》谓：

> 表圣论诗，味在酸咸之外。因举右丞苏州以示准的，此是诗家高格，不善学之，易落空套。唐人中，王孟韦柳四家，诗格相近，其诗皆从苦吟而得。人但见其澄淡精致，而不知其几经淘洗而后得澄淡，几经熔炼而后得精致。学者于一切陈腐之言，浮浅之思，芟除净尽，而后可入门径。若从澄淡精致外貌求之，必至摹其腔调，袭其字句，未有不落空套者，所谓优孟衣冠也。[①]

许印芳的论述说出了王维等诗歌创作的规律。宋人葛立方所说的"大抵欲造平淡，当自组丽中来，落其华芬，然后可以造平淡之境"，也说的是这一要求。

[①] （唐）司空图著，郭绍虞集解：《诗品集解》，人民文学出版社1963年版，第48—49页。

第五章　淡味：淡远深邃的诗歌美学

在宋代，"味"继续作为一个重要的审美范畴在诗论中出现，但已经被历史赋予了新的内涵。"味"这个词，几乎是宋人使用频率最高的语词。在宋人的诗话诗论、序跋题赠中，随处可见。仅举一例。据陈应鸾统计，"今存二卷本《岁寒堂诗话》中，有七处用了'意味'一词，各有一处用了'情味'、'韵味'，它们都是作名词用的；有十一处用了'味'一词，其中十处作名词用，一处作动词用；此外，还各有一处用了'熟味'、'玩味'，它们都作动词用"[1]。

晚唐司空图的"澄淡精致"美学观念，直接开启了宋代的"淡味"观，并进一步得到深化和发展。需要注意的是，宋代诗论谈"淡味"，往往是以不同的语词出现的。比如"平淡""枯淡""至味"等，但都与"淡味"相关联。可以说，"淡味"已经成为宋人审美的普遍标准和理想。

第一节　理学：宋代诗学的精神底色

在整个中国文化史的发展和演变过程中，宋代是一个非常重要的转折阶段。陈寅恪先生曾言："华夏民族之文化，历数千载之演进，造极于赵宋之世。"[2] 他继而指出，宋代文化繁荣的标志就是宋代学术的复兴和新宋学的建立。宋代文化的核心是承继唐代中期兴起的儒学复兴运动而最终建立起来的新儒学思想体系。一般而言，我们称这种新建立起来的儒学体

---
[1] 陈应鸾：《中国古代文论与文献探微》，巴蜀书社2008年版，第129页。
[2] 陈寅恪：《邓广铭宋史职官志考证序》，陈寅恪：《金明馆丛稿二编》，上海古籍出版社1980年版，第245页。

系为理学。

一 理学的兴起

理学又称道学,是我国宋明时期思想界的重要学术流派。但关于"道学"之名的缘起,宋人语焉不详。任继愈先生认为,"道学"这个名词是元朝以脱脱为首的《宋史》编修者妄造的。① 冯友兰先生持反对意见,认为"道学"一词宋代即有之,冯先生并胪列程颐、朱熹等人言及"道学"材料凡八条,以证其说。②"道学"一词,最早见于张载《答范巽之书》中,其谓:"朝廷以道学、政术为二事。此正自古之可忧者。"这是张载与其弟子范育(巽之)论朝廷事所言。略晚的程颐在《二程集》中,多次提到"道学"一词。如《上韩持国资政书》"智足以知其道学……莫如阁下",《答杨时慰书》"家兄道学行义,足以泽世垂后",《上太皇太后书》"儒者以道学辅人主",等等。

"道学"的含义,程颐释谓:"周公没,圣人之道不行;孟轲死,圣人之学不传。道不行,百世无善治;学不传,千载无真儒。"③ 程颐认为其兄程颢直接承继孟子道统,这里虽然将周公之"道"与孟轲之"学"分开解释,不过在儒者眼中,内容却是一个。李心传《道命录序》就说:"夫道即学,学即道。"儒家出则从政,从政的目的就是行圣人之道,处则讲学,将圣人之道传之于人,期望后世因时行之。"道学"一词在南宋已不分开解释,朱熹对其含义进一步予以界定。他在《中庸章句序》中,以《尚书·大禹谟》中的"人心惟危,道心惟微,惟精惟一,允执厥中"十六个字来界说道学。这十六字就是理学家所说的"十六字心传"。所以清代汪廷珍在《象山文集序》为"理学"(即"道学")下定义:"虞廷以十六字之心法衍道统,而理学乃得承于后代。理学者,道统所由寄也。"④ 其实,理学概念出现得较晚。南宋《陆九渊集》有"惟本朝理

---

① 任继愈:《中国哲学史》(修订版)(三),人民出版社2003年版,第161页。
② 冯友兰:《略论道学的特点、名称和性质》,载中国哲学史学会、浙江省社会科学研究所编《论宋明理学:宋明理学讨论会论文集》,浙江人民出版社1983年版,第48—52页。
③ (宋)程颢、程颐著,王孝鱼点校:《二程集》(全二册)(上),程颐:《河南程氏文集》卷11《明道先生墓表》,中华书局2004年版,第640页。
④ (宋)陆九渊著,钟哲点校:《陆九渊集》,中华书局1980年版,第546页。

学，远过汉唐，始有师道"的说法。关于"道学"何以在南宋改成"理学"，姜广辉先生认为原因有三。① 其一，道、理二字意义相近，可以互训互代；其二，受佛学影响，佛学有重义理传统，也被称为"义学"或"理学"，道学家想表现道学重义理的特征时，往往以"理学"替代；其三，由于朱熹等道学家自居道统，过事标榜，引起许多学者不满与反感，为示有别，回避"道学"，而以"理学"代之。

理学发生的原因，既是当时多种思想际会、摩荡的产物，呈现出思潮自身推移演进发展的历史流脉与发生发展的必然性；同时也与当时社会历史、政治经济等历史背景密切相关，这些社会历史背景是理学形成的外部机缘。冯友兰先生指出：

> 宋代经过更新的儒学有三个思想来源。第一个思想来源当然是儒家本身的思想。第二个思想来源是佛家思想、连同经由禅宗的中介而来的道家思想。……更新的儒学还有第三个思想来源便是道教，在其中阴阳学家的宇宙论观点占有重要地位。②

冯先生指出理学的三个思想来源，具有启发性。实际上，道教中的阴阳学家的宇宙思想与道家思想有着"剪不断理还乱"的关系。我们这里着重谈理学的来源的三个方面：经学、佛学和道家。

先说经学。理学的形成可以视为经学历史发展的一个新阶段，经学在历史上确立不拔的地位，在于其与中国古代的宗法制度、农业经济以及大一统政治相适应。从根本上说，儒学是宗法观念的理论升华，当宗法社会进行文化选择时，自然非儒家思想莫属。但儒家思想并非十全十美，儒家于人伦日用指实切近，但是缺少道家的超越层面；儒家重道德，轻功利，适宜于收成与治世，不适应于进取与乱世，这方面不如法家。因此，它常常需要其他思想的补充，以此形成了中国思想史上几家互补的格局。陈寅恪曾指出：

---

① 姜广辉：《理学与中国文化》，上海人民出版社1994年版，第20—21页。
② 冯友兰：《中国哲学简史》，赵复三译，天津社会科学院出版社2005年版，第234页。

味：一个诗学语词的理论批评

> 故二千年来华夏民族所受儒家学说之影响，最深最巨者，实在制度法律公私生活之方面，而关于学说思想之方面，或转有不如佛道二教者。如六朝士大夫号称旷达，而夷考其实，往往笃孝义之行，严家讳之禁。此皆儒家之教训，固无预于佛老之玄风者也。释迦之教义，无父无君，与吾国传统之学说，存在之制度，无一不相冲突。输入之后，若久不变易，则决难保持。①

陈寅恪先生的这段话，反映了儒、释、道三家思想交流渗透的情形。他认为，在政治体制、日常生活方面，即使释、道两教极盛，也未能取代儒家的主导地位和支配作用，不过在意识形态特别是哲学理论上，释、道却风靡数百年。儒家经秦始皇"焚书坑儒"，几乎毁绝。儒家经术在汉代通过经师口授、弟子记录的方式复得。由此形成汉代经学重师法、家法，同时也造成汉代经学的烦言碎辞。因此，通达之儒生渐生鄙弃之心，至魏晋时期，王弼、何晏以老庄风旨解说儒经，倡导玄学。王弼解《周易》，废除象数，发明义理，其义理内容与宋学有别，但方法上已开启宋代理学先河。唐至宋初数百年，士子皆谨守官书，莫敢异议。总的说来，汉唐经学是章句训诂之学，宋儒多学有根柢，于章句训诂不满，于是转而求义理。王安石熙宁变法，废唐制诗赋及明经，代之以"墨义"。所谓"墨义"，就是以经义为题，令试者笔答，发挥义理。天下学风为之大变。皮锡瑞指出：

> 科举取士之文而用经义，则必务求新异，以歆动试官；用科举经义之法而成说经之书，则必创为新奇，以煽惑后学。经学宜述古而不宜标新；以经学文字取人，人必标新以别异于古。一代之风气成于一时之好尚。②

义理之学于是大兴，经学由此走上开新之路。王安石父子代表的新学，程氏兄弟代表的洛学，张氏兄弟代表的关学，苏轼兄弟代表的蜀学，

---

① 陈寅恪：《金明馆丛稿二编》，上海古籍出版社1980年版，第251页。
② 皮锡瑞著，周予同注释：《经学历史》，商务印书馆1929年版，第284—285页。

第五章　淡味：淡远深邃的诗歌美学

都属于义理之学。但在诸家争鸣之中，最后洛学占据上风。个中缘由在于，唐迄宋初，儒、释、道三家思想交流渗透，其中面临一个谁占主导的问题。由于儒学自身的缺陷，需要佛、道思想作为补充，而不能绝对排斥，同时，儒家又不能与佛、道处于同一地位，所以理想的状态是，儒学主导，改造和吸收佛老思想。相比之下，洛学更符合要求。

再说佛学。佛学对理学的影响，如果从渊源上讲，可以上溯到佛学的心性论对儒家思孟一派心性论的影响。儒家教化的理论基础是心性论，比如孟子的"性善"论，荀子的"性恶"论等。但是，儒家的"心性"论并没有得以深入的发展，也没有得到重视发挥，这个工作，是由佛家理论来完成的。

前引陈寅恪先生的论述表明，佛教传入中国，不断经由儒家的比量、选择、改造和利用，使之符合中土的人情事理。佛教传入中土，有许多教义由于不适合华夏民族心理，故而其说不张。至竺道生首倡"一切众生，悉有佛性"，中国佛学才进入新的阶段。天台宗、华严宗、禅宗本质上都是中国学者创造的中国佛教。这三派共同信奉的"一切众生，悉有佛性"，之所以长盛不衰，在于它上承孟子"人皆可以为尧舜"，下启宋儒"圣皆可学而至"，成为由孟子到宋儒的理论中间环节。其实，佛性论不过是人性论的曲折表现，因而佛性伦的许多观点可以和儒家思孟学派的心性论互相印证。理学家便把它转化为儒家语言，予以表述。《大般涅槃经》讲"佛性具有六事"，理学家则有"五常之性"说，当然，"佛性六事"与"五常之性"内容所指不同，但是思路是一致的。《大乘起信论》："如是净法，无量功德，即是一心，更无所念，是故满足，名为法身如来藏。"这与孟子的"万物皆备于我"、陆王学派的"本心具足，反求诸己"的思想是一致的。

关于"理"的认识。东晋僧肇《涅盘无名论》谓："非理不圣，非圣不理，理而不为圣者，圣不异理也。"圣人是理的化身。竺道生谓："法性照圆，理实常存。"[1]"善性者，理妙为善，反本为性也"[2] 将性、理二字并训。抛开理所指内容不谈，在形式上与理学是一致的。僧宗提出

---

[1] 《大般涅槃经集解》卷九。
[2] 同上书，卷五十一。

· 233 ·

"性理不殊"①，又说"性理是常"②，可以见出二程的"性即理"渊源所自。二程理学的理论框架"理一分殊"，与佛教中的"一多相摄""事分理同"联系密切。

在论证"理"是万物根源时，二程理学提出的"理一分殊"说，是从《华严经》承继而来。佛教发展至华严宗、禅宗有所谓"一多相摄""事分理同"的思想。华严宗的法藏《探玄记》卷一谓：

> 初，一在一中。谓别说一切差别事中，一一各有彼一法故。二，一在一切中。谓通说一切悉有一故。三，一切在一中。谓别说一中摄一切故。四，一切在一切中。谓通说一切悉有一切故。

法藏这里论证的物物各有一理，物物各体现总理。"天理"一本而万殊，既是宇宙本源，又体现在具体的物物中。简言之，世界可分为"事"与"理"两端，它们既与生界与法界、尘世与佛性、一切与一的形式对峙对立，同时又相融相摄、无障无碍。玄觉《永嘉证道歌》谓："一性圆通一切性，一法遍合一切法，一月普现一切水，一切水月一月摄。"二程提出"理一分殊"命题，《二程遗书》谓："天下物皆可以理照，有物必有则，一物须有一理。"也就是说，世界上虽然存在万事万物，但归根结底总由"一理"统摄，这"一理"便是根源，万事万物便是"分殊"。从这一角度看，"理一分殊"命题和佛教具有趋同性。关于这一点，朱熹是承认的。其谓：

> 近而一身之中，远而八荒之外，微而一草一木之众，莫不各具此理。……然虽各自有一个理，又却同出于一个理尔。……释氏云："一月普现一切水，一切水月一月摄。"这是那释氏也窥见得这些道理。③

---

① 《大般涅槃经集解》卷十九。
② 同上书，卷五十四。
③ （宋）黎靖德编，王星贤点校：《朱子语类》（第二册）卷18，中华书局1986年版，第398—399页。

第五章 淡味：淡远深邃的诗歌美学

理学不仅在本体论方面受佛学启发，在方法论层面也能看到佛学的影子。"无欲"的思想最早由道家的老子提出，佛教认为，一切烦恼来自欲望，儒家也讲"寡欲""节欲"，那么，如何才能去欲、灭欲呢？这就说到心性的功夫。佛教讲求"禅定"，理学也肯定坐禅的"养心"之用，主张"涵养"，佛教禅宗主张"搬柴运水，无非妙道"，理学认为"洒扫应对便是形而上者，理无大小故也"①。关于入道路径与方法，各理学家所标不同，周敦颐"主静"，程朱讲"主敬"，陆九渊讲"发明本心"，王阳明讲"致良知"，刘宗周讲"慎独"，李颙讲"悔过自新"，等等，但都属于功夫范畴。

姜广辉先生指出："宋代兴起的理学较之前代儒学有许多新的创造，这些新的创造大多有传统儒学的因子，但并不是在传统儒学的基础上直接发育起来的，而是通过一些佛教理论的中间环节发育起来的。或者更确切些说，它是儒、释、道三家反复交互渗透的结晶。"② 理学的建立，因为其以儒学为主，又兼取佛、道之长，从而打破了儒、释、道长期三足鼎立的局面。释、道的地位降低了，再也不能与儒学争锋。

至于道家，从文化亲和度而言，儒、道关系更为密切。这是因为，儒家与道家，产生的社会文化背景具有相同性。理学对道家理论的借鉴主要在"道"这一概念。道家之"道"广大微妙，出乎天地，超乎万物，无所不在，无所不有。理学家关于道体的论述，也借助于道家的启发，不过需要注意的是，儒家的仁义礼智的道理，由于道家之"道"的玄虚，以及缺少中间理论环节，还不能直接以道家之"道"道之。因此，需要将儒家的伦理提升为本体，将"道"由虚变实。先秦两汉哲学中，"理"范畴地位低于"道"范畴，东汉郑玄《礼记乐记注》云："理犹性也。"直接以性释理，而性在思孟学派看来就是仁义礼智信五常。这样，儒家的伦理五常就上升为本体，"道""理"由虚变实了。

二 理学与宋代诗学

每一时代的诗学都和时代的精神蕴藉紧密相连，宋代也是如此。

---

① （宋）程颢、程颐著，王孝鱼点校：《二程集》（全二册）（上），《河南程氏遗书》卷13，中华书局2004年版，第139页。

② 姜广辉：《理学与中国文化》，上海人民出版社1994年版，第37页。

· 235 ·

◆◆　味：一个诗学语词的理论批评

宋代诗学是以理学流行的时代精神氛围为底色的。理学的形成可以视为儒家经学历史发展的新阶段，它糅合了道、释之学，是儒表佛里、儒表道里的儒学。理学的思想体系的核心是"理"，它含有两个主要侧面："天理"和"性理"。"天理"是在物之理，指事物的法则与规律。它一本万殊，既是宇宙的本原，又体现在具体的事物中。"性理"是在己之理，指道德伦理，是天理在人心中的体现，所谓"性即理""心之理"。李泽厚先生谓："人性理论在搁置、淡漠了千年之后，之所以又重新掀起可与先秦相媲美的炽烈讨论，都说明人性是联结、沟通'天''人'的枢纽，是从宇宙论到伦理学的关键。不是宇宙观、认识论而是人性论才是宋明理学的体系核心。"① 李泽厚强调，理学是"心性之学"，"与康德由先验知性范畴主宰经验感性材料相比较，形式结构相仿，内容实质相反。宋明理学是由先验的'天理'、'天地之性'主宰经验的'人欲'、'气质之性'以完成伦理行为。前者（康德）是外向的认识论，要求尽可能提供感性经验，以形成普遍必然性的科学知识；后者（宋明理学）是内向的伦理学，要求尽可能去掉感性欲求，以履行那'普遍必然'的伦理行为"②。所以，性即是理，"在天为命，在物为理，在人为性，主于身为心，其实一也"③。姜广辉先生指出："对理、性、命的尊信与崇畏，伴随着对爱欲的贱视与压抑。要显发性命的意义，必须牺牲世俗的快乐，只有这样，才能表现修行者的立志真诚和人格的伟大。这是道家、佛学乃至宋明理学的一个共同理路。"④ 如果说，传统经学具有"外王"的特征。那么，理学就是将"外王"的追求转向"内圣"的追求。与唐代那种蓬勃向上、积极进取、热情奔放的时代精神相比较，宋代已进入历史的反思阶段，是一个充满理性思辨精神的时代。宋代崛起的程朱理学，其思想体系以"理"为核心。所以当理学的哲学思想、思维方法、文学观念、审美趣味渗透到文学及其文学理论批评领域的时候，就带来了诗学思想的转变。"理"

---

① 李泽厚：《中国古代思想史论》，天津社会科学院出版社2004年版，第212页。
② 同上书，第215页。
③ （宋）朱熹著，（宋）吕祖谦撰，王广注：《近思录》卷1，《二程遗书》卷18《刘元承手编》，山东画报出版社2014年版，第22页。
④ 姜广辉：《理学与中国文化》，上海人民出版社1994年版，第34页。

自然就成为文学理论批评的基本审美倾向，文学理论批评具有更加鲜明的理性化色彩。

(一) 从重"礼""情"到重"理"的转变

钱锺书《谈艺录》有诗分唐宋之说，认为唐诗主情、宋诗主理。① 钱锺书所论的唐宋诗"情""理"之别，确为的论。萧华荣先生也指出："儒家思想由经学发展到理学是一件大事。……经学与理学的歧异：经学所以经世务，理学所以理性情；经学重在'经世'，理学重在'治心'；经学侧重'外王'，理学侧重'内圣'。"② 在诗学思想上，汉儒解《诗》归于美刺讽谏，以《三百五篇》为谏书，重"比兴"，认为诗中景物描写和男女爱情都是讽喻美刺，即注重外向的行为和人际关系规范的"礼"。如果说，汉人把"礼"作为人的言行和待人处事的规范的话，那么，宋人则是把"理"作为人的心灵秩序的内在准则。宋人论诗，重在心性修养，认为读《诗》可以"感发善心"。程颐谓：

今人不会读书。如"诵《诗》三百，授之以政，不达；使于四方，不能专对。虽多，亦奚以为"，须是未读《诗》时，不达于政，不能专对；既读《诗》后，便达于政，能专对四方，始是读《诗》。"人而不为《周南》《召南》，其犹正墙面"，须是未读诗时如面墙，到读了后便不面墙，方是有验。③

始终不忘尚用的观念，这就是道学家读诗的态度。注重"兴于诗"，也从"兴"的结果处着眼，离不开一个"善"字。程颐云："兴于《诗》，是兴起人善意，汪洋浩大，皆是此意。"又云："兴于《诗》者，吟咏性情，涵畅道德之中而歆动之，有'吾与点'之气象。"④ 程颢云："学者不可以不看《诗》，看诗便使人长一格价。"⑤

---

① 钱锺书：《谈艺录》，生活·读书·新知三联书店2008年版，第3页。
② 萧华荣：《中国诗学思想史》(导言)，华东师范大学出版社1996年版，第7页。
③ (宋)朱熹著，(宋)吕祖谦撰，王广注：《近思录》卷3，山东画报出版社2014年版，第83—84页。
④ 同上书，《二程遗书》卷3《陈氏本拾遗》，第88页。
⑤ 同上书，《二程外书》卷12《传闻杂记》，第89页。

味：一个诗学语词的理论批评

"兴于诗"是孔子提出的命题。子曰："兴于诗，立于礼，成于乐。"① "兴于诗"，言修身当先学诗。这一命题到宋代成为热门话题，与理学的致思方向有关。游酢《论语杂解》"兴于诗"章云：

> 兴于诗，言学诗者可以感发于善心也。如观《天保》之诗，则君臣之义修矣。观《常棣》之诗，则兄弟之爱笃矣。观《伐木》之诗，则朋友之交亲矣。观《关雎》、《鹊巢》之风，则夫妇之经正矣。昔王裒有至性，而弟子至于废讲《蓼莪》，则诗之兴发善心，于此可见矣。
>
> 而以考其言之文为兴于诗，则所求于诗者外矣，非所谓可以兴也。然则"不学诗无以言"，何也？盖诗之情出于温柔敦厚，而其言如之。言者心声也，不得其心，斯不得于言矣。仲尼之教伯鱼，固将使之兴于诗，而得诗人之志也。得其心，斯得其所以言，而出言有章矣。岂徒考其文而已哉！②

言"兴于诗"的重点，还是在个人的心性修养。黄庭坚《书王知载朐山杂咏后》谓："诗者，人之情性也，非强谏争于庭，怨忿诟于道，怒邻骂坐之为也。"可见当时理学思想对诗学的影响。

汉儒与宋人论诗，均不避讳"情"字。不过两者也有差别，汉儒以为"发乎情，止乎礼义"，还是强调讽喻上政。宋人强调的是"吟咏性情之正"，既不违于人之常情，又将情纳于"理""道"规范。南宋道学家张栻谓："诗三百篇，美恶怨刺虽有不同，而其言之发皆出于恻怛之公心，而非有他也。故思无邪一语可以蔽之。"这种理学家诗论无疑对诗论家会产生影响，苏轼谓：

> 太史公论诗，以为《国风》好色而不淫，《小雅》怨诽而不乱。以余观之，是特识变风、变雅耳，乌睹《诗》之正乎？昔先王之泽

---

① 杨伯峻：《论语译注》，《泰伯》，中华书局1980年版，第81页。
② （宋）游酢：《论语杂解》，（清）纪昀等编撰：《影印文渊阁四库全书》，北京出版社2012年影印本，第1121册，第640页上栏。

· 238 ·

衰，然后变风发乎情，虽衰而未竭，是以犹止于礼义，以为贤于无所止者而已。若夫发于情，止于忠孝者。其诗岂可同日而语哉！①

苏轼明显对"发乎情，止乎礼义"不满。他的理想是"发乎情，止于忠孝"，所以他高度赞扬"一饭不忘君"的杜甫，这与黄庭坚的主张"非强谏争于庭"思想是一致的。宋代诗学向内转之可见一斑。

面对从魏晋文学自觉到唐代注重美感的诗学思想，唐、宋诗学扞格犹为明显。杨慎《升庵诗话》谓："唐人主情，去《三百篇》近；宋人主理，去《三百篇》却远。"唐人的诗学精神上承魏晋，沿袭"缘情绮靡"的路线，并加以发展，更加圆熟流转含蓄蕴藉。"缘情绮靡"距离理学诗学"性情之正"甚远，所以苏轼《诗病五事》斥责为"唐人工于诗而陋于闻道"。由建安文学的"文以气为主"，到陆机文赋的"以情为主"，初盛唐继续发展，至中晚唐变而为"以意为主"，过渡到宋代的"以理为主"，发展线索非常明显。

在对待"比兴"问题上，唐、宋人也表现出很大的差异。汉人看"比兴"，以景物描写为讽喻美刺，六朝与唐人以"比兴"为"缘情"手段，宋人则把"比兴"作为说理的工具。《二程集》所谓"比兴深者通物理"，"多识于鸟兽草木之名，所以明理也"。蔡卞谓："圣人言诗而终于鸟兽草木之名，盖学诗者始乎此，而由于此以深求之，莫非性命之理、道德之意也。"② 由草木之名探求性命之理、道德之意，可见宋人求理的旨趣。所以宋人对唐人的风花雪月不以为然。范温《诗眼》云："世俗喜绮丽，知文者能轻之。后生好风花，老大即厌之。然文章论当理与不当理耳，苟当于理，则绮丽风花同入于妙；苟不当理，则一切皆为长语。上自齐梁诸公，下至刘梦得温飞卿辈，往往以绮丽风花累其正气，其过在于理不胜而词有余也。"③ 因而宋人往往轻视写物，变而为枯淡苍老议论。清纪昀《四库总目·击壤集提要》谓宋人"鄙唐人不知道，于是以论理为

---

① （宋）苏轼：《王定国诗集叙》，苏轼著，邓立勋编校：《苏东坡全集》（中），黄山书社1997年版，第95页。
② （宋）蔡卞：《毛诗名物解》卷17《草木总解》，《钦定四库全书》经部3。
③ （宋）范温：《潜溪诗眼》，载郭绍虞辑《宋诗话辑佚》（上），中华书局1980年版，第326页。

本，以修辞为末，而诗格于是乎大变"。与崇"理"有关，宋人尚"法"。作诗讲求血脉、势向、曲折、布置、立格、炼句、炼字等方法，这类论述在宋代诗话、诗论中比比皆是。

考察宋代诗歌创作，也可以发现理学哲学与文学关系的日益密切，由此带来的创作构思中渗透哲理思辨精神的普遍存在。这样的理性思辨，不仅表现为宋人对客观事物观察分析不断客观全面，更形成了一种不为外在喜怒哀乐所左右的冷静的人生态度。这种人生态度和心理结构体现在诗中，表现为诗歌抒情性趋于淡化的同时，诗的情绪冲突时空的拓展。例如，中国抒情诗人对季节的变化最为敏感，往往通过"伤春""惜春"的主题来表达人生短暂的母题。这些作品体现了"象征着人的变化流逝的感觉（时间意识）"①，并且在"惜""伤"情感冲突中展现诗歌的抒情功能。从《诗经》的"春日迟迟，我心伤悲"到《楚辞》的"目极千里兮伤春心"，再到白居易的"惆怅问春风，明朝应不住"，"今日送春心，心如别春故"，都是由逝去春光联想到生命之旅，难以排解的忧愁于是在一瞬间的情感冲突中凝聚。

这种心理状态在宋诗中发生了彻底的改变。宋人面对自然的春秋冬夏，表现出的是客观平静的心态。在宋人看来，这不过是大自然的客观规律，自然如此，人生亦然。所以，我们看到欧阳修《暮春有感》云：

> 幽忧无以销。春日静愈长。熏风入花骨。花枝午低昂。往来采花蜂。清蜜未满房。春事已烂漫。落英渐飘扬。蛱蝶无所为。飞飞助其忙。啼鸟亦屡变。新音巧调簧。游丝最无事。百尺拖晴光。天工施造化。万物感春阳。我独不知春。久病卧空堂。时节去莫挽。浩歌自成伤。②

同样是惜春伤春，但诗人的心态与唐人大为不同。表面看来，这首诗仍然以时序推移和生命短暂的联结来表达人生的感伤，这与唐人惜春主题

---

① ［日］松浦友久：《中国古典诗的春秋与夏冬——关于诗歌的时间意识》，林岗译，《诗探索》1984年第2期，第230页。
② （宋）欧阳修：《欧阳修全集》（上册），中国书店1986年版，第13页。

的歌咏,并无二致。不同之处在表达的方式上,唐人是面对暮春景象而"伤""惜"之情勃然感发高峰凝聚无法排解的感伤,宋人诗中这种感伤则是通过对春天景物的冷静观察、细致描摹,使情感冲突的时空加以扩展,由此消解的情感的张力,稀释淡化了积淀于惜春伤春主题的浓重的悲凉之感,代之以面对时节推移的自然规律和冷静的思考。这种态度,在苏轼的诗中来得更为干脆。其《寒食雨二首》云:

> 自我来黄州,已过三寒食。年年欲惜春,春去不容惜。卧闻海棠花,泥污燕脂雪。暗中偷负去,夜半真有力。

《庄子·大宗师》谓:"藏舟于壑,藏山于泽,谓之固矣,然夜半有力者负之而走,昧者不知也。"苏轼不仅对季节推移有"春去不容惜"的客观态度,而且能联想到庄子的哲学,用客观事物规律的不可抗拒,来阐发寓于春景中的哲理。

(二) 理学对宋人文化心理结构的重塑

理学中的儒家兼容释道的特点,反映在宋代诗学中,使宋代诗学呈现出既强调政教功利,又重视艺术审美的双重发展格局。一方面,宋人承继了中唐韩愈的古文运动精神,"文起八代之衰,道济天下之溺",主张文由道出,强调文以致用,逐渐演变为宋中叶的经世致用思潮。朱熹有一个著名的文学观点,也是其论诗的基础,就是"文皆从道中流出",其谓:

> 才卿问:"韩文《李汉序》头一句甚好。"曰:"公道好,某看来有病。"陈曰:"'文者,贯道之器',且如《六经》是文,其中所道皆是这道理,如何有病?"曰:"不然。这文皆是从道中流出,岂有文反能贯道之理? 文是文,道是道,文只如吃饭时下饭耳。若以文贯道,却是把本为末。以末为本,可乎?"[1]

朱熹是著名理学家,在这段论述中,文学被视为"明道""致用"的

---

[1] (宋)黎靖德编,王星贤点校:《朱子语类》(第八册),中华书局1986年版,第3305页。

工具，道是根本，文是末流。究其实质是强调文学在维系社会伦理纲常秩序中的道德教化作用。从积极意义而言，在于激励士风，焕发诗人忧国忧民的济世情怀和历史责任感。这从北宋古文家关于政治改革的议论，到南宋爱国诗人在民族危难之际的奔走呼号，以及南宋遗民作家的慷慨悲凉，都可以感受得到这种维系道德伦理纲常的群体意识。从某种意义上说，这可以看作宋代士的主体意识的觉醒。

同时，也应该看到，宋代士风的另一方面，却是对个体内在生命精神的珍视，对情感性灵的省思、品味与感悟。从政治文化角度而言，宋代的理学家们，他们有共同的认识，宋代儒学的重点在"内圣"而不在"外王"，退一步讲，"内圣"是为"外王"做准备的。因此，影响在诗学追求上，我们发现宋初的内敛创作心态和平淡清远的审美趣味，到北宋中叶以后对理趣和老境之美的追求，以及南宋的重机趣、求高妙、主清空的审美取向。对此，张毅分析说："文人士大夫把超功利的审美活动视为生命存在的真正意义和目的，形成一种追求内在精神超越的文化品格。不是外在的社会政治的事功和道德实践理性，而是内向的治心养气和表情写意，成为支配宋代审美观念和文学思想发展变化的主导因素。"[①]

经世致用与治心养气，看似矛盾，实则相通。一方面，儒家的积极入世精神和社会历史责任感，使宋代士人时刻不忘裨补时阙，忧国忧民；另一方面，佛家的禅悦情趣与道家的自然逍遥成为化解忧患的出路，使外在的社会政治造成的压抑痛苦在静观内省中化为心灵的淡泊宁静。我们在研究宋代理学家有关文学的论述时会发现，他们对现实往往采取一种超脱的态度，时时流露出道、释的世界观和人生观色彩。

朱熹论诗谓："作诗间以数句适怀亦不妨。但不用多作，盖便是陷溺尔。当其不应事时，平淡自摄，岂不胜如思量诗句？至如真味发溢，又却与寻常好吟者不同。"[②] 这里，对其"适怀"的构思方式，"平淡自摄""真味发溢"的艺术效果津津乐道，可以见出道家"自然为真"的艺术观的影子。包恢也以"自然"为其诗学观的核心。其《答傅当可论诗》谓：

---

① 张毅：《宋代文学思想史》，中华书局1995年版，第324页。
② （宋）黎靖德编，王星贤点校：《朱子语类》（第八册），中华书局1986年版，第3333页。

第五章 淡味：淡远深邃的诗歌美学

> 诗家者流，以汪洋澹泊为高，其体有似造化之未发者，有似造化之已发者，而皆归于自然，不知所以然而然也。所谓造化之未发者，则冲漠有际，冥会无迹，空中之音，相中之色，欲有执着，曾不可得而自有，尸居而龙见，渊默而雷声者焉。所谓造化之已发者，真景见前，生意呈露，混然天成，无补天之缝罅，物各傅物，无刻楮之痕迹，盖自有纯真而非影、全是而非似者焉。故观之虽若天下之至质，而实天下之至华；虽若天下之至枯，而实天下之至腴。①

所谓"冲漠有际，冥会无迹"，显然是道家艺术观的阐释，而"空中之音，相中之色"，则是佛教意境论的表达。

当然，统合三教的观念并非仅仅出现在理学家论诗之中，而是作为宋代文化的重要特征而存在的。许总谓："理学作为宋学精神的核心体现，其统合三教的本质与方式则必然构成宋学精神的内在规范。"② 北宋欧阳修、王安石、苏轼，南宋江西诗派吕本中、陆游等都呈现出集三教于一身的特点。欧阳修是宋代理学的最重要先驱人物之一，是一个集儒学复兴斗士和文学复古领袖于一身的人物，固然毕生尊儒，以重建儒家道统为己任。但是由于儒家本身兼融道、释的哲理化特点，欧阳修晚年实际也受到佛、道人生哲学的深刻影响。其《戏石唐山隐者》诗云：

> 石唐仙室紫云深，颍阳真人此算心。真人已去升寥廓，岁岁岩花自开落。我昔曾为洛阳客，偶向岩前坐磐石。四字丹书万仞崖，神清之洞锁楼台。云深路绝无人到，鸾鹤今应待我来。

诗中明显流溢出对人世的超脱和对仙境的向往，流露了倾心佛理的信息。叶嘉莹先生以"欧阳修一生历尽仕途沧桑以后的一种交杂着悲慨与解悟的难以具言的心境"③ 来评价，应该符合欧阳修此诗的情感心态。实

---

① （宋）包恢：《答傅当可论诗》，载李壮鹰主编，刘方喜编著《中华古文论释林》（南宋金元卷），北京大学出版社 2011 年版，第 107 页。
② 许总：《宋明理学与中国文学》，百花洲文艺出版社 1999 年版，第 282 页。
③ 叶嘉莹：《论欧阳修词》，载缪钺、叶嘉莹合撰《灵谿词说》，上海古籍出版社 1987 年版，第 108 页。

际上，欧阳修这是借助释、道思维形式进行排解和省悟，也是深刻的哲理思考。

在宋代作家中，于儒、释、道三者于一身的通脱圆融，当首推苏轼。苏轼青年时代有远大的理想抱负，提出许多改革政治的有益建议，但是他和当时的新党旧党在政见上都有所不合，因此仕途坎坷，虽官至翰林学士、礼部尚书，但多次被贬，大部分时间任地方官吏，晚年还被贬到岭南的惠州和海南的琼州。由于政治上的挫折，使他对释老思想发生了很大的兴趣，并从中得到精神上的安慰与解脱，因此，他在文学思想和创作理论上，受庄学和禅学的影响很深。

对于儒、道、佛等诸家学说，苏轼均结合自己的认识有所吸收和扬弃。他大力肯定贾谊、陆贽经世致用之学，反映儒家民本思想对其的影响。对佛道两家，苏轼主要吸收其自然观念、通达态度以及某些思考、观察问题的方法。钱谦益《读苏长公文》云：

> 吾读子瞻《司马温公行状》、《富郑公神道碑》之类，平铺直序，如万斛水银，随地涌出，以为古今未有此体，茫然莫得其涯涘也。晚读《华严经》，称性而谈，浩如烟海，无所不有，无所不尽，乃喟然而叹曰："子瞻之文，其有得于此乎？"文而有得于《华严》，则事理法界，开遮涌现，无门庭，无墙壁，无差择，无拟议。世谛文字，固已荡无纤尘，又何自而窥其浅深，议其工拙乎？[①]

可见苏轼文辞事理精当，得益于佛老之学。实际上，佛老之学已经演变为苏轼的旷达而乐观的人生态度。他在《答毕仲游书》中曾自称"学佛老者，本期于静而达"。苏轼的哲学思想，是杂融儒、释、道的结果。但是需要注意的是，苏轼之醉心佛、道，真正的用意并非皈依宗教，而是要通过佛、道哲学精神的吸收而形成自身"静而达"的哲学思想和人生观念。正因如此，苏轼才能身处困厄却能保持旷达平静的心态和精神。这样一来，正如张毅所说："宋代士人由维系社会政治秩序的群体自觉产生

---

① （清）钱谦益著，（清）钱曾笺注，钱仲联标校：《牧斋初学集》，上海古籍出版社2009年版，第1756页。

第五章　淡味：淡远深邃的诗歌美学

出来的忧患意识与人生悲凉所导致的对个体生命的珍视巧妙地结合在一起，形成一种特殊的文化心理结构，即由外向内，由动返静，于主体心灵的静观内省中寻求化解由外在社会政治动荡所造成的痛苦忧患，构成一种入世而超世的内在超越模式。"① 这种文化心理结构在苏轼、王安石、黄庭坚等人的身上表现得尤其明显。

苏轼在谪居黄州时所作《初秋寄子由》谓："百川日夜逝，物我相随去。惟有宿昔心，依然守故处。"面对人生的坎坷、仕途的困顿，他完全是一种"百川流逝，物我相随"的尊重自然的态度，另外，曾经的济世之志，则依然如故，痴心不改。同样地，如果把王安石早年以"政教政令"为"文"的功利主义理论与晚年所写的空灵明净的小诗联系起来看，就会发现，表面上似乎矛盾背离的政教功利追求与偏重审美艺术的思想，实际是彼此密切相连的。这种联系，往往是以文化心理结构为中介，也就是说，宋人大致相同的文化心理结构，使宋人表现出相近的创作思想和审美追求。入世而超世，深刻而平淡，敏心善感，深于哀乐，又能自我排遣，无所系念。在艺术表现上，贵平实而去险怪，尚淡朴而去繁缛。诗人创作上形成"以文字为诗，以议论为诗，以才学为诗"的创作倾向，追求彻悟人生思虑深远的老境摹写，放逐强烈情感的喧哗和辞采的炫耀，侧重心意性灵的表现，呈现富于心灵的幽深和意趣的淡远。

在对待人生的态度上，宋代大诗人莫不如此，黄庭坚身处困境，不仅能随遇而安，而且显示出巍然自持的气质。其《次韵杨明叔见饯十首》之九谓："松柏生涧壑，坐阅草木秋。金石在波中，仰看万物流。抗脏自抗脏，伊优自伊优。但观百岁后，传者非公侯。"诗中的松柏和金石已经成为一种象征。超然物外俯视众流，这实际也是黄庭坚的人生信念。这种文化心理结构，造成宋代诗人表现在诗中的客观冷静态度。请看下面两首描写梅花的诗：

  闻道梅花坼晓风，雪堆遍满四山中。何方可化身千亿，一树梅花一放翁。（陆游《梅花绝句》）
  海畔尖山似剑芒，秋来处处割愁肠。若为化得身千亿，散上峰头

---

① 张毅：《宋代文学思想史》，中华书局 1995 年版，第 326 页。

望故乡。(柳宗元《与浩初上人同看山寄京华亲故》)

两诗中,"化身千亿"的构思完全一致,但是细味两诗,"梅花"意象的作用并不一样。柳宗元诗中的梅花,表达的是一种心如刀割的思念故乡的哀伤,而陆游诗中的"梅花"意象,表现的是一种观察梅花的愿望,是一种客观冷静的描述。唐宋诗的这种不同,正在于由哲理的渗透而导致的诗人文化心理结构的不同。透过宋代诗人的文化心理结构,我们可见出理学对其重构所发生的重大作用。

第二节 淡味:宋代诗学的基调

宋代诗学的基调是"淡味"。这主要表现在,虽然宋代诗人所处的历史时期不同,艺术风格多样,思想基础也不同,但是在审美理想上,却表现出相当大的一致性,即都崇尚淡味美。

一 梅尧臣:作诗无古今,唯造平淡难

宋代诗学"淡味"基调的初步建立者是梅尧臣。宋龚啸《宛陵先生集》附录称赞他:"去浮靡之习,超然于昆体极弊之际;存古淡之道,卓然于诸大家未起之先。"梅尧臣所倡导和实践的"淡味"诗风,是以反拨西昆体的"淫巧侈丽"面貌出现的。

以杨亿、刘筠、钱惟演为代表的崇尚晚唐李商隐的西昆体诗文,因适应北宋建国初期的升平气象,有了大的发展。欧阳修《六一诗话》谓:"自杨、刘唱和,西昆集行,后进学者争效之,风雅一变,谓'西昆体'。"杨亿《戏论酬唱集序》中说他们"历览遗编,研味前作,挹其芳润,发于希慕",故其作品,"雕章丽句,脍炙人口"。西昆体作家多是达官显贵,地势既高,应者云集。但是随着儒学复古主义思潮的深化,从而展开了对西昆体诗文的批评。其中以石介批评最烈:

今杨亿穷妍极态,缀风月,弄花草,淫巧侈丽,浮华纂组,刓镂圣人之经,破碎圣人之言,离析圣人之意,蠹伤圣人之道,使天下不为《书》之《典》、《谟》、《禹贡》、《洪范》,《诗》之《雅》、

《颂》,《春秋》之经,《易》之《繇》、《爻》、《十翼》,而为杨亿之穷妍极态,缀风月,弄花草,淫巧侈丽,浮华纂组。其为怪大矣![①]

石介批评杨亿,重点是在明道。这不由使我们想起唐初对齐梁余习的批评。不过,两者批评的旨趣和角度并不一样。初唐的批评着眼于齐梁余风"兴寄都绝",缺乏比兴,并不完全在其华采自身,因而唐人并不是一律否定"嘲风月,弄花草"。宋人罕言比兴,又不喜体物,所以对"缀风月,弄花草"的不满结果是取消风月花草,由外向的怨刺颂美转向注重内向的心性修养,由此可见汉宋学术思想的变迁。

(一) 梅尧臣"淡味"诗观的内涵与生成途径

在梅尧臣的诗论中,有关诗歌"平淡"的论述非常多。其《林和靖先生诗集序》中评价林逋诗谓:"其顺物玩情为之诗,则平淡邃美,读之令人忘百事也。"其《读邵不疑学士诗卷杜挺之忽来因出示之且伏高致辄书一时之语以奉呈》一诗中说:"作诗无古今,唯造平淡难。"《依韵和晏相公》谓:"因吟适情性,稍欲到平淡。"《和绮翁游齐山寺次其韵》谓:"重以平淡若古乐,听之疏越如朱弦。"其"淡味"诗学主张得到同时代人的呼应,并受到文坛领袖欧阳修的肯定与推赞。

欧阳修《六一诗话》说他的诗"以闲远古淡为意",他在《再和圣俞见答》中说梅诗"古淡有真味",又在《水谷夜行寄子美、圣俞》中说:"梅翁事清切,石齿漱寒濑……近诗尤古硬,咀嚼苦难嚼,初如食橄榄,真味久愈在。"这些评价,与梅尧臣自己的美学追求是一致的。这也是一时代精神和文学思潮的反映,所以"淡味"诗观始终受到宋人的认同,时间上纵贯北南两宋,从诗学家到理学家,大抵如此。

梅尧臣的"淡味"诗观,显然与中唐皎然诗学有承继关系。诗歌艺术的平淡理论在中唐皎然的《诗式》中就有论述。其"诗有六迷"条谓:"以虚诞而为高古;以缓慢而为淡泞;以错用意而为独善;以诡怪而为新奇;以烂熟而为稳约;以气劣弱而为容易。"其中的"淡泞"即为淡泊、平淡之意。其"诗有六至"谓:"至险而不僻;至奇而不差;至丽而自

---

① (宋)石介:《怪说中》,石介撰,陈植锷点校:《徂徕石先生文集》,中华书局1984年版,第62—63页。

然；至苦而无迹；至近而意远；至放而不迂。"所谓"至丽而自然"，含有由秾丽向自然平淡转化的意味。其"取境"条也说，"成篇之后，观其气貌，有似等闲，不思而得，此高手也"，"等闲"之境，即平淡之境。梅尧臣《次韵和长吉上人淮甸相遇》一诗中说："前辈尝有言，清气散人脾。语妙见情性，说之聊解颐。始推杼山学，得非素所师。此固有深趣，吾心久已知。""杼山学"指的就是皎然诗学，可见梅尧臣对皎然诗学的推赞。至于司空图所提倡的"澄淡精致""趣味澄敻"诗美，从梅尧臣以陶渊明诗为典范看来，"平淡"理论正是对司空图思想的进一步发展。严羽《沧浪诗话》指出："宛陵学唐人平淡处。"在平淡诗风方面，梅尧臣对唐诗有所借鉴，其诗歌"清丽闲肆平淡"，正是"选择了王维、韦应物等唐代诗人作为学习的典范"[①]的结果。

但需要注意的是，梅氏"平淡"的内涵不仅仅表现为陶、韦田园式的清丽闲淡，而是平淡与激昂的对立统一，而这正是宋代诗学特有的"淡味"范畴的本质内涵。欧阳修《梅圣俞墓志铭》谓："其初喜为清丽，闲肆平淡，久则涵演深远，间亦琢刻以出怪巧，然气完力余，益老以劲，其应于人者多，故辞非一体，至于他文章皆可喜。非如唐诸子号诗人者，僻固而狭陋也。"首先，梅尧臣"辞非一体"，能变僻狭为广阔，"闲肆平淡"只是其中一体。"久则涵演深远"紧承"闲肆平淡"，是说"平淡"风格之进一步发展，再接下去，"间亦琢刻以出怪巧"，最终"益老以劲"，说明诗风发展不在"怪巧"，而在"气完力余，盖以老劲"的"平淡"。梅尧臣年轻时曾与林逋往来，创作上亦受其影响，"喜为清丽，闲肆平淡"，但后来梅尧臣在诗歌创作中所追求的平淡与宋初反映山林精神的平淡并不一样。朱自清《宋五家诗钞》谓："平淡有二：韩诗云：'艰宕怪变得，往往造平淡。'梅平淡是此种。朱子谓：'陶渊明诗平淡出于自然。此又是一种。'"梅尧臣的"淡味"是从峭奇怪变中来。

诗歌艺术上的"平淡"之味，是很高的美学境界。欧阳修《鉴画》一文谓："萧条淡泊，此难画之意；画者得之，览者未必识也。故飞走迟速，意浅之物易见，而闲和严静，趣远之心难形。若乃高下向背远近重复，此画工之艺尔，非精鉴者之事也。"诗画道理一致，诗歌创作能够进

---

① 莫砺锋：《唐宋诗论稿》，辽海出版社2001年版，第244页。

第五章 淡味：淡远深邃的诗歌美学

入平淡的境界，正是艺术炉火纯青的表现，真正的具有审美意义的"平淡"，是一种"大巧之朴"。欲造平淡，要颇费诗心，所以，梅尧臣提出"唯造平淡难"的命题。梅尧臣诗云：

> 作诗无古今，唯造平淡难。譬身有两目，了然瞻视端。邵南有遗风，源流应未殚。所得六十章，小大珠落盘。光彩若明月，射我枕席寒。含香视草郎，下马一借观。既观坐长叹，复想李杜韩。愿执戈与戟，生死事将坛。（《读邵不疑学士诗卷杜挺之忽来因出示之且伏高致辄书一时之语以奉呈》）

所谓"邵南有遗风"，表明"平淡"诗风是对《诗经》风雅传统的继承。又云："微生守贱贫，文字出肝胆，一为清颖行，物象颇所览。泊舟寒潭阴，野兴入秋荄，因吟适情性，稍欲到平淡。"①

在梅尧臣看来，要达到诗歌的平淡境界，不仅需要"适情性"即反映现实况味，还必须经历"文字出肝胆"的阶段，在构思上苦思冥想，语言上呕心沥血，从而达到"工"的境界。韩经太认为，梅尧臣"复想李杜韩"句中的"李杜韩"，实际上应该是"李、杜、韩、孟"。他指出："如果说李、杜之诗可谓登峰造极，那么，韩、孟之诗便是造极而变的典型，在这个意义上，梅尧臣显然是主张正变兼蓄而各造其极。"② 梅尧臣在诗歌创作上，汲取了贾岛孟郊构思艰苦、语言怪奇的某些特点。欧阳修《读蟠桃诗寄子美》谓："孟穷苦累累，韩富浩穰穰，穷者啄其精，富者烂文章；……郊死不为岛，圣俞发其藏，患世俗不出，孤吟夜号霜；霜寒入毛骨，清响哀俞长。"认为梅尧臣深得孟郊、贾岛殚精竭虑、穷极怪变以造平淡的诗学特点。梅尧臣自己也说，"但将苦意摩层宙，莫计终穷涉暮津"，认为"平淡"之境的获得绝非轻而易举。因而，为平淡之平淡者易，而为不平淡之平淡者难。梅尧臣以其自身的诗学实践，揭示这样一个事实，作为诗学理想的"淡味"诗美，具有集诗美之大成的特征，同时，

---

① （宋）梅尧臣：《依韵和晏相公》，梅尧臣著，朱东润编年校注：《梅尧臣集编年校注》，上海古籍出版社2006年版，第368页。

② 韩经太：《宋代诗歌史论》，吉林教育出版社1995年版，第156页。

这种境界的实现，乃是诗歌世界里最艰难的事业。要想真正理解梅尧臣的"唯造平淡难"，应该清楚梅尧臣此说是对"多得于容易"的一种反动。梅尧臣因反对西昆体而造次古雅平淡的同时，还反对"多得于容易"的"白乐天体"。梅尧臣"唯造平淡难"是针对"多得于容易"而发，以开"宋诗一代面目"的创新精神来构建"淡味"诗歌美学理想的。

（二）梅尧臣"淡味"诗歌的创作

作为庆历诗坛的主将，梅尧臣的创作历程与北宋中期的诗风变革进程相始终，完整呈现了这一时期诗坛的整体风貌。梅尧臣诗现存二千八百多首，梅诗兼工今体和古体，而以五言尤为擅长。其律诗意新语工，极富情趣。如：

> 适与野情惬，千山高复低。好峰随处改，幽径独行迷。霜落熊升树，林空鹿饮溪。人家在何许？云外一声鸡。（《鲁山山行》）
> 行到东溪看水时，坐临孤屿发船迟。野凫眠岸有闲意，老树着花无丑枝。短短蒲耳齐似剪，平平沙石净于筛。情虽不厌住不得，薄暮归来车马疲。（《东溪》）

这一类作品充分表现了梅尧臣所追求的平淡之境。诗人笔下的景物，犹如一幅泼墨山水，淡雅清新，自然真切，细致动人。又如：

> 不趁常参久，安眠向日溪。五更千里梦，残月一城鸡。适往言犹在，浮生理可齐。山王今已贵，肯听竹禽啼。（《梦后寄欧阳永叔》）

所谓平淡，并非平庸浅俗，而是要求"意新语工，得前人所未道者"，"状难写之景，如在目前，含不尽之意，见于言外"。[①]"五更千里梦，残月一城鸡"堪为此名言的范例。梦中行走千里，醒来却是残月孤悬，听到的是满城鸡鸣。这眼前之景和梦中之境巧妙联结，真的是"含不尽之意见于言外"。像《闲居》"庭花昏自敛，野蝶昼还来"，以看似平

[①] （宋）欧阳修：《六一诗话》，载（清）何文焕辑《历代诗话》（上），中华书局1981年版，第267页。

第五章 淡味：淡远深邃的诗歌美学

淡无奇的语言，传达了非常生动的景物和非常深挚的感情。这种功力，仍自千锤百炼中来，并非轻易可以达到的。方回《瀛奎律髓》卷二十三评梅尧臣五言律诗谓："若论宋人诗，除陈、黄绝高，以格律独鸣外，须还梅老五言律第一可也。虽唐人亦只如此。而唐人工者太工，圣俞平淡有味。"①

《六一诗话》录欧阳修诗云："近诗尤古硬，咀嚼苦难嗫，初如食橄榄，真味久愈在。"并谓："圣俞子美齐名于一时，而二家诗体特异。子美笔力豪隽，以超迈横绝为奇；圣俞覃思精微，以深远闲淡为意。各极其长，虽善论者不能优劣也。"② 魏泰《临汉隐居诗话》中说："苏舜钦以诗得名，学书亦飘逸，然其诗以奔放豪健为主。梅尧臣亦善诗，虽乏高致，而平淡有工，世谓之苏梅，其实与苏相反也。"③ 按魏泰的评论，苏舜钦诗风豪放，梅尧臣诗风平淡，两人风格不同。但苏舜钦在诗中却说："会将趣古淡，先可去浮器。"也把"古淡"视为诗歌的审美理想。敏泽先生谓："'古淡'本来也是韩愈所提倡的一个方面（如《醉赠张秘书》：'张籍学古淡，轩鹤避鸡群'），但韩愈的很多诗文却偏向奇崛。对梅尧臣来说，平淡却是他所追求的最高境界，所谓平淡，并不是要求诗歌创作应该平庸、浅易，而是要求以平淡、朴素的语言，表现出深厚、丰富的思想。"④

梅尧臣"唯造平淡"的诗歌美学思想在价值结构和实践方法两方面都是自成系统的。但是这种系统结构却有深刻的矛盾。韩经太指出："这种自我矛盾的原始动因，当然在于平淡而不平淡的价值结构，而当其具体展开时：一方面，涵纳万有从而近于抽象的平淡美观念，和以陶渊明为既定楷模的具体风范，便存在着矛盾，而这种矛盾所必然要导致的现象，只能使其'平淡'诗美之理想具有确指与非确指两大类别；另一方面，所识处未必就是所造处，宋人欲造之境是'平淡而山高水深'，而实际上却

---

① （元）方回选评，李庆甲集评校点：《瀛奎律髓汇评》，上海古籍出版社1986年版，第970页。
② （清）何文焕辑：《历代诗话》（上），中华书局1981年版，第267页。
③ 同上书，第327页。
④ 敏泽：《中国文学理论批评史》（上册），吉林教育出版社1993年版，第556页。

每每成了'山高水深'式的'平淡'。"① 钱锺书早就敏锐地发现这个问题，其《宋诗选注·小序》谓："梅尧臣……主张'平淡'，在当时有极高的声望，起极大的影响。……不过他'平'得常常没有劲，'淡'得往往没有味。"② 之所以会这样，是因为梅尧臣在追求"意新语工"的诗美时，运思造境时为避免落入前人旧套，力求出人意表，因而"每每一本正经的用些笨重干燥不很像诗的词句来写琐碎丑恶不大入诗的事物"③，虽然在造境上给人以陌生感，但是却缺少"含不尽之意见于言外"的韵味，产生不了"淡味"美。清人贺裳《载酒园诗话》谓：

> 宋人先学乐天，学无可，继乃学义山，故初失之轻浅，继失之绮靡。都官倡为平淡，六一附之，然仅在肤膜色泽，未尝究心于神理。其病遂流于粗直，间杂长句，硬下险字凑韵，不甚求安，状如山兕野麋，令人不复可耐。④

不过，这也可以理解，用钱锺书的话说，这是梅尧臣改革诗体所付出的一部分代价，也是"筚路蓝缕"开创之初所不可避免的。

二 苏轼的"淡味"观

（一）"简古淡泊"与"老造平淡"：苏轼"淡味"观内涵

1. 发纤秾于简古，寄至味于淡泊

苏轼《书黄子思诗集后》中谓：

> 予尝论书，以为钟、王之迹，萧散简远，妙在笔画之外。至唐颜、柳，始集古今笔法而尽发之，极书之变，天下翕然以为宗师，而钟、王之法益微。

---

① 韩经太：《宋代诗歌史论》，吉林教育出版社1995年版，第167页。
② 钱锺书著，舒展选编：《钱锺书论学文选》（第六卷），花城出版社1990年版，第251页。
③ 同上。
④ （清）贺裳：《载酒园诗话》，载郭绍虞编选，富寿荪校点《清诗话续编》（一），上海古籍出版社1983年版，第418页。

第五章 淡味：淡远深邃的诗歌美学

至于诗亦然。苏、李之天成，曹、刘之自得，陶、谢之超然，盖亦至矣，而李太白、杜子美以英玮绝世之姿，凌跨百代，古今诗人尽废。然魏晋以来高风绝尘，亦少衰矣。李杜之后，诗人继作，虽间有远韵，而才不逮意。独韦应物、柳宗元发纤秾于简古，寄至味于淡泊，非余子所及也。①

所谓"萧散简远，妙在笔画之外"，"发纤秾于简古，寄至味于淡泊"，就是苏轼的"淡味"观。苏轼在其他地方也一再重复这种诗学思想。

所贵乎枯淡者，谓其外枯而中膏，似淡而实美，渊明、子厚之流是也。若中边皆枯淡，亦何足道？②

大凡为文，当使气象峥嵘，五色绚烂，渐老渐熟，乃造平淡。③

永禅师书，骨气深稳，体兼众妙，精能之至，反造疏淡。如观陶彭泽诗，初若散缓不收，反覆不已，乃识其奇趣。④

吾于诗人，无所甚好，独好渊明之诗。渊明作诗不多，然其诗质而实绮，癯而实腴，自曹、刘、鲍、谢、李、杜诸人，皆莫及也。⑤

苏轼认为，渊明之诗，具有平淡之美。这种平淡之美，是"质"与"绮"、"癯"与"腴"、"枯"与"膏"的矛盾双方的对立统一。显然，这与梅尧臣论"淡味"时的"平淡与激昂"统一的思想相一致。强调绚烂、纤秾、奇趣要发之于平淡、疏淡、枯淡。北宋范温《潜溪诗眼》在论"韵"时指出：

---

① （宋）苏轼：《书黄子思诗集后》，载徐伟东《东坡题跋》，人民美术出版社 2008 年版，第 152 页。
② 同上书，《东坡题跋》上卷《评韩柳诗》，第 129 页。
③ （宋）周紫芝：《竹坡诗话》，载（清）何文焕辑《历代诗话》（上），中华书局 1981 年版，第 348 页。
④ （宋）苏轼：《书唐氏六家书后》，载徐伟东《东坡题跋》，人民美术出版社 2008 年版，第 293 页。
⑤ （宋）苏轼：《与苏辙书》，载北京大学、北京师范大学中文系《古典文学研究资料汇编：陶渊明卷》（上编），中华书局 1962 年版，第 35 页。

味：一个诗学语词的理论批评

> 且以文章言之，有巧丽，有雄伟，有奇，有巧，有典，有富，有深，有稳，有清，有古。有此一者，则可以立于世而成名矣；然而一不备焉，不足以为韵，众善皆备而露才用长，亦不足以为韵。必也备众善而自韬晦，行于简易闲淡之中，而有深远无穷之味，观于世俗，若出寻常。至于识者遇之，则暗然心服，油然神会。测之而益深，究之而益来，其是之谓矣。……故巧丽者发之于平淡，奇伟有余者行之于简易，如此之类是也。①

范温认为，具有"巧丽""雄伟""奇""巧"者，虽可"立于世而成名"，然不足以为韵；"众善皆备而露才见长，亦不足以为韵"，只有"行于简易闲淡之中，而有深远无穷之味"，才能称之为有"韵"。有"韵"者，必须简易平淡。范温特别推崇陶渊明，谓："惟陶彭泽体兼众妙，不露锋芒，故曰：质而实绮，癯而实腴，初若散缓不收，反覆观之，乃得其奇处；夫绮而腴、与其奇处，韵之所从生，行乎质与癯，而又若散缓不收者，韵于是乎成。"②

这里已经揭示了陶诗"体兼众妙，不露锋芒"的特点。不露锋芒的背后，就是"质"与"绮"、"癯"与"腴"、"枯"与"膏"的对立统一，就是平淡之美。所以陈善《扪虱新语》谓："读渊明诗颇似枯淡，东坡晚年极好之，谓李杜不及也。"

苏轼对其他诗人的平淡美也是如此欣赏的。他指出韦、柳诗的特色"发纤秾于简古，寄至味于淡泊"，就是典型的宋代诗学的"淡味"美。这种"淡味"诗美不把纤秾雕润当作排斥的对象，所以苏轼指出"曹、刘等人都未能象陶渊明那样彻底超越绚烂绮丽而臻于自然平淡的极境"③，这是苏轼对"淡味"诗美本质的揭示。对具有淡味自然风格的文艺作品而言，其所具有的特点是，在平淡自然的文字里面，蕴藏着深刻的思想内涵。前文所引苏轼关于淡味诗论，"萧散简远""简古""淡泊""质""癯""枯""平淡"，均指的是文艺作品的表现形式，而"妙在笔画之

---

① 郭绍虞辑：《宋诗话辑佚》（上册），中华书局1980年版，第373页。
② 同上。
③ 莫砺锋：《唐宋诗论稿》，辽海出版社2001年版，第289页。

外""纤秾""寄至味""绮""腴""膏""绚烂之极"则是作品的深层意蕴。所以苏轼认为,具有"平淡"诗美的作品,具有司空图所说"美在咸酸之外"的艺术特点。苏轼对司空图的诗歌理论十分钦佩,其在《书黄子思诗集后》一文特别欣赏司空图的"味在咸酸之外"说,还对司空图在《与李生论诗书》中所列"二十四韵","恨当时不识其妙"。他与欧阳修、梅尧臣一样,醉心于"妙在笔墨之外"的诗歌艺术,标举"淡味""远韵"为最高的审美境界。

2. 渐老渐熟,乃造平淡

苏轼在《与侄论文书》谓:"凡文字少小时须令气象峥嵘,采色绚烂,渐老渐熟,乃造平淡。"苏轼所谓的"渐老渐熟",既指思想的成熟,也指技法的纯熟。一方面指诗人由少小而至于老暮的自然心理变化过程,这个过程也正是与时推移而阅历渐深的人生体味过程;另一方面则是指诗人钻研诗艺、锻炼技巧的自然进步过程。于是韩经太认为:"'老造平淡'就有了两重意味:其一曰'心意老大自平淡',其二曰'诗法老熟归平淡'。"①

先说"心意老大自平淡"。韩经太解释道,所谓"心意老大"的"老大",一般是指与单纯、肤浅、冲动相反的复杂、深沉和冷静。也就是人们常说的老成持重。它也包含两层含义:一是生理的老年;二是心态的老成。宋代诗坛有一个值得注意的现象,就是诗人真正形成"淡味"诗风时一般都到了晚年。苏轼在青壮年时期,并不崇尚平淡之美,对于比他年长三十几岁又受到欧阳修称扬的梅圣俞,似乎视而不见。但在官场、在现实生活中屡屡碰壁,自遭"乌台诗案"之祸而贬谪黄州之后,便豪气渐敛,日趋平淡。到老年还被远放岭南、海南等偏荒之地,审美情趣也随之大变,真正体会到了陶诗的平淡之美,并写下了大量风格平淡的和陶诗。苏辙谓:"公诗本似李杜,晚喜陶渊明,追和之者几遍。"②

王安石早年诗律精严,颇具唐体,晚年退隐钟山时,诗风大变。其《谢微之见过》诗云:"此身已是一枯株,所记交朋八九无。惟有微之来

---

① 韩经太:《宋代诗歌史论》,吉林教育出版社1995年版,第168页。
② (宋)苏辙:《东坡先生墓志铭》,苏辙著,曾枣庄、马德富校点:《栾城集》,上海古籍出版社2009年版,第1422页。

◆◆　味：一个诗学语词的理论批评

访旧，天寒几夕拥山炉。"世态炎凉、人情冷暖的况味溢出诗外，约略使人感到那失败者的苦痛和被遗忘的寂寞。"天寒拥炉"，意笔寥寥，荒寒枯淡，心境冷寂。王安石晚年绝句，尤为世人称道。黄庭坚云："荆公暮年作小诗，雅丽精绝，脱去流俗，每讽味之，便觉沉潏生牙颊间。"① 严羽也说："公绝句最高，其得意处，高出苏黄陈之上。"② 尤其值得注意的是杨万里的议论。其《颐庵诗稿序》云：

夫诗何为者也？尚其词而已矣；曰：善诗者去词。然则尚其意而已矣；曰：善诗者去意。然则去词去意，则诗安在乎？曰：去词去意，而诗有在矣。然则诗果焉在？曰：尝食夫饴与荼乎？人孰不饴之嗜也；初而甘，卒而酸。至于荼也，人病其苦也；然苦未既，而不胜其甘。——诗亦如是而已矣。……三百篇之后，此味绝矣；惟晚唐诸子差近之。寄边衣曰："寄到玉关应万里，——戍人犹在玉关西。"吊战场曰："可怜无定河边骨，犹是春闺梦里人！"折杨柳曰："羌笛何须怨杨柳，春光不度玉门关。"三百篇之遗味，黯然犹存也。近世惟半山老人得之。予不足以知之，予敢言之哉？③

杨万里提出的"去词去意"的理论命题，认为好诗必须去词去意，而后方有真正的诗味在。他以食糖与苦荼为喻，指出好诗正像荼一样，使人感到越吟越有味，越读越想读，看似枯槁实则丰腴，看似平淡实则绮丽。去词去意而"存其味"，"惟晚唐诸子差近之"，"近世惟半山老人得之"，正是从这个意义上，杨万里肯定了王安石晚年的绝句小诗。就王安石晚年绝句而言，我们读之感到悲凉之意深藏在那冲淡与闲适之中，犹如面对一位历经惊涛骇浪的老人，透过其平和的情貌才能窥知其沉重的内心世界。

---

① （宋）胡仔纂集，廖德明校点：《苕溪渔隐丛话》前集卷35，中华书局香港分局1976年港版，第234页。
② （宋）严羽：《沧浪诗话》，《诗体》，载（清）何文焕辑《历代诗话》（下），中华书局1981年版，第690页。
③ （宋）杨万里：《颐庵诗稿序》，周汝昌选注：《杨万里选集》，中华书局1962年版，第293页。

第五章　淡味：淡远深邃的诗歌美学

晚造平淡是有宋一代诗风的大体倾向。宋许顗《彦周诗话》谓："东坡海南诗，荆公钟山诗，超然迈伦，能追逐李杜陶谢。"《宋史》称张耒"作诗，晚岁亦务平淡"。楼钥《玫瑰集》谓王之信"暮年益造平淡"。赵翼《瓯北诗话》卷六也指出陆游诗"晚造平淡"。都说的是开始崇尚平淡美或创作平淡美作品一般都要到老年。

心态的老成，往往不完全与生理年龄一致。凡少年老成者，也可以说是年岁不长而心意老大。从"平淡"美产生的心理基础看，对这种风格的追求离不开宋代文人老成的心态。张毅认为："诗人创作的'渐老渐熟'和'乃造平淡'，是与直观感受力的淡化和青春血气的衰减同步的。艺术表现上的成熟，亦含有缺乏创造激情的因素。……陶诗的平淡能成为许多文人的审美兴趣所在，与当时士人心态趋于老境有关。"[①] 葛绍体《赠休斋沈老文》说"平淡精神最老成"，道出平淡与老成的关系。

需要注意的是，宋人强调欣赏诗歌时也要具备这种老成的心态："血气方刚时读此诗，如嚼枯木。及绵历世事，如决定无所用智。每观此篇，如渴饮水，如欲寐得啜茗，如饥啖汤饼。今人亦有能同味者乎？但恐嚼不破耳。"[②] 黄庭坚认为，"血气方刚时"，不识陶诗滋味，只有"绵历世事"，心态老成，洞察世事，才能真正理解陶诗的平淡之美。当然，这种老成心态并非看破红尘，心灰意懒，而是闲淡中自有旷达之气、悲凉之意。

再说诗法老熟归平淡。"老熟"就是"老到"，指"平淡"风格在艺术技巧上进入至法无法、至工无工的自然高妙的境界。在诗歌表现技法这一问题上，宋人的"平淡"观，实质就是"圆熟"观，而"圆熟"的本质，在于诗的"活法"。宋人作诗讲求活法玲珑，而玲珑圆熟之妙，正是达到平淡之美的要领。宋诗于不平淡处求平淡的精神，始终体现在作诗之法的讲求上。陆游诗云"工夫深处却平夷"，意味着平淡之美是穷极诗法之妙而造至的完美无缺之自然佳境。从这个意义上说，诗法老熟归平淡者，正是无意于工巧而自然工巧。苏轼主张"无法之法"，以自然为法。

---

① 张毅：《宋代文学思想史》，中华书局1995年版，第118页。
② （宋）黄庭坚：《书陶渊明诗后寄王吉老》，黄庭坚著，屠友祥校注《山谷题跋》卷7，上海远东出版社1999年版，第192页。

任其自然而不违背艺术创作的规律，看似无法而又有法，才是最高的法。其诗云："冲口出常言，法度去前规。人言非妙处，妙处在于是。"在法度和自然之间，不是不要法度，而是不拘泥于法，不受法度的限制拘束，顺乎自然而又合乎法度。所以其《书所作字后》说："浩然听笔之所之，而不失法度，乃为得之。"

苏轼由岭南北归时，尝自道其作诗体会曰："心闲诗自放，笔老语翻疏。"前一句道出老造平淡的平淡之中饶有豪逸之气，后句说明诗法老熟乃归自然平淡。苏轼夫子自道体会，那么他的创作实践呢？请看他写于六十四岁时的组诗《纵笔三首》：

寂寂东坡一病翁，白须萧散满霜风。小儿误喜朱颜在，一笑那知是酒红。

父老争看乌角巾，应缘曾现宰官身。溪边古道三叉口，独立斜阳数过人。

北船不到米如珠，醉饱萧条半月无。明日东家知祀灶，只鸡斗酒定膰吾。

苏轼晚年真正体会到了陶诗的平淡之美，写下了大量的和陶诗，可以说，陶渊明成为他的精神支柱。这三首诗虽没有以和陶诗面目出现，不过能明显看出陶诗风韵。第一首自嘲衰老。起笔萧飒可伤，后二句借"小儿误喜"，语带轻快，诗境转为绚烂。以达观之笔抒感伤之事，曲折坦荡，情趣风生。第二首写处境寂寞。从热闹起笔，归于寂寞。无论是闹中之寂，还是静中之寂，寂寞与悲凉都在物象中见出。笔触恬淡，不露痕迹而情高韵远。第三首写与当地居民的深厚情谊。上二句写诗人窘况，后二句写对邻居的信赖。以直捷之笔写率真之怀。三首诗，均有渊明诗平淡之味。王文诰评曰："此三首平淡之极，却有无限作用在内，未易以情景论也。……此三首之第三句，皆于极平淡中陡然而出……三首皆弄此手法。"① "作用"之意，谓经营谋篇，锻炼语词，编排结构。通观三篇，可

---

① （清）王文诰：《苏轼全集》（9），《苏轼诗集》卷42，时代文艺出版社2001年版，第2416—2417页。

谓诗法老熟，意境平淡。所以莫砺锋评曰："这样的诗尽管风华落尽，毫无绮丽色泽，但它们的审美价值并无减损。奥秘就在于诗人对雕润绮丽的态度不是排斥而是超越，所以具有'质而实绮，癯而实腴'的性质。试想白须酒红、古路斜阳，描写是何等生动！'现宰官身'、'只鸡斗酒'，用典是何等深稳！不过这些手段都经过了升华而臻于炉火纯青的境界，所以不见斧凿之痕，读来如观行云流水，感受到一种赏心悦目的平淡自然之美。"① 这是对"诗法老熟归平淡"的生动解释。

（二）"赋形辞达"与"技进于道"：苏轼"淡味"诗美的生成

实际上，苏轼不仅对这种"淡味"诗美的艺术境界进行了描述，而且结合自身的创作实践，探讨了如何才能创造"淡味"艺术境界的问题。

1. 随物赋形，辞达而已矣

苏轼多次论到"随物赋形"。其《文说》谓：

> 吾文如万斛泉源，不择地而出。在平地滔滔汩汩，虽一日千里无难。及其与山石曲折，随物赋形，而不可知也。所可知者，常行于所当行，常止于不可不止，如是而已矣，其他虽吾亦不能知也。②

苏轼以泉水流经高低不平的山石而随物赋形为例，说明其创作原则是顺乎自然，恰到好处地表现事物的本质特点。所谓"随物赋形"，顾名思义，就是要按照客观事物的外貌（形状），进行如实的描摹刻画，使之达到形似。苏轼强调"随物赋形"的目的在要求艺术形象的刻画应合乎自然造化为最高标准。其《欧阳少师令赋所蓄石屏》一诗谓："古来画师非俗士，摹写物象略与诗人同。"欧阳修石屏上所画的孤松，形象极为生动、逼真，物象描摹的好坏，要看能否得"真态"，得"真态"方能达到天工自然之美，而无人工雕琢之痕迹。苏轼非常重视这一点。他认为形似与神似是统一的，没有形似做基础，就谈不上神似。他在《书吴道子画后》谓：

---

① 莫砺锋：《唐宋诗论稿》，辽海出版社2001年版，第290页。
② （宋）苏轼：《文说》，载张少康主编《中国文学理论批评史资料选注》，北京大学出版社2013年版，第200页。

◆◆　味：一个诗学语词的理论批评

> 道子画人物，如以灯取影，逆来顺往，旁见侧出，横斜平直，各相乘除，得自然之数，不差毫末，出新意于法度之中，寄妙理于豪放之外，所谓游刃余地，运斤成风，盖古今一人而已。①

这段话表明，吴道子的画，能准确掌握人物的内部关系，没有丝毫的差错。所以能在遵循客观规律的前提下产生新意，在豪放的风格中寄托妙理。神似是以形似为基础的。要得"淡味"真态的关键是把握好形神关系，努力做到以传神为主而形神兼备。苏轼非常强调传神的重要性。关于如何处理形神关系，其《书鄢陵王主簿所画折枝二首》云：

> 论画以形似，见与儿童邻。赋诗必此诗，定非知诗人。诗画本一律，天工与清新。边鸾雀写生，赵昌花传神。何如此两幅，疏澹含精匀。谁言一点红，解寄无边春。②

对这首诗的理解，需注意两点。其一，苏轼不是否定形似，但是，他认为无论诗人还是画家都不要拘泥于形似，而要以神似为高标，如此才能有"天工与清新"之妙。其二，要"以形写神"。也就是诗中所说的以"一点红"来表现"无边春"。"一点红"是具体的形，然而也是传"无边春"之神之所在。苏轼是深谙此中道理的，他对人物和事物的刻画描写都作过专门的论述。他在《书陈怀立传神》中关于如何"画人"有精彩的论述，谓：

> 传神之难在于目。顾虎头云："传神写照，都在阿堵中，其次在颧颊。"吾尝在灯下顾见颊影，使人就壁画之，不作眉目，见者皆失笑，知其为吾也。目与颧颊似，余无不似者，眉与鼻口，盖可增减取似也。传神与相一道，欲得其人之天，法当于众中阴察其举止。……虎头云："颊上加三毛，觉精采殊胜。"则此人意思，盖在须颊间也。

---

① （宋）苏轼撰，邓立勋编校：《苏东坡全集》（中），黄山书社1997年版，第493页。
② （宋）苏轼：《书鄢陵王主簿所画折枝二首》，苏轼撰，邓立勋编校：《苏东坡全集》（上），黄山书社1997年版，第315页。

第五章 淡味：淡远深邃的诗歌美学

优孟学孙叔敖，抵掌谈笑，至使人谓死者复生。此岂能举体皆似耶？亦得其意思所在而已。使画者悟此理，则人人可谓顾、陆。①

如何能使"人人可谓顾、陆"呢？不仅要"举体皆似"，要形似，还要"得其意思所在"，也就是说，要抓住人物的个性特征，要"以形传神"，把内在的精神传达出来，这就是苏轼"随物赋形"的最高要求。苏轼认为，"随物赋形"不仅要惟妙惟肖地写出或画出事物的外部形态，还要传达出事物的内在精神，反映事物发展的变化规律。在此基础上，苏轼就形神关系问题，提出了"常形""常理"说：

> 余尝论画，以为人禽宫室器用皆有常形。至于山石竹木，水波烟云，虽无常形，而有常理。常形之失，人皆知之。常理之不当，虽晓画者有不知。故凡可以欺世而取名者，必托于无常形者也。虽然，常形之失，止于所失，而不能病其全，若常理之不当，则举废之矣。以其形之无常，是以其理不可不谨也。世之工人，或能曲尽其形，而至于其理，非高人逸才不能辨。与可之于竹石、枯木，真可谓得其理者矣。如是而生，如是而死，如是而挛拳瘠蹙，如是而条达遂茂，根茎节叶，牙角脉缕，千变万化，未始相袭，而各当其处。合于天造，厌于人意。盖达士之所寓也欤。②

所谓"常形"，指的是事物相对固定的外在形态。比如"人禽宫室器用"，都有常形。至于山石竹木水波烟云，不能说一点儿常形没有，只不过较之前者更加不固定罢了。但是，不管事物的外在形态固定与否，要"曲尽其形"还是比较容易的。而把握"常理"则比较困难。因为，不管你是写文章还是画画，都不能脱离事物之理。基于此，文与可画竹之妙，在于能够深刻了解并掌握竹子生长、变化的客观规律，所以才能活灵活现。

---

① （宋）苏轼：《书陈怀立传神》，苏轼撰，邓立勋编校：《苏东坡全集》（中），黄山书社1997年版，第494页。

② 同上书，第28页。

苏轼认为，要达到"随物赋形""以形传神"，使之达到形神兼备的艺术效果，首先要"求物之妙"，然后要"了然于心"，最后还要"了然于口与手"。苏轼谓："求物之妙，如系风捕影，能使是物了然于心者，盖千万人而不一遇也。而况能使了然于口与手者乎？是之谓辞达。辞至于能达，则文不可胜用矣。"① "辞达"，就"随物赋形"的写作方法而言，强调的是诗文的"文采"。"辞达"观集中反映了苏轼对艺术本质及其规律的认识。

"辞达"这一理论命题，最早提出来的是孔子。《论语·卫灵公》谓："辞，达而已矣。"意思是说，言辞文辞，如果能够表达出作者的意思，就可以了。过于浮华的言辞，是孔子所不同意的。《论语·雍也》谓："质胜文则野，文胜质则史。文质彬彬，然后君子。"强调文采和朴实，要配合适当，这是对"辞达"的进一步解释。此后，关于"言辞"与"文意"关系的论述，不断发展。

《礼记·表记》谓："情欲信，辞欲巧。"意思是说，写文章情感要真挚，言辞要讲求技巧。晋代陆机《文赋》谓："余每观才士之所作，窃有以得其用心。夫放言遣辞，良多变矣，妍蚩好恶，可得而言。每自属文，尤见其情。恒患意不称物，文不逮意，盖非知之难，能之难也。"陆机指出，每次阅读那些有才气作家的作品，对他们创作时所用的心思自己都有体会。作家行文变化无穷，但文章的美丑、好坏还是可以分辨并加以评论的。每当自己写作时，尤其能体会到别人写作的甘苦。作者经常感到苦恼的是，意念不能正确反映事物，语言不能完全表达意思。大概这个问题，不是难以认识，而是难以解决。陆机在这里提出了语言文字要恰当反映客观事物，恰当表情达意的困难。晚唐杜牧《答庄充书》也论述了言辞与文意的关系："凡为文以意为主，气为辅，以辞采章句为之兵卫……是以意全胜者，辞愈朴而文愈高；意不胜者，辞愈华而文愈鄙。是意能遣辞，辞不能成意，大抵为文之旨如此。"杜牧强调了文意对言辞的统率作用，反对过分使用华丽的辞藻，这是有启发意义的。

苏轼对"辞达"的问题也非常重视。他在晚年贬谪岭南之后，集中

---

① （宋）苏轼：《与谢民师推官书》，苏轼撰，孔凡礼点校：《苏轼文集》（第四册），中华书局1986年版，第1418页。

第五章 淡味:淡远深邃的诗歌美学

谈到了"辞达"问题。他说:

> 孔子曰:"辞达而已矣。"物固有是理,患不知之,知之患不能达之于口与手。所谓文者,能达是而已。(《答虔倅俞括一首》《苏轼文集·卷五十九》)①
>
> 前后所示著述文字,皆有古作者风力,大略能道意所欲言者。孔子曰:"辞达而已矣。"辞至于达,止矣,不可以有加矣。(《与王庠书》《苏轼文集·卷四十九》)②
>
> 大略如行云流水,初无定质,但常行于所当行,常止于不可不止,文理自然,姿态横生。孔子曰:"言之不文,行而不远。"又曰:"辞达而已矣。"夫言止于达意,即疑若不文,是大不然。求物之妙,如系风捕影,能使是物了然于心者,盖千万人而不一遇也。而况能了然于口与手者乎?是之谓辞达。辞至于能达,则文不可胜用矣。扬雄好为艰深之词,以文浅易之说,若正言之,则人人知之矣。此正所谓雕虫篆刻者,其《太玄》、《法言》皆是类也。(《与谢民师推官书》《苏轼文集·卷四十九》)③

上所引三条言论,可以说是苏轼一生从事文学创作的经验总结,内容非常丰富。文学创作,难就难在"物固有是理,患不知之,知之患不能达之于口与手"。也就是说,写好文章首先要搞清楚客观事物存在的道理,但是,懂得了事物的道理不等于能够讲清楚,写出来。所以只有能用文字清楚表达事物的道理,才能称得上"辞达"。他进一步指出,所谓"辞达",如果单单理解成不要文采,那就大错特错了。把握事物的特征,如同拴住风、系住影那样艰难,能在心里彻底弄清楚的恐怕千万人中也遇不到一个,更何况用口和笔把它完全表达出来的呢?所以,能把事物的特征完全准确地表达出来,就叫作辞达。用"辞"能够做到"达",那么文才就足够用了。苏轼的"辞达"说从两个方面认识艺术的本质规

---

① (宋)苏轼撰,孔凡礼点校:《苏轼文集》(第四册),中华书局1986年版,第1793页。
② 同上书,第1422页。
③ 同上书,第1418页。

律。王顺娣认为:"一是理。所谓'物固有是理'、'文者,能达是(指理)而已','理'指万事万物的客观发展规律。二是文。所谓'夫言止于达意,即疑若不文,是大不然','文'指'文采'。'辞至于能达,则文不可胜用矣。'在苏轼看来,只要能够顺畅地把心中认识到的事物(理)表达出来,就合于孔子所说的'辞达',也就是有了文采。这表明'文'与'理'是一体的两面,不可分割,二者在本质上是统一的,故而苏轼提倡'文理自然,姿态横生'。只有文理具备,才能妙趣横生,滋味无限。"①

2. 技进于道

那么,如何才能做到"辞达"呢?苏轼认为,应该"技进于道"。苏轼认为无论文学还是艺术创作,都包含着两个基本的方面:一是作者对所要表现的事物是否认识得清楚、正确;二是作者对已经认识了的事物如何运用艺术方式充分地表达出来。这两方面,陆机《文赋》小序中称之为"知"和"能",苏轼则称之为"道"和"技",实际上是艺术创作中的认识和实践问题。"技进于道"是宋代诗学追求的主流,"技进于道"典出《庄子·养生主》"庖丁解牛"。庖丁自称具有高超解牛技术源于"所好者道也,进乎技矣",解牛能够"依乎天理"。"技进于道"强调的就是一切人为皆要合于事物自然、本然的法则与规律。这一思想为宋代诗家所津津乐道。庖丁虽然号称"道进乎技",但实际上还是从"技"入手,最后扬弃"技",一任神妙的直觉行事。那么,诗作为一"物",无疑也具有本然之"理",适然之"技"。所以宋人极好谈"法","法"就是"技","理"就是"道",由"法"达到"理"的过程,就是"技进于道"。要做到"技进于道",就必须做到以下几点。

首先,与创作主体的文化人格修养有关。就文学艺术创造而言,创作者如果没有较深厚的艺术修养,是不可能进行创造的。所以,苏轼一生都在强调学习的重要。其在与亲友的通信中,反复提到这一点:

以此,私意犹冀足下积学不倦,落其华而成其实。深愿足下为礼

---

① 王顺娣:《宋代诗学平淡理论研究》,巴蜀书社2009年版,第178页。

义君子，不愿足下丰于才而廉于德也。①

凡人为文，至老，多有所悔。仆尝悔其少作矣，若著成一家之言，则不容有所悔。当且博观而约取，如富人之筑大第，储其材用，既足而后成之，然后为得也。②

实无捷径必得之术。但如君高材强力，积学数年，自有可得之道，而其实皆命也。但卑意欲少年为学者，每一书，皆作数过尽之。书富如入海，百货皆有之，人之精力，不能兼收尽取，但得其所欲求者尔。③

在这三封信里，苏轼强调要"积学不倦""博观约取"，并指出做学问没有捷径可取。学习对"技"的形成十分重要，"积学数年，自有可得之道"，只有好好学习才能技艺成熟。苏轼有诗云："退笔成山未足珍，读书万卷始通神。""不如默诵千万首，左抽右取谈笑足。"可见苏轼对学习的重视。

其次，从艺术创作来说，要做到"道进""有道"，就要使"物形于心"。艺术家对自己的创作对象，必须有深刻的认识和了解，要懂得它的特点和规律。所以，必须通过实践加深对"道"的理解。苏轼在《日喻》中批评了"不学而务求道"的现象，提出"道可至而不可求"的命题：

然则道卒不可求欤？苏子曰："道可致而不可求。"何谓致？孙武曰："善战者致人，不致于人。"子夏曰："百工居肆以成其事，君子学以致其道。"莫之求而自至，斯以为致也欤？南方多没人，日与水居也，七岁而能涉，十岁而能浮，十五而能浮没矣。夫没者，岂苟然哉，必将有得于水之道者。日与水居，则十五而得其道。生不识水，则虽壮，见舟而畏之。故北方之勇者，问于没人，而求其所以没，以其言试之河，未有不溺者也。故凡不学而务求道，皆北方之学

---

① （宋）苏轼：《与李方叔书》，苏轼撰，孔凡礼点校：《苏轼文集》（第四册），中华书局1986年版，第1420页。
② （宋）苏轼：《与张嘉父七首》，同上书，第1564页。
③ （宋）苏轼：《与王庠五首》（五），苏轼撰，孔凡礼点校：《苏轼文集》（第五册），中华书局1986年版，第1822页。

没者也。①

所谓"水之道",就是说水的规律;只有认识了水的规律,才能在水中自由出没,即使在湍急的水流中也能悠游自在。这里的"学",是侧重于反复实践的意思。苏轼强调,对客观规律的掌握,必须通过大量的实践才能达到。他所举的游泳的例子,就充分说明了这一道理。"南方之没人",正是因为"日与水居",天天和水打交道,才精通"水之道"的。所谓"道可致而不可求",是说要通过实践来掌握客观事物的规律,而不能停留在口头上的追求。

最后,要做到"技进于道",还需要在艺术技巧上反复练习。只有"道"而没有"艺"或"技",也是无法创造艺术作品的。文艺创作一方面取决于创作主体对创作对象的认识程度,另一方面又取决于作者的艺术技巧,两者缺一不可。苏轼曾多次批评那种认为只要懂得一套写作理论就能写出"至文"的错误认识。他在《与谢民师推官书》中也谈到了掌握客观规律之难和表达的艰难:"求物之妙,如系风捕影,能使是物了然于心者,盖千万人而不一遇也,而况能使了然于口与手者乎?"所以苏轼强调要反复练习、刻苦磨炼。其《书黄道辅〈品茶要录〉后》谓:"学者观物之极,而游于物之表,则何求而不得。故轮扁行年七十而老于斫轮,庖丁自技而进乎道,由此其选也。"轮扁和庖丁这两位技艺高超的奇人,都是终生练习技艺,才练就了一手绝活。可见,勤学苦练是"技进于道"的不二法门。

三 黄庭坚:平淡而山高水深

杨万里在《江西宗派诗序》中说:

> 江西宗派诗者,诗江西也,人非皆江西也。人非皆江西,而诗曰江西者何?系之也。系之者何?以味不以形也。……形焉而已矣。高子勉不似二谢,二谢不似三洪,三洪不似徐师川,师川不似陈后山,

---

① (宋)苏轼:《日喻》,苏轼撰,孔凡礼点校:《苏轼文集》(第五册),中华书局1986年版,第1981页。

第五章 淡味：淡远深邃的诗歌美学

而况似山谷乎？味焉而已矣。酸咸异和，山海异珍，而调脎之妙，出乎一手也。似与不似，求之可也，遗之亦可也。……江西之诗，世俗之作，知味者当能别之矣。①

杨万里在这里明确指出，江西诗派的形成，不是因为籍贯相同而是因为诗味相似。杨万里所说的"诗味"，可以看作江西诗派的标志，是有别于世俗之作，而带有书卷之气的诗味。这种诗味的形成则深受江西诗派开山鼻祖黄庭坚的诗歌理论和创作实践影响。

黄庭坚（1054—1105），字鲁直，号山谷，江西修水人。黄庭坚与苏轼齐名，并称苏、黄，同被认为是宋诗典型的铸造者。他青年时因诗为苏轼所重，与苏轼结交，被称为"苏门四学士"之一。与梅尧臣、苏轼一样，他也追求诗歌的淡味美理想。不过，人们在读黄集时往往会产生困惑，黄诗的风格特征是生新瘦硬，廉悍奇峭，但黄庭坚在诗歌理论上却常常表现出相异的倾向。其《与王观复书》谓：

所送新诗，皆兴寄高远，但语生硬，不谐律吕，或词气不逮初造意时，此病亦只是读书未精博耳。……好作奇语自是文章病，但当以理为主。理得而辞顺，文章自然出群拔萃。观杜子美到夔州后诗，韩退之自潮州还朝后文章，皆不烦绳削而自合矣。……文章盖自建安以来，好作奇语……其病至今犹在。惟陈伯玉、韩退之、李习之、近世欧阳永叔、王介甫、苏子瞻、秦少游乃无此病耳。②

从这封信来看，黄庭坚是反对诗"作奇语"。但是，从黄庭坚的创作实践看，其诗是以险怪崎岖见长的。对此，朱东润先生也迷惑不解，其云：

鲁直《与徐师川书》云："诗正欲如此作，其未至者，探经术未

---

① （宋）杨万里：《江西宗派诗序》，载李壮鹰主编，刘方喜编著《中华古文论释林》（南宋金元卷），北京大学出版社2011年版，第49—50页。
② （宋）黄庭坚著，刘琳、李勇先、王蓉贵校点：《黄庭坚全集》（第二册），四川大学出版社2001年版，第470—471页。

味：一个诗学语词的理论批评

深，读老杜、李白、韩退之诗不熟耳。"《与秦少章帖》又云："文章虽末学，要须茂其根本，深其渊源，以身为度，以声为律，不加开凿之功，而自闳深矣。"其他如云"词意高胜，要从学问中来"等语，皆足见鲁直诗文渊源所自。惟《答王观复书》，称"好作奇语，自是文章病"，此论本极平实，然鲁直之诗，即以好奇得名。……不解鲁直当日答王观复时，意究何若。①

的确，这种作家创作倾向与理论观点的南辕北辙难免使人费解。对此，莫砺锋在《论黄庭坚诗歌创作的三个阶段》中作了合理的解释。他说："只要我们把黄庭坚的创作与理论按不同的年代予以考察，上述疑惑就涣然冰释了。……黄庭坚体的形成是在早期，为世人瞩目的黄诗特征在早期表现得最为鲜明。而黄庭坚主张诗歌要"自然"、"平淡"的观点却出于晚年。……而晚期黄诗也确已归真返璞，向着"自然"、"平淡"的方向发生了深刻的变化。"②

所以王庭珪《芦溪文集》云："鲁直之诗，虽间出险绝句，而法度森严，卒造平淡，学者罕能到。"那么，鲁直诗的"平淡"意味，内涵是什么呢？其《与王观复书》已经作了很好的说明："但熟观杜子美到夔州后古律诗，便得句法。简易而大巧出焉，平淡如山高水深，似欲不可企及，文章成就，更无斧凿痕，乃为佳作耳。"③"平淡而山高水深"道出黄庭坚诗"淡味"特点，从另一角度看，"他将'句法'与'平淡'相提并论，意味着他的诗学内部的矛盾统一，即由法则入手，最终进入直觉状态，由'拾遗句中有眼'，而最终合于'彭泽意在无弦'。这样，技巧就不再是遮蔽诗意的屏障，而是拆除屏障、消除'斧凿痕'的有效手段，黄氏称之为'大巧'。根据《老子》'大巧若拙'的原理，'句法'便可通过'简易'的形式返朴归真，臻于'平淡'之境"④。周裕锴先生的此番分析是很精辟的。如果"平淡"指诗的外在审美形态，"山高水深"指诗之复杂

---

① 朱东润：《中国文学史批评史大纲》，上海古籍出版社2001年版，第136—137页。
② 莫砺锋：《唐宋诗论稿》，辽海出版社2001年版，第411页。
③ （宋）黄庭坚著，刘琳、李勇先、王蓉贵校点：《黄庭坚全集》（第二册），四川大学出版社2001年版，第471页。
④ 周裕锴：《宋代诗学通论》，上海古籍出版社2007年版，第345页。

技法，那么，"平淡而山高水深"就是黄庭坚由重视作诗"法度"而卒至"平淡"诗美的生成途径。这个途径包括读书精博和重视技法两个方面。

（一）读书精博，然后可为诗

鲁直有《大雅堂记》。推论杜诗，其略云：

> 由杜子美以来四百余年，斯文委地，文章之士随世所能，杰出时辈，未有升子美之堂者，况室家之好邪！余尝欲随欣然会意处，笺以数语，终日汩没世俗，初不暇给。虽然，子美诗妙处，乃在无意于文。夫无意而意已至，非广之以《国风》《雅》《颂》，深之以《离骚》《九歌》，安能咀嚼其意味、闯然入其门邪！故使后生辈自求之，则得之深矣。使后之登大雅之堂者，能以余说而求之，则思过半矣。彼喜穿凿者，弃其大旨，取其发兴，于所遇林泉人物、草木鱼虫，以为物物皆有所托，如世间商度隐语者，则子美之诗委地矣。①

黄庭坚认为，杜诗的妙处在"无意于文"，其根基在于《诗经》与《楚辞》，所以，"非广之以《国风》《雅》《颂》，深之以《离骚》《九歌》"，不能咀嚼其诗滋味。强调精博读书的重要性。从内容角度讲，读书可以积累诗材。宋代诗学既以人文世界为其表现对象，就不得不依赖于传统的人文资源，从中摄取题材、语言、意象等作为诗的材料，读书就成为了积累诗材的最重要途径和手段。他在《答洪驹父书》中讲得更为具体：

> 自作语最难，老杜作诗，退之作文，无一字无来处，盖后人读书少，故谓韩、杜自作此语耳。古之能为文章者，真能陶冶万物，虽取古人之陈言入于翰墨，如灵丹一粒，点铁成金也。②

通过读书，可以熟悉典故，丰富词汇，最直接的目的就是"资书以为诗"。胡仔《苕溪渔隐丛话》前集引黄庭坚语云："诗词高胜，要从学

---

① （宋）黄庭坚著，刘琳、李勇先、王蓉贵校点：《黄庭坚全集》（第二册），四川大学出版社2001年版，第437—438页。

② 同上书，第475页。

味：一个诗学语词的理论批评

问中来。"黄庭坚这句话落到实处，就是指读古书要"佳句善字，皆当经心，略知某处可用，则下笔时，源源而来矣"①。陈善《扪虱新话》上集卷三引黄庭坚语谓："欲作楚辞，追配古人，直须熟读《楚辞》，观古人用意曲折处讲学之，然后下笔。譬如巧女绣妙一世，若欲作锦，必得锦机乃能作锦。"就是说，将古人诗文烂熟于心，写作时顺手发挥，当然前提是熟读古书，"若欲作锦，必得锦机乃能作锦"。他批评王观复云："所送新诗，皆兴寄高远，但语生硬，不谐律吕，或词气不逮初造意时，此病亦只是读书未精博耳。长袖善舞，多钱善贾，不虚语也。"《后山居士诗话》引苏轼批评孟浩然之诗"韵高而才短，如造内法酒手，而无材料尔"。说的就是孟诗缺乏典故，虽有高情远韵，却难免才疏学浅，没有厚度。宋代葛立方评诗僧祖可谓：

　　僧祖可……作诗多佳句。如《怀兰江》云："怀人更作梦千里，归思欲迷云一滩"，《赠端师》云"窗间一榻篆烟碧，门外四山秋叶红"等句，皆清新可喜。然读书不多，故变态少。观其体格，亦不过烟云、草树、山水、鸥鸟而已。②

读书少，所以"体格"不丰，只能在自然意象中寻找作诗素材，无法表现丰富多彩的人文世界，特别重视学养的宋诗人讥之为"变态少"。

黄庭坚自己作诗，有"无一处无来历"的倾向。《山谷诗注》卷首许尹《黄陈诗注原序》谓："其用事深密，杂以儒佛，虞初稗官之说，隽永鸿宝之书，牢笼渔猎，取诸左右。"实际上，这已经形成为有宋一代诗人的时代风尚。北宋唐庚《唐子西文录》谓："凡作诗，平居须收拾诗材以备用。退之作《范阳卢殷墓铭》云：'于书无所不读，然止用以资为诗'是也。"又谓："《诗》疏不可不阅，诗材最多，其载谚语，如'络纬鸣，懒妇惊'之类，尤宜入诗用。"本来，强调读书是没错的，但是过分强调诗中的学识，就会产生以才学为诗的倾向，所以周裕锴先生指出："从古

---

① （宋）黄庭坚著，刘琳、李勇先、王蓉贵校点：《黄庭坚全集》（第二册），《宋黄文节工全集·正集》卷19《答曹荀龙》，四川大学出版社2001年版，第495页。
② （宋）葛立方：《韵语秋阳》（卷4），载（清）何文焕辑《历代诗话》（下），中华书局1981年版，第514页。

人各种著作里收集作诗的材料和词句，本不失为一种积累知识、丰富语言的手段，但在宋人那里，登山的手杖变成了日用的拐杖，再也抛不下……'资书以为诗'最终成为'以才学为诗'，这是醉心于人文活动、智力产品的宋诗的必然归宿。"①

（二）"点铁成金"与"脱胎换骨"

在学习古人的问题上，黄庭坚并不主张因袭模仿古人，而是要强调必须在学古中化出新意，并创造自己特有的新风格。"点铁成金"和"脱胎换骨"就是在这种诗学思想背景下提出的具体创作方法。"点铁成金"已见于前引《答洪驹父书》，"夺胎换骨"一语见于惠洪《冷斋夜话》："山谷言：诗意无穷而人才有限；以有限之才追无穷之思，虽渊明、少陵不得工也。然不易其意而造其语，谓之换骨法；规摹（一作窥入）其意而形容之，谓之夺胎法。"

"点铁成金"的说法来自禅宗典籍。其说源于道教炼丹术，禅师们用来比喻凡夫俗子的顿悟成佛。《景德传灯录》卷一八灵照禅师："灵丹一粒，点铁成金。至理一言，点凡成圣。"又《五灯会元》卷七翠岩令参禅师："还丹一粒，点铁成金。至理一言，转凡成圣。"黄庭坚借来比喻在诗文创作中对旧的语言材料的改造加工，化腐朽为神奇。"夺胎换骨"本是道教术语，指夺别人的胎而转生，换去俗骨而成仙骨。借用来比喻作诗师法前人而不露痕迹，并另有创新。那么，"夺胎"指的是"规摹其意而形容之"，就是在透彻理解前人的构思基础上以自己的语言演绎发挥，追求意境的深化和思想的开拓。"换骨"指的是"不易其意而造其语"，就是借鉴前人的构思而用自己的语言表述之。

黄庭坚的"点铁成金""夺胎换骨"方法，遭致了当时和后人的诟病和批评。宋人魏泰《临汉隐居诗话》云："黄庭坚喜作诗得名，好用南朝人语，专求古人未使之事，又一二奇字，缀葺而成诗，自以为工，其实所见之僻也。故句虽新奇，而气乏浑厚。吾尝作诗题其编后，略云：'端求古人遗，琢抉手不停。方其拾玑羽，往往失鹏鲸。'盖谓是也。"② 金人王

---

① 周裕锴：《宋代诗学通论》，上海古籍出版社 2007 年版，第 151 页。
② （宋）魏泰：《临汉隐居诗话》，载（清）何文焕辑《历代诗话》（上），中华书局 1981 年版，第 327 页。

若虚云："鲁直论诗，有夺胎换骨、点铁成金之喻，世以为名言，以予观之，特剽窃之點者耳。"① 张戒：《岁寒堂诗话》谓："子瞻以议论作诗，鲁直又专以补缀奇字，学者未得其所长，而先得其所短，诗人之意扫地矣。"② 清人吴乔也说："豫章派最多恶习。"③ 就是针对黄庭坚的这个方法说的。钱锺书也批评黄庭坚的"点铁成金"："'读书多'的人或者看得出他句句都是把'古人陈言'点铁成金，明白他讲些什么；'读书少'的人只觉得碰头绊脚无非古典成语，仿佛眼睛里搁了金沙铁屑，张都张不开，别想看东西了。"④ 又说："他的诗给人的印象是生硬晦涩，语言不够透明，仿佛冬天的玻璃窗蒙上一层水汽、冻成一片冰花。黄庭坚曾经把道听涂说的艺术批评比于'隔帘听琵琶'，这句话正可以形容他自己的诗。读者知道他诗里确有意思，可是给他的语言像帘子般的障隔住了，弄得咫尺千里，闻声不见面。"⑤

不过，周裕锴先生却认为，黄庭坚的"点铁成金"诚然有"剽窃之术"的嫌疑，但是，在宋代的诗坛背景下却有相当的合理性，他指出："因为受整个文化背景的限制，新的生活方式和新的语言系统还没有出现，所以新的诗歌语言也没有产生的可能，'自作语最难'的遗憾，其实包含着宋人对诗歌语言老化现象的深刻反省。"⑥ 又说："'铁'变为'金'的关键不在于陈言本身，而在于'陶冶万物'的'灵丹'，即诗人富有独创性的审美意识。有此'灵丹'，不但客观物象（'万物'）可以被熔铸为审美意象，即便是前人陈旧的语言（'铁'）也可以被冶炼成新鲜的富有表现力的语言（'金'）。"⑦

那么，"点铁成金"在诗歌创作中究竟是怎样实现的呢？对此阐述最为具体的当数杨万里的《诚斋诗话》里的一段话：

---

① （金）王若虚：《滹南诗话》（卷三），载丁福保辑《历代诗话续编》（上），中华书局1983年版，第523页。
② （宋）张戒：《岁寒堂诗话》（卷上），同上书，第455页。
③ （明）吴乔：《围炉诗话》，载郭绍虞编选，富寿荪校点《清诗话续编》（一），上海古籍出版社1983年版，第644页。
④ 钱锺书著，舒展选编：《钱锺书论学文选》（第六卷），花城出版社1990年版，第264页。
⑤ 同上书，第265页。
⑥ 周裕锴：《宋代诗学通论》，上海古籍出版社2007年版，第177页。
⑦ 同上。

第五章　淡味：淡远深邃的诗歌美学

诗家用古人语，而不用其意，最为妙法。如山谷《猩猩毛笔》是也。猩猩喜著屐，故用阮孚事。其毛作笔，用之钞书，故用惠施事。二事皆借人事以咏物，初非猩猩毛笔事也。《左传》云："深山大泽，实生龙蛇。"而山谷《中秋月》诗云："寒藤老木被光景，深山大泽皆龙蛇。"《周礼·考工记》云："车人盖圜以象天，轸方以象地。"而山谷云："丈夫要宏毅，天地为盖轸。"《孟子》云："《武成》取二三策。"而山谷称东坡云："平生五车书，未吐二三策。"①

杨成斋举黄山谷的《猩猩毛笔》一诗来解释如何"点铁成金"。这也就是如何化用古人诗句的问题。黄庭坚强调"点铁成金"时必须"陶冶万物"。也就是说，从"铁"到"金"的质变，要经历一番"陶冶"工夫。具体说，就是以古人"陈言"为原料，根据自己的理解和意匠，重新"造其语"而入诗。黄庭坚论"点铁成金"时强调"取古人之陈言入于翰墨"，前提是"用古人语，而不用其意"。"也就是说，利用成语典故或袭用前人诗句，必须在意义上与原典文本的意义有相当大的距离。"②所以，《左传》中的"深山""龙蛇"和黄庭坚诗中的"深山大泽被龙蛇"是两回事，黄庭坚诗中出现的"古人语"与诗中的描写对象也无关。而对陈言的袭用，传达的是新的审美意味，从这个意义上看，"点铁成金"就不是蹈袭剽窃，而是改造创新了。

关于"夺胎换骨"法，惠洪《冷斋夜话》曾举例加以说明：

山谷云："诗意无穷，而人之才有限。……如郑谷《十月菊》曰：'自缘今日人心别，未必秋香一夜衰。'此意甚佳，而病在气不长；西汉文章雄深雅健者，其气长故也。曾子固曰：'诗当使人一览语尽而意有余，乃古人用心处。'所以荆公《菊》诗曰：'千花万卉凋零后，始见闲人把一枝。'东坡则曰：'万事到头终是梦，休！休！休！明日黄花蝶也愁。'又如李翰林诗曰：'鸟飞不尽暮天碧。'又

---

① 丁福保辑：《历代诗话续编》（上），中华书局1983年版，第141页。
② 周裕锴：《宋代诗学通论》，上海古籍出版社2007年版，第178页。

曰：'青天尽处没孤鸿。'然其病如前所论。"山谷作《登达观台》诗曰："瘦藤拄到风烟上，乞与游人眼界开。不知眼界阔多少，白鸟去尽青天回。"凡此之类，皆换骨法也。顾况诗曰："一别二十年，人堪几回别。"其诗简拔而立意精确。舒王作《与故人》诗云："一日君家把酒杯，六年波浪与尘埃。不知乌石江边路，到老相逢得几回。"乐天诗曰："临风抄秋树，对酒长年身。醉貌如霜叶，虽红不是春。"东坡《南中作》诗云："儿童误喜朱颜在，一笑那知是醉红。"凡此之类，皆夺胎法也。①

"换骨法"是指吸取古人精彩的诗意境界而不袭其辞，别创新语来表现；"夺胎法"是参考古人诗意而重新加以形容，以创造新的诗意境界。实际上就是学习前人作品时，从意和辞两个方面做到"以俗为雅，以古为新"，从而创造出新的风貌特色的作品。如李白诗有"鸟飞不尽暮天碧""青天尽处没孤鸿"之句，经黄庭坚的"陶冶"，成为"不知眼界阔多少，白鸟去尽青天回"，变静态的"青天""暮天"而为动态的"青天回"，不能说黄庭坚没有能动地创造。又如《病起荆江亭即事十首》之一："近人积水无鸥鹭，时有归牛浮鼻过。"任渊《山谷内集诗注》（卷一四）注云："《北梦琐言》陈咏诗曰：'隔岸水牛浮鼻渡，傍溪沙鸟点头行。'此本陋句，一经妙手，神彩顿异。山谷此句当有所指，或云运判陈举颇以为憾，其后遂有宜州之行。"陈咏诗所写只是一般景物，黄庭坚化用其语，写所居之地的荒凉。黄庭坚《登快阁》诗云："万里归船弄长笛，此心吾与白鸥盟。"而此处连鸥鹭这样的水鸟也没有，苦闷之情寄于言外。

黄庭坚将"点铁成金""夺胎换骨"等理论运用于创作中，善于在诗中点化前人的诗意或诗句，善于使事用典、广征博引，堪称以学问为诗的典型。葛立方《韵语阳秋》卷二谓："诗家有换骨法，谓用古人意而点化之，使加工也。……刘禹锡云：'遥望洞庭湖水面，白银盘里一青螺。'山谷点化之，则云：'可惜不当湖水面，银山堆里看青山。'……卢仝诗

---

① （宋）惠洪、费衮撰，李保民、金圆校点：《冷斋夜话 梁溪漫志》，上海古籍出版社2012年版，第14页。

云：'草石是亲情。'山谷点化之，则云：'小山作朋友，香草当姬妾。'学诗者不可不知此。"① 宋人曾季狸举白居易《和思归乐》诗"峡猿亦无意，陇水复何情？为到愁人耳，皆为肠断声"，再举黄庭坚《和陈君仪读〈太真外传〉五首之二》诗"扶风乔木夏阴合，斜谷铃声秋夜深。人到愁来无处会，不关情处亦伤心"，说"此所谓'夺胎换骨'是也"。两诗的所咏对象不一样，景物也不同，只有闻声而起心伤之意相似，若说是"夺胎换骨"，毋宁说是重新创造了。

陈良运谓："'点铁成金'、'夺胎换骨'，是黄庭坚在古人已登峰造极的创造面前有惶惑之感，感到自己的才力难以从总体上超越古人，又期想站在'巨人肩上'有所作为，于是创此法度。"② 黄庭坚的这种作诗之法，对后代诗学尤其是江西诗派影响巨大。李屏山《西岩集序》云："黄鲁直天姿峭拔，摆出翰墨畦迳，以俗为雅，以故为新。不犯正位，如参禅着末后句为具眼。江西诸君子，翕然推重，别为一派。高者雕镌尖刻，下者模影剽窃。"所以，黄庭坚反复要求学诗者对古人诗文必须深读、读透，融会贯通，领会其精神实质，不能生吞活剥，仅得其皮毛。范温《潜溪诗眼》云：

> 山谷言学者若不见古人用意处，但得其皮毛，所以去之更远。如"风吹柳花满店香"，若人复能为此句，亦未是太白。至于"吴姬压酒劝客尝"，"压酒"字他人亦难及。"金陵子弟来相送，欲行不行各尽觞"，益不同。"请君试问东流水，别意与之谁短长？"至此乃真太白妙处，当潜心焉。故学者要先以识为主，如禅家所谓正法眼者，直须具此眼目，方可入道。③

必须识得古人用意之处，然后潜心钻研，才能化用古人诗意，创造新境界。这就是"点铁成金""夺胎换骨"的积极意义。

（三）"不烦绳削"与"无斧凿痕"

黄庭坚在讲到句法诗律、绳墨规律时，多数是针对初学者而言的。针

---

① （清）何文焕辑：《历代诗话》（下），中华书局1981年版，第495页。
② 陈良运：《中国诗学批评史》，江西人民出版社2007年版，第361页。
③ 郭绍虞辑：《宋诗话辑佚》（上册），中华书局1980年版，第317页。

味：一个诗学语词的理论批评

对初学者的诗文"雕琢功多""语生硬不谐律吕"的问题，多次告诫这些初学者作诗文"须少入绳墨乃佳"。但在诗歌审美的高标上，却提出"不烦绳削""无斧凿痕"的艺术标准。关于这个原则，黄庭坚在与王观复的信中作了很好的说明：

> 观杜子美到夔州后诗，韩退之自潮州还朝后文章，皆不烦绳削而自合矣。①
>
> 所寄诗多佳句，犹恨雕琢功多耳。但熟观杜子美到夔州后古律诗，便得句法。简易而大巧出焉，平淡如山高水深，似欲不可企及，文章成就，更无斧凿痕，乃为佳作耳。②

"不烦绳削"不是不要"成法"。所以黄庭坚《论作诗文》说："作文字须摹古人，百工之技，亦无有不法而成者也。"但是，在《答洪驹父书》中，他指出要有"古人绳墨"，但是又不要受这个绳墨的限制和束缚。他说："文章最为儒者末事，然既学之，又不可不知其曲折，幸熟思之。至于推之使高如泰山之崇，崛如垂天之云，作之使雄壮如沧江八月之涛，海运吞舟之鱼，又不可守绳墨，令俭陋也。"③这段话表明，黄庭坚的所谓"古人绳墨""文章斧斤"，原并非要人们亦步亦趋地去模仿古人，要既不可"少古人绳墨"，"又不可守古人绳墨"，就是说有绳墨，写起来也要无绳墨，用今天的话来说，就是从"必然"到"自由"，掌握规律而又活用规律，这就是"不烦绳墨"的真谛。

"无斧凿痕"就是自然圆润，看似平淡不事雕琢，自然天成不费人工。这其实是"看似寻常最崎岖，成如容易却艰辛"④。从绚丽归于平淡，是艺术创造臻于成熟的表现。平淡而山高水深，平淡自然，是艺术创造的更高境界。于是，无论是天才超逸的陶渊明、李白，还是以学力胜的杜

---

① （宋）黄庭坚：《与王观复书》之一，黄庭坚著，刘琳、李勇先、王蓉贵校点：《黄庭坚全集》（第二册），四川大学出版社2001年版，第470页。
② 同上书，第471页。
③ （宋）黄庭坚：《答洪驹父书》，黄庭坚著，刘琳、李勇先、王蓉贵校点：《黄庭坚全集》（第二册），四川大学出版社2001年版，第475页。
④ （宋）王安石：《题张司业诗》。

· 276 ·

甫、韩愈，都在"不烦绳削而自合""无斧凿痕"的层次上统一起来了。当然，黄庭坚的诗美理想是通过"宁拙毋巧，宁朴勿华，宁粗勿弱，宁僻勿俗"①的刻意求工，达到"无意为文""无斧凿痕"的境界。而这一境界的理想高标就是陶渊明。他说："拾遗句中有眼，彭泽意在无弦。"②

句中有眼，还是有迹可循，意在无弦，则无迹可求。黄庭坚《题意可诗后》中的这段话可为证明："宁律不谐，而不使句弱；用字不工，不使语俗，此庾开府之所长也，然有意于为诗也。至于渊明，则所谓不烦绳削而自合。虽然，巧于斧斤者多疑其拙，窘于检括者辄病其放。孔子曰：'宁武子，其智可及也，其愚不可及也。'渊明之拙与放，岂可为不知者道哉！"③所谓"拙"，就是黄庭坚所说的"简易而大巧出焉。平淡而山高水深……更无斧凿痕"的"大巧若拙"（《老子》），就是由绚丽而至平淡之美的诗。所谓"放"，是已经超越形式的限制而在精神上的绝对自由，是通过"无所用智"的智性消解，"不烦绳削"的直觉表现，而获得的充分的乃至绝对的创造自由。"遗憾的是，黄庭坚的后学大多未领会到这一点。……曲高自然和寡，缺乏天分的人宁愿选择他'稍入绳墨'的忠告。也有一帮好奇者，专学黄氏变体，广立名目，反而失去他'不烦绳削'的初衷。同时，黄庭坚本人也未真正达到消解智性的直觉状态，他的创作极境仍然是有意为诗的产物，即所谓'法度森严，卒造平淡'。"④周裕锴先生的这番评价还是很中肯的。

第三节 "淡味"论的诗学意义

一 诗分唐宋

钱锺书谓："诗分唐宋，唐诗复分初盛中晚，乃谈艺者之常言。"⑤的

---

① （宋）陈师道：《后山诗话》，载（清）何文焕辑《历代诗话》（上），中华书局1981年版，第311页。
② （宋）黄庭坚：《赠高子勉四首》（其四），黄庭坚著，刘琳、李勇先、王蓉贵校点：《黄庭坚全集》（第一册），四川大学出版社2001年版，第201页。
③ （宋）黄庭坚著，刘琳、李勇先、王蓉贵校点：《黄庭坚全集》（第二册），四川大学出版社2001年版，第665页。
④ 周裕锴：《宋代诗学通论》，上海古籍出版社2007年版，第211页。
⑤ 钱锺书：《谈艺录》，生活·读书·新知三联书店2008年版，第2页。

确如此,所谓诗分唐宋,唐音宋调之别,乃老生常谈。这实际上涉及唐诗和宋诗的本质特征有什么区别的问题,不仅是一个老题目,也是一个大题目。对这个问题,比较流行的说法,以钱锺书为代表,其云:"唐诗、宋诗,亦非仅朝代之别,乃体格性分之殊。天下有两种人,斯分两种诗。唐诗多以风神情韵擅长,宋诗多以筋骨思理见胜。严仪卿首倡断代言诗,《沧浪诗话》即谓'本朝人尚理,唐人尚意兴'云云。曰唐曰宋,特举大概而言,为称谓之便。非曰唐诗必出唐人,宋诗必出宋人也。故唐之少陵、昌黎、香山、东野,实唐人之开宋调者;宋之柯山、白石、九僧、四灵,则宋人之有唐音者。"① 这段文字,须注意三点。其一,唐宋诗之别,非朝代之别,而是"体格性分之殊",亦即诗的风格不同,应该按照体裁风格划分时期,不必与朝政国事治乱盛衰吻合;其二,既然唐宋诗之别乃诗格之别,故唐人中有宋调者,宋人中也有唐音者,亦属常态;其三,唐宋诗的风格特质不同,唐诗以风神情韵见长,宋诗以筋骨思理见胜,一主情,一主理。

(一)诗分唐宋:以"味"不以"形"

唐宋诗之争,按钱锺书说法,是"南宋已然,不自明起",诗分唐宋之说亦谓渊源有自。张志岳先生谓:"自宋诗以它的不同面目出现于唐诗之后,很快就形成对峙的局面。宋以后的封建诗人,不是学唐,便是学宋,学宋诗者往往贬斥唐音,学唐诗者则又往往鄙薄宋调。这种门户之见,只要看看宋以后一直到清末的各种诗话,就表现得比较清楚。"② 这个描述是准确的。严羽《沧浪诗话》云:"本朝人尚理,唐人尚意兴。"明代也多有人言及"情""理"之别。明代李梦阳《缶音序》谓:"宋人主理,作理语,于是薄风云月露,一切铲去不为;又作诗话,教人人不复知诗矣。"③ 李梦阳尊唐抑宋色彩明显,对宋诗轻下断语,谓宋无诗,实不可取,不过,其"主理""作理语"云云,还是言中肯綮。细味前引钱锺书的那段话,于唐诗、宋诗,未分轩轾,持论还是比较客观公允的。实际上,由于宋代理学的兴起,由此引起诗学由重"情"到重"理"的转

---

① 钱锺书:《谈艺录》,生活·读书·新知三联书店2008年版,第3页。
② 张志岳:《论宋诗》,《学习与探索》1979年第2期。
③ (明)李梦阳撰:《空同集》卷52,上海古籍出版社1991年四库全书影印本,第477页下栏。

第五章 淡味：淡远深邃的诗歌美学

变，表现在诗歌创作中，就是重理性精神，好发议论，诗歌散文化，不喜欢词语色彩的秾丽，使得诗歌显得平易淡朴和浑拙。本章第一节已作了详细论证，此不赘述。需要指出的是，唐人重情、宋人重理，确切地说是唐人和宋人的文化心理特征，用以概括诗歌的本质特征，还略显笼统些。《杨成斋集》卷七十九《江西宗派诗序》曰："诗江西也，人非皆江西也。人非皆江西，而诗曰江西者何？系之也。系之者何？以味不以形也。"那么，唐宋诗之别，也应该是以味不以形也，"情"和"理"是诗之"里"，是诗歌审美特征产生的原因动力，而"味"是诗之"表"，是诗的审美特征。由此观之，以诗味之不同，来判分唐宋之诗，不妨也是一条重要的标准。

那么，这里就有一个问题。唐诗、宋诗究竟有怎样的味道呢？大致说来，唐诗丰腴蕴藉，以"韵味"见长，宋诗骨鲠思理，以"淡味"取胜。缪钺《论宋诗》关于唐宋诗之异点，有一段精彩的论述：

> 唐诗以韵胜，故浑雅，而贵蕴藉空灵；宋诗以意胜，故精能，而贵深析透辟。唐诗之美在情辞，故丰腴；宋诗之美在气骨，故瘦劲。唐诗如芍药海棠，秾华繁采；宋诗如寒梅秋菊，幽韵冷香。唐诗如啖荔枝，一颗入口，则甘芳盈颊；宋诗如食橄榄，初觉生涩，而回味隽永。譬诸修园林，唐诗则如叠石凿池，筑亭辟馆；宋诗则如亭馆之中，饰以绮疏雕槛，水石之侧，植以异卉名葩。譬诸游山水，唐诗则如高峰远望，意气浩然；宋诗则如曲涧寻幽，情境冷峭。唐诗之弊为肤廓平滑，宋诗之弊为生涩枯淡。虽唐诗之中，亦有下开宋派者，宋诗之中，亦有酷肖唐人者；然论其大较，固如此矣。[①]

缪钺的这段论述，于诗味而言，作了极其生动的比喻，是唐宋不同诗味的极好注解。唐诗如入口荔枝，甘芳盈颊，韵味悠长；宋诗如食橄榄，初觉生涩，然而平淡有味，回味隽永。现在的问题是，我们需要弄清唐宋诗不同"滋味"产生的因果逻辑，从内在动因上发现导致"滋味"诗美产生的历史必然与合理性，从而进一步印证以"味"辨唐宋

---

① 缪钺：《诗词散论》，陕西师范大学出版社2008年版，第31页。

诗的可行性。

（二）"人文意象"与"自然意象"

霍松林、邓小军《论宋诗》中论唐宋诗的特质，提出"自然意象"和"人文意象"的概念。指出："宋诗的特质，是借助自然意象、发挥人文优势，以表现富于人文修养的情感思想。所谓人文优势，是指相对于自然意象而言的，来源于人文生活、人文传统和人文修养的诸种艺术手段的优势。这些艺术手段包括来自人文生活事象的人文意象，取自人文传统资源的语言材料即典故，以及出自哲学、政治和人生修养的议论。盛唐诗的特质，则是借重自然意象优势，以表现积极进取的情感思想。"[1] 这两个概念的提出，对理解唐宋诗何以产生不同"诗味"是有帮助的。

当宋人登上诗坛时，唐诗是横亘在他们面前的巨大山峰。清人蒋士铨《辩诗》云："唐宋皆伟人，各成一代诗。变出不得已，运会实迫之。格调苟沿袭，焉用雷同词？宋人生唐后，开辟真难为。"道出宋人面对唐人诗学成就的内心惶惑。缪钺谓："唐人以种种因缘，既在诗坛上留空前之伟绩，宋人欲求树立，不得不自出机杼，变唐人之所已能，而发唐人之所未尽。其所以如此者，要在有意无意之间，盖凡文学上卓异之天才，皆有其宏伟之创造力，决不甘徒摹古人，受其笼罩，而每一时代又自有其情趣风习，文学为时代之反映，亦自不能尽同古人也。"[2] 在这种情况下，比较有才力的作家总是不甘心依傍在前人的篱下的。于是就专注于诗歌题材、表现技法，乃至用典炼句等方面，力求与唐代诗家有别而另辟蹊径。这样，就出现了"以文字为诗，以才学为诗，以议论为诗"的现象。

因而，"人文意象"在宋诗中就提升到了突出的位置。常见的人文意象有书籍、绘画、书法、印章、纸、笔、砚、服饰和茶等。比如苏黄就喜欢咏墨、咏纸、咏砚、咏茶、咏画扇、咏饮食的诗。以咏茶为例。如黄庭坚《双井茶送子瞻》诗云："我家江南摘云腴，落硙霏霏雪不如。为君唤起黄州梦，独载扁舟向五湖。"又陆游《临安春雨初霁》：

---

[1] 霍松林、邓小军：《论宋诗》，《文史哲》1989年第2期。
[2] 缪钺：《诗词散论》，陕西师范大学出版社2008年版，第31页。

第五章　淡味：淡远深邃的诗歌美学

"矮纸斜行闲作草，晴窗细乳戏分茶。"人文意象获得重视，与宋代重视文治教化有关。印刷业的繁盛始于宋代。张高评谓："雕版印刷崛起，蔚为印刷传媒，与写本藏本相互争辉，促成宋代图书资讯普及，知识传播多元而便捷。对于阅读习惯、学习模式、创作方法、批评角度、审美情趣、学术风尚诸方面，势必有所激荡与转变。"① 图书的普及促成有宋一代读书风气的形成。魏野《清明》："昨日邻翁乞新火，晓窗分与读书灯。"晁冲之《夜行》："孤村到晓犹灯火，知有人家夜读书。"是宋代读书生活的生动写照。读书已经成为宋人人生的乐事，因而宋诗中与读书生活相关的人文意象出现，也就顺理成章了。许总谓："宋代文化的高度发达，造成宋代诗人文化生活的丰富与人文修养的加强，传统文化中人文精神在宋代的普泛与张扬，也就不仅凝聚为宋诗主体高扬的本质精神，而且规范了宋诗的基本风貌与表现特征，严羽概括的'近代诸公乃作奇特解会，遂以文字为诗，以才学为诗，以议论为诗'，所谓'终非古人之诗'的'文字'、'才学'、'议论'等要素，正明显生成于人文生活与人文修养。"② 诗人描写人文意象，抒发的是热爱文化的情怀，表现的是涵咏于读书生活的优游雅致。这就是"以才学为诗"社会文化原因。与之相关的，就是"以文字为诗"和"以议论为诗"。"以文字为诗"表现为善于"炼字""用典"，讲求"句法""活法"；"以议论为诗"发自人文修养，往往是抒情的延伸和深化。或议论朝政，或感慨人生哲理，常常使诗充满理趣。如苏轼《题东林寺壁》："横看成岭侧成峰，远近高低各不同。不识庐山真面目，只缘身在此山中。"陆游《游山西村》："山重水复疑无路，柳暗花明又一村。"皆富于理趣，实乃宋时代风气使然。人文意象的兴起，形成了有宋一代诗淡朴、瘦硬有味的诗风，进而形成宋诗的总体风格。

与唐诗比较而言，宋诗的自然意象也有自己的特色。一方面，自然意象在宋诗中的出现，较之唐诗已不占优势，代之以人文意象；另一方面，宋诗的自然意象，一变唐诗自然意象鲜明具体的特点，而为写意概

---

① ［中国台湾］张高评：《北宋读诗诗与宋代诗学——从传播与接收之视角切入》，台北《汉学研究》2006年第24卷第2期。
② 许总：《宋诗史》（引论），重庆出版社1992年版，第17—18页。

括的特色。黄庭坚《寄黄几复》:"桃李春风一杯酒,江湖夜雨十年灯。"吕本中《童蒙诗训》谓:"或称鲁直'桃李春风一杯酒,江湖夜雨十年灯'以为极至。鲁直自以此犹砌合,须'石吾甚爱之,勿使牛砺角;牛砺角尚可,牛斗残我竹',此乃可言至耳。"这是就诗的"活法"而言的,认为此句乃"活法"之生动一例。王直方《王直方诗话》谓:"张文潜谓余曰:'黄九云'桃李春风一杯酒,江湖夜雨十年灯',真奇语。'"就这两句诗所用语词而言,乃常见熟语,谈不上"奇"。普闻《诗论》谓:

> 鲁直《寄黄从善》诗云:"我居北海君南海,寄雁传书谢不能。桃李春风一杯酒,江湖夜雨十年灯。"初二句为破题,第三、第四句为颔联。大凡颔联皆宜意对。春风桃李,但一杯而想象无聊屡空为甚;飘蓬寒雨,十年灯之下未见青云得路之便。其羁孤未遇之叹具见矣。其意句,亦就境中宣出。桃李春风,江湖夜雨,皆境也;昧者不知,直谓境句,谬矣。[①]

普闻已经意识到"意句"与"境"的关系,认为"意句亦就境中宣出"。其实,他所说的"意句"就是自然意象,不过,这里的自然意象较唐诗而言,是不一样的,普闻已经隐约感觉到了。霍松林在《论宋诗》一文中分析"桃李春风一杯酒""江湖夜雨十年灯"作为意象的特点:"上句是人我双方某一次或若干次欢聚的情景;下句则是自己十年来飘转江湖,经常在夜下相忆的情景,是许多次类似情景的叠印。桃李春风、江湖夜雨的自然意象,经过了主观的处理,更加写意传神、概括集中。"[②]关于宋诗的这个特点,张晶先生也有分析:"宋代诗人往往不是以一个特定的客观物境来寓托自己的情感,创造出一个兴象玲珑的'第二自然'来,而是以主体之'意'作为统摄,将一些并不联属的意象组合在一起……诗人们往往并不是追求那种含蓄朦胧、韵味无穷的'韵外之致',

---

[①] (宋)普闻:《诗论》,载王大鹏、张宝坤等《中国历代诗话选》(二),岳麓书社1985年版,第631页。

[②] 霍松林、邓小军:《论宋诗》,《文史哲》1989年第2期。

而是着重于在诗中透辟地、醒豁地表达出诗人之意。宋诗之佳者,不在于步趋唐诗,貌袭唐诗,不在于半含半露、摇曳生姿的兴象,而在于立意的深隽、警醒。"① 所以,唐人笔下的自然意象往往生趣盎然、生机一片,而宋人笔下的自然意象往往更加概括,更加注重精神品格。

一方面,宋诗中自然意象的淡化,人文意象增多;另一方面,宋诗的自然意象具有写意性、概括性特点,规范了宋诗平淡无华的基本风貌,也产生了宋诗淡远悠长的独家风味。

(三)"自然的诗"与"人文的诗"

不仅如此,唐宋诗人对自然物象的态度也不尽相同。唐人对自然物象的态度是不仅把自己投入其中,而且尽量地摄取感动,往往把他人也拖入其中。而宋人对自然物象常常采取旁观内省的态度,从一旁审视自己。吉川幸次郎《宋诗的情况》认为,诗人的内省,"被审视的自己,往往是作为流转的世界中的一物而被审视的"②。他举苏轼《出颍口初见淮山是日至寿州》为例分析。苏轼诗云:

> 我行日夜向江海,枫叶芦花秋兴长。平淮忽迷天远近,青山久与船低昂。寿州已见白石塔,短棹未转黄茅冈。波平风软望不到,故人久立烟苍茫。

吉川分析道,"我行日夜向江海",这第一句,就已经是"宋诗式"的了。"旅行与其说是作为自己的意志,还不如说是作为流转的世界中的流转之一而被加给自己的。"③ 宋诗人在自然物象面前的"客观的他者"姿态,消解了在诗中爆发的激情,而保持着平静的激情,从而使宋诗产生一种冷静的美——亦即平淡之美。"平淮忽迷天远近,青山久与船低昂",淮水平静宽阔,悠远迷茫,岸上的青山,也随着船的低昂而颠簸。山在流转,水在流转,船也在流转。在流转的万物中,人的认识也在流转。在这种流转中,悲哀被抑制了,激情也被抑制了。所以,宋诗与唐诗的不同味

---

① 张晶:《"意"与"理":宋诗的高致》,载张晶等《中国古典诗学新论》,北京广播学院出版社2002年版,第129页。
② [日]吉川幸次郎:《中国诗史》,章培恒等译,复旦大学出版社2001年版,第263页。
③ 同上书,第264页。

道，缘于唐诗充满了激情，宋诗压抑了悲哀。因之，宋诗抑制了激情，也就抑制了作为激情的表现的华丽的辞藻。苏轼此诗写得蕴藉淡远，苍茫一片。清人汪师韩《苏轼选评笺释》云："宛是拗体律诗，有古趣兼有逸趣。"此诗风格近苏轼晚年风格，已得陶诗风味。

综上所述，宋代诗人心理结构的不断趋于内敛内省，使诗人之思由浓郁壮阔转向敏感细腻，题材上趋于选择更具概括性的人文意象，对自然意象的态度也转向冷静的静观。对此，许总先生有精到的分析："如果说，唐诗主要是通过自然意象表现积极进取、高昂向上的时代精神与思想风貌，那么，宋诗就主要是通过人文意象表现对现实的关注与人生的思考，唐诗的抒情性是由自然外物所感发，宋诗的理性化则是由人文情怀所陶铸。因此，概括地说，唐诗是自然的、客观的、物的诗，宋诗则是人文的、主观的、人的诗。当然，'气之动物，物之感人，故摇荡性情，形诸舞咏'，作为诗歌艺术生成的本源，宋诗并未完全脱离自然，只不过在人文文化的长期陶融与主体精神的强烈外射之中，宋诗的自然意象亦多带了人文性的象征意义。"[①]

唐张若虚《春江花月夜》云："江畔何人初见月？江月何年初照人？人生代代无穷已，江月年年只相似。"不错，江月年年只相似，不过，在唐宋诗味有别的语境中，唐宋诗的月亮已经不再相似。杨万里以善写"玩月"著称，并自称他的"玩月"诗直追李白。但是，细味杨万里和李白诗中的"月亮"，情味并不相同。

> 仰头月在天，照我影在地。我行影亦行，我止影亦止。不知我与影，为一定为二？月能写我影，自写却何似？偶然步溪旁，月却在溪里！上下两轮月，若个是真底？为复水是天？为复天是水？（杨万里《夏夜玩月》）

> 花间一壶酒，独酌无相亲。举杯邀明月，对影成三人。月既不解饮，影徒随我身。暂伴月将影，行乐须及春。我歌月徘徊，我舞影零乱。醒时同交欢，醉后各分散。永结无情游，相期邈云汉。（李白《月下独酌》）

---

① 许总：《宋诗史》（引论），重庆出版社1992年版，第19页。

杨万里写"月"的旨归在于"玩月"。仰头见月，低头玩影；天上有月，溪中有影。亦真亦幻的追问，并不是要获得理性的答案。我们读此诗，获得的是诗人通过自然景物的流转而带来的独特况味，轻松而不沉重。诗人在飘忽的自然景物中寄寓偶发的情兴，在短小的情景结构里发散出淡淡的诗味。杨万里诗，自然而少雕琢，清新而不奇崛，从心中流出的淡淡情思寄寓在短短的景里。李白写月下独酌，本是寂寞无欢。诗人忽发奇想，把天边明月，月光下自己的影子，加上自己，化成三人，以解清冷孤寂。然孤寂不解，影徒随身。留给诗人的仍然是无限的沉重感伤。王文生先生指出："两相比较，杨、李的弄月诗有着相同的东西：同样的题材；同样的'无待者神于诗者'的诗法；同样的移位流转的诗的形式。它们也有很不相同的一面：由于不同的情感的主导，创造出不同的情境结构，产生了厚薄短长不同的情味。"[1] 这种不同的情味就是：李白诗的荔枝入口，甘芳盈颊；杨万里诗的清新平淡，回味隽永。

唐人之月，是"月涌大江流"的雄浑壮阔，宋人之月，是"暗香浮动月黄昏"，在朦胧的月色中追求生命的旨趣和人格的完美。唐诗的月亮不同于宋诗的月亮，唐诗的味也不同于宋诗的味。如果我们跳出唐、宋两个时代的藩篱，把目光投向中国古典诗歌的长河，就会发现，在这流转的长河中，应该有"唐味"的诗和"宋味"的诗吧。

二 "崇陶"与"尊杜"的意义

宋诗"淡味"风格的形成，是基于时代精神和价值原则的变迁，这种变迁主要体现在宋人为自己确立了诗学的典范。宋代诗人真正的典范，是陶渊明、杜甫。宋代诗坛经过几番选择，历史的青睐最终落到陶潜、杜甫身上。是宋人最后把自己的榜样落在两者身上，把他们推到"二老诗中雄"的崇高地位，使其成为宋代诗学的两个解释学意义上的支柱。就宋人而言，对陶渊明和杜甫的推崇不是某一两个诗人的个人嗜好，而是整个诗坛的共同追求。对陶渊明、杜甫的接受有着深刻的时代原因。程杰指出："北宋中后期，各种社会矛盾和危机日益深重，围绕着处理这些社会

---

[1] 王文生：《中国美学史——情味论的历史发展》（上卷），上海文艺出版社2008年版，第134—135页。

危机所展开的政治斗争日益激化,广大知识分子'进亦忧,退亦忧'的忧患意识在社会现实的压抑下越来越扭向心理的深层,'进不为喜,退不为惧'(欧阳修语)的超越意识越来越获得深刻的心理力量和理智形式。知识分子的这种精神面貌和心理现实直接决定了这个时期诗坛对典范形象的选择。"① 可以说,陶渊明、杜甫以典范的意义出现时,是时代精神的折光,折射出时代的精神风貌与审美追求。

(一) 宋代对陶渊明、杜甫"人品"的接受

接受美学创始人、德国美学家汉斯·罗伯特·姚斯(Hans Robert Jauss)曾说,对于一个作家及作品,"第一个读者的理解将在一代又一代的接受之链上被充实和丰富,一部作品的历史意义就是在这过程中得以确定,它的审美价值也是在这过程中得以证实"②。也就是说,作为历史存在的伟大作品,它的深刻内涵,是在读者不断地认识、阐释、接受过程中,被建构起来的。伟大诗人和诗作的意义和价值,是一个不断被发现、不断被估定的过程。宋人就是通过对陶渊明、杜甫"两个解释学意义上的支柱"③ 的再发现、再阐释,构建了淡味诗美的美学理想,并确定了其在中国美学史上的地位。

胡建次谓:"东晋诗人陶渊明,在宋代诗学批评中被反复论及,人们主要抓住其为人襟怀情性与诗作艺术表现两大方面着意进行了论评。"④ 的确如此。实际上,不仅对陶渊明的接受,对杜甫的接受,宋人也是从人品和诗艺两方面论及。

苏轼贬谪海南后写信给苏辙云:"吾于诗人无所甚好,独好渊明之诗。"又云:"然吾于渊明,岂独好其诗也哉?如其为人,实有感焉。……半生出仕,以犯世患,此所以深服渊明,欲以晚节师范其万一也。"⑤ 苏轼重新发现了陶渊明其人其诗的价值,这表现在苏轼对陶渊明精神的认同上。苏轼的观点在宋人中是有代表性的。宋人对陶渊明的景仰,首先表现为对陶

---

① 程杰:《从陶杜的典范意义看宋诗的审美意识》,《文学评论》1990年第2期。
② [德] H. R. 姚斯、[美] R. C. 霍拉勃:《接受美学与接受理论》,周宁、金元浦译,辽宁人民出版社1987年版,第25页。
③ 萧华荣:《中国诗学思想史》,华东师范大学出版社1996年版,第170页。
④ 胡建次:《宋代诗学批评视野中的陶渊明论》,《济南大学学报》2002年第1期。
⑤ (宋)苏辙:《子瞻和陶渊明诗集引》,苏辙:《栾城集》(下),上海古籍出版社2009年版,第1402页。

渊明正气凛然、不屈服权贵的傲岸精神的推崇。梅尧臣《送永叔归乾德》云:"渊明节本高,曾不为吏屈。"欧阳修《暇日雨后绿竹堂独居兼简府中诸僚》云:"南窗若可傲,方事陶潜巾。"足见对陶渊明不肯折腰精神的仰慕。朱熹非常崇尚陶渊明的这种凛然风骨和高尚人格。《题霜杰集》谓:"平生尚友陶彭泽,未肯轻为折腰客。胸中合处不作难,霜下风姿自奇特。"其次,宋人对陶渊明的人格价值发现,在于"忘怀得失"的人格境界和仕与不仕"无适而不可",一切任其自然的高尚志趣。周裕锴先生谓:"宋人对陶渊明的欣赏,则主要着眼于顺应大化、抱素守真的'明道'与悠然自得、无适不可的'见性'。前者是一种了悟天道的人生智慧,后者是一种优雅自在的生命情调。"[1] 苏轼谓:"孔子不取微生高,孟子不取于陵仲子,恶其不情也。陶渊明欲仕则仕,不以求之为嫌,欲隐则隐,不以去之为高,饥则扣门而乞食,饱则鸡黍以延客,古今贤之,贵其真也。"[2] 苏轼晚年和遍陶诗,甚至说:"我即渊明,渊明即我也。"[3] 看得出苏轼对陶渊明由衷的喜爱。以苏轼为代表的宋人,对陶渊明的推崇,主要着眼于其"悠然自得"的生活情调。程杰谓:"宋人对于'自然'境界的追求也立足于自然,他们没有采取魏晋时的任诞和李白式的狂放那样的情感方式,而是在散文化的世俗生活中寻求诗化的超逸情韵。意在'胸中之妙',而不在于遁迹江湖,一切都不失为理智和优雅。"[4] 这种智慧与优雅,体现为不再是单纯的出世入世,而体现为更为通脱、超越的思想。蔡启《蔡宽夫诗话》谓:"惟渊明则不然。观其贫士、责子与其他所作,当忧则忧,遇喜则喜,忽然忧乐两忘,则随所遇而皆适,未尝有择于其间,所谓超世遗物者,要当如是而后可也。"惠洪《冷斋夜话》谓:"东坡每曰:'古人所贵者,贵其真。陶渊明耻为五斗米屈于乡里小儿,弃官去归。久之,复游城郭,偶有羡于华轩。'"叶梦得《石林诗话》云:"渊明正以脱略世故,超然物外为意,顾区区在位者,何足累其心哉?"王顺娣认为:

---

[1] 周裕锴:《宋代诗学通论》,上海古籍出版社2007年版,第52页。
[2] (宋)苏轼:《书李简夫诗集后》,载徐伟东《东坡题跋》(卷三),人民美术出版社2008年版,第187—188页。
[3] (宋)苏轼:《书渊明〈东方有一士〉诗后》,载徐伟东《东坡题跋》(卷二),人民美术出版社2008年版,第137页。
[4] 程杰:《从陶杜的典范意义看宋诗的审美意识》,《文学评论》1990年第2期。

"在宋人眼中的陶渊明形象，既有老庄任逍遥、超然物外的精神，又有佛禅圆融无碍、超越事物对立面的思想意识，在禅道思想的共同作用下……仕与隐、出世与入世的界线已然泯灭，不再是二者取一的对立模式。"①陶渊明作为一种人格理想出现，它不拘泥于仕与隐的对峙，而是立足于个体内在的独立与自由，这恰好适应了宋人普遍的心理需要。

宋人对杜甫的推崇，也是从接受杜甫的人品开始。"千秋万岁名，寂寞身后事"，这是杜甫《梦李白二首》中的名句，其实也是他自身的写照。终身潦倒的杜甫身后却不寂寞，其人其诗受到了宋人的敬仰。欧阳修《堂中画像探题得杜子美》云："风雅久寂寞，吾思见其人。杜君诗之豪，来者孰比伦。生为一身穷，死也万世珍。言苟可垂后，士无羞贱贫。"勾勒了杜甫一生的主要际遇，对杜甫诗歌的成就予以高度赞扬。宋人对杜甫的推崇，首先体现为杜甫的忠君忧国。苏轼《王定国诗集叙》谓：

> 太史公论《诗》，以为《国风》好色而不淫，《小雅》怨诽而不乱。以余观之，是特识变风、变雅耳，乌睹《诗》之正乎？昔先王之泽衰，然后变风发乎情，虽衰而未竭，是以犹止于礼义，以为贤于无所止者而已。若夫发于情，止于忠孝者。其诗岂可同日而语哉！古今诗人众矣，而杜子美为首，岂非以其流落饥寒，终身不用，而一饭未尝忘君也欤。②

"一饭未尝忘君"，这句话几乎成了对杜甫的定评，也是他被尊为"诗圣"的主要原因。所谓"一饭未尝忘君"，不仅不忘君主，而且包括不忘国事和民生的疾苦，主要体现为杜诗的"谏诤"姿态和"忧愤"精神。在《自京赴奉先县咏怀五百字》里，"葵藿倾泰昂，物性固难夺"句固然表现了杜甫的忠君思想，但同时，在同一首诗里，他也无情鞭挞了唐玄宗的荒淫，抒发了对民生疾苦的深切同情，并把统治者的奢侈与民生的艰难作了鲜明的对比："朱门酒肉臭，路有冻死骨。"将忠君的思想和对

---

① 王顺娣：《评宋人对陶渊明及陶诗平淡风格的重新解读》，《江西社会科学》2006年第3期。
② （宋）苏轼撰，邓立勋编校：《苏东坡全集》（中），黄山书社1997年版，第95页。

民间疾苦的同情融合在一起。不过，宋人在接受杜甫忧愤精神时，更多地注意到了杜诗"温柔敦厚"的诗教意义。司马光《温公续诗话》谓："古人为诗，贵于意在言外，使人思而得之，故言之者无罪，闻之者足以戒也。近世诗人，惟杜子美最得诗人之体。"所以，儒家的积极入世的精神，由直言敢谏、补察时政的功能要求，一变而为人格主体的自觉内省。俞文豹《吹剑录》谓："杜子美爱君之意，出于天性，非他人所能及。"也是从"抱道而居"的角度来品评的。正是从这个意义上，宋人在典范的选择上，没有选择托寓于酒色性格叛逆的李白，而是选择了"一饭未尝忘君"忠君爱国的杜甫，这表明杜甫这一典范形象正代表着儒家的伦理道德严格规范。明人陆时雍《诗镜总论》谓："宋人抑太白而尊少陵，谓是道学作用。"[1] 这里的"道学"主要是就儒家教化而言，这的确是一个非常重要的原因。

宋人往往陶、杜并称，未加轩轾，葛立方《韵语阳秋》云："陶渊明、杜子美皆一代伟人也。"陆九渊亦谓："李白、杜甫、陶渊明，皆有志于吾道。"[2] 这里的"道"是就人格境界而言的，体现了儒、释、道三教融合后的思想深度。对于杜甫而言，忠君爱国、心怀天下就是他终身不渝之道；对陶渊明而言，怀着一种艺术的心情，以超功利的态度来观照世俗的生活，就是陶渊明的超然物外之道。从个人角度看，陶、杜的人格具有互补性，从文化的角度看，是载道文化与闲情文化模式的结合。因此，梁桂芳指出："陶、杜两个典范，都是宋人根据自己的文化需要而筛选出来的，他们有相互叠合、交叉之处，因为他们必须符合宋文化的选择标准。但更重要的是，他们是相互对立、相互补充的，宋人对他们的接受实际上是各有侧重，只有二者的结合，才能比较完整地显示宋文化的整体面貌。"[3] 黄子云《野鸿诗的》谓："古来称诗圣者，惟陶、杜二公而已。陶以己之天真，运汉之风格，词意又加烹炼，故能度越前人；若杜兼众善而有之也。余以为靖节如老子，少陵如孔子。"儒道互补是中国文化的特

---

[1] 丁福保辑：《历代诗话续编》（下），中华书局1983年版，第1416页。
[2] （宋）陆九渊著，王佃利、白如祥译注：《象山语录》（卷一），山东友谊出版社2001年版，第68页。
[3] 梁桂芳：《宋代杜甫接受的文化阐释——以杜甫与韩愈、李白、陶渊明宋代接受之比较为中心》，《文史哲》2006年第3期。

色,也是宋人选择陶、杜两个典范的根源所在。

(二) 宋代对陶渊明、杜甫"诗艺"的接受

围绕陶渊明、杜甫的诗歌创作艺术予以批评,是宋代诗学对陶渊明、杜甫接受的另一维度。宋人认为诗歌创作与人品是统一的,陶、杜的执着超然的人品也表现在诗歌上。南宋陈仁子《牧莱脞语》卷七谓:"世之诗,陶者自冲淡处悟入,杜者自忠义处悟入。"讲的是学陶、杜的不同"悟门",其实也是陶、杜诗的艺术特色的不同之处。施德操《北窗炙輠录》卷下谓:

> 正夫尝论杜子美、陶渊明诗云:"子美读尽天下书,识尽万物理,天地造化,古今事物,盘礴郁结于胸中,浩乎无不载,遇事一触,则发之于诗。渊明随其所见,指点成诗,见花即道花,遇竹即说竹,更无一毫作为。"故余尝有诗云:"子美学古胸,万卷郁含蓄。遇事时一麾,百怪森动目。渊明淡无事,空洞抚便腹。物色入眼来,指点诗句足。彼直发其藏,义但随所瞩。二老诗中雄,同人不同曲。"盖发于正夫之论也。①

这段文字,对于陶渊明、杜甫的人格修养与诗歌创作的关系,论述得已经很清楚了。陶渊明的"冲淡",使渊明"随其所见,指点成诗,见花即道花,遇竹即说竹,更无一毫作为";杜甫的"忠义",使杜甫"盘礴郁结于胸中,浩乎无不载,遇事一触,则发之于诗"。那么,由此就带来了两人诗歌不同的审美特征。对陶渊明诗审美特征的论述,在宋人中,以苏轼最为全面具体:

> 渊明作诗不多,然其诗质而实绮,癯而实腴。②
> 柳子厚诗在陶渊明下,韦苏州上。退之豪放奇险则过之,而温丽靖深不及也。所贵乎枯淡者,谓其外枯而中膏,似淡而实美,渊明、

---

① 施德操:《北窗炙輠录》(卷下),载上海古籍出版社编《宋元笔记小说大观》(三),上海古籍出版社2001年版,第3322—3323页。
② (宋)苏轼:《与子由六首》,《文集佚文汇编卷四》,苏轼撰,孔凡礼点校:《苏轼文集》(第6册),中华书局1986年版,第2515页。

第五章　淡味：淡远深邃的诗歌美学

子厚之流是也。①

如观陶彭泽诗，初若散缓不收，反覆不已，乃识其奇趣。②

特别需要引起注意的是，苏轼在概括陶渊明诗歌美学特征时，所列举的几组看似矛盾对立的概念，"质而实绮，癯而实腴"，"外枯而中膏，似淡而实美"，这表明，在苏轼这里，陶渊明的诗学价值已经获得新生。如果我们回顾一下晚唐司空图对陶渊明诗的接受，司空图等人对陶渊明的发现，侧重的是其诗的超然之境，以及由此产生的味外之味。而苏轼在这里突出的是陶诗审美效果的特殊性，即内容与形式的强烈反差。其实，陶诗的内容与形式是高度完美统一的，这种统一建立在无为而为的创作精神之上。陶诗的独特性就在于创作主体的自由率性、创作过程的自然无为，已经消融于外在形式与诗歌内容的对立矛盾所产生的审美张力之中。这是苏轼以及宋人对陶渊明的独特发现，这一发现已经成为宋代诗学的一个明显特征。"于是在宋人诗论中，随处可见不同概念的相通融合，不同命题的联系牵涉，甚至对立范畴的互补转化。"③ 这种特征使得宋代诗学从唐代诗学追求印象感受、激情想象的氛围中走出，形成以其时代哲学、政治、历史、宗教与文学相结合的诗性智慧。苏轼对陶诗"外枯而中膏，似淡而实美"的阐发，为宋人揭示了一个审美价值典范。

同样，在宋代诗学的接受视野中，杜甫获得了圣人般的地位，被"江西诗派"奉为鼻祖。陶渊明的"无意为诗"，诗歌境界的"无迹可寻"，使得学陶所导致的风格变异的可能性更大。于是，宋人转而学习杜甫。杜甫"以学问为诗""以文字为诗"的特点为宋代诗人提供了弥足珍贵的示范和启迪。苏轼谓："学诗当以子美为诗；有规矩，故可学。"又谓："学杜不成，不失为工。"④ 黄庭坚云："老杜作诗，退之作文，无一字无来处，盖后人读书少，故谓韩、杜自作此语耳。"⑤ 宋人，特别是江

---

① （宋）苏轼：《评韩柳诗》，《文集》卷67，苏轼撰，孔凡礼点校：《苏轼文集》（第5册），中华书局1986年版，第2109—2110页。
② （宋）苏轼：《书唐氏六家书后》，《文集》卷69，同上书，第2206页。
③ 周裕锴：《宋代诗学通论》，《引言》，上海古籍出版社2007年版，第4页。
④ （宋）魏庆之：《诗人玉屑》（上册）卷12，上海古籍出版社1978年版，第253页。
⑤ （宋）黄庭坚：《答洪驹父书三首》，《山谷集》卷19，黄庭坚著，刘琳、李勇先、王蓉贵校点：《黄庭坚全集》（第二册），四川大学出版社2001年版，第475页。

西诗派的诗人极其喜好谈论诗法,并以杜诗为法典。萧华荣先生说:"翻开宋代诗话、诗论,凡连篇累牍讨论种种诗法如篇法、句法、字法、押韵、炼意、炼句、炼字、出处、用事、立格、命意、布置、结构、曲折,以至于夺胎换骨、点铁成金、以俗为雅、以故为新等等,几乎无不以杜诗为范例。"① 黄庭坚不仅对杜甫忠君悯民的伟大情怀极为敬仰,而且对杜甫的诗歌艺术也倾心学习。从黄庭坚的诗歌创作实践来看,他真正向往的是杜甫夔州以后创作的七言律诗。《大雅堂记》云:"闻余欲尽书杜子美两川夔峡诸诗,刻石藏蜀中好文喜事之家。"② 在对杜甫律诗的学习和对其章法、句法、字法的总结中,黄庭坚以其卓越的创作实践和理论思考,为后人积累了宝贵的艺术经验。他中年遭遇贬官之后,对杜甫夔州以后诗的认识更加深刻,从而达到了一种由法而上达无法,由人工进于自然的艺术境界。

苏、黄对陶、杜两个典范的学习,是形成其不同诗风的重要原因。这种不同的风格特征是具有典型意义的,体现了宋诗的基本风貌,也标志着宋代诗风的基本形成。严羽曾云,宋诗发展至东坡山谷,始自出己意为诗,唐人之风遂变矣。程杰认识到宋代树立两个典范的意义,他说:"正因为苏黄为宋代诗坛找到了两个投合宋人心理法式的典范,正因为他们对陶、杜诗歌独特的价值认识和学陶杜而自不为陶杜的独特追求,才使他们的创作为宋代诗坛构筑了两个完全属于这个时代的风格典型,宋诗的独特风格也因此而得到了两个形态的充分表现。"③

(三)"崇陶""尊杜"与"淡味"诗美的确立

可以说,中国古典诗歌的"淡味"美理想风格是通过陶、杜诗的发现而树立起来的。从梅尧臣开始,宋代诗坛的各家各派无不推崇陶渊明的"淡味"。《苕溪渔隐丛话》前集卷三引《遯斋闲览》云:"六一居士推重陶渊明《归去来》,以为江左高文,当世莫及。涪翁云:'颜、谢之诗,可谓不遗炉锤之功矣;然渊明之墙数仞,而不能窥也。'东坡晚年,尤喜渊明诗,在儋耳遂尽和其诗。荆公在金陵,作诗多用渊明诗中事,

---

① 萧华荣:《中国诗学思想史》,华东师范大学出版社 1996 年版,第 174 页。
② (宋)黄庭坚:《大雅堂记》,《山谷集》卷 16,黄庭坚著,刘琳、李勇先、王蓉贵校点:《黄庭坚全集》(第二册),四川大学出版社 2001 年版,第 437 页。
③ 程杰:《从陶杜的典范意义看宋诗的审美意识》,《文学评论》1990 年第 2 期。

第五章 淡味：淡远深邃的诗歌美学

至有四韵诗，全使渊明诗者。又尝言其诗有奇绝不可及之语，如'结庐在人境，……'由诗人以来，无此句也。"①

各家或发现陶诗不同妙处，但基本以"淡味"为旨归。《石林诗话》卷中谓王安石晚年作诗悟"深婉不迫之趣"，苏轼喜爱陶诗谓"贵其淡而适也"，②江西诗人谢逸《溪堂集补遗》中《读陶渊明集》云："意到语自工，心真理亦邃。何必闻虞《韶》，读此可忘味。"理学家杨时《龟山语录》云："渊明诗所不可及者，冲淡深粹，出于自然；若曾用力学，然后知渊明诗非著力之所能成也。"③ 有关"淡味"诗风之论，所列极多，不胜枚举。

黄庭坚《与王复观书三首》谓杜子美夔州后诗"句法简易，而大巧出焉，平淡而山高水深"，是从"淡味"角度称颂杜诗的。但是，黄庭坚尊杜的更大的诗学意义在于，杜诗典范的确立表明"淡味"与"以文为诗"等特征之间不是割裂的关系，而是存在内在的一致性。如果说，陶诗是宋人的最高审美理想，那么，杜诗就是宋人的最高艺术追求。黄庭坚诗云："拾遗句中有眼，彭泽意在无弦。"其着手拾遗，旨归彭泽的诗学内涵，是理解宋代诗学"淡味"诗美的结穴。尊杜的目的在于超越流俗技巧的束缚，而进入无所用智的"平淡"境界。进入了这一境界，也就完成了陶渊明式的高风绝尘的人格理想。那么，通过"平淡"的艺术进而实现不"平淡"的人生目标，这就是"崇陶""尊杜"的诗学意义。

---

① （宋）胡仔著，杨家骆主编：《苕溪渔隐丛话》（上册），台北世界书局1976年版，第17页。

② （明）袁宏道：《叙呙氏家绳集》，袁宏道著，钱伯城笺校：《袁宏道集笺校》（中），上海古籍出版社2008年版，第1103页。

③ （宋）胡仔著，杨家骆主编：《苕溪渔隐丛话》（下册），台北世界书局1976年版，第431页。

第六章　禅味：中国诗学中的释家精神

禅是宗教，诗是文学，是两种不同的文化类型。但宗教与文学艺术一直有着不解之缘。宗白华先生谓："文学艺术是实现'美'的。文艺从它左邻'宗教'获得深厚热情的灌溉，文学艺术和宗教携手了数千年，世界最伟大的建筑雕塑和音乐多是宗教的。第一流的文学作品也基于伟大的宗教热情。"[①] 印度是一个诗的民族，佛典许多文字明显有诗的形态，而中国也是一个诗的国度，文学历来是以诗为主流。因此，诗与禅之间注定有许多共通的特质。佛教传入中国本土之后，与中国文化融合，形成有中国特色的佛教——禅宗。于是，在中国古典诗歌史上，尤其是唐、宋两代，诗人禅悦之风盛行，以禅入诗，以禅喻诗，无论创作还是批评，都能看出释家精神的影响，禅风弥漫，禅味充溢其间，形成独特的文化景观。

第一节　禅

一　"拈花微笑"：从印度禅学到中国禅宗

传说，当年佛祖释迦牟尼在灵山聚众说法，曾拈花示众，听者不明其中奥秘，只有释迦尊者默然神会，微微一笑。佛祖知其已然领悟，对这个聪颖的弟子格外赏识，于是宣布："吾有正法眼藏付嘱摩诃迦叶。""拈花微笑"的传说被禅门郑重其事地载入传灯录之中。《五灯会元》卷一载："世尊在灵山会上，拈花示众。是时众皆默然，唯释迦尊者破颜微笑。世尊曰：吾有正法眼藏，涅槃妙心，实相无相，微妙法门，不立文字，教外

[①] 宗白华：《论文艺的空灵与充实》，载宗白华著，林同华主编《宗白华全集》（第2卷），安徽教育出版社2008年版，第344页。

第六章　禅味：中国诗学中的释家精神

别传，付嘱摩诃迦叶。"于是，摩诃迦叶变成了禅宗的初祖。这种教外别传的方式在印度递传相承了二十七代，至二十八代传至菩提达磨，称二十八祖。菩提达磨约在南朝梁时①，来到中国，成为中国禅宗的初祖。

关于菩提达磨的故事很多，正、野史均有记载。据说，菩提达磨询问他的老师般若多罗尊者（二十七祖）："当往何国作佛事者？"般若多罗尊者便告诉他说，等我死后六十七年，你就到中国去宣传禅旨，拯救生灵。又说，那里能够获得真传妙旨的人不可胜数。并送给达磨一首诗偈云："路行跨水复逢羊，独自栖栖暗渡江。日下可怜双象马，二株嫩桂久昌昌。"② 这个诗偈简直成了未来的预言。"跨水"指渡海东行，由海路至中国；"逢羊"指将在广东地界登岸。达磨不久就到了金陵，见到梁武帝萧衍，不过与武帝萧衍话不投机，"帝不契"。于是，"遂渡江，至少林面壁九年"。③ 渡江北上传法，故有"折苇渡江"的传说。实际上，达磨后来在长江下游播教，于公元516年至526年，北上入魏，在洛阳曾去过修梵、永宁等寺。以后，达磨的踪迹始终未曾离开过河南。河南嵩山少林寺有"达摩洞"，据传，长着满脸卷曲络腮胡子的达磨曾在此面壁九年，连小鸟在肩上筑巢都没发觉，最后死在那里。也有人说他没死，而是法身回到他的老家南天竺去了。

达磨在嵩山少林寺面壁九年，传无我的"如来禅"法门。传僧伽黎衣和宝钵给二祖慧可。据传，达磨面壁九年后，已收下不少弟子，一日，他对众弟子说："我即将离去，想看看你们悟道的深浅。"一位叫道副的弟子说："依我看，我们不应执著文字，也不应舍弃文字，因为文字乃求道的工具。"达磨回答："你得到的是我的皮。"又一位名总持的尼姑说："如庆喜之见阿众佛国，一见便不再见。"达磨说："你得到的是我的肉。"另一位弟子道青说："地水火风，四大皆空，眼耳鼻舌身等也不是实有，依我之见，整个世界无一法存在。"达磨道："你得到了我的骨。"最后，

---

① （宋）天童正觉颂古，（元）万松行秀评唱，尚之煜点注：《从容录》卷1，宗教文化出版社2013年版，第5—9页。胡适认为达磨到中国大约是南朝宋时，见胡适《菩提达摩考》《书菩提达摩考后》，载《胡适文存三集》（二）卷4，上海亚东图书馆1930年版，外文出版社2013年影印本，第449—466页。
② （明）瞿汝稷集：《水月斋指月录》（上册）卷4，三秦出版社1999年影印本，第179页。
③ （宋）天童正觉颂古，（元）万松行秀评唱，尚之煜点注：《从容录》卷1，宗教文化出版社2013年版，第6页。

惠可向师父行了大礼之后，仍站在原来的位子，一动不动，也一言不发。于是达磨欣然道："你得到的才是我的髓。"惠可于是成为禅宗二祖。据唐人张说撰《大通禅师碑铭》谓："自菩提达磨东来，以法传惠可，惠可传僧璨，僧璨传道信，道信传弘忍，继明重迹，相承五光。"惠可又传三祖僧璨，三祖又传四祖道信，四祖传法于五祖弘忍，五祖又传法于六祖惠能。惠能才是中国禅宗的实际创始人，禅宗之在中国佛教史上大放异彩，实得力于惠能的出现。

大家耳熟能详的，是五祖弘忍以呈偈的方式挑选衣钵传人的美谈。弘忍门下有两个著名的弟子，一位是后来在北方教徒的神秀，一位是在南方弘法的惠能。惠能俗姓卢，本是岭南新州（今广东省新兴县）的一名樵夫。听人颂《金刚经》，突然"心明便悟"，故往黄梅冯墓山投弘忍法师。于是就有了五祖弘忍和未来的六祖惠能的一段精彩对话。

祖问曰："汝何方人？欲求何物？"

惠能对曰："弟子是岭南新州百姓。远来礼师，惟求作佛，不求余物。"

祖言："汝是岭南人，又是獦獠，若为堪作佛？"

惠能曰："人虽有南北，佛性本无南北。獦獠身与和尚不同，佛性有何差别？"

五祖更欲与语，且见徒众总在左右，乃令随众作务。①

很明显，这次见面，惠能给弘忍留下了深刻的印象，本想作进一步的沟通，怎奈众徒在左右，不便深说。为表一视同仁，便派去碓房踏了八个月的米。不过，这次对话也预示着一个新的传法思想、传法时期的到来。

惠能出身低微，与弘忍的得意弟子神秀不同。《宋高僧传》习禅篇《神秀传》谓：

释神秀俗姓李氏，今东京尉氏人也。少览经史，博综多闻。既而奋志出尘，剃染受法。后遇蕲州双峰东山寺五祖忍师，以坐禅为务，

---

① 丁福保笺注：《坛经》，上海古籍出版社2011年版，第7页。

第六章　禅味：中国诗学中的释家精神

乃叹伏曰："此真吾师也。"决心苦节，以樵汲自役而求其道。昔魏末有天竺沙门达磨者，得禅宗妙法，自释迦佛相传，授以衣钵为记，世相传付……以法付慧可，可付璨，璨付道信，信付忍。忍与信俱往东山，故谓其法为东山法门。秀既事忍，忍默识之，深加器重，谓人曰："吾度人多矣，至于悬解圆照，无先汝者。"①

从这段文字看，神秀出身显贵之家。"少览经史，博综多闻"，非常推崇经典，又好经义注疏，有深厚的文化修养。弘忍对他非常器重，评价很高。谓其"悬解圆照，无先汝者"，对佛教义理把握精深。而惠能不仅是岭南的山野之人，又是南方少数民族。（"獦獠"乃对南方少数民族蔑称）还公开宣称自己不识字。那么，五祖弘忍何以要授衣钵于惠能呢？

弘忍为选择衣钵继承人，命僧众各作偈语，以考察谁能了悟佛法大意。僧众认为神秀地位高，深受器重，此偈语非他莫属。神秀心想："我若不作偈语，五祖何能知我心中见解深浅？"于是连夜在廊下墙壁上执灯书偈，偈云：

　　身是菩提树，心如明镜台。时时勤拂拭，勿使惹尘埃。

佛教的世界观认为，世界万物，都是由永恒的、绝对的、灵明不昧的"真如"派生的。但是，世界万物是那么混乱不堪、卑鄙龌龊，连人类自己的身心都变得污秽不堪，以致蒙受了无数的苦难与烦恼。在神秀看来，要想入道成佛，必须离垢趋净。离垢趋净的最好办法就是"勤拂拭"，也就是通过坐禅观心的平日克己修行来驱遣妄念。神秀继承了从印度而来的这种以坐禅渐修为特征的修养方式，浓缩了印度佛教"戒—定—慧"三阶段方式，而这也正是达磨以来禅学的基本主张，无怪乎神秀要窃自得意，以为衣钵非我莫属了。

可谁知，惠能也口出一偈，偈曰：

　　菩提本无树，明镜亦非台。本来无一物，何处染尘埃。

---

① （宋）赞宁撰，范祥雍点校：《宋高僧传》（上册），中华书局1987年版，177页。

味：一个诗学语词的理论批评

惠能偈言所谓"本来无一物"，是说心体为"无本"。既为"无本"，所以本身即清净不染，根本无须"拂拭"。"自心是佛，更莫狐疑，外无一物而可建立，皆是本心生万物法"，人的本心便是一切，它是天生清净的，谈不上尘埃不尘埃，污染不污染，因此，只要是直指本心，便能顿悟成佛。基于此，惠能提出的入道途径就是随缘任运，顺其自然。这首偈语已经揭示了禅宗摒弃渐修，主张顿悟见性的根本思想。

神秀与惠能对"禅悟"的理解竟如此不同。弘忍一眼看中了樵夫惠能，认为惠能比神秀的偈语更能直接彻悟佛法大旨，于是决心以惠能为六代祖，将衣钵传给他。

> 五祖夜至三更，唤惠能堂内，说《金刚经》，惠能一闻，言下便悟。其夜受法，人尽不知，便传顿法及衣："汝为六代祖，衣将为信禀，代代相传；法以心传心，当令自悟。"五祖言："惠能！自古传法，气如悬丝！若住此间，有人害汝，汝即须速去。"能得衣法，三更发去。五祖自送能于九江驿，登时便悟。①

袈裟传法只是在所传之法尚未为人所广泛接受时所采用的一个手段。南宗禅后来传遍天下之后，也就不依赖于袈裟了。神秀与惠能的区别，不在于谁手里有无袈裟，而是缘于他们有不同的禅学思想。

惠能南归后，隐居数年，后在广州法性寺听印宗法师讲法。《坛经》载：

> 值印宗法师讲《涅槃经》，时有风吹幡动。一僧曰："风动。"一僧曰："幡动。"议论不已。惠能进曰："不是风动，不是幡动，仁者心动。"一众骇然。②

印宗法师立刻离席延请，请教指点。见惠能言简理当，推测定非常人。惠能于是取出衣钵，出示大众。于是，惠能所开创的禅宗南门，便在

---

① （唐）慧能著，郭朋校释：《坛经校释》，中华书局1983年版，第19—20页。
② 丁福保笺注：《坛经》，上海古籍出版社2011年版，第31页。

第六章 禅味：中国诗学中的释家精神

南方得以流播。

神秀在北方、惠能在南方弘法的时期，正是禅宗成熟、兴盛的时期。实际上，虽然神秀没有获得禅宗六祖的地位，[①] 当时却受到朝廷的礼遇恩宠。《宋高僧传》习禅篇《神秀传》谓："忍于上元中卒，秀乃往江陵当阳山居焉。四海缁徒，向风而靡，道誉馨香，普蒙熏灼。则天太后闻之，召赴都，肩舆上殿，亲加跪礼。"[②] 可见神秀一系当时极有势力。

惠能所开创的南宗禅，之所以能后来居上，与惠能的弟子神会有极大关系。惠能圆寂后，神秀的北宗禅正盛。惠能于713年入灭，其时神会二十六岁。此后，他挑起了禅门的南北之争。开元二十三年，神会在滑台（今属河南）大云寺举行无遮大会（道俗参加），公开指责当时盛传在北方的神秀派，说他的传世法系是假的，袈裟在惠能处。据《宋高僧传·神会传》谓："先是，两京之间皆宗神秀，若不浣之鱼鲔附沼龙也。从见会明心六祖之风，荡其渐修之道矣。南北二宗时始判焉，致普寂之门盈而后虚。"[③] 在弘扬惠能禅学上，神会是曹溪的功臣，他明确指出南北二宗，并指出二宗的区别。神会不仅力争惠能为正统法嗣，而且在悟道方式上力主顿悟，排斥渐修，壁垒分明地画出顿渐之别。经过神会的阐扬，惠能的南宗禅播化天下，南北二宗的门户界限由此而立，"南能北秀""南顿北渐"的说法遂成定论，南宗的势力压过了北宗。

从此，南宗禅受到了士大夫们的一致推崇。"四方学者，云集座下"[④]，"上而君相王公，下而儒老百氏，皆向风问道"[⑤]。惠能之后，南宗势不可遏，迅速兴盛起来。开宗立派，形成了所谓"五宗"，即曹洞宗、云门宗、法眼宗、沩仰宗、临济宗。菩提达磨当年偈语所谓的"一花开五叶，结果自然成"，终于形成了。临济宗第六代石霜楚圆之下又分

[①] 敦煌抄本净觉撰《楞伽师资记》卷一把神秀当作弘忍的接班人，并说他"伏膺高轨，亲受付嘱"。而对惠能，则只把他与其他弟子并列，说他"堪为人师"而已。葛兆光认为此说不排除净觉为北宗争门面而杜撰的可能。参见葛兆光《禅宗与中国文化》，上海人民出版社1986年版，第20页。

[②] （宋）赞宁撰，范祥雍点校：《宋高僧传》（上册），中华书局1987年版，第177页。

[③] 同上书，第179—180页。

[④] （明）瞿汝稷编撰，德贤、侯剑整理：《指月录》（上）卷5，巴蜀书社2017年版，第96页。

[⑤] （元）德辉编，李继武校点：《敕修百丈清规》，中州古籍出版社2011年版，第47页。

出黄龙慧南和杨歧方会两派，这样，一共是"五家七派"。这些宗派，尽管在传禅的具体设施上有所区别，但在基本思想上都是与惠能一脉相承的。

　　以上描述，使我们对禅宗尤其是南宗禅谱系轮廓有一个比较明晰的认识。但是，这种描述也隐藏着这样一个危险。那就是，以上描述的"事实"，哪些是信史，哪些是禅宗后人的牵强附会？回答这个问题之前，我们不妨回顾一下日本著名禅学家铃木大拙与胡适先生的著名辩论。[①] 1953年4月，夏威夷大学《东西哲学》在第三卷第一期上，同时刊出胡适尖锐批评铃木氏的论文《禅宗在中国——它的历史与方法》和铃木反唇相讥的论文《禅：答胡适博士》，双方论辩的焦点是，胡适认为铃木氏的研究方法是令人失望的，他说："采取此种非历史和反历史观点去看禅的人，绝不能了解禅学运动和伟大禅师的教示。"而铃木氏则不同意这种历史学的研究思路，声称禅是超越历史和时间的，批评胡适"对于历史可能知道得很多，对于幕后的角色却一无所知"，因而，"胡适知道禅的历史环境，但却不知道禅本身，大致上说，他未能认识到禅有其独立于历史的生命"。争论的实质，用铃木的助手工藤澄子的话来说就是："禅者大拙先生与史学大师胡适博士之间的论争，显示着两种学术立场之间的差异，这差异耐人寻味。"那么，研究禅该采取何种立场，是"禅"的立场，还是"禅的历史"的立场？

　　如果我们采用"禅的历史"的立场，当然有义务甄别史料，还原历史的真实，从这个角度上讲，我们可以不同意胡适的结论，"但不能用禅理的如何高深，对中国文化如何贡献（这等于在法官面前讲天理良心），更不能作人身攻讦。唯一可以纠正胡适论断的，是考据"[②]。如果我们站在"禅"的立场，就应该像陈寅恪那样，"其对于古人之学说，应具了解之同情"[③]，那么就应该看到，宗教为了争取信徒，多多少少要离开常识，祈求神异。因而，常常会有无中生有，或者变小为大，变缺为全的时候，

[①] 葛兆光：《增订本中国禅思想史——从六世纪到十世纪》，上海古籍出版社2008年版，第5—6页。

[②] 印顺：《神会与坛经》，载张曼涛主编《六祖坛经研究论集》，台北大乘文化出版社1976年版，第110页。

[③] 陈寅恪：《金明馆丛稿二编》，上海古籍出版社1980年版，第247页。

禅宗当然不能免俗。这其中，信史还是附会，据张中行先生的说法，"大致说是：西天部分，传说多而事实少；中土部分，基本是事实，但有因渲染而夸大的成分，尤以早期为多"①。比如，"拈花微笑"的传说，禅门后学为自己塑造了这样一位微笑传法的禅师形象，是颇耐人寻味的。从"禅"的立场上看，灵山会上，拈花微笑，就不只带有神秘性，还带有艺术性和美学意味。傅道彬先生谓："佛祖拈花，迦叶微笑。这是一幅多么动人富有生活情趣的诗意图画。……繁缛的宗教传承在这里变成简洁平易的心灵交流，沉默的微笑替代了悟道的喜悦。"② 在这里，抽象的宗教玄思变成了审美的艺术图画，没有滔滔不绝的雄辩，也没有谆谆的教诲，在"此时无声胜有声"中，在拈花与微笑之间，有了心灵的交流，有了真理光芒的闪现。宗白华先生曾云："中国自六朝以来，艺术的理想境界却是'澄怀观道'（晋宋画家宗炳语），在拈花微笑里领悟色相中微妙至深的禅境。"③ 道出了拈花微笑所体现出的禅宗精神与美学意味。

二 为什么是禅宗

也许更为重要的问题是，禅宗何以能在中国安家落户？如前所述，中国禅宗的法脉源于释迦牟尼的大弟子摩诃迦叶，续于南朝梁武帝时来华的南天竺僧人达磨，确立于初唐时期的中国禅师惠能。禅宗一脉，在诸多的中国原创的宗教派别之中，可谓真正深入中国人的血液和骨髓，并对中国从庙堂到江湖、从宗教哲学到文学艺术构成覆盖性的影响。众所周知，佛教传入中国之后，其本来的一些观念、范畴、思维方式，很难在中国的文化土壤上立足与发展，因此，欲得长足之发展，必须走中国化的道路。诚如陈寅恪所云：

> 释家之教义，无父无君，与吾国传统之学说，存在之制度，无一不相冲突。输入之后，若久不变易，则决难保持。是以佛教学说，能于吾国思想史上，发生重大久远之影响者，皆经国人吸收改造之过

---

① 张中行：《禅外说禅》，黑龙江人民出版社1991年版，第103页。
② 傅道彬：《歌者的乐园》，东北林业大学出版社1996年版，第94页。
③ 宗白华：《中国艺术意境之诞生》，载宗白华《意境》，北京大学出版社1987年版，第155页。

程。其忠实输入不改本来面目者，若玄奘唯识之学，虽震动一时之人心，而卒归于消沉歇绝。近虽有人焉，欲然其死灰，疑终不能复振。其故匪他，以性质与环境互相方圆凿枘，势不得不然也。①

佛教进入中国之初，在一般人的心目中，只是一个与道教类似的宗教。汤用彤谓："汉代佛教，附庸方术。"② 佛教依附于黄老思想，被当作鬼神方术来看待。比如《牟子理惑论》中就有所谓佛"犹名三皇神，五帝圣"，"乃道德之元祖，神明之宗绪"，可以"恍惚变化，分身散体"，而且"欲行则飞，坐则扬光"。③ 这应该是代表当时流行的看法，认为黄老、浮屠同属一"道"。在佛教的传播过程中，早期的佛经汉译通过与老庄的比附，用了许多中国哲学的概念来转译佛经的概念，但是这种比附是自在的而非自为的，佛教的真正中国化始于西晋。刘成纪指出："到了西晋，玄学的兴起为中国知识阶层在理论思维上做了充分的准备，士大夫的谈玄之风、对精神世界内在丰富性的强烈渴望，使他们创立更符合自己心性的佛学成为可能。"④《宋书·谢灵运传论》谓："有晋中兴，玄风独振，为学穷于柱下，博物止乎七篇。"汤用彤先生论及这一时期佛学流变，有云："佛教在汉世，本视为道术之一种。其流行之教理行为，与当时中国黄老方技相通。其教因西域使臣商贾以及热诚传教之人，渐布中夏，流行于民间。上流社会，偶因好黄老之术，兼及浮屠……及至魏晋，玄学清谈渐盛，中华学术之面目为之一变，而佛教则更依附玄理，大为士大夫所激赏。"⑤ 玄学兴起，"三玄"成了士大夫阶层须臾不离的时髦读物。悲愤慷慨、激昂高蹈的激情不再，代之而起的是对功名的蔑视，剩下的是玄远放任和旷达。葛兆光先生谓："玄学之风把儒家精神从士大夫的心灵正中挤到了角落，给士大夫重新组合了一个较开放的心理结构，但也给佛教中的禅学、般若学敞开了大门。"⑥ 首先，《老子》《庄子》中的神

---

① 陈寅恪：《金明馆丛稿二编》，上海古籍出版社1980年版，第251页。
② 汤用彤：《汉魏两晋南北朝佛教史》，武汉大学出版社2008年版，第55页。
③ （南朝梁）释僧佑撰，李小荣校笺：《弘明集校笺》，上海古籍出版社2013年版，第14页。
④ 刘成纪：《青山道场——庄禅与中国诗学精神》，东方出版社2005年版，第150页。
⑤ 汤用彤：《汉魏两晋南北朝佛教史》，武汉大学出版社2008年版，第79页。
⑥ 葛兆光：《禅宗与中国文化》，上海人民出版社1986年版，第12—13页。

秘玄奥的万物本源"道",与般若学中的"空"有相通之处,《老子》解释"道",谓:"万物万形,其归一也。何由致一,由于无也,由无乃一,一可谓无。""道"就是"无","无"就是"空"。所以,擅长《老子》的慧远就用玄学的"无"解释佛教的"空"。其次,佛教吸收了玄学的"言不尽意"论思想,创造"顿悟成佛论"。竺道生(355—434)《高僧传》卷七记载他悟通佛理时说:

> 夫象以尽意,得意则象忘;言以诠理,入理则言息。自经典东流,译人重阻,多守滞文,鲜见圆义。若忘筌取鱼,始可与言道矣。

这就是说,经论文字不过是一些达意的符号(象),意义得到了,那些符号就可以抛弃了。这是借用了《庄子·外物》筌、蹄与鱼、兔的比喻,阐明"得意而忘言"的宗旨,也就是要突出言外之意、象外之理。由此,禅宗的直指人心,从自身顿现本性,即所谓的"不立文字"之意,已见端倪。汤用彤先生就此解释说:

> 实相无相,故是超乎象外。佛性本有,则是直指含生之真性。夫性既本有,则悟自须自悟,岂能与信修无别?而理超象外,为不可分,则悟体之慧岂能谓有差异?以有阶差之悟符彼不分之理,据情则必不然。是则见性成佛,必须顿得自悟,亦理之不可易者矣。[①]

由此,竺道生创造了"顿悟成佛"之说。说"善不受报","佛无净土","一阐提人皆具佛性"。葛兆光分析说:"后世禅宗,乃是玄学与佛教禅学的结合的产物,是南北朝时期玄学与佛学两大潮流交汇时代中国士大夫高涨的理论思维兴趣的产物,印度禅学给了他肉身与外形,中国玄学给了它骨架和血液。"[②]

两晋时期,中国佛教的"六家七宗"之说,就是佛教与玄学合流的产物。但是,随着社会的发展,这些宗派已经成为历史遗迹。隋唐时期,

---

① 汤用彤:《汉魏两晋南北朝佛教史》,武汉大学出版社2008年版,第426页。
② 葛兆光:《禅宗与中国文化》,上海人民出版社1986年版,第16页。

出现了诸如天台宗、唯识宗、华严宗、净土宗、三论宗、禅宗等众多佛教宗派。其中，以禅宗最为显扬。究其原因，一方面以印度佛教的基本教义为出发点，另一方面又以中国传统思维加以改造，以适应中国人的文化心理需要。因此，禅宗才能宗派纷呈，绵延不绝。除此，禅宗本身的特点，也是其大受欢迎的原因。

（一）"不立文字"与"直指人心"

禅宗的成功基于它对佛教经典化繁为简、化深奥为简易的功夫。这是禅宗基于中土文化现实的选择。首先，佛教的经典卷帙浩繁。《牟子理惑论》一书曾称佛经"凡有十二部，合八亿四千万卷。其大卷万言已下，小卷千言已上"[1]，如果说这种说法尚有夸饰成分，那么，唐代玄奘西天取经，共翻译佛经 75 部，合 1335 卷。而当时在翻译佛经方面，与其比肩者不在少数。《中华大藏经》收录佛经两万余卷。如此庞杂众多的佛教典藏，使得学佛者不堪重负，也不符合中土文化尚简约简易的传统。孔子和老子对真理的言说都保持了警惕。孔子谓："辞，达而已矣。"老子更是认为对真理应该保持沉默。孟子从不以自己的"知言"善辩为荣，他多次说："予岂好辩哉？予不得已矣。"就连言辞汪洋恣肆的庄子对无节制的言说也颇有微词。因此，禅宗的创始人惠能所做的工作，就是使过去烦琐的教义归于简单，变深奥繁复的佛学为三言两语，道破天机。

其次，惠能原是一个以卖柴为生的文盲，他没有能力在故纸堆里与经义纠缠。这种先天不足迫使他以约代博，追求只言片语的心灵体悟，而不是对经典的多解参证。《坛经》中有一段故事颇能说明惠能化繁就简的功夫。僧人法达颂《法华经》七年仍不知正法所在，向惠能请教。惠能曰："吾不识文字，汝试取《经》诵一遍，吾当为汝解说。"[2] 法达读完后，惠能总结说："此《经》元来以因缘出世为宗，纵说多种譬喻，亦无越于此。"[3] 这句话当头棒喝，点破法达七年不知正法所迷。究其原因，是因为法达陷入经义的理性思辨而忘却了自性体悟。所以当法达有了"但得

---

[1] （南朝梁）释僧佑撰，李小荣校笺：《弘明集校笺》，上海古籍出版社 2013 年版，第 13 页。

[2] 丁福保笺注：《坛经》，上海古籍出版社 2011 年版，第 108 页。

[3] 同上。

第六章 禅味：中国诗学中的释家精神

解义，不劳诵《经》耶"的迷惑时，惠能回答："《经》有何过，岂障汝念？只为迷误在人，损益由己。口诵心行，即是转经。口诵心不行，即是被经转。"① 法达之迷，在于为经所转，结果经卷背得滚瓜烂熟也终究和佛的真意隔阂，而惠能的一语点破的功夫正是源于他的心性和佛法的相通，源于他对自身佛性的高度自信。据说惠能在赴湖北黄梅往投五祖弘忍途中，一个名叫无尽藏的尼姑，拿着《涅槃经》向惠能问字。"祖曰：'字即不识，义即请问。'尼曰：'字尚不识，曷能会意？'祖曰：'诸佛妙理，非关文字。'"② 的确，一旦人的灵妙之心定格在文字上，它就是有而不是空，就会被思虑拘滞而丧失大自由大自在。佛的真意形诸文字，就已经不是真意本身，已经和真意隔了一层。所以，禅宗对经义的简约化处理是为了给心灵的自由腾出一块空地，是为一丝不挂地越入彼岸做最后的准备。

因此，禅宗强调"不立文字"，就是主张超越名言概念的直觉悟解方式。"不立文字"，首先是不在思辨推理中去作"知解宗徒"。作为不识字而能"悟道"的典型，惠能的主要教义之一便是"不立文字"。李泽厚指出："因为在他看来，任何语言、文字，只是人为的枷锁，它不仅是有限的、片面的、僵死的、外在的东西，不能使人去真正把握那真实的本体，而且正是由于执著于这种思辨、认识、语言，反而束缚了、阻碍了人们去把握。"③《坛经》云："故知本性自有般若之智，自用智慧观照，不假文字。"黄檗希运禅师也反复申言："佛本是自心作，那得向文字求。"都强调的是要超越名言概念的局限性。其次，"不立文字"的含义还在于，禅宗认为，通过文字、语言、概念和思辨作为传达的工具，是不可能真正到达或把握本体的，因为"悟道"既不是知识也不是认识，而是个体对人生死迷途的参悟，不需要通过普遍的规则和共同的规范来传授，只能通过个体亲身体验才能获得。也就是说，通过个体的独特体验来领悟"一即一切，一切即一"的佛性整体。

禅宗既然"不立文字"，不以文字经卷相传授，那么师徒间的传授便

---

① 丁福保笺注：《坛经》，上海古籍出版社2011年版，第110页。
② （宋）普济著，苏渊雷点校：《五灯会元》（上）卷1，中华书局1984年版，第53页。
③ 李泽厚：《庄玄禅宗漫述》，载李泽厚《中国古代思想史论》，天津社会科学院出版社2004年版，第188页。

味：一个诗学语词的理论批评

采取所谓"直指人心"的途径了。在禅宗那里，思辨的佛学、深奥的经书、凝固的推理形式都转变为谜语似的公案、棒喝、问答，用种种形象直觉的方式来表达和传递那些被认为不可表达和传递的东西。这种表达和传递不是约定俗成的语言符号，而是一种主观的示意，它以十分突出的方式表现在所谓的"公案"中。释迦牟尼与摩诃迦叶在灵山会上"拈花微笑"的传说之所以被尊为禅宗心印，除了要攀上一个正牌祖师以抬高身份外，"拈花微笑"这种直觉传授的方式恐怕是更主要的原因。禅宗这种注重直觉传授的"公案"比比皆是。

……谒石头禅师，乃问不与万法为侣者，是甚么人？头以手掩其口，豁然有省。①

问僧："甚处来？"曰："近离浙中。"师曰："船来陆来？"曰："二途俱不涉。"师曰："争得到这里？"曰："有什么隔碍？"师便打。②

上堂，僧问："灵山拈花，意旨如何？"师云："一言才出，驷马难追。"进云：迦叶微笑，意旨如何？师云："口是祸门。"③

"以手掩其口"，是说不可言说；"师便打"，是因为说破了。因为一落言筌，便成荒谬；一经道破，已非真实。所以说"口是祸门"。《坛经》记载一段有关惠能与弟子的"公案"：

一日，师告众曰："吾有一物，无头无尾，无名无字，无背无面，诸人还识否？"神会出曰："是诸佛之本源，神会之佛性。"师曰："向汝道'无名无字'，汝便唤作'本源佛性'，汝向去有把茆盖头，也只成个知解宗徒。"④

---

① （唐）于頔编集：《庞居士语录》（卷上），载［中国台湾］蓝吉富主编《禅宗全书》语录部（四），台北文殊文化有限公司 1988 年影印本，第 233 页上栏。
② （宋）普济著，苏渊雷点校：《五灯会元》（中）卷 7，中华书局 1984 年版，第 381 页。
③ （宋）颐藏主编集，萧萐父、吕有祥点校：《古尊宿语录》（下）卷 40，中华书局 1994 年版，第 748 页。
④ 丁福保笺注：《坛经》，上海古籍出版社 2011 年版，第 161 页。

第六章 禅味：中国诗学中的释家精神

惠能之所以骂自作聪明的神会，原因是超越一切的佛性无法形诸语言文字这一事实。所以禅宗讲求的"悟"不是理性认识，而是一种领悟感受。那么，既然一说就错，又不得不说，到底说还是不说？围绕着语言产生的这种悖论，惠能也深有感触。他说："既云不用文字，人亦不合语言。只此语言，便是文字之相。"又云："直道不立文字，即此不立两字，亦是文字。"[①] 的确，传教总不能完全避免言语文字，否则禅宗作为教派也不能存在和延续。我们必须看到，惠能对语言文字的排斥是从哲学层面讲的，是要将人从经卷引领到语言，再从语言引领到作为对语言否定的彼岸，而不是具有现实的可操作性。"不立文字"主要是说要摒弃名言概念的逻辑思维途径，并非说是要抹去一切文字痕迹。"公案"之于禅的意义，在于不断地揭示、提醒、指出人为的语言并不是真实本身，不能用它们去真正言说、思议和接近那真实的本体。所以，一个禅师即便是通过语言使学生悟道，他也总不放心，担心学生黏着在这语言上。沩山灵佑是百丈怀海的徒弟，有一年冬天，他在方丈内伺候老师，百丈盼咐他："你拨一拨，看看炉子里还有没有火？"他随便拨了几下，看见都是灰，就说："没火。"百丈自己走下禅床，把灰扒开，从深深的地方拨出一点炭火来，对他说："你说没有，这是什么？"沩山灵佑一下子顿悟了，于是拜谢老师的指点。很明显，百丈是以设喻明佛法。人的佛性就像灰中之火，往往被外在的灰尘蒙住，使人不觉其存在。如果将灰尘除去，就可见性了。可是，沩山灵佑的开悟，到底是真的开悟还是黏着于炭火这个隐喻之物上，百丈还是不放心。于是第二天，他带沩山到山里砍柴，突然问："你带火了吗？"沩山答："带了。"百丈说："在哪儿？"沩山顺手捡起一个树枝，在上面做像吹火似的动作，然后交给老师。老师对这个回答很满意。这表明，沩山真正明白了老师的喻义，佛不是那炭火，而是自己的本心，本心不灭，佛性即存。"即心即佛"，以心为万物之本，"心生则种种法生，心灭则种种法灭"，但是又不能执着于此心。"无念为宗，无相为体，无住为本"，只有不系于万物，不执于任何名相，对任何事物采取一种不即不离的态度，才算悟得了禅机。

[①] 丁福保笺注：《坛经》，上海古籍出版社 2011 年版，第 173 页。

（二）"即心即佛"与"顿悟见性"

禅宗的旗帜下之所以凝聚了广泛的信徒，势力远远超过其他宗派，一个重要的原因在于它提出了"即心即佛""顿悟见性"的口号。此说来源于惠能的"自性三身佛"说。按胡适的说法，内容包括：

> 他（指惠能，引者注）说：向来劝你皈依佛、皈依法、皈依僧；我劝你皈依自性三宝。三宝都在你心里：皈依觉（佛），皈依正（法），皈依净（僧）。这是自性的三宝。他又说：向来人说三身佛；我今告诉你，三身佛都在你自己色身中：见自性净，即是清净法身佛；一念思量，化生万法，即是自性千万亿化身佛；念念善，即是自性圆满报身佛。他又说：我本性元来清涉，识心见性，自成佛道。①

这段话的核心，是认为佛性即在众生心中，所以说"三宝都在你心里"，"三身佛都在你自己色身中"，人能够"识心见性，自成佛道"。是所谓"无相三归依"，终归是"自心归依自性"，究其实质是"自归依"，主要在自心上用功。这样，就把"心"作为万事万物的本体，把"心"与"佛"重合，提出"即心即佛"的说法。在中国禅宗看来，我心即佛，佛即我心，世界万物、客体主体、佛我僧俗、日月星辰、山河大地，无非是我心幻化。所以《坛经》里充斥着大量这类说法。《坛经》谓："汝等自心是佛，更莫狐疑。外无一物而能建立，皆是本心生万种法。故经云：'心生，种种法生；心灭，种种法灭。'"② 又云："故知万法尽在自心，何不从自心中顿见真如本性！……若识自心、见性，皆成佛道。"③

在修行的过程与方式上，禅宗特别强调"顿悟见性"。一般而言，宗教都有比较烦琐的修行方式，佛教亦然。佛教有三大法门，分别是"戒、定、慧"。"戒"是守戒，有"五戒""十戒"等。次为"定"，就是禅，是一种修行的方法。第三为"慧"，就是了解，用知识上的了解，帮助我们去定。关于印度禅的方法，计有五种④：第一个方法是"调息"，就是

---

① 胡适：《胡适说禅》，文化艺术出版社2012年版，第19—20页。
② 丁福保笺注：《坛经》，上海古籍出版社2011年版，第192—193页。
③ 同上书，第54页。
④ 胡适：《胡适说禅》，文化艺术出版社2012年版，第4—5页。

以一种定的方式调和呼吸；第二种方法叫"不净观"，就是用智慧想到一切都不干净；第三种方法叫"慈心观"，就是训练自己爱一切物；第四种方法叫"思维观"，就是凭理智的了解力来解决一切；第五种叫"念佛法"，就是想到佛的三十二种庄严相，后来又念出声来。就一般的佛教宗派而言，要达到涅槃的彼岸世界，是一个长期的艰苦的修炼过程。禅宗五祖之前，都还是坐禅修行。至六祖惠能，一变而为强调"顿悟"。也就是说，对佛性的证悟是顿然的瞬间的，在思维方式上是一种整体直观，不经由概念的中介。惠能所开创的南宗禅认为佛性存于众生自身之中，顿悟就是顿然悟得自身蕴藏的佛性。"顿悟"观的提出，使禅宗抛弃了历来所强调的坐禅形式，而主张"于一切时中，行止坐卧，常行直心"，使"禅"由原来的一种宗教性的实践变为一种智慧性的"见性"活动。"见性"就是对自己本来具足、清净不染的本性的发现。"悟"是一种谁也无法代替的纯粹自身的返照活动，即对自身所具有的"真如佛性"之返照。佛性犹如自家宝藏，自身的佛性往往被遮蔽掩盖，而一旦悟得自身佛性后，如同拨云见日，则豁然开朗。

"即心即佛""顿悟见性"的提法，算不得惠能的独家发明，而是继承了东晋佛学大师竺道生的佛性与顿悟学说。道生创造的"顿悟成佛"论，提出"善不受报"，"佛无净土"，"一阐提人皆具佛性"。这个教义的提出，使得一切布施，修功德，念佛求生净土，坐禅入定求得六神通，都黯然失色了。尤其是"一阐提人皆具佛性"的提法，惊世骇俗。所谓"一阐提人"，指的是断尽善根的恶人。此说一出，更是引起了佛学论坛上的轩然大波。《高僧传》对这段争论的缘起详有记载：

> 又六卷《泥洹》先至京师，生剖析经理，洞入幽微，乃说阿阐提人皆得成佛。于时大本未传，孤明先发，独见忤众。于是旧学以为邪说，讥愤滋甚，遂显大众，摈而遣之。生于大众中正容誓曰："若我所说反于经义者，请于现身即表厉疾；若与实相不相违背者，愿舍寿之时，据狮子座。"[①]

---

① （南朝梁）释慧皎撰，汤用彤校注：《高僧传》，中华书局1992年版，第256页。

后来《大般涅槃经》传入中国，全部译出，果然与竺道生之说相合。于是道生的理论有了经典依据，僧众又对他"咸共敬服"了。

"即心即佛""顿悟见性"的提出，对士大夫而言，具有巨大的诱惑力。这也是南宗禅为何受士大夫欢迎的原因之一。其一，佛性理论中的"众生有性"说，主张在佛性问题上人人平等。尽管人的社会地位有高低贵贱之分，但是佛性是一样的，无论他是普通的信众，还是罪大恶极之人，只要他放弃作恶，立可成佛，这当然具有极大的诱惑力。其二，《法华经》谓："汝等莫得乐居三界火宅，勿贪粗弊色香味触也，若贪著生爱，则被所烧。"在佛教看来，人的痛苦和烦恼，来自人的欲望。它给出的药方是坐禅修行，可是这种遏制情欲、甘守淡泊的行为规范，是内心窃羡荣华、留恋世俗享乐的士大夫们难以做到的。因而，南宗禅的"顿悟"就投合了士大夫们的心意。虽然南宗禅也要人实行禁欲，但是要求并不严格。而且，它的吸引人之处在于——既不坐禅，又不苦行，还不念佛经——这只不过是一种更精致高雅的生活方式而已。敦煌发现一首《山僧歌》，歌曰：

问曰居山何似好？起时日高睡时早，山中软草以为衣，斋食松柏随时饱，卧崖龛，石枕脑，一抱乱草为衣袄，面前若有狼藉生，一阵风来自扫了，独隐山，实畅道，更无诸事乱相挠。[1]

诗歌虽然不一定出自禅僧之手，但是这种生活态度与禅僧确有相似之处，也和士大夫们的生活情趣有一致的地方：隐居山林，纵情山水，无拘无束，悠然自得，这不正是沾溉老庄之风的士大夫们梦寐以求的生活图景吗？换个角度看，禅宗是一种美的宗教、艺术的宗教。一方面，中国士大夫思想中的追求人与自然的和谐统一，并善于从自然中体悟无限诗意的特点，为禅宗的落脚创造了"青山道场"；另一方面，禅宗的随缘自适的修行方式，使其与中国艺术精神的契合提供了可能，因而，禅风熏染了士大夫，也熏染了士大夫心中的青山绿水，使之显现得更加纯净和唯美。

---

[1] 参见葛兆光《禅宗与中国文化》，上海人民出版社1986年版，第30页。

三　禅风熏染下的士人心态

张中行先生谓："这禅的一路，由隋唐之际算起，经过唐宋的兴盛，元明清的风韵犹存，一千几百年，在文化的领域里活动，势力相当大，这有如风过树摇，自然不能不产生影响。"[1] 的确，禅宗由于得到士大夫们的欢迎而迅速兴盛，迅速兴盛的禅宗也敞开大门接纳士大夫们。随之而来的影响，概括地说，表现为一个突出的现象，"就是禅思想逐渐渗入世俗，成了人们尤其是文人士大夫人生理想与生活情趣的一个支点，将本来只属于宗教世界的生活态度，逐渐扩展到了宗教世界之外，使过去很难被文人接受的宗教修炼形式，脱胎换骨地成了人人都容易把握的日常生活经验"[2]。时代心理对文化的影响是深刻、巨大的，反过来，文化对时代心理也有巨大的影响。中国的禅宗思想就对中国士大夫心理结构产生重要影响，带来新的变化。

在论述对士大夫心理结构产生影响之前，我们先来看一看中国士大夫心理结构的特征。李泽厚先生认为，中华民族的文化心理结构，奠定于春秋战国时期，就思想文化领域而言，"这主要表现为以孔子为代表的儒家学说，以庄子为代表的道家，则作了它的对立和补充。儒道互补是两千多年来中国思想一条基本线索"[3]。儒家的基本特征是怀疑论或无神论的世界观和对现实生活积极进取的人生观。重视的是情、理结合，以理节情，是社会性、伦理性的心理感受和满足，不是禁欲性的功能压抑，也不是理智性的认识愉快，更不是具有神秘性的情感迷狂或心灵净化。以庄子为代表的道家，在塑造中国人的世界观、人生观、文化心理结构和艺术理想、审美兴趣上，作为儒家思想的补充和对立面，同样发挥了巨大的作用，表现为庄周的泛神论和遗世绝俗的独立人格理想。李泽厚指出："表面看来，儒、道是离异而对立的，一个入世，一个出世；一个乐观进取，一个消极退避；但实际上它们刚好相互补充而协调。不但'兼济天下'与'独善其身'经常是后世士大夫的互补人生路途，而且悲歌慷慨与愤世嫉

---

[1]　张中行：《禅外说禅》，黑龙江人民出版社1991年版，第305页。
[2]　葛兆光：《增订本中国禅思想史——从六世纪到十世纪》，上海古籍出版社2008年版，第391页。
[3]　李泽厚：《美的历程》，天津社会科学院出版社2001年版，第80页。

俗,'身在江湖'而'心存魏阙',也成为中国历代知识分子的常规心理及其艺术意念。"① 佛教传入中土,带来了中国人文化心理结构的变化,形成了儒、释、道三家渗透影响下的文化心理结构。关于三家的互渗交融,本书第五章第一节已经论及,不再赘述。这里再就禅对士大夫心理结构的影响,补充几句。

兴起于中唐的理学,讲天理人欲,讲良知良能,是受到了禅宗讲自性清净的影响。以唐代李翱为例。李翱(772—841)字习之,与韩愈是师友之间的关系。他也曾和韩愈一样,坚决反对佛教,不过反来反去,后来一头栽到禅宗怀里。《五灯会元》卷五还为他立了专条,称为"刺史李翱居士",算作药山惟俨的法嗣。《景德传灯录》卷十四《澧州药师惟俨禅师》载:

> 朗州刺史李翱向师玄化,屡请不起,乃躬入山谒之。师(惟俨,引者注)执经卷不顾,侍者白曰:"太守在此。"翱性褊急,乃言曰:"见面不如闻名。"师呼:"太守!"翱应诺,师曰:"何得贵耳贱目!"翱拱手谢之,问曰:"如何是道?"师以手指上下,曰:"会么?"翱曰:"不会。"师曰:"云在天,水在瓶。"翱乃欣惬作礼,而述一偈云:"练得身形似鹤形,千株松下两函经。我来问道无余说,云在青天水在瓶。"翱又问:"如何是戒定慧?"师曰:"贫道遮里无此闲家具。"翱莫测玄旨。师曰:"太守欲得保任此事,直须向高高山顶坐,深深海底行。闺阁中物,舍不得便为渗漏。"……李翱再赠诗曰:"选得幽居惬野情,终年无送亦无迎。有时直上孤峰顶,月下披云笑一声。"②

当李翱请教"如何是道",药山以手指上下,并解释说"云在天,水在瓶",意为道无不在,各适其所适。当问起修持的方法"如何是戒定慧",药山回答"贫道遮里无此闲家具",李翱不解,于是药山进一步说

---

① 李泽厚:《美的历程》,天津社会科学院出版社2001年版,第88页。
② (宋)道原著,顾宏义译注:《景德传灯录译注》(二),上海书店出版社2010年版,第1004—1005页。

第六章　禅味：中国诗学中的释家精神

明："太守欲得保任此事，直须向高高山顶坐，深深海底行。"这是地道的南宗禅精神，是说要重根本，不为常见所缚。所谓"高高""深深"，不过就是指"自性清净，见性成佛"罢了。李翱所为，简直像一个顶礼膜拜的禅僧的行止！不仅如此，他由禅家的"自性清净"，想到儒家的"性善""天命谓之性"等，禅为儒用，写了三篇《复性书》。李翱认为，圣人所以为圣，在于"性"，"性"为"情"所蔽，所以要"复性"。如何复"性"呢？要"寂然不动"，不动"情"。这是禅家的，儒家讲以礼节情，不是不要情。《大学》谓："此谓唯仁人为能爱人，能恶人。"爱与恶这样的感情并不妨害性善。《中庸》谓："喜怒哀乐之未发，谓之中；发而皆中节，谓之和。"要求对于情"发而中节"，也不是不要情。用复性的办法以正心修身，这是变人伦日用为禅的冥想的内功家法。

　　至宋代，禅学对理学影响日巨。据记载，程颢"出入老释者几十年"，程颐"少时多与禅客语"，受到禅学的影响是可以想见的。二程在讨论天人关系时，重视天理，认为天理只有一个，存在于人人心中，并存在于万物之中，仁者应以天地万物为一体。修养的方法就是穷尽此理，反身而诚，由诚至敬，最后认识天理之本然，达到万物一体的境界。这和禅的破我执，见性即可成佛，走的是同一个路数。理学集大成者朱熹，在论述理和气的关系上认为，理、气对立。气是具体事物，理是事物所以然的原因。理在气上，且在气先。理又在气中，人人有理，物物有理，人之生就是理与气合，气有理，即人之性。理是至善的，但气有清浊。这样，理就会为气所蔽，性为欲所蔽，所以要"存天理灭人欲"。朱熹谓："人性本明，如宝珠沉溷水中，明不可见；去了溷水，则宝珠依旧自明。自家若得知是人欲蔽了，便是明处。"① 这个比喻与禅家的"自性清净，为染污所蔽，修持之道为去染污，明见心性"，本质上是一样的。至陆王心学，恐怕和禅宗走得更近。儒学的演变是越来越向内转。陆九渊提出，心就是一切，不必在心之外求天理。这和朱熹不同，朱熹最看重的是理，不是心，认为理在心外，陆学认为"宇宙便是吾心，吾心便是宇宙"，心即一切。所以理学重的是道问学，心学重的是尊德性。尊德性就是不失本心，

---

　　① （宋）黎靖德编，杨绳其、周娴君校点：《朱子语类》（二）卷12，岳麓书社1997年版，第184页。

心至上，明心见性就可以不随经书转，这就更靠近禅学一步。王阳明进一步发展了心学，提出"致良知"。他认为心即是理，与天地万物为一。能发现这心的本然之善，是"良知"，扩充这心的本然之善的行为，叫"致良知"。如此强调心的作用，与禅家的自性清净，见性成佛，道理并无二致。所以，后人说王阳明的良知说更近于禅，不是没有道理。一直到清代，颜（元）李（塨）学派强调修养之道在于"存学""存性"，也还没跳出禅家见性成佛的路数。禅学通过与儒学道学的融合，进而影响到士大夫的文化心理结构，这种影响是深巨的。

（一）"苦"与"空"：人生如梦

人生在世，难免生老病死，逆境顺境。佛教认为锦衣玉食，声色犬马，以及娶妻生子，柴米油盐，都没什么快乐可言，都是"苦"。"苦"是佛教一个最根本的观念。佛教"四谛"（苦、集、灭、道）的第一谛就是"苦"。"苦"的种类也五花八门，什么二苦、三苦、四苦，直至一百一十苦等，不一而足。想想也对，生活中有苦，甚至多苦，生老病死、怨憎离别，都是苦恼。为什么世间就是苦海呢？汤用彤先生谓："至若人心之病，则在为内外情欲之所扰乱，为五阴所蔽，致失其本有之清明。"[①]"五阴"，包括色、受、想、行、识，是构成人的生命的五种元素。所谓"为五阴所蔽"，就是固执人生贪欲，取而不得，自然是苦。故康僧会《安般序》曰："情有内外，眼、耳、鼻、口、身、心，谓之内矣。色、声、香、味、细滑、邪念，谓之外也。经曰：'诸海十二事'，谓内外六情之受邪行，犹海受流，饿夫梦饭，盖无满足也。"内外情欲牵引，而受邪行，"苦"自然产生。

既然世间是"苦"，那么灭苦之道是什么？佛家给出的办法是出世间，把一切看"空"。张晶先生认为："大乘佛教既要破'法执'，也就是破除对客观外界的执着；又要破'我执'，也就是破除对主体自身的执着。只有破除了对主客体双方面也就是内外一切的执着，才能走向涅槃。'四大皆空'、'五蕴皆空'，在佛教看来，无论是客观世界，还是主观世界，一切都是空幻不实的。"[②] 就是把一切都看成空幻不实的。需要注意

---

① 汤用彤：《汉魏两晋南北朝佛教史》，武汉大学出版社2008年版，第97页。
② 张晶：《禅与唐宋诗学》，新星出版社2010年版，第22页。

的是，佛家的"空"不是"一无所有"。名僧僧肇《不真空论》说得十分清楚。其《观行品中论》谓："一切诸行虚妄相，故空。诸行生灭不住，无自性，故空。"就是说，无论偏执于有或无，都是虚妄相即"不真"。又云："有其所以不无，故虽有而非无；有其所以不无，故虽无而非无。虽无而非无，无者不绝虚；虽有而非有，有者非真有。"概言之，无而非无，有而非有，"无"不是真的"无"，"有"不是真的"有"，要破执两边，"非有非无"。认识到了"四大皆空"，这是"知"，知之后还要行，于是就有了所谓的"近禅"与"逃禅"。

按张中行先生的解释，"过世间生活，日久天长，有些烦腻，或只是想换换口味，到禅林去转转，或同禅门中人你来我往（包括用文字），是近禅。过世间生活，不管由于什么，失了意，于是向往禅门的看破红尘，身未出家而心有出家之念，并于禅理中求心情平静，是逃禅"①。士大夫近禅逃禅者，不在少数，仅以《五灯会元》为例，文人士大夫列为某某禅师法嗣的，就近三十人。这说明这些人与禅林的关系很亲密。裴休身居高位，拜倒在黄檗希运门下，并整理《传心法要》和《宛陵录》。王维晚年在辋川别墅中隐居，读经参禅，这是名义上没出家而实际出家了。白居易晚年心灰意懒，隐居香山，和佛光和尚结香火社，一心向佛了。宋代禅宗兴盛，像正统儒家的欧阳修，晚年也与禅师们亲近，自号六一居士。明代的李贽，不只心喜欢禅，干脆削发出家了。明清之际的钱谦益，晚年失意，就"卖身空门"。流风所及，直至晚清民初。

这种人生"苦空"，遁身佛门的行为，带来的影响，就是把人生视为如梦如幻。《说无垢称经·声闻品》谓："一切法性皆虚妄见，如梦如焰。"《维摩诘经·方便品》谓："是身如芭蕉，中无有坚。是身如幻，从颠倒起。是身如梦，为虚妄见。是身如影，从业缘现。"佛经中视人生如梦，颇为常见。对于士大夫来说，当人生遭遇挫折，心灵遭受创伤的时候，"人生如梦"的观念，无疑是抚平伤痛的一剂良药。以苏轼为例，他是一位士大夫的领袖人物，工诗文书画，才力雄大，旷达超然，交游甚广，与禅僧来往密切。曾云："吴越多名僧，与予善者常十九。"不仅如此，据《东坡志林》（卷二）载，他还写有《读坛经》，对《六祖坛经》

---

① 张中行：《禅外说禅》，黑龙江人民出版社1991年版，第330页。

进行阐发补充。并与禅师们大掉机锋。《续传灯录》卷二十《东林照觉常聪禅师法嗣》记苏轼云：

> 抵荆南，闻玉泉皓禅师机锋不可触，公拟抑之，即微服求见。泉问："尊官高姓？"公曰："姓秤，乃秤天下长老底秤。"泉喝曰："且道这一喝重多少？"公无对，于是尊礼之。

宋神宗元丰二年"乌台诗案"发，被贬黄州，从此开始后半生断断续续的贬谪生涯。在这一时期的诗文创作中，不时流露出"人生如梦""人生如寄"的感叹。《念奴娇·赤壁怀古》是公认的豪放之作，不过还是在最后说："人生如梦，一樽还酹江月。"风流已被雨打风吹去，人生不过是一场梦幻！这人世间的事情，无论大小，有哪一件不是过眼烟云？曹操、周郎而今安在？不都随着这滔滔江水东流而去了吗？何必计较这世间的成败得失呢？看着无数古人销声匿迹而至今犹在的，只有这江和月。"一樽还酹江月"，撇开那世俗的烦恼，放弃那有限的执着，同江月相与为伴吧。写于同时期的前后《赤壁赋》，同样表现了"人生如寄"的主题。文中的"固一世之雄也，而今安在哉"，"哀吾生之须臾，羡长江之无穷"，无不表现人生苦短，浮游若梦的人生感叹。

（二）"随缘自适"与"化逆为顺"

禅宗的主旨是直指人心，见性成佛。成佛的根本在人自身所具的佛性。一时悟到即可成佛。《坛经》谓："不悟，即佛是众生。一念悟时，众生是佛。故知万法尽在自心，何不从于自心中顿现真如本性。"既然"佛性"就在自己心中，不假外求，就不用执着于外物，因之，无论你处于怎样的处境，都可以恬然自安，随缘自适，随遇而安。"悟"，强调的是禅学的"实行"，如何立身处世，悟后的结果是一切随缘，自由无碍。

"随缘自适"主要体现在士大夫对人间世事的态度变淡。大乘佛学讲究"远离"，所谓"远离"，小乘佛法指的是到人迹罕至之处修炼，目的是摆脱尘世烦恼。大乘佛法认为世间等同于世间，只要心"远离"，不妨身处闹市。对世间事物的态度变淡，就是"远离"。王维就是典型的一位：

第六章 禅味：中国诗学中的释家精神

晚年惟好静，万事不关心。自顾无长策，空知返旧林。松风吹解带，山月照弹琴。君问穷通理，渔歌入浦深。①

忘怀世事，逍遥林泉，源于对官场的厌恶，远离的办法就是遁隐山林。晚唐司空图也是这样。本来可以做官，但坚辞不就，隐居中条山王官谷，作诗论诗，怡然自得。柳宗元自幼好佛，于佛学有较深修养。"永贞革新"失败，柳宗元被贬为永州司马，对他的心灵打击很大。此时，禅学对他启发很大。其与诸禅人游处，一时南方诸大德碑铭之文多出其手。苏轼尝曰："子厚南迁，始究佛法，作《曹溪》、《南岳》诸碑。绝妙古今。"② 柳宗元谓："且凡为其道者，不爱官，不争能，乐山水而嗜闲安者为多。吾病世之逐逐然唯印组为务以相轧也，则舍是其焉从？吾之好与浮屠游以此。"远离官场的蝇营狗苟，争权夺利，与世无争，淡然处之。这就是"与浮屠游"的结果。白居易中年以后，笃信佛教，处处以无心于物，委顺于世的态度打发时日。其《闲咏》诗云："步月怜清景，眠松爱绿阴。早年诗思苦，晚岁道情深。夜学禅多坐，秋牵兴暂吟。悠然两事外，无处更留心。"悠然世外，随遇为安的心态跃然纸上。宋代的林逋林和靖，不娶妻，在杭州孤山隐居。袁宏道曾著文称赞："孤山处士，妻梅子鹤，是世间第一种便宜人。我辈只为有了妻子，便惹许多闲事，撇之不得，傍之可厌，如衣败絮行荆棘中，步步牵挂。"③ 艳羡之情溢于言表。

面对逆境，诗人不仅随缘自适，随遇而安，而且能化逆为顺，心境湛然，不为境移，不为物扰，处之泰然。所谓化逆为顺，就是化扰为不扰，使不可意的变为可意的。苏轼被贬黄州，在那里开荒种地，名之曰"东坡"，且自号"东坡居士"。写《东坡》诗云："雨洗东坡月色清，市人行尽野人行。莫嫌荦确坡头路，自爱铿然曳杖声。"贬谪的苦痛被诗意的田耕生活消解了，这就是化逆为顺。这种化逆为顺还表现为人生困厄之中的旷达超逸：

---

① （唐）王维：《酬张少府》，王维撰，陈铁民校注：《王维集校注》（二），中华书局1997年版，第476页。
② （唐）柳宗元著，易新鼎点校：《柳宗元集》卷6，中国书店2000年版，第82页。
③ （明）袁宏道：《解脱集·孤山》，袁宏道著，钱伯城笺校：《袁宏道集笺校》（上册），上海古籍出版社2008年版，第427页。

> 夜饮东坡醒复醉，归来仿佛三更。家童鼻息已雷鸣。敲门都不应，倚杖听江声。
> 长恨此身非我有，何时忘却营营。夜阑风静縠纹平。小舟从此逝，江海寄余生。①

《避暑录话》载，当时纷纷传说，苏轼写这首词之后，"挂冠服江边，拏舟长啸去矣"，消息传到州守耳中，州守大惊，因为他负有监管之责。于是连忙赶到苏轼住处。一看，苏轼"鼾声如雷，犹未兴也"。

> 莫听穿林打叶声，何妨吟啸且徐行。竹杖芒鞋轻胜马，谁怕？一蓑烟雨任平生。
> 料峭春风吹酒醒，微冷，山头斜照却相迎。回首向来萧瑟处，归去，也无风雨也无晴。②

诗人通过雨中徐行，表达了面对人生风雨的从容与自信。苏轼被贬琼州，据说还强人说鬼，人家说没鬼，他说："姑妄言之。"就不仅是化逆如顺，而是充满禅味了。

（三）亲近自然

既然世间是"苦海无边"，既然厌倦了仕途的蝇营狗苟，于是禅风熏染下的士人把目光投向了大自然，以回归自然的心态，将山林作为心灵的止泊之所。

傅道彬先生曾经就佛与自然的关系有精到分析，他如是说："佛教在其本源上就决定了它与自然的亲切关系，首先佛陀把生命视为平等现象，其哀怜悲悯遍及一切生命现象。……其次，万物之间'圆融无碍'，庄严的佛教把整个自然界都点化成生意盎然的统一有机体。其三，佛陀长期生活于丛林中，表现了亲近自然的品格，'天下名山僧占多'，这一现实情况也正说明佛教与自然的关系。"③ 禅家爱自然，禅就栖息于自然之中。

---

① （宋）苏轼：《临江仙·夜归临皋》，苏轼撰，邓立勋编校：《苏东坡全集》（上），黄山书社1997年版，第653页。
② （宋）苏轼：《定风波》。
③ 傅道彬：《歌者的乐园》，东北林业大学出版社1996年版，第94页。

第六章　禅味：中国诗学中的释家精神

禅不外在于众生之外，而就是在众生的"自然"之中。禅宗有所谓"无情有性"，就是说，不但有情众生悉有佛性，而且一切山河大地、草木土石等无情物也都有佛性。所谓"青青翠竹，总是法身；郁郁黄华，无非般若"①。这充满诗性的偈语使大自然的一切都显现出禅的色彩，山河大地、草木瓦石，都有佛性。《黄檗断际禅师宛陵录》谓：

> 师云：问从何来？觉从何起？语默动静、一切声色，尽是佛事，何处觅佛？不可更头上安头，嘴上加嘴。但莫生异见，山是山，水是水，僧是僧，俗是俗，山河大地，日月星辰，总不出汝心。三千世界，都来是汝个自己。何处有多般？心外无法，满目青山。虚空世界，皎皎地无丝发许与汝作见解。所以一切声色是佛之慧。②

万类之中，个个是佛，佛性就在自然之中。在禅的公案中，处处都有以自然意象为禅机的启悟。请看《五灯会元》卷二记天柱崇慧禅师与僧人的对话：

> 问："如何是天柱家风？"师曰："时有白云来闭户，更无风月四山流。"问："亡僧迁化向甚么处去也？"师曰："灊岳峰高长积翠，舒江明月色光晖。"……问："如何是道？"师曰："白云覆青嶂，蜂鸟步庭花。"……问："宗门中事，请师举唱。"师曰："石牛长吼真空外，木马嘶时月隐山。"问："如何是和尚利人处？"师曰："一雨普滋，千山秀色。"问："如何是天柱山中人？"师曰："独步千峰顶，优游九曲泉。"问："如何是西来意？"师曰："白猿抱子来青嶂，蜂蝶衔花绿蕊间。"③

在崇慧禅师与弟子的对话中，佛法大意被描述成我们身处的自然景象。这里没有玄虚的空想，没有使人头昏的抽象概念。也许越是本源性的

---

①　（宋）普济著，苏渊雷点校：《五灯会元》（上）卷3，中华书局1984年版，第157页。
②　（宋）赜藏主编集，萧萐父、吕有祥点校：《古尊宿语录》（上），中华书局1994年版，第42页。
③　（宋）普济著，苏渊雷点校：《五灯会元》（上），中华书局1984年版，第66—67页。

◆◆ 味：一个诗学语词的理论批评

问题，语言的描述越显得苍白无力。因为作为具象事物存在根据的东西超出了经验的掌握，从而也就超出了语言的掌握。于是，禅师就求助于自然的物象，通过这些物象使抽象的命题获得具体可感的形式。《五灯会元》记载的这种禅家机锋随处可见。"如何是和尚家风？师曰：满目青山白云起。""如何是灵泉境？师曰：枯椿化烂漫。""如何是境中人？师曰：子规啼断后，花落布阶前。""如何是清静法身？师曰：红日照青山。""自然"在禅家眼里，"莫此亲切"。

李泽厚先生从审美的角度解释禅宗与大自然的亲近关系。他说：

  禅宗非常喜欢讲大自然，喜欢与大自然打交道。它所追求的那种淡远心境和瞬刻永恒，经常假借大自然来使人感受或领悟。其实，如果剔去那种种附加的宗教的神秘内容，这种感受或领悟接近于一种审美愉快。①

他接着分析其中的原因：

  禅之所以多半在大自然的观赏中来获得对所谓宇宙目的性从而似乎是对神的了悟，也正在于自然界事物本身是无目的性的。花开水流，鸟飞叶落，它们本身都是无意识、无目的、无思虑、无计划的。也就是说，是"无心"的。但就在这"无心"中，在这无目的性中，却似乎可以窥见那个使这一切所以然的"大心"、大目的性——而这就是"神"。并且只有在这"无心"、无目的性中，才可能感受到它。一切有心、有目的、有意识、有计划的事物、作为、思念，比起它来就毫不足道，只妨碍它的展露。②

随缘自在的自然是"无心"的，禅者对自然的观照也是"无心"的。所以禅者才体会到活泼自然之中的禅理，体味不可言说的禅味。我们看

---

 ① 李泽厚：《庄玄禅宗漫述》，载李泽厚《中国古代思想史论》，天津社会科学院出版社2004年版，第199页。
 ② 同上书，第200—201页。

到，"在禅宗公案中，所用以比喻、暗示、寓意的种种自然事物及其情感内蕴，就并非都是枯冷、衰颓、寂灭的东西；相反，经常倒是花开草长，鸢飞鱼跃——活泼而富有生命的对象"①。因为生机勃勃的万物本身就是禅，"山河大地，日月星辰"是禅，"万古长风，一朝风月"也是禅，"常忆江南三月里，鹧鸪啼处百花香"②更是禅！

士大夫的自然之恋，固然可以通过隐居来实现，像司空图隐居王官谷，这叫"就山林"。不过，士大夫也可以居于市朝，营造自己心中的"自然"。张晶先生指出："山水诗中的自然美，决非是纯然客观的，而是'人化的自然'，是带着人们的心境、染着诗人感情色彩的自然。当诗人以禅的眼光来看自然时，自然物象进入诗中，也就有一种似有若无的禅味。受禅风熏陶的诗人，写出的山水诗，都有着渊静的气氛、悠远的神韵、空明的意境。"③ 于是，诗人们在诗中，歌咏着诗化的"自然"：

风雨萧条晚作凉，两株嘉树近南窗。结庐人境无来辙，寓迹醉乡真乐邦。南渚残云宿虚牖，西山青影落秋江。临流染翰摹幽意，忽有冲烟白鹤双。④

诗中，风雨萧条，临窗嘉树，残云江影，白鹤成双。是自然的物象，也是诗化的自然。诗人所追寻的恬淡、冲远、淡泊的生活情趣，氤氲在这旷远幽深的自然里，禅机一片幻化其中。《竹坡诗话》卷二十一评论禅诗谓："幽深清远，自有林下一段风流。"

第二节　以禅入诗

丰子恺在《我与弘一法师》一文中这样描述艺术与佛教的关系："艺

---

① 李泽厚：《庄玄禅宗漫述》，载李泽厚《中国古代思想史论》，天津社会科学院出版社2004年版，第201页。
② （宋）普济著，苏渊雷点校：《五灯会元》（中）卷11，中华书局1984年版，第677页。
③ 张晶：《禅与唐宋诗学》，新星出版社2010年版，第59页。
④ （元）倪瓒：《秋亭嘉树图（并诗）》，倪瓒著，江兴祐点校：《清閟阁集》，西泠印社出版社2010年版，第192—193页。

味：一个诗学语词的理论批评

术家看了花笑，听见鸟语，举杯邀明月，开门迎白云，能把自然当做人看，能化无情为有情，这便是'物我一体'的境界。更进一步，便是'万法从心''诸相非相'的佛教真谛了。故艺术的最高点与宗教相通。"① 的确，作为中国本土化宗教的禅宗，典型地体现了其与艺术的相通。从历史上看，禅宗与世俗文化的融合，一方面，使禅宗内部，拥有一大批具有艺术气质的诗僧，他们在诗中表现他们对世界和人生的观照和理解；另一方面，禅宗以诗意的典籍、诗意的思想、诗意的禅修手段，影响了大批的文人，禅在诗人中间产生了广泛的影响，他们谈禅、参禅，诗中有意无意地流露出禅理、禅趣和禅味。

一 以诗寓禅

"以诗寓禅"，是指用诗歌形式阐释禅理。以诗的形式阐发佛理，这一方面和佛典的自身特点及其在中土的翻译有关。佛典"十二分教"中"祇夜"和"伽陀"两部分是韵文，是以诗歌的形式表示歌颂赞叹。二者在汉译中统称为偈、颂或偈颂。中国悠久发达的诗的传统，使得佛教偈颂的翻译，必然要借用中国诗的形式。另一方面，自东晋以后，僧侣中出现大批能诗文的人，他们的创作也直接受到佛典的影响，其中包括写作大量的偈颂体诗。到了中唐以后，更出现了诗僧这样一种特殊的人物。马奔腾指出："诗僧是文人雅士与佛教信徒的有机结合体，这个群体自魏晋时期就初见端倪……禅宗产生之后，特别在它渐渐改变本初出身寒微的身份而走向市井、走向庙堂之后，其与士大夫的关系更是越来越密切。……禅师与文人士大夫交结，成为历史风习。"② 孙昌武先生谓："'诗僧'这个称呼是有特定含义的。他们不是一般的佛教著作家，也不是普通的能诗的僧人，而专指唐宋时期在禅宗思想影响下出现的一批僧形的诗人。他们与艺僧（琴、画、书）等一样，自中唐时期出现，两栖于文坛与丛林，是禅宗大兴所造成的独特社会环境的产物。"③ 据马奔腾统计，"《全唐诗》中录有诗僧 115 人，收僧诗 2900 余首。……宋代诗僧人数比唐代更多，厉

---

① 丰子恺：《我与弘一法师》，载中国佛教图书文物馆编《弘一法师》，文物出版社 1984 年版，第 253 页。
② 马奔腾：《禅境与诗境》，中华书局 2010 年版，第 25—26 页。
③ 孙昌武：《禅思与诗情》，中华书局 1997 年版，第 333 页。

鹗编的《宋诗纪事》中录有240人"①。诗僧群体的形成，渐渐成为一种文化现象，是禅宗不同于其他宗教的一个突出特点。这一群体的最大特征是形成了吟诗作文的传统。钱锺书谓："僧以诗名，若齐己、贯休、惠崇、道潜、惠洪等，有风月情，无疏笋气；貌为淄流，实非禅子，使蓄发加巾，则与返初服之无本（贾岛）、清塞（周朴）、惠銛（葛天民）辈无异。"②"有风月情"，指的就是有诗才。历史上比较有名的诗僧不胜枚举。诗僧的诗歌创作成果也很丰富，仅唐五代时期，现在仍见于著录的诗僧的诗集就在四十家左右。禅僧的诗歌创作，也呈现出新的特点。

（一）诗风通俗

佛教初传，宣扬教义的目的，决定了以诗的形式出现的偈语要通俗易懂，明白易解。所以要是把偈颂看成诗，那也是一种接近口语的通俗诗。竺法护所译《生经》卷一中的《佛说野鸡经》中写野猫见树上野鸡端正殊好，心怀毒害，欲危其命，又以柔辞相诱，歌唱道："意寂相异殊，食鱼若好服。从树来下地，当为汝作妻。"野鸡抱以偈曰："仁者有四脚，我身有两足。计鸟与野猫，不宜为夫妻。"这与山歌对唱相似，充满幽默风趣。这种诗歌内容的通俗晓畅，诗歌形式的自由灵活，为佛教徒创作中所借鉴。诗僧们以偈为诗，以这种通俗的表达方式改造诗歌的表达方式，创作了大量的禅言诗，这其中，尤以唐初的王梵志，中唐的寒山、拾得以及中晚唐诗僧们的创作为代表。

王梵志的身世经历，至今仍是文学史上的一个谜。③ 从王梵志的诗歌中，可知他出身底层，是个弃儿。年幼就开始漂泊生活，并出家为僧。其诗歌形式通俗，在社会下层广泛流传。他有两首诗广为传诵，在宋代及以后的诗话及笔记小说中亦被引用。其一是："城外土馒头，馅草在城里。一人吃一个，莫嫌没滋味。"其二是："世无百年人，拟作千年调。打铁作门限，鬼见拍手笑。"两首诗不仅写出了死的必然和无奈，还传达了面对死亡的黑色幽默心理。项楚先生在《王梵志诗校注》卷六《城外土馒头》这首诗之后，征引宋人诗话笔记等材料，证明此诗曾引起宋人的极

---

① 马奔腾：《禅境与诗境》，中华书局2010年版，第26—27页。
② 钱锺书：《谈艺录》，生活·读书·新知三联书店2008年版，第560页。
③ 张海沙：《初盛唐佛教禅学与诗歌研究》，中国社会科学出版社2001年版，第80—83页。

大兴趣,接着指出:"据上所引,知梵志'土馒头'诗,当日曾为一桩热闹公案,唯改诗者或云山谷,或云东坡,为不同耳。"① 可见以苏、黄为代表的宋代诗人,喜爱王梵志诗中的诙谐幽默,乃因为符合宋人对诗歌新奇、生趣的审美追求。

寒山有这样一首诗:"有人笑我诗,我诗合典雅。不烦郑氏笺,岂用毛公解。不恨会人稀,只为知音寡。若遣趁宫商,余病莫能罢。忽遇明眼人,即自流天下。"② 表明自己的诗歌创作追求。他利用偈颂的通俗体制是自觉的,也以有意提倡新诗风而自豪:"有个王秀才,笑我诗多失。云不识蜂腰,仍不会鹤膝。平侧不解压,凡言取次出。我笑你作诗,如盲徒咏日。"③ 他对自己的创作也很自信:"家有寒山诗,胜汝看经卷。书放屏风上,时时看一遍。"④ 拾得诗则说:"我诗也是诗,有人唤作偈。诗偈总一般,读时须仔细。"⑤ 与寒山的态度是一致的。对两人的诗歌创作,钱锺书谓:"初唐寒山、拾得二集,能不搬弄翻译名义,自出手眼;而意在砭俗警顽,言俚而旨亦浅。"评价是比较中肯的。不过,寒山的这些诗,纯粹宣扬禅理,实为禅师语录的韵语。《四库提要》谓:"今观所作皆信守拈弄,全作禅门偈语,不可复以诗格绳之。而机趣横溢,多足以资劝戒。"⑥ 道出寒山诗禅趣横生的特点。

(二) 诗中的禅理

佛典的偈颂归根结底是为了宣扬佛理的。因此,诗僧们进行创作时,必然在诗中表达对佛教教义的认识与理解。这样,就要在诗中说理。不过,有些诗僧的创作,或描摹叙述,或抒写情志,以表达对人生、社会、宇宙事项的看法,在阐明佛理的同时又有现实体验与哲理机趣,很有诗意。如皎然这样的诗:

逸民对云效高致,禅子逢云增道意。白云遇物无偏颇,自是人心

---

① (唐)王梵志著,项楚校注:《王梵志诗校注》,上海古籍出版社1991年版,第760页。
② 项楚:《寒山诗注(附拾得诗注)》,中华书局2000年版,第785页。
③ 同上书,第751页。
④ 同上书,第794页。
⑤ 同上书,第844页。
⑥ (清)纪昀等:《钦定四库全书总目》(整理本)(下)卷149,中华书局1997年版,第1991页。

第六章 禅味：中国诗学中的释家精神

见同异。(皎然《白云歌寄陆中丞使君长源》)①

山居不买剡中山，湖上千峰处处闲。芳草白云留我住，世人何事得相关。(皎然《题湖上草堂》)②

诗中已经把佛理与理趣结合起来了。寒山的通俗诗说理的也不少，而且极有禅趣：

高高峰顶上，四顾极无边。独坐无人知，孤月照寒泉。泉中且无月，月自在青天。吟此一曲歌，歌终不是禅。③

孤月悬空，寒泉静流。高岚远旷，独坐歌吟。意境空旷寂静，衬托诗人的超凡脱俗。禅趣的最佳表现，是通过禅境表现出来。《神会语录第一残卷》载菏泽神会与张说的一段话："是以无念不可说，今言说者，为对问故；若不对问，终无言说。譬如明镜，若不对像，镜中终不现像。今言现像者，为对物故，所以现像。"④ 禅是自性不可言说，所以要以现像表本体，以禅境露禅心。张伯伟先生认为："寒山乃是以诗达禅，以禅寓诗，极具禅机而又自辩不是禅，非深入禅境者不能为此诗。"⑤ 再如贯休诗：

常思东溪庞眉翁，是非不解两颊红。桔槔打水声嘎嘎，柴芉白薤肥濛濛。鸥鸭静游深竹里，儿孙多在好花中。千门万户皆车马，谁爱如斯太古风。⑥

哲理从诗境中自然流露出来，有意在言外之味。禅宗和尚的诗理确实

---

① 中华书局编辑部点校：《全唐诗》（增订本）卷821，中华书局1999年版，第9341页。
② 同上书，卷815，第9261页。
③ （唐）寒山：《高高峰顶上》，项楚：《寒山诗注（附拾得诗注）》，中华书局2000年版，第750页。
④ 胡适：《神会和尚遗集》，上海亚东图书馆1930年版，第115页。
⑤ 张伯伟：《禅与诗学》，人民文学出版社2008年版，第295页。
⑥ （唐）贯休：《怀邻叟》，中华书局编辑部点校：《全唐诗》（增订本）卷836，中华书局1999年版，第9494页。

有"禅气""禅思"和"禅理"：

> 近夜山更碧，入林溪转清。不知伏牛路，潭洞何纵横。曲岸烟已合，平湖月未生。孤舟屡失道，但听秋泉声。①

溪流清澈，山谷幽深。曲岸烟合，孤舟失道。寂寞幽静的意境里，有一种幽深玄远的禅趣。《五灯会元》卷五载船子德诚禅师在渡口每日以一小舟接送渡客的故事：

> 一日，泊船岸边闲坐，有官人问："如何是和尚日用事？"师竖桡子曰："会么？"官人曰："不会。"师曰："棹拨清波，金鳞罕遇。"师有偈曰："三十年来坐钓台，钩头往往得黄能。金鳞不遇空劳力，收取丝纶归去来。千尺丝纶直下垂，一波才动万波随。夜静水寒鱼不食，满船空载月明归。三十年来海上游，水清鱼现不吞钩。钓杆斫尽重栽竹，不计功程得更休。有一鱼兮伟莫裁，混融包纳信奇哉。能变化，吐风雷，下线何曾钓得来。别人只看采芙蓉，香气长粘绕指风。两岸映，一船红，何曾解染得虚空，问我生涯只是船，子孙各自赌机缘。不由地，不由天，除却蓑衣无可传。"②

这个诗偈包含着隐喻。以"船"比喻佛法，船上之人喻指芸芸众生，"明月"喻指禅灯佛影。表面看这个诗偈呈现给我们的是一幅明净澄澈得一尘不染的渔翁垂钓图，实际是说明禅理，是生活之境与佛境的完美结合。袁行霈先生谓："船子和尚写的是垂钓的情景和过程，意象丰富，境界高远，而又寄寓着随缘任运的禅理。千尺丝垂，以见求之深。万波随动，以见动之广。鱼既不食，遂空载月归。诗的意境亦返于清静虚空。有禅理禅趣而无禅语，简直可以当一首渔夫词来读，和柳宗元的《江雪》、张志和的《渔歌子》相去无几，难怪为人所盛赞。"③ "以船渡人"的隐

---

① （唐）释灵一：《溪行即事》，载（明）正勉编《禅门逸书初编》第1册《古今禅藻集》卷2，台北明文书局1981年景清四库全书钞本影印本，第35页上栏。
② （宋）普济著，苏渊雷点校：《五灯会元》（上），中华书局1984年版，第275页。
③ 袁行霈：《中国诗歌艺术研究》，北京大学出版社2009年版，第95页。

第六章 禅味：中国诗学中的释家精神

喻，不由得使我们想起《坛经》五祖送惠能于九江驿的故事。五祖让惠能上船，亲自摇橹驾船。当惠能要接过橹驾船时，"祖云：'合是吾渡汝。'惠能云：'迷时师度，悟了自度。'"[①] 对话充满机锋。和这个公案蕴含的禅理一样，船子德诚禅师的偈语表明，渡船就是渡人，用船渡人是一种人生方式，也是一种艺术方式，同时也是一种禅的方式。三十年来空垂钓丝而不计功程，生涯如船每日渡人而不讲功利，这种超脱自由的人生方式及其境界就是艺术的境界，禅的境界。抽象的禅理因为生动的形象而变得诗意和朦胧，优雅的诗境因为禅理而变得更加潇洒飘逸和悠远。

北宋著名僧人惠洪写了大量非常优美的诗文，诗中能将优美的意境与禅理相结合：

> 夜清暑雨过，四壁草虫鸣。一枕幽人梦，半窗闲月明。摧颓弘法志，老大佳山情。忽忆陈尊宿，编蒲度此生。（《湘上闲居》）
> 无言桃李已垂阴，小雨南风自满襟。佳客偶来持茗碗，宝书看罢整瑶琴。未容丝竹陶闲适，尽把云山付醉吟。图画麒麟他日事，不将行乐付初心。（《次韵熏堂》）

以这种情境相生，意境优美的诗歌明禅，诗中充满了禅理，禅也因之带有至美的灵性。《五灯会元》载禅宗第十二代传人法明上坐圆寂前唱诗偈的故事。法明上座平日里尤喜柳永词，常于大醉后唱吟。他在圆寂前，"大呼曰：'吾去矣，听吾一偈。'众闻奔视，师乃曰：'平生醉里颠蹶，醉里却有分别。今宵酒醒何处，杨柳岸晓风残月。'"[②] 以柳永词来表达禅宗平常心是道的禅理，使这种表达充满审美和诗化的色彩。

二 以禅入诗："象"与"境"

禅向诗的渗透，在诗僧那里，是借诗明禅，以诗寓禅，落脚点是宣扬禅理。以禅入诗还有一种形式，就是诗中不明言禅理，而是于诗中寓含禅意。这是地道的诗，这些诗，或写花鸟鱼虫，或模山范水取境烟

[①] 丁福保笺注：《坛经》，上海古籍出版社2011年版，第26页。
[②] （宋）普济著，苏渊雷点校：《五灯会元》（下），中华书局1984年版，第1053页。

霞，并不直接以禅言谈禅理，但诗歌往往超越禅理，表现出普遍的人生哲理、人生态度、人生趣味，而禅味就在其中。明代僧人普荷写诗云："禅而无禅便是诗，诗而无诗禅俨然。"① 意思是说，虽无禅语但有禅味者是诗，虽无诗句但有诗境者就是禅，诗禅相通。诗人参禅"养心"，写诗抒情，于是，诗中闪烁着禅的影子，形成特有的禅味神韵。究其原因，是参禅使诗人心态发生了变化，反映在诗中，就呈现出不一样的意象与境界。

（一）"竹"与"月"

佛教传入中国后，信仰佛教的文人士大夫们将佛禅的一些精神内蕴移于他们文学创作的歌咏对象之中，形成了一系列具有禅风佛韵的独特意象。孙海燕指出："富有中国化特色的禅宗宗派的建立，佛禅经典与僧人语录、禅诗构建了一个很特别的哲学象征系统，中国传统诗歌中的一些意象都被'转义'……都成为别有意味的意象。"② 这些诗歌意象，在继承古典诗歌意象传统的基础上，开拓和深化了传统诗歌意象的内涵意蕴，增加了禅的超脱精神品格，以禅心点化诗境，使诗歌意境透露出浓浓的禅味。其中，"竹"与"月"就是两个典型的禅家意象。

1. 翠竹说法

"竹"是中国古典诗歌中的传统意象。竹大概是最能引人遐思的植物。就自然属性而言，其一，它挺拔坚韧，刚毅而富有弹性；其二，冬夏常青，"中空"而"有节"。因此，在诗歌中，它常常被比附成具有高风亮节的人文品格。按黄永武先生的说法，竹子常常象征着潇洒脱俗，在诗人笔下，往往是孤高出群的人物，十足代表了刚毅的性格和远大的志向，有弹性而不妥协，分外的坚贞；另外，竹子又谦虚正直，不与群树比荣，不与群花比美，具有一份淡雅的虚怀，其高风亮节，常常被尊为"节"友，君子效仿它，有品有节，才能有始有终地保全完美的天性。③ 人们从竹身上看到了自身人格力量或某种道德属性，自然属性同人格特点发生契

---

① （明）普荷：《诗禅篇》，载陈荣昌辑《滇诗拾遗》卷5，《丛书集成续编》第151册，集部，上海书店出版社1994年影印本，第484页上栏。
② 孙海燕：《黄庭坚对传统诗歌意象的禅意化演进——以"月"、"松"、"竹"为例》，《文学遗产》2009年第6期。
③ 黄永武：《中国诗学》（思想篇），新世界出版社2012年版，第9—11页。

第六章　禅味：中国诗学中的释家精神

合，于是，由竹的品性联想到人格品质，进而联想到"超然脱俗"的人生境界，以此表现诗人的审美情趣、人格理想和艺术追求。

竹除了以上涉及的传统意象蕴含之外，还存在着一种超凡脱俗的宗教指涉意味。竹子与佛结缘很早，刘海燕说："据法显的《佛国记》和玄奘的《大唐西域记》记载，释迦牟尼在王舍城宣扬佛教时，归佛的迦兰陀长者把自己的竹园献出，摩揭陀国王频毗娑罗就在竹园建筑一精舍，请释迦牟尼入住，释迦牟尼在那里驻留了很长时间，广收门徒，说道度民，那栋建筑就与著名的舍卫城祗园并称为佛教两大精舍。"[1]"竹林精舍"是竹佛结缘的见证。东汉时期佛教传入中国，作为佛教圣物的竹子与佛的渊源也同时被接受。敦煌壁画第 322 窟《说法图》中，竹子作为佛家说法的背景出现，虽然画法简单粗糙，但至少说明了竹子与佛法的渊源关系，有重要的宗教意义。禅宗产生，竹子更成了禅宗教义的象征。禅家认为，"一切现成"，把山水自然看作诗佛性的显现，"青青翠竹，尽是法身。郁郁黄花，无非般若"。自性没有固定的形象，通过青青翠竹、郁郁黄花来呈显。《景德传灯录》卷一一还记载邓州香严智闲禅师击竹开悟的公案：

>（祐和尚，引者注）一日谓之曰："吾不问汝平生学解，及经卷册子上记得者，汝未出胞胎，未辨东西时，本分事试道一句来，吾要记汝。"师懵然无对，沉吟久之，进数语陈其所解，祐皆不许。师曰："却请和尚为说。"祐曰："吾说得，是吾之见解，于汝眼目何有益乎？"师遂归堂，遍检所集诸方语句，无一言可将酬对，乃自叹曰："画饼不可充饥。"于是尽焚之，曰："此生不学佛法也，且作个长行粥饭僧，免役心神。"遂泣辞沩山而去，抵南阳，睹忠国师遗迹，遂憩止焉。一日，因山中芟除草木，以瓦砾击竹作声，俄失笑间，廓然省悟，遽归沐浴焚香，遥礼沩山。[2]

当香严智闲百思不解老师沩山灵祐的题目时，是瓦砾击竹之声开

---

[1] 刘海燕：《竹林禅韵——论竹的环境意象之一》，《世界竹藤通讯》2008 年第 4 期。
[2] （宋）道原著，顾宏义译注：《景德传灯录译注》（二），上海书店出版社 2010 年版，第 733 页。

启了他，使他廓然醒悟。从此，在禅家那里，翠竹不但是法身的显现，还是悟道的契机。"翠竹"也成为禅家的经典意象。于是，受禅风熏染的诗人，诗中的竹意象也充满了禅意，在诗人笔下，青青翠竹似乎也在微风中摇曳婆娑，轻诉佛法，正所谓"诗思禅心共竹闲，任他流水向人间"①。

（1）超凡脱俗的气质风韵

禅家诗人爱竹，往往在竹意象中寄托自己雅尚超凡脱俗的气质风韵。竹的高、逸、雅、静，带给人们的是超凡脱俗的况味，最能体现禅的静观心态。贾岛《竹》诗云："篱外清阴接药栏，晓风交戛碧琅玕。子猷没后知音少，粉节霜筠漫岁寒。"篱外是竹林清影，晨风拂过矮栏，发出飒飒之声。自从王徽之去世之后，世上再也没有爱竹如命的人了。《世说新语·任诞》载："王子猷尝暂寄人空宅住，便令种竹。或问：'暂住何烦尔？'王啸咏良久，直指竹曰：'何可一日无此君！'"②诗人微言寄意，借赞爱竹之人，表达自己脱俗的气节。白居易《池上竹下作》云："水能性淡为吾友，竹解心虚即我师。何必悠悠人世上，劳心费目觅亲知。"水是我的好友，因它能使人性情淡泊；竹是我的老师，因其"空心"，代表着诗人追求的"心空""无我""无念"的禅意。僧皎然《寒竹》诗云："袅袅孤生竹，独立山中雪。苍翠摇劲风，婵娟带寒月。狂花不相似，还共凌冬发。"风雪中孤拔挺立的竹子，就是诗人人格的象征。苏轼《于潜僧绿筠轩》嗟叹："可使食无肉，不可居无竹。无肉令人瘦，无竹令人俗。"有竹能使人不俗。黄庭坚也在诗中提到"不俗"，其《寄题安福李令爱竹堂》云：

> 渊明喜种菊，子猷喜种竹。托物虽自殊，心期俱不俗。千载得李侯，异世等风流。为官恐是陶彭泽，爱竹最如王子猷。寒窗对酒听雨雪，夏簟烹茶卧风月。小僧知令不凡材，自扫竹根培老节。富贵于我如浮云，安可一日无此君。人言爱竹有何好，此中难为俗人道。我于

---

① （唐）李嘉祐：《题道虔上人竹房》，中华书局编辑部点校：《全唐诗》卷207，中华书局1999年版，第2169页。

② （南朝宋）刘义庆撰，（梁）刘孝标注，杨勇校笺：《世说新语校笺》（修订本）（第三册），中华书局2006年版，第682页。

此物更不疏，一官窘束何由到。①

诗中，黄庭坚对"不俗"进行了具体的描摹：寒窗对酒，夏簟烹茶。雨洒雪落，风过月映。竹影婆娑，远离尘俗。所谓"不俗"，就是这样一种高雅的生活情调和人格理想，细味此诗，少的是世俗的气息，更多的是遗弃尘世的佛家味道。

（2）"竹"意象的禅思禅意

王维晚年在蓝田辋川别业静虑参禅。参禅之地名"竹里馆"，并写诗《竹里馆》云："独坐幽篁里，弹琴复长啸。深林人不知，明月来相照。"虚空清冷的竹林里，充满禅的意味。琴声和啸声消逝在虚空寂静的永恒之中，时间空间消逝了，人、竹、月一起融入自然本真的状态。白居易也常常在竹泉佳处，与僧交游。其《夏日与闲禅师林下避暑》诗云："洛景墙西尘土红，伴僧闲坐竹泉东。绿萝潭上不见日，白石滩边长有风。"皎然是开引禅入诗风气之先的一位名僧。其《宿法华寺简灵澈上人》云："至道无机但杳冥，孤灯寒竹自青荧。不知何处小乘客，一夜风来闻颂经。"孤灯寒竹，夜半风来，闻客颂经。其佛光禅影，幻化其中，禅思禅意，氤氲其间。彭洁莹、张学松云："据对大历十才子诗的自然意象统计，在花木植物意象中，出现最多的依次是草、竹、柳、松、莲荷……'竹'意象在十才子诗中是仅次于'草'的植物意象，达到了161次。"② 而且"竹"意象的人格象征意味非常淡薄，往往通过"竹"渲染环境的清幽静寂，体现禅佛静观心态，从中领悟禅理佛机。比如：

> 翠竹黄花皆佛性，莫叫尘境误相侵。（司空曙《寄卫明府常见短靴褐裘又务持诵是以有末句之赠》）③
> 柴门兼竹静，山月与僧来。（钱起《山斋独坐喜玄上人夕至》）④

---

① （宋）黄庭坚著，刘琳、李勇先、王蓉贵校点：《黄庭坚全集》（第二册），四川大学出版社2001年版，第1029页。
② 彭洁莹、张学松：《大历十才子诗歌意象论》，《郑州大学学报》（哲学社会科学版）2005年第6期。
③ 中华书局编辑部点校：《全唐诗》（增订本）卷293，中华书局1999年版，第3320页。
④ 同上书，卷237，第2618页。

味：一个诗学语词的理论批评

> 诗思竹间得，道心松下生。何时来此地，摆落世间情。（钱起《题精舍寺》）①

宋代禅宗普及，出现了僧侣世俗化，文人僧侣化的现象。僧侣世俗化的突出表现是文人出身的和尚以及会写诗的僧人增多。如宋初的"九僧"，江西诗派就有禅僧数位。所谓文人僧侣化，不是说文人出家为僧，而是指文人与禅僧多方交往。苏轼《东坡志林》谓："吴、越多名僧，与予善者常十九。"黄庭坚是禅宗黄龙派晦堂大师的入门弟子。禅风炽烈必然影响诗风，宋诗"以禅入诗"非常普遍，纪晓岚谓："诗可参禅味，不可作禅语。"② 宋诗中有许多充满禅理禅趣，禅味浓郁之作。如黄庭坚《题息轩》：

> 僧开小槛笼沙界，郁郁参天翠竹丛。万籁参差写明月，一家寥落共清风。蒲团禅板无人付，茶鼎熏炉与客同。万水千山寻祖意，归来笑杀旧时翁。③

宋代罗大经《鹤林玉露》载某尼《悟道诗》云："尽日寻春不见春，芒鞋踏遍陇头云。归来笑拈梅花嗅，春在枝头已十分。"此中消息正与山谷"万水千山寻祖意，归来笑杀旧时翁"同。万水千山踏遍，苦苦寻道，原来道在我心。凌云因见桃花悟道，有诗云："三十年来寻剑客，几回落叶又抽枝。自从一见桃花后，直至如今更不疑。"山谷有诗云："凌云一笑见桃花，三十年来始到家。从此春风春雨后，乱随流水到天涯。"④ 这两首诗表达的意思也是一样的，见桃花悟道，也是禅宗常见的象征意象。而黄庭坚诗中"郁郁参天"的翠竹，不仅仅是客观的景物，更是佛法的显现。所以这首诗的开头四句，出现的"翠竹""明月"意象，既是诗

---

① 中华书局编辑部点校：《全唐诗》（增订本）卷237，中华书局1999年版，第2621页。
② （元）方回选评，李庆甲集评校点：《瀛奎律髓汇评》卷47，上海古籍出版社1986年版，第1686页。
③ （宋）黄庭坚著，刘琳、李勇先、王蓉贵校点：《黄庭坚全集》（第二册），四川大学出版社2001年版，第1100—1101页。
④ （宋）黄庭坚：《题王居士所藏王友画桃杏花二首》，黄庭坚著，刘琳、李勇先、王蓉贵校点：《黄庭坚全集》（第二册），四川大学出版社2001年版，第1177页。

第六章 禅味：中国诗学中的释家精神

人"寻祖意"的自然环境，更是佛法本身。因为道就在"翠竹"，"翠竹"就是道。宋徽宗建中靖国元年，苏轼遇赦北归，过南华寺。写诗一首，题《东坡居士过龙光，求大竹作肩舆。得两竿。南华珪首座，方受请为此山长老。乃留一偈院中，须其至，授之，以为他时语录中第一问》，诗云：

斫得龙光竹两竿，持归岭北万人看。竹中一滴曹溪水，涨起西江十八滩。（《东坡居士过龙华留一偈》）

他说，我把这两根竹子带回去，会引动万人前来观看。竹中的每一滴曹溪之水，都会在西江十八滩涌起万顷波涛。竹中的曹溪之水，是苏轼走过坎坷人生的精神力量。苏轼肩上的竹竿，就是苏轼的人生之禅，竹竿之水，就是流淌在苏轼心中的禅法清泉。

黄庭坚在《归宗茶堂森明轩颂》中写道："万竹森然，莫非自己。作如是观，可谓明矣。菁菁翠竹，来者得眼。其不得者，我亦无简。助发此观，亦有风雨。若问轩名，请与竹语。"[1] 诗中以翠竹说法，体现了禅宗的"心外无法""惟心所见"观。这个禅宗心法，来自一段公案。《景德传灯录》卷二十四载清凉院文益禅师"指竹问僧"谓：

师指竹问僧："还见么？"曰："见。"师曰："竹来眼里，眼到竹边？"僧曰："总不恁么。"[2]

文益禅师指着竹子问一位僧人："可还看见了么？"僧人回答："看见了。"文益追问道："是竹子来到眼睛里，还是眼睛跑到竹子边？"那僧人回答："都不是这样。"对文益这个古怪的问题，僧人的回答是对的。按禅宗的说法，既非竹来，亦非眼去。为何？"竹"不过是"眼根"与"色尘"因缘和合而成的"幻相"。如果说"竹到眼边"，那么"竹"就是实

---

[1] （宋）黄庭坚著，刘琳、李勇先、王蓉贵校点：《黄庭坚全集》（第三册），四川大学出版社2001年版，第1523页。

[2] （宋）道原著，顾宏义译注：《景德传灯录译注》（四），上海书店出版社2010年版，第1849页。

有。缘何盲者不见？如果说"眼到竹边"，就是承认"眼"可外见，缘何夜黑不见竹？所以《楞严经》卷三佛陀谓："当知是见，非于根出，不于空生。""非于根出"是谓不能"眼到竹边"，"不于空生"是谓不能"竹来眼里"。眼也好，竹也罢，不过是因缘和合的幻象，只是一心所化。所以黄庭坚诗才有所谓"菁菁翠竹，来者得眼。其不得者，我亦无箇"。正所谓"心外无法""惟心所见"，这正是黄庭坚诗借"竹"表达的超然禅理。

2. 明月禅心

"月"也是中国传统文化与诗歌中的一个经典意象。裴斐先生曾云："从历史看，我们是个特别喜欢月亮的民族。"① 在古典诗歌中，"月"意象随处可见。傅道彬先生谓："在中国文化里，月亮一开始就不是一个普通的星体，它伴随着神话世界飘然而至，负载着深刻的原始文化内容。"② 张节末先生指出，月亮在中国文化中含义丰富，其与美学诗学相关者有三。其一，月有圆阙；其二，月性为阴，与日相对，其光清冷；其三，月性为水，月光如水之意象大概由此而来。③ 纵观中国诗歌发展历史，月意象的主要内涵可以概括为以下几点：第一，由"月有圆缺"引申而来，对时间永恒、人生短暂的哲理思考，"月"意象充满了时间和空间意蕴。第二，由"月性为阴"引申而来，月意象象征着女性世界的温馨和感伤，以及与此关联的亲情、爱情、友情及乡情。第三，由"月性为水"引申而来的，月光明亮皎洁，象征着人格的高洁，往往是超凡脱俗，光明磊落的人格化身。

月，也是佛教中的一个重要喻象。吴言生通过对禅宗哲学的公案颂古象征、诗学话语的考察，认为禅宗哲学象征，构成了庞大繁复的话语体系。他指出："禅宗哲学象征意象，以本心论、迷失论、开悟论、境界论为基石，形成了一个相对完整、严密、庞大、繁富的象征话语体系。喻象新颖独特，运思奇变叵测，异彩纷呈，禅意盎然。它是禅宗哲学的精华，

---

① 裴斐：《诗缘情辨》，四川文艺出版社 1986 年版，第 185 页。
② 傅道彬：《晚唐钟声——中国文学的原型批评》（修订本），北京大学出版社 2007 年版，第 35 页。
③ 张节末：《禅宗美学》，浙江人民出版社 1999 年版，第 283—284 页。

第六章 禅味：中国诗学中的释家精神

表征着深邃睿智、澄明高远、玲珑剔透的诗禅感悟。"① 孙海燕认为："由于文人士大夫对于佛教的信仰与对佛经的阅读，尤其是唐宋时期，随着禅宗的兴起，在以诗说禅和绕路说禅的风气中，'月'被更广泛地用作喻体。从此，'月'所负载的佛禅象征意义被引入中国哲学和诗歌，给'月'的意象增添了更多的哲学意蕴和人文情怀。'月'在中国古典诗歌中的传统寓意悄悄地发生着变化，带有了几分禅意。"② 下面我们就以"月"意象为考察对象，分析诗歌中"月"意象的禅佛象征意蕴。

（1）吾心似秋月

以月喻心，是佛禅常见的比喻。寒山诗云："吾心似秋月，碧潭清皎洁。无物堪比伦，教我如何说。"③ 这首诗，用秋月映照清澈的碧潭上，比喻禅家内心的皎洁。借着碧潭的清净，映照皎洁的月光，指出自性的湛然圆满，光辉朗洁。《菩提心论》谓："照见本心，湛然清净，犹如满月，光遍虚空，无所分别。"④ 禅宗认为，佛性本自清净，犹如空中明月。《佛说月喻经》云："如世所见，皎月圆满，行于虚空，清净无碍。"这里指的是禅者的清净心如同晶莹剔透的月亮，普照万物又纤尘不染，一旦悟得真谛，就会进入一种空明的境界。寒山此语，将心月的性质形容得无与伦比，遂成禅林名句。僧诗经常化用此境。《五灯会元》卷十八《道完》："古人见此月，今人见此月。此月镇常存，古今人还别。若人心似月，碧潭光皎洁。决定是心源，此说更无说。"以"月"证道，尚能看出传统诗歌意象的衍射。张若虚《春江花月夜》在描绘春江月夜，江潮连海，月共潮生的画面后，发出"人生代代无穷已，江月年年只相似"的充满人生哲理的喟叹。道完此证道诗可看作《春江花月夜》的流风余绪，张若虚诗中月亮播撒的审美之光流泄在禅师的证道诗中，使禅诗充满了审美诗意的色彩。世俗诗人更借月华，表达纤尘不染的禅心。黄庭坚《再和答为之》诗："嗣宗须酒浇，未信胸怀阔。自状一片心，碧潭浸寒月。"就

---

① 吴言生：《禅宗哲学象征》，中华书局2001年版，第387页。
② 孙海燕：《黄庭坚对传统诗歌意象的禅意化演进——以"月"、"松"、"竹"为例》，《文学遗产》2009年第6期。
③ 项楚：《寒山诗注（附拾得诗注）》，中华书局2000年版，第137页。
④ 《金刚顶瑜伽中发阿耨多罗三藐三菩提心论》，载《中华大藏经》编辑局编《中华大藏经》（汉文部分）第66册，中华书局1993年影印本，第292页下栏。

是化用寒山诗歌的意象。杜甫《夏夜叹》诗云：

> 永日不可暮，炎蒸毒我肠。安得万里风，飘摇吹我裳。昊天出华月，茂林延疏光。仲夏苦夜短，开轩纳微凉。虚明见纤毫，羽虫亦飞扬。物情无巨细，自适固其常。

华月朗照，茂林流光。炎夏燥热，俗物缠身。微风徐徐吹来，诗人在纤尘不染的月光中卓然颖悟。翻检杜诗可知，杜甫谙熟佛经典籍。其云："作诗用事，要如禅家语：水中着盐，饮水乃知盐味。"① 其于佛教典籍领会的妙合无垠，才能运用时出神入化。佛家认为，不二法门将红尘热恼与室外清凉打成一片。禅家指出炎热之时不必去清凉地，而是要与热恼彻底同化，即可证成对热恼的觉悟。白居易《苦热题恒寂师禅室》："人人避暑走如狂，独有禅师不出房。可是禅房无热到，但能心静即身凉。"② 杜荀鹤《夏日题悟空上人院》："三伏闭门披一衲，兼无松竹荫房廊。安禅不必须山水，灭得心中火自凉。"③ 酷热难当，禅师闭门披衲，参禅悟道，心静清凉。是因为"灭却心头"，消除世俗烦恼。杜甫诗中是因为月光流转，获得片刻清凉安宁，并感悟物情各适常本的佛理。诗中之"月"，清净圆明，周遍法界，渗透出浓厚的禅家气息。

（2）水中捞月

"水中捞月"是执幻成真而导致本心迷失的象征。水中之月似有而实无有。《诸法无行经》卷上谓："譬如镜中像，虽可目见而无有实。一切色亦如是。"水中本无月，水中月的幻相，是天上之月与地上之水的因缘和合。因此一切现象是虚幻不实的"如水中月"。如果执着幻相，不仅徒劳无功，还会身陷灾难。《摩诃僧祇律》卷七所载"水中捞月"的典故，就是譬喻迷者认幻为实，贪心追逐。因此，水中之月遂成为禅僧诗客喜爱吟咏的意象。王梵志诗云：

---

① （宋）胡仔纂集，廖德明校点：《苕溪渔隐丛话》（前集）卷10，中华书局香港分局1976年港版，第66页。
② 中华书局编辑部点校：《全唐诗》（增订本）卷438，中华书局1999年版，第4882页。
③ 同上书，卷693，第8052页。

> 观影元非有,观身亦是空。如采水底月,似捉树头风。揽之不可见,寻之不可穷。众生随业转,恰似寐梦中。①

身影俱空,如水中月、树头风,众生执着幻相,正是以假为真。为之揽寻,不啻梦中。佛教常用水中月来譬喻诸法缘起无自性、人生虚妄不实的道理。《大智度论》卷六谓:"解了诸法如幻,如火焰,如水中月。"这里的"水中月"就是比喻人生的短暂和世界的虚幻。《红楼梦》第五回《枉凝眉》:"一个是水中月,一个是镜中花。"表达的就是这种人生虚幻的感受。黄庭坚《沁园春》:"镜里拈花,水中捉月,觑着无由得近伊。"水中之月,一如镜中之花影。所以《证道歌》云:"镜里看形见不难,水中捉月争拈得。"禅宗思想认为,人人都有光明圆满的佛性,但却往往受到外物的迷惑,心月遂为妄念的浮云所遮蔽。《景德传灯录》卷二十五:"月在云中,虽明而不照。智隐惑内,虽真而不通。"佛教以水中之月来比喻人生短暂、世界虚幻,目的是引导人们超越现实世界,既然心月已被浮云遮蔽,就要通过修行来拨落妄念的浮云。

(3) 见月忘指

"见月忘指"是禅宗富有特色的语言观。禅宗用"见月忘指"的象征,对胶着于语言者提出批评。在佛教中,用"指"来比喻语言文字,用"月"比喻佛法真谛。佛教典籍中有诸多关于"指月"的记载。《楞严经》卷四谓:"如愚见指月,观指不观月。计着名字者,不见我真实。"《楞严经》卷二谓:"如人以手,指月示人。彼人因指,当应看月。若复观指以为月体,此人岂唯亡失月轮,亦亡其指。何以故?以所标指为明月故。"《圆觉经》谓:"修多罗教,如标月指。若复见月,了知所标,毕竟非月。一切如来种种言说,开示菩萨,亦复如是。"《大智度论》卷九谓:"如人以指指月,以示惑者,惑者视指而不视月。人言之曰:'我以指指月,令汝知之,汝何但看指而不看月?'此亦如是,语为义指,语非义也。"总体看,这几则材料需注意以下几点:一是从指月之人的角度,目的是接引惑者看月。其二,从被接引者角度看,惑者见指不见月。其三,

---

① (唐)王梵志:《观影元非有》,王梵志著,项楚校注:《王梵志诗校注》卷3,上海古籍出版社1991年版,第265页。

从语言和意义的关系角度看,语为义指,语非义也。对此,李壮鹰先生有透彻分析:"'以手指月,而指非月',手指只有指月的作用,而手指本身不是月亮。你把我的手指当成月亮去追求,那就错了。真正明白的人是沿着手指的方向看过去,超越手指,看到月亮本身。而你一旦看到了月亮,也就会发现月亮和手指完全不是一回事儿。"①

"以手指月"比喻的是语言和禅本体的关系。语言对于禅本体而言,只有指向性,没有说明性。对于本体的解说,只不过是个方便的权设。就像乘船过河,架梯上房,船和梯子不是目的,是引导到达目的的方便措施。聪明的人到达目的地会弃船登岸,这叫"舍筏登岸"。所以,"语言是开向没有语言的地方的船,是指向没有语言的地方的那个手指。"② 胡塞尔在其《现象学的观念》一书中说:"现象学的还原就意味着:必须给所有超越之物(没有内在地给予我的东西)以无效的标志,即:它们的实存、它们的有效性不能作被预设为实存和有效性本身,至多只能被预设为有效性现象。"③ 胡氏的话很有启发性。语言作为一种存在,只能作为有效性的现象,而不是有效性本身。这里涉及认识如何可能即以语言言说世界的可能,即如何超越语言之途。刘成纪先生认为,禅宗为这一问题提供了三种解决途径。④ 第一种是首先肯定世界的不可言说性,肯定无言的重要性,然后用语言把世界这种不可言说的特质说出来,所以禅宗讲"不立文字",但是还试图说出禅的本体。第二种是以沉默为切入点达到对真理的洞见,将语言与世界的关系转换为心与世界的关系。比如禅宗的坐禅和禅悟,是试图通过对世界的凝神观照取代语言的蹩脚表达。但是这种办法的最大问题是,对那些有慧心的人才能发生作用。于是,禅宗还有一个比较积极的第三种办法,即以言明象,以象尽意的方式。通过"象"达到对世界的言说。对破解学人执着于语言,禅宗以"象"言说,同时强调:一是学人要在读经、听法之前直下承当。其要旨是要领会言外之

---

① 李壮鹰:《禅与诗》,北京师范大学出版社2001年版,第53页。
② 同上。
③ [德]埃德蒙德·胡塞尔:《现象学的观念》,倪梁康译,商务印书馆2017年版,第16页。
④ 刘成纪:《青山道场——庄禅与中国诗学精神》,东方出版社2005年版,第284—286页。

意，弦外之音。二是禅师说法时要使用玲珑剔透、不落痕迹的语言，所谓"羚羊挂角，无迹可寻"。

禅宗用"一片白云横谷口，几多归鸟夜迷巢"来象征语言障蔽意义的家园。《五灯会元》卷十二《文悦》谓："语不离巢道，焉能出盖缠？片云横谷口，迷却几人源。""见月休观指，归家罢问程。"① 已经见到真实的月亮，就不必再看指头；已经回到家园，就不必在探问途程。"已到岸人休恋筏，未曾度者要须船。"② 已经到达岸边，就不要留恋船筏。寒山的诗也说出了关于"指月"的独特体会："岩前独静坐，圆月照天耀。万象静观中，一轮本无照。廓然神自清，汉虚洞玄妙。因指见其心，月是心枢要。"

关于禅的不可说，又不得不说。也许英国批评家伊格尔顿的观点对我们有所启发。他说："从索绪尔和维特根斯坦到当代文学理论，20世纪的'语言学革命'的特征即在于承认，意义不仅是某种以语言'表达'或者'反映'的东西：意义其实是被语言创造出来的。"③ 今道友信也说："'语言是存在之家'——这是海德格尔的名言，即语言就是存在。语言是存在赠送给人的礼物，但这个礼物同一般礼物不同，这里赠送者和礼物是无论如何也分不开的。……言物不分家时，语言才成为真正的语言。"④ 显然，这是较之胡塞尔前进了一步，从这个角度说，"手指"就不是"表达""反映"了"月亮"，而是创造"月亮"了吧？

（4）水月相忘

"水月相忘"是禅悟审美的高华境界，蕴含着诗意的光明。《金光明经》卷二谓："佛真法身，犹如虚空。应物现形，如水中月。"义怀对此段经文有精妙阐发："譬如雁过长空，影沉寒水，雁无遗踪之意，水无留影之心。"⑤ 吴言生谓："在水月相忘的直觉观照中，观与被观的

---

① （宋）宗杲撰述，蕴闻编：《大慧普觉禅师语录》卷20，载《中华大藏经》编辑局编《中华大藏经》（汉文部分）第77册，中华书局1994年影印本，第264页下栏。
② （宋）普济著，苏渊雷点校：《五灯会元》（上）卷4《龟山正元禅师》，中华书局1984年版，第222页。
③ ［英］特雷·伊格尔顿：《二十世纪西方文学理论》，伍晓明译，陕西师范大学出版社1987年版，第68页。
④ ［日］今道友信等：《存在主义美学》，崔相录、王生平译，辽宁人民出版社1987年版，第33—34页。
⑤ （宋）惠洪：《林间录》（卷上），载于亨译注《禅林四书》，崇文书局2010年版，第46页。

界线全然泯除,观照的双方互为主体,流漾着超妙的情愫,生机远出。水月相忘的禅者之心,脱离了情感的粘着性,呈现出澄明晶莹的境象……水月相忘的审美观照,体现了禅者摆脱六根粘着性所获得的澄明感悟。"①

王国维《人间词话》云:"有有我之境,有无我之境。……有我之境,以我观物,故物皆著我之色彩。无我之境,以物观物,故不知何者为我,何者为物。"② 提出"以我观物"和"以物观物"两种"观物"方式。"而禅宗的'观物'方式,则是迥异于这两者的第三种'观物'方式,它不是观物论,而是直觉论:对'物'(真如)作直觉的'观照',以体证遍布宇宙的真实本体'如如',这就形成了禅悟体验的直觉境。"③ 水月相忘的直觉之境,禅宗以"如井觑驴"相喻。《曹山元证录》载"如井觑驴"的公案。曹山本寂问德上座:"'佛法真身,犹如虚空,应物现形,如水中月',作么生说'应'底道理?"德上座回答说"如驴觑井"。曹山认为"只道得八成"。因为德上座的回答还有眼识在,仍不免觅东觅西,寻佛寻祖,还有主观的成分在。曹山认为应该是"如井觑驴",本无形影,亦无执着处。完全消泯了主观意念的中介性,能所俱泯,超越了两物相对和情识分别,已经进入性水澄明,心珠朗耀的直觉之境。唐人于良史《春山月夜》诗云:"春山多胜事,赏玩夜忘归。掬水月在手,弄花香满衣。兴来无远近,欲去惜芳菲。南望钟鸣处,楼台深翠微。"清泉在手,月影可掬,正是这种水月两忘的澄明清澈。

禅宗诗歌运用大量鲜明可感的艺术形象,表达澄明而透彻的"水月相忘"之境。《华严经》谓:"譬如净满月,普现一切水。"玄觉化用此境,《正道歌》诗曰:"一性圆通一切性,一法遍含一切法。一月普现一切水,一切水月一切摄。"月光洒在水面,形成无数水月,圆通的月无时不有,无处不在,表现事理圆融的禅宗精髓。苏轼诗云:"江月照我心,江水洗我肝。端如径寸珠,堕此白玉盘。我心本如此,月满江不湍。"④

---

① 吴言生:《禅宗哲学象征》,中华书局2001年版,第356页。
② 王国维撰,黄霖等导读:《人间词话》,上海古籍出版社1998年版,第1页。
③ 吴言生:《禅宗哲学象征》,中华书局2001年版,第355页。
④ (宋)苏轼:《滕州江上夜起对月赠邵道士》,苏轼撰,邓立勋编校:《苏东坡全集》(上),黄山书社1997年版,第480页。

皎洁的月华与清澈的江水相映照，造就一片澄明的天地。苏轼老年被贬海南，大赦北还渡海，写诗云：

> 参横斗落转三更，苦雨终风也解晴。云散月明谁点缀，天容海色本澄清。空余鲁叟乘桴意，无复轩皇奏乐声。九死南荒吾不恨，兹游奇绝冠平生。①

云散月明，海天澄清，这是参透人生后的释然心境。诗人的心灵已经与水月圆融一体，诗人已经超越怨恨生死，到达佛家空我之境。唐僧人皎然的《水月》诗也传达了这种水月相忘的禅者心境："夜夜池上观，禅身坐月边。虚无色可取，浩浩意难传。苦向空心了，长如影正圆。"黄庭坚《登快阁》诗："落木千山天远大，澄江一道月分明。"气格高古，境界阔大，亦是"水月"相忘之境界。

皎然诗曰："忧虞欢乐皆占月，月本无心同不同。"② 不错，"万古长空，一朝风月"，"江畔何人初见月，江月何年初照人。人生代代无穷已，江月年年只相似"③。月本无心，穿越亘古时空，月印万川。是人的喜怒哀乐投射到月光之中，造就了月光下一篇篇别样的诗篇。孙海燕说："在禅者的眼中，'月'别有一番情味，它明亮、皎洁、清凉，遍照万物，亘古如斯……与人的清净心、佛性有了几分相似。……于是在浸染于禅境的诗人笔下，'月'也就有了不同的况味。"④

（二）"空寂"之境

在唐代，"意境"理论的提出，明显带有禅学影响的痕迹。唐诗对六朝诗的真正超越，也体现在意境的开拓上。那么，探讨禅佛之境如何深化诗歌意境，就是一个有研究价值的课题。在中国诗歌史上，王维被后人称为"诗佛"，这不是偶然的。一方面，他生活的时代，是中国佛教发展的

---

① （宋）苏轼：《过海》，苏轼撰，邓立勋编校：《苏东坡全集》（上），黄山书社1997年版，第566页。
② （唐）皎然：《山月行》，中华书局编辑部点校：《全唐诗》（增订本）卷821，中华书局1999年版，第9349页。
③ 张若虚：《春江花月夜》，同上书，卷117，第1185页。
④ 孙海燕：《黄庭坚对传统诗歌意象的禅意化演进——以"月"、"松"、"竹"为例》，《文学遗产》2009年第6期。

"黄金时代",是佛教发展最兴隆辉煌的时期;另一方面,他受佛学的濡染最深,尤其是他的山水田园诗,描写细致入微,蕴含丰富,意境中,禅理、禅趣、禅悦之风流溢其间,可堪"以禅入诗"的典范。高友工曾说,伟大的诗人应当具有当世的时代性与后世永恒的"美典"。① 王维既独步当世,又垂范后代,他通过山水田园诗所建构的"空寂"之境,具有独特的诗歌美学意义。

1. 王维与佛禅之"空寂"

王维以学佛名世。王维学佛,有家学渊源。王维的母亲崔氏曾师北宗领袖普寂三十年,王维《请施庄为寺表》云:

> 臣亡母故博陵县君崔氏。师事大照禅师。三十余岁。褐衣蔬食。持戒安禅。乐住山林。志求寂静。②

由这篇表可知,王维早年和大照禅师(普寂)有交往,普寂就是北宗领袖神秀的首坐弟子。王维全家都和这位佛教首领有来往。王维弟弟王缙在《东京大敬爱寺大证禅师碑》中云:"缙尝官登封,因学于大照。"③ 王维也有《为舜阇黎谢御题大通大照和尚塔额表》一文④,可见王维与北宗渊源很深。王维与北宗禅师的往来除普寂外尚有义福、净觉、道璿、慧澄、元崇等。⑤ 可以想见,王维当时所学禅法应当为北宗。《为舜阇黎谢御题大通大照和尚塔额表》云:"入三解脱门,过九次第定。""九次第定"是北宗禅的修行方式,通过禅坐不动,以摄心入禅。王维《过卢四员外宅看饭僧共题》云:"身遂因缘法,心过次第禅。"可见,王维有修行禅法的过程和体验。

---

① [美]高友工:《律诗的美典》(上),刘翔飞译,《中外文学》1989年第18卷第2期,第4—34页。
② (唐)王维著,(清)赵殿成笺注:《王摩诘全集笺注》卷17,上海世界书局1936年版,第249页。
③ (宋)李昉等编:《文苑英华》(第六册)卷862,中华书局1966年影印本,第4552页下栏。
④ (唐)王维著,(清)赵殿成笺注:《王摩诘全集笺注》卷17,上海世界书局1936年版,第243页。
⑤ 萧丽华:《从王维到苏轼——诗歌与禅学交会的黄金时代》,天津教育出版社2013年版,第99页。

第六章 禅味：中国诗学中的释家精神

但王维真正皈依的禅师却是南禅系统。① 王维于开元十八年（730）丧妻之后，"俯伏受教"于道光禅师。道光禅师属于南宗禅，王维"十年座下"侍奉禅师。然而其南禅上的开悟当得于神会，神会是六祖惠能弟子。王维受神会之托作著名的《能禅师碑》。从碑文内容看，王维对南宗禅是很有研究和体会的："无有可舍，是达有源；无空可住，是知空本；离寂非动，乘化用常；在百法而无得，周万物而不始。……五蕴本空，六尘非有。众生倒计，不知正受。……至人达观，与物齐功。无心舍有，何处依空。不着三界，徒劳八风，以兹利智，遂与宗通。"② 能看出王维对六祖惠能的"根尘不灭，非色灭空"的无相无住的思想颇能契合。

王维习禅南北兼修，谙习佛典。晚年长斋奉佛，以诵禅为事。《旧唐书·王维传》载：

> 维弟兄俱奉佛，居常蔬食，不茹荤血，晚年长斋，不衣文彩。……在京师日饭十数名僧，以玄谈为乐。斋中无所有，唯茶铛、药臼、经案、绳床而已。退朝之后，焚香独坐，以禅诵为事。③

可见王维修习佛典之勤。萧丽华从王维诗文典故入手归纳、探寻王维濡染的佛禅典籍。认为：

> 王维禅学思想重心乃南北禅之"心"法，以悟般若空性，达无生涅槃为主，佛教徒以三皈依为始，皈依佛、皈依法、皈依僧，王维奉佛典，依南北禅师之教，修空观自性，诵《维摩》《般若》《涅槃》诸经，都是大乘禅宗的理路，王维之禅应属大乘不即不离，二谛中道的观点。④

---

① 萧丽华：《从王维到苏轼——诗歌与禅学交会的黄金时代》，天津教育出版社2013年版，第99页。
② （唐）王维著，（清）赵殿成笺注：《王摩诘全集笺注》卷25，上海世界书局1936年版，第348—351页。
③ （后晋）刘昫等撰：《旧唐书》，《王维传》，中华书局1975年版，第5052页。
④ 萧丽华：《从王维到苏轼——诗歌与禅学交会的黄金时代》，天津教育出版社2013年版，第77页。

味：一个诗学语词的理论批评

孙昌武根据法国汉学家戴密微（Paul Demiéville）所考，认为：《维摩诘经》是印度佛教重要的大乘经典，也是完全能融入中国文化的少数佛典之一。[①] "维摩"梵语为"无垢"，又可译为"净名"，意为清净无垢，王维所企慕的就是维摩以在家居士身份，修得的清净空体。《维摩诘经》云："如是见无为法入正位者，终不能生于佛法，烦恼泥中，乃有众生起佛法耳。又如植种于空，终不得生，粪壤之地，乃能兹茂。"说的是不能直接从无、空讲佛法，要从有中悟空，从现实世界中抽象出空无本质。又云："得是平等，无有余空，惟有空病，空病亦空。"万法本空，若一味执着于"空"则落入"病空"。《大品般若经》云："若法无所有，不可得，是般若波罗密。……内空故，外空、内外空、空空、大空、第一义空……"般若观是中国禅宗的本体思想，南宗禅主要持此观。"般若"即智慧，"空"即"真如"。这些都是空的真谛，王维性空的体认主要来源于此。空是禅学三昧，神会和尚遗著云："但自知本体寂静，空无所有，亦无住著，等同虚空，无处不遍，即是诸佛真如身。"[②] 体现了神会禅师"不作意，心无有起，是真无念"的本体寂静观。

总体看，王维的"性空"观属于佛家圆融中道的"空"，是南禅"中道二谛"之"空"观。这种禅观思想能够把人类意识中的许多原本对立的状态混合为一，这种思想不仅体现在王维的人生处事上，也在他的诗中有深刻的体现。

2. 王维诗中的"空寂"之境

许总《唐诗史》谓："在文学史的接受视域中，王维比不上李、杜那样的烜赫地位与深远影响，但在当时以都城为中心的开天诗坛，王维却是最为重要的核心人物。"[③] 他指出，时人之所以尊崇王维，是和开元盛世"都城文化"唐音典型有关："当时人着重于其秀雅的语言表达方式，乃在于以都城为中心的诗坛形成在浓郁渊雅的文化氛围中对雄整高华的艺术情趣的普遍追求的总体趋向。"[④] 也就是说，盛唐审美范型的整体趋向是

[①] 孙昌武：《唐代文人的维摩信仰》，载荣新江主编《唐研究》（第1卷），北京大学出版社1995年版，第87页。
[②] 杨曾文编校：《神会和尚禅话录》，中华书局1996年版，第10页。
[③] 许总：《唐诗史》（上册），江苏教育出版社1994年版，第509页。
[④] 同上书，第511页。

第六章 禅味：中国诗学中的释家精神

具有进取的、积极的都城文化认同，这是"唐型文化"特有的艺术表征。[1] 以"都城文化"为切入点，萧丽华认为，"王维诗的主调可以'都城文化''山林清音''空寂万有'三者贯穿起来……这三种主调正好也包含王维早年怀抱功业愿望与昂扬精神的《燕支行》《陇西行》《从军行》《陇头吟》《出塞》《使至塞上》《渭城曲》《观猎》等佳作；及佛道兼修时期的《新晴野望》《积雨辋川庄作》《偶然作》等田园逸趣，而最终指向的却是以《辋川二十景》为主的空寂之美，这种空寂之美是超乎时空而具有永恒境域而又灵动万有的'妙'境。"[2] 王维诗中"空寂"之境主要体现在第二、第三两种主调上。

（1）王维诗中的"空"与"寂"

孙昌武指出："王维不仅对佛学理论有深厚素养，他还是一个虔诚的宗教实践家。他把生活体验与禅宗思想相印证，做出自己的理解。而他同时又是一位优秀的诗人。他写过不少阐扬佛理的诗文，更把宗教思想与宗教感情化为诗思，结合切身的亲切感受表现出来，从而在诗歌创作上做出了新的开拓，并在唐代诗坛上独创一家。"[3] 在王维的诗集中，"空""寂"二字具有特别的意义。一方面，他趋心于"空寂"的自然景物。

> 暮持筇竹杖，相待虎谿头。催客闻山响，归房逐水流。野花丛发好，谷鸟一声幽。夜坐空林寂，松风直似秋。（《过感化寺昙兴上人山院》）

暮色苍苍，上人持杖迎候客人，山泉清流，谷鸟声幽，一片空寂之境。诗的禅意融入自然景物，化为诗境，杳无痕迹，一片空灵。

> 竹径从初地，莲峰出化城。窗中三楚尽，林上九江平。软草承趺坐，长松响梵声。空居法云外，观世得无生。（《登辨觉寺》）

---

[1] 傅乐成：《唐型文化与宋型文化》，载傅乐成撰《汉唐史论集》，台北联经出版公司1977年版，第339—382页。

[2] 萧丽华：《从王维到苏轼——诗歌与禅学交会的黄金时代》，天津教育出版社2013年版，第95页。

[3] 孙昌武：《佛教与中国文学》（第2版），上海人民出版社2007年版，第80页。

此诗写登寺远眺之景。竹径莲峰，青草长松，是诗中之景，也是悟道的对象。《瀛奎律髓》谓："'窗中'、'林外'四字一了数千里。"① 眼界开阔，来自道心。《唐诗选脉会通评林》谓："结言禅心空寂，觉有所得，见登寺之益。"② 这种空明的意境，在摩诘诗中是屡见不鲜的。例如："食随鸣磬巢鸟下，行踏空林落叶声。"③ 再如："故乡不可见，云水空如一。"④ 诗人用词雅淡，却把诗境构造得空灵剔透。另一方面，诗人以"寂"名禅，往往以空寂之心入空寂之境。

晚年惟好静，万事不关心。自顾无长策，空知返旧林。松风吹解带，山月照弹琴。君问穷通理，渔歌入浦深。（《酬张少府》）

诗人"晚年惟好静"，抛却世俗的纷扰，沉浸于属于自己的空寂世界。松风拂来，衣袂飘飘。山月朗照，月夜抚琴。这是一个幽清寂寥的世界。"君问穷通理，渔歌入浦深"，充满超绝言象的禅机。

独坐幽篁里，弹琴复长啸。深林人不知，明月来相照。（《竹里馆》）

渲染的是与空寂为伴的空寂之心。诗人独坐幽静的竹林里弹琴长啸，仿佛一切都不存在了，只有清冷的明月静静陪伴着诗人，诗人的内心是空寂幽独的。

中岁颇好道，晚家南山陲。兴来每独往，胜事空自知。行到水穷处，坐看云起时。偶然值林叟，谈笑无还期。（《终南别业》）

方回《瀛奎律髓》评此诗："有一唱三叹不可穷之妙。"《王孟诗评》

---

① 陈伯海编：《唐诗汇评》（上），浙江教育出版社1995年版，第312页。
② 同上。
③ （唐）王维：《过乘如禅师萧居士嵩丘兰若》，王维撰，陈铁民校注：《王维集校注》（第1册），中华书局1997年版，第110页。
④ 王维：《和使君五郎西楼望远思归》，同上书，第50页。

谓:"无言之境,不可说之味。"《批选唐诗》谓:"迫近性情,悄然忘言。"《王孟诗评》谓之有"不可说之味",说明"禅者是内自证的修行,其滋味如人饮水,冷暖自知,他人无法同享"。所以《唐诗从绳》谓:"行止洒落,冷暖自知,水穷云起,尽是禅机。"① 这里的禅机正是将"空寂"意化于无形的境界。清徐增《唐诗解读》卷五云:"行到是大死,坐看是得活,偶然是任运,此真好道人行履。""穷"和"起"的禅机蕴含其中。

近人释道元认为:"在这些诗里,自然景物都变成演说佛法的依据,闪耀出禅光佛影,使人领悟到'真如佛性'存在于宇宙万物之中。"② 关于王维诗的"空寂"之美,萧丽华有一段精彩的评述:"王维诗中'空寂'之美在'不立文字不着言语'的禅风中演出,在禅修宴坐中体察精微,超象物外,在身心相离中'任性''无念'地显现出幽深静远的林下风流(《竹坡诗话》评禅诗语),'空寂'的世界是澄净的、灵动的,是王维心灵深处的境象外显,是真空万有,色空融合的直观显露。……这种诗禅交融的效果在唐诗'意境'开创上走向高峰,在王维诗中的'空寂'之美显出胜义,是严羽所谓'第一义诗'之流,是司空图所谓'澄澹精致''韵外之致''味外之旨'的最高典型。"③

(2)王维山水诗"空寂"意境:"禅味"的美感生成

马奔腾指出:"艺术的境界并不是简单的物质创造物,而是艺术家整个性格、整个命运与他周围的环境遭遇所氤氲出的一种情趣。或者说,艺术的境界其实就是一种人性的境界。所以对诗歌意境来讲,诗人所受哲学、宗教思想的影响尤为重要。……禅给诗歌带来了开拓、创新的机遇,使诗歌形成了与传统有较大不同的构思与表现的角度,显现出新的境界。接受了禅的渗透与滋润,诗歌意境更加含蓄幽远,也更加动人了。"④ 禅家缘起性空、真空妙有的思想,使得诗人抛却对外在事物的执着,使外在

---

① 陈伯海编:《唐诗汇评》(上),浙江教育出版社1995年版,第315页。
② 道元:《谈"诗佛"——王维》,《内明》1988年第196期。转引自萧丽华《从王维到苏轼——诗歌与禅学交会的黄金时代》,天津教育出版社2013年版,第86页。
③ 萧丽华:《从王维到苏轼——诗歌与禅学交会的黄金时代》,天津教育出版社2013年版,第126页。
④ 马奔腾:《禅境与诗境》,中华书局2010年版,第90页。

味：一个诗学语词的理论批评

的事物成为一种美妙的存在，这有助于意境内涵的深化与空灵化，创造更为深远生动的意境。葛兆光从禅宗对士大夫的艺术思维产生影响的角度，研究禅宗直觉思维给诗人艺术创造带来的影响：

> 禅宗以直觉观照、沉思默想为特征的参禅方式，以活参、顿悟为特征的领悟方式……突出了表现与自悟，它正好吻合了士大夫们试图在诗画中表现自我细腻、微妙感受的希望，因此在禅宗对士大夫的渗透过程中，士大夫也不自觉地习惯了禅宗的思维方式，逐渐形成了以直觉观照中沉思冥想为特征的创作构思，以自我感受为主追溯领悟艺术品中的哲理、情感的欣赏方式及自然、简练、含蓄的表现手法三合一的艺术思维习惯。[①]

马氏和葛氏研究的深刻启示在于，禅家的自性对诗人的心性具有拓展作用，它为诗歌的"空诸一切"和"静照万物"提供了方面之门，而诗人正是通过静照默想的直观思维方式，完成艺术境界的创造。

萧丽华通过对唐代"宴坐"诗的考察，认为透过宴坐诗可以看出诗禅交流的底蕴，进而发现宴坐诗对唐诗语言、意象、意境构建的意义。所谓"宴坐"，或作"晏坐""燕坐"，即"禅坐"之意，内涵包括形式的跏趺和无形的禅心。据统计"《全唐诗》着'坐'字的作品多达2739首，直接用'宴坐'者凡28见，用'独坐'者凡152次，此外用'静坐''禅坐''坐禅''趺坐''晏坐''燕坐'者亦近百，其他不着'坐'字的宴坐诗则不知有多少"[②]。这个统计至少说明：一、"宴坐"是唐人尤其是诗人的普遍现象；二、"宴坐"诗对唐诗境界的扩展和内容的扩大，有重要影响；三、宴坐作为一种静默的修禅方式，对诗人的直觉思维的养成有重要意义。

就王维而言，因为受北宗禅影响，他强调禅坐的功夫，而且他对趺坐禅寂下的观照力也是予以肯定的。禅，在梵语中为 Dhyāna，是"沉

---

① 葛兆光：《禅宗与中国文化》，上海人民出版社1986年版，第203—204页。
② 萧丽华：《从王维到苏轼——诗歌与禅学交会的黄金时代》，天津教育出版社2013年版，第41页。

· 348 ·

思"之意，中国古代译为"思维修"，它的内涵是将散乱的心念集中，进行冥想，它与"瑜伽"（Yoga）有联系，可以看作广义的瑜伽修行方式之一。葛兆光谓："在禅定状态中，它要求人们切断感觉器官对外界的联系，排除一切外在的干扰，中止大脑中的其他意念，排除一切内在情欲的干扰，使意识集中一点，进入一种单纯、空明的状态。禅宗认为，只有这样，才能够达到一种理解人生、宇宙终极真理的意识。"① 现代心理学研究表明，这种凝神沉思的状态，人的潜意识十分活跃，下意识的联想也随之产生。不过这种潜意识活动是非理性的，联想自由起伏，飘忽不定，自由无涯。而这正是艺术创造直觉思维的特点，佛禅的直觉，符合诗性思维。饶宗颐说："哲理与诗的密切联系形成禅家吸引人的特殊力量，这种神秘的象征的由直觉所演出的诗样语言，隐藏着深度思想，与其说是宗教的，不如说是艺术的，更为合适。"② 佛禅通过长期的静坐冥想所达到圣境的豁然顿悟，类似于诗歌创作中的灵感激发，两者的共同点是需要直觉的力量。宗白华云："这种微妙境界的实现，端赖艺术家平素的精神涵养，天机的培植，在活泼泼的心灵飞跃而又凝神寂照的体验中突然地成就。"③ 这突然地成就的境界，就是禅家的"顿悟"。"悟"对于禅，诚如铃木大拙所言："没有悟就没有禅，悟是禅学的根本、禅没有悟，就等于太阳没有光和热。禅可以失去它所有的文献，失去所有的寺庙，但是，只要其中有悟，禅会永远存在。"④ 关于禅悟如何参与境界的建构，铃木大拙解释说：

  悟可以解释为对事物本性的一种直觉的观照。它与分析或逻辑的了解完全相反。实际上，它是指我们习惯于二元思想的迷妄之心一直没有感觉到一种新世界的展开，或者可以说，悟后，我们是同一种意料不到的感觉角度去观照整个世界的。不论这个世界怎么样，对于那

---

① 葛兆光：《禅宗与中国文化》，上海人民出版社1986年版，第150页。
② 饶宗颐：《泛论禅与艺术》，载饶宗颐《澄心论萃》，上海文艺出版社1996年版，第184页。
③ 宗白华：《中国艺术意境之诞生》，载宗白华《艺境》，北京大学出版社1987年版，第154页。
④ ［日］铃木大拙：《禅风禅骨》，耿仁秋译，中国青年出版社1989年版，第102页。

些达到悟的境界的人们来说，这世界不再是经常的那个世界。虽然它依旧有流水和火，但它决不再是同一个世界。①

铃木大拙只是笼统地说出"悟"之后，这个世界不再是原来的世界，但具体如何"悟"，则语焉不详。对此，李泽厚有具体论述，他说："我以为，它最突出和集中的具体表现，是对时间的某种神秘的领悟，即所谓'永恒在瞬刻'或'瞬刻即可永恒'这一直觉感受。……禅宗讲的是"顿"悟。它所触及的正是时间的短暂瞬刻与世界、宇宙、人生的永恒之间的关系问题。这问题不是逻辑性的，而是直觉感受和体验领悟性的。即是说，在某种特定条件、情况、境地下，你突然感觉到在这一瞬刻间似乎超越了一切时空、因果，过去、未来、现在似乎融在一起，不可分辨，也不去分辨，不再知道自己身心在何处（时空）和何所由来（因果）。"②

李泽厚的论述，揭示的是禅家直觉思维的超时空观。这种思维观在禅家诗人那里，体现为超越时空，体验静中万象。时空观的改变，直接带来了诗歌意境结构的改变。王维诗歌的"空寂"的"禅味"美感，就生成于这种时空变化。

那么王维诗的时空观有什么特征？柯庆明认为："王维诗中的自然不是三度空间之自然，而是浸渍在时间之内的四度空间之自然。"③ 什么是"四度空间之自然"？李世杰说的一段话可作参考："时间在刹那的现在中，有空间化的方面，把时间来空间化，把空间来时间化的东西就是'自由的行为'。"④ 我们结合王维的诗句来理解。以《辛夷坞》"涧户寂无人，纷纷开且落"这句诗为例，从时间看，是花开花落的一瞬，是瞬间，也是永恒，是"刹那间的永恒"。从空间看，花开花落的图景，只是宇宙之一粒，不过佛教所谓"一即一切，一切即一"，王维呈现给我们的

---

① ［日］铃木大拙：《禅风禅骨》，耿仁秋译，中国青年出版社1989年版，第102页。
② 李泽厚：《庄玄禅宗漫述》，载《中国古代思想史论》，天津社会科学院出版社2004年版，第196页。
③ 柯庆明：《试论王维诗中常见的一些技巧和象征》，载《境界的探求》，台北联经出版公司1977年版，第240页。转引自萧丽华《从王维到苏轼——诗歌与禅学交会的黄金时代》，天津教育出版社2013年版，第121页。
④ 李世杰：《禅的哲学》，载张曼涛主编《禅宗思想与历史》，台北大乘文化出版社1978年版，第12页。

第六章　禅味：中国诗学中的释家精神

是"一境中的万有"。这就是"时间的空间化"和"空间的时间化"，就是四度空间之自然。这种时空的变化具有"穿心取境"的功效，结构出"心造"的"自然"，这个"自然"就是王维诗的"空寂"之境。其所蕴含的"禅味"美感在静寂趋空中有万般滋味：静寂人语，山空鸟鸣，涧中无人，山花开落。是静与动，虚与实，空寂与群动，是静寂之境忽生万有，是"空与有""寂与动""凝固与流动"的和谐统一。无怪乎清黄周星《唐诗快》（卷十四）赞叹道："此何境界也，对此不令人生道心者乎？"

其实，对黄周星的"生道心"之慨，明胡应麟早就有心得："右丞却入禅宗。如人闲桂花落。夜静深山空。月出惊山鸟。时鸣春涧中。木末芙蓉花。山中发红萼。涧户寂无人。纷纷开且落。读之身世两忘。万念俱寂。不谓声律之中。有此妙诠。"[①] 清王士禛更把王维辋川绝句与世祖拈花等量齐观：

> 严沧浪以禅喻诗，余深契其说，而五言尤为近之。如王裴辋川绝句，字字入禅。……妙谛微言，与世尊拈花，迦叶微笑，等无差别。（《带经堂诗话》卷3）

（3）"空寂"的辋川："此在"的意义

王维从四十四岁开始经营蓝田辋川别墅，直到他六十一岁去世，前后经十七年。辋川别墅对王维的生活和创作都具有重要的意义。据《王维传》载："（王维）得宋之问蓝田别墅，在辋口，辋水周于舍下，别涨竹洲花坞，与道友裴迪浮舟往来，弹琴赋诗，啸咏终日。尝聚其田园所为诗，号《辋川集》。"[②] 辋川在陕西蓝田南辋谷内，辋谷是一条长三十华里、宽狭不一的峡谷，成南北走向，辋水流贯其中。在此处，诗人与友人泛舟唱和，辑为《辋川集》。《辋川集并序》云：

> 余别业在辋川山谷，其游止有孟城坳、华子冈、文杏馆、斤竹

[①] （明）胡应麟：《诗薮》，内篇《近体下》，中华书局1958年版，第115页。
[②] （后晋）刘昫等撰：《旧唐书》，《王维传》，中华书局1975年版，第5052页。

岭、鹿柴（去声）、木兰柴、茱萸沜（潘上）、宫槐陌、临湖亭、南垞（音茶）、欹湖、柳浪、栾家濑、金屑泉、白石滩、北垞、竹里馆、辛夷坞、漆园、椒园等。与裴迪闲暇各赋绝句云。①

辋川诗作是王维诗歌中的重要内容。谭朝炎认为："辋川别业，是王维经营的山水田园，辋川诗境，是王维经营的精神世界的山水田园。辋川诗境，是一个避世的世界，是一个澡雪精神的世界，是一个士大夫情结的物化世界，是孤独内心的消散世界，是色相俱空的世界。"② 谭朝炎是从儒释道多元思想交会的角度理解辋川诗境的。实际上，从辋川别业营造的目的和辋川诗歌的美感来源看，都与佛教有极大的关系。所以，从表面上看，辋川之作是自然山水的描摹歌咏，实际上是王维清修的理想寄托，是心灵之寓所，是王维心中的净土。从这个角度看，王维辋川诗就不只是山水自然形象，而是作者契道的心灵语言。关于王维辋川诗作，历来就有赏评。方回《瀛奎律髓》云："右丞此诗（指《终南别业》，引者注）有一唱三叹不可穷之妙。如辋川《孟城坳》、《华子冈》、《茱萸沜》、《辛夷坞》等诗，右丞唱，裴迪酬，虽各不过五言四句，穷幽入玄，学者当自细参，则得之。"③ 赵殿成《王摩诘全集笺注》附录引《朱子语录》云："摩诘辋川诗，余深爱之，每以语人，辄无解余意者。"④ 所谓"穷幽入玄""无解余意"，语未深究，未作引申。近人俞陛云在《诗境浅说续编一》中，从诗境角度，对辋川诗有精到点评，兹录于下。⑤ 其评《鹿柴》谓："前二句已写出山居之幽景。……此景无人道及，惟妙心得之。"评《南垞》谓："一水盈盈，可望而不可即。"评《辛夷坞》谓："空山无人，水流花开。世称妙悟。亦即此诗之意境。"评《竹里馆》谓："虽亦

---

① 王维：《辋川集并序》，中华书局编辑部点校：《全唐诗》（增订本）卷128，中华书局1999年版，第1300页。

② 谭朝炎：《红尘佛道觅辋川：王维的主体性诠释》，中国社会科学出版社2004年版，第235页。

③ （元）方回选评，李庆甲集评校点：《瀛奎律髓汇评》卷23，上海古籍出版社1986年版，第930页。

④ （唐）王维著，（清）赵殿成笺注：《王摩诘全集笺注》卷25，上海世界书局1936年版，第391页。

⑤ 俞陛云：《诗境浅说》，北京出版社2003年版，第121—123页。

第六章 禅味：中国诗学中的释家精神

一片静境，而以浑成出之。"从评语看，辋川诸诗，"空寂"当为诗境特点。"大自然景物在他的诗中处处流露出许多似有若无的禅光佛影，构织成一处空灵、寂静的世界。"①

牟宗三先生在谈到审美品鉴时，提出"妙慧"概念，他说："审美品鉴只是这妙慧之静观、妙感之直感，美以及美之愉悦即在此妙慧妙感之静观直感中呈现。"② 我们在品鉴辋川诗时，不妨借鉴此概念，即透过辋川诗空灵渺漫的形象美感，经验此美感的主体生命所经历的抽象体验。

在海德格尔的思想中，有与东方思维极为相似的内涵，可以借以用来解释禅家思想。美国著名的存在主义哲学家巴瑞特（W. Barrett）在给铃木大拙的 *Essays in Zen Buddhism*（《禅宗论文集》）一书的序言上提到：

> 海德格尔的一位朋友告诉我，有天他去看海德格尔，发现海德格尔正在阅读铃木大拙的书。海德格尔说："如果我对此人的理解没错的话，这正是我在我的全部著作中所一直想说的。"③

这个说法至少说明，海德格尔的思想和禅宗接近。而铃木大拙也称海德格尔将艺术情感等同于存在体验，铃木认为，此一观念能够促进西方对东方观念的理解，架起两个思想世界的桥梁。王为理说："思（海德格尔，引者注）与禅精神上的相通，可以进一步从海德格尔的'存在'、'本然'（Ereignis）概念与禅宗的'佛'、'道'概念的比较中体察。"④ 又说："思（海德格尔，引者注）与禅所达到的对人的非实体性的认证的一个重要方面是，二者都将'无'引入了对人的理解。'无'是海德格尔克服形而上学的'林中路'上的一个重要'路标'。"⑤

在海德格尔看来，"存在"先于一切知识，先于主客体的分化。海德格尔认为："'存在'不是'思想'的产物，而'思想'反倒是'存在'

---

① 萧丽华：《从王维到苏轼——诗歌与禅学交会的黄金时代》，天津教育出版社2013年版，第134页。
② ［德］康德：《康德：判断力之批判》，牟宗三译，西北大学出版社2008年版，第61页。
③ 赖贤宗：《海德格尔与禅道的跨文化沟通》，宗教文化出版社2007年版，第91页。
④ 王为理：《人之问——思与禅的一种诠释与对话》，上海三联书店2001年版，第25页。
⑤ 同上书，第131页。

的产物。"① 他认为,"此在"是万有中能意识、发觉自己"有限性""时间性"的主体。"此在"就是(我)在世界中,既没有"我"与"世界"的二元分离,也没有主客分立的现象。"此在"中的时间不能人为地分割成过去、现在和未来,空间也是如此。世界对于"此在"并无间隔。"忧思"是"此在"的特殊状态,是面对死亡"不能体会"而又不可避免时产生的特殊心境。

  哲学的终极问题就是如何面对和解决人生死的问题。海德格尔曾说过,人们只有充分领会到死亡的威胁和必然,才能够意识到自我的独一无二的不可重复的价值,才能对向着自己的死延伸过去的那些可能性进行自由的选择,"把切近日常的放眼可见的诸种紧迫性与可能性推到死亡的不确定性前面来"②,以此来确定人生的价值和意义。美国哲学家、神学家保罗·蒂利希在《存在的勇气》中总结了人类面临的几种生存焦虑:无法避免的死亡的恐惧;对生命无意义无目的性的焦虑;对自身行为后果的关注。③ 佛教产生的最根本原因就是解决生死问题。印度佛教强调的是人生苦难,追求的是死亡解脱。受中国文化的影响,禅宗的理想世界,不在死后,而在现世。不过与传统佛教的本质相同,禅宗所要解决的仍然是个人如何在现实苦海中得以解脱,并且如何成就佛道。解决的办法、途径和追求的境界由外在的佛的崇拜与对西方净土的追求转化为内在自性的自觉。六祖惠能通过"顿悟"说,打通了世俗与天国、凡夫与佛统。禅宗通过"顿悟"获得了超越,超越一切物我的界限,按李泽厚的说法,是"与对象世界(例如与自然界)完全合为一体,凝成为永恒的存在,于是这就达到了也变成了所谓真正的'本体'自身了"④,"在禅宗看来,这就是真我,亦即真佛性。超越者与此在(Dasein)在这里得到了统一"⑤。

---

  ① 叶秀山:《思·史·诗——现象学和存在哲学的研究》,人民出版社1988年版,第146页。
  ② [德]马丁·海德格尔:《存在与时间》,陈嘉映、王庆节合译,熊伟校,生活·读书·新知三联书店1987年版,第309页。
  ③ [美]保罗·蒂利希:《存在的勇气》,成显聪、王作虹译,贵州人民出版社1988年版,第38页。
  ④ 李泽厚:《庄玄禅宗漫述》,载《中国古代思想史论》,天津社会科学院出版社2004年版,第196页。
  ⑤ 同上书,第197页。

第六章 禅味：中国诗学中的释家精神

禅家常常用诗偈的形式来表达开悟的不同阶段："落叶满空山，何处寻行迹。""空山无人，水流花开。""万古长空，一朝风月。"分别代表苦寻不得、似悟非悟、豁然顿悟三种境界。无独有偶，青原惟信在谈到自己的禅悟体验时说：

> 老僧三十年前未参禅时，见山是山，见水是水。及至后来，亲见知识，有个入处。见山不是山，见水不是水。而今得个休歇处，依前见山只是山，见水只是水。①

惟信禅师的见山三阶段命题，蜚声禅林，广为传诵。见山三阶段表达了禅宗独特的审美感悟。我们先看看阿部正雄的分析，在第一阶段，"存在着主观与客观的二元性。在把山、水及一切构成我们世界的其他事物区别开来时，我们也就把我们自己与他物区别开来了。……此中，'我'是这一区分的基础，'我'把自己置于万物的中心地位"②。在第二阶段，"不存在任何分别、任何客体化作用、任何肯定性和任何主客体的二元对立。……只是对分别之否定的'无分别'，依然陷入一种差别中，因为它与'分别'对立并反对分别"③。"当我们达到第三阶段时，就有一种全新的分别形式。这是一种通过否定'无分别'而被认识到的'分别'。"④阿部正雄把此三阶段理解为未悟、初悟、彻悟三个阶段。第一阶段，惟信把山水判然区别，既有山和水的区别性，也有山是山、水是水的肯定性。第二阶段，既没有区别性又没有肯定性，只有否定性。在第三阶段中，又有了区别性与肯定性。吴言生认为："惟信禅语象征着禅宗审美感悟三阶段，其中第一阶段包含'原悟'（混沌未分的准开悟状态）和'执迷'（二元意识生起所产生的迷执）两个层面，第二阶段是"初悟"时片面沉溺于否定性而缺乏肯定性，第三阶段则是'彻悟'时既有区别性又有肯

---

① （宋）普济著，苏渊雷点校：《五灯会元》（下）卷17，中华书局1984年版，第1135页。
② ［日］阿部正雄：《禅与西方思想》，王雷泉、张汝伦译，上海译文出版社1989年版，第10页。
③ 同上书，第13页。
④ 同上书，第15页。

· 355 ·

定性、既有共同性又有独立性的体验。"①

　　禅宗的终极关怀,是回归精神家园。我们发现,一方面,禅宗所揭示的人类正是由"原我"的朴素到"自我"的执迷,由"自我"的执迷到"无我"的初悟,由"无我"的初悟到"真我"的彻悟,回归精神的本体。海德格尔存在主义也谈到人类的"遮蔽""去蔽"与"无蔽"的问题。"海德格尔以为,形而上学的迷误,关键在于忘却存在。……这种主客体的分离构成了对立和对抗。……形而上学彻底打碎了人与人的世界的统一。……人失去了人性。"② "遮蔽"就是"不显示自身和不就其自身显示的隐匿"③,就是"忘却存在"。所谓"无蔽"就是"就其自身显示自身的敞开"④。海德格尔认为,存在之澄明就是真理。"真理不应理解为'正确',而应理解为'澄明'。存在的真理即存在自身在其存在中显现为真实的。它去掉遮蔽而为无蔽。"⑤ "在遮蔽与无蔽之间存在着一种争执,无蔽的发生是通过对遮蔽的否定和剥夺来实现的。"⑥ 而遮蔽与无蔽之间的转换需要去蔽来完成。正是禅宗哲学与海德格尔存在主义"返回精神家园"途径的一致性,才使得运用海德格尔存在主义阐释王维充满禅思山水诗成为可能。另一方面,海德格尔认为,语言是存在的家园,是人存在的领域。在海氏看来,"诗人之作诗与思者之运思就是对语言之道说的本真的倾听与应合。……因此诗与思也同时构成了语言之道说的两种根本方式。……只有通过这种本真的诗与思,人才能经验语言的本质……并作为存在之无蔽的看护者,而有其诗意的栖居。"⑦ 因此,我们极易理解海德格尔说出荷尔德林所说的诗句:"……人诗意地居住在此大地上。"从这个角度出发,我们用海德格尔的存在之思,解释王维的辋川山水诗世界。

---

　　① 吴言生:《禅宗诗歌境界》,中华书局2001年版,第21—22页。
　　② [德] M. 海德格尔:《诗·语言·思》(译者前言),彭富春译,戴晖校,文化艺术出版社1991年版,第11页。
　　③ 李革新:《在遮蔽与无蔽之间——海德格尔现象学的一种理解》,《复旦学报》(社会科学版)2003年第2期。
　　④ 同上。
　　⑤ [德] M. 海德格尔:《诗·语言·思》(译者前言),彭富春译,戴晖校,文化艺术出版社1991年版,第3页。
　　⑥ 李革新:《在遮蔽与无蔽之间——海德格尔现象学的一种理解》,《复旦学报》(社会科学版)2003年第2期。
　　⑦ 同上。

经由"诗—言说—此在的本质",正是海德格尔对"此在"阐说的方式。换句话说,人"居"于世界的本质可以通过诗得以彰显。"诗意使居住成为居住","诗意的创造使我们居住"。诗意就是居住本身本体论的特征。诗意的居住是作为人真正的存在。"诗意并不是超临和脱离大地。相反,诗意使人进入大地,从属大地,使人居住。"王维为我们建构的辋川诗意世界,正是诗人的诗意栖居之所。王维正以"辋川组诗"—言说—澄明,敞开其"此在"的本质。关于王维"言说"的具体而微,入谷仙介论辋川诗分析说:"辋川庄构筑成一个与现实隔绝的理想世界。……辋川的时空不动声色地由现实转向了时间延续、空间广延的艺术境界。"①他认为辋川庄对王维来说,"不单纯是人的营造物,而是已经升华为超凡脱俗的灵境、可与神灵沟通的圣地"。② 换言之,这超现实的、平静的、安宁的世界蓝图,就是王维心中的净土世界。"空寂"的辋川是王维"存在的诗化和诗化的存在",也是他"此在"的意义。

第三节 以禅喻诗

袁行霈先生指出:"禅宗在唐代确立以后,就在诗人中间产生了广泛的影响,他们谈禅、参禅,诗中有意无意地表现了禅理、禅趣。而禅师也在诗中表现他们对世界和人生的观照与理解。于是,诗和禅就建立了联系。这种联系必然会反映到理论上来,到宋代,以禅喻诗遂成为风气。"③说到"以禅喻诗",就不能不提到严羽的《沧浪诗话》。《沧浪诗话》就是在"以禅喻诗"的风气中产生的一部著名理论批评著作,是一部以禅喻诗的集大成之作。严羽自己对此也颇为自负:

> 仆之《诗辩》,乃断千百年公案,诚惊世绝俗之谈,至当归一之论。其间说江西诗病,真取心肝刽子手,以禅喻诗,莫此清切。是自家实证实悟者,是自家闭门凿破此片田地,即非傍人篱壁,拾人涕唾

---

① [日]入谷仙介:《王维研究》(节译本),卢燕平译,中华书局2005年版,第246—247页。
② 同上书,第248页。
③ 袁行霈:《中国诗歌艺术研究》,北京大学出版社2009年版,第93页。

得来者。李杜复生，不易吾言矣。①

说"自家闭门凿破此片田地"，未免太过于自负。实际上，以禅喻诗，绝不是孤立的文论现象，是有着广泛的基础的。郭绍虞先生谓："我旧作《诗话丛话》（《小说月报》二十卷二号）中有一节云：'以禅喻诗，人皆知始于严羽《沧浪诗话》。实则由诗话言，固似此义发自严羽，由论诗韵语言，则司空图《二十四诗品》已发其义，至东坡诗中则益畅厥旨。'"② 的确如此，中唐以后，就出现了把诗与禅相比附。戴叔伦《送道虔上人游方》诗谓："律义通外学，诗思入禅关。"③ 白居易《自咏》诗谓："白衣居士紫芝仙，半醉行歌半坐禅。"④ 宋代以后，"'禅、教合一'成为潮流，知识分子中居士佛教盛行，禅宗思想得到广泛传播"⑤。诗人、诗论家借参禅来谈诗的则更为普遍。韩驹《赠赵伯鱼诗》云："学诗当如初学禅，未悟且遍参诸方。一朝悟罢正法眼，信手拈出皆成章。"⑥ 北宋人吴可有《学诗诗》三首，诗云：

  学诗浑似学参禅，竹榻蒲团不计年。直待自家都了得，等闲拈出便超然。

  学诗浑似学参禅，头上安头不足传。跳出少陵窠臼外，丈夫志气本冲天。

  学诗浑似学参禅，自古圆成有几联。春草池塘一句子，惊天动地至今传。⑦

此诗见《诗人玉屑》卷一所引。当时龚相也有《学诗诗》，乃和吴之

---

① （宋）严羽：《答吴景仙书》，载（清）何文焕辑《历代诗话》（下），中华书局1981年版，第706页。
② 郭绍虞：《中国文学批评史》，百花文艺出版社2008年版，第251页。
③ 中华书局编辑部点校：《全唐诗》（增订本）卷273，中华书局1999年版，第3076页。
④ 同上书，卷454，第5163页。
⑤ 孙昌武：《佛教与中国文学》（第2版），上海人民出版社2007年版，第280页。
⑥ 韩驹：《陵阳先生诗集》卷1，载舒大刚主编《宋集珍本丛刊》（第34册），线装书局2004年影印本，第474页下栏。
⑦ （宋）魏庆之编：《诗人玉屑》（上册）卷1，上海古籍出版社1978年版，第8页。

作。《诗人玉屑》引之云:

　　学诗浑似学参禅,悟了方知岁是年。点铁成金犹是妄,高山流水自依然。
　　学诗浑似学参禅,语可安排意莫传。会意即超声律界,不须炼石补青天。
　　学诗浑似学参禅,几许搜肠觅句联。欲识少陵奇绝处,初无言句与人传。①

由此可见,严羽之前,由禅悟诗已屡见不鲜,这些诗论已开严羽《沧浪诗话》先声。不过,这些"以禅喻诗"不过是吉光片羽,还没有上升为系统的理论。严羽集"以禅喻诗"之大成,自觉运用这种方法论诗,有意识地借鉴禅学范畴,建立自己的诗学思想体系。陈良运指出:"他将诗学本体与禅学本体全面沟通,将禅宗美学思想与传统的诗歌美学思想熔于一炉,最后又重塑诗学本体。"② 这个评价无疑是准确的。严羽的《沧浪诗话》分为五部分:《诗辩》《诗体》《诗法》《诗评》和《考证》。《诗辩》专谈理论,是《诗话》的核心部分,后面四个部分则是作家、作品、创作方法的具体论证,对第一部分进行补充和说明。"以禅喻诗"是《沧浪诗话》的一大特色,也是沧浪诗学体系的核心问题。

一　禅何以能够喻诗

李壮鹰先生谓:"如果从较为外在的角度来看禅的宗旨,禅与诗的对立性是很明显的。"③ 首先,佛家的本体是寂然不动的自性,是每个人的空明静寂的本来心性。它的特点是不为外界所惑、不动心起念,没有分别心、没有执着心,当然也没有感情活动,更没有喜怒哀乐之情。而诗却完全相反,传统诗学认为诗的最本质核心就是喜怒哀乐的感情。其次,禅家认为自性这个道体不能用语言文字表述,主张"不立文字"。但是诗又完

---

① (宋)魏庆之编:《诗人玉屑》(上册)卷1,上海古籍出版社1978年版,第9页。
② 陈良运:《中国诗学批评史》,江西人民出版社2007年版,第392页。
③ 李壮鹰:《禅与诗》,北京师范大学出版社2001年版,第125页。

全相反，诗歌艺术的主要功能是传达感情，语言作为中介有不可替代的作用，如果取消了语言也就取消了诗歌艺术。所以袁行霈先生说："诗与禅是两种不同的意识形态，一属文学，一属宗教。诗的作用在于帮助人认识世界、体验人生；禅的作用在于引导人否认客观世界的真实性。它们的归趣显然是不同的。"① 然而，禅和诗在禅道与诗道、禅悟与诗悟、禅境与诗境方面，都有相似性，这就构成了"以禅喻诗"的基础。

（一）"禅道"与"诗道"

"禅道"与"诗道"相似，是就诗创作而言。宋人之所以"以禅喻诗"，首先是发现禅道与诗道（指作诗的规律）都是不可授受的。禅宗认为，佛性不是外在的，完全在于人的自性之中。《坛经》谓："自修自作自性法身，自行佛行，自作自成佛道。"所以，禅宗认为求佛就是对自性的发现。《坛经》又云："若自悟者，不假外善知识。若外求善知识，望求解脱，无有是处。"所以禅道从根本上讲是一种个体的直接经验。理性的思维，文字语言的传授，在他们看来，充其量只是具有某种针对性的方便权设。虽不能说毫无用处，但也不是最终的目的，不能得到禅的彻悟。因此，张晶指出："依禅宗的意思，佛性是众生心中人人皆有的，但是发现之、彻悟知，其间的途径与契机，却是千差万别、人言言殊的，因为它不是靠外在的知识传授得来的，而是在个体所亲临的某种特殊境遇、契机中感悟的。这种体验是其他人所无法替代的，必须是自身的一种'亲在的'体验。"② 禅道的个体性、直接性、体验性特点，与诗道很相似。诗歌创作过程中的审美体验，是审美主体与审美客体融合为一的过程，具有高度的个性化特征。从西方哲学的角度看，体验是一种与生命活动密切关联的经历，其基本特征就是类似直觉的直接性。伽达默尔指出：

　　体验就具有一种摆脱其意义之一切意向的显著的直接性，所有所经历的东西都是自我经历物，而且这就一同构成了经历物之意义，即所经历的东西是从属于这个自我的统一体的。因而，它就包含有一种

---

① 袁行霈：《中国诗歌艺术研究》，北京大学出版社2009年版，第93页。
② 张晶：《禅与唐宋诗学》，新星出版社2010年版，第49页。

第六章 禅味：中国诗学中的释家精神

独特的、不可替代的与这个特定生命之整体的关联……因而，我们专门称之为一种体验的东西，就是指一些未忘却的和不可替代的东西，这些东西对领悟其意义规定来说，在根本上是不会枯竭的。[1]

伽达默尔对体验的个体性直接性的特点描述得十分准确。审美体验作为体验的一种特殊形式，也具有这样的特点。诗作为审美创造物，它没有现成的规矩法则，或者说，他的法则就是创造。学诗的途径就是获得这种审美创造能力。而这种能力潜藏在自我的心中，诗人对它的获得只能是在别人作品的启发下反观自我，挖掘自我，从而形成这种审美创造力。宋代诗学中的"以禅喻诗"，正是借"禅道"的个体化特征来比喻"诗道"的个体化创造特征，其意义就在于打破旧的诗学范式，充分发挥主体的审美创造功能。

（二）"禅悟"与"诗悟"

"禅悟"与"诗悟"相似，是就诗欣赏而言的。李壮鹰先生指出："参禅是习禅者进入禅的本体的过程，'悟'作为参禅的极致，是参禅者体验到禅的本体、与禅的本体融和为一的感受。赏诗也是读者进入诗的本体的过程，赏诗的极致是读者体验到诗的本体。宋人之所以把赏诗比作参禅，是由于他们看到了二者在本体的性质、进入本体的过程以及体验到本体的感受上都有相似之处。"[2] 这段话中的"本体"，佛学中叫"真相"，与"假象"相对。诗的本体，指的是诗人触物而生的一种感动。首先，"诗悟"的过程，就是进入诗本体，获得感动的过程。从作者角度言，诗人创作作品，目的是把自己内心的感动传达给读者，使读者也产生一样的感动；就读者而言，阅读诗作品而心生感动，就是进入了诗本体。这样看来，诗人创作的作品只是传达感动的媒介，而非感动本身。感动本身作为诗本体具有一个很重要的特点，就是不可表述性。也就是说，一个人心中所发生的某种情感活动，不是一种思维的过程，而是以全部身心所进行的一种脱离思维的体验。这与禅宗禅悟的体验具有相似性。因为禅的本体

---

[1] ［联邦德国］H-G.伽达默尔：《真理与方法》，王才勇译，辽宁人民出版社1987年版，第95—96页。

[2] 李壮鹰：《禅与诗》，北京师范大学出版社2001年版，第131页。

(真如、佛心)也正是"无数量无形相,无色象无音声,不可觅不可求,不可以智慧识,不可以言语取"① 的。其次,诗本体的不可表述性,决定进入诗歌本体的超语言性。从作者角度看,既然诗歌本体的感情不可言说,那么,诗人要想达到感动读者的目的,就必须用语言把引发自己诗情的契机表述出来,交给读者;就读者言,读者借助这个契机的感发,获得了曾经感动诗人的感动。一般而言,这个引发诗人诗情的契机,不外乎引起诗情的意念,或者是触发诗情的外界景物。所谓超语言性,实际是指诗本体是在诗中所直接描写的意念和形象之外的东西。"不着一字,尽得风流",司空图的意思并非不要一个字,而是超越语言局限而涵盖万有。读者赏诗,要想真正进入诗本体,必须既要凭借诗中所直接描写的东西而最终又要超越它们,即以自己的体验把诗人没有直接说出的情感在心头寻味出来。对禅家而言,对道体的参悟就是对语言的超越。禅家强调不可言说,主张"不立文字",但事实是文字不可能废弃,禅家为接引门徒看重话头、语录、公案。其实,这些公案的意义都不在其文字本身,它们往往是一种象征物,或者阻拦弟子正常逻辑思路的工具,使悟道者进入空如广漠的禅悟之境。

(三)"禅境"与"诗境"

"禅境"与"诗境"相似,是就诗作品的意境而言的。首先,禅境与诗境的形成心理机制相近。从审美心理角度而言,诗境和禅境的创造都需要"超越":一个是对有限物象的超越,一个是对虚幻不实现象界的超越。经过"超越",诗人进入无限的时间和空间,思接千载,胸怀万象,获得对人生历史、宇宙万物的感受和领悟;禅者让心灵进入万法皆空的佛境,体会到彻底的自由和解脱。在进入诗境或禅境的过程中,诗人与禅者凝神静思的心态具有一致性。马奔腾指出:"在禅的修持中,修禅者一般被要求清净自心,使其中没有爱著,生于世俗中却没有世俗牵累,冥心于一境,不执于我,进而忘我,体验到一定程度后悟道,禅的境界在心灵中顿现,至于涅槃寂灭之境,觉察到佛家的圆满。创造诗歌意境的审美活动与悟入禅境有着相似的机制。诗境的创造需要有一定

---

① (唐)裴休集:《黄蘗断际禅师传心法要》,载《中华大藏经》编辑局编《中华大藏经》(汉文部分),中华书局1994年影印本,第77册,第118页中栏。

第六章　禅味：中国诗学中的释家精神

的精神准备，有一个澡雪精神的阶段，然后达到对特定的外在事物或内在情感的冥悟，在某一个时间里豁然开朗，此时文思泉涌，妙语天成，关闭的思想之门恍惚间豁然洞开，那渴望已久的美妙境界如桃园仙境般闪现于眼前……然后方可运笔如神，完成脑海中神妙意境在诗歌中的再现与创造。"①

其次，在表达上，禅境与诗境都必须借助于联想想象、比喻象征等手段，指向那朦胧缥缈、难以言说的心灵之境。禅境的表现非常重视联想、比喻和象征的运用。前文已经谈到禅家主张不立文字见性成佛，但是这不意味着人们不能通过语言文字进入禅境。只是禅把语言作为进入禅境的途径和桥梁。这样，对语言文字的运用实际上提出了更高的要求，那就是语言文字不能仅仅满足表层含义的表达，而是要通过语言文字的含蓄蕴藉，让参禅者进入禅境，体味禅境那特有的禅心禅骨、禅味禅韵。在这点上，诗歌的语言文字运用有异曲同工之妙。诗歌要表现心灵的理想境界，也经常通过联想、比喻和象征的运用打破语言常规以获得更丰富的内涵。通过联想、比喻和象征，诗歌的语言获得更大的张力，使本来难以言传的心灵幻影得以朦胧蕴藉地表达和再现。因此，通过比喻和象征等手段，禅宗和诗歌都创造出了自身所向往的艺术境界。对此，钱锺书有深刻的认识：

> 禅宗公案偈语，句不停意，用不停机，口角灵活，远迈道士之金丹诗诀。词章家隽句，每本禅人话头。如《五灯会元》卷三忠国师云："三点如流水，曲似刈禾镰"；卷五投子大同云："依稀似半月，仿佛若三星"；皆模状心字也。秦少游《南歌子》云："天外一沟斜月带三星"，《高斋诗话》谓是为妓陶心儿作；《泊宅编》卷上极称东坡赠陶心儿词："缺月向人舒窈窕，三星当户照绸缪"，以为善状物；盖不知有所本也。《五灯会元》卷十六法因禅师云："天上月圆，人间月半"；吾乡邹程村祗谟《丽农词》卷下《水调歌头·中秋》则云："刚道人间月半，天上月团圆"；死灰槁木人语，可成绝妙好词

---

① 马奔腾：《禅境与诗境》，中华书局2010年版，第40页。

味：一个诗学语词的理论批评

[补订二]。斯亦禅人所谓"不风流处也风流"也。①

钱锺书这里的论述表明，诗与禅存在语言上的互涉影响。禅为诗歌的境界表现注入了新的质素，创造出不同于以往的全新境界；而诗歌也为禅境增添了韵味，使原本枯寂的宗教带上了审美的韵致。元好问的诗句可以算作对诗禅互涉的形象说明："诗为禅客添花锦，禅是诗家切玉刀。"②

二 禅如何喻诗

现在我们回到严羽的《沧浪诗话》，看看他如何通过"以禅喻诗"，来构建自己的诗学批评体系的。严羽的《沧浪诗话》是想通过"以禅喻诗"这个手段，探讨宋代诗歌创作和理论批评中存在的主要问题。《沧浪诗话》是有针对性，有感而发的。那么，我们探讨《沧浪诗话》的"以禅喻诗"，也不妨从宋代诗学的问题入手。宋代的诗歌创作和批评自苏轼之后，黄庭坚和江西诗派的理论和创作几乎主宰了整个诗坛。本书上一章已经论及，中国古典诗歌发展到唐代，已经达到古典诗歌的顶峰，宋诗要在此基础上有新的发展、新的创造，必须要另辟蹊径，改革已有的艺术表现方法和表现技巧，形成自己的风格。在这方面，经过有宋一代诗家的努力，获得的成绩是有目共睹的。在总体上不违背诗歌艺术审美特征的前提下，诗歌的议论化、散文化使宋诗有了超越唐诗的新发展，细腻流畅而富有理趣，议论深邃而饶有兴味。尤其是"淡味"诗歌美学的建立，更是宋代诗人对中国古典诗学的重大贡献，形成了能与唐诗抗衡的"双峰并置"的地位。但是，宋代诗学出现的问题也很明显。正如张少康所言："散文化在另一方面，又容易使人忽略诗歌艺术的审美特性，把它变成押韵的文章，以大段的议论代替生动的形象，以枯燥的说理代替感人的抒情，以典故的堆砌代替幽美的意境，以险僻的文词和烦琐的声律代替逼真自然、如在目前的情景描写，从创作构思过程的思维特点来说，则是以抽象的理论思维代替具体的艺术思维。这样，就会走上违背艺术本身规律的

---

① 钱锺书：《谈艺录》（补订本），中华书局1984年版，第226页。
② （金）元好问：《答俊书记学诗》。

第六章 禅味：中国诗学中的释家精神

错误创作道路。"① 在这个问题上，苏轼和黄庭坚的诗歌创作还没有成为很严重的问题。苏轼虽然喜欢以说理、议论为诗，但他很重视诗歌味外之味的意境创造，在诗学理论上更多的是继承了皎然、司空图一派的思想。黄庭坚虽然更偏重说理、用事、押韵，主张"精读千卷书""无一字无来历""夺胎换骨""点铁成金"，有一种讲究文字雕琢、典故堆砌的倾向，但他的诗歌创作还是很注意诗歌的艺术美的。但是他们的后学者尤其是江西诗派，则片面地发展了这种风气，宋诗散文化逐渐发展到它的反面，以议论、用事、押韵为工，而不重视意象之精妙和意境之深远，这已经成为宋诗发展的一个危机。所以，严羽《沧浪诗话》论诗，直指江西诗派："其间说江西诗病，真取心肝刽子手。"② 看来他把治疗的对象集中在江西诗派身上。那么江西诗派的弊病在哪里呢？严羽在《沧浪诗话·诗辩》中作了这样的总结：

> 近代诸公乃作奇特解会，遂以文字为诗，以才学为诗，以议论为诗；夫岂不工，终非古人之诗也，盖于一唱三叹之音，有所歉焉。且其作多务使事，不问兴致，用字必有来历，押韵必有出处，读之反覆终篇，不知着到何处。③

这段话的核心意义可以浓缩为一句话："以文字为诗，以才学为诗，以议论为诗。"这三个特点是宋代诗歌的风尚，也曾是宋诗的特长所在。其实，以议论为诗并非始于宋代，晋陶渊明和谢灵运的诗都有议论。至唐代，杜甫的诗中也有不少议论。韩愈更是开了宋诗以议论为诗和以才学为诗的先河。问题是江西诗派将这三者发展到极端，挤掉了诗之为诗的立命之所。才出现了"读之反覆终篇，不知着到何处"的情况。既然"以文字为诗，以才学为诗，以议论为诗"不是诗歌的本质所在，那么，好诗的标准到底是什么呢？于是严羽把目光转向了唐诗，他在比较唐、宋两代诗歌特征的基础上，提出了好诗的标准。他说：

---

① 张少康：《中国文学理论批评史》（下），北京大学出版社2005年版，第85—86页。
② （宋）严羽：《答吴景仙书》，载（清）何文焕辑《历代诗话》（下），中华书局1981年版，第706页。
③ （宋）严羽：《沧浪诗话》，《诗辩》，同上书，第688页。

> 夫诗有别材，非关书也；诗有别趣，非关理也。然非多读书，多穷理，则不能极其至，所谓不涉理路不落言筌者上也。诗者，吟咏情性也，盛唐诸人，惟在兴趣；羚羊挂角，无迹可求。故其妙处，透彻玲珑，不可凑泊。如空中之音，相中之色，水中之月，镜中之象，言有尽而意无穷。①

严羽这段话，概括好诗的标准有二。其一，从创作主体而言，"诗有别材"；其二，就诗的艺术特质而言，"诗有别趣""惟在兴趣"。

(一) 好诗的标准："别材""别趣"与"兴趣"

1. "别材""别趣"

"别材""别趣"是严羽论诗的标准，也是其诗学理论的基本出发点。对此，后人争议颇多，各家的理解也有分歧。先说"别材"。对"别材"的理解差异，首先源于对原文的考辨。王运熙、顾易生认为："从版本方面看，魏庆之《诗人玉屑》称录开始，即作'别材'，以后各种版本，也少见'别才'之文。"所以他们认为："所谓'别材'，后人称引或误'材'为'才'，因而解释'别才'指诗人的特殊才能；但是统观全书，应指诗材，即诗歌创作有自己独特的材料或题材。"② 但王文生不同意此说。他说："诚然，在《诗人玉屑》、《历代诗话》本里，均作'诗有别材'。但在后人称录里，如王士禛等的《师友诗传录》、沈德潜的《说诗晬语》、钱锺书的《谈艺录》里，均作'诗有别才'。其他如周容的《春酒堂诗话》、方南堂的《辍锻录》原文称引作'诗有别才'，后来才由《清诗话续编》编者改作'诗有别材'，自应以原文为准。"③ 由此，他认为，"别才"就是指"诗人独具的情境应感和结构的才能"④。张少康在综合诸家之说基础上，认为"材"与"才"通，即是"才能"之意，指诗歌创作要有特殊的才能，这个意思当符合严羽原意。他说："'别材'

---

① （宋）严羽：《沧浪诗话》，《诗辩》，载（清）何文焕辑《历代诗话》（下），中华书局1981年版，第688页。
② 王运熙、顾易生主编，顾易生、蒋凡、刘明今著：《中国文学批评通史——宋金元卷》，上海古籍出版社1996年版，第381页。
③ 王文生：《中国美学史——情味论的历史发展》（上卷），上海文艺出版社2008年版，第174页。
④ 同上书，第175页。

不是讲的诗歌创作的源泉问题,而是讲的诗歌创作不能只靠书本学问,而需要诗人有不同于学者的一种特别才能。学者不一定都能成为诗人,诗人也不一定都是学者,而宋人往往不懂得这一点,遂以议论、才学、文字为诗。"[1] 关于诗人的"别材"所指,王国维《人间词话》有一段论述:

> 一切境界,无不为诗人设。世无诗人,即无此种境界。夫境界之呈于吾心而见于外物者,皆须臾之物。惟诗人能以此须臾之物,镌诸不朽之文字,使读者自得之。遂觉诗人之言,字字为我心中所欲言,而又非我之所能自言,此大诗人之秘妙也。[2]

王国维之所谓诗人"秘妙",就是诗人的"别材",即"能以此须臾之物,镌诸不朽之文字"的能力。这种能力,从创作心理的角度讲,就是诗自有别于理性活动的直觉活动。诗人善于在情境应感中激发诗情,捕捉诗材,形成诗的情境结构的本领,这就是诗人所特有的"别材",这种才能,不是判断、推理的逻辑思维,不是钩玄探赜的学术研究,也不是寻章摘句的雕琢补假。所以戴复古《论诗诗》云:"诗本无形在窈冥,网罗天地运吟情。有时忽得惊人句,费尽心机做不成。""别材非书"在创作心理上区分了诗人作诗与文人著书的不同。吴乔《围炉诗话》(卷一)谓:"诗思与文思不同,文思如春气之生万物,有必然之道;诗思如醴泉朱草,在作者亦不知所自来。"这表明,文章的创造,有一定规律可循,而诗的写作,则来自一时的感应,并无定规。究其实质,是非文学与文学的区别,理性活动与感情活动的区别。

不过,严羽又说:"非多读书……不能极其致。"这正是严羽论诗高人一处的地方。"诗有别材,非关书也"而又"非多读书"不可,全面表明情感活动与理性活动既有本质区别又有互相影响的关系。一个读书人也许不一定会作诗,因为他缺少诗人所具有的"别材"。但是一个多读书的人作的诗与读书少或不读书的人相较,常常有文体风格高下之别,情味长短之别。这是因为多读书的人更容易触物兴感,发幽思之情,更容易将这

---

[1] 张少康:《中国文学理论批评史》(下),北京大学出版社2005年版,第87页。
[2] 王国维撰,黄霖导读:《人间词话》(附录),上海古籍出版社1998年版,第72—73页。

种情感以最合适的情境、最恰当的语词表现出来。俞弁引萧千岩云:"诗不读,书不可为,然以书为诗则不可。"① 阐明了"诗"与"书"的区别和联系。

再说"别趣"。如果说,"诗有别材,非关书也",厘清的是作诗与文字、才学的关系,那么"别趣"则是谈作诗与说理议论的关系。严羽之所以提出这个问题,则是针对宋诗发展过程中存在的"言理而不言情"的"理障"②。所谓"别趣",就是指诗歌与一般说理、议论文章不同的审美趣味。诗歌必须要有美的形象,感发人的意志,触动人的情感,能引起人的审美趣味,而不能只有干瘪的议论和枯燥的说理。"别趣"之所在,是感情激荡时出现的现象,指诗歌审美意象所具有的感发人的情志、激起人的审美趣味的特征。严羽在提出"别材""别趣"之后,紧接着说明:"所谓不涉理路,不落言筌者,上也。""不涉理路"指的是诗人创作活动中不涉及理性思维,"不落言筌",并不是说不要语言文字,而是说用文字创造出特殊的艺术符号,使读者产生超越文字表层意义的审美意象。对于严羽的"不涉理路,不落言筌",曾引起清人冯班的误解,其云:

> 沧浪云:"不落言筌,不涉理路。"按此二言,似是而非,惑人为最。……至于诗者言也,言之不足,故长言之,长言之不足,故咏歌之,但其言微不与常言同耳,安得有不落言筌者乎?诗者讽刺之言也。凭理而发,怨诽者不乱,好色者不淫,故曰:"思无邪。"但其理元或在文外,与寻常文笔言理者不同,安得不涉理路乎?③

冯班已经看到了诗歌语言的"微不与常言同",但是它仍然用"理需要语言来表达"这个一般道理,来否定诗的"不落言筌"。致使他焚琴煮鹤,否定了严羽论诗的意义。严羽的说法并不是要否定语言,而是更深一层地看到由诗的语言象征所滋生的审美趣味。

---

① (明)俞弁:《逸老堂诗话》(卷上),载丁福保辑《历代诗话续编》(下),中华书局1983年版,第1310页。
② (明)胡应麟:《诗薮》内编卷2,中华书局1958年版,第37页。
③ (清)冯班:《钝吟杂录(及其他一种)》卷5,中华书局1985年版,第66页。

2."兴趣"

严羽认为"盛唐诸人惟在兴趣"。那么，什么是"兴趣"呢？历来研究者说法不一，颇多分歧。张少康认为，对"兴趣"内涵的理解，需要从严羽自己的解释和历史渊源两方面来理解。他说："严羽在《沧浪诗话》中有三种说法：一是兴趣，说'盛唐诸人惟在兴趣'；二是兴致，说'近代诸公''多务使事，不问兴致'；三是意兴，说'唐人尚意兴而理在其中'。这兴趣、兴致、意兴三者基本意思是一样的，只是用在不同的地方，其中含意略有侧重而已：兴趣侧重趣，兴致侧重兴，意兴侧重意象（意）。"① 从"兴""趣"的历史源流考察，也有助于对"兴趣"内涵的理解。在中国文学批评史上，"兴"一直有两种用法。一是作为感发意志的艺术手法来使用，孔子的"诗可以兴"作为开端。另一种是把"兴"作为诗歌的基本艺术特征来使用。比如钟嵘就说，"兴"是"文已尽而意有余"。从严羽使用"兴趣"的语境来看，其"兴"的含义指的是诗歌的美学特征。诗歌的"趣"也不是严羽首先提出的，从较早的刘勰，直到唐代的司空图，诗论家多有论及。总体来看，"兴"侧重作者角度，"趣"侧重读者角度，都表现的是诗歌的美学特征。

诗歌的这种审美特征表现为含蓄深远、韵味无穷的审美境界。严羽对这种境界的描绘就是"羚羊挂角，无迹可求，故其妙处，透彻玲珑，不可凑泊"，"如空中之音，相中之色，水中之月，镜中之象，言有尽而意无穷"。

"羚羊挂角"，是禅宗语录中常见的比喻。《景德传灯录》（卷十七）中道膺禅师谓："如好猎狗，只解寻得有踪迹底；忽遇羚羊挂角，莫道踪迹，气亦不识。"《五灯会元》（卷七）雪峰义存禅师条云："师谓众曰：吾若东道西道，汝则寻言摘句；吾若羚羊挂角，汝向什么处扪摸。"据说羚羊晚上睡觉时，角挂在树上缩成一团，最灵敏的猎狗也闻不到其气味，无法找到它的踪迹，严羽这里借此比喻诗歌这种境界浑融完整，毫无缀合痕迹，这种意境精妙绝伦而又浑然天成，没有任何人工痕迹，并且具有朦朦胧胧之美。这种意境之美是严羽评诗的标

---

① 张少康：《中国文学理论批评史》（下），北京大学出版社2005年版，第90页。

准,其评《胡笳十八拍》谓:"浑然天成,绝无痕迹,如蔡文姬肺肝间流出。"① 美国符号论美学家苏珊·朗格的理论或许对我们理解严羽的观点有帮助,朗格说:

> 艺术品作为一个整体来说,就是情感的意象。对于这种意象,我们可以称之为艺术符号。这种艺术符号是一种单一的有机结构体,其中的每一个成份都不能离开这个结构体而独立地存在,所以单个的成份就不能单独地去表现某种情感。……艺术符号是一种单一的和不可分割的符号,它的意味又不是它的各个部分的意味之和。②

从符号学的角度看,严羽这里所强调的浑融境界,也正是一个单独的艺术符号,是一个有机的整体。这种浑圆的审美境界,是一种发生于、又超越于诗歌物质形态的全新的质素。它以语言形式为物质载体,却又游离于、超越于这个载体,这就形成了诗歌审美境界的"幻象"特点。严羽用"如空中之音,相中之色,水中之月,镜中之象"来形容这种审美境界的"幻象"性质。《大涅槃经·序品第一》:"以真金为叶,金刚为台,是华台中……又出妙音。"《第一义法胜经》:"诸天虚空中,雨种种华妙,多有诸音乐,不击自然鸣。"佛家以"空中之音"模极乐世界的梦幻缥缈。《华严经》卷一谓:"无边色相,圆满光明。"具有华妙光明而不可捉摸之意。"镜花水月"是佛家常用的象征意象。水中之月似有而实无,一如镜中之花影。《诸法无行经》卷上:"譬如镜中像,虽可目见而无有实。一切色亦如是。"《大智度论》卷六:"诸法因缘无自性,如镜中像。"水中本来无月,天上之月和地上之水因缘和合,就产生了水中月的幻相,因此人们应该了解一切现象"如幻、如焰、如水中月"虚幻不实。佛经中的这类比喻都是为了证明现象界的虚幻性质。严羽借用佛学的这些比喻,来表现诗歌世界的虚幻性。这种虚幻的审美境界是在诗歌超越语言的基础上,审美主体在阅读文本的过程中在知觉

---

① (宋)严羽:《沧浪诗话》,《诗评》,载(清)何文焕辑《历代诗话》(下),中华书局1981年版,第698页。

② [美]苏珊·朗格:《艺术问题》,滕守尧、朱疆源译,中国社会科学出版社1983年版,第129—130页。

经验中产生的。这种"幻象"性质，接近于波兰文艺理论家英加登所提出的"图示化外观"。英加登认为，"文学作品是一个多层次的构成。它包括（a）语词声音和语音构成以及一个更高级现象的层次；（b）意群层次：句子意义和全部句群意义的层次；（c）图示化外观层次，作品描绘的各种对象通过这些外观呈现出来；（d）在句子投射的意向事态中描绘的客体层次"[1]。英加登的"图示化外观"的启示意义在于，对于文学作品文本而言，"如果一部文学作品是具有肯定价值的艺术作品，那么它的每一个层次都具有特殊性质。它们是两种价值性质：具有艺术价值的性质和具有审美价值的性质。后者在艺术作品中以一种潜在状态呈现出来。在它们的全部多样性中产生了确定作品价值性质的审美质素特殊的复调性"[2]。这就是说，处于"潜在状态"的文学作品的审美价值，其审美价值的实现，必须有待于审美主体的阅读与观照，"图示化外观"方能在人们的审美经验中显现出来。英加登指出："文学作品是一个纯粹意向性构成，它存在的根源是作家意识的创造活动，它存在的物理基础是以书面形式记录的本文或通过其他可能的物理复制手段（例如录音磁带）。由于它的语言具有双重层次，它既是主体间际可接近的又是可以复制的，所以作品成为主体间际的意向客体，同一个读者社会相联系。"[3] 因此，"图示化外观"在更大程度上依赖于读者及其阅读方式。对一首诗而言，其文本与审美境界就不是"一对一"的关系，这是因为，审美主体在个性气质、生活阅历、文化修养等方面的差异，其感知图示也不尽相同。因此，面对同一文本，不同的审美主体会发现不同的审美境界，进入不同的"幻象"。这是文学作品产生多义性的原因之一，是"有尽之言"表现于审美主体的知觉经验的"无穷之意"，这便是"言有尽而意无穷"的审美意蕴。

（二）创造审美境界之途："妙悟"

实际上，严羽所发现的诗歌审美境界，所谓"透彻玲珑，不可凑泊，如空中之音，相中之色，水中之月，镜中之象，言有尽而意无穷"，晚唐

---

[1] ［波］罗曼·英加登：《对文学的艺术作品的认识》，陈燕谷译，中国文联出版公司1988年版，第10页。

[2] 同上书，第11页。

[3] 同上书，第12页。

司空图已经表述过了，即"象外之象，景外之景"。不过司空图的探索仅到此为止，他说："象外之象，景外之景，岂可容易谈哉！"又说："是有真迹，如不可知。"严羽在此基础之上，更进一步，指出了创造审美意境的途径，那就是"妙悟"。他说：

> 大抵禅道惟在妙悟，诗道亦在妙悟。且孟襄阳学力下韩退之远甚，而其诗独出退之之上者，一味妙悟而已。惟悟乃为当行，乃为本色。①

诗道与禅道相通，诗道亦在妙悟，这就是严羽所示的门径。"妙悟"本是佛学术语，尤为禅家所重。《华严经》卷十二谓："妙悟皆满，二行永断。"《涅槃无名论》谓："玄道在于妙悟，妙悟在于即真。"禅宗强调的妙悟，特点有三：一是以心传心，不立文字，教外别传，不可言喻，如人喝水，冷暖自知，只能自己体会。二是对佛理的认识，既不能依靠别人，也不能依靠理论的推衍，要靠直觉去把握本质和根源。三是禅悟讲究一个"顿"字，强调突然的、瞬间的领会，一瞬间抓住本质，顿时光明透顶，茅塞顿开，一通百通。严羽"以禅喻诗"，认为"以禅喻诗，莫此亲切"，以禅道喻诗道，把"妙悟"作为诗人进入门径的"当行""本色"。

关于严羽"妙悟"说的理论内涵，可谓人言言殊。代表性的意见有以下几种："灵感"说，吴调公②持此论。"审美直觉"说，以皮朝刚先生为代表。③ 周振甫先生则认为，"妙悟"就是"形象思维"。④

我认为，正确理解严羽的"妙悟"，应当结合"兴趣"的内涵。既然"兴趣"是诗歌的美学特征，表现为圆融无痕的审美境界，那么，作为进入诗歌审美境界的途径，"妙悟"首先应该是审美主体的一种审美心态。

---

① （宋）严羽：《沧浪诗话》，《诗辩》，载（清）何文焕辑《历代诗话》（下），中华书局1981年版，第686页。
② 吴调公：《"别材"和"别趣"——〈沧浪诗话〉的创作论和鉴赏论》，《江海学刊》1962年第9期。
③ 皮朝刚：《严羽审美理论三题》，《四川师院学报》（社会科学版）1981年第4期。
④ 周振甫、冀勤编著：《钱锺书〈谈艺录〉读本》，中央编译出版社2013年版，第275—276页。

第六章 禅味：中国诗学中的释家精神

这种审美心态在外物的应感之下，"猝然与景相遇，借以成章"，瞬间进入一种妙合无垠、玲珑透彻的审美境界，这就是"妙悟"。诗道"妙悟"的非理性、直觉性、不可传授性与瞬间性恰好与禅道之悟相似，这就构成了严羽"以禅喻诗"的基础。从诗思的角度谈"悟"，宋人大约有两种意见，一种认为"悟"是冥搜苦索的产物，另一种认为"悟"是无所用意的结果。但是，正如周裕锴所言："两种观点并非截然对立……是精思和无心二者共同造成'悟'的产生……因此，精思与无思在宋诗学里与其说是构思理论的一对对立范畴，不如说是同一构思过程的两个阶段，即由思索安排到感发直觉。"①

既然已经找到了进入诗歌审美境界的"妙悟"之门，接下来的问题就是"妙悟"的对象，即从哪里"悟入"的问题。严羽说：

> 禅家者流，乘有小大，宗有南北，道有邪正。学者须从最上乘，具正法眼，悟第一义。若小乘禅，声闻、辟支果，皆非正也。论诗如论禅，汉魏晋与盛唐之诗，则第一义也。大历以还之诗，则小乘禅也，已落第二义矣。晚唐之诗，则声闻、辟支果也。学汉魏晋与盛唐诗者，临济下也。学大历以还之诗者，曹洞下也。②

严羽这段"以禅喻诗"，有不少自相矛盾处。郭绍虞说："这一点，我们诚不能为沧浪讳。他虽以禅喻诗，然而对于禅学并没有弄清楚。他以汉、魏、盛唐为第一义，大历为小乘禅，晚唐为声闻辟支果，殊不知乘只有大小之别，声闻辟支也即在小乘之中。他称'学汉、魏、晋与盛唐诗者，临济下也。学大历以还之诗者曹、洞下也'。是又不知禅家只有南北之分，而临济元禅师，曹山寂禅师，洞山价禅师，三人并出南宋，原无高下胜劣可言。何况临济、曹、洞俱是最上一乘，而现在分别比喻，似乎又以曹、洞为小乘了。"③ 的确，严羽的此番论述，的确显示了其禅学修养的粗疏，也招致了以清人冯班为代表的激烈批评。但是，诚如郭绍虞先生

---

① 周裕锴：《宋代诗学通论》，上海古籍出版社2007年版，第382—383页。
② （宋）严羽：《沧浪诗话》，《诗辩》，载（清）何文焕辑《历代诗话》（下），中华书局1981年版，第686页。
③ 郭绍虞：《中国文学批评史》，百花文艺出版社2008年版，第314页。

所言，严羽的这些错误，都是小问题，不足为沧浪病。首先，严羽"以禅论诗"的目的，不是谈禅论道，而是用"禅道妙悟"比喻"诗道妙悟"，说明诗歌的本质规律与特征。其次，就这段话而言，我们也能明白严羽论述所旨，汉魏晋盛唐诗，是第一义，大历以还诗乃第二义，晚唐之诗，等而次之。也就是说，学诗当学汉魏晋盛唐诗，此为"具正法眼"。其落脚点在"以盛唐为法"。严羽认为盛唐诗歌是最能体现"兴趣"审美特征的，盛唐诗高超的艺术成就，构成了自己鲜明的"盛唐气象"。关于"以盛唐为法"，清人许印芳认为严羽"名为学盛唐，准李杜，实则偏嗜王孟冲淡空灵一派"，实际是对严羽的误解。从《沧浪诗话》来看，严羽最为推崇的是李杜而非王孟，他把李杜作为盛唐诗歌的最高峰加以评价的，盛唐是严羽论诗的取法标准，因而李杜之诗在严羽论诗中是作为最高标准来看待的。

严羽认为，以盛唐诗为"悟入"对象，才是"第一义之悟"，是学诗者应循的途径，才能真正进入审美之境。对于何以有"第一义""第二义""声闻辟支果"之别，严羽从创作主体"悟"的程度角度予以分析。他说：

> 然悟有浅深，有分限，有透彻之悟，有但得一知半解之悟。汉魏尚矣，不假悟也。谢灵运至盛唐诸公，透彻之悟也；他虽有悟者，皆非第一义也。①

这段话，仍然是谈"妙悟"的对象，不过换个角度，是从诗人角度谈的。严羽认为，盛唐诗人的创作，意境高远，洞察深刻，有回味无穷之感，这是"透彻之悟"的结果。"他虽有悟者，皆非第一义也"，为什么会这样，这已经不是取法对象的问题，而是创作中审美主体的问题了。

三 以禅喻诗的意义

张少康先生谓："严羽《沧浪诗话》是中国古代浩瀚的诗话中，最有

---

① （宋）严羽：《沧浪诗话》，《诗辩》，载（清）何文焕辑《历代诗话》（下），中华书局1981年版，第686页。

第六章 禅味：中国诗学中的释家精神

理论价值、产生了极为深远影响的一部不朽著作。"① 沧浪诗学具有强烈的现实针对性，它的第一个重大意义就是具有矫正时弊的作用。严羽在《答吴景仙书》中谈到创作《沧浪诗话》的动机时说："仆意谓辩白是非，定其宗旨，正当明目张胆而言，使其词说沈着痛快，深切著明，显然易见，所谓不直则道不见，虽得罪于世之君子，不辞也。"② 这里，严羽表现出一种敢于"辩白是非"，不惜"得罪于世"的学术胆量。其实，批评宋诗弊端的人早在南宋初就有了，张戒在他的《岁寒堂诗话》中说："子瞻以议论作诗，鲁直又专以补缀奇字，学者未得其所长，而先得其所短，诗人之意扫地矣。"严羽的矛头所指，不仅在江西诗派，同时也抨击了当时流行的永嘉四灵诗派。南宋后期，四灵诗派兴起，刻意模仿晚唐贾岛、姚合的作品，诗风纤弱不振。严羽所构建的"以禅喻诗"理论体系，与反对四灵诗风也有很大关系。

第二，严羽在全面总结前人创作经验的基础上，吸收前人理论精华，构建了以"兴趣"为中心的理论体系。他在《沧浪诗话·诗辩》中说：

> 试取汉魏之诗而熟参之，次取晋宋之诗而熟参之，次取南北朝之诗而熟参之，次取沈宋王杨卢骆陈拾遗之诗而熟参之，次取开元天宝诸家之诗而熟参之，次独取李杜二公之诗而熟参之，又取大历十才子之诗而熟参之，又取元和之诗而熟参之，又尽取晚唐诸家之诗而熟参之，又取本朝苏黄以下诸家之诗而熟参之，其真是非自有不能隐者。③

严羽这段话表明，他是在遍参诸家之诗而"辩白是非，定其宗旨"的。除此，严羽论诗也得之于理论的传承。自孔子观韶乐，"三月不知肉味"，将"味"与美感联系起来，后代诗论家不断对此予以探讨。魏晋时期陆机《文赋》倡"诗缘情而绮靡"，"阙大羹之遗味"，把"味"与文联系起来，刘勰《文心雕龙》多次论"味"，至钟嵘《诗品》正式提出

---

① 张少康：《中国文学理论批评史》（下），北京大学出版社2005年版，第101页。
② （宋）严羽：《沧浪诗话》，《附答吴景仙书》，载（清）何文焕辑《历代诗话》（下），中华书局1981年版，第706—707页。
③ 同上书，《诗辩》，第686—687页。

· 375 ·

"滋味"说，唐代司空图《二十四诗品》标举"味外味""韵味"，有宋一代以梅尧臣、苏轼、黄庭坚为代表的诗人倡导"淡味"美学。严羽诗学正是对"味"论诗学的进一步发展。其提出的以"兴趣"为中心的诗学，对"玲珑透彻，不可凑泊，如空中之音，相中之色，水中之月，镜中之象"的诗歌境界的追求，正是对晚唐司空图"象外之象，景外之景，韵外之致，味外之旨"诗歌美学的遥相呼应。这种对言外之意，味外之味诗歌美学的追求，正是中国古典诗学缘情一派的流脉所在。只不过严羽是以"以禅喻诗"的形式出现的，这就给严羽诗学蒙上了一层禅学色彩，流溢出禅的味道。

第三，严羽《沧浪诗话》对后代诗学的影响。严羽诗学之所以在中国诗学理论批评发展史上具有非常突出的地位，关键问题是《沧浪诗话》触及了中国古代诗学发展过程中的几个关键问题。比如诗和学的关系、理和趣的关系、诗和禅的关系，以及意境的美学特征等。这些问题前人都有所触及，也都提出不少见解，但多是朦胧的、感受式的零星点见。严羽以其鲜明的理论自觉，形成了自己的理论体系，并对这些问题作了清晰的表达。因此，严羽的理论一经提出，就造成广泛而深刻的影响。明代前后"七子"大倡"文必秦汉，诗必盛唐"，对盛唐以后诗极力排诋，就是受严羽"以盛唐为法"的影响。胡应麟作《诗薮》，阐发严羽诗学思想，并多有深入和发展。王士祯深受严羽"以禅论诗"启发，阐发诗中禅意，将"以禅喻诗"广泛地应用于诗歌的鉴赏和诗歌特征的探讨上，其倡导"神韵"诗学，若隐若现带有禅学的影子。近代美学大师王国维著《人间词话》，其"境界"理论与严羽"兴趣"说有千丝万缕的联系，是对严羽"兴趣"说的进一步深化和展开。

第七章　趣味：诗人诗性生命的呈现

"趣味"是我国古典诗学中的一个重要审美范畴。"趣味"是一种对审美情调的感性评价。在中国古代文论中，曾经大量地运用"趣"和"味"对作品进行评价。但需要注意的是，在古代诗学中，很少将"趣味"两字并用。周裕锴在分析"趣"这一审美概念时认为，"趣"主要有两方面含义："一是指创作主体的审美情趣，包括其意识指向以及对艺术美的认识、欣赏、要求等。……二是指艺术品的意旨或情味，它是创作主体审美情趣的物化。……这种情味之'趣'是作者主观之'趣'在其作品的艺术特色和美感效果方面的表现。"[①] 古典诗学中的以"趣"论诗，主要指的是第二方面的含义。此时，"趣""味"相通，实则一指，指的是作品包孕的能引起读者美感愉悦的审美特征，此时的"趣"就等同于"趣味"。"趣"是一个具有很强活性的诗学范畴。胡建次认为："'趣'作为我国古代文论审美范畴，是一个具有很强的包容性、涵纳性、极具活力和开放性的美学范畴，其内在包含众多的以'趣'的基本美学内涵为支撑点的从属范畴和概念术语。"[②] 这种极具活力和开放性主要体现在它可以与其他词汇的自由组合上。这种组合大致可以归为两类：一是在"趣"前加名词进行限制；二是在"趣"前面加形容词加以限制。于是我们就可以看到这样的组合：兴趣、情趣、意趣、理趣、风趣、机趣、天趣、奇趣、深趣、佳趣、妙趣、逸趣、雅趣、俗趣等。据胡建次列表统计，出现在古代文论中的这类复合词，凡96个。[③] 这些复合词作为"趣"

[①] 周裕锴：《宋代诗学通论》，上海古籍出版社2007年版，第316页。

[②] 胡建次：《归趣难求——中国古代文论"趣"范畴研究》，百花洲文艺出版社2005年版，第32页。

[③] 同上书，第35—41页。

范畴的二级概念，往往是以"趣"的具体形态出现的，它的含义往往取决于其修饰词的含义。

第一节 "趣"范畴的历史演进与诗学思想的流变

"趣"在我国古代文论史上是一个出现和成熟相对较晚的审美范畴。"趣"作为一个美学范畴，由一个普通的语词，到成为一个重要的审美范畴，经历了一个比较漫长的演化过程。因此，我们有必要从美学史的角度，梳理一下"趣"的演进过程。

一 "趣"范畴的历史演进

"趣"的本字应当是"趋"。《说文》谓："趣，疾也，从走，取声。"《广说文答问疏证》释曰："趣，疾走也，凡言走之疾速者，皆以趣为正字。"由疾走之意，引申为趋向之义。《诗经·大雅·棫朴》谓："济济辟王，左右趣之。"朱熹《诗集传》释曰："趣之，趋向也。""趣"的含义指趋向、趋附之义。《易·系辞下传》谓："变通者，趋时者也。"还是指快疾，趋向。但是"趣"作为这一意义使用时，还只是一个普通的动词，不具备美学上的意义。"趣"字由行动上的"趋向"之义转化成精神上的取向，于是就有了旨趣、志趣、趣向、趣尚等概念。这种精神取向又逐渐引申为内心的关注、爱好和喜悦之感，于是有了兴趣、乐趣、情趣、趣味的诸种说法。这时的"趣"含义已经进入审美范畴系统，包含着美感的意义。

魏晋南北朝时期，品藻人物风气盛行。王运熙先生指出："汉末清谈盛行，开始形成品题人物的风气。曹魏实行九品中正制以甄拔人才，于是将人物区分品级，加以评论，就成为一种制度。……在这种与士大夫切身利益密切相关的制度的长期而广泛的影响下，士大夫阶层中品第人物的风气就更加普遍了。"① 此时以"趣"论人比较常见。《晋书·嵇康传》谓："其高情远趣，率然高远。"《向秀传》谓："发明奇趣，振

---

① 王运熙：《钟嵘〈诗品〉与时代风气》，载王云熙《中国古代文论管窥》，上海古籍出版社2006年版，第117页。

起玄风。"《宋书·胡藩传》谓:"桓玄意趣非常。"《南史·萧会开传》谓:"意趣与人多不同。"六朝是一个讲求人生艺术的时代,所谓"风流"就是一种人生艺术。这里的"远趣""奇趣""意趣"都指的是人的思想感情、爱憎尚好,是一种"名士风流",也是当时的审美认识和追求。流风所及,"趣"也用来评论音乐、书法和绘画。《晋书·陶潜传》谓:"性不解音,而畜素琴一张,弦徽不具,每朋酒之会,则抚而和之,曰:'但识琴中趣,何劳弦上声?'"① 这是广为流传的名士美谈,从无弦之琴上得到趣味,毋宁说是陶潜的人格之趣。嵇康《琴赋序》谓:"推其所由,似元不解声音;览其旨趣,亦未达礼乐之情。"指的是鉴赏音乐时经由听觉器官和内心感悟而得到的琴曲的意旨、旨趣,即音乐的艺术美感。"趣"也用来评价书法和绘画。评画及画家而加以品第差次,在当时是比较普遍的做法。《晋书》卷十八《王献之传》载:"羲之草书,江左中朝莫有及者,献之骨力远不及父,而颇有媚趣。""媚趣"是相较王羲之书法的骨鲠特点而言,有柔美的风致。东晋画家顾恺之评时人的人物画,谓《孙武》画像"骨趣甚奇"②,《醉客》画像"然蔺生变趣"③,评论《嵇轻车诗》时,谓之"亦有天趣"④。姚最《续画品》评沈粲"专工绮罗。屏障所图,颇有情趣"⑤。都是这一传统的延伸。

以"趣"论文"则似乎要到刘勰《文心雕龙》才正式揭开端绪"⑥。刘勰《文心雕龙》多处以"趣"论诗。《明诗》谓:"江左篇制,溺乎玄风,嗤笑徇务之志,崇盛忘机之谈。袁孙以下,虽各有雕采,而辞趣一揆,莫与争雄;所以景纯仙篇,挺拔而为俊矣。"⑦ 就是说,东晋的创作,陷在清谈的风气里,讥笑致力政事的志趣,极力推崇忘却世情的空谈。袁宏、孙绰以下,虽然各人有些雕饰文采,可是志趣一致,没有人能够和他

---

① (唐)房玄龄等撰:《晋书》(全十册)卷94,中华书局1974年版,第2463页。
② (唐)张彦远:《历代名画记》卷5,中华书局1985年丛书集成初编影印本,第185页。
③ 同上。
④ 同上书,第186页。
⑤ 姚最:《续画品》,载彭莱编著《古代画论》,上海书店出版社2009年版,第61页。
⑥ 陈伯海:《"味"与"趣"——试论诗性生命的审美质性》,《东方论坛》2005年第5期。
⑦ (南朝梁)刘勰著,周振甫译注:《〈文心雕龙〉译注》(修订本),江苏教育出版社2006年版,第117页。

们争雄；所以郭璞的《游仙诗》，辞意挺拔成为杰出之作。《颂赞》谓："挚虞品藻，颇为精核；至云杂以风雅，而不变旨趣，徒张虚论，有似黄白之伪说矣。"① 挚虞在《文章流别论》中，对颂的评价，大都是精确的，至于说到其中夹杂着风雅，却不改变歌颂的旨趣，徒然发挥空论，好像黄铜白锡混杂着可以铸剑的胡说了。《檄移》谓："插羽以示迅，不可使辞缓，露板以宣众，不可使义隐；必事昭而理辨，气盛而辞断，此其要也。若曲趣密巧，无所取才矣。"② 是说檄文插上羽毛表示紧急，不可以使文辞写得迂缓；木板显露向大众宣传，不可使意义隐晦，一定要使事情明白道理确切，气势旺盛话语决断，这是檄文主要点。倘若是旨趣曲折，文辞细致含蓄巧妙，这种文才没什么可取了。《章表》谓："陈思之表，独冠群才；观其体赡而律调，辞清而志显，应物制巧，随变生趣，执辔有余，故能缓急应节矣。"③ 陈思王曹植的章表，独自成为许多才人之首；看他的内容丰富，声律协调，文辞清新，情志显露，适应事物，构成巧妙，跟着变化，产生趣味，像驾驭名马，才力有得多余，所以能够轻重缓急适应节奏。《体性》谓："故辞理庸儁，莫能翻其才；风趣刚柔，宁或改其气。"④ 是说文辞和理论的平庸或特出，离不开一个人的才能；风格或趣味的刚健或柔婉，恐怕会和作者的气质有差别。又谓："子云沉寂，故志隐而味深；子政简易，故趣昭而事博。"⑤ 扬雄的性情沉静，所以他的辞赋含义隐晦而意味深沉；刘向的性情平易，所以文辞的志趣明白而事例广博。《章句》谓："是以搜句忌于颠倒，裁章贵于顺序，斯固情趣之指归，文笔之同致也。"⑥ 是说造句切忌颠倒，分章着重在合于顺序，这本来是表达情意的要求，无论韵文或散文都是一致的。《丽辞》谓："至魏晋群才，析句弥密，联字合趣，剖毫析厘。"⑦ 是说至于魏晋的许多作者，造句更加精密，文字的对偶，情趣的配合，辨析毫厘。又谓："反对者，理

---

① （南朝梁）刘勰著，周振甫译注：《〈文心雕龙〉译注》（修订本），江苏教育出版社2006年版，第165页。
② 同上书，第315页。
③ 同上书，第336页。
④ 同上书，第410页。
⑤ 同上书，第411页。
⑥ 同上书，第489页。
⑦ 同上书，第499页。

殊趣合者也；正对者，事异义同者也。"① 意思是说，反对是事理相反旨趣相合的，正对是事件不同意义相合的。刘勰以"趣"论文，主要是取"旨趣""志趣""趣味"等含义，体现文章的审美特征。

钟嵘《诗品》不仅以"滋味"论诗，也以"趣"论诗。《诗品》中多处用"趣"来评价诗人及其作品。评阮籍《咏怀》诗谓："颇多感慨之词。厥旨渊放，归趣难求。"②《文心雕龙·明诗》谓："阮旨遥深。"是说阮籍诗旨趣深遥，不可为他人言。钟嵘评郭璞游仙诗谓："辞多慷慨，乖远玄宗。……乃是坎壈咏怀，非列仙之趣也。"③ 评陈祚明曰："游仙之作，明属寄托之词，如以列仙之趣求之，非其本旨矣。""趣"是指诗的"旨趣"。评谢瞻诗谓："其源出于张华，才力苦弱，故务其清浅，殊得风流媚趣。"④ "媚趣"指柔美风致。

"趣"这一范畴在六朝时期广泛进入文学艺术领域之后，到唐代呈现出新的特点。一是"东晋南朝士人开始追求的趣，在唐代已被广泛接受，唐人的诗文中曾多次讲到"⑤。张九龄《贺给事尝诣蔡起居郊馆有诗因命同作》："兹辰阻佳趣，望美独如何。"⑥ 王湾《奉使登终南山》："峰在野趣繁，尘飘宦情涩。"⑦ 王维《晓行巴峡》："赖多山水趣，稍解别离情。"⑧ 李白《与从侄杭州刺史良游天竺寺》："诗成傲云月，佳趣满吴洲。"⑨ 朱湾《题段上人院壁画古松》："阴深方丈间，真趣幽且闲。"⑩ 李观《宿裴友书斋》："久游失归趣，宿此似故园。"⑪ 韩愈《感春四首》："乾愁漫解坐自累，与众异趣谁相亲。"⑫ 刘禹锡《秋江早发》："沧州有

---

① （南朝梁）刘勰著，周振甫译注：《〈文心雕龙〉译注》（修订本），江苏教育出版社2006年版，第500页。

② 许文雨编著：《钟嵘诗品讲疏·人间词话讲疏·附补遗》，成都古籍书店1983年版，第46页。

③ 同上书，第80页。

④ 同上书，第90页。

⑤ 袁行霈：《中国诗歌艺术研究》，北京大学出版社2009年版，第129页。

⑥ 中华书局编辑部点校：《全唐诗》，卷49，中华书局1999年版，第603页。

⑦ 同上书，卷115，第1170页。

⑧ 同上书，卷127，第1292页。

⑨ 同上书，卷179，第1829—1830页。

⑩ 同上书，卷306，第3476页。

⑪ 同上书，卷319，第3599—3600页。

⑫ 同上书，卷338，第3797—3798页。

奇趣,浩然吾将行。"元稹《刘氏馆集隐客归和子元及之子蒙晦之》:"笑言各有趣,悠哉古孙登。"① 白居易《题杨颖士西亭》:"旷然宜真趣,道与心相逢。"② 其中"佳趣""野趣""山水趣""直趣""归趣""异趣""奇趣""真趣"用限定词的方式将"趣"作了细致的划分。二是在文学批评时使用"趣"的概念,并与其他的诗学概念结合,阐述诗的美学特征。殷璠《河岳英灵集》评储光羲诗谓:"格高调逸。趣远情深。"③ 日僧空海撰写的《文镜秘府论》两处提到"趣"。其《天卷·四声论》引刘滔《声律》篇"声尽妍媸,寄在吟咏,滋味流于下句,风力穷于和韵"等句之后,谓:"此论,理到优华,控引弘博,计其幽趣,无以间然。"④ 说的是刘滔意旨幽深。《西卷·文二十八种病》"第九"谓:"自余优劣,改变皆然,聊著二门,用开多趣。"⑤"第二十三"谓:"或咏今人,或赋古帝,至于杂篇咏,皆须得其深趣,不可失义意。"⑥ 都是意旨之义。值得一提的是,王昌龄《诗格》论"诗有三得":"一曰得趣。二曰得理。三曰得势。"⑦ 把"趣"和"理""势"并列,作为诗的基本性质,表明"趣"作为诗学范畴,已经确立。同时,王昌龄认为,诗之"趣"是建立在诗之"理"的基础之上,"理得其趣,咏物如合砌,为之上也"。⑧ 其特征是咏物自然和谐,意旨从所绘景物中宣出。王氏的论述将"趣"的内涵向前推进了一步,具有重要的意义。总体来看,唐代以"趣"论诗相对沉寂,至晚唐司空图《与王驾评诗书》有"趣味澄夐",还是侧重在诗"味"。

宋代是以"趣"论诗的发达阶段。主要表现在大量以"趣"评诗出现,这与唐代明显不同。宋人以"趣"论诗,余靖当为较早者。其《武溪集》卷三《曾太傅临川十二诗序》云:

---

① 中华书局编辑部点校:《全唐诗》卷400,中华书局1999年版,第4495页。
② 同上书,卷428,第4731页。
③ (唐)元结、殷璠等选:《唐人选唐诗(十种)》(全二册)(上册),上海古籍出版社1978年版,第95页。
④ [日]弘法大师撰,王利器校注:《文镜秘府论校注》,中国社会科学出版社1983年版,第90页。
⑤ 同上书,第439页。
⑥ 同上书,第453页。
⑦ 张伯伟编撰:《全唐五代诗格校考》,陕西人民教育出版社1996年版,第174页。
⑧ 同上。

第七章 趣味：诗人诗性生命的呈现

> 古今言诗者，二雅而降，骚人之作号为雄杰。仆常患灵均负才矜己，一不得用于时，则忧愁恚怼，不能自裕其意，取讥通人，才虽美而趣不足尚。……其诗皆讽咏前贤遗懿，当代绝境，未尝一言及于身世，陶然有飞遁之想。通哉不疑！不以时之用舍累其心，真吾所尚哉！①

他认为屈原"才虽美而趣不足尚"，原因在于屈原不是"通才"。古人把善于通变的人称为通士、通人、通才。既包含着人生哲学、文化修养在内的生命智慧，也指人性的自由洒脱、狂放不羁和不囿于名利。张海鸥认为，余靖论"趣"，"从通谈起，落脚于趣。以为通人方有通诗，通诗方有通趣"。② 宋人专门的诗话著作中，最早以"趣"论诗者，当数司马光的《温公续诗话》，其谓：

> 魏野处士，陕人，字仲先，少时未知名。尝题河上寺柱云："数声离岸橹，几点别州山。"时有幕僚，本江南文士也，见之大惊，邀与相见，赠诗曰："怪得名称野，元来性不群。"……仲先诗有"妻喜栽花活，童夸斗草赢。"真得野人之趣，以其皆非急务也。③

这段话，不仅指出魏野的诗具有"野人之趣"的特点，还分析"非急务"乃得野趣的原因。"非急务"是人的一种生存智慧，其特征是崇尚自由和高雅，所以人生趣味多多，只有有智慧的人才可得到，说的还是人格文化修养和"趣"的关系。苏轼从另外一个角度探讨诗趣的成因。惠洪《冷斋夜话》谓：

> 柳子厚诗曰："渔翁夜傍西岩宿，晓汲清湘燃楚竹。烟消日出不见人，欸乃一声山水绿。回看天际下中流，岩上无心云相逐。"东坡

---

① （宋）余靖撰：《武溪集》卷3，侨港余氏宗亲会1958年影印本，第107—108页。
② 张海鸥：《北宋诗学》，河南大学出版社2007年版，第66页。
③ （清）何文焕辑：《历代诗话》（上），中华书局1981年版，第276页。

· 383 ·

云：" 诗以奇趣为宗，反常合道为趣，熟味此诗有奇趣，然其尾两句，虽不必亦可。"①

苏轼在这里把诗趣的成因揭示了出来。在苏轼之前，人们探讨诗趣的成因，多从诗人的性情、文化人格的角度着眼，苏轼是从生成诗趣的诗学内在规律来把握，提出"反常合道"才能形成"趣"，具有重大意义。为何"反常合道"生"趣"，陈伯海作了很透彻的分析："首先在于它有新意，即通常所谓'陌生化'的效果，容易引起人们的关注和兴趣；当然'反常'还须以'合道'为条件，若一味求生求新、无理取闹，亦只能叫人感到荒谬和可笑。其次在于它有深意，因为违反常情的现象能让人觉出其有理，内里必有某种深刻的意味在，不能光看表面热闹，草草带过。有新意而又有深意，这就不仅叫人注目，更需要读者用脑子去想一想，便于参透其中的奥秘，所以领略诗趣不能像感受诗味那样专凭感性体验，而必须参以悟性。'趣'是建立在诗性生命的感性机制与悟性机制协同作用的基础之上的，感知与感受（包括想象）虽仍不可少，而悟性的开启则更重要；没有悟性的穿透功能，诗趣便难以自动呈现。"②苏轼一贯重视诗的"悟入"，认为"悟入"才能得诗"趣"。他在《书唐氏六家书后》评"永禅师书"时谓："如观陶彭泽诗，初若散缓不收，反复不已，乃识其奇趣。"③魏庆之《诗人玉屑》引："东坡曰：渊明诗初看若散缓，熟读有奇趣。如曰：'日莫巾柴车，路暗光已夕。归人望烟火，稚子候檐隙。'"结合魏庆之所举这首诗来看，所谓散缓不收，是说陶诗用语平淡，看似散缓，细细味之，实则才意高远，造语精到，无斧痕迹，含奇崛之趣。在宋代，从诗艺的角度探讨诗"趣"成因，不是个别现象。诗论家从不同角度予以阐释。袁枚引杨诚斋云："从来天分低拙之人，好谈格调，而不解风趣。何也？格调是空架子，有腔口易描；风趣专写性灵，非天才不办。"④

---

① （宋）惠洪：《冷斋夜话》，载王大鹏、张宝坤等编《中国历代诗话选》（一），岳麓书社1985年版，第366—367页。
② 陈伯海：《"味"与"趣"——试论诗性生命的审美质性》，《东方论坛》2005年第5期。
③ （宋）苏轼撰，邓立勋编校：《苏东坡全集》（中），黄山书社1997年版，第488页。
④ （清）袁枚著，顾学颉校点：《随园诗话》（上），人民文学出版社1982年版，第2页。

这是从诗人的情怀的角度揭示。蔡正孙《诗林广记序》谓:"梅边松下,弄月吟风,时卷舒之,亦足以发其幽趣。"① 这是从诗歌意象与趣的关系角度揭示。

宋代以"趣"论诗还有一个特征,就是对诗趣进行分类。惠洪《天厨禁脔》将诗"趣"分为三种:奇趣、天趣、胜趣。魏庆之《诗人玉屑》将诗趣分为:天趣、奇趣、野人趣、登高临远之趣,区分得更加细致。这种对诗趣种类的划分,在我国诗论史上有重要意义。它表明诗论家已经注意到诗趣的审美特征的细微差别,以及由此带来的内涵的丰富性。实际上,我们谈论诗趣,往往也指的是诗趣的某种形态。至严羽《沧浪诗话》提出"兴趣"说,把"兴趣"作为诗歌创作和批评的范畴与标准,这是把"趣"纳入到美学领域加以探讨。

金元时期是以"趣"论诗相对低迷的一个时期。但"趣"作为我国古代文论的审美范畴仍然得以传承和延续。这主要表现在一些诗论家的以"趣"论诗上。王若虚《高思诚咏白堂记》评白居易诗"坦白平易,直以写自然之趣"。方回《瀛奎律髓》批评"永嘉四灵"谓:"乃知近人学晚唐,出于强撰而无真趣也。"值得一提的是刘将孙。他着重探讨了诗如何才有趣味的问题。陈应鸾先生归结为四点:"第一,诗要有如禅之趣。……第二,诗要有情趣。……第三,诗要有景趣。……第四,诗要有天趣。"② 元代杨载《诗法家数》第七《诗学之正源法度之准则》反对诗一味用赋笔:"若直赋其事,而无优游不迫之趣。"③ 也对诗趣的生成做了探讨。

明清时期,是我国古典诗学以"趣"论诗的兴盛和深化阶段。具体表现就是,在明代以后的诗话著作中以"趣"论诗的情况特别繁盛。胡建次以列表的形式,对历代文论家用"趣"、论"趣"的情况作了统计,统计的结果很说明问题。他列举了十种"趣"的主要审美形态和表现形态:兴趣、情趣、意趣、理趣、风趣、天趣(含自然之趣)、奇趣、机

---

① 陈伯海主编:《历代唐诗论评选》,河北大学出版社2003年版,第358页。
② 陈应鸾:《略论刘将孙的"趣味"说》,载陈应鸾《中国古代文论与文献探微》,巴蜀书社2008年版,第187—191页。
③ (元)杨载:《诗法家数》,载王大鹏、张宝坤等编《中国历代诗话选》(二),岳麓书社1985年版,第1045页。

趣、真趣（含天真之趣）、生趣，以此为例，统计各个朝代诗论家用"趣"、论"趣"的情况，结果如下：魏晋南北朝凡7人，唐代凡5人，宋代凡30人，金元凡14人，明代凡47人，清代凡88人。① 这个统计数字说明，明清时期诗论家以"趣"论诗的数量最多，是诗歌批评中广泛以"趣"论诗的盛兴期。另外，考察这一时期的以"趣"论诗的内容，可以发现诗论家们对诗趣的内涵形态等诸多理论问题进行了比较有创建的阐发。并且，这种阐发往往能够与诗论家们的其他诗学主张相结合，互相参证，追根溯源，多有发明。在此基础上，胡建次将"趣"范畴的演进历史作了分期：唐代以前一直处于向文论审美范畴衍化、过渡的阶段；宋代，是"趣"作为我国古代文论审美范畴的确立期；金元时期，是传承期；明代是盛兴期；清代是成熟期。② 这个历史分期，反映了中国古代文论史上以"趣"论诗的真实情况。仔细研究我国古代文论以"趣"论诗的演变轨迹，我们会发现，这种演变的背后，实际上是诗学思想的流变，换言之，诗学思想的流变，是"趣"范畴历史演进的深层原因。

二 诗学思想的流变："趣"范畴历史演进之因

萧华荣先生在其专著《中国诗学思想史》中，将中国传统诗学思想的发展分为前后两期，前期先秦至唐代为"情礼冲突"，后期由宋到清代为"情理冲突"。③ 这里的"礼"指的是汉学，"理"指的是宋学。所谓"情礼冲突"，指的是礼对情的制约。"礼"作为人间秩序和行为规范，因为建立在人的共性基础之上，导致对人的千差万别、生动活泼个性的漠视和束缚。所以早在先秦时期情礼冲突就已存在，道家的任性自然就是对礼的冲击。魏晋南北朝时期，陆机提出的"诗缘情而绮靡"，就是"越名教而任自然"时代氛围中"情礼冲突"的产物。唐代儒学重振，有唐一代诗论家不断抨击齐梁诗风，力倡"兴寄"，可以看作"礼"对"情"的有力反拨。宋代理学兴起，"情礼冲突"为"情理冲突"所取代。宋代的理学思想或轻或重、或隐或显地影响着宋代诗学，成为宋代诗学的底色。

---

① 胡建次：《归趣难求——中国古代文论"趣"范畴研究》，百花洲文艺出版社2005年版，第21—23页。
② 同上书，第16—19页。
③ 萧华荣：《中国诗学思想史》（导言），华东师范大学出版社1996年版，第8—11页。

比如宋人的以理为诗，以议论为诗的深层原因就是理学。所以宋代理与情一直有着龃龉冲突，宋末严羽批评宋代诗学流弊的武器就是"诗者吟咏性情"。

明代诗学的主线是主情，尽管是以复古与反复古为表征。但这种"情"在不同历史时期有不同的含义。在明初的一百多年里，大体上形成了以宋濂为代表的主流文学派，诗歌创作中出现一种颂美倾向，在诗中追求一种雍容典雅的气象；以陈献章为代表的性气诗，重性情之自然抒发，表现自然情性之真，追求平淡自然的审美趣味；以三杨为代表的台阁体，风格追求平和温厚，要求表现性情之正。所以这一时期所主的基本上是合于礼仪、性理的"纯正"之情。前后七子及其后学主张"格调"的同时，求质朴、重抒情，构成文学复古思潮的理论内涵。竟陵派也宗其旨，都强调"吟咏性情之真"。李贽、汤显祖及其追随公安派倡导"童心"说、"情真"说和"性灵"说。抒发"真情"以抗"假理"，形成"情理冲突"。明人主情表现虽然不一，但其为主情则一。这与宋人主理判然有别。

谈到明代主情的诗学思潮，不能不提到心学的流行。心学是在宋明理学的内部产生的，由南宋陆九渊开其端，至明代王守仁发扬光大，成为笼罩一个时代的学术文化思潮。心学是以程朱理学的对立面出现的。程朱理学认为"性即理"，"理"存于心之外的宇宙间，而心学则认为"心即理"，"理"存在于每个人的内心，心外无物，心外无理。存在于人心的理就是"良知"。所以不必向外求理，只须内省求"良知"即可。程朱理学和心学的出发点都是"存理去欲"，但是心学强调"心即理"，虽然一再强调"心"是"大心""公心"、义理之心，但是很难排除具体感兴之心，这就为肯定人的感情、欲望留下了比较宽阔的余地，客观上为否定天理、反对封建礼教打开了通路，在一定历史条件下引申出"人欲即天理"，后来泰州学派提出的"百姓日用即为道"，就是这样的产物。阳明心学作为哲学思想对诗学的影响，主要体现在以自然人性论为出发点的新情理观。萧萐父、许苏民指出：

> 自李贽提出发抒真性情的"童心说"和"絪缊化物，天下亦只有一个情"的唯情论观点以后，袁宏道提出了包含真情与天趣二要

素的"性灵说",主张表现"通乎人之喜怒哀乐嗜好情欲"的"至情",反对"拂情以为礼",而主张"理在情内";汤显祖提出了"世总为情"、情通乎宇宙自然规律的"至情说",并赋予其与宋明道学之"天命之性"、"天理"和专制政治之"吏法"相对立的属性,呼唤"有情之人"和"有情之天下"。冯梦龙提出"四大皆幻设,唯情不虚假",鼓吹"六经皆以情教"。此外,周铨论"天下一情所聚",闵景贤论"情为位育真种子",等等,皆以"情"为塑造人格、砥砺志节的精神力量。①

心学家或心学流派也对诗学家或诗学流派产生影响。一是心学家陈献章对诗学家李东阳的影响。白沙是从程朱理学折入心学的关键人物,受其影响,李东阳论诗颇重情感,是明代台阁体折入"格调"派的关键人物。二是王守仁对李梦阳的影响。王守仁以其心学集大成者,开辟一代学术思潮,以其与李梦阳的交情甚笃来看,说李梦阳的诗学思想受阳明心学沐浴当不为过。三是心学的泰州学派对公安派的影响。李贽受阳明心学尤其是泰州学派的影响很深,他的诗学思想正是建立在具有叛逆性的社会政治思想之上的。他诗学思想的核心是"童心"说,李贽强调"童心"之美,就是人性之美,自然本性之美。以"童心"为"天下之至文"之源,就是强调作家要写摆脱理学桎梏的人性之美。公安派三袁都是李贽的学生,公安派诗学思想的核心是提倡抒写性灵,表现内心真情。公安派的"性灵"说,其特点也是"真"字,可以看出三袁与李贽的渊源关系。"趣"在明代以后的繁盛,明显与当时这种崇尚真情个性,追求真实自然的文艺思潮有关。

清代的学术思想是以"实学"为特征。梁启超《中国近三百年学术史》谓:"这个时代的学术主潮是:厌倦主观的冥想而倾向于客观的考察。"② 所谓"主观的冥想",指的是明中期以后空谈心性、束书不观的风气。清人重"实学"乃历史的必然选择。异族入主中原的"天崩地解"之大变局,使学人对晚明思想予以反思。反思的矛头直指明人的

---

① 萧萐父、许苏民:《明清启蒙学术流变》,人民出版社2013年版,第6—7页。
② 梁启超:《中国近三百年学术史》,上海三联书店2006年版,第1页。

第七章 趣味：诗人诗性生命的呈现

"袖手谈心性"，指责明人"清谈误国"，因而倡"实学"就顺理成章了。注重实学的风气，深刻地影响着清代诗学的风貌。一个明显的表现，就是无论哪家哪派，即便是主"神韵"的王士禛，主"格调"的沈德潜，主"性灵"的袁枚，都强调性情要根柢于学问。在这种学术思潮的影响下，清初的"情理"观，向两个方向发展。一是以傅山、黄宗羲为代表，继承和发扬晚明的"童心""性灵""至情"观，呼唤"复情""尽情"的人性复归和个性解放，强调"情至文未有不至"的真情抒发；二是以王夫之为代表，提倡纳情于理或援理入情，既反对"桎梏"人情，又强调"性为情节"的道德要求。至乾嘉朝，晚明那股具有思想解放色彩的文艺思潮又有新的发展，出现了以袁枚为代表的"性灵"说，发展了晚明公安派的"性灵"说，成为清代诗学思想中极富生命力的重要方面。

　　诗学思想的这种流变，也反映在"趣味"内涵的变化上。总体看，"味"论的重心也存在着由"滋味"到"韵味"，再到"淡味"，最后到"趣味"的演变的历史轨迹。先秦两汉时期，由于政教功能的突出和审美意识的不自觉，诗的"情"的因素没有得到应有的重视，"滋味"说没有得到发扬。魏晋南北朝时期"人的自觉"和"文的自觉"，在"诗缘情而绮靡"的主"情"的诗学观下，钟嵘提出"滋味"说，确定了以"滋味"论诗的历史地位。这一时期的特点是大力提倡"指事造形，穷情写物"，一方面是针对玄言诗的理多情寡，另一方面也和诗歌发展至营造各类意象有关。唐代是诗歌艺术的成熟期，诗歌意境理论已经建立。诗歌意象产生了深层变化，出现了"象外之象"的艺术境界理论，推动了"滋味"说向"韵味"说的演变。至晚唐司空图提出"味外之味""旨外之旨"，"象外之象""景外之景"，对"韵味"说予以阐扬和归结。从中唐开始，诗学思想产生由"向外"到"向内"的转变，到宋代理学兴起，宋人主意主理，重视人格修养，诗歌向主"意"方向转变，相应地，诗中的"韵味"也就转化为主"淡"的"淡味""至味"。在宋代诗学内部，主"理"的一路，发扬悟性超越感性，于是诗歌"趣味"说得以凸显和确立。赵国乾指出："到了明清时代，随着人文主义观念的萌芽和发展，把中国美学思想推进到了一个新的发展阶段。重视真、情、趣成为此时美学风尚的主导因素。'趣'在中国美学思想史上的地位得到升格，文

· 389 ·

论、诗论、画论中关于'趣'的论述骤然增加。如果说,有关'趣'的美学言论在宋代以前,还是边角鼓声,那么到了明清之际,就已成为美学领域内一支旋律鲜明的奏鸣曲了。"① 赵国乾注意到了"趣"范畴地位的提升,与此同时,陈伯海还注意到了"趣"的内涵也有了变化,他说:"历经元人散曲、明清歌谣以及晚明至清中叶的性灵文学思潮,'趣'在诗歌审美活动中的地位不断提升,其内涵亦由宋代士大夫的高情雅意蜕变为明清性灵文学家的天机灵性乃至市井小民的童心稚趣,为我们鲜明地勾画出传统审美好尚朝着个性化与世俗化方向不断演进的轮廓。"② 这种诗歌"趣味"内涵的演化,正是诗学思想发生、发展、成熟、转型在诗歌艺术领域内的反映。

第二节 明清流派诗学观下的"趣味"论

一 明代文学"复古"思潮与"趣味"论

"复古"是明代诗学的主流。张少康先生谓:"整个明代文学理论批评的发展,是围绕着复古和反复古的主要思潮展开的。"③ 这种思潮从时间上看贯穿了明代的中前期,从弘治、正德之交到隆庆、万历之际的近百年。"复古"思潮前后出现两次,第一次以"前七子"为代表人物。"前七子"指的以李梦阳、何景明为代表的诗论家,还包括徐祯卿、边贡、王廷相、康海、王九思。关于第一次"复古"思潮的兴起,原因颇为复杂。就文学外部而言,"土木之变"带来了时局的变动,带来了从政治到思想,到社会风貌,到人心的复杂变化。商品经济的发展,商人与文人交往的增加,影响着士人的生活情趣,也深刻地影响社会的风尚。社会贫富差别加剧,潜伏着社会由盛转衰的因子。思想界也处于多元的初期。除了程朱理学的流行,还有陈献章的心学流行。尤其是王阳明心学的出现与传播,更是思想界的一大变动。王学中重自我的理念,促使重个人观念的悄悄到来。罗宗强先生指出:"虽然阳明倡人人皆可为圣人,本意在于完善

---

① 赵国乾:《中国古代美学范畴"趣"的诠释》,《重庆社会科学》2007 年第 1 期。
② 陈伯海:《"味"与"趣"——试论诗性生命的审美质性》,《东方论坛》2005 年第5 期。
③ 张少康:《中国文学理论批评史》(下),北京大学出版社 2005 年版,第 129 页。

第七章　趣味：诗人诗性生命的呈现

个人道德之修持，但既回归自我，回归本心，则重视自然人性也就成为题中应有之义。"① 思想学术的多元指向，导致文学思想的导向也呈多元状态，表现为复古与反复古，还有吴中地区的独抒个人情怀多元并存。就文学内部的发展规律而言，复古思潮的出现也是文学发展之自然结果。景泰以后文学思想已经开始变化，台阁文学思潮向复古文学思潮的过渡已经完成，复古思潮的出现也就水到渠成。明嘉靖、隆庆年间，以李攀龙、王世贞为首，并有谢榛、宗臣、梁有誉、徐中行、吴国伦呼应的"后七子"兴起，可以看成复古思潮的再次兴起，把复古主义再次推向高潮。第二次文学复古思潮的起因，主要是文风革新的问题。具体说，主要反对三种文风。即吴中文风的靡丽，王慎中、唐顺之等人学宋文风的繁杂与卑俗，前七子追随者模拟之风的流弊。和文风同步的诗风也存在问题。一是李梦阳追随者的模拟之弊；二是诗学六朝的文风靡丽；三是李中、唐顺之等人学宋诗的有理无情。所以"后七子"提出复古问题时，带有张扬自我、互相标榜、争名位的色彩。而且第二次复古思潮之着力点不在文而在诗。复古者为自己树立的学习目标是诗必汉、魏、盛唐。在前后七子主盟文坛的近一百年中，也有一些受到复古思潮影响，但与七子派诗学主张不太一致的诗学家，代表人物有杨慎和嘉靖年间的所谓"嘉靖八才子"，即王慎中、唐顺之、陈束、赵时春、熊过、任瀚、李开先、吕高等人。总体看，"复古派"的诗学主张是以"拟议以成其变化"。② "拟议"的意思大致为"拟则""模拟"之意，即模仿所拟对象的特征。"变化"是指拟则后的会通、自得与适用。就模仿对象而言，他们反对宋诗，主张拟议汉魏盛唐的高格逸调，以开辟一种新诗境，因而又称"格调"派。在"拟议变化"这个主要的诗学思想之下，"影响着一个长时期的文风。但是，就在复古思潮高涨的时候，持批评态度的也大有人在。即使在复古文人内部，他们之间的主张与创作倾向，也存在不同程度的差异"③。也就是说，与"复古"思潮相应的，一直存在着反复古的思潮；"复古派"的内部，基本取

---

① 罗宗强：《社会环境与明代后期士人之心态走向》，罗宗强：《晚学集》，南开大学出版社2009年版，第146页。
② （明）李攀龙：《古乐府序》，李攀龙著，李伯齐点校：《李攀龙集》，齐鲁书社1993年版，第1页。
③ 罗宗强：《明代文学思想史》（下册），中华书局2013年版，第599页。

向是一致的。但是，在"复古"的标准、途径与方法，要达到的目的还存在着很大的不同，所以，这一时期的"趣味"论，都和这错综复杂的诗学思潮有千丝万缕的联系。

"复古"派的模拟，首先要解决的是确定模拟对象的问题。萧华荣谓："明代的诗学思想遥承宋末严羽，《沧浪诗话》几乎成为明人的法典，得到最大限度的发挥与展开。"① 如前所论，严羽《沧浪诗话》的根本宗旨是尊唐（主要是盛唐）黜宋，反对宋人"以文字为诗，以才学为诗，以议论为诗"，张扬"兴趣"，提出诗有"别才""别趣"。严羽的观点得到了元人的呼应，出现了不满宋人，宗唐的倾向，明人沿袭了元人宗唐的思想，在宗唐黜宋问题上与严羽产生共鸣。明人明确提出宗尚盛唐的主张，但是如何宗的问题，并没有解决。这首先涉及所宗对象的问题。明初高棅的《唐诗品汇》就是为解决这一问题而出现的。《唐诗品汇》九十卷，始撰于洪武十七年，成书于洪武二十六年，编入唐诗人620人，诗作5769首。编《唐诗品汇》的目的，与当时的复古思潮有关。高棅在《唐诗品汇·总叙》中开宗明义："以为学唐诗者之门径。……使吟咏性情之士，观诗以求其人，因人以知其时，因时以辩其文章之高下，词气之盛衰，本乎始以达其终，审其变而归于正。"② 因为当时的复古者，对所宗的对象的艺术体貌，没有确切的理解，以致模拟不像。吴乔谓之"瞎盛唐诗"，意思是说模拟只是外形像而神情仪态不像。高棅《唐诗品汇》评杜甫诗："杜少陵所作虽多，理趣甚异。"认为杜甫所作七绝与盛唐诸人不同，其关键在于杜诗所呈现的意趣与盛唐诸人不同。已经注意到了用"趣味"来作为诗艺术特征来看。"七子派"徐祯卿《谈艺录》从广泛向前人学习有益于提高诗艺的角度，谓："古诗三百，可以博其源；遗篇十九，可以约其趣；乐府雄高，可以厉其气；《离骚》深永，可以裨其思。然后法经而植旨，绳古以崇辞。虽或未尽臻其奥，我亦罕见其失也。"③ 从"源""趣""气""思"四个角度来说明学古对诗人诗艺的提升，可

---

① 萧华荣：《中国诗学思想史》，华东师范大学出版社1996年版，第228页。
② （明）高棅编选：《唐诗品汇》（总叙），上海古籍出版社1982年版，第9页下栏—10页上、下栏。
③ （明）徐祯卿：《谈艺录》，载（清）何文焕辑《历代诗话》（下），中华书局1981年版，第767页。

第七章　趣味：诗人诗性生命的呈现

见对"趣味"的重视。

(一)"趣"与"情"

对"趣味"的重视，源于对"情"的提倡。重抒情诗是复古思潮的一个重要内涵。其实，七子派之前，明初的赵㧑谦、李东阳等人就重视抒情。赵㧑谦是一个重个人情怀抒发的作者，其在《梅雪轩记》谓："平日之可乐者，感时恨别则溅泪而惊心；太阳下土之所仰照，商民寓意则欲其丧；明月光辉之可爱，营垒则欲其休照。何则？心之所激，情之所感有不同耳！"① 情之所感不同，则所发亦不同。李东阳也提倡重自然、重真情的表达。他认为天机物理相感触，人不能无所动情，情动则必有所抒发，于是有诗。其《南行稿序》谓："其间流峙之殊形，飞跃开落之异情，耳目所接，兴况所寄，左触右激，发乎言而成声，虽欲止之，亦有不可得而止矣。"② 说的就是情有所感而不可抑止的情况。他主张感情的自然抒发，因之也重视真情发自肺腑，反对人工雕琢轻视技巧。《怀麓堂诗话》谓："唐人不言诗法，诗法多出宋，而宋人于诗无所得。所谓法者，不过一字一句，对偶雕琢之工，而天真兴致，则未可与道。"③ 这里说的是诗法影响了诗的天真兴致，即诗的天然之工。他的"天真兴致"偏于明白晓畅而又有无穷韵味的一类。所以他推崇李杜，还肯定陶潜、王维、孟浩然的诗作。批评李贺的诗："字字句句欲传世。顾过于刿鉥，无天真自然之趣。"④ 重情说作为复古之一重要内容，被复古派更集中地提出来。李东阳论诗，谓情遇则吟，吟则成诗："故圣以时动，物以情征，窍遇则声，情遇则吟。……故诗者，吟之章而情之自鸣者也。"⑤ 徐祯卿也重视诗情的重要，而且论述得更为集中。他《谈艺录》有两段集中论情的话：

盖因情以发气，因气以成声，因声而绘词，因词而定韵，此诗之

---

① （明）赵㧑谦：《赵考古文集》卷1，（清）纪昀等编撰《四库全书》第1229册，集部168，上海古籍出版社1987年文渊阁本影印本，第674页上栏。
② （明）李东阳撰，周寅宾点校：《李东阳集》（第一卷），岳麓书社1984年版，第617页。
③ （明）李东阳撰，周寅宾点校：《李东阳集》（第二卷），岳麓书社1985年版，第531页。
④ 同上书，第542页。
⑤ （明）李梦阳：《鸣春集序》，李梦阳《空同集》卷51，上海古籍出版社1991年四库全书影印本，第473页上、下栏。

味：一个诗学语词的理论批评

源也。①

  夫情能动物，故诗足以感人。……凡厥含生，情本一贯，所以同忧相瘁，同乐相倾者也。②

  这两段话说了两个问题。一是诗因情而生，情、气、声、词，涉及了由情到词的过程。二是诗之所以感人，是因为有情。"后七子"复古主将王世贞既有拟古主张，也有重情、重性灵的倾向。他对诗的认识，既倡复古，崇汉、魏、盛唐，又反模拟，重性情。他反对剽窃，但不反对趣合：

  剽窃模拟，诗之大病。亦有神与境触，师心独造，偶合古语者。如"客从远方来"、"白杨多悲风"、"春水船如天上坐"，不妨俱美，定非窃也。……又有全取古文，小加裁剪，如黄鲁直《宜州》用白乐天诸绝句，王半山"山中十日雨，雨晴门始开。坐看苍苔色，欲上人衣来"，后二语全用辋川，已是下乘。然犹彼我趣合，未致足厌。③

  "趣合"就是趣味相合，就是化用古人诗句而融会贯通，虽用古人诗句但暗合当时的境界情思。所以王世贞对黄庭坚的有些诗没有"趣合"，提出批评："鲁直不足小乘，直是外道耳，已堕傍生趣中。"④他判断明代诗人中能够直追杜甫的诗人，唯李梦阳和李攀龙："以五言言之，献吉以气合，于鳞以趣合。"他认为，不能"趣合"的原因在于"性情"不真。其谓："后之人好剽写余似，以苟猎一时之好，思蹐而格杂，无取于性情之真，得其言而不得其人，与得其集而不得其时者，相比比也。"⑤
  与复古思潮差不多同时存在的，还有一股影响巨大的以抒情为核心的

---

 ① （明）徐祯卿：《谈艺录》，载（清）何文焕辑《历代诗话》（下），中华书局1981年版，第765页。
 ② 同上书，第766页。
 ③ （明）王世贞著，罗中鼎校注：《艺苑卮言校注》（卷4），齐鲁书社1992年版，第216页。
 ④ 同上书，第214页。
 ⑤ （明）王世贞：《章给事诗集序》，载《弇州四部稿》卷69，（清）纪昀等编撰《四库全书》第1280册，集部219，上海古籍出版社1987年文渊阁本影印本，第186页下栏。

文学思潮。这股思潮下的文士们也倡"趣味"。首先，是与前七子活动同时代的吴中士人集团。包括沈周、桑悦、祝允明、文征明、唐寅等人，人数很多，结构松散，没有明确理论主张，也没有公推领袖人物，形成文坛独特的现象。罗宗强先生认为这一文人群落，形成一种相近的审美趋向。① 第一，他们的知识广博，爱好广泛；第二，兼通诗、书、画，多数还精于古器物书画鉴赏，富收藏；第三，独立人格之张扬。相似的人生旨趣、文化素养形成了他们相似的文学思想观念和文学趣味追求。表现为诗文之作独抒情怀，追求人生趣味的闲适风韵。他们中的一些人，在诗文中雅俗一体，在重情的文学思潮中带入了世俗倾向，衔接了万历之后求真、重性灵的文学思潮。其次，在两次复古思潮之间，出现一批与复古思潮取向不同的文学思想倾向，代表人物有杨慎、唐顺之、王慎中、归有光、徐渭、李开先等人。这些人的文学创作的共同点是重自我、重抒情、重本色，带有真情和浅俗的创作倾向。

（二）"趣"与"意境"

谢榛虽然属于第二次复古派成员，但其诗学思想表现出很大的独立性。他也讲复古，但更多时候表现出对复古的不满。他的创作倾向是追求真情的流露，重视感情的自然抒发，所以他反对先立意："诗有辞前意、辞后意。唐人兼之，婉而有味，浑而无迹。宋人必先命意，涉于理路，殊无思致。及读《世说》：'文生于情，情生于文。'王武子先得之矣。"② 强调随情发兴，由感发兴，漫然成诗，这样才有韵味；先立意，涉于理路，必无味。所以谢榛以"趣味"论诗："皇甫湜曰：'陶诗切以事情，但不文耳。'湜非知渊明者。渊明最有性情，使加藻饰，无异鲍谢，何以发真趣于偶尔，寄至味于淡然？"③ 其评子美《秋野》诗："水深鱼极乐，林茂鸟知归。"谓："此适会物情，殊有天趣。"④ 谢榛还从诗格的角度来谈诗趣。格是明代中期诗论家最常用的一个词。李东阳谓："眼主格，耳主调。"意思是说，"格"展现为具象（境象），是诗的最终形成的体貌，"调"展现为声象。所以谢榛从"格"论诗趣的实质，是从诗歌意境的角

---

① 罗宗强：《明代文学思想史》（上册），中华书局2013年版，第347—352页。
② （明）谢榛著，宛平校点：《四溟诗话》，人民文学出版社1961年版，第23页。
③ 同上书，第41页。
④ 同上书，第112页。

度论诗趣。其《四溟诗话》谓:

> 诗有四格:曰兴,曰趣,曰意,曰理。太白《赠汪伦》曰:"桃花潭水深千尺,不及汪伦送我情。"此兴也。陆龟蒙《咏白莲》曰:"无情有恨何人见,月晓风清欲坠时。"此趣也。王建《宫词》曰:"自是桃花贪结子,错教人恨五更风。"此意也。李涉《上于襄阳》曰:"下马独来寻故事,逢人惟说岘山碑。"此理也。悟者得之;庸心以求,或失之矣。①

这里的"趣",和"兴""意""理"一样,都是诗歌意境的一种形式。这是对高启以"趣"论诗的发展。高启《独庵集序》云:

> 诗之要,有曰格、曰意、曰趣而已。格以辩其体,意以达其情,趣以臻其妙也。体不辩则入于邪陋,而师古之义乖;情不达则堕于浮虚,而感人之实浅;妙不臻则流于凡近,而超俗之风微。三者既得,而后典雅、冲淡、豪俊、秾缛、幽婉、奇险之辞变化不一,随所宜而赋焉。②

高启把"趣"作为诗歌的一种质素提出来,把"趣"列为三要素之一,认为它关系到诗之妙,已隐含了趣为诗美之意。不过,高启从辩体、情达、妙臻的角度来谈"格""意""趣",既没有明确趣的内涵,也没有把"趣"和"意境"联系起来。在此基础上,谢榛进一步指出,"趣"是"意境"的一种。不仅如此,他还触及了意境构成的情景交融问题:

> 作诗本乎情景,孤不自成,两不相背。……夫情景有异同,模写有难易,诗有二要,莫切于斯者。观则同于外,感则异于内,当自用其力,使内外如一,出入此心而无间也。景乃诗之媒,情乃诗之胚:

---

① (明)谢榛著,宛平校点:《四溟诗话》,人民文学出版社1961年版,第45页。
② (明)高启著,(清)金檀辑注,徐澄宇、沈北宗校点:《高青丘集》,上海古籍出版社1985年版,第885页。

第七章 趣味：诗人诗性生命的呈现

合而为诗，以数言而统万形，元气浑成，其浩无涯矣。①

也就是说，作诗要缘情而发，而景是引发情兴的媒介。"景乃诗之媒，情乃诗之胚"，情和景两者在诗歌中"孤不自成"，是相互依存的关系。因此，谢榛有"景实而无趣""景虚而有味"的观点。其谓："贯休曰：'庭花濛濛水泠泠，小儿啼索树上莺。'景实而无趣。太白曰：'燕山雪花大如席，片片吹落轩辕台。'景虚而有味。"② 所谓"景虚"有"趣味"，实际上就是情景结合有"趣味"。这种情景交融的理论，是明人对前人意境理论的继承与发展。持这种认识的在明人中不少：

抒情写景，或因情以寓景，或因景以见情。（徐师曾《诗体明辨》卷四）

其在人也，触境而生情，而情每以境夺；因情而耦境，而境即以情迁。（顾起元《竹浪斋诗序》见《明文授读》卷三十六）

少陵七言律……情中有景，景外含情，一咏三讽，味之不尽。（陆时雍《诗镜总论》）

诸家说法不一，但都把情与景相互渗透视为诗歌创设意境的基本规律。明人也常从诗境的角度分析诗的趣味。诗境问题向来为诗家所重视，由境而意境，有一个认识的过程。古代文论中有许多和意境相当或相近的概念，但"意境"一词并不多见。署名王昌龄《诗格》中有"意境"一词，但是和物境、情境并立而言。其谓："诗有三境：一曰物境，欲为山水诗，则张泉石云峰之境，极丽绝秀者，神之于心，处身于境，视境于心，莹然掌中，然后用思，了然境象，故得形似。二曰情境，娱乐愁怨，皆张于意，而处于身，然后驰思，深得其情。三曰意境，亦张之于意，而思之于心，则得其真矣。"③ 此后，皎然的"取境"说，司空图的景象说，严羽的兴趣说，都对意境进行了探索。尤其是严羽的兴趣说，使人们意识

---

① （明）谢榛著，宛平校点：《四溟诗话》，人民文学出版社1961年版，第69页。
② （明）谢榛著，宛平校点：《四溟诗话》卷1，人民文学出版社1961年版，第22页。
③ ［日］弘法大师原撰，王利器校注：《文镜秘府论校注》，中国社会科学出版社1983年版，第285页。

到诗歌的意境创造，乃是与饾饤文字和以议论为诗相对立的方法，是诗之成为诗的基本特征。明人沿袭了严羽之论，普遍重视诗歌的艺术特征。谢榛提出的诗之四格，并从情景交融的角度解释"趣"作为诗歌意境之一种的生成规律，是谢榛对诗境理论的重大贡献。

稍晚于谢榛的胡应麟，受复古派文学思想影响，也有不同于复古派处。他论诗主"格调"，以"趣"论诗。其《诗薮》云：

> 作诗大要不过二端。体格声调。兴象风神而已。体格声调有则可循。兴象风神无方可执。故作者但求体正格高。声雄调鬯。积习之久。矜持尽化。行迹俱融。兴象风神。自尔超迈。譬则镜花水月。体格声调。水与镜也。兴象风神。月与花也。必水澄镜朗。然后花月宛然。①

这段话的"体格声调"，侧重于格律声调，与谢榛之"格"略不同。细味之，胡应麟对诗歌意境构成的理解，应为体格声律音节与意象神韵之统一体。其特点是浑融自然，无迹可寻。其论《古诗十九首》及汉魏杂体诗谓："两汉诸诗。惟《郊庙》颇尚辞。乐府颇尚气。至《十九首》及诸杂诗。随语成韵。随韵成趣。辞藻气骨。略无可寻。而兴象玲珑。意致深婉。真可以泣鬼神。动天地。"② 这里的"趣"就是"兴象玲珑，意致深婉"的意境。

二 "童心"说、"性灵"说与"趣味"

张少康先生指出："明代从嘉靖后期开始，文艺上出现了一股新的思潮，至隆庆、万历起逐渐扩大，并发展成为包括诗文、戏曲、小说、乃至书画各个领域共同的主导倾向，从而代替了绵延一二百年的复古主义文艺思想。这股文艺新思潮核心是：强调文学源于人的心灵，以师心代替师古，要求文学突破礼教的藩篱，摆脱理学的羁绊，充分体现人的个性，主张任性而为，不受任何束缚，以真实、自然、与化工

---

① （明）胡应麟撰：《诗薮》，《内编》卷5，中华书局1958年版，第97页。
② 同上书，第23页。

造物同体为最高审美原则,它在文学理论批评上的集中表现,就是性灵说和情真说。"① 这股文艺思潮的出现,就经济而言,与当时社会商品经济的发展有关。就学术思想而言,是阳明心学的发展的时代必然。萧萐父、许苏民谓:"历史仿佛有意和人们开着玩笑。正德年间,王阳明以挽救传统社会'纪纲凌夷'、'病革临绝'的主观动机,提出直接诉诸人的道德良知的学说,却引出了'此窍一凿,混沌遂亡',乃至他的后学'遂非名教所能羁络'的客观效果,不能不说是中国思想史上的十分奇特的现象。"② 阳明后学之中,以李贽为代表。李贽在思想史上的地位,诚如沈德符所言,王阳明身后,其高足各立门户,几经师承,"最后李卓吾出,又独创特解,一扫而空之"③。

1. 从"童心"说到"性灵"说

李贽是晚明人性觉醒、思想解放浪潮的主要代表人物。他在接受阳明心学,特别是泰州学派思想的基础上,发展为对封建礼教的批判,尤其是他所提出的著名的"童心说",为这股文艺新思潮奠定了哲学思想和文艺美学思想的基础。李贽文学思想的出发点是回归自然人性。他主张要顺应人的"自然之性",充分满足人的自然欲望要求,认为人的私心私欲是"自然之理",所以要"率性之真",任其自然发展,不应束缚和限制它。他认为满足人们的基本物质需要,是人们的起码欲望,这就是"天理",不应该把天理和人欲对立起来。李贽是以自然的人性、人情、人欲来对抗正统儒家的名教、礼教、理教。其思想核心是提倡"真情",反对"假理"。在《童心说》中,他指出:"夫童心者,真心也。若以童心为不可,是以真心为不可也。夫童心者,绝假纯真,最初一念之本心也。若失却童心,便失却真心;失却真心,便失却真人。人而非真,全不复有初矣。"在分析童心因何会失去,他说:

> 童子者,人之初也;童心者,心之初。夫心之初曷可失也!然童心胡然而遽失也?盖方其始也,有闻见从耳目而入,而以为主于其

---

① 张少康:《中国文学理论批评史》(下),北京大学出版社2005年版,第153页。
② 萧萐父、许苏民:《明清启蒙学术流变》,人民出版社2013年版,第38页。
③ (明)沈德符著,黎欣点校:《万历野获编》(下)卷27,《紫柏评晦庵》,文化艺术出版社1998年版,第739页。

内而童心失。其长也，有道理从闻见而入，而以为主于其心而童心失。其久也，道理闻见日以益多，则所知所觉日以益广，于是焉又知美名之可好也，而务欲以扬之而童心失；知不美之名之可丑也，而务欲以掩之而童心失。①

初心就是真心，是最为本然最为纯真的，由于受到外界的各种欲望的引诱，才失却最初的纯净之心。失去真心，就一切都假："童心既障，于是发而为言语，则言语不由衷；……言虽工，于我何与，岂非以假人言假言，而事假事文假文乎？"② 从"童心说"出发，李贽认为真正的文学创作绝不像道学家所说的"代圣贤立言"，更不是虚伪的道德说教，而是蕴结于心的真情不得不发，是内心"绝假纯真"的"童心"流露。从表现"童心"出发，他反对对古人亦步亦趋的模拟，他认为每个人都有自己的"童心"，因而也就有自己的"至文"，每个时代也有每个时代的文学作品，不能只说先秦之文、盛唐之诗才是最好的。因此，他提出要在文学作品中表现"化工"自然之美。

李贽的"童心说"直接开启了公安派三袁的"性灵说"。三袁是指袁宗道、袁宏道、袁中道三兄弟，湖北公安人，因此称为"公安派"。三袁都是李贽的学生，在李贽思想的影响下，袁宏道于万历二十四年（1596）在吴县作《叙小修诗》，提出了"性灵说"，正式举起了公安派的旗帜。其诗学思想的核心是"独抒性灵，不拘格套"。具体包括以下几点。

第一，是"真"。提倡"真"心、"真"情，是"性灵说"的核心。何谓"性灵"？"性灵"二字原非公安派首创。南朝刘勰、钟嵘、颜之推等的诗文中已经使用，唐人也常用。刘勰《文心雕龙·原道》谓："两仪既生矣，惟人参之，性灵所钟，是为三才。"钟嵘《诗品》评阮籍诗谓："可以发性灵，陶幽思。"颜之推谓："至于陶冶性灵，从容讽谏，入其滋味，亦乐事也。"③ 杜甫《解闷》："陶冶性灵须底物，新诗改罢自长吟。"都指人的天性灵智。就明代说，七子后学特别是屠隆的论著中，"性灵"

---

① （明）李贽：《焚书·续焚书》，中华书局1975年版，第98页。
② 同上书，第98—99页。
③ （北齐）颜之推著，庄辉明、章义和撰：《颜氏家训译注》，《文章》第九，上海古籍出版社1999年版，第160页。

一词用得比公安派还多。理解公安派的"性灵"含义，应该结合其产生的思想背景。熊礼汇指出："袁宏道的性灵说，最直接的理论渊源，应是明代中叶以来所流行的心学和不时出现的受心学影响的文学观念。"① 又说："对性灵说有直接启导作用的，是李贽的童心说。"② 李贽的文学思想是建立在"童心说"的哲学思想上的，他的"童心说"对公安派的深刻影响，表现为公安派的基本理论"独抒性灵"，是以"童心说"为底蕴。所以要了解"性灵"的意蕴，首先要了解心学的义理和用语。王阳明心学极重视"心"，认为心就是"灵明"，《传习录下》谓："我的灵明便是天地鬼神的主宰。"在他那里，心就是"性"，就是"天理"，又称为"良知"。龙溪学派的王畿谓："良知者，性之灵根，所谓本体也。"其次，李贽的"童心"就是"真心""真情"。要言之，"性灵"就是人的真情，同时由于"性灵"是心学术语向诗学的转化，而带有活泼、飞动、灵明的审美意味。提倡"真"，就是诗文创作必须抒写诗人性灵，表达真情实感，反对因袭模拟，剽窃仿作。

性灵与"真"相一致。因此，袁宏道谓"出自性灵者为真诗"。那么怎样才能创造富有性灵的"真诗"呢？袁宏道《叙小修诗》谓："大都独抒性灵，不拘格套，非从自己胸臆流出，不肯下笔，有时情与境会，顷刻千言，如水东注，令人夺魂。"说要"从自己胸臆流出""情与境会"，才能造"真诗"。江盈科《敝箧集引》对此作了发挥：

> 夫性灵巧于心，寓于境。境所偶触，心能摄之；心所欲吐，腕能运之。心能摄境，即蝼蚁蜂虿皆足寄兴，不必《雎鸠》、《驺虞》矣；腕能运心，即谐词谑语皆足观感，不必法言庄什矣。以心摄境，以腕运心，则性灵无不毕达，是之谓真诗，而何必唐，又何必初与盛之为沾沾！③

这是公安派对"性灵"诗的创作的精彩表述。萧荣华说："当心与境

---

① 熊礼汇：《明清散文流派论》，武汉大学出版社2003年版，第380页。
② 同上书，第384页。
③ （明）江盈科：《雪涛阁集》卷8，江盈科撰，黄仁生辑校：《江盈科集》（上册），岳麓书社1997年版，第398页。

偶然相触，性灵便会激撞迸发出诗的火花，这时要立即摄取，并肆口吐发为诗篇，以当时涌现的一切语言表述出来，达情即可，而不必计较是雅是俗，为庄为谐。"①

第二，是"变"。"变"的观点源于对文学是发展进化这一基本规律的认识，也是公安派批评复古模拟文学思潮的理论基础。历代文学的变迁，各有其时代的特性，创作或批评，都要明了这种时代的特性，才不违反文学进化的原理。公安派作为一个诗派，其攻讦的矛头是针对七子派的复古模拟。七子派的诗学主张有一个致命的理论误区，就是认为诗至盛唐已经达到了无以复加的顶峰，一切体制格调已经完全齐备，后人只需拟议变化即可。针对此，公安派认为，拜古贱今，一字一句，都要去拟古，这是戕害文学的生命，而丧失作者的个性。所以袁宏道指出：

> 文之不能不古而今也，时使之也。妍媸之质，不逐目而逐时。是故草木之无情也，而鞓红鹤翎，不能不改观于左紫溪绯。唯识时之士，为能隑其隙而通其所必变。夫古有古之时，今有今之时，袭古人语言之迹，而冒以为古，是处严冬而袭夏之葛者也。《骚》之不袭《雅》也，《雅》之体穷于怨，不《骚》不足以寄也。后之人有拟而为之也，终不肖也，何也？彼直求《骚》于《骚》之中也。至苏、李述别及《十九》等篇，《骚》之音节体致皆变矣，然不谓之真《骚》不可也。②

他从文学变化发展的角度，指出"时"的变化，必然带来"物"之变，这是自然规律。首先，风俗、习惯、语言、文化是不断变迁的，每一时代都有其时代的精神文化特征。"古有古之时，今有今之时"，文学也随着时代的变化而演进，绝不会保留万古不变的面目，所以要有"通变"的观念，而不能剿袭传统。其次，不同时代之人，情质不同，因而有文体之不同，随之"法"也不同。因而他说"《骚》之不袭《雅》也，《雅》

---

① 萧华荣：《中国诗学思想史》，华东师范大学出版社1996年版，第284页。
② （明）袁宏道：《雪涛阁集序》，袁宏道著，钱伯城笺校：《袁宏道集笺校》（上册）卷18，上海古籍出版社1981年版，第709页。

之体穷于怨，不《骚》不足以寄也"。《骚》之继《雅》，不是袭其面目，而是承继其"怨"之精神。公安派反对复古模拟，还有一个更实在有力的理由，那就是文学语言的变化，文学是语言的艺术，语言既然有今古之变，那么文学语言不可不变。袁宗道谓：

> 口舌代心者也，文章又代口舌者也。展转隔碍，虽写得畅显，已恐不如口舌矣，况能如心之所存乎？故孔子论文曰："辞达而已。"达不达，文不文之辨也。唐、虞、三代之文，无不达者。今人读古书，不即通晓，辄谓古文奇奥，今人下笔不宜平易。夫时有古今，语言亦有古今。今人所诧谓奇字奥句，安知非古之街谈巷语耶？①

为什么唐、虞、三代之文，在当时"无不达者"，而今人读之却谓"古文奇奥"？这是因为"时有古今，语言亦有古今"，语言是不断变化发展的。所以说，李攀龙辈所说的"无一语作汉以后，亦无一字不出汉以前"，是极其荒谬的。袁宏道对七子派胶柱鼓瑟的"文必秦汉，诗必盛唐"模拟之说提出批评，并对各个时代文学的优劣高下作出判断。其谓：

> 盖诗文至近代而卑极矣，文则必欲准于秦、汉，诗则必欲准于盛唐，剿袭模拟，影响步趋，见人有一语不相肖者，则共指以为野狐外道。曾不知文准秦、汉矣，秦汉人曷尝字字学《六经》欤？……秦汉而学《六经》，岂复有秦、汉之文？盛唐而学汉、魏，岂复有盛唐之诗？唯夫代有升降，而法不相沿，各极其变，各穷其趣，所以可贵，原不可以优劣论也。②

"代有升降，而法不相沿"，是袁宏道针对复古派格守古法提出的一个重要观点。既然变是文学发展的规律，时代不同，文学的风格也不一样，它们都是各自时代文化精神的产物，因而没有什么优劣高下之分。那

---

① （明）袁宗道：《论文上》，袁宗道著，钱伯城标点：《白苏斋类集》卷20，上海古籍出版社1989年版，第283页。
② （明）袁宏道：《叙小修诗》，袁宏道著，钱伯城笺校：《袁宏道集笺校》（上册）卷4，上海古籍出版社1981年版，第188页。

种一味模拟前人，失去自己的时代特色和个人风格的作品，才是真正卑不足道的。

2. "童心""性灵"与"趣味"

公安派本"性灵"论诗，不仅表现在诗的内容、形式上，还突出地表现在对诗味的追求上。袁宏道在《西京稿序》中说过："夫诗以趣为主。"由于反对模拟，提倡"性灵"，必然要求诗人要有自己的艺术个性，其作品自然要求有"趣味"。什么是"趣"？袁宏道有自己的解释：

> 世人所难得者唯趣。趣如山上之色，水中之味，花中之光，女中之态，虽善说者不能下一语，唯会心者知之。……夫趣得之自然者深，得之学问者浅。当其为童子也，不知有趣，然无往而非趣也。面无端容，目无定睛，口喃喃而欲语，足跳跃而不定，人生之至乐，真无逾于此时者。孟子所谓不失赤子，老子所谓能婴儿，盖指此也。趣之正等正觉最上乘也。山林之人，无拘无缚，得自在度日，故虽不求趣而趣近之。愚不肖之近趣也，以无品也，品愈卑故所求愈下，或为酒肉，或为声伎，率心而行，无所忌惮，自以为绝望于世，故举世非笑之不顾也，此又一趣也。迨夫年渐长，官渐高，品渐大，有身如梏，有心如棘，毛孔骨节俱为闻见知识所缚，入理愈深，然其去趣愈远矣。[①]

这段话，须注意两点。一是描述了"趣"的美感特征。"趣"作为公安派的审美标准，袁宏道以"山上之色，水中之味，花中之光，女中之态"来比拟，形容作品的审美的感受、审美趣味的特征，是浑融在文本整体中的，可感而不可言说，只有对文学"会心"的人才能得到。二是"趣"有不同的层次。"童心"之趣是最上层，山林之人之趣次之，愚不肖之趣又次之，为闻见所束缚者，无趣。所以他说"入理愈深，然其去趣愈远矣"。很显然，袁宏道所提倡的"趣"与李贽的"童心"一样，是一种追求个性自由的审美情趣，是李贽"童心说"在诗学上的发挥。他

---

① （明）袁宏道：《叙陈正甫会心集》，袁宏道著，钱伯城笺校：《袁宏道集笺校》（上册）卷10，上海古籍出版社1981年版，第463—464页。

第七章　趣味：诗人诗性生命的呈现

肯定的是出自胸臆、未被污染的本性自然之情趣，自然流露，不加伪饰，是一种天趣。

公安派其他人物论"趣"也与袁宏道大体相同。袁中道《刘玄度集句诗序》谓："凡慧则流，流极而趣生焉。天下之趣，未有不自慧生也。山之玲珑而多态，水之涟漪而多姿，花之生动而多致，此皆天地间一种慧黠之气所成，故倍为人所珍玩。"①"慧黠"之气，灵动、活泼，这样的心灵创造的作品便衍生出"趣"。又谓："随其口所出，手所挥，莫不洒洒然而成趣。"② 显然这就是公安派所宣扬的"信心信腕"的作诗态度。江盈科提出"元神活泼，则抒为文章，贤为勋猷，无之非是"，然后才能"其趣怡然"。元神活泼，乃能生趣，还是强调本真自然。他在《贵真》一文中说："夫为诗者，若系真诗，虽不尽佳，亦必有趣。若出于假，非必不佳，即佳亦自无趣。"③ 袁宗道也有关于趣的言说，其《答陶石篑》谓："坡公自黄州以后，文机一变，天趣横生。此岂应酬心肠，格套口角，所能仿佛之乎？"④

罗宗强先生谓："重视'趣'的思想，与性灵说紧密相联。'趣'既指生活情趣，亦指诗文之审美情趣。从他们的诗文里，可以感受到他们所追求的生活情趣，这种情趣，主要是闲适，是一种春山鸟鸣、弹琴绿荫、轻风拂袖、负杖行吟的境界；是一种泥炉茶铛、清谈竟日、书画彝鼎、摩挲鉴识的生活趣味。这样一类生活情趣，反映在作品上，就产生一种宁静、淡远韵味，有一种悠然闲适之趣。"⑤ 从"自然天趣"的审美理想出发，公安派要求文学表现真性情、真性灵，在"趣味"的趋向上，倾向于淡味之美。袁宏道《叙呙氏家绳集》谓：

> 苏子瞻酷嗜陶令诗，贵其淡而适也。凡物酿之得甘，炙之得苦，

---

① （明）袁中道撰，钱伯城标点：《珂雪斋集》（上册）卷10，上海古籍出版社1989年版，第456页。
② 同上。
③ （明）江盈科：《雪涛诗评·贵真》，江盈科撰，黄仁生辑校：《江盈科集》（下册），岳麓书社1997年版，第807页。
④ （明）袁宗道撰，钱伯城标点：《白苏斋类集》卷16，上海古籍出版社1989年版，第234页。
⑤ 罗宗强：《明代文学思想史》（下册），中华书局2013年版，第745页。

唯淡也不可造；不可造，是文之真性灵也。浓者不复薄，甘者不复辛，唯淡也无不可造；无不可造，是文之真变态也。风值水而漪生，日薄山而岚出，虽有顾、吴，不能设色也，淡之至也。元亮以之。东野、长江欲以人力取淡，刻露之极，遂成寒瘦。香山之率也，玉局之放也，而一累于理，一累于学，故皆望岫焉而却，其才非不至也，非淡之本色也。①

"淡"是真性情、真性灵在文学作品中的审美特征，是自然之美、本色之美，是"趣"的审美形态。所以，王文生先生云："公安派文艺思想的核心，可用'性灵'二字以尽之。性灵说落实到文艺内容上，即是'独抒情灵'；体现在形式中，即是'不拘格套'；表现在情味里，则是'率真则性灵现，性灵现则趣生'。"②

三 袁枚"性灵说"与"趣味"

袁枚（1716—1779），字子才，号简斋，浙江钱塘（今杭州）人。三十三岁辞官，卜居于江宁小仓山之随园，人称"随园先生"，晚号"仓山居士""随园老人"。著有《小仓山房诗文集》七十余卷，《随园诗话》十六卷、补遗十卷，《续诗品》一卷。

（一）袁枚"性灵"说的传承

袁枚论诗，力主"性灵"说。关于袁枚"性灵"说的历史传承，下面几种意见具有代表性。钱锺书谓："清人谈艺，渔洋似明之竟陵派；归愚祖盛唐，主气格，似明之七子；随园标性灵，非断代，又似明之公安派。"③ 章培恒、骆玉明在其主编的《中国文学史》中说："袁枚主要是继承晚明公安派'独抒性灵，不拘格套'诸论，又汲取南宋杨万里的意见，而构筑成自己系统的理论。"④ 这条历史线索，将袁枚的"性灵"说

---

① （明）袁宏道著，钱伯城笺校：《袁宏道集笺校》（下册）卷35，上海古籍出版社1981年版，第1103页。
② 王文生：《中国美学史——情味论的历史发展》（下卷），上海文艺出版社2008年版，第374页。
③ 钱锺书：《谈艺录》（补订本），中华书局1984年版，第106页。
④ 章培恒、骆玉明主编：《中国文学史》（下），复旦大学出版社1996年版，第497页。

第七章 趣味：诗人诗性生命的呈现

与南宋杨万里、明代公安派联系起来，是很有道理的。袁枚自己也承认对杨万里的承继关系。其《随园诗话》开篇即谓：

> 杨成斋曰："从来天分低拙之人，好谈格调，而不解风趣。何也？格调是空架子，有腔口易描；风趣专写性灵，非天才不办。"余深爱其言。须知有性情，便有格律；格律不在性情外。《三百篇》半是劳人思妇率意言情之事；谁为之格？谁为之律？而今之谈格调者，能出其范围否？况皋、禹之歌，不同乎《三百篇》；《国风》之格，不同乎《雅》、《颂》；格岂有一定哉？许浑云："吟诗好似成仙骨，骨里无诗莫浪吟。"诗在骨不在格也。①

文中说"余深爱其言"，表明袁枚是折服杨万里的创作经验的。诚斋创作经验，就本段话，可以概括为：有风趣的好诗，不关格调，而关性灵，只有天才的人才可写出来。袁枚还列举《三百篇》予以说明。杨万里所谓的有风趣好诗，当指杨万里诗清新活泼的特征。杨万里是从江西派中脱出来而独成一家的重要诗人和文论家。他在《诚斋江湖集序》中说："余少作有诗千余篇，至绍兴壬午七月皆焚之，大概江西体也。"之后致力于清新活泼、生动自然的诗歌创作，从而形成了具有独特风格的"诚斋体"。杨万里始终被认为是善于学习传统的江西派里人，亲近自然，是他不同于一般江西诗人的特点，是他能形成清新活泼的"杨成斋体"的重要原因。"风趣专写性灵"就是其创作的高度概括，所以，袁枚从他那里继承的，不只是"性灵"这个术语，而且包括作家个性决定作品"风趣"风格的诗学思想，也就是文学的个性化原则。

就诗学思想流变而言，袁枚的"性灵"说，可以看成晚明的反传统思想，尤其是公安派诗学思想的继承，代表了晚明思潮经历了清前期的衰退之后的重新抬头。从肯定情欲的合理性，尊重人欲立场，对矫饰虚伪的假道学的批判看，袁枚与三袁思想有明显的承继关系。不过，公安派的"性灵"说与袁枚的"性灵"说还是大异其趣的。表面看，三袁与袁枚都把"性灵"作为诗论的旗帜，但其内涵却有很大不同。公安派的"性灵"

---

① （清）袁枚著，顾学颉校点：《随园诗话》（上），人民文学出版社1982年版，第2页。

说是建立在阳明心学和李贽"童心说"基础之上的,创作上主张自然人性的大披露、大解脱、大自由。在晚明"束书不观"的风气中,有反读书、反学问的倾向。袁枚的诗学思想基本是儒家的,其反"存理去欲"、主张个性思想是从原始儒学引申开来的,所以他曾激烈攻击李贽。同时,在清代重学术的氛围中,他虽主"性灵"而不废学问,对袁宏道"根柢浅薄,庞杂异端"深致不满。在这一点上,袁枚与竟陵派是一致的。竟陵派针对公安派"大披露,少蕴藉",流于"浅率俚易"的弊病,提出了自己的诗论予以补救。进一步强调文学个性化原则,提出"约为古学,冥心放怀,期在必厚"的主张,袁枚对此是心有戚戚的。

(二) 袁枚"性灵"说的内涵

"性灵"一词,在袁枚的诗和诗学论著中频频出现,但是却无一处对它作过比较详细的理论阐释。倒是袁枚在《钱玙沙先生诗序》中的一段话,能给我们启发:

> 尝谓千古文章,传真不传伪。故曰:"诗言志。"又曰:"修词立其诚。"然而传巧不传拙,故曰:"情欲信,辞欲巧。"又曰:"神也者,妙万物而为言。"古之名家,鲜不由此。今人浮慕诗名而强为之,既离性情,又乏灵机,转不若野氓之击辕相杵,犹应风、雅焉。①

近人顾远芗《随园诗说的研究》对"既离性情,又乏灵机"解释说:"这里的'既离性情,又乏灵机'一语,已明白地将性灵的意义说出。在人的内性包括感情和感觉;感情是由于刺激,感觉则属于理智。随园所说的性情,即是指感情和从感觉得来的独见,有人名之曰独在的领会。所以随园的话,就是说,他们缺乏浓厚的感情和灵敏的感觉。简单地说,缺乏内性的灵感。由此可见性灵诗说的性灵……是作内性的灵感讲。所谓'内性的灵感'是内性的感情和感觉的综合。"② 认为"性灵"就是灵感。

---

① (清) 袁枚著,周本淳标校:《小仓山房诗文集》(四),上海古籍出版社1988年版,第1754页。

② 顾远芗:《随园诗说的研究》,中国书店1988年版,第50—51页。

王运熙、顾易生主编《中国文学批评史新编》认为:"他所谓'性灵',主要是指自然地、风趣地抒写自己个人的真实情绪、感受和思考。'性'即性情、情感,'灵'有灵机、灵趣等意思。'性灵'是'性情'与'灵机'、'真'与'巧'的结合,而性情的真实诚信又是其诗歌学说最重要的基础。"[1] 陈良运则认为,袁枚的"性灵"是"'天性'与'灵机'的融合"[2]。

综合以上诸家之说,我认为"性灵"的含义,应包括两个方面。第一方面是性情、情感。但这个"性情、情感"袁枚是有所特指的。因为"诗道性情"儒家诗学也说,明代七子也谈,三袁的"性灵"说也讲。那么,袁枚的"性情、情感"的独特在于他将"性情、情感"和"天性"联系起来。他常谈"天性",例如:"阮亭尚书自言一生不次韵,不集句,不联句,不叠韵,不和古人之韵。此五戒,与余天性若有暗合。"[3] 又如:"诗有音节清脆,如雪竹冰丝,非人间凡响,皆由天性使然,非关学问。在唐,则青莲一人,而温飞卿继之。"[4] 这里的"天性"强调的就是诗人的先天之性情、情感。这种先天的性情是"非关学问"的,是一种超凡脱俗的自然真性。第二方面是"灵"。"灵"有"灵机""灵巧"的意思,是"才"的表现。其云:"诗文自须学力,然用笔构思,全凭天分。"[5] "天分"就是"灵""灵机"。当然,诗人的"灵机"之"天分",固然有来自先天,但是袁枚并不否认后天的学习。其曰:"万卷山积,一篇吟成。诗之与书,有情无情。钟鼓非乐,舍之何鸣!易牙善烹,先羞百牲。不从糟粕,安得精英!曰'不关学',终非正声。"[6] 强调学的重要性。他又说:"若初学者,正要他肯雕刻,方去费心;肯用典,方去读书。"[7] 可

---

[1] 王运熙、顾易生主编:《中国文学批评史新编》(下册),复旦大学出版社2001年版,第274页。
[2] 陈良运:《中国诗学批评史》,江西人民出版社2007年版,第553页。
[3] (清)袁枚著,顾学颉校点:《随园诗话》(上)卷6,人民文学出版社1982年版,第189页。
[4] 同上书,卷9,第326页。
[5] 同上书,卷15,第526页。
[6] (清)袁枚著,郭绍虞辑注:《续诗品注》,《博习》,人民文学出版社1963年版,第147页。
[7] (清)袁枚著,顾学颉校点:《随园诗话》(上)卷6,人民文学出版社1982年版,第176页。

见他不反对藻饰,也不反对用典,更不反对学古。他是以学问济性情,以人巧济天籁。这是其与三袁"性灵"的不同处。

充分体现诗人"性情""天分"才华之作,袁枚以"天籁""人巧"分之。《随园诗话·补遗》卷六谓:

> 法时帆学士造诗龛,题云:"情有不容己,语有不自知。天籁与人籁,感召而成诗。"又曰:"见佛佛在心,说诗诗在口。何如两相忘,不置可与否。"余读之,以为深得诗家上乘之旨。①

这里的"天籁"与"人籁",正是袁枚所谓的"天籁"和"人巧"。他认为诗有先天,有后天。"诗文之作意用笔,如美人之发肤巧笑,先天也;诗文之征文用典,如美人之衣裳首饰,后天也。"② 所以诗也有天籁人巧之别。《随园诗话》卷四谓:"萧子显自称:'凡有著作,特寡思功;须其自来,不以力构。'此即陆放翁所谓:'文章本天然,妙手偶得之'也。薛道衡登吟榻构思,闻人声则怒;陈后山作诗,家人为之逐去猫犬,婴儿都寄别家:此即少陵所谓'语不惊人死不休'也。二者不可偏废:盖诗有从天籁来者,有从人巧来者,不可执一以求。"③ 天籁人巧不可偏废。《随园诗话》卷五引叶书山语云:"然人功未及,则天籁亦无因而至。虽云天籁,亦须从人功求之。"④ 这是以人巧济天籁。

(三)袁枚以"趣味"论诗

天籁人巧相济成诗,这样的诗的审美特征一是具有从内心流露的真情,二是具有自然清新的"趣味"。所以"趣"是袁枚论诗的重要标准。

首先,袁枚认为有"趣味"的诗应该具有清新活泼的特征。这种审美追求与他的"性灵"说追求性情、灵机相一致。《补遗》卷二他举丹徒一少女诗的《扫径》诗:"菊残三径懒徘徊,枫叶飘丹积满苔。正欲有心呼婢扫,那只风过替吹开。"认为"颇有天趣"。"天趣"有清新、活泼之

---

① (清)袁枚著,顾学颉校点:《随园诗话》(下),人民文学出版社1982年版,第729页。
② 同上书,卷6,第714页。
③ (清)袁枚著,顾学颉校点:《随园诗话》(上)卷4,人民文学出版社1982年版,第126页。
④ 同上书,卷5,第149页。

味。他还用新鲜之"味"来喻为诗之道。《补遗》卷一谓:"凡菱笋鱼虾,从水中采得,过半个时辰,则色味俱变;其为菱笋鱼虾之形质,依然尚在,而其天则已失矣。谚云:'死蛟龙,不若活老鼠。'可悟作诗文之旨。"是说写诗当追求新鲜有味,否则徒具其形,天趣已失。所以他明确提出"味欲其鲜,趣欲其真"的命题。《随园诗话》谓:

> 熊掌、豹胎,食之至珍贵者也;生吞活剥,不如一蔬一笋矣。牡丹、芍药,花之至富丽者也;剪彩为之,不如野蓼山葵矣。味欲其鲜,趣欲其真,人必知此,而后可与论诗。[1]

反对生吞活剥、僵化用典、雕琢修饰,追求清新自然,显然与批评沈德潜的"格调"说有关。沈德潜的诗学精神,其"格调"说的内容有二,即思想内容上的"温柔敦厚"和艺术形式上的"三唐之格"。沈德潜承明代七子,主张模拟汉魏盛唐诗的体格声调。这与袁枚的"性灵"说是根本对立的。袁枚《答沈大宗伯论诗书》谓:

> 然格律莫备于古,学者宗师,自有渊源。至于性情遭际,人人有我在焉,不能貌古人而袭之,畏古人而拘之也。今之莺花,岂古之莺花乎?然而不得谓今无莺花也。今之丝竹,岂古之丝竹乎?然而不得谓今无丝竹也。[2]

不能"貌古人而袭之,畏古人而拘之",文学创作之优劣,不能以古今来区别,而应当以是否有真情、是否写出清新生动的内容为标准。因此,他反对格调,认为那是"有格无趣"。《随园诗话》又云:"诗有干无华,是枯木也。有肉无骨,是夏虫也。有人无我,是傀儡也。有声无韵,是瓦缶也。有直无曲,是漏卮也。有格无趣,是土牛也。"[3] 强调要有格

---

[1] (清)袁枚著,顾学颉校点:《随园诗话》(上)卷1,人民文学出版社1982年版,第20页。

[2] (清)袁枚著,周本淳标校:《小仓山房诗文集》(三),上海古籍出版社1988年版,第1502页。

[3] (清)袁枚著,顾学颉校点:《随园诗话》(上),人民文学出版社1982年版,第222页。

有趣,才是好诗。清新自然的诗才能打动人,而无论这诗是古是今。《随园诗话》谓:"人或问余以本朝诗,谁为第一?余转问其人,《三百篇》以何首为第一?其人不能答。余晓之曰:诗如天生花卉,春兰秋菊,各有一时之秀,不容人为轩轾。音律风趣,能动人心目者,即为佳诗;无所为第一、第二也。"①

其次,袁枚在《随园诗话》中多处以"趣"评点时人诗作。袁枚以"趣"论诗,第一类,是深得古诗意境的神韵之作。这类作品往往即景成趣。袁枚《续诗品》中《即景》谓:"混元运物,流而不注。迎之未来,揽之已去。诗如化工,即景成趣。逝者如斯,有新无故。因物赋形,随影换步。彼胶柱者,将朝认暮。"②《随园诗话》卷七(第四十)谓:

> 休宁布衣陈浦,字楚南,白髯伟貌,壬辰年,与陈古渔同来,投一册诗而去。余当时未及卒读,庋之架上,蠹蚀者过半。庚子春,偶撷读之,乃学唐人能得其神趣者。……其《庐山瀑布》云:"喷雪万峰巅,风吹直下天。长悬一匹练,飞作百重泉。松近无晴霭,村遥有湿烟。因知元化大,江海与周旋。"《秋月》云:"秋月一何皎,照人生远哀。闭门不忍看,自上纸窗来。"《孤雁》云:"月因孤影冷,夜以一声长。"《鄱阳湖》云:"岸阔山沉水,天低浪入云。"七言、如:"远水无边天作岸,乱帆一散影如鸦。""割爱折花因赠妾,攒眉入社为吟诗。"皆不凡也。③

"学唐人能得其神趣"是说能得到唐诗的神韵和意境。《随园诗话》卷八(第八)谓:"有扬州汪端光孝廉赠句云:'置酒好招乡父老,解衣平揖汉公卿。'汪字剑潭,少年玉貌,佳句如:'水定渔灯出,风骄戍鼓沉。''路长行应独,舟小买宜双。''月明又是无边水,半照行人半照鱼。'皆有别趣。"④《随园诗话·补遗》卷四(第六四)谓:

---

① (清)袁枚著,顾学颉校点:《随园诗话》(上)卷3,人民文学出版社1982年版,第70页。
② (清)袁枚著,郭绍虞辑注:《续诗品注》,人民文学出版社1963年版,第173页。
③ (清)袁枚著,顾学颉校点:《随园诗话》(上),人民文学出版社1982年版,第225页。
④ 同上书,第252页。

第七章　趣味：诗人诗性生命的呈现

　　心梅又有《秋山》一首，云："秋山静自古，空翠满衣裳。矫首看云岫，支筇过草堂。风清松子落，水动藕花香。中有岩阿乐，欲言意已忘。"《田家》云："今年春雨足，欢声动茅屋。新妇助插秧，小儿拾桑落。乌鬼船头忙，团桑篱下绿。""老翁沽酒犹未来，门前野花笑自开。"俱有王、孟逸趣。①

　　第二类，是表现真情，诗歌意境上有化工之美，没有人工痕迹之作。袁枚《续诗品》《神悟》谓："鸟啼花落，皆与神通。人不能悟，付之飘风。惟我诗人，众妙扶智。但见性情，不著文字。宣尼偶过，童歌沧浪。闻之欣然，示我周行。"② 这类作品神韵天成。《随园诗话补遗》卷四（第四二）谓：

　　余游贵池齐山，见壁上镌岳武穆诗云："年来尘土满征衣，偶得闲吟上翠微。好水好山看不尽，马蹄催趁月明归。"想见名臣落笔，自然超妙，不止曹景宗之能谐竞病也。近余又得二人焉：镇江都统阳公俭齐春保，《登北固山用唐人孙鲂韵》云："古屋倚苍冥，岩峣耸地形。波连湘浦阔，山抱润城青。远树迷江驿，寒烟淡晚汀。故人不可见，岚翠满空庭。"《咏敞裘》云："自是一腔春意满，故教两袖尽开花。"可称趣绝。松江提督陈公树斋大用《阅兵皖江登大观亭》云："浩浩长江天际横，地连吴楚一波平。苍茫草树迷遥浦，历落帆樯趁晚征。斜日堕城千堞迥，渔灯点水乱星生。不知多少英雄事，都付潮声彻夜鸣。"《寄怀程也园》云："今宵夜气剧清寒，底事逡巡欲睡难。明月满庭花树静，料应词客也凭栏。"③

《随园诗话补遗》卷二（第一七）谓：

　　香山令彭少鹏，名焘者，在肇庆受业于余，曾载其佳句入《诗

---

① （清）袁枚著，顾学颉校点：《随园诗话》（下），人民文学出版社1982年版，第674页。
② （清）袁枚著，郭绍虞辑注：《续诗品注》，人民文学出版社1963年版，第171页。
③ （清）袁枚著，顾学颉校点：《随园诗话》（下），人民文学出版社1982年版，第665页。

· 413 ·

味：一个诗学语词的理论批评

话》矣。……彭《狮子洋》云："到此疑无岸，飘然天际行。珠光随月满，水气与云平。猛虎原名镇，莲花别有城。一声秋夜笛，吹动故乡情。"《澳门》云："天上风云全护水，海中村落总依山。"他如："涛声归壑急，海艇搁沙多。""无云天水合，有月海山清。""舟行未雨前，日落无人处。"皆奇境也。见访云："升堂由也果，今日到随园。"用《论语》，甚趣。其族人彭印古亦有句云："云深都失路，叶落不藏村。""竹里敲诗随鹤步，花间鼓瑟与鱼听。""窗横野色云千里，松带涛声水一楼。"俱妙。①

"甚趣""甚妙"，就是"妙趣"，诗而有自然化工之美，自然有妙趣。

最后，袁枚以"趣"论诗，强调的是天机盎然，灵动活泼，才华天造，萧散倜傥。这既是诗之趣，也是人之趣。《随园诗话》卷六（第七）谓：

安徽方伯陈密山先生，讳德荣，人淳朴而诗极风趣。每瞻园花开，必招余游赏，不以属吏待。适阶下蚁斗，公用扇拂之，作诗云："退食展良觌，逍遥步深院。树根见群蚁，纷纷方交战。呼童前布席，拂以蒲葵扇。顷刻缘草根，求穴各奔窜。伊有记事臣，载笔应上殿。大书某日月，两军正相见。忽然风扬沙，师溃互踏践。收队各依垒，蓄锐更伺便。人生亦倮虫，扰扰盈赤县。嗜欲各有求，情伪递相煽。吞噬蠢然动，吉凶见常变。岂无飞仙人？乘鸾注睨盼。"余按宋人诗云："蟭螟杀敌蚊眉上，蛮触交争蜗角中。何异诸天观下界，一微尘里斗英雄？"即此意也。……又《女儿曲》云："睡眼朦胧春梦觉，不知额上有梅花。"②

童心不泯，天机盎然，人诗俱趣。《随园诗话补遗》卷一〇（第二

---

① （清）袁枚著，顾学颉校点：《随园诗话》（下），人民文学出版社1982年版，第598—599页。
② （清）袁枚著，顾学颉校点：《随园诗话》（上），人民文学出版社1982年版，第169页。

三）谓："燕以均年虽老，而诗极风趣。近《咏七夕》云：'相看只隔一条河，鹊不填桥不敢过。作到神仙还怕水，算来有巧也无多。'"① 风趣幽默。《随园诗话》卷八（第三七）谓："或戏村学究云：漆黑茅柴屋半间，猪窝牛圈浴锅连。牧童八九纵横坐，'天地玄黄'喊一年。末句趣极。"教人忍俊不禁。这样的诗纯是天然妙造，和身份地位无关。《随园诗话补遗》卷八（第三二）谓："有汉西门袁某卖面筋为业，《咏雪和东坡》云：'怪底六花难绣出，美人何处著针尖。'又，杭州缝人郑某有句云：'竹榻生香新稻草，布衣不暖旧绵花。'二人皆贱工也，而诗颇有生趣。"②《随园诗话补遗》卷八（第五四）谓：

　　田涵斋文龙宰长洲，政声廉明。其父香泉先生名玉以武职告老，就养署中，终日跨驴虎丘、石湖间，赏花玩月，而民间无丝毫瓜李之嫌。其清风高节，可以想见。有《附蓬小草》，涵斋属余序而梓之。如《虎丘燕集》云："喧喧歌吹趁时游，云敛天香正及秋。清客舫依沿岸树，美人帘卷傍山楼。但看七里花成市，肯信三生石点头。自是江南佳丽地，吴侬知乐不知愁。"《渡江即事》云："不知帆席转，只讶市桥移。"《金山夜月》云："风定铃无语，江流月有声。"《海昌塔庙思归》云："长鱼跂浪飞寒雨，宿鸟惊林堕折枝。"《暮投寒庄旅店》云："遥从寒水孤村外，一角青旗认酒家。"《乐安庄谦集》云："林塘得雨鲦鱼戏，麦陇连云布谷飞。"《春兴》云："红杏埭长回蛱蝶，绿杨墙短出秋千。""宽杯酌酒愁心醉，大字抄诗笑眼花。"俱有夷犹自得之趣。③

第三节 "理趣"与"天趣"："趣味"的两种形态

"趣味"有多种形态。我们不妨从内容与形式两方面对"趣味"的基本形态作区分。叶燮谓："曰理、曰事、曰情，此三言者足以穷尽万有之

---

① （清）袁枚著，顾学颉校点：《随园诗话》（下），人民文学出版社1982年版，第827页。
② 同上书，第775页。
③ 同上书，第783页。

变态。凡形形色色，音声状貌，举不能越乎此。"① 也就是说，艺术作品所反映者无外乎理、事、情三端，就"趣味"言，则理有理趣，事有事趣，情有情趣。从作品艺术表现技巧上说，又可分为"人工"与"自然"，从"人工"言，表现为机趣和巧趣，从"自然"讲，表现为天趣和灵趣。综合内容与形式，"趣味"的表现形态大致可分两类，一是侧重"机智理性"的"理趣"，二是侧重"自然天真"的"天趣"。

一 理趣

"理趣"一词最早出现于唐代禅宗典籍。《成唯识论》卷四"第八识"谓："证此识有理趣无边，恐有繁文，略述纲要。"又卷五"第七识"谓："证有此识，理趣甚多。"不过此时的"理趣"并不是诗学概念，将"理趣"引入诗学范畴的，当为宋代的包恢。包恢《答曾子华论诗》书谓：

> 盖古人于诗不苟作，不多作，而或一诗之出，必极天下之至精。状理则理趣浑然，状事则事情昭然，状物则物态宛然，有穷智极力之所不能到者，犹造化自然之声也。盖天机自动，天籁自鸣，鼓以雷霆，豫顺以动，发自中节，声自成文，此诗之至也。②

包恢认为艺术表达须出之自然，他崇尚的是"天巧"，这一段就是他对"天巧"的展开表述。天巧的特征是"不巧不拙"，那么"理趣浑然"指的就是这样一种审美境界。同时代人也用"理趣"评诗。袁燮《题魏丞相诗》谓："魏晋诸贤之作，虽不逮古，犹有春容恬畅之风，而陶靖节为最，不烦雕琢，理趣深长，非余子所及。"③ 南宋学者李塗《文章精义》谓："《选》诗惟陶渊明，唐文惟韩退之，自理趣中流出，故浑然天成，无斧凿痕。"又云："晦庵先生诗，音节从陶、韦、柳中来，而理趣过之，所以卓乎不可及。"在李塗看来，朱熹的诗在"理趣"方面超过陶、韦、

---

① （清）叶燮著，霍松林校注：《原诗》，人民文学出版社1979年版，第23页。
② （宋）包恢：《答曾子华论诗》，载陈良运主编《中国历代诗学论著选》，百花洲文艺出版社1995年版，第481页。
③ （宋）袁燮：《絜斋集》卷8，中华书局1985年丛书集成初编影印本，第116页。

柳诸人。宋末严羽《沧浪诗话》标举唐诗"兴趣",以为作诗"非关理也",开明人于诗崇唐抑宋先河。明代七子更是倡言"诗必盛唐",对宋诗过于重"理"提出批评,如李梦阳《缶音集序》指责宋人"专作理语",胡应麟《诗薮》则讥讽宋道学家程邵之流的诗"好谈理,而为理缚,理障也"。

理趣说黯于明而复盛于清,沈德潜与刘熙载有阐扬之功。沈德潜在《古诗源》《息影斋诗钞序》《明诗别裁集》《说诗晬语》《清诗别裁集》《唐诗别裁集》等一系列著作中,对理趣多有阐发,将"理趣"作为论诗的基本范畴。刘熙载《艺概》对"理趣"也多有论例,且将理趣广推普施于评文、论赋之中。陈文忠认为:"理趣说在宋代以后不断发展是有根源的。唐诗与宋诗有体格性分之殊,唐诗多以风神情韵擅长,宋诗多以筋骨思理见胜;因而,从诗歌史看,理趣说的提出正是中唐以后、宋代以来,诗歌哲理化趋向的必然结果。从诗评史看,理趣说的形成过程,则是古代诗评家对哲理诗的艺术地位和审美特征,认识不断深化提高的过程。"[1] 自严羽提出"别趣非理"之说,对诗与理的关系展开了长期的论争。肯定一派和否定一派各执己见,互不相让。不过在论争中人们也深化了对诗理关系的认识,从更辩证的角度来看这一问题。潘德舆《养一斋诗话》谓:"理语不必入诗中,诗境不可出理外。"阐释得就很精妙。沈德潜《清诗别裁集·凡例》谓:"诗不能离理,然贵有理趣,不贵下理语。"这可以看成由"别趣非理"说引发的争论的总结,也概括了古典诗学对哲理诗审美特征的基本认识。郭绍虞先生一针见血地指出:"后人由于这两方面都有理由,于是又创为理趣之说,以作调停之论。"[2] 这个判断是准确的。

何为"理趣"?钱锺书《谈艺录》谓:"窃谓理趣之旨,极为精微,前人仅引其端,未竟厥绪。"[3] 我们不妨分析一下。先说"理"。从历史发展的流脉看,理可以指玄学之理,理学之理和禅学之理。若从"理"的精神内涵看,则可以分为天理、事理、物理、文理。天理是指宇宙的哲学

---

[1] 陈文忠:《论理趣——中国古代哲理诗的审美特征》,《文艺研究》1992年第3期。
[2] (宋)严羽著,郭绍虞校释:《沧浪诗话校释》,人民文学出版社1983年版,第38页。
[3] 钱锺书:《谈艺录》(补订本),中华书局1984年版,第224页。

精神，万物一体，皆有此理，生生不息，无所不在。事理包括伦理规范、历史规律、政治准则和生活常识等。物理即客观事物的规律以及其中蕴含的哲理性内涵。文理指的是诗歌为凸显"义理"而追求的文句意脉的逻辑推理性。① 再说"趣"。袁宏道《叙陈正甫会心集》用了一连串物象"山上之色，花中之光，女中之态"来描述"趣"的审美特征，但他没有给"趣"一个明确的内涵界定，只是说"不能下一语，唯会心者知之"。清代史震林《华阳散稿》自序中谓："诗文之道有四：理、事、情、景而已。理有理趣，事有事趣，情有情趣，景有景趣；趣者，生气与灵机也。""理"而有趣，就是让诗中之理具有"生气与灵机"。这就清楚多了。析言之，诗之"理趣"的内涵，有如下特征。

(一) 契合性

关于"理趣"的契合性，钱锺书先生作了深入的阐发：

> 余尝细按沈氏（沈德潜，引者注）著述，乃知"理趣"之说，始发于乾隆三年为虞山释律然《息影斋诗钞》所撰序，略曰："诗贵有禅理禅趣，不贵有禅语。王右丞诗：'行到水穷处，坐看云起时'；'松风吹解带，山月照弹琴'。……"乾隆九年沈作《说诗晬语》，卷下云："杜诗：'江山如有待，花柳自无私'；'水深鱼极乐，林茂鸟知归'；'水流心不竞，云在意俱迟'俱入理趣。邵子则云：'一阳初动处，万物未生时'，以理语成诗矣。"②

又云：

> 若夫理趣，则理寓物中，物包理内，物秉理成，理因物显。赋物以明理，非取譬于近，乃举例以概也。或则目击道存，惟我有心，物如能印，内外胥融，心物两契；举物即写心，非罕譬而喻，乃妙合而凝也。③

---

① 周裕锴：《宋代诗学通论》，上海古籍出版社2007年版，第93—99页。
② 钱锺书：《谈艺录》（补订本），中华书局1984年版，第223页。
③ 同上书，第232页。

钱先生这两段话，强调三点。一是诗贵理趣，但反对下理语；理学家以理语成诗，没有理趣。二是，理趣是理寓于物中，物包蕴着理，景物与理相契凝合。三是，理趣不是借景物比喻来说理，而是举景物为例来概括所说的理。概言之，理与景妙合浑融，如盐入水中。其谓："理之在诗，如水中盐、蜜中花，体匿性存，无痕有味，现相无相，立说无说。所谓冥合圆显者也。"① 如苏轼《题沈君琴》："若言琴上有琴声，放在匣中何不鸣？若言声在指头上，何不于君指上听？"物理融浃，其睿智的理性风范令人折服。葛晓音先生说："这种孕含在诗歌感性观照和形象描写之中的哲理，便可称之为理趣。"②

使诗人的灵心感悟、哲思理趣在诗中"冥合圆显"的关键，是处理好诗中理与境、理与事的关系。一首富有"理趣"的诗，"理趣"与"事情""物态"应该是一致的。如王安石的《登飞来峰》："飞来山上千寻塔，闻说鸡鸣见日升。不畏浮云遮望眼，自缘身在最高层。"前两句写飞来峰塔的形象，后两句写登飞来峰塔的感受。登塔之情景为抒情张本：只有站得高才能看得远。此诗写出了诗人壮志凌云之慨，读之不觉振奋昂扬。其中关节，在于有景，有情，有理，情景交融，理趣浑然。"理趣"诗的隽永的诗味，也总是体现在它的闪光的思想内容和独特的艺术技巧上。诗人或由景生情，由情悟理。如岑参《山房春事》："梁园日暮乱飞鸦，极目萧条三两家。庭树不知人去尽，春来还发旧时花。"这首吊古之作，借梁园由盛变衰，叹人生易逝之感伤。风物犹在，物是人非之感跃然纸上。诗中之"理"，如盐入水，观之无形，尝之有味，催人警策，典式后世。或缘物出情，循事出理。《和子由渑池怀旧》是苏轼早年名篇："人生到处知何似，应似飞鸿踏雪泥。泥上偶然留指爪，鸿飞那复计东西。老僧已死成新塔，坏壁无由见旧题。往日崎岖还记否，路长人困蹇驴嘶。"子由因过旧地而发岁月易逝之叹，苏轼和之。此时的苏轼，尚未经历人生的坎坷，不过已从游子漂泊的踪迹无痕悟出人生的偶然和世事的空幻之感。"雪泥鸿爪"之"物理"，与"世事空幻"之"事理"、"人生无

---

① 钱锺书：《谈艺录》（补订本），中华书局1984年版，第231页。
② 葛晓音：《论苏轼诗文中的理趣——兼论苏轼推重陶王韦柳的原因》，《学术月刊》1995年第4期。

常"之"情理"三者弥合无间,传达出诗中所深蕴的"理趣"。

理趣诗的即物即理的契合性,决定了读者审美感悟的直接性。即境悟理,目击道成。也就是说,诗中之理不是通过理解而是直接述诸感觉,扣动我们的联想想象之门,由情悟理,获得理趣。陶渊明《饮酒》:"秋菊有佳色,裛露掇其英。泛此忘忧物,远我遗世情。一觞虽独尽,杯尽壶自倾。日入群动息,归鸟趋林鸣。啸傲东轩下,聊复得此生。"① 读此诗,诗人于秋菊落英之中,纵情独饮,以致"杯尽壶倾",这一意象,直扣心门。明人张自烈《笺注陶渊明集》评曰:"即'杯尽壶自倾'一句,悟出达人顺命委运之妙,深心人自得之。""杯尽壶倾"之象与"顺命委运"之理,互为表里,契合无间,故读之即句有悟,会心自得。

(二) 形象性

艺术创造和审美活动主要是用形象思维,这就决定了诗歌中的义理表现必须以形象性为基础。顾之京先生谓:"一首富于理趣的诗,它必须具有鲜明的形象,又必须在形象中寓有深层的哲理。如果从审美的角度讲,则富于理趣的诗,既必须具有一般诗歌所不可缺少的外在的形象之美感,又必须具有一般诗歌所不一定具有的内在的哲理的思辨之美。二者缺一不可。没有深层蕴蓄的哲理的思辨,谈不上是理趣;没有了形象,则谈不上是诗,也不可能成'趣'。"② 顾之京先生注意到了包恢"状理则理趣浑然"句中的"状理"一语,认为"状理"就不是直接述诸语言来表明,必然要通过形象来展示。也就是说,诗中之理,绝不是直接的说教,而是含蕴于典型的形象之中,通过形象将理表现得富于生机和灵气,使读者通过思索玩味,获得其中的哲理趣味。如苏轼《题西林壁》:"横看成岭侧成峰,远近高低各不同。不识庐山真面目,只缘身在此山中。"此诗把当局者迷、旁观者清的哲理阐释得生动灵透。但诗人不是一语道明,也不是以此理来驯服人,而是通过展现庐山变幻多姿的形态,以形象来吸引感染人,达到引导人们看问题要全面,切忌主观片面。这是由形象而至理致的更高一层境界,是充满"理趣"的诗作。这首诗的成功之处恐怕就在这

---

① (晋)陶潜著,龚斌校笺:《陶渊明集校笺》(修订本),上海古籍出版社2011年版,第239页。

② 顾之京:《宋诗理趣漫论》,《河北大学学报》(哲学社会科学版)1990年第3期。

里,千百年来,描写庐山的诗作无以计数,如果只注意描写景象,恐怕难出新意。苏轼的高明之处在于,诗作将哲理蕴含于形象之中,统象于理,寓意深远。陈衍《宋诗精华录》卷二谓:"此诗有新思想,似未经人道过。"而且这种诗的创作,讲求的诗人感兴之间,与外物耦合,目击道存,顿成诗篇,绝不是心中有理,寻索外象以出之的结果。所以王文诰《苏文忠公诗编注集成》卷二三谓:"凡此种诗,皆一时性灵所发,若必胸中有释典而后锤出之,则意味索然矣。"说的就是这个道理。钱锺书先生解释得更为清楚,其《谈艺录》谓:

> 惟一味说理,则于兴观群怨之旨,背道而驰,乃不泛说理,而状物态以明理;不空言道,而写器用之载道。拈形而下者,以明形而上;使寥廓无象者,托物以起兴,恍惚无朕者,著述而如见。譬之无极太极,结而为两仪四象;鸟语花香,而浩荡之春寓焉;眉梢眼角,而芳悱之情传焉。举万殊之一殊,以见一贯之无不贯,所谓理趣者,此也。①

钱先生在这里通过反说正说,说明"理趣"的形象性。一味说理,不是理趣;"状物态而明理""托物以起兴",才是理趣。所以"鸟语花香""眉梢眼角"都能"举万殊之一殊,以见一贯之无不贯"。何也?以形象贯理趣也。再看朱熹的两首《观书有感》:

> 半亩方塘一鉴开,天光云影共徘徊。问渠那得清如许,为有源头活水来。(其一)
> 昨夜江边春水生,艨艟斗舰一毛轻。向来枉费推移力,此日中流自在行。(其二)

第一首诗,谈的是读书要有源头活水,日积月累;第二首诗谈的是读书、积累知识由自然王国走向必然王国的境界。两诗都谈读书,就表现哲理说,内容并无高下。但就影响而言,第二首显然没有第一首大。第一首传诵更广的原因在于,它通过一幅富于诗情画意的画面,传达意味深长的

---

① 钱锺书:《谈艺录》(补订本),中华书局1984年版,第228页。

哲理。你看，一泓清澈的池塘，碧水如镜，天光云影，倒影其中。源头活水，汩汩而来，清澈可爱。观此诗，忽然悟得：读书亦如这方塘之水，唯有不断积累更新，才能保持新鲜活力。此诗之妙，正在于形象生动而意味深长，不着理语而富于理趣。而第二首诗稍嫌概括，形象感明显不如第一首，所以影响力稍弱也就不难理解了。

（三）智慧性

袁中道谓："凡慧则流，流极而趣生焉。天下之趣，未有不自慧生也。山之玲珑而多态，水之涟漪而多姿，花之生动而多致，此皆天地间一种慧黠之气所成，故倍为人所珍玩。"①又说："天地间之景，与慧人才士之情，历千百年来，互竭其心力之所至，以呈工角巧意，其余无蕴矣。"②把"慧"和"趣"的生成关系说得很清楚，"趣"由"慧"生，因慧成趣，机趣和智慧不可分。它以诗人对社会人生的非凡感悟，深奥洞见，精妙发现为标志。诗的理趣也一样，具有机趣洋溢的智慧性和启迪性。

"理趣"诗的智慧性，体现在诗的"反常合道"。前引惠洪《冷斋夜话》引东坡云："诗以奇趣为宗，反常合道为趣。"说的就是"反常合道"带来的"理趣"美。周裕锴先生认为："宋人论'趣'的两种主要走向：一种是追求'谐趣'，探究如何使用'反'与'合'对立统一的艺术辩证法来获得幽默新颖的美学效果；另一种是追求'理趣'，探究如何使人生审美化，使哲学诗意化，力图创造出融化了道德感受、哲学认识的艺术境界。"③他同时又指出："这两种'趣'之间，又往往有由艺进道、由道返艺的相通。……当'谐趣'、'风趣'由艺术手法层面'向上一路'翻进时，便自然走向对'理趣'的追求。"④此论将"谐趣""风趣""奇趣"与"理趣"打通，一般而言，"谐趣""风趣""奇趣"侧重于"艺"，而"理趣"侧重于道。谐趣、风趣、奇趣向上翻转便成"理趣"。柳子厚诗："烟消日出不见人，欸乃一声山水绿。"本来"烟消日出"，应该见人，可是"不见人"，是为"反常"；"欸乃一声山水绿"，出其不意，

---

① （明）袁中道著，阿英校点：《珂雪斋文集》卷1《刘玄度集句诗序》，贝叶山房1936年版，第29页。
② 同上书，卷2《牡丹史序》，第42页。
③ 周裕锴：《宋代诗学通论》，上海古籍出版社2007年版，第317—318页。
④ 同上书，第318—319页。

又在情理间,是为"合道"矣。"所谓反常合道,就是超乎常规,合乎常理。……细而言之,反常就是在内容上违反人们习见的常情、常理、常事,同时在艺术上超越常境;所谓合道,就是表面看来不合常规,不合形式逻辑,却合乎情感逻辑,读者不仅不觉得不合法度,反而感到新颖奇突,别出心裁,倍显功效,于不自意中把人引入一个隽永的艺术境界。"①

南宋杨万里《过松源晨炊漆公店》:"莫言下岭更无难,赚得行人错喜欢。正如万山圈子里,一山放出一山拦。"本来以为下山容易,反而更难,空喜欢一场;哪有不难的呢?翻过一山,还有另外一山在那儿拦着呢!诗人仅仅是说下山的路径吗?人生何尝不是如此!在诗的一翻一转中,把对人生的感悟蕴含其中,理趣盎然,轻松幽默。正如韩经太先生所言:"理趣所在,正是一种人生如被围困的哲思感悟。……然而,在杨万里的笔下,沉重的困扰却变成了轻松的幽默。"② 诗中议论之中见风趣,明理之中含谐谑,"风趣"而至"理趣"。诚斋诗这种"谐趣",源于其诗的曲折多致。陈石遗谓:"宋诗中如杨诚斋,非仅笔透纸背也……他人诗只一折,不过一曲折而已;诚斋则至少两曲折。他人一折向左,再折又向左;诚斋则一折向左,再折向左,三折总而向右矣。"③ 试举杨万里《桂源铺》为例:"万山不许一溪奔,拦得溪声日夜喧。到得前头山脚尽,堂堂溪水出前村。"溪水欲奔,万山不许,一折也;溪水被拦,日夜喧闹,再折也;山脚尽处,溪水奔出,三折也。曲折通谐,从而产生曲尽物态的"谐趣"之美,"这种谐趣,往往产生于初有不解之新奇而终得喜感之了悟的解读过程中,实际上也正是一种刻画本身的艺术"④。了悟的正是"理趣"之美。

二 天趣

"天趣"是中国诗学里一个很重要的概念。"天趣"一词,最早出现在东晋画家顾恺之的画论之中,他评论一幅以表现嵇康《轻车》诗意的画作,谓:"作啸人似人啸,然容悴不似中散。处置意事既佳,又林木雍

---

① 张东焱:《论"反常合道"——中国古典心理诗学研究》,《文艺研究》1991年第6期。
② 韩经太:《论宋诗谐趣》,《中国社会科学》1993年第5期。
③ 黄曾樾辑:《陈石遗先生谈艺录》,香港汉文出版社1971年版,第72页。
④ 韩经太:《论宋诗谐趣》,《中国社会科学》1993年第5期。

容调畅,亦有天趣。"① 这段话批评画作所画嵇康徒有其形,不具其神;不过背景画得不错,林木雍容调畅,有天趣。顾恺之用"天趣"一词来评价这幅画的山水背景,绝不是偶然的。这和魏晋时期山水审美意识的觉醒、审美意识的自觉有关。从《世说新语》的记载来看,当时的名士风流流连山水间,吟咏歌唱,赋诗纵酒,已成风尚。王羲之《兰亭集序》:"是日也,天朗气清,惠风和畅,仰观宇宙之大,俯察品类之盛,所以游目骋怀,足以极视听之娱,信可乐也。"是当时名士纵情山水间的真实写照。人们在漫游山水之中,已经体悟到山林之美、自然之趣。郦道元《水经·江水注》引盛弘之《荆州记》:"春秋之时,则素湍绿潭,迴清倒影,绝巘多生怪柏,悬泉瀑布,飞漱其间,清荣峻茂,良多趣味。"描述三峡的山川风物,已经有了趣味之美的感受。六朝时期,山水诗发达,诗人纵情山水,留下很多吟咏自然、歌咏天趣的诗篇。一直到唐宋,在诗中表现自然天趣的作品很多,不过直接使用"天趣"的频率并不高。宋代的书画评论中经常使用"天趣"一词。比如《丛书集成初编》载宋人周密《云烟过眼录》卷上:"米老自画《东山朝阳岩海岳庵图》,率意而写,极有天趣。"随意挥洒,不事雕琢,自然有天趣。宋人邓椿《画继》引宋复古评陈用之山水画,谓:

> 宋复古见其画,曰:"此画信工,但少天趣耳。先当求一败墙,张绢素倚之墙上,朝夕观之。既久,隔素见败墙之上,高平曲折,皆成山水之势。心存目想,高者为山,下者为水,坎者为谷,缺者为洞,显者为近,晦者为远。神领意造,恍然见其有人禽草木,飞动往来之象,则随意命笔,自然景皆天就,不类人为,是为活笔。"(《画继》卷六"山水林石"条)②

宋复古教授陈用之画作得天趣的方法,看似玄妙,实际上,关键在于"随意命笔"四字。是说要剥掉匠气,不为物形所缚,信笔自然,才有天

---

① (唐)张彦远:《历代名画记》卷5,中华书局1985年版,第186页。
② (宋)邓椿:《画继》,(宋)邓椿、(元)庄肃著,黄苗子点校:《画继·画继补遗》,人民美术出版社1963年版,第79—80页。

成妙趣。宋代以"天趣"论诗,首见僧惠洪《冷斋夜话》卷四:

> 吾弟超然喜论诗,其为人纯至有风味。尝曰:"陈叔宝绝无肺肠,然诗语有警绝者,如曰:'午醉醒未晚,无人梦自惊。夕阳如有意,偏傍小窗明。'王维摩诘《中山》诗曰:'溪清白石出,天寒红叶稀。山路元无雨,空翠湿人衣。'舒王《百家夜休》曰:'相看不忍发,惨澹暮潮平。欲别更携手,月明洲渚生。'此皆得于天趣。"予问之曰:"句法固佳,然何以识其天趣?"超然曰:"能言萧何所以识韩信,则天趣可言。"予竟不能诘,叹曰:"微超然,谁知之!"①

惠洪与超然论诗之"天趣",超然胪列三首诗以证,谓"此皆得于天趣"。第一首,写午醉晚醒,夕阳斜入小窗。"傍"字传神,写出夕阳天真情趣,实际也是诗人心态写照。第二首,写山中初冬之景,清溪潺潺,天寒路旷。着一"湿"字,将苍翠林木点活,天机盎然,已解初寒山旅之苦。第三首,写别离之情与明月相浃,浑无人工雕痕,天趣浑融其间。概言之,"天趣"得之于人之心态之真,景之自然可爱,情景浑然无间。

元明清时期,以"天趣"论诗比较普遍。尤其是明人,较少谈理趣、禅趣,爱谈的是天趣、真趣、生趣乃至俚趣。表明明人不像宋人那样偏重于人生事理的智慧洞彻,而是倾向于天机性灵的发抒与纯真情思的表露,可以见出时代风气的转移。元方回《杂书》将李商隐与李白对比,说:"亦焉用玉溪,篡组失天趣。"② 以"篡组"为喻,说明过分花哨的加工组织会失去"天趣"。明谢榛《四溟诗话》卷四谓:"子美《秋野》诗:'水深鱼极乐,林茂鸟知归。'此适会物情,殊有天趣。"③ 强调"天趣"得之于物我相融。清沈德潜《古诗源》卷十评谢灵运《登永嘉绿嶂山诗》谓:"此诗过于雕镂,渐失天趣。"④ 也反对过于雕琢。

---

① (宋)惠洪:《冷斋夜话》,(宋)惠洪、费衮撰,李保民、金圆校点:《冷斋夜话梁溪漫志》,上海古籍出版社2012年版,第25页。
② (唐)李白著,(清)王琦注:《李太白全集》(下册)卷33附录,中华书局1977年版,第1500页。
③ (明)谢榛著,宛平校点:《四溟诗话》,人民文学出版社1961年版,第112页。
④ (清)沈德潜选:《古诗源》,中华书局1963年版,第238页。

关于"天趣"的内涵，以《竹庄诗话》卷二十的解释最为精辟：

《禁脔》云："诗分三种趣：一曰奇趣，二天趣，三胜趣。《田家》云云，江淹效渊明体云：'日暮巾柴车，路暗光已寂。归人望烟火，稚子候檐隙。'全篇见《六代门》。此二诗脱去翰墨痕迹，令人想见其处，此所谓奇趣也。《宫词》云云，《大林寺》云云，其词终如水流花开，不假工力，此谓之天趣。天趣者，自然之趣耳。《长安道中》云云，《东林寺》云云，吐词气宛在事物之外，殆所谓胜趣也。"[1]

这段话，在将诗分为三类的基础上，分别举例予以解说。其"天趣者，自然之趣耳"，可以看作诗对"天趣"所下的定义。并指出其特点为"不假工力"。袁行霈先生认为："这种解释虽然简单却很准确，天趣就像水流花开一样，自然而然，甚至可以说，越是自然的就越有天趣，而过分的雕琢是天趣的障碍。"[2] 袁先生抓住了"天趣"源自"自然"这个本质特征。实际上，"自然"内涵还可以展开说明。"天趣"的获得，离不开诗人的天真之心，景物的自然之态，主客相洽融合，创作的诗作就会有"天趣"盎然的天成之美。

（一）天真之心

所谓诗人的天真之心，就是诗人要保有一颗童稚之心、赤子之心。只有有了自然率真、天性活泼的真心童心，见于视听言动，发而为诗，才有"天趣"。诗人以饱含天趣的眼光审视生活，就会将生活的一切平庸琐碎打扮得鲜活亮丽，充满鲜活的润泽和生动的机趣。

辛弃疾《清平乐·村居》："茅檐低小，溪上青青草。醉里吴音相媚好，白发谁家翁媪？大儿锄豆溪东，中儿正编鸡笼，最喜小儿无赖，溪头卧剥莲蓬。"词中闪烁着童稚天真。同样是写儿童，杨万里写道："晴明风日雨干时，草满花堤水满溪。童子柳阴眠正着，一牛吃过柳阴西。"[3]

---

[1] （宋）何汝撰，常振国、绛云点校：《竹庄诗话》，中华书局1984年版，第395—396页。
[2] 袁行霈：《中国诗歌艺术研究》，北京大学出版社2009年版，第135页。
[3] （宋）杨万里：《桑茶坑道中（八首）》，周汝昌选注：《杨万里选集》，中华书局1962年版，第206页。

写牧童牧牛情景,诗人用"摄影之快镜",摄下两个镜头:牧童在柳阴下打盹,顽皮的牛儿边吃草边向西走去。生机活现,天趣盎然。清代袁枚《所见》:"牧童骑黄牛,歌声振林樾。意欲捕鸣蝉,忽然闭口立。"寥寥数语,刻画出一个活泼快乐而略带顽皮的牧童形象。诗人以未泯之童心,观照生活,感知趣味,诗显得活泼率真。杨成斋有一首诗《鸦》:"稚子相看只笑渠,老夫亦复小芦胡:一鸦飞立钩栏角,仔细看来还有须!"[①]一群孩子在那笑,那是笑谁呢?诗人也跟着笑了起来。走进一看,哦,原来一只乌鸦立在栏杆上,再仔细一看,啊,原来乌鸦和诗人一样,也长着胡须那!诗人不禁开怀大笑了。这是何等的童心!何等的天趣!儿童之趣首先是生命的活跃,涉世未深,了无世故,咳唾动真,一派天然,这就是世间最动人的"天趣"。

晚明文士之所以特别重视趣,是因为趣与真、趣与童心的关系十分密切。重视"真",要求作"真人""真文",反对假道学、假古董,所以对"趣"的要求也讲求"真趣""天趣"。江盈科在《雪涛诗评·贵真》一文中说:"夫为诗者,若系真诗,虽不尽佳,亦必有趣。若出于假,非必不佳,即佳亦自无趣。"他举唐寅的两首诗为例,说明诗的"天趣"。其一云:"直插鱼竿斜系艇,夜深月上当竿顶。老渔烂醉唤不醒,满船霜印蓑衣影。"其二云:"不炼金丹不坐禅,不为商贾不耕田。兴来只写江山卖,免受人间作业钱。"江盈科《雪涛诗评·采逸》评曰:"此等语皆大有天趣。"[②]唐寅这两首诗表达的思想与晚明兴起的具有启蒙性质的浪漫主义文艺思潮有关。这一思潮的主调是主情尚真,以情反理,纯任个性,独抒性灵。第一首诗写的是自己率性而为的生活,就是袁宏道所提倡的"真人"生活,强调追求个性化的生活,月夜垂钓,不过是这种追求个性生活的表征而已。第二首诗追求的是个性的价值意义。这是晚明新派文士所崇尚的童心赤子般的真情之趣,是与"理"相悖的纯正之趣,是纯任自然的天然之趣。

(二)自然之态

"天趣"一词还有一层意义,就是指自然界本身形成的未经加工的

[①] 周汝昌选注:《杨万里选集》,中华书局1962年版,第93—94页。
[②] (明)江盈科撰,黄仁生辑校:《江盈科集》(下册),岳麓书社1997年版,第818页。

事物给人们一种自然的审美情趣。与这种意义上的"天趣"相对应的是经过人工努力而获得的趣味。在中国美学思想史上,最为推崇天趣的是道家的美学思想。《老子》二十五章:"人法地,地法天,天法道,道法自然。"张宏梁指出:"老庄学说的哲学内容是以自然天道观为主,强调人们的思想、行为应效法'道'的'生而不有,为而不恃,长而不宰'。"① 在道家那里,自然之义往往与"天"相连,比如"天然""天全""天分""天质""天资""天悟""天音""天籁""天格""天标""天觉"等。推崇自然的道家美学思想,就是道家自然天道哲学思想在美学思想上的折光。道家的"自然观",在庄子那里得到了集中的论述。在庄子看来,美在自然之中,天放而成,天机独得,自然界生命的自由自在,处处流露出一种自然形态之美。《庄子·秋水》谓:"何谓天?何谓人?北海若曰:'牛马四足,是谓天;落马首,穿牛鼻,是谓人。故曰:无以人灭天,无以故灭命,无以得殉名。谨守而勿失,是谓反其真。'"② 庄子信奉的是,一切都要顺应自然,自然状态是最圆满的,任其自如,不必强行为之,一切人为的干预都是有害的。自然之物的种种属性、内部结构,都有其固有规律,违拗本性,就是伪饰之美,实则是丑。

大自然有无穷无尽的形态,也有无穷无尽的美趣。自古以来,天趣的获得,首先源自游历浏览,到名山大川、山野林莽、水乡泽国,到人类的大自然中去领略大自然所赋予的天然趣味。六朝诗人谢灵运、鲍照等人的山水诗,给我们留下了许多歌咏自然天趣的诗篇。如谢灵运《登池上楼》:"池塘生春草,园柳变鸣禽。"《晚出西射堂》:"晓霜枫叶丹,夕曛岚气阴。"鲍照《登庐山》:"千岩盛阻积,万壑势回萦。"《登黄鹤矶》:"木落江渡寒,雁还风送秋。"大自然的奇景印照在诗人心中。谢朓《之宣城郡出新林蒲向板桥》谓:"既欢怀禄情,复协沧州趣。"虽然遂了去宣城做官的心愿,又合乎隐逸的幽趣。"终隐"的思想已初露端倪,期望于山水间放逐自由的身心,获得人生的隐逸之趣。唐宋诗人诗中的"趣",往往就是从自然山水中获得的"天趣"。李白《与从侄杭州刺史良

---

① 张宏梁:《论天趣——审美趣味探索之一》,《学术论坛》(双月刊)1991年第1期。
② (清)王先谦撰,陈凡整理:《庄子集解》,三秦出版社2005年版,第219页。

游天竺寺》:"诗成傲云月,佳趣满吴洲。"杜甫《太平寺泉眼》:"明涵客衣净,细荡林影趣。"白居易《山路偶兴》:"又多山水趣,心赏非寂寞。"苏轼《归去来集字十首并引》(其三):"东皋清有趣,植杖自盘桓。"都表现的是对自然的"天趣"感悟。

诗人不仅游历山水,获得自然天趣,还把目光转向田园。田园是另一种形态的自然,在那里诗人同样获得了自然的天趣。陶渊明《答庞参军》诗云:"有客赏我趣,每每顾林园。"把林园作为招待同好,聚集同趣之士的所在。他把"园日涉以成趣"作为自己田园的理想目标。辛弃疾对陶渊明的自享田园之趣,在《读陶渊明诗》中击节赞叹:"千载后,百篇存,更无一字不清真。"在《再题悠然阁》中,他写道:"岁晚渊明,也吟草盛苗稀。风流划地,向尊前,采菊题诗,悠悠忽见,此山正绕东篱。千载襟期,高情想象当时,小阁横空,朝来翠扑人衣。是中真趣,问骋怀,游目谁知?"再一次表达对渊明陶然天趣的向往。诗人范成大有一组历来为人称道的《四时田园杂兴》,为人们描绘了一个十足的田园世界。他笔下的田园风物,生机盎然,各具形态,涉笔成趣。如《春日》其一:"柳花深巷午鸡声,桑叶尖新绿未成。坐睡觉来无一事,满窗晴日看蚕生。"诗中农家熟悉之物,以疏淡之笔出之,既有优美恬静的田园风光,也有农闲时节的闲适,生机无限,趣味无穷。再如《春日》其二:"土膏欲动雨频催,万草千花一晌开。舍后荒畦犹绿秀,邻家鞭笋过墙来。"春雨催溉,万物复苏。诗中充满自然律动,极富韵味。

(三)天成之美

"天趣"还指艺术品的意致和韵调,一种浑然天成之美。在这个意义上,是与矫揉造作、斧匠雕琢相对而言的。在中国诗学批评史上,与"天趣"这个意义接近的是"自然"的艺术风格。刘勰提倡"自然"主要着眼于诗文的发生与创作过程。他说:"心生而言立,言立而文明,自然之道也。"[1] 是说诗文的发生乃自然而然,非人力所强为。他又说:"人禀七情,应物斯感,感物吟志,莫非自然。"[2] 刘勰强调文学创作过程的

---

[1] (南朝梁)刘勰著,周振甫译注:《〈文心雕龙〉译注》(修订本),《原道》,江苏教育出版社2006年版,第54页。

[2] 同上书,《明诗》,第114页。

"自然"，实质上是强调文学创作的"非自觉性"，也就是说，心有所感，与外物相触感发，发而为诗文，这是"自然而然"的过程。与刘勰一样，钟嵘《诗品》主张"自然英旨"，也反对雕琢修饰。当然，刘勰与钟嵘绝不是否定诗文技巧，而是提出更高要求，将文采与真情结合起来，从而使作品产生更有意蕴的滋味。唐宋以降，诗歌创作上那种"清水出芙蓉，天然去雕饰"的自然风格已经成为普遍接受的诗学准则。司空图《二十四诗品》专列"自然"一品；姜夔《白石道人诗说》以"自然高妙"为诗之极致；明代王世贞《艺苑卮言》谓："自然者为上品之上。"把"自然"推向诗歌最高审美层次。

推敲"自然"的含义，从创作角度言，诗人是处于一种轻松自如、毫不经意的创作状态，从容不迫，举重若轻；从欣赏角度言，读者所获得的审美感受浑然天成，没有丝毫的人工斧凿痕迹。文学作品的自然、浑成、天造地设，就是所谓"天趣"。那么这种"天趣"到底是怎么来的呢？姜夔《白石道人诗说》有一段话：

> 诗有四种高妙：一曰理高妙，二曰意高妙，三曰想高妙，四曰自然高妙。碍而实通，曰理高妙；出自意外，曰意高妙；写出幽微，如清潭见底，曰想高妙；非奇非怪，剥落文采，知其妙而不知其所以妙，曰自然高妙。[1]

姜夔在谈到"自然高妙"产生的原因时，谈了两点：一是"非奇非怪"，这是就技巧言；二是"剥落文采"，这是就文采言。"自然高妙"的产生似乎与技巧与文采无关，实则不然。"自然高妙"是对技巧文采的超越。也就是说，"自然"之诗不是信手拈来的不经意之作，它同样需要文采和技巧。对此，皎然阐述得非常明白："又云：不要苦思，苦思则丧自然之质。此亦不然。夫不入虎穴，焉得虎子？取境之时，须至难、至险，始见奇句。成篇之后，观其气貌，有似等闲，不思而得，此高手也。"[2] 创

---

[1] （宋）姜夔：《白石道人诗说》，载（清）何文焕辑《历代诗话》（下），中华书局1981年版，第682页。

[2] （唐）皎然：《诗式》，载（清）何文焕辑《历代诗话》（上），中华书局1981年版，第31页。

作时的苦思，如入虎穴，至艰、至险，成篇后的气貌，了无痕迹，这就是"自然高妙"，就是"天趣"浑成。所以，李春青说："从理论上讲，'自然'风格是文采与技巧的产物，同时又是对文采与技巧的征服与超越。言其为文采与技巧的产物，是说倘无高超的创作技巧与文辞的精心修饰，只是随意挥洒，决计写不出达于'自然'之境的佳作。言其为对文采与技巧的征服与超越，是说倘若不能使技巧在文本中深藏不露，令人对其毫无察觉，那同样也不能写出'自然'风格的好诗。只有那种借助文采使人忘其文采，借助技巧而使人不见技巧的作品才会给人以自然清新、浑然天成的审美体验。"[①]

总之，"天趣"浑成的作品，固然不排斥人工，但更推崇自然造化。以诗人的天真之心，将生命的灵动，照射进生机活现的自然万物，那么，诗作必然充满活泼的"天趣"，必然给读者带来浑融无痕的审美感受。

[①] 李春青：《在文本与历史之间——中国古代诗学意义生成模式探微》，北京大学出版社2005年版，第163页。

结　　语

"味"是中国诗学的核心范畴之一。它既是中国诗歌的审美形态，也是中国诗学的审美范型和批评标准。以"味"论诗是具有中华民族特色的批评形态与批评体系。它是中国生命文化、诗性思维的结晶，也是中国文化艺术精神的表征。

中华民族悠久的饮食历史文化，是诗味论得以产生的物质基础。随着社会物质的发展，原始先民对饮食的要求，超越了简单的维系生命的最低要求，而追求食物的味道之美。食物的色、香、味引起的视觉、嗅觉、味觉的相通，引起的通感、联觉，超越了生理的、生物的、本能的感觉，从而有了一系列的情感、心理活动的因素。这为味觉的升华，引起心灵感悟、情感反应、精神活动、心理变化，直至引起美感奠定了基础。因此，饮食活动逐渐演变成为可以品味的精神现象，因而也就成了一种文化现象。汉语中出现的大量和美味有关的丰富多彩的语词，给中国美学诗学注入了新的语言艺术生命，"味"逐步演变成为一个不可或缺的审美范畴，在构建独具特色的中国美学与文学批评的理论体系中，起着不可替代的重要作用。

儒道思想是诗味论产生的渊源。儒家审乐知政的批评传统，使"以味论政"成为可能。以"和"味论政的"中和"思想，是中国诗学"和"思想的发轫，这种思想，在孔子那里得到了进一步发展。"孔子闻韶"的诗学意义，不仅在于"味"论进入审美之域，更在于"尽善尽美"说的提出，标志着儒家对艺术特征、美的本质认识上的一次飞跃，在诗学史上具有划时代的意义。与儒家以孔子的"以味论乐"为核心的味论不同，道家以老庄思想为核心的味论，是被纳入道家的"道"和"自然"思想体系来体认。如果说儒家突出的是味的伦理性，那么，道家突出的则是味的哲学意味和思辨性。道家的哲学观点反映在文艺美学方面，就形成了崇尚天然，强调朴素平淡，反对人为的审美标准和艺术创造原则。道家的"无味""淡味"论思想，成为后代艺术美感的主流思想之一，长久而深刻地影响了诗味说的开展与演化的批评历程。

从诗味的发生角度看，"兴味"是诗人生命感发的诗意呈现。"兴"在诗人主体，表现为"感兴"的审美情感，在客体物象，表现为"兴象""兴寄"的呈现方式，在艺术作品与接受者，则表现为意兴勃发的"兴味"。

无论是从历时的角度，还是共时的视野，诗味论的内涵都既具有延续性，同时，不同的时代又呈现出不同的具体形态，赋予其不同的理论内涵。就中国传统诗学思想的发展而言，存在着先秦至唐代"情礼冲突"，到由宋到清代"情理冲突"的发展流脉。诗学思想的流变，也反映在"味"内涵的变化上，"味"论的重心也存在着由"滋味"到"韵味"，再到"淡味"，最后到"趣味"的演变的历史轨迹。

魏晋南北朝时期，陆机提出的"诗缘情而绮靡"，是时代氛围中"情礼冲突"的产物。在主"情"的诗学观下，钟嵘提出了"滋味"说，确定了以"滋味"论诗的历史地位。唐代儒学重振，有唐一代诗论家力倡"兴寄"，是"礼"对"情"的有力反拨。与此同时，唐代诗歌艺术成熟，诗歌意象产生了深层变化，出现了境界理论，推动了"滋味"说向"韵味"说的演变。至晚唐司空图提出"味外味"，对"韵味"说予以阐扬和归结。从中唐开始，诗学思想产生由"向外"到"向内"的转变，到宋代理学兴起，"情礼冲突"为"情理冲突"所取代，理学思想深刻影响着宋代诗学，成为宋代诗学的底色。宋人主意主理，诗歌向主"意"方向转变，形成宋诗以理为诗，以议论为诗的特征。相应地，诗学也转为追求"淡味""至味"。与此同时，在宋代诗学内部，主"理"的一路，发扬悟性超越感性，于是诗歌"趣味"说得以凸显和确立。明代诗学的主线是主情，这是心学思想在诗学领域的折射与反光。以"实学"为特征的清代学术思想，也深刻地影响着清代诗学的风貌。明清时代，随着人文主义观念的萌芽和发展，中国美学思想推进到了一个新的发展阶段。重视真、情、趣成为此时美学风格的主导因素，"趣味"在中国美学史上的地位得到提升。总体来看，这种诗歌"味"内涵的发展演化，正是诗学思想发生、发展、成熟、转型在诗歌艺术领域内的反映。

值得注意的是,"味"范畴在其漫长的发展过程中,不断受到佛教的影响。表现在创作上,追求诗歌的禅韵禅味,在诗学批评上,表现为以禅喻诗和以禅评诗。由本土文化之味到释家"禅味",诗味的外延不断得到扩充和拓展。"味"范畴的发展成熟过程,展示出中国文化及诗学与佛教的相互影响关系,它的发展和成熟也正是中国文化及诗学与佛教相互影响的结果。

以"味"论诗作为中国古代文论的理论结晶,从多方面体现着古代诗学思潮演变的进程。一方面,它是整个时代社会文化思潮和文学内部规律演变的必然结果;另一方面,诗味论往往和哲学、美学范畴互相交叉和渗透,形成其意义的统一性和丰富性。

参考文献

A

［英］艾略特：《托·史·艾略特论文选》，周煦良等译，上海文艺出版社 1962 年版。

［日］阿部正雄：《禅与西方思想》，王雷泉、张汝伦译，上海译文出版社 1989 年版。

B

北京大学、北京师范大学中文系：《古典文学研究资料汇编：陶渊明卷》（上编），中华书局 1962 年版。

北京大学哲学系美学教研室编：《西方美学家论美和美感》，商务印书馆 1980 年版。

（唐）白居易著，龚克昌、彭重光选注：《白居易诗文选注》，上海古籍出版社 1984 年版。

（汉）班固撰，陈焕良、曾宪礼标点：《汉书》（下册），岳麓书社 1993 年版。

C

（清）陈廷焯著，杜维沫校点：《白雨斋词话》，人民文学出版社 1959 年版。

（清）陈沆撰：《诗比兴笺》，中华书局 1959 年版。

陈寅恪：《金明馆丛稿二编》，上海古籍出版社 1980 年版。

（宋）程颢、程颐著，王孝鱼点校：《二程集》（全二册），中华书局 2004 年版。

陈鼓应：《庄子今注今译》（全三册），中华书局 1983 年版。

陈鼓应：《老子注译及评介》，中华书局 1984 年版。

蔡元培：《中国伦理学史》，上海书店 1984 年版。

褚斌杰：《中国古代文体概论》（增订本），北京大学出版社 1990 年版。

程俊英、蒋见元：《诗经注析》（上），中华书局 1991 年版。

（唐）陈子昂：《陈拾遗集》，上海古籍出版社 1992 年版。

陈良运：《中国诗学体系论》，中国社会科学出版社 1992 年版。

曹旭：《诗品集注》，上海古籍出版社 1994 年版。

《丛书集成续编》第 151 册，集部，上海书店出版社 1994 年版。

陈良运主编：《中国历代诗学论著选》，百花洲文艺出版社 1995 年版。

陈伯海编：《唐诗汇评》（全三册），浙江教育出版社 1995 年版。

陈应鸾：《诗味论》，巴蜀书社 1996 年版。

陈世骧：《陈世骧文存》，辽宁教育出版社 1998 年版。

蔡仲德：《中国音乐美学史资料注译》（增订版）（下），人民音乐出版社 2007 年版。

蔡镇楚：《中国文学批评史》，中华书局 2005 年版。

陈伯海：《中国诗学之现代观》，上海古籍出版社 2006 年版。

陈良运：《中国诗学批评史》，江西人民出版社 2007 年版。

陈应鸾：《中国古代文论与文献探微》，巴蜀书社 2008 年版。

（宋）蔡卞：《毛诗名物解》卷 17《草木总解》，《钦定四库全书》经部 3。

陈伯海主编：《历代唐诗论评选》，河北大学出版社 2003 年版。

（唐）陈子昂撰，徐鹏校点：《陈子昂集》（修订本），上海古籍出版社 2013 年版。

程杰：《从陶杜的典范意义看宋诗的审美意识》，《文学评论》1990 年第 2 期。

陈文忠：《论理趣——中国古代哲理诗的审美特征》，《文艺研究》1992 年第 3 期。

陈尚君、汪涌豪：《〈二十四诗品〉不是司空图所作》，《寻根》1996 年第 4 期。

［中国台湾］陈昭瑛：《孔子诗乐美学中的整体性概念》，《江海学刊》

2002 年第 2 期。

陈伯海：《"味"与"趣"——试论诗性生命的审美质性》，《东方论坛》2005 年第 5 期。

蔡彦峰：《传统诗学范畴的重要发展：从"兴"到"兴寄"》，《南京师范大学文学院学报》2007 年第 4 期。

陈四海、段文：《"三月不知肉味"新解》，《中国音乐学》（季刊）2008 年第 1 期。

陈庆辉：《诗兴研究》，博士学位论文，武汉大学，2004 年。

D

（宋）邓椿、（元）庄肃著，黄苗子点校：《画继·画继补遗》，人民美术出版社 1963 年版。

（汉）董仲舒撰：《春秋繁露》（下），中华书局 1975 年版。

丁福保辑：《历代诗话续编》（全三册），中华书局 1983 年版。

（清）董诰编：《全唐文》，中华书局 1983 年影印本。

（唐）杜佑撰：《通典》，中华书局 1984 年版。

［美］保罗·蒂利希：《存在的勇气》，成显聪、王作虹译，贵州人民出版社 1988 年版。

杜黎均：《二十四诗品译注评析》，北京出版社 1988 年版。

（宋）道原著，顾宏义译注：《景德传灯录译注》（全五册），上海书店出版社 2010 年版。

丁福保笺注：《坛经》，上海古籍出版社 2011 年版。

（元）德辉编，李继武校点：《敕修百丈清规》，中州古籍出版社 2011 年版。

杜维明：《儒家思想：以创造转化为自我认同》，生活·读书·新知三联书店 2013 年版。

《大般涅槃经集解》。

丁捷：《指事造形 穷情写物——钟嵘〈诗品〉的"滋味"说》，《郑州大学学报》（哲学社会科学版）1984 年第 4 期。

437

F

（清）方东树著，汪绍楹校点：《昭昧詹言》，人民文学出版社 1961 年版。
（唐）房玄龄等撰：《晋书》（全十册），中华书局 1974 年版。
傅乐成撰：《汉唐史论集》，台北联经出版公司 1977 年版。
傅庚生：《杜甫诗论》，上海古籍出版社 1985 年版。
（清）冯班：《钝吟杂录（及其他一种）》，中华书局 1985 年版。
（元）方回选评，李庆甲集评校点：《瀛奎律髓汇评》，上海古籍出版社 1986 年版。
（元）方回选评，（清）纪昀刊误：《瀛奎律髓》，黄山书社 1994 年版。
傅道彬：《歌者的乐园》，东北林业大学出版社 1996 年版。
傅璇琮：《唐人选唐诗新编》，陕西人民教育出版社 1996 年版。
傅道彬：《中国文学的文化批评》，黑龙江人民出版社 2000 年版。
范文澜：《范文澜全集》（第五卷），河北教育出版社 2002 年版。
傅道彬、于茀：《文学是什么》，北京大学出版社 2002 年版。
傅庚生：《中国文学欣赏举隅》，北京出版社 2003 年版。
冯友兰：《中国哲学简史》，赵复三译，天津社会科学院出版社 2005 年版。
傅道彬：《晚唐钟声——中国文学的原型批评》（修订本），北京大学出版社 2007 年版。
傅道彬：《诗可以观：礼乐文化与周代诗学精神》，中华书局 2010 年版。
方勇、李波译注：《荀子》，中华书局 2011 年版。
傅道彬：《阴阳五行与中国文化的两个系统》，《学习与探索》1988 年第 1 期。
傅道彬：《"兴"的艺术源起与"诗可以兴"的思想路径》，《学习与探索》2006 年第 5 期。

G

郭绍虞辑：《宋诗话辑佚》（上、下册），中华书局 1980 年版。
顾颉刚编著：《古史辨》（第五册），上海古籍出版社 1982 年版。
（明）高棅编选：《唐诗品汇》（全二册），上海古籍出版社 1982 年版。

（明）高棅编选：《唐诗品汇》，上海古籍出版社 1988 年版。

郭沫若：《郭沫若论创作》，上海文艺出版社 1983 年版。

郭沫若：《卜辞通纂》，科学出版社 1983 年版。

郭绍虞编选，富寿荪校点：《清诗话续编》（平装四册），上海古籍出版社 1983 年版。

（明）高启著，（清）金檀辑注，徐澄宇、沈北宗校点：《高青丘集》，上海古籍出版社 1985 年版。

葛兆光：《禅宗与中国文化》，上海人民出版社 1986 年版。

（明）高棅：《唐诗品汇》，上海古籍出版社 1988 年版。

顾远芗：《随园诗说的研究》，中国书店 1988 年版。

（晋）葛洪著，庞月光译注：《抱朴子外篇全译》（上），贵州人民出版社 1997 年版。

葛兆光：《中国思想史》（第一卷），复旦大学出版社 2001 年版。

郭绍虞：《中国文学批评史》，百花文艺出版社 2008 年版。

葛兆光：《增订本中国禅思想史——从六世纪到十世纪》，上海古籍出版社 2008 年版。

顾易生：《孔子论〈韶〉考》，《学术月刊》1987 年第 4 期。

［美］高友工：《律诗的美典》（上），刘翔飞译，《中外文学》1989 年第 18 卷第 2 期。

顾之京：《宋诗理趣漫论》，《河北大学学报》（哲学社会科学版）1990 年第 3 期。

葛晓音：《论苏轼诗文中的理趣——兼论苏轼推重陶王韦柳的原因》，《学术月刊》1995 年第 4 期。

H

胡适：《神会和尚遗集》，上海亚东图书馆 1930 年版。

胡适：《胡适文存三集》（全四册），上海亚东图书馆 1930 年版，外文出版社 2013 年影印本。

黄曾樾辑：《陈石遗先生谈艺录》，香港汉文出版社 1971 年版。

［德］黑格尔：《哲学史讲演录》（第一卷），贺麟、王太庆译，商务印书馆 2011 年版。

（明）胡应麟：《诗薮》，中华书局 1958 年版。

洪谦主编：《西方现代资产阶级哲学论著选辑》，商务印书馆 1964 年版。

（宋）胡仔著，杨家骆主编：《苕溪渔隐丛话》（全二册），台北世界书局 1976 年版。

（宋）胡仔纂集，廖德明校点：《苕溪渔隐丛话》（前、后集），中华书局香港分局 1976 年港版。

（清）何文焕辑：《历代诗话》（全二册），中华书局 1981 年版。

（明）胡震亨撰：《唐音癸签》，上海古籍出版社 1981 年版。

［日］弘法大师原撰，王利器校注：《文镜秘府论校注》，中国社会科学出版社 1983 年版。

（唐）慧能著，郭朋校释：《坛经校释》，中华书局 1983 年版。

（宋）何汝撰，常振国、绛云点校：《竹庄诗话》，中华书局 1984 年版。

［德］马丁·海德格尔：《存在与时间》，陈嘉映、王庆节合译，熊伟校，生活·读书·新知三联书店 1987 年版。

［德］M. 海德格尔：《诗·语言·思》，彭富春译，戴晖校，文化艺术出版社 1991 年版。

（南朝梁）释慧皎撰，汤用彤校注：《高僧传》，中华书局 1992 年版。

（宋）胡寅撰，容肇祖点校：《崇正辩·斐然集》（全二册），中华书局 1993 年版。

韩经太：《宋代诗歌史论》，吉林教育出版社 1995 年版。

黄钢：《诗味》，新疆大学出版社 1997 年版。

（宋）黄庭坚著，屠友祥校注：《山谷题跋》，上海远东出版社 1999 年版。

河南省文物考古研究所：《舞阳贾湖》（下卷），科学出版社 1999 年版。

黄侃：《文心雕龙札记》，上海古籍出版社 2000 年版。

胡晓明：《中国诗学之精神》，江西人民出版社 2001 年版。

（宋）黄庭坚著，刘琳、李勇先、王蓉贵校点：《黄庭坚全集》（全四册），四川大学出版社 2001 年版。

胡厚宣：《甲骨学商史论丛初集（外一种）》（上），河北教育出版社 2002 年版。

胡建次：《归趣难求——中国古代文论"趣"范畴研究》，百花洲文艺出版社 2005 年版。

黄寿祺、张善文译注：《周易译注》（全二册），上海古籍出版社 2007 年版。

侯外庐：《中国思想史纲》，上海书店出版社 2008 年版。

胡经之：《中国古典美学丛编》，凤凰出版社 2009 年版。

［德］黑格尔：《美学》（第二卷），朱光潜译，商务印书馆 2009 年版。

（宋）惠洪、费衮撰，李保民、金圆校点：《冷斋夜话梁溪漫志》，上海古籍出版社 2012 年版。

胡适：《胡适说禅》，文化艺术出版社 2012 年版。

黄永武：《中国诗学》（思想篇），新世界出版社 2012 年版。

黄维樑：《从〈文心雕龙〉到〈人间词话〉——中国古典文论新探》（第二版），北京大学出版社 2013 年版。

［德］埃德蒙德·胡塞尔：《现象学的观念》，倪梁康译，商务印书馆 2017 年版。

霍松林、邓小军：《论宋诗》，《文史哲》1989 年第 2 期。

韩经太：《中国诗学的平淡美理想》，《中国社会科学》1991 年第 3 期。

韩经太：《论宋诗谐趣》，《中国社会科学》1993 年第 5 期。

韩玉德：《〈韶〉乐考论》，《学术月刊》1997 年第 3 期。

胡建次：《宋代诗学批评视野中的陶渊明论》，《济南大学学报》2002 年第 1 期。

J

（清）纪昀等：《四库全书》，第 1229 册，集部 168，上海古籍出版社 1987 年文渊阁本影印本。

（清）纪昀等：《四库全书》，第 1280 册，集部 219，上海古籍出版社 1987 年文渊阁本影印本。

［日］今道友信等：《存在主义美学》，崔相录、王生平译，辽宁人民出版社 1987 年版。

［联邦德国］H-G. 伽达默尔：《真理与方法》，王才勇译，辽宁人民出版社 1987 年版。

［日］今道友信：《东方的美学》，蒋寅、李心峰等译，生活·读书·新知三联书店 1991 年版。

· 441 ·

姜广辉：《理学与中国文化》，上海人民出版社 1994 年版。
（清）纪昀等：《钦定四库全书总目》（整理本）（全二册），中华书局 1997 年版。
（明）江盈科撰，黄仁生辑校：《江盈科集》，岳麓书社 1997 年版。
姜亮夫：《楚辞通故》，云南人民出版社 1999 年版。
［日］吉川幸次郎：《中国诗史》，章培恒等译，复旦大学出版社 2001 年版。
姜亮夫：《姜亮夫全集》（八），云南人民出版社 2002 年版。
（唐）皎然著，李壮鹰校注：《诗式校注》，人民文学出版社 2003 年版。
（清）纪昀等编撰：《影印文渊阁四库全书》第 1121 册，北京出版社 2012 年影印本。
姜晓云：《"清"与"怨"的历史传承与钟嵘〈诗品〉》，《文艺理论研究》2000 年第 3 期。

K

（清）况周颐著，王幼安校订：《蕙风词话》，人民文学出版社 1960 年版。
［意大利］克罗齐：《美学原理美学纲要》，朱光潜、韩邦凯等译，外国文学出版社 1983 年版。
［德］康德：《康德：判断力之批判》，牟宗三译，西北大学出版社 2008 年版。

L

（唐）李德裕：《李卫公会昌一品集》，商务印书馆 1936 年版。
（南朝梁）刘勰著，刘永济校释：《文心雕龙校释》，中华书局 1962 年版。
（宋）李昉等编：《文苑英华》（第六册），中华书局 1966 年影印本。
（后晋）刘昫等撰：《旧唐书》，中华书局 1975 年版。
（明）李贽：《焚书·续焚书》，中华书局 1975 年版。
（唐）李白著，（清）王琦注：《李太白全集》（下册），中华书局 1977 年版。
（宋）陆九渊著，钟哲点校：《陆九渊集》，中华书局 1980 年版。
刘文典：《庄子补正》，云南人民出版社 1980 年版。

逯钦立辑校：《先秦汉魏晋南北朝诗》（全三册），中华书局1983年版。

［美］苏珊·朗格：《艺术问题》，滕守尧、朱疆源译，中国社会科学出版社1983年版。

李泽厚、刘刚纪：《中国美学史》（第一卷），中国社会科学出版社1984年版。

（明）李东阳撰，周寅宾点校：《李东阳集》（第一卷），岳麓书社1984年版。

（明）李东阳撰，周寅宾点校：《李东阳集》（第二卷），岳麓书社1985年版。

（清）刘熙载著，王气中笺注：《艺概笺注》，贵州人民出版社1986年版。

（宋）黎靖德编，王星贤点校：《朱子语类》（第八册），中华书局1986年版。

（宋）黎靖德编，王星贤点校：《朱子语类》（第二册），中华书局1986年版。

罗立乾：《钟嵘诗歌美学》，武汉大学出版社1987年版。

（清）刘宝楠：《论语正义》，河北人民出版社1988年版。

［中国台湾］蓝吉富主编：《禅宗全书》（语录部四），台北文殊文化有限公司1988年影印本。

［中国台湾］蓝吉富主编：《禅宗全书》（语录部九），台北文殊文化有限公司1989年影印本。

［日］铃木大拙：《禅风禅骨》，耿仁秋译，中国青年出版社1989年版。

［美］刘若愚：《中国诗学》，赵帆声等译，河南人民出版社1990年版。

（明）李梦阳撰：《空同集》，上海古籍出版社1991年四库全书影印本。

（明）李攀龙著，李伯齐点校：《李攀龙集》，齐鲁书社1993年版。

（唐）刘知几撰，黄寿成校点：《史通》，辽宁教育出版社1997年版。

（宋）黎靖德编，杨绳其、周娴君校点：《朱子语类》，岳麓书社1997年版。

林尹注译：《周礼今注今译》，天津古籍出版社1988年版。

鲁洪生：《诗经学概论》，辽海出版社1998年版。

（唐）柳宗元著，易新鼎点校：《柳宗元集》，中国书店2000年版。

李泽厚：《美的历程》，天津社会科学院出版社2001年版。

李壮鹰：《禅与诗》，北京师范大学出版社 2001 年版。

（宋）陆九渊著，王佃利、白如祥译注：《象山语录》，山东友谊出版社 2001 年版。

李学勤：《清华大学藏战国竹简》（叁），中西书局 2012 年版。

罗根泽：《中国文学批评史》，上海书店出版社 2003 年版。

李民、王健：《尚书译注》，上海古籍出版社 2004 年版。

李泽厚：《中国古代思想史论》，天津社会科学院出版社 2004 年版。

鲁迅：《鲁迅全集》（第三卷），人民文学出版社 2005 年版。

鲁迅：《鲁迅全集》（第六卷），人民文学出版社 2005 年版。

李春青：《在文本与历史之间——中国古代诗学意义生成模式探微》，北京大学出版社 2005 年版。

刘成纪：《青山道场——庄禅与中国诗学精神》，东方出版社 2005 年版。

（南朝宋）刘义庆撰，（梁）刘孝标注，杨勇校笺：《世说新语校笺》（修订本）（全四册），中华书局 2006 年版。

（南朝梁）刘勰著，周振甫译注：《〈文心雕龙〉译注》（修订本），江苏教育出版社 2006 年版。

梁启超：《中国近三百年学术史》，上海三联书店 2006 年版。

赖贤宗：《海德格尔与禅道的跨文化沟通》，宗教文化出版社 2007 年版。

刘大杰：《中国文学发展史》，百花文艺出版社 2007 年版。

刘大杰：《古典文学思想源流》，上海书店出版社 2008 年版。

李泽厚：《华夏美学·美学四讲》（增订本），生活·读书·新知三联书店 2008 年版。

罗宗强：《晚学集》，南开大学出版社 2009 年版。

李壮鹰主编，刘方喜编著：《中华古文论释林》（南宋金元卷），北京大学出版社 2011 年版。

（宋）罗大经：《鹤林玉露》，上海古籍出版社 2012 年版。

罗宗强：《明代文学思想史》（上、下册），中华书局 2013 年版。

（清）李渔：《闲情偶寄》，中国画报出版社 2013 年版。

李天道：《中国古代美学之自由精神》，中央编译出版社 2013 年版。

（汉）刘安著，（汉）许慎注，陈广忠校点：《淮南子》，上海古籍出版社 2016 年版。

李泽厚：《形象思维续谈》，《学术研究》1978 年第 1 期。

李纯一：《山东地区音乐考古及研究课题》，《中国音乐学》（季刊）1987 年第 1 期。

李曰训：《山东章丘女郎山战国墓出土乐舞俑及有关问题》，《文物》1993 年第 3 期。

李革新：《在遮蔽与无蔽之间——海德格尔现象学的一种理解》，《复旦学报》（社会科学版）2003 年第 2 期。

梁桂芳：《宋代杜甫接受的文化阐释——以杜甫与韩愈、李白、陶渊明宋代接受之比较为中心》，《文史哲》2006 年第 3 期。

刘海燕：《竹林禅韵——论竹的环境意象之一》，《世界竹藤通讯》2008 年第 4 期。

刘毓庆：《〈诗〉学之"兴"的还原与背离》，《文学评论》2008 年第 4 期。

李洲良：《诗之兴：从政教之兴到诗学之兴的美学嬗变》，《文学评论》2010 年第 6 期。

李知：《现代视域下的传统味论》，博士学位论文，暨南大学，2008 年。

M

［德］马克思、恩格斯：《马克思恩格斯选集》（第三卷），人民出版社 2012 年版。

缪钺、叶嘉莹合撰：《灵谿词说》，上海古籍出版社 1987 年版。

（唐）孟浩然撰，李景白校注：《孟浩然诗集校注》，巴蜀书社 1988 年版。

敏泽：《中国文学理论批评史》（上册），吉林教育出版社 1993 年版。

莫砺锋：《唐宋诗论稿》，辽海出版社 2001 年版。

（宋）梅尧臣著，朱东润编年校注：《梅尧臣集编年校注》，上海古籍出版社 2006 年版。

缪钺：《诗词散论》，陕西师范大学出版社 2008 年版。

马奔腾：《禅境与诗境》，中华书局 2010 年版。

毛庆其：《孔子"闻〈韶〉"别解》，《星海音乐学院学报》1986 年第 3 期。

N

［德］尼采：《悲剧的诞生：尼采美学文选》，周国平译，生活·读书·新知三联书店1986年版。

（元）倪瓒著，江兴祐点校：《清闷阁集》，西泠印社出版社2010年版。

O

（唐）欧阳询撰，汪绍楹校：《艺文类聚》，中华书局1965年版。

（宋）欧阳修、宋祁撰：《新唐书》（全二十册），中华书局1975年版。

（宋）欧阳修：《欧阳修全集》（全二册），中国书店1986年版。

P

皮锡瑞著，周予同注释：《经学历史》，商务印书馆1929年版。

庞朴：《阴阳五行探源》，《中国社会科学》1984年第3期。

（宋）普济著，苏渊雷点校：《五灯会元》（全三册），中华书局1984年版。

裴斐：《诗缘情辨》，四川文艺出版社1986年版。

彭莱主编：《古代画论》，上海书店出版社2009年版。

皮朝刚：《严羽审美理论三题》，《四川师院学报》（社会科学版）1981年第4期。

彭洁莹、张学松：《大历十才子诗歌意象论》，《郑州大学学报》（哲学社会科学版）2005年第6期。

Q

（清）仇兆鳌：《杜诗详注》（全五册），中华书局1979年版。

钱锺书：《谈艺录》（补订本），中华书局1984年版。

（清）钱谦益著，（清）钱曾笺注，钱仲联标校：《牧斋初学集》，上海古籍出版社2009年版。

钱锺书著，舒展选编：《钱锺书论学文选》（第六卷），花城出版社1990年版。

（明）瞿汝稷集：《水月斋指月录》（上、下册），三秦出版社1999年影印本。

钱锺书：《管锥编》（一），生活·读书·新知三联书店 2007 年版。

钱锺书：《谈艺录》，生活·读书·新知三联书店 2008 年版。

（明）瞿汝夔编撰，德贤、侯剑整理：《指月录》（上），巴蜀书社 2017 年版。

R

（清）阮元校刻：《十三经注疏》（附校勘记）（上、下册），中华书局 1980 年影印本。

任继愈：《中国哲学史》（修订版）（三），人民出版社 2003 年版。

[日] 入谷仙介：《王维研究》（节译本），卢燕平译，中华书局 2005 年版。

荣新江主编：《唐研究》（第 1 卷），北京大学出版社 1995 年版。

饶宗颐：《澄心论萃》，上海文艺出版社 1996 年版。

阮岳湘、周之翔：《原始〈韶乐〉形制考》，《广西社会科学》2004 年第 11 期。

S

商承祚：《殷契佚存考释》，金陵大学中国文化研究所 1933 年影印本。

（唐）司空图著，郭绍虞集解：《诗品集解》，人民文学出版社 1963 年版。

（清）沈德潜选：《古诗源》，中华书局 1963 年版。

山东省文物管理处、济南市博物馆编：《大汶口——新石器时代墓葬发掘报告》，文物出版社 1974 年版。

（清）沈德潜著，霍松林校注：《说诗晬语》，人民文学出版社 1979 年版。

（清）孙联奎、杨廷芝著，孙昌熙、刘淦校点：《司空图〈诗品〉解说二种》，齐鲁书社 1980 年版。

（宋）石介撰，陈植锷点校：《徂徕石先生文集》，中华书局 1984 年版。

（宋）苏轼撰，孔凡礼点校：《苏轼文集》（第四册），中华书局 1986 年版。

（宋）苏轼撰，孔凡礼点校：《苏轼文集》（第五册），中华书局 1986 年版。

（宋）苏轼撰，孔凡礼点校：《苏轼文集》（第六册），中华书局 1986年版。
山东省文物考古研究所编：《济青高级公路（章丘工段）考古发掘报告集》，齐鲁书社 1993 年版。
孙昌武：《禅思与诗情》，中华书局 1997 年版。
（宋）苏轼著，邓立勋编校：《苏东坡全集》（上），黄山书社 1997 年版。
（宋）苏轼著，邓立勋编校：《苏东坡全集》（中），黄山书社 1997 年版。
四库全书存目丛书编纂委员会编：《四库全书存目丛书》，集部第 116 册，齐鲁书社 1997 年影印本。
（明）沈德符著，黎欣点校：《万历野获编》（下），文化艺术出版社 1998 年版。
上海古籍出版社编：《宋元笔记小说大观》（三），上海古籍出版社 2001 年版。
舒大刚主编：《宋集珍本丛刊》（第 34 册），线装书局 2004 年影印本。
孙昌武：《佛教与中国文学》（第 2 版），上海人民出版社 2007 年版。
（宋）苏轼著，徐伟东编：《东坡题跋》，人民美术出版社 2008 年版。
（宋）苏辙著，曾枣庄、马德富校点：《栾城集》（全三册），上海古籍出版社 2009 年版。
（汉）司马迁撰：《史记》（全四册），中华书局 2011 年版。
（南朝梁）释僧佑撰，李小荣校笺：《弘明集校笺》，上海古籍出版社 2013 年版。
［日］松浦友久：《中国古典诗的春秋与夏冬：关于诗歌的时间意识》，林岗译，《诗探索》1984 年第 2 期。
孙海燕：《黄庭坚对传统诗歌意象的禅意化演进——以"月"、"松"、"竹"为例》，《文学遗产》2009 年第 6 期。

T

谭朝炎：《红尘佛道觅辋川：王维的主体性诠释》，中国社会科学出版社 2004 年版。
陶礼天：《艺味说》，百花洲文艺出版社 2005 年版。
汤用彤：《汉魏两晋南北朝佛教史》，武汉大学出版社 2008 年版。

汤用彤：《汤用彤魏晋玄学讲义》，天津古籍出版社 2009 年版。

（晋）陶潜著，龚斌校：《陶渊明集校笺》（修订本），上海古籍出版社 2011 年版。

（宋）天童正觉颂古，（元）万松行秀评唱，尚之煜点注：《从容录》，宗教文化出版社 2013 年版。

涂敏华：《钟嵘〈诗品〉中的"怨"——以其所评之汉诗为例》，《许昌学院学报》2006 年第 3 期。

W

（唐）王维著，（清）赵殿成笺注：《王摩诘全集笺注》，上海世界书局 1936 年版。

（清）王夫之著，舒芜校点：《姜斋诗话》，人民文学出版社 1961 年版。

（清）王士禛撰，张宗柟纂集，夏闳校点：《带经堂诗话》，人民文学出版社 1963 年版。

（清）王夫之等撰：《清诗话》（全二册），上海古籍出版社 1978 年版。

（宋）魏庆之编：《诗人玉屑》（上册），上海古籍出版社 1978 年版。

王明：《抱朴子内篇校释》，中华书局 1980 年版。

（清）翁方纲：《石洲诗话》，人民文学出版社 1981 年版。

（清）王士禛著，靳斯仁校：《池北偶谈》，中华书局 1987 年版。

闻一多：《闻一多全集》（第二卷），生活·读书·新知三联书店 1982 年版。

王大鹏、张宝坤等编：《中国历代诗话选》（一），岳麓书社 1985 年版。

王大鹏、张宝坤等编：《中国历代诗话选》（二），岳麓书社 1985 年版。

（清）王士禛撰，张世林点校：《分甘馀话》，中华书局 1989 年版。

吴调公：《神韵论》，人民文学出版社 1991 年版。

（汉）王充：《论衡》，岳麓书社 1991 年版。

（唐）王梵志著，项楚校注：《王梵志诗校注》，上海古籍出版社 1991 年版。

（明）王世贞著，罗中鼎校注：《艺苑卮言校注》，齐鲁书社 1992 年版。

王运熙、顾易生主编：《中国文学批评通史——宋金元卷》，上海古籍出版社 1996 年版。

王国维撰，干春松、孟彦弘编：《王国维学术经典集》（下），江西人民出版社1997年版。

（唐）王维撰，陈铁民校注：《王维集校注》（全四册），中华书局1997年版。

王昆吾：《中国早期艺术与宗教》，东方出版中心1998年版。

（汉）王逸注，（宋）洪兴祖补注：《楚辞章句补注》，吉林人民出版社1999年版。

王国维撰，黄霖等导读：《人间词话》，上海古籍出版社1998年版。

（唐）魏征等撰：《隋书》，中华书局1973年版。

王永顺主编：《陆机文集·陆云文集》，上海社会科学院出版社2000年版。

王文锦译解：《礼记译解》（上、下），中华书局2001年版。

吴言生：《禅宗哲学象征》，中华书局2001年版。

王国维：《王国维文学论著三种》，商务印书馆2001年版。

王运熙、顾易生主编：《中国文学批评史新编》（下册），复旦大学出版社2001年版。

王为理：《人之问——思与禅的一种诠释与对话》，上海三联书店2001年版。

（清）王文诰：《苏轼全集》（9），时代文艺出版社2001年版。

吴言生：《禅宗诗歌境界》，中华书局2001年版。

王宏印：《〈诗品〉注译与司空图诗学研究》，北京图书馆出版社2002年版。

［美］勒内·韦勒克、奥斯汀·沃伦：《文学理论》，刘象愚等译，江苏教育出版社2005年版。

（清）王先谦撰，陈凡整理：《庄子集解》，三秦出版社2005年版。

（汉）王充撰，陈蒲清点校：《论衡》，岳麓书社2006年版。

王云熙：《中国古代文论管窥》，上海古籍出版社2006年版。

王小舒：《神韵诗学》，山东人民出版社2006年版。

闻一多：《唐诗杂论》，武汉大学出版社2008年版。

王文生：《中国美学史——情味论的历史发展》（上、下卷），上海文艺出版社2008年版。

（清）王夫之著，李金善点校：《明诗评选》，河北大学出版社2008年版。
王顺娣：《宋代诗学平淡理论研究》，巴蜀书社2009年版。
（清）王夫之著，陈书良校点：《唐诗评选》，上海古籍出版社2011年版。
吴调公：《"别材"和"别趣"——〈沧浪诗话〉的创作论和鉴赏论》，《江海学刊》1962年第9期。
王树明：《山东莒县陵阳河大汶口文化墓葬发掘简报》，《史前研究》1987年第3期。
王川昆：《古〈韶乐〉嬗变为〈齐韶乐舞〉之管见——兼述孔子与〈齐韶乐舞〉》，《管子学刊》1996年第1期。
王发国：《李白全面接受钟嵘〈诗品〉的原由探析》，《西南民族学院学报》（哲学社会科学版）1997年第5期。
王顺娣：《评宋人对陶渊明及陶诗平淡风格的重新解读》，《江西社会科学》2006年第3期。
王福银：《孔子在齐闻〈韶〉稽考》，《管子学刊》2010年第1期。
王抒凡：《李白诗与"兴寄"》，《文艺评论》2011年第12期。

X

（明）谢榛著，宛平校点：《四溟诗话》，人民文学出版社1961年版。
许文雨编著：《钟嵘诗品讲疏·人间词话讲疏·附补遗》，成都古籍书店1983年版。
（汉）荀悦著，王符撰，汪继培笺：《潜夫论（及其他一种）》（三册），中华书局1985年影印本。
徐复观：《中国艺术精神》，春风文艺出版社1987年版。
许总：《宋诗史》，重庆出版社1992年版。
许总：《唐诗史》（上、下册），江苏教育出版社1994年版。
萧华荣：《中国诗学思想史》，华东师范大学出版社1996年版。
（汉）许慎撰，（清）段玉裁注：《说文解字注》，江苏古籍出版社1998年版。
许总：《宋明理学与中国文学》，百花洲文艺出版社1999年版。
项楚：《寒山诗注（附拾得诗注）》，中华书局2000年版。
熊礼汇：《明清散文流派论》，武汉大学出版社2003年版。

（战国）荀子著，孙安邦、马银华译注：《荀子》，山西古籍出版社 2003 年版。

徐中玉、郭豫适：《古代文学理论研究》（第 22 辑），华东师范大学出版社 2004 年版。

夏静：《礼乐文化与中国文论早期形态研究》，中华书局 2007 年版。

徐伟东：《东坡题跋》，人民美术出版社 2008 年版。

萧丽华：《从王维到苏轼——诗歌与禅学交会的黄金时代》，天津教育出版社 2013 年版。

萧萐父、许苏民：《明清启蒙学术流变》，人民出版社 2013 年版。

徐达：《钟嵘论诗及其批评标准》，《贵州大学学报》（社会科学版）1989 年第 4 期。

熊申英：《〈韶〉乐考——并由文献中〈韶〉乐见舜的治国之道》，《贵州社会科学》2005 年第 6 期。

许兆昌：《虞舜乐文化零证》，《史学集刊》2007 年第 5 期。

Y

杨万里：《诚斋集》，《四库丛刊》本。

（明）袁中道著，阿英校点：《珂雪斋文集》，贝叶山房 1936 年版。

杨树达：《积微居小学述林》，中国科学院出版社 1954 年版。

（宋）余靖撰：《武溪集》，侨港余氏宗亲会 1958 年影印本。

（唐）元结、殷璠等选：《唐人选唐诗（十种）》（全二册）（上册），上海古籍出版社 1978 年版。

（宋）严羽著，郭绍虞校释：《沧浪诗话校释》，人民文学出版社 1983 年版。

（清）袁枚著，郭绍虞辑注：《续诗品注》，人民文学出版社 1963 年版。

（清）叶燮著，霍松林校注：《原诗》，人民文学出版社 1979 年版。

杨伯峻译注：《论语译注》，中华书局 1980 年版。

（明）袁宏道著，钱伯城笺校：《袁宏道集笺校》（全二册），上海古籍出版社 1981 年版。

（清）袁枚著，顾学颉校点：《随园诗话》（上、下），人民文学出版社 1982 年版。

（宋）袁燮：《絜斋集》，中华书局 1985 年丛书集成初编影印本。

叶朗：《中国美学史大纲》，上海人民出版社 1985 年版。

［英］特雷·伊格尔顿：《二十世纪西方文学理论》，伍晓明译，陕西师范大学出版社 1987 年版。

［德］H. R. 姚斯、［美］R. C. 霍拉勃：《接受美学与接受理论》，周宁、金元浦译，辽宁人民出版社 1987 年版。

叶秀山：《思·史·诗——现象学和存在哲学的研究》，人民出版社 1988 年版。

［波］罗曼·英加登：《对文学的艺术作品的认识》，陈燕谷译，中国文联出版公司 1988 年版。

（清）袁枚著，周本淳标校：《小仓山房诗文集》（全四册），上海古籍出版社 1988 年版。

袁济喜：《六朝美学》，北京大学出版社 1989 年版。

（明）袁宗道著，钱伯城标点：《白苏斋类集》，上海古籍出版社 1989 年版。

（明）袁中道撰，钱伯城标点：《珂雪斋集》（全三册），上海古籍出版社 1989 年版。

杨伯峻编著：《春秋左传注》（修订本）（全四册），中华书局 1990 年版。

余虹：《思与诗的对话——海德格尔诗学引论》，中国社会科学出版社 1991 年版。

袁行霈等：《中国诗学通论》，安徽教育出版社 1994 年版。

杨曾文编校：《神会和尚禅话录》，中华书局 1996 年版。

叶嘉莹：《迦陵论诗丛稿》，河北教育出版社 1997 年版。

余冠英等：《唐宋八大家全集：苏洵集》，国际文化出版公司 1997 年版。

（清）严可均辑，马志伟审定：《全三国文》（上、下册），商务印书馆 1999 年版。

叶维廉：《叶维廉文集》（第一卷），安徽教育出版社 2002 年版。

俞陛云：《诗境浅说》，北京出版社 2003 年版。

余英时：《士与中国文化》，上海人民出版社 2003 年版。

杨荫浏：《中国古代音乐史稿》（上册），人民音乐出版社 2004 年版。

杨伯峻译注：《孟子译注》，中华书局 2005 年版。

［美］叶维廉：《中国诗学》（增订版），人民文学出版社 2006 年版。

郁沅：《心物感应与情景交融》，百花洲文艺出版社 2006 年版。

（明）袁宏道著，钱伯城笺校：《袁宏道集笺校》（全三册），上海古籍出版社 2008 年版。

叶嘉莹：《迦陵论诗丛稿》，北京大学出版社 2008 年版。

袁行霈：《中国诗歌艺术研究》，北京大学出版社 2009 年版。

袁济喜：《兴：艺术生命的激活》，百花洲文艺出版社 2009 年版。

于亭译注：《禅林四书》，崇文书局 2010 年版。

叶嘉莹：《迦陵谈诗二集》，生活·读书·新知三联书店 2016 年版。

郁沅：《钟嵘〈诗品〉"滋味"解》，《江汉论坛》1983 年第 2 期。

叶舒宪：《诗可以兴——孔子诗学的人类学阐释》，《中国文化》1993 年第 8 期。

袁秋侠：《〈诗品〉流水意象的文化透视举隅》，《广西社会科学》2003 年第 4 期。

袁济喜：《诗兴活动与中国传统审美心理》，《江苏大学学报》（社会科学版）2004 年第 3 期。

俞香云：《钟嵘"滋味"的美学内涵》，《安徽大学学报》（哲学社会科学版）2008 年第 4 期。

郁沅：《〈二十四诗品〉：道家艺术哲学》，《文学遗产》2011 年第 3 期。

Z

（梁）钟嵘著，陈延傑注：《诗品注》，人民文学出版社 1961 年版。

周汝昌选注：《杨万里选集》，中华书局 1962 年版。

张曼涛主编：《六祖坛经研究论集》，台北大乘文化出版社 1976 年版。

张曼涛主编：《禅宗思想与历史》，台北大乘文化出版社 1978 年版。

（明）正勉编：《禅门逸书初编》（第一册），台北明文书局 1981 年景清四库全书钞本影印本。

宗白华：《美学散步》，上海人民出版社 1981 年版。

中国哲学史学会、浙江省社会科学研究所编：《论宋明理学：宋明理学讨论会论文集》，浙江人民出版社 1983 年版。

张怀瑾：《文赋译注》，北京出版社 1984 年版。

郑临川述评：《闻一多论古典文学》，重庆出版社1984年版。

中国佛教图书文物馆编：《弘一法师》，文物出版社1984年版。

（唐）张彦远：《历代名画记》，中华书局1985年版。

（清）章学诚著，叶瑛校注：《文史通义校注》（上），中华书局1985年版。

张光直：《考古学专题六讲》，文物出版社1986年版。

宗白华：《意境》，北京大学出版社1987年版。

（宋）赞宁撰，范祥雍点校：《宋高僧传》（全二册），中华书局1987年版。

（梁）钟嵘著，徐达译注：《诗品全译》，贵州人民出版社1990年版。

（宋）郑樵：《通志略》，上海古籍出版社1990年版。

张中行：《禅外说禅》，黑龙江人民出版社1991年版。

（宋）朱熹撰：《论语集注》，齐鲁书社1992年版。

《中华大藏经》编辑局编：《中华大藏经》（汉文部分）（第66册），中华书局1993年影印本。

《中华大藏经》编辑局编：《中华大藏经》（汉文部分）（第77册），中华书局1994年影印本。

张海明：《经与纬的交结——中国古代文艺学范畴论要》，云南人民出版社1994年版。

（宋）赜藏主编集，萧萐父、吕有祥点校：《古尊宿语录》（全二册），中华书局1994年版。

朱伯崑：《易学哲学史》（第一卷），华夏出版社1995年版。

张毅：《宋代文学思想史》，中华书局1995年版。

张伯伟编撰：《全唐五代诗格校考》，陕西人民教育出版社1996年版。

章培恒、骆玉明主编：《中国文学史》（全三册），复旦大学出版社1996年版。

中华书局编辑部点校：《全唐诗》（增订本），中华书局1999年版。

张节末：《禅宗美学》，浙江人民出版社1999年版。

庄辉明、章义和撰：《颜氏家训译注》，上海古籍出版社1999年版。

张利群：《辨味批评论》，广西师范大学出版社2000年版。

周桂钿：《秦汉思想史》，河北人民出版社2000年版。

朱东润：《中国文学批评史大纲》，上海古籍出版社2001年版。

张海沙：《初盛唐佛教禅学与诗歌研究》，中国社会科学出版社2001年版。

张敏：《克罗齐美学论稿》，中国社会科学出版社2002年版。

祖保泉、陶礼天：《司空表圣诗文集笺校》，安徽大学出版社2002年版。

张伯伟撰：《全唐五代诗格汇考》，凤凰出版社2002年版。

张晶等：《中国古典诗学新论》，北京广播学院出版社2002年版。

中华书局编辑部点校：《全唐诗》（增订本），中华书局1999年版。

朱良志：《中国美学名著导读》，北京大学出版社2004年版。

（春秋）左丘明撰，鲍思陶点校：《国语》，齐鲁书社2005年版。

（宋）朱熹撰，张茂泽整理：《四书集注之一：大学·中庸·论语》，三秦出版社2005年版。

张少康：《中国文学理论批评史》（上、下），北京大学出版社2005年版。

张海鸥：《北宋诗学》，河南大学出版社2007年版。

周裕锴：《宋代诗学通论》，上海古籍出版社2007年版。

张伯伟：《禅与诗学》，人民文学出版社2008年版。

宗白华著，林同华主编：《宗白华全集》（第二卷），安徽教育出版社2008年版。

周策纵：《古巫医与"六诗"考——中国浪漫文学探源》，上海古籍出版社2009年版。

张晶：《禅与唐宋诗学》，新星出版社2010年版。

张双棣等译注：《吕氏春秋译注》（修订本），北京大学出版社2011年版。

朱自清：《诗言志辨·经典常谈》，商务印书馆2011年版。

周振甫、冀勤编著：《钱锺书〈谈艺录〉读本》，中央编译出版社2013年版。

钟华：《从逍遥游到林中路——海德格尔与庄子诗学思想比较》，华龄出版社2013年版。

张少康主编：《中国文学理论批评史资料选注》，北京大学出版社2013年版。

（宋）朱熹著，（宋）吕祖谦撰，王广注：《近思录》，山东画报出版社2014年版。

张志岳:《论宋诗》,《学习与探索》1979 年第 2 期。

张宏梁:《论天趣——审美趣味探索之一》,《学术论坛》(双月刊)1991 年第 1 期。

张东焱:《论"反常合道"——中国古典心理诗学研究》,《文艺研究》1991 年第 6 期。

[中国台湾] 张高评:《北宋读诗诗与宋代诗学——从传播与接收之视角切入》,台北《汉学研究》2006 年第 24 卷第 2 期。

赵国乾:《中国古代美学范畴"趣"的诠释》,《重庆社会科学》2007 年第 1 期。

张龙海、张爱云:《齐国故城内发现一件带铭文石磬》,《文物》2008 年第 1 期。

后　　记

　　书终于要出版了。说"终于"两字，一是从写作博士论文到出版这本书，历时近六年；二是出版期间又遇疫情，校图书馆关闭，给校对工作带来困难。而今书稿即将付梓，真可谓好事多磨。

　　这本书是在我的博士论文基础上写成的。2008年，投傅道彬师门下，攻读文艺学专业古典诗学与文论方向博士研究生。当年秋天，一次上课的课间，老师说想让我以"诗味"为题写博士毕业论文。非常喜欢老师这个"命题作文"，于是满心欢喜，着手准备论文写作。

　　那年秋天，女儿金悦西出生。我和妻子当时年龄都比较大，带孩子很吃力，一时弄得手忙脚乱。加之那几年教学任务繁重，所以博士论文写作一拖再拖，一转眼，六年过去，这才写完毕业论文，并顺利通过答辩。我博士答辩那年，女儿幼儿园毕业，即将上小学。今年这本书出版，女儿刚好上初中。一本书的完成伴随着女儿的成长，想来真令人百感交集，别有一番滋味在心头。

　　当年拿到这个题目，首先遇到的就是怎样入手的问题。材料繁杂，千头万绪，难以梳理和把握，怎么写才好？当时真的是困惑了很久。老师说过，写这个题目，可以描述诗味论这个理论现象，还要注意分析产生理论现象的社会生活与文学思潮，老师比喻说，理论如果是"盐"，产生理论的文学现象就是"水"。经过老师的启发，又认真阅读文献，最后决定采用历史综述和诗味分类研究相结合的研究方法，选取几个有代表性的"味"诗学语词，如"兴味""滋味""韵味""淡味""禅味""趣味"，围绕每个语词，选取有代表性的诗论家及其代表作，做成专题；另一方面，通过挖掘这些"味"论语词产生的时代背景和文学文化思潮流变，从历史发展的角度，描述诗味论发展变化的轨迹。当时的野心，是想做一

后 记

个诗味发展史的。虽然学力不逮,并没有做好,没有达到老师布置题目时期望的高度,但毕竟,这篇论文记录了自己阅读文献时的点滴体会,敝帚自珍,也只好面世就教于方家了。论文的写作,从搜集材料,到论文的撰写,个中甘苦,滋味备尝。傅先生在《晚唐钟声》后记中说:"写作的目的,并不是源于研究,而是源于感动。"上世纪九十年代初读此书,读到此处,不太理解,现在有点理解了。

求学这几年,从傅道彬先生处受益匪浅。先生机智风趣,语带机锋,聆听常有如坐春风之感。对先生的感激之情,真的不能用言语来表达。写论文时遇到困难,老师常常过问;发表论文无门,老师又帮助联系刊物。可以说无论是学习、工作还是生活,老师对我都关心备至。这份情谊,我要永远铭记心间。记得 2008 年博士刚入学,女儿出生了。请老师给孩子起个名字,老师当时工作很忙,可是不久就接到了老师的回复短信。老师给孩子起名叫金悦西。金在季节里属秋,孩子生于秋季,方位上属西,八卦中兑为西,兑通于悦,五行中有金生水之说,兑又为泽。故孩子名悦(兑)西。这个名字文字简洁,声音明快响亮,适合女孩特点。爱人和我都非常喜欢这个名字,直到现在,手机里一直保留着这个短信。

为了给我创造一个好的写作环境,爱人承担了繁重的家务,全力照顾孩子。为我论文写作提供了保障。感谢她的辛苦付出。

感谢在求学道路上,给我帮助的众多师友,是他们无私的爱与帮助,给我勇气,助我前行。

感谢中国社会科学出版社的刘艳编辑,是她的热心帮助和精心工作,才使本书得以顺利出版。

又到秋天。忽然想起 08 年那个秋天,江北的校园,铺满金黄色的树叶,湖边的垂柳倒影在湖面上,真美。一晃十二年过去了,真快。

金耀民

2020 年 9 月 23 日于师大江北家属楼